KB063263

피부밑 두개골

THE SKULL BENEATH THE SKIN

Copyright © 1982 by P. D. JAMES
All rights reserved

Korean translation copyright © 2019 by Design Comma/Arzak Livres
Korean translation rights arranged with Greene & Heaton Limited Literary Agency
through EYA (Eric Yang Agency)

이 책의 한국어판 저작권은 EYA(Eric Yang Agency)를 통해 Greene & Heaton
Limited Literary Agency 사와 독점 계약한 '디자인 콤마(아작)'에 있습니다.
저작권법에 의해 한국 내에서 보호를 받는 저작물이므로 무단전재와 복제를 금합니다.

피부밑 두개골
THE SKULL
BENEATH THE SKIN

P.D. 제임스 지음 이주혜 옮김

아작

일러두기

모든 주석은 옮긴이의 것입니다.

지도와 해도를 열심히 찾아봐도 도싯 해안 앞의 코시섬이나 그곳의 빅토리아 시대 성을 찾기는 어려울 것이다. 두 곳 모두 작가와 독자의 상상 속에서만 현실이 되기 때문이다. 마찬가지로 피로 얼룩진 코시섬의 현재와 과거의 역사, 거기서 각자 역할을 한 등장인물 역시 실제 사건이나 인물과는 아무런 상관이 없다.

차례

제 1 부

연안의 섬으로 가다

제 2 부

드레스 리허설

웹스터는 몹시도 죽음에 사로잡혀
피부밑 두개골을 보았다.
가슴 없는 땅속 생물은
입술 없이 씩 웃으며 고개를 뒤로 젖혔다.

눈알 대신 수선화 둥근 뿌리가
눈구멍 자리에서 빤히 보았다!
죽은 팔다리에 생각이 달라붙어
욕망과 사치를 졸라매는 것을 그는 알았다.

— *T. S.* 엘리엇, 〈불멸의 속삭임〉

제 1 부

연안의 섬으로 가다

1

정말로 새 명판은 비뚜름했다. 이 엄연한 사실을 확인하겠다고 굳이 킹리 거리의 늦은 아침 혼잡한 교통을 뚫고 길 건너로 달려가 배달용 화물차와 택시가 끝없이 이어지는 행렬 너머로 눈을 갸름하게 뜨고 명판을 잘 보라는 베비스의 말을 따를 필요는 없었다. 꼼꼼히 설계하고 가격도 몹시 비쌌던 멋들어진 직사각형 청동 명판은 확실히 1.5센티미터가량 틀어져 있었다. 명판 위의 글자는 단순명료했지만, 한쪽으로 기운 덕분에 가식적이고 우스꽝스럽게 보여서 오히려 불합리한 희망과 경솔한 사업을 홍보하기에 딱 들어맞는 게 아닐까, 코델리아는 생각했다.

프라이드 탐정사무소
(3층)
대표: 코델리아 그레이

만약 그녀가 미신을 믿었더라면 아직 구천을 떠도는 버니의 영혼이 새 명판에 제 이름이 빠졌다고 항의하는 거라고 여겼을지도 모른다. 그리고 지금이야말로 비뚤어진 명판은 제 손으로 버니의 이름을 끝내 삭제했다는 상징으로 보였다. 그녀는 한 번도 탐정사무소 이름을 바꿀 생각을 한 적이 없었다. 사무소가 존재하는 한 이곳은 언제나 '프라이드 탐정사무소'일 것이다. 그러나 의뢰인이 그녀가 젊다는 사실만큼이나 여성이라는 사실을 당혹스러워하며 이렇게 묻는 것에 점점 짜증이 치밀기 시작했다. "하지만 저는 프라이드 씨를 만나러 왔습니다만?" 아예 처음부터 이곳의 대표는 단 한 사람이고 그 사람은 여성임을 알리고 시작하는 게 좋을 것 같았다.

베비스가 문간에 선 그녀 옆으로 다가왔다. 표정이 잘도 바뀌는 예쁘장한 그의 얼굴이 쓸쓸함을 흉내 내며 말했다. "지면부터 정확히 측정했어요. 정말이에요, 그레이 씨."

"알아요. 도로가 평평하지 않은 모양이죠. 내 실수예요. 기포관 수준기를 사 올 걸 그랬어요."

그러나 버니가 물려준 유틀란트 해전 그림이 그려진 찌그러진 담배 깡통에 사무실 경비로 일주일에 10파운드를 넣어두고 푼돈까지 아끼려고 애써왔는데, 실제 경비와는 별 상관없는 불가사의한 일에 자꾸만 돈이 빠져나갔다. 명판을 붙일 때도 스크루드라이버를 잘 다룬다는 베비스의 똑 부러지는 말에 솔깃한 바람에 그가 실제로 해야 하는 일 말고 언제나 다른 일을 더 좋아한다는 사실을 깜박 잊었다.

베비스가 말했다. "왼쪽 눈을 감고 고개를 이렇게 살짝 기울이면 반듯하게 보여요."

"하지만 언제나 눈이 하나에 고개가 삐딱한 손님만 오는 건 아니에요, 베비스."

핵무기 공격 소식을 들은 사람이나 지을 법하게 극도로 낙담한 베비스의 얼굴을 흘깃 보며 코델리아는 그의 무능을 위로해주고 싶은 막연한 바람을 느꼈다. 애매한 죄책감과 함께 직원들의 감정을 지나치게 신경 쓰는 자신을 발견할 때마다 코델리아는 당혹스러웠고, 고용주의 역할이 자신에게 완전히 어울리지 않는다고 느꼈다. 엄격히 말하면 베비스도 모즐리 여사도 그녀가 직접 고용한 사람들은 아니었기 때문에 이런 감정은 더욱 불합리했다. 두 사람 모두 탐정사무소에 사건 의뢰가 들어올 때마다 미스 필리의 직업소개소에서 일주일 단위로 파견 나온 사람들이었다. 둘 다 경쟁자가 거의 없어서 파견 요청을 하면 다소 의심스러울 정도로 재깍 일하러 왔다. 두 사람 모두 코델리아에게 정직했고 시간을 엄수했으며 맹렬할 정도로 성실했다. 만약 능력만 된다면 당연히 비서 업무도 효율적으로 해냈을 것이다. 탐정사무소가 망한다면 코델리아뿐만 아니라 두 사람에게도 큰 충격이 될 게 빤했기 때문에 그게 걱정거리였다. 아마 모즐리 여사 쪽의 타격이 더 클 것이다. 모즐리 여사는 점잖은 예순두 살 여성으로 교구 목사의 누이였고, 사우스 켄싱턴의 원룸에서 연금을 아껴가며 근근이 살았다. 그녀의 온화한 성격과 나이, 무능, 결혼하지 않았다는 점이 오빠가 죽은 후 지금껏 그녀가 떠돌아온 무수한 타자수 소개소에서 웃음거리로 통했다. 매사가 만만하고 약간 줏대 없는 매력을 지닌 베비스 쪽이 런던이라는 정글에서 살아남기에 조금 더 유리했다. 그는 임시직 타자수로 일하는 한편 무용수가 꿈이었는데, (베비스처럼 침착하지 못한 남자에게 쓰기엔 부적절한 완곡어법이지만)

쉬는 동안에도 의자 위에서 끊임없이 몸을 들썩이거나 금방이라도 날아오를 듯 눈을 크게 뜨고 놀란 얼굴로 손가락을 쫙 펼치고 발끝으로 서는 동작을 취하곤 했다. 그는 문을 닫은 지 오래된, 정체를 알 수 없는 비서학교에서 발급한 '1분간 서른 단어'를 타자할 수 있다는 자격증을 가지고는 있었지만, 그런 학교에서조차 그가 잡역부로서 변변찮은 일들을 떠맡을 만큼 숙달되었음을 보증하지는 않았다고 코델리아는 자신을 타일렀다.

베비스와 모즐리 여사는 그렇게나 동떨어진 성격이면서도 뜻밖에도 죽이 잘 맞아서, 그다지 전문적이지는 않은 타자 작업을 한바탕 하는 짬짬이, 바깥 사무실에서 생각보다 훨씬 많은 이야기를 나누었다. 베비스는 집안일이나 직업상 힘들었던 일을 부정확하고 때론 천박하기까지 한 연극계의 가십으로 맘껏 꾸며내 들려주었다. 모즐리 여사는 이 당혹스러운 세계를 자신의 순수함과 영국 고교회 신학, 교구 목사의 도덕성과 상식을 혼합해 받아들였다. 바깥 사무실 분위기는 때로 매우 화기애애했지만, 모즐리 여사는 고용주와 직원 사이에 적절한 거리가 있어야 한다는 다소 낡은 생각을 하고 있었기 때문에 코델리아가 일하는 안쪽 사무실은 신성불가침 영역이 되어버렸다.

베비스가 갑자기 소리쳤다. "앗! 저기 톰킨스가 있어요!"

문간에 까만색과 하얀색 무늬가 있는 작은 새끼고양이가 나타났다. 한쪽 발을 무심한 척 흔들며 앞쪽을 탐색하고 꼬리를 바짝 세우더니 이내 황홀을 깨달은 듯 몸을 부르르 떨다가 우편배달 차량 밑으로 뛰어들어 모습을 감추었다. 베비스가 고함을 지르며 뒤를 쫓아갔다. 톰킨스는 탐정사무소의 실패작 가운데 하나였다. 같은 이름을 가진 나이 든 독신 여성이 한쪽 눈 둘레와 두 앞발 끝만 하얗고 나머지는 까만, 줄무늬 꼬리 새끼고양이를 찾아 달라고 의뢰했는데, 톰킨스를 보여주었더니 자기 고양이가 아니 라고 했다. 톰킨스는 의뢰인이 말한 인상착의를 정확히 충족시켰 는데 주인인 줄 알았던 여자는 곧바로 녀석이 가짜라고 알아보았 다. 빅토리아 역 뒤쪽의 어느 건물 주변에서 굶어 죽기 직전인 녀 석을 구해왔기에 가엾어서 차마 버리지 못하고 지금은 바깥 사무 실에 모래 상자와 방석을 깐 바구니를 두고 함께 살았고, 밤이면 창문을 조금 열어두어 그 틈으로 지붕에 들락거리며 나들이를 갈 수 있게 했다. 녀석은 사무소 경비를 고갈시키는 원인이었는데, 고양이 사룟값이 올랐기 때문이기도 했지만(모즐리 여사가 가장 먼 저 준 먹이가 하필 시장에서 가장 비싼 통조림이었기에 녀석은 그들의 처지보다 훨씬 비싼 맛에 길들어버렸고, 대체로 멍청한 고양이였지만 서글프게도 왠지 통조림 상표를 읽을 수 있는 것처럼 보였다) 베비스가 탁구공을 던지거나 토끼 발을 끈에 매달아 사무실 바닥을 휘저으 며 "이것 봐요, 그레이 씨! 이렇게 잘 뛰어오르는 걸 보면 참 영 리한 고양이죠?" 하며 너무 많은 시간을 고양이와 놀면서 보냈기 때문이기도 했다.

그토록 잘 뛰어올라 영리한 고양이 녀석은 킹리 거리의 차량 흐름에 혼란을 일으켜놓고 고함을 지르며 쫓아오는 베비스를 피 해 약국 뒷문으로 뛰어들어갔다. 고양이도 베비스도 한동안 사무 실로 돌아오지 않겠구나 싶었다. 베비스는 사람들이 쓰레기를 줍 듯이 강박적으로 사람을 사귀는 편이었는데 이때 톰킨스가 썩 훌 륭한 중개자 역할을 했다. 베비스가 오전 시간을 거의 완벽하게 비생산적으로 보낼 운명임을 깨닫고 맥이 풀려버린 코델리아는 자신도 아무것도 하고 싶지 않은 나른한 무기력감에 빠져들었다.

그녀는 문설주에 기대서서 눈을 감고 9월 하순에 어울리지 않게 따뜻한 해를 향해 고개를 들었다. 거리의 번잡함과 진동하는 휘발유 냄새, 지나가는 사람들의 발소리로부터 애써 마음을 떼어놓고 자신이 반드시 저항할 것을 아는 어떤 유혹을 즐겼다. 죽은 버니와 불가능한 그의 꿈에 충실하고자 했던 자신의 노력을 기념한 비뚤어진 명판을 남겨두고 이대로 뚜벅뚜벅 걸어서 어디론가 가버리고 싶은 유혹이었다.

탐정사무소가 나름대로 명성을 얻기 시작했다는 사실에 우선 마음을 놓아야 한다고 생각했다. 비록 그 일이라는 게 잃어버린 반려동물을 찾는 것에 불과하더라도 말이다. 당연히 그런 서비스도 필요했고(게다가 이 일에 관해서는 그들의 탐정사무소가 전매특허를 내다시피 했다), 고객들도 울며불며 필사적이었으며, 지역 경찰 범죄수사과의 냉담한 무관심에 격분하면서 코델리아가 내민 청구서의 금액을 보고도 흥정을 시도하기는커녕 친척을 찾아주었어도 이렇게 했을까 의심스러울 정도로 신속하게 비용을 지급했다. 탐정사무소의 노력이 성공하지 못해 코델리아가 해명하고 사과할 때도 그들은 어김없이 어떤 이의도 제기하지 않고 비용을 지급했다. 아마도 주인들은 반려동물을 잃는 즉시 아무리 가능성이 없어도 성공을 위해 어떤 일이라도 해야 한다는 지극히 당연한 인간적 요구에 따라 행동하는 것 같았다. 그러나 탐정사무소는 자주 성공했다. 특히 모즐리 여사는 집마다 찾아가 수소문하는 끈질긴 면과 고양이족을 향한 불가사의한 공감 능력까지 갖추고 있어서 온몸이 흠뻑 젖은 채 굶어 죽기 직전의 상태로 가냘프게 울고 있는 고양이를 적어도 여섯 마리쯤 찾아 반가워서 어찌할 줄 모르는 주인의 품에 안겨주었다. 때로는 고양이들의 배신행위를 목격하기도 했다. 이중생활을 해오다 두 번째 주인에게 영원히 거처를 옮겨버린 녀석들도 있었다. 모즐리 여사는 고양이 도둑을 추적할 때만은 소심한 성격을 겨우 극복하고 토요일 오전마다 일부러 런던 거리 시장의 요란한 소음과 반쯤 가라앉은 공포를 뚫고 신의 가호라도 받는 사람처럼 과감하게 돌아다녔다. 모즐리 여사는 정말로 자신이 신의 가호를 받는다고 느꼈다. 그러나 코델리아는 이따금 저 가엾은 야심가 버니가 자신의 총아가 이렇게까지 추락한 모습을 보면 어떻게 생각할까 궁금했다. 태양의 온기 덕분에 최면 상태 비슷한 평온함 속으로 빠져들면서 코델리아는 자신만만하고 지나치게 컸던 버니의 목소리를 놀라울 정도로 뚜렷하게 떠올렸다. "우리가 일단 사업만 시작하면 말이야, 곧 금광을 찾을 거라고, 파트너." 그 금광이라는 게 얼마나 보잘것없고 얇은지 버니가 모르고 떠나서 다행이었다.

그때 나직하고 권위적인 남자의 목소리가 그녀의 몽상을 깨뜨렸다.

"저 명판은 비뚤어졌군요."

"알아요."

코델리아는 눈을 떴다. 목소리와 실제 인상은 달랐다. 남자는 예상보다 더 나이가 들었다. 예순을 조금 넘겼을까. 더운 날씨에도 그는 트위드 재킷을 입고 있었다. 잘 지어 입은 맞춤복이지만, 팔꿈치에 가죽 조각을 덧댄 낡은 옷이었다. 키가 그렇게 크지 않아 175센티미터가 조금 넘을 것으로 보였지만 여유롭고 자신 있게 우뚝 선 모습은 거의 우아할 정도였다. 코델리아는 남자가 명령을 받고 긴장한 사람처럼 내면에 경계심을 숨긴 걸 감지했다. 혹시 군인이 아니었을까? 남자는 머리를 바짝 올려 쳤고 다소 술이 없는 회색 머리카락을 주름진 높은 이마 뒤로 부드럽게 빗어 넘겼다. 얼굴은 길고 뼈대가 보였으며 핏줄이 도드라져 발개진 뺨 사이로 코가 높이 솟아 있었다. 입매는 시원하고 모양새가 좋았다. 그녀를 면밀하게 살피는 눈은 (악의가 느껴지지는 않았다) 덥수룩한 눈썹 아래서 날카롭게 빛났다. 왼쪽 눈썹이 오른쪽보다 높이 치켜 올라갔고 눈썹과 길쭉한 입매 끝을 실룩거리는 버릇이 있었는데, 그 탓에 움직이지 않는 몸과 대조적으로 얼굴이 불안한 인상을 주었고 그와 똑바로 눈을 마주치기가 조금 당혹스러웠다.

남자가 말했다. "명판을 제대로 고쳐 거는 게 좋겠습니다."

그는 들고 있던 서류가방을 내려놓고 주머니에서 펜과 지갑을 꺼내 명함을 하나 찾아내더니 명함 뒷면에 학생같이 반듯한 글씨체로 뭔가를 써넣었다. 그동안 코델리아는 아무 말도 없이 지켜보았다.

명함을 받아들고 뒷면에 쓴 모건이라는 이름 하나와 전화번호를 보고 다시 명함을 뒤집어보았다. 앞면에는 이렇게 씌어 있었다.

조지 랄스턴 경, 준남작, 수훈장, 전공 십자훈장

그녀의 짐작대로 남자는 군인이었다. 그녀가 물었다. "이 모건이라는 사람은 수리비가 비싼가요?"

"말도 안 되게 일하는 것과 비교하면 비싸지 않습니다. 내가 소개했다고 말해요. 그는 일한 만큼만 비용을 청구하지 그 이상은 요구하지 않으니까요."

코델리아의 심장이 요동쳤다. 뜻밖에 기이한 훈작사가 나타나 예리한 안목으로 진지하게 검사한 비뚜름한 명판이 문득 견디기 힘들 정도로 우스꽝스러워 보였다. 명판은 이제 재앙이 아니라 웃음거리가 되었다. 킹리 거리마저도 그녀의 기분에 따라 변신해 낙관주의와 생기가 넘쳐흐르는 햇살 가득한 시장이 되었다. 그녀는 하마터면 큰 소리로 웃음을 터뜨릴 뻔했다.

실룩대는 입을 단단히 단속하고 그녀는 진지하게 말했다. "참 친절하시군요. 선생님은 혹시 명판 감정가이신가요, 아니면 지나가는 의인이신가요?"

"어떤 이들은 나를 사회의 악인이라 여기지요. 사실 나는 사건 의뢰인입니다. 당신이 코델리아 그레이라면 말입니다. 혹시 이런 말을 많이 듣지는 않습니까?"

코델리아는 갑자기 맥이 풀렸다. 왜 이 남자는 다른 남자 고객들과 다를 거라고 생각했을까? 그녀는 남자 대신 문장을 끝맺었다. "여자에게 어울리지 않는 직업이라고요? 흔히들 그렇게 말하지만, 사실 그렇지 않습니다."

남자가 부드럽게 말했다. "내가 물으려던 말은, 사무실 위치가 찾기 어렵다고들 하지 않느냐는 거였습니다. 이 거리는 정말 복잡하군요. 건물 절반이 번지수가 제대로 표시되어 있지 않아요. 용도 변경이 잦은 모양입니다. 하지만 명판을 새로 고쳐서 걸면 분명히 도움이 될 겁니다. 바로잡는 게 좋아요. 지금은 궁색한 인상을 주거든요."

순간 베비스가 숨을 헐떡이며 나타났다. 곱슬머리가 땀에 젖었고 셔츠 주머니 밖으로 스크루드라이버가 도저히 숨길 수 없게 비어져 나왔다. 베비스는 홍조를 띤 한쪽 뺨에 큰 소리로 가르랑거리는 톰킨스를 바짝 붙여 안고는 새 고객에게 매력적인 말썽꾸러기를 보여주었다. 그러나 돌아온 답은 "일을 엉성하게 하셨군요."라는 무뚝뚝한 한마디와, 상대방을 곧장 무능한 일꾼으로 여기고 외면하는 표정이었다.

"그만 위로 올라갈까요?" 조지 경이 코델리아에게 말했다.

코델리아는 틀림없이 하늘을 향해 눈을 굴리고 있을 베비스의 시선을 피했다. 두 사람은 리놀륨이 깔린 좁은 계단을 한 줄로 서서 올라갔다. 코델리아가 앞장서서 건물의 모든 세입자가 사용하는 하나뿐인 화장실과 세면실을 지나(조지 경이 화장실을 사용할 일이 없기만을 바랐다) 3층 탐정사무소의 바깥 사무실로 들어갔다. 모즐리 여사가 불안한 눈빛을 하고 타자기 너머로 두 사람을 쳐다보았다. 베비스는 톰킨스를 바구니에 내려놓고(녀석은 곧바로 킹리 거리에서 묻혀온 더러움을 씻어내기 시작했다) 모즐리 여사를 향해 경고하는 듯 눈을 크게 뜨고 '고객'이라고 입 모양으로만 말했다. 모즐리 여사는 얼굴이 벌게져서 의자에서 반쯤 일어나려다 말고 다시 앉더니 한 손을 떨면서 잘못 친 타자를 지우는 작업에 몰두했다. 코델리아는 성소와도 같은 안쪽 사무실로 향했다.

둘 다 자리를 잡고 앉자 코델리아가 물었다. "커피를 드시겠어요?"

"진짜 커피입니까, 커피 대용품입니까?"

"선생님이라면 커피 대용품이라고 부르겠지만, 최상급 커피 대용품입니다."

"그럼 차를 마시겠습니다. 물론 있다면요. 인도산 차면 좋겠군요. 우유도 넣어주세요. 설탕과 비스킷은 필요 없습니다."

이런 식의 요구에 상대방을 불쾌하게 하려는 의도는 없었다. 남자는 사실을 확인하고 나서 자기가 원하는 것을 부탁하는 일에 익숙할 뿐이었다.

24

코넬리아는 문밖으로 고개를 내밀고 모즐리 여사에게 "차를 부탁해요."라고 말했다. 아마 모즐리 여사는 탐정사무소에 특별 손님이 왔을 때만 쓰려고 직접 가져온, 어머니에게 물려받은 세련된 로킹엄 찻잔에 차를 내올 것이다. 조지 경이라면 로킹엄 찻잔으로 차를 대접받을 자격이 있다고 확신했을 것이다.

두 사람은 버니의 책상을 사이에 두고 마주 앉았다. 남자의 날카로운 회색 눈동자가 마치 자신은 시험관이고 그녀는 지원자인 양 그녀의 얼굴을 뜯어보았는데, 어떻게 보면 실제로 그렇다는 생각이 들었다. 이따금 씰룩이며 경련을 일으키는 입과 달리 갑자기 상대방을 빤히 바라보는 반짝이는 눈은 상당히 당혹스러웠다.

그가 말했다. "왜 프라이드 탐정사무소라고 부르지요?"

"전직 런던경시청 수사관이었던 버니 프라이드 씨가 설립한 탐정사무소니까요. 저는 한동안 그분의 조수로 일했고 나중에 동업자가 되었어요. 그분은 탐정사무소를 제게 남기고 죽었습니다."

"어떻게 죽었습니까?"

비난처럼 날카로운 질문이 기이한 충격을 안겨주었지만, 그녀는 차분하게 대답했다. "손목을 그었습니다."

눈을 감지 않아도 그날의 장면이 영화의 정지화면처럼 생생하게 떠올랐다. 버니는 지금 그녀가 앉은 의자에 축 늘어져 있었다. 치명적인 날을 드러낸 면도칼 옆에 반쯤 쥔 오른손이 놓였고, 손목에 칼로 그은 자국이 입을 벌린 쪼그라든 왼손은 손바닥을 위로 한 채 대야에 잠긴 모습이 어느 이국의 바다 바위틈 웅덩이에 창백하고 주름진 촉수를 구부리고 죽은 말미잘처럼 천천히 출렁였다. 그러나 바위틈 웅덩이의 물빛은 그토록 선명한 분홍색은 아니었을 것이다. 갓 흘러나온 피가 풍기는 역겹게 달큼하고 집요한 냄새가 다시 끼쳐오는 것만 같았다.

"자살했군요?"

그의 말투가 밝아졌다. 마치 멋진 퍼트를 친 버니를 축하하는 골프 동료의 말투였다. 그는 잠시 실내를 빠르게 훑어보았는데 이런 환경에서 버니의 자살은 지극히 당연한 일이었다는 인상을 풍겼다.

코델리아까지 남자의 시선을 통해 실내를 다시 볼 필요는 없었다. 자신의 눈으로 봐도 울적한 풍경이었다. 그녀는 모즐리 여사와 함께 사무실을 다시 꾸미면서 더욱 밝은 인상을 주려고 벽은 연노랑으로 칠했고 빛이 바랜 카펫은 적당히 액체 세제로 닦아냈다. 그런데 카펫이 마르면서 얼룩이 진 바람에 결국 병든 피부 같은 인상만 남았다. 그나마 커튼을 새로 빤 덕분에 적어도 방 안은 깨끗하고 말끔해 보였지만 잡다하게 흩어진 물건이 없어서 업무가 그리 바쁘지 않다는 느낌을 주었다. 모든 평면마다 식물이 놓여 있었다. 모즐리 여사는 식물을 가꾸는 솜씨가 뛰어나 자기 집에서 키우는 식물을 잘라 왔고, 고양이를 찾으려고 거리 시장을 급습할 때마다 틈틈이 기묘한 모양의 그릇을 사다가 정성껏 꽂아두었는데, 그렇게 놓아둔 식물은 빛이 들지 않는 사무실에서도 꽤 잘 자랐다. 그런데 공간에 초록색이 넘쳐흐르는 바람에 결과적으로는 방 안 구조나 장식의 치명적인 결함을 감추려고 일부러 교묘하게 식물을 배치한 것 같은 인상을 풍겼다. 코델리아는 여전히 버니가 썼던 참나무 책상을 사용했기에 그가 제 생명을 흘려보낸 대야의 윤곽을 그려볼 수 있었고 바깥으로 흘러나온 피와 물의 특별한 얼룩 하나까지도 알아볼 수 있었다. 그러나 그 당시에도 책상 위에는 얼룩과 고리 모양 테가 많았다. 테두리가 말려

올라가고 테두리 리본도 더러워진 버니의 모자가 지금도 굽은 나무로 만든 모자걸이에 걸려 있었다. 어떤 고물상도 모자를 가져가려 하지 않았고 그녀도 그걸 버리지 못했다. 두어 번 뒷마당 쓰레기통까지 가져갔지만, 도저히 거기 던져놓고 올 수가 없었다. 마지막으로 버니를 거부한다는 상징성이 명판에서 그의 이름을 뺄 때보다 훨씬 더 사적인 느낌과 상처로 다가왔다. 만약 탐정사무소가 실패한다면(3년 후 임대계약을 갱신할 때가 오면 집세가 얼마나 올라갈지 일부러 생각하지 않으려고 애썼다) 그 모자를 애처롭고 노후한 모습 그대로 사무실에 남겨두고 가서, 모르는 사람이 더럽다고 질색하며 제 손으로 쓰레기통에 던져버리게 할 거라고 생각했다.

차가 나왔다. 조지 경은 모즐리 여사가 나갈 때까지 기다렸다. 그러곤 찻잔에 우유를 조심스럽게 한 방울씩 떨어뜨리며 말했다. "내가 부탁하려는 일은 여러 업무가 섞여 있습니다. 당신은 경호원 노릇도 해야 하고 개인 비서 노릇도 해야 하고 탐정 역할도 해야 하고, 또 때로는 시중드는 일도 해야 합니다. 약간 만능이어야죠. 누구나 좋아할 만한 일은 아닙니다. 결과가 어떻게 될지도 모르고요."

"저는 사립탐정입니다만."

"물론입니다. 하지만 요즘은 너무 순수주의자여도 안 돼요. 직업은 직업일 뿐. 그리고 상황이 격렬하게 흘러가면 당신은 탐정 역할에 몰두하게 될 겁니다. 겉보기엔 그렇지 않더라도 말이죠. 불쾌할 수는 있지만, 위험한 일은 아니에요. 내 아내나 당신에게 정말로 위험한 일이면 아마추어를 고용하지는 않을 테니까요."

코델리아가 말했다. "제게 어떤 일을 부탁하려는지 정확히 설명해주시죠."

그는 말을 꺼내기가 꺼려지는 듯 잠시 얼굴을 찌푸리며 찻잔을 들여다보았다. 그러나 막상 이야기를 시작하자 설명은 명쾌하고 간결했으며 망설임이 없었다.

"내 아내는 배우 클라리사 라일입니다. 아마 이름을 들어봤을 겁니다. 아내는 최근 무대에 많이 서지는 않았지만, 사람들은 대개 아내를 아는 것 같더군요. 나는 그녀의 세 번째 남편이고 우리는 1978년 6월에 결혼했습니다. 아내는 1980년 7월에 클래런스 공작 극장에서 맥베스 부인 역할을 맡기로 공연 계약을 맺었어요. 6개월 예정으로 개막하고 사흘째 되던 날 아내는 살해 협박으로 보이는 어떤 것을 처음으로 받기 시작했습니다. 이러한 협박은 그 후로도 일정한 간격을 두고 계속되었고요."

그는 차를 마시기 시작했다. 코델리아는 불안한 마음으로 자기 제안이 받아들여지길 바라는 어린아이처럼 상대방을 바라보는 자신을 깨달았다. 잠깐 멈춘 시간이 몹시도 길게 느껴졌다. 그녀가 물었다. "부인께서는 처음 살해 협박으로 보이는 어떤 것을 받았다고 말씀하셨습니다. 그것은 그 의미가 애매하다는 뜻인가요? 그 협박이라는 게 정확히 어떤 형태를 띠고 있었죠?"

"타자한 문서였습니다. 겉보기엔 다양한 타자기를 이용한 것 같더군요. 문서마다 맨 위에는 관이나 두개골 그림이 조그맣게 그려져 있었습니다. 그 밑의 글귀는 아내가 출연한 연극 대사에서 인용한 문장이었고요. 모든 인용문이 죽음이나 죽어가는 것, 죽음을 향한 공포, 죽음의 심판, 죽음의 불가피성 등과 관계가 있었습니다."

신비로운 그 말이 반복되자 압도적인 느낌이 들었다. 그러나 그가 만족스러운 듯 신랄하게 입술을 비틀어 올린 것은 그저 그녀의 상상에 불과할까? 그녀가 물었다. "하지만 구체적인 협박은 아니지 않나요?"

"아내는 이 죽음 타령을 협박이라고 생각합니다. 그녀는 예민해요. 내 생각엔 배우라서 그런 것 같아요. 배우라는 직업은 사람들의 사랑을 받아야 하죠. 그런데 이런 일은 사랑과는 거리가 멀잖아요. 여기 편지를 가져왔습니다. 아내가 보관해둔 것들입니다. 처음 받은 몇 통은 버렸어요. 증거가 필요할 것 같아 가져왔습니다."

그는 서류가방을 열고 두툼한 마닐라 봉투를 꺼내더니 거기서 작은 종이 다발을 꺼내 책상 위에 늘어놓기 시작했다. 그녀는 곧바로 그게 어떤 유형의 종이인지 알아보았다. 어느 문구점에 가도 구할 수 있는 종류로, 봉투와 한 묶음이고 세 가지 크기가 있는 흔한 중급 흰색 편지였다. 발신인은 알뜰한 성격인지 그중 가장 작은 편지지를 선택했다. 종이마다 타자로 인용문이 찍혔고, 글귀에서 2, 3센티미터 떨어진 위쪽에는 '편히 잠드소서'라는 글자가 새겨진 세로로 세워진 관이나 두 개의 뼈를 교차한 두개골 그림이 작게 그려져 있었다. 어느 그림도 대단한 솜씨는 아니었다. 정확한 묘사라기보다는 상징적인 문장에 가까웠다. 반면 확실하게 그은 선이랄지 장식적인 감각을 보면 펜이나 검은 볼펜을 능숙하게 사용하는 사람으로 보였다. 조지 경은 앙상한 손가락으로 뚜렷한 검은색 문장이 그려진 흰색 종잇장을 뭔가 으스스한 카드놀이를 하는 사람처럼 마구 뒤섞고 재배치했다. 인용문을 쫓아가다 살인자를 발견하면 '찾았다!'라고 외치는 게임처럼.

인용문 대부분은 익숙했다. 영국의 희곡을 참고해 죽음이나 죽음의 공포에 대해 곰곰이 사색하고자 셰익스피어나 제임스 1세 시대의 희곡을 선택해 읽은 사람이라면 누구나 쉽게 떠올릴 수 있는 대사들이었다. 대사의 길이를 줄이고 유치하게 윤색하기는 했지만 지금 읽어봐도 그 대사들이 간직한 강력한 향수가 느껴졌다. 대다수는 셰익스피어 희곡의 인용문이었는데 일부러 셰익스피어를 선택한 게 분명해 보였다. 가장 긴 문장은 《자에는 자로》에서 클로디오가 외치는 고통에 찬 절규였다. (하긴 어떻게 이 문장을 거부할 수 있었겠나?)

아아, 그러나 죽어서 어딘지도 모르는 곳으로 가야 한다니,
차가운 땅속에 갇혀 썩어야 한다니,
느낄 수 있는 이 따뜻한 몸이
뭉개진 흙덩이가 되어야 한다니! 기뻐하는 이 영혼이
불바다에 빠지거나, 얼음이 겹겹이 쌓인
소름 끼치는 곳으로 떨어진다니!
보이지 않는 바람에 갇혀
거센 바람에 이리저리 떠밀리며
공중에 매달린 이 지옥을 떠돌아야 한다니!
늙음과 고통과 빈곤과 속박이 자연의 도리인
너무도 피곤하고 혐오스러운 이승의 삶도
우리가 느끼는 죽음의 공포에 비한다면
천국과도 같구나.

이 익숙한 문장을 개인적인 협박이라고 해석하기는 어려웠지만, 대부분의 다른 인용문들은 현실이든 상상이든 나쁜 일에 대한 일종의 보복이라는 의미에서 조금 더 직접적인 위협이나 위협의 암시로 보일 수도 있겠다고 코델리아는 생각했다.

사람은 죽으면 모든 빚을 갚는다.[1]

오, 그대 독초여!
왜 그리도 아름답고 향기롭단 말인가!
그대를 보면 고통이 몰려오니, 너 같은 건 차라리 태어나지 말았어야
했다![2]

또 그림을 신경 써서 선택한 인용문도 있었다. 두개골 그림을
《햄릿》의 대사로 꾸며놓은 것이었다.

이제 너는 부인의 방으로 찾아가, 한 치 두께로 화장을 해봐야 결국
그 꼴이 되고 말 거라고 말해줘라.

그리고 코델리아로서는 어느 희곡에서 인용한 대사인지 정확
히 알 수는 없었지만, 아마 존 웹스터 작품이라고 생각한 글귀도
있었다.

안락한 생활에 푹 빠져서
어떻게 살고 어떻게 죽을지도 모르는 너,
그러나 나는 너를 위협할 계획이 있으니
네가 결국 어디로 가게 될지 알려주고 말리라.[3]

그러나 배우 특유의 예민함을 고려한다 해도 이렇게 낯익은 대
사를 본래 의도와 다르게 왜곡해 자신을 향한 협박으로 해석한다
면 자기중심적 사고방식이 꽤 심하거나 혹은 죽음을 향한 두려움

---

1 《템페스트》에서 인용
2 《오셀로》에서 인용
3 존 웹스터, 《악마의 소송사건》에서 인용

이 병적일 만큼 강한 게 아닐까? 그녀는 책상 서랍에서 새 공책을 하나 꺼내며 물었다. "이것들은 어떤 식으로 전달되었나요?"

"대부분 편지지와 같은 종류의 봉투에 담겨 수신인 주소도 타자로 찍혀서 우편으로 배달되었습니다. 아내는 봉투까지는 보관해둘 생각을 하지 않았어요. 몇 통은 극장이나 런던의 아파트로 직접 배달되었고요. 또 한 통은 맥베스 상연 중 분장실 문 밑으로 밀어 넣었더군요. 처음 여섯 통 정도는 읽자마자 폐기해버렸습니다. 내 생각엔 그렇게 하는 게 가장 좋은 방법이었어요. 그래서 지금 우리가 가진 거라곤 이 스물세 통이 전부입니다. 아내가 기억할 수 있는 한도 내에서 받은 순서와 언제 어떤 식으로 배달되었는지를 내가 뒷면에 연필로 기록해두었어요."

"고맙습니다. 도움이 될 거예요. 부인은 셰익스피어 작품을 많이 공연했나요?"

"연극학교를 졸업하고 3년 동안 말번 극단에 있었는데 그때 공연을 꽤 많이 했습니다. 최근에는 많이 줄었지만요."

"그런데 처음 배달된 편지는 부인이 버렸다고 했지만, 맥베스 부인 역을 맡았을 때 받았다지요? 그때 무슨 일이 있었나요?"

"처음 협박장을 받았을 때는 많이 놀란 모양이지만, 아무에게도 말하지 않았습니다. 단 한 번의 심술궂은 장난이라고 여겼죠. 관 그림이 그려져 있었던 것 말고는 뭐라고 씌어 있었는지 기억나지도 않는다고 해요. 그러다가 두 번째, 세 번째, 네 번째 편지가 날아들었어요. 공연이 3주 차에 들어섰을 때 아내는 신경쇠약 상태였고 누가 계속 대사를 불러주지 않으면 공연조차 불가능할 정도였죠. 토요일 공연 2막 도중에는 아예 무대에 올라갈 수도 없어서 대역이 나서기도 했습니다. 전부 자신감의 문제였어요. 연

32

극계에서는 이런 말이 통한다죠. 대사를 잊을 거라고 생각하면 정말로 잊어버리고 만다고요. 아내는 일주일 후에 다시 공연을 시작할 수 있었지만 6주 동안 공연을 계속 이끌어간다는 건 대단히 힘든 일이었어요. 그 공연 후에는 브라이턴에서 공연하는 1930년대 유행했던 살인 추리극에 나갈 예정이었습니다. 주인공이 크라이브라는 남자인데 남자들이 전부 긴 플란넬 테니스 바지를 입고 프랑스식 창문으로 뛰어들었다 나갔다 하는 연극에 번티라는 이름의 순진한 아가씨 역을 맡기로 했어요. 별난 일이었죠. 아내가 맡을 만한 역은 아니었거든요. 아내는 고전극 배우였으니까. 하지만 중년의 여배우에게 기회가 늘 많이 오지는 않아요. 역할은 언제나 너무 적고 그 역을 노리는 좋은 배우는 차고 넘친다는 말을 들은 적이 있어요. 그런데 그 공연에서도 같은 일이 또 벌어졌어요. 처음 협박장은 개막일 아침에 왔고 그 후 일정한 간격을 두고 계속 왔어요. 공연은 4주 만에 막을 내렸는데 아마 아내의 연기 때문이었던 것 같아요. 적어도 아내는 그렇게 생각했죠. 나는 꼭 그렇다고 생각하지 않지만. 작품 자체가 형편없었던 데다가 내가 봐도 앞뒤가 맞지 않았거든요. 클라리사는 그 후로 한동안 무대에 오르지 않다가 겨우 노팅엄에서 개막하는 웹스터의 《하얀 악마》에 출연하기로 했어요. 빅토리아 뭐라던가 하는 역할이라고 들었습니다."

"비토리아 코롬보나(Vittoria Corombona)예요."

"그런가요? 당시 나는 열흘간 뉴욕에 가 있어서 연극을 보지 못했습니다. 그런데 또 같은 일이 일어났죠. 개막일에 첫 편지가 왔어요. 이번에는 아내가 경찰에 알렸어요. 그리 유쾌한 일은 아니었죠. 경찰은 편지를 가지고 가서 검토해보고 다시 돌려주더군요. 아내의 말에 맞장구는 쳐주었지만, 딱히 효과적인 조치를 취하지는 않았어요. 이게 진지한 살해 협박이라고 볼 수는 없다고 분명히 하더군요. 정말로 진지하게 살인을 생각하면 행동으로 옮기지 이런 협박으로 그치지는 않는다고요. 뭐, 나 역시 비슷한 생각이었어요. 그렇지만 경찰은 한 가지 사실을 밝혀냈어요. 내가 뉴욕에 가 있는 동안 도착한 편지는 오래된 내 레밍턴 타자기를 이용했다는 걸요."

코델리아가 말했다. "제가 어떤 식으로 도움을 드려야 할지 아직 설명하지 않으셨어요."

"이제 설명할 겁니다. 이번 주말 아내는 어느 아마추어 극단이 상연하는 《말피 공작부인》의 주연을 맡을 예정입니다. 빅토리아 시대 의상을 차려입고 도싯 해안에서 3킬로미터 정도 떨어진 코시섬에서 상연할 예정이죠. 섬의 주인인 앰브로즈 고린지가 증조부 때 처음 건축한 조그만 빅토리아 시대 극장을 복구했거든요. 그 옛날 선대 고린지는 무너진 중세의 성을 재건해 당시 황태자와 그의 정부였던 배우 릴리 랭트리를 위시한 여러 손님을 초대해 아마추어 극단의 연극을 상연하는 유흥을 베풀었던 모양입니다. 현재 주인인 앰브로즈 고린지는 과거의 영광을 부활시키려는 거고요. 코시섬과 코시성, 극장의 복구에 대한 기사가 약 1년 전 일요신문에 실렸어요. 당신도 읽었는지 모르겠군요."

코델리아는 기억이 나지 않았다. "그래서 선생님은 제가 그 섬에 가서 부인 곁에 있어주길 바라는 건가요?"

"내가 같이 가면 좋겠지만 불가능합니다. 웨스트 컨트리에서 꼭 참석해야 하는 회의가 있거든요. 금요일 아침 일찍 아내를 자동차로 스페이머스의 선착장까지 데려다줄 생각입니다. 하지만 아내 곁에 누가 있어야 해요. 이번 공연은 아내에게 아주 중요하거든요. 봄에 같은 연극을 치체스터에서 다시 상연할 생각인데, 이번에 자신감을 되찾으면 재연도 무사히 해낼 수 있을 거라고 생각합니다. 하지만 그 이상의 의미도 있어요. 아내는 이번 주말 협박이 절정에 이르러 누군가가 코시섬에서 자기를 죽이려고 한다고 생각해요."

"그렇게 생각하는 이유가 있을 텐데요."

"아내로선 설명할 수 있는 이유가 전혀 없습니다. 경찰을 납득시킬 만한 근거도 없고요. 아마 이성적인 생각은 아닐 테니까요. 다만 아내가 그렇게 느껴요. 아내가 당신을 데려오라고 부탁했습니다."

그래서 그는 이렇게 코델리아를 데리러 왔다. 그는 아내가 원하는 거라면 뭐든 들어주는 편일까? 그녀는 다시 물었다. "정확히 어떤 일을 하기 위해 저를 고용하는 거죠, 조지 경?"

"성가신 일들로부터 아내를 지켜주십시오. 아내에게 걸려오는 전화를 전부 받아요. 편지도 직접 뜯어보고요. 기회가 있으면 공연 전에 무대를 점검해줘요. 또 아내는 밤에 가장 불안해하니까 밤에 대기해줘요. 그리고 새로운 마음으로 그 협박장들에 대해 다시 의문을 품어봐요. 단 사흘 동안이라도 누가 가장 의심스러운지 알아봐줘요."

이 간결한 지시사항에 코델리아가 뭐라고 대답하기도 전에 그 부조화한 눈썹 아래 상대방을 당혹스럽게 하는 꿰뚫어 보는 회색 눈빛이 다시 나타났다.

"혹시 새를 좋아합니까?"

코델리아는 순간 어리둥절했다. 새 공포증에 걸리지 않은 이상 새를 싫어한다고 말할 사람이 누가 있을까? 새라고 하면 섬세한 취미 활동 가운데서도 가장 우아한 일이 아니던가? 그러나 조지 경은 지금 코델리아가 50미터 떨어진 곳의 개구리매를 식별할 수 있는지를 은근히 묻는 것이다. 그녀는 신중하게 대답했다.

"흔치 않은 종은 잘 식별하지 못합니다."

"안타깝군요. 코시섬은 영국에서 가장 흥미로운 천연 새 보호구역이고 개인 소유지 가운데서는 최고일 겁니다. 풀 하버의 브라운시섬에 맞먹을 정도예요. 아주 비슷하다고 보면 돼요. 코시섬에는 희귀 새가 많아요. 푸른귀펭에 캐나다 기러기, 흑꼬리 도요새, 검은머리물떼새 등이 있어요. 새에 관심이 없다니 유감이군요. 혹시 질문 있습니까? 아, 이번 사건에 대해서 말입니다."

코델리아는 머뭇거리며 말했다. "제가 부인과 사흘을 같이 보내야 한다면 무슨 결정을 내리기 전에 부인이 저를 직접 면담해야 하지 않을까요? 그분이 저를 신뢰할 수 있다고 느끼는가가 중요하니까요. 부인은 저를 모르잖아요. 우린 만난 적도 없는걸요."

"아니, 만난 적이 있습니다. 그래서 아내가 당신을 믿을 수 있다고 생각하는 겁니다. 지난주 당신이 포테스큐 부인의 고양이를 찾아주었을 때 아내는 부인과 차를 마시고 있었어요. 아마 솔로몬인가 하는 고양이였죠? 당신은 탐문을 시작한 지 30분 만에 고양이를 찾아왔고 청구서에 숫자도 적당하게 적었어요. 포테스큐 부인은 그 고양이를 끔찍이 아끼거든요. 당신은 그 가격의 세 배를 청구할 수도 있었어요. 부인은 조금도 의문을 제기하지 않았을 거고요. 그 일이 아내에겐 몹시 인상적이었던 모양입니다."

코델리아가 말했다. "우리 사무소는 의뢰비가 다소 비쌉니다. 그래야 하거든요. 하지만 일은 정직하게 합니다."

그녀는 이튼 스퀘어 저택의 그 응접실을 떠올렸다. 여성스러움이란 것이 부드럽고 호화로움을 의미한다면 지극히 여성스러운 방이었다. 은테 액자에 담긴 사진이 여기저기 안락하게 놓여 있던 것이며 아담풍 벽난로 앞의 낮은 테이블에 꽤 사치스러운 차가 놓여 있었고, 지나치게 많은 꽃이 격식에 맞춰 배치되었다. 포테스큐 부인은 안도감과 기쁨으로 제대로 말을 못 잇는 와중에도 예의상 응접실에 앉은 손님을 코델리아에게 소개했는데, 솔로몬의 털에 막혀 부인의 발음이 또렷하게 들리지 않는 바람에 코델리아는 손님의 이름을 알아듣지 못했다. 손님은 난로 옆의 팔걸이의자에 아주 고요하게 앉아 있었다. 가느다란 다리를 꼬고 반지를 무겁게 낀 양손은 팔걸이에 올려놓은 채였다. 코델리아는 높은 이마 위로 정교하게 감아올린 금발 머리와 벌에 쏘인 듯 부푼 작은 입, 부어오른 듯 보이는 두툼한 눈꺼풀 아래 깊숙이 팬 큼직한 눈을 떠올렸다. 손님은 응접실의 호화로운 분위기에 성직자 같은 단단한 우아함을 더해주었다. 격식을 갖춘 스웨이드 정장을 간소하게 차려입었지만, 어딘가 연극배우 특유의 색다른 개성이 드러났다. 손님은 진지한 얼굴로 고개를 숙여 인사하고는 마구 감정을 토로하는 친구의 모습을 살짝 조롱하는 듯한 미소로 지켜보았다. 움직이지 않았지만 평온한 인상은 아니었다. 코델리아가 말했다. "부인인 줄은 몰랐지만, 그분을 또렷하게 기억합니다."

"그렇다면 이 일을 맡아주겠습니까?"

"예, 맡겠습니다."

그는 당황하는 기색도 없이 말했다. "잃어버린 고양이를 찾아주는 일과는 조금 다를 겁니다. 포테스큐 부인 말로는 비용을 일당으로 계산한다지요? 이런 일은 조금 더 비쌀 거라고 생각합니다만."

"어느 일이나 일당은 같습니다. 최종 청구 금액은 들인 시간과 제가 다른 직원의 도움을 받았는가, 그리고 경비 수준에 따라 결정됩니다. 그러면 때로 최종 비용이 올라가기도 합니다. 그런데 섬에 손님으로 초대받아 간다면 호텔 비용은 들지 않겠네요. 언제 섬에 도착해야 하죠?"

"코시섬에서 오는 소형선이 시어워터호인데 워털루에서 9시 33분 열차를 타고 스페이머스 부두에 가면 그 배를 탈 수 있어요. 당신 기차표는 이 봉투에 들어 있습니다. 아내가 앰브로즈 고린지에게 전화를 걸어 주말 동안 이런저런 잡다한 일을 거들어줄 비서 겸 수행인을 데려가겠다고 말해두었어요. 그쪽도 당신이 가는 걸 알고 있습니다."

클라리사 라일은 코델리아가 이 일을 맡을 거라고 확신했다는 뜻이었다. 하긴 왜 맡지 않겠는가? 코델리아는 정말로 이 일을 받아들였다. 게다가 클라리사는 앰브로즈 고린지 역시 자기 뜻대로 따라줄 거라고 단단히 믿고 있었다. 파티에 비서를 데리고 간다는 변명은 아무리 봐도 궁색했는데 앰브로즈가 그 말을 어디까지 믿어주었을까 궁금했다. 주말에 남의 별장에 사립탐정을 달고 간다는 것은 왕족에게는 허락할 수 있겠지만, 그보다 신분이 낮은 손님이 탐정과 동반한다면 주인을 믿지 못한다는 뜻이고 당연히 예의에 어긋나는 행위일 것이다. 그러므로 코델리아는 가짜 신분으로 위장하고 섬에 가서 클라리사를 지킬 수밖에 없는 것이다. 만약 코델리아의 정체가 드러나기라도 한다면 섬의 주인이나 다른 손님들이나 모두 기분이 좋을 리가 없었다. 그녀가 말했다. "그 밖에 또 누가 섬에 가는지 알아야겠어요. 그 사람들에 관해 제게 들려줄 말이 있을까요?"

"많지는 않아요. 토요일 오후까지 출연진과 초대 손님이 모두 도착하면 섬에는 백여 명의 사람들이 있을 겁니다. 하지만 하우스 파티 자체는 소규모예요. 우선 아내는 톨리와 함께 갑니다. 톨리 톨가스는 아내의 의상담당자예요. 또 아내의 양아들인 사이먼 레싱도 갈 겁니다. 사이먼은 열일곱 살 남학생으로 클라리사의 두 번째 남편의 아들입니다. 그자는 1977년 8월 익사했어요. 그 애는 후견인을 맡은 친척과 사이가 좋지 않아서 아내가 아이를 맡기로 했어요. 나로선 그 애가 왜 코시섬에 초대되었는지 확실히 모릅니다. 음악을 좋아하는 아이인데, 클라리사는 아이가 여러 사람을 만날 좋은 기회라고 생각한 것 같아요. 또 아내의 사촌인 로마 라일이 있습니다. 학교 교사였는데 지금은 그만두고 런던 북쪽 어딘가에서 서점을 운영해요. 마흔다섯 살 정도 되었고 결혼은 하지 않았습니다. 나는 그 여자를 두 번밖에 만나지 못했어요. 로마 라일이 파트너로 누군가를 데려올 것 같기는 하지만 그 남자가 누구인지는 모릅니다. 그리고 연극비평가인 아이보 휘팅엄도 만나게 될 겁니다. 아내의 오랜 친구죠. 아마 이번 공연과 극장에 관해 컬러판 신문에 기사를 쓸 예정인가 봅니다. 그리고 당연히 섬의 주인 앰브로즈 고린지가 있습니다. 그리고 집사인 문터와 문터의 아내, 그리고 소형선 담당이자 잡역부로 일하는 올드필드, 이렇게 세 명의 하인이 있습니다."

"앰브로즈 고린지 씨에 대해 말해주세요."

"앰브로즈와 아내는 어렸을 적부터 서로 알고 지냈어요. 양쪽 아버지가 모두 외교관이었다지요. 앰브로즈는 1977년 숙부로부터 섬을 물려받았지만, 그 무렵 1년간 외국에 나가 있었어요. 아마 과세회피 수단이었을 겁니다. 1978년 영국으로 돌아와 그 후 3년간 성을 복구하고 섬을 돌보며 지냈어요. 중년에 결혼은 하지 않았습니다. 케임브리지에서 역사를 전공했을 겁니다. 빅토리아 시대의 권위자죠. 나쁜 사람은 아니라고 압니다."

코델리아가 말했다. "마지막으로 여쭤봐야 할 게 있어요. 부인은 틀림없이 생명의 위협을 느끼고 있습니다. 경호 없이 코시섬에 들어가기를 꺼릴 만큼이오. 혹시 말씀하신 사람들 가운데 부인이 무서워하거나 의심해야 할 이유가 있는 사람이 있을까요?"

그녀는 곧바로 이 질문이 달갑지 않음을 깨달았다. 조지 경이 결코 입 밖에 내지는 않았지만 은근히 암시했던, 아내가 생명의 위협을 느끼는 것은 히스테리 증상에 망상이라는 그의 생각을 인정하지 않을 수가 없기 때문일 것이다. 클라리사는 호위를 요구했고 그는 호위를 제공하려고 했다. 그러나 그는 호위가 꼭 필요하다고 생각하지는 않았다. 실제로 위험하다는 것도, 아내를 안심시키려고 그가 고용하는 이 수단도 전부 믿지 않았다. 그런데 지금 아내를 초대한 섬의 주인과 손님들이 은밀한 감시 아래 놓인다는 생각에 그의 마음 일부분이 반발하고 있었다. 그는 아내의 부탁을 들어주기는 했지만 정작 본인은 어떤 것도 바람직하게 여기지 않았다.

그는 무뚝뚝하게 대답했다. "그 문제는 머릿속에서 몰아내도 좋습니다. 이 하우스 파티에 참석하는 사람 중 누구도 아내를 해칠 거라고 의심할 이유가 없어요. 전혀 없습니다."

2

더 이상 중요한 문제는 언급하지 않았다. 조지 경은 시계를 보더니 자리에서 일어났다. 2분 후 1층 출입구에서 무뚝뚝하게 작별인사를 건네고, 문제의 명판에 대해서는 한마디도 하지 않고, 심지어 그쪽을 쳐다보지도 않고 떠났다. 코델리아는 계단을 올라가며 면담을 더 잘할 수도 있었을 거라고 아쉬워했다. 그토록 갑작스레 끝나버린 게 안타까웠다. 사실 묻고 싶은 질문이 더 있었다. 특히 코시섬에서 만나게 될 사람 가운데 누구라도 그 협박편지의 존재를 아는지가 궁금했다. 클라리사 라일을 만날 때까지 기다릴 수밖에 없었다.

사무실 문을 열자 모즐리 여사와 베비스가 각자 타자기에서 고개를 들고 간절하게 궁금한 눈빛으로 코델리아를 쳐다보았다. 이들에게 소식을 알리지 않는다면 무정한 짓이 될 것이다. 그들은 조지 경이 평범한 의뢰인이 아님을 벌써 감지했고 호기심과 흥분 때문에 말 그대로 넋이 나가 있었다. 조지 경이 방문한 동안 이상하게도 바깥 사무실에서 타자 소리가 전혀 들려오지 않았다. 코델리아는 그들에게 들려줘도 되는 내용을 최대한 줄여서 말해주었다. 특히 클라리사 라일이 신경을 건드리지만 그리 심각하지는 않은 협박편지로 골머리를 앓고 있어서 자신을 보호해줄 비서 겸 수행인을 찾고 있다고 강조했다. 협박편지의 내용에 담긴 본질이나 그녀의 목숨이 심각하게 위협당한다고 배우 자신이 굳게 믿고 있다는 사실은 조금도 말하지 않았다. 또 이 일 역시 다른 일과 마찬가지로 아무리 사소한 것도 절대 비밀을 엄수해야 한다고 경고했다.

모즐리 여사가 말했다. "물론이죠, 그레이 씨. 베비스도 그 점은 완벽하게 알고 있을 거예요."

베비스도 열렬히 동의했다. "제가 보기보다 훨씬 믿을 만한 사람이거든요. 절대 말하지 않을게요. 절대로요. 탐정사무소에 관한 일이라면 어떤 것도 말하지 않을 겁니다. 하지만 누군가가 어서 말하라고 고문한다면, 소용이 없을 거예요. 아픈 건 참을 수 없으니까요."

코델리아가 말했다. "아무도 당신을 고문하지 않아요, 베비스."

세 사람은 일찍 점심을 먹기로 했다. 베비스가 카나비 거리의 식당에서 샌드위치를 사 오고 모즐리 여사가 커피를 끓였다. 다 같이 바깥 사무실에 편안하게 앉아서 이 흥미로운 새 계약이 어떻게 전개될지 행복한 고찰에 몰두했다. 그 시간은 결코 낭비가 아니었다. 뜻밖에도 모즐리 여사와 베비스는 코시섬과 그 주인에 대해 꽤 유용한 정보를 알고 있어서 앞서거니 뒤서거니 하며 열변을 토했다. 처음 있는 일은 아니었다. 두 사람은 정통적인 기술은 살짝 의심스러웠지만, 보너스처럼 유용한 소문을 전해줄 때가 드물지 않았다.

"그 성이 마음에 들 거예요, 그레이 씨. 혹시 빅토리아 시대 건축물에 관심이 있다면요. 우리 오라버니가 죽기 한 달 전에 교구 어머니회가 코시섬으로 여름 나들이를 다녀왔답니다. 물론 저는 어머니회 정식 회원은 아니었어요. 그럴 수가 없으니까요. 하지만 저는 보통 나들이에 따라갔고 그 나들이는 유난히 즐거웠어요. 성안의 미술작품과 도자기가 특히 마음에 들더군요. 그리고 빅토리아 시대 미술품과 공예품을 박물관처럼 시간의 흐름에 따라 모아놓은 아주 굉장한 침실이 하나 있었어요. 드 모건의 타일과 러스킨의 그림, 맥머도의 가구가 있었죠. 기억에 비용이 꽤 많이 든 나들이였어요. 섬 주인인 앰브로즈 고린지 씨는 여름철 일주일에 단 한 번만 견학을 허락하고 그것도 한 회에 12명으로 인원을 제한해서 어쩔 수 없이 입장료를 비싸게 받는 모양이더라고요. 하지만 아무도 불평하지 않았답니다. 심지어 언제나 하루가 끝나갈 무렵이면 불평을 해야 직성이 풀리는 바고트 부인도 아무 말이 없었다니까요. 섬 자체도 무척 아름답고 다채롭고 아주 평화로웠어요. 낮은 벼랑이나 숲, 들판과 습지도 있었어요. 마치 영국을 축소해놓은 것 같았죠."

"사실 저는 클라리사 라일이 대사를 까먹었던 그 공연을 직접 보고 있었어요. 정말 어마어마했죠. 대사를 까먹은 정도가 아니었어요. 자동으로 줄줄 나와야 하는 맥베스 부인의 대사를 누가 잊을 수 있어요? 그런데 클라리사 라일은 대사를 완전히 잊어버렸어요. 나랑 피터는(아, 피터는 제 친구예요.) 대사를 불러주는 사람이 필사적으로 대사를 읊는 소리를 앉은 자리에서 들을 수 있을 정도였죠. 그러다 그녀는 숨을 헐떡이더니 그대로 무대 밖으로 나가버렸어요."

베비스의 흥분한 목소리 때문에 모즐리 여사는 오펜의 초상화와 윌리엄 모리스의 태피스트리를 향한 행복한 회상에서 깨어났다.

"아이고, 딱해라! 얼마나 끔찍했을까요, 베비스?"

"나머지 출연자들도 끔찍했죠. 관객들도 마찬가지였고요. 망신도 그런 망신이 없었을 거예요. 어쨌거나 클라리사 라일은 어느 정도 명성이 있는 전문 배우잖아요. 그런 사람이 아마추어 극단의 공연에 처음 출연하는 신경질적인 여학생처럼 굴 거라고 누가 생각이나 했겠어요? 그 맥베스 공연이 끝나고 메츨러가 다시 그녀에게 비토리아 역할을 맡겼을 때 깜짝 놀랐어요. 그 공연은 순조롭게 시작했고 비평도 그리 나쁘지는 않았지만, 다들 무슨 일이 벌어질지 몰라 아슬아슬했다고 말했어요."

베비스는 마치 연극계의 모든 내밀한 이야기를 개인적으로 잘 아는 것처럼 말했다. 가끔 연극계 이야기를 들려줄 때면, 그는 그 환상과 욕망으로 가득한 이국의 세계에 대해 태어나면서부터 자연스럽게 호흡해온 공기와 약속의 땅에 대해 말하는 것처럼 확고한 자신감을 내비쳤는데, 그때마다 코델리아는 경탄했다. 베비스가 말했다. "저도 코시섬의 빅토리아풍 극장을 보고 싶어요. 백 석밖에 안 되는 아주 작은 극장이지만 완벽하다고들 하더군요. 원래 소유주가 당시 황태자의 애인이었던 릴리 랭트리를 위해 지었다죠. 황태자는 그 섬을 자주 찾아갔고 성에서 하우스 파티를 열며 아마추어 연극을 즐겼다고 해요."

"그런 걸 어떻게 다 알아요, 베비스?"

"앰브로즈 고린지가 복구를 끝낸 직후 일요신문에 코시성에 관한 기사가 실렸어요. 친구가 보여주더라고요. 제가 관심이 있는 걸 그 친구가 알거든요. 객석이 참 매력적이더군요. 심지어 깃털로 장식한 황태자 전용 로열석도 있어요. 직접 가서 제 눈으로 보고 싶어요. 미칠 만큼 부러워요."

코넬리아가 말했다. "조지 경에게서 극장에 관해 들었어요. 현재 소유주는 틀림없이 큰 부자인가 봐요. 극장과 성을 복구하고 빅토리아 시대 물건을 수집하려면 엄청난 돈이 들겠죠."

놀랍게도 이번에는 모즐리 여사가 말했다. "어머, 그 사람 정말 부자예요! 베스트셀러를 써서 큰돈을 벌었거든요. 《시체 해부》라는 소설을 썼어요. 필명이 A. K. 앰브로즈였죠. 몰랐어요?"

몰랐다. 수천 명의 다른 사람들과 마찬가지로 그녀 역시 페이퍼백 한 권을 샀었다. 서점마다 슈퍼마켓마다 깔린 극적인 책 표지를 질리도록 보았고, 또 대체 어떤 책이기에 첫 장편 소설이 출판되기도 전에 50만 부는 거뜬히 팔릴 거라고 알려졌는지 알고 싶은 마음도 있었다. 유행대로 길고, 또 유행대로 폭력적이었다. 홍보 문구가 장담했던 대로 한번 잡으면 내려놓을 수가 없었지만, 지금은 줄거리도 등장인물도 분명히 기억나는 게 하나도 없었다. 착상 자체는 깔끔했다. 살인사건 피해자의 부검을 다루었고, 사건과 관계된 모든 사람, 즉 법의학자, 경찰, 시체보관소 직원, 피해자 가족, 피해자, 그리고 마지막으로 살인자의 이야기를 길게 늘어놓았다. 약간 독특한 범죄소설이라고 부를 수 있을 텐데, 이때 독특함이란 사건 수사보다 정상이든 비정상이든 섹스에 관한 묘사가 더 많았고 내용에 미스터리와 통속적인 가족사를 성공적으로 결합해냈다는 점을 말했다. 문체는 대중성에 잘 맞게 계획되어 대중적인 호소력을 해칠 만큼 빼어나지도 않았고 공개적으로 읽는 모습을 남에게 보였을 때 부끄러울 만큼 나쁘지도 않았다. 다 읽고 나서는 불만스러웠는데, 농락을 당했다고 느꼈기 때문인지, 아니면 익명의 저자 A. K. 앰브로즈가 마음만 먹으면 더 좋은 책을 쓸 수 있을 거라고 믿었기 때문이었는지는 확실히 알 수가 없었다. 그러나 아이러니와 자기혐오를 밑에 감추고 그린 성적인 장면의 교묘한 배치와 여성 시체 해부의 자세한 묘사는 확실히 외설적인 힘이 있었다. 적어도 그 부분은 작가가 직접 쓴 게 틀림없었다.

모즐리 여사는 자신의 질문에 비판의 낌새가 묻어난 걸 부인하려고 열심이었다. "몰랐대도 놀랄 일은 아니죠. 나도 몰랐어요. 여름 나들이 갔을 때 남편이 서점을 운영하는 회원이 있어서 알려줬지요. 앰브로즈 씨는 자기 정체가 알려지는 걸 몹시 싫어한대요. 그 책이 그가 쓴 유일한 책이라고 알고 있어요."

코델리아는 대단한 재능을 지닌 앰브로즈 고린지와 그가 소유한 연안의 섬을 향해 왕성한 호기심을 느끼기 시작했다. 이 새로운 업무가 지닌 색다른 특징들을 골똘히 생각하며 앉아 있는 동안 베비스가 커피잔을 정리했다. 오늘은 그가 설거지할 차례였다. 모즐리 여사는 무릎 위에 손을 포개어놓고 말없이 깊은 생각에 잠겼다. 그러다가 갑자기 고개를 들고 말했다.

"아무 일도 없었으면 좋겠어요, 그레이 씨. 협박편지라니 뭔가 사악하고 위협적인 느낌이 들어요. 우리 교구에도 그런 것들이 빗발쳤다가 아주 비극적으로 끝났던 일이 있었죠. 협박편지란 것은 놀라울 정도로 악의에 차 있거든요."

코델리아가 말했다. "악의에 차 있기는 하지만 위험하지는 않아요. 이런 사건은 놀랍기보다는 오히려 지루할 가능성이 더 커요. 그리고 코시섬에서 어떤 끔찍한 일이 일어날 거라는 생각도 들지 않고요."

베비스가 찻잔 세 개를 아슬아슬하게 받쳐 든 채 문간에서 돌아섰다. "하지만 거기서 끔찍한 일이 예전에 벌써 일어났어요! 자세한 건 몰라요. 제가 읽은 신문기사에는 실리지 않았으니까요. 하지만 지금 코시성은 중세의 성터에 재건되었고 또 그 성터는 전쟁 중에 해협 일부를 지키려고 사용했기 때문에 아마 유령이 한둘은 있을 거예요. 게다가 기사에도 그 섬이 간직한, 피로 얼룩진 폭력의 역사가 언급되었어요."

코델리아가 말했다. "그건 단지 언론의 흥미 위주 기사예요. 과거란 전부 피로 얼룩져 있죠. 그렇다고 지금까지 유령이 돌아다닌다는 뜻은 아니잖아요."

그녀는 아무런 예감도 없이 말했다. 드디어 진짜 사건 의뢰가 들어와서 기뻤고, 따뜻한 가을 날씨가 이어지는 동안 런던을 벗어날 생각에 행복했다. 마음은 벌써 우뚝 솟은 탑과 갈매기가 요란하게 울어대는 습지, 영국의 축소판 같은 완만한 언덕과 숲을 보고 있었다. 아름답고 신비로운 그곳이 햇볕 아래 펼쳐진 채 그녀를 기다렸다.

3

앰브로즈 고린지는 요즘 런던을 방문하는 일이 뜸해서 시내 클럽의 회원권이 아직 유효한지 궁금했다. 수도 곳곳에는 여전히 그가 집처럼 편안하게 지낼 곳이 있었지만, 그 밖에 웬만한 곳은 한때는 즐거운 마음으로 돌아다녔으나 지금은 더럽고 훼손되어버린 낯선 곳이 되었다. 주식중개업자나 저작 대행사, 출판사 등의 일로 런던을 방문해야 할 때면 스스로 '사치'라고 부르는 일정을 계획했다. 어른이 되어서 다시 학창시절 방학을 재연한 것이다. 어쩌다 여기 와 있는지 자신의 우둔함을 탓할 시간이 없도록 하루의 어느 한순간도 허투루 낭비하지 않았다. 노팅힐 게이트 근처의 솔 거스킨이 운영하는 작은 골동품 가게를 찾는 일은 어김없이 일정에 들어갔다. 빅토리아 시대 그림이나 가구는 대부분 런던의 경매장에서 샀지만, 거스킨은 빅토리아 시대를 향한 그의 열정을 잘 알고 때로는 부분적이나마 열정을 공유하고 있어서, 앰브로즈가 손에 넣은 중요한 물건들보다 빅토리아 시대 정신을 훨씬 더 잘 떠올리는 자잘한 물건들이 그 가게에서 그의 감식안을 기다리고 있을 거라고 확신할 수 있었다.

때아닌 9월의 더위 속에서 골동품 가게 뒤편의 어수선하고 환기도 잘되지 않는 사무실은 짐승 소굴의 냄새를 풍겼다. 그 소굴에서 초췌할 정도로 하얀 얼굴과 섬세한 작은 손을 가졌고, 지저분한 몰스킨 조끼를 입은 거스킨이 집요한 설치류처럼 종종걸음을 쳤다. 지금 거스킨은 책상 서랍의 자물쇠를 풀고 이 특별한 손님 앞에 지난 4개월간 수집해온 물건을 정중하게 늘어놓았다. 포도와 넝쿨 잎이 새겨진 브리스틀산 파란색 디캔터는 매력적이었지만, 유리잔이 다섯 개밖에 딸려 있지 않았다. 앰브로즈는 완벽한 한 벌을 원했다. 또 월터 크레인이 디자인한 웨지우드 꽃병 한 쌍은 이가 조금 나가 있었다. 앰브로즈가 평소 완벽함을 요구한다는 것을 잘 알면서도 거스킨이 굳이 이런 물건들을 내놓았다는 사실이 놀라웠다. 그러나 1844년 10월 10일 프랑스 국왕 루이 필리프의 가터 기사 훈장 수여를 기념하기 위해 윈저성에서 여왕이 베푼 연회에 사용한 테두리 장식 메뉴판을 발견한 점은 반가웠다. 그 기념일에 코시성에서도 똑같은 메뉴를 내면 재미있겠다는 생각이 떠올랐지만, 곧 문터 부인의 요리 솜씨나 손님 수준에 한계가 있다는 생각도 마저 떠올렸다.

그러나 거스킨은 늘 최상품은 마지막까지 아껴두었다. 이제 그는 한 사람의 열혈 신자를 위해 대중 미사를 집전하는 듯 평소와 다름없는 근엄한 분위기 아래 묵직한 상복용 브로치 두 개를 꺼냈다. 검은색 에나멜과 금으로 아름답게 세공되었고 둘 다 한 타래의 머리카락을 소용돌이와 꽃잎 모양으로 정교하게 꼬아 붙였다. 또 여전히 배달 당시 상자 안에 들어 있는, 죽은 이의 부인이 썼던 높고 검은 모자가 있었다. 그리고 갓난아기의 통통한 손목을 그대로 본뜬 대리석 조각품이 보라색 벨벳 쿠션 위에 놓여 있었다. 앰브로즈는 모자를 손에 들고 주름 잡힌 공단을 가볍게 톡톡 두드려보았다. 대단히 호화로운 애도용 리본이었다. 모자의 주인은 어떻게 되었을까? 비탄에 잠겨 남편을 따라 때 이른 무덤으로 들어갔을까? 아니면 값비싼 이 모자가 별로 마음에 들지 않았을까? 모자와 브로치 두 개는 빅토리아 시대 시체 애호증적인 물건을 전시해두고 그가 '메멘토 모리[4]'라고 부르는 코시성의 한 침실에 추가될 것이다. 그 방에는 칼라일, 러스킨, 매튜 아놀드의 데드마스크와 우는 천사의 그림과 감상적인 문구가 쓰인 검은 테두리 장식 부고장, 죽은 사람의 유물이었던 찻잔이나 메달, 머그잔, 그리고 검은색이나 회색, 담자색의 묵직한 상복이 걸린 옷장이 있었다. 클라리사는 딱 한 번 그 방에 들어갔다가 놀란 후로 성에 그 방이 없는 것처럼 굴었다. 그러나 앰브로즈는 연인끼리 손님으로 왔을 때, 둘의 관계가 공공연하든 은밀하든 상관없이, 이따금 그 방에서 묵어가는 걸 좋아하는 기색을 발견할 때마다 은근히 만족스러웠다. 마치 18세기 매춘부가 런던 이스트 엔드 묘지의 평평한 묘석 위에서 손님과 관계를 맺었던 것과 비슷하다고 생각했다. 그는 조롱과 약간의 경멸을 담아 이 에로티시즘과 병적인 상태의 공생을 바라보았다. 우연히도 그에게는 없는 인간의 약점을 바라볼 때면 어김없이 그런 눈빛을 했다.

앰브로즈가 말했다. "이것들을 가져가겠어요. 그리고 가능하면 저 대리석 조각도 가져가고 싶은데, 저건 어디서 구했습니까?"

4 *memento mori*, 라틴어로 죽음을 기억하라는 뜻

"개인이 판매한 물건입니다. 유품 같지는 않아요. 주인 말로는 빅토리아 여왕을 위해 오즈번 하우스[5]에 살던 왕족 아이들의 손발을 대리석으로 조각했다는데, 이건 그중 하나를 복제한 거라고 합니다. 아마도 공주의 아깃적 손목 같아요."

"가엾은 비키![6] 만만찮은 어머니와 아들과 비스마르크 때문에 가장 행복한 공주라고는 말할 수 없겠지요. 이 물건은 거부할 수 없는 매력이 있지만, 이 가격으로는…."[7]

"쿠션은 정품입니다. 그리고 이게 정말로 공주의 손목이라면 진품일지도 모릅니다. 제가 알기로 오즈번 하우스에서 만든 물건에 복제품이 있다는 기록은 없습니다."

두 사람은 여느 때와 마찬가지로 화기애애한 분위기 속에서 흥정에 들어갔지만, 앰브로즈는 거스킨의 마음이 흥정에 가 있지 않음을 감지했다. 거스킨은 미신을 믿는 사람이라서 대리석 작품에 매혹을 느끼면서도 동시에 혐오감이 느껴져 손도 못 대고 있는 게 분명했다. 그는 이 물건이 어서 빨리 가게를 떠나기를 바랐다.

흥정이 마무리되자 자물쇠를 잠가둔 거리 쪽 출입문에서 초인종이 울렸다. 거스킨이 문을 열어주러 갈 때 앰브로즈는 잠시 전화기를 사용해도 되느냐고 물었다. 조금만 더 서두르면 기차를 조금 일찍 탈 수도 있겠다는 생각이 불쑥 들었다. 평소처럼 전화를 받은 사람은 문터였다.

5 빅토리아 여왕의 여름 별장이었으나 남편 앨버트 공이 사망한 후 자녀, 손주들과 함께 지내는 주 거처가 되었다.
6 빅토리아 여왕의 첫딸 빅토리아 아델레이드 메리 루이즈 공주는 비키라고 불렸다.
7 빅토리아 아델레이드 메리 루이즈 공주는 독일의 프리드리히 3세와 결혼해 독일의 왕비가 되었지만 자유주의자였던 그녀는 당시 총리 비스마르크와 심각한 정치적 대립을 겪었다. 또 아들 빌헬름 왕자를 시어머니에게 빼앗겼고 할머니 손에서 자란 빌헬름 2세는 부모와 반대로 군국주의자가 되었다.

"코시섬입니다."

"앰브로즈네. 런던에서 전화하는 거야. 2시 30분 기차를 탈수 있을 것 같아서 말이야. 4시 40분이면 부두에 도착할 수 있을 거야."

"잘됐군요. 올드필드에게 일러두겠습니다."

"별일 없나, 문터?"

"예, 별일 없습니다. 화요일 무대연습은 성공했다고 보기 어렵지만 그게 오히려 실제 공연에는 더 유리할 거라고 생각합니다."

"조명 리허설은 제대로 됐나?"

"예. 이렇게 말해도 좋을지 모르지만, 그 극단은 배우들보다는 아마추어 전기담당자를 더 잘 구한 것 같습니다."

"문터 부인은? 토요일에 필요한 일손은 전부 구했나?"

"아직 다 구하지는 못했습니다. 마을에서 여자애 둘이 올 수 없게 되어서 체임버스 부인이 손녀를 데려온다고 합니다. 그 아이 면접을 봤는데, 교육을 받지는 못했지만 꽤 영특해 보였습니다. 코시섬에서의 연극이 연례행사가 된다면 일손을 구하는 문제는 다시 고려해야 하지 않을까 싶습니다. 적어도 1년 중 이 일주일 동안이라도 말입니다."

앰브로즈는 침착하게 말했다. "자네도 자네 부인도 이 연극이 연례행사로 자리 잡을 거라는 생각은 하지 않아도 되네. 1년 일정을 미리 계획할 필요가 있다면, 이번 공연은 클라리사 라일이 코시섬에서 선보이는 마지막 무대라고 추측하는 편이 더 안전할 거야."

"고맙습니다. 클라리사 라일 부인이 전화했습니다. 남편인 조지 경이 급한 회의에 참석하게 되어서 토요일 오후나 되어야 여기 도착한답니다. 어쩌면 공연이 끝날 때까지 오지 못할 수도 있고요. 클라리사 부인은 남편 대신 코넬리아 그레이 씨라는 비서 겸 수행인을 초대해 위안으로 삼겠다고 했습니다. 코넬리아 그레이 씨는 금요일 아침 다른 파티 손님들과 함께 도착한다고요. 클라리사 부인은 이 문제에 관해서는 개인적으로 주인께 직접 말할 필요는 없다고 생각하는 모양이었습니다."

문터의 말에 조심스럽게 억누른 빈정거림과 못마땅한 마음이 수화기를 통해 또렷하게 전해졌다. 문터는 자기가 어디까지 관여해야 하는지 능숙하게 판단했고 베일 아래 감춘 건방짐은 결코 주인을 향하지는 않았기 때문에 앰브로즈는 되도록 문터의 뜻을 받아주었다. 사람이란, 특히 하인이란 자존심이라는 사소하고도 고집스러운 지지대가 있어야 했다. 앰브로즈는 우드하우스 소설에 등장하는 집사 지브스와, 문터와 이름이 비슷한 분터[8]를 모델로 한 것 같은 문터의 개성이 그가 신중하게 고안해낸 집안의 질서가 흔들릴 때면 어김없이 그 패러디에 가까워진다는 것을 일찍이 깨달았다. 지난번 클라리사가 성에 왔을 때 문터는 결국 참지 못하고 분터와 비슷해졌다. 앰브로즈는 문터의 괴상한 기질, 기이한 외모와 태도 사이의 대조를 오히려 즐겼고 그의 과거도 전혀 궁금하지 않았기에, 이제 진짜 문터가 존재하는지, 만약 존재한다면 과연 그는 어떤 사람인지 굳이 호기심을 품지도 않았다.

수화기 너머로 문터의 목소리가 들렸다. "코넬리아 그레이 씨는 드 모건 방을 내주면 될 것 같습니다. 주인께서 동의하신다면 말입니다."

"적당해 보이는군. 만약 조지 경이 토요일 밤에 도착하면 메멘

8 도로시 세이어즈의 피터 윔지 경 시리즈에 등장하는 집사

토 모리 방을 주면 될 것 같네. 혹시 코델리아 그레이에 대해 아
는 게 있나?"

"젊은 여자라고 들었습니다. 그런데 만찬 때 함께 식사하게 해
야겠지요?"

"물론이지."

클라리사가 그 여자를 어떻게 생각하는지는 모르지만, 적어도
그가 베푸는 만찬 자리에 앉히는 게 공평할 것이다. 그러나 클라
리사가 그 비서 겸 수행인이라는 사람을 어떻게 생각하는지, 그
리고 그 역할을 맡을 여자는 어떤 사람인지, 흥미가 갔다. 어쨌
든 그 여자가 끼어서 이번 주말이 예상보다 더 복잡해지지는 않
기를 바랐다.

"그만 끊겠네, 문터."

"예, 들어가십시오."

사무실로 돌아온 거스킨은 손님이 대리석 손목을 들고 명상에
잠긴 듯 앉은 모습을 보고 자기도 모르게 몸을 떨었다. 앰브로즈
는 대리석 손목을 쿠션 위에 돌려놓고 거스킨이 분주하게 포장
용 상자를 찾고 그 안에 얇은 종이 안감을 대는 모습을 구경했다.

앰브로즈가 말했다. "당신은 이 물건이 싫습니까?"

거스킨은 이제 솔직할 여유를 되찾았다. 대리석 손목은 이미
팔렸고 앰브로즈는 가격 흥정을 끝낸 후에는 어떤 물건도 취소한
적이 없었다. 그는 쿠션에만 손이 닿게 조심해가며 대리석 손목
을 포장 상자 안에 넣었다.

"이 물건이 팔려서 서운하다고는 말하지 않겠습니다. 저는 보
통 빅토리아 시대 사람들이 무척 좋아해 반지 걸이로 사용했던 사
람 손 모양 도자기류는 아주 잘 다룹니다. 지난주에도 좋은 물건

을 하나 입수했는데 손목 가장자리에 이가 나가서 손님 마음에는 들지 않을 겁니다. 그런데 어린아이의 손목이라니요! 그것도 저렇게 절단된 손목을! 너무 야만적이고, 거의 병적인 취향이라고 생각합니다. 물론 제 느낌에 불과합니다. 이상하게 저 물건을 보면 그런 느낌이 들어요. 제가 어떤 사람인지 아시잖습니까. 저 물건은 자꾸 죽음을 떠올리게 해요."

앰브로즈는 상자에 넣어 포장하기 전 마지막으로 브로치를 한 번 더 들여다보았다.

"이 브로치와 망자 부인의 모자보다는 확실히 덜 이성적이죠. 당신 말에 동의합니다. 혹시 이 대리석 손목도 죽은 사람의 유품일지 모르죠."

거스킨이 단호하게 말했다. "유품은 다릅니다. 유품을 보고 불안했던 적은 한 번도 없습니다. 하지만 이 물건은 달라요. 솔직히 말씀드리면 이 물건이 우리 가게에 들어왔을 때부터 반감이 들었어요. 이걸 볼 때마다 손목이 피를 줄줄 흘리는 상상을 하게 돼요."

앰브로즈가 빙그레 웃었다. "우리 집 손님들에게 보여주고 반응을 한번 봐야겠군요. 이번 주말에 코시성에서 《말피 공작부인》을 상연하거든요. 이게 완전한 크기의 성인 남자의 손이라면 소품으로 쓸 수도 있었겠어요. 하지만 아무리 흥분이 극에 달한 공작부인이라도 이걸 보고 안토니오의 잘린 손이라고 오해하지는 않을 겁니다."[9]

그러나 웹스터의 희곡을 읽은 적이 없는 거스킨에게는 이런 암

---

9 말피 공작부인은 집사인 안토니오와 비밀 결혼을 하지만 이를 못마땅하게 여긴 두 오빠가 죽은 자의 손목을 절단해 말피 공작부인에게 보여주며 안토니오의 손목이라고 거짓말한다.

시가 통하지 않았다. "그럴 테지요, 손님." 거스킨은 아첨하는 듯 교활한 미소를 지었다.

5분 후 거스킨은 손님과 물건 보따리가 공식적으로 가게를 떠나는 모습을 지켜보며 성급한 자기만족에 빠졌다. 그는 자신의 예민함을 조심스럽게 키워왔지만 한 번도 날카로운 통찰력을 자랑한 적은 없었다. 그는 죽은 공주의 손목이 가게를 떠나는 모습을 마지막으로 보고 또 들었다는 사실에 만족했다.

4

    거스킨의 골동품 가게에서 3킬로미터 정도 떨어진 할리 거리
의 한 진료실에서 아이보 휘팅엄이 진찰대 가장자리에 다리를 늘
어뜨린 채 의사 제임스 경이 자기 책상으로 천천히 돌아가는 모
습을 지켜보았다. 의사는 언제나처럼 낡았지만 제대로 지은 세로
줄 무늬 정장을 입었다. 이곳 진료실에는 흰색 가운처럼 임상의의
진료실이라는 느낌을 주는 물건은 하나도 없었다. 방 자체도 무
늬가 들어간 액스민스터 카펫, 에드워드 왕조 시대의 조각 책상,
그 위에 은테 액자에 담긴 제임스 경의 손자들과 유명인 환자들
의 사진, 대리석으로 조각한 벽난로 선반 위에 늘어놓은 사냥 그
림과 확고한 성공으로 이름을 떨치고 신분에 자부심을 품은 몇몇
조상들의 초상화 같은 것들 덕분에 진료실보다는 개인 서재 같은
분위기를 풍겼다. 병균의 감염을 막으려는 노력이 명백하게 보이
지는 않았지만, 세균도 제임스 경의 환자들이 앉는 깊숙하고 푹

신한 팔걸이의자에 침투해 들어오지 않을 만큼 영리한 모양이라고 아이보는 생각했다. 심지어 진찰용 침대도 병원에 있을 만한 것으로 보이지 않았다. 전체가 갈색 가죽으로 덮였고, 우아한 18세기풍 서고용 발판을 딛고 올라가게 되어 있었다. 제임스 경의 환자 중 상당수가 개인적인 변덕으로 옷을 벗고 진찰대에 오르기를 원할지 모르지만, 그 기이한 행동은 그들의 건강 상태와는 아무런 관련이 없을 것이다.

제임스 경이 처방전에서 고개를 들고 아이보에게 물었다. "비장이 여전히 말썽인가요?"

"이게 한 9킬로그램 정도 나가는 모양인지 배가 불룩 나온 임신부처럼 느껴집니다. 예, 비장이 말썽이라고 말씀드릴 수 있겠군요."

"지금쯤이면 슬슬 나아져야 하는데 말입니다. 하지만 너무 서두를 필요는 없어요. 한 달 안에 다시 한 번 보기로 합시다."

아이보는 동양화 병풍 뒤에 옷을 벗어 개켜놓은 의자로 돌아가 묵직한 배 위로 바지를 끌어 올리며 옷을 입기 시작했다. 제 죽음을 품고 다니는 기분이었다. 그것은 스스로 근육을 빨아들이고, 움직이지 않는 태아처럼 배 속에 도사린 악몽 같아서, 목욕할 때마다 거울 속에서 뒤틀린 배를 확인하고 죽음의 무게를 새삼 실감하곤 했다. 그는 병풍 너머 의사에게 말했다. 입이 셔츠에 가려 막힌 목소리가 나왔다. "비장에서 적혈구 생성이 우세하면 비장이 커지는데 제 혈액은 더는 적혈구를 생산하지 못한다고 말씀하셨잖아요?"

제임스 경은 고개도 들지 않고 신중하게 무관심을 가장하고 말했다. "보통 그렇게 되기도 하지요. 한 기관이 기능을 멈추면 다른 기관이 우세해집니다."

"그렇다면 제 비장이 완전히 망가졌을 때 어떤 기관이 그 일을 대신 맡아 할지 여쭤본다면 눈치 없는 사람이 될까요?"

아이보의 재치에 제임스 경이 큰 소리로 웃음을 터뜨렸다. "그건 막상 닥쳤을 때 알아보는 게 좋지 않을까요?"

제임스 경은 원래 말을 잘하는 편은 아니라고 아이보는 생각했다.

발병 이후 처음으로 의사에게 살날이 얼마나 남았는지 대놓고 물어보고 싶어졌다. 꼭 정리해두지 않으면 안 되는 일이 있어서는 아니었다. 아내와는 이혼했고 자식들과도 소원해진 채 혼자 사는 처지로, 강박적으로 쓸고 닦아 말끔한 그의 아파트만큼이나 지난 5년간 그의 신변은 우울할 정도로 정리가 잘되어 있었다. 남은 시간이 얼마나 되는지 알고 싶은 마음은 그저 가벼운 호기심에 불과했다. 1년 중 가장 싫어하는 크리스마스를 한 번 더 맞이하지 않아도 된다는 사실을 알면 기쁠 것이다. 그러나 그런 질문은 악취미 중에서도 가장 심한 악취미라는 걸 깨달았다. 게다가 방 분위기가 그런 질문은 꺼내지 못하게 꾸며져 있었다. 제임스 경은 자기로선 대답하기 어려운 질문은 하지 않도록 환자를 훈련하는 데 능숙했다. 아이보 본인도 전적으로 반대하지는 않는 제임스 경의 철학은 우선 환자는 적절한 시기에 자신이 죽어간다는 사실을 알아야 하고, 여전히 피가 뜨겁게 흐를 때보다는 육체적으로 쇠약할 때 죽음의 선고를 받는 편이 훨씬 덜 고통스럽다는 것이었다. 그는 희망의 상실이 누구에게든 좋은 영향을 끼친다고는 절대로 믿지 않았고, 의사가 오진할 수 있다는 것도 역시 믿지 않았다. 마지막 주장은 관습적인 겸손의 태도였다. 제임스 경은 자신이 오진할 수 있다고 개인적으로도 믿지 않았고, 실제로 그는 매우 뛰어난 진단 의사였다. 의사의 진단 능력이 치료 능력보다 훨씬 앞서는 게 그의 잘못은 아니라고 아이보는 생각했다. 재킷 소매에 팔을 집어넣으며 아이보는 큰 소리로《하얀 악마》중 브라치아노의 대사를 읊었다.

죽음의 고통이 닥치거든 누구도 내게 죽음을 말하지 말라.
죽음, 그것은 한없이 두려운 말이니.

제임스 경도 공유하는 견해였다. 경이 만약 이 대사를 안다면 방문 위에 이 글귀를 붙여두지 않는 게 오히려 놀라운 일이었다.
"죄송합니다, 아이보 씨. 방금 뭐라고 말씀하셨는지 제가 잘 듣지 못했습니다만."
"별말 아닙니다, 제임스 경. 그저 웹스터의 희곡 대사를 인용해봤습니다."
제임스 경은 대단히 예쁜 간호사가 마지막 배웅을 위해 대기 중인 진료실 문 앞까지 아이보를 안내하면서 물었다.
"이번 주말에 런던 밖으로 가십니까? 이렇게 좋은 날씨에 아무것도 하지 않기란 참 아깝군요."
"사실 도싯에 갑니다. 스페이머스 앞바다의 코시섬에요. 어느 아마추어 극단이 전문가의 도움을 조금 받아《말피 공작부인》을 상연하는데 제가 컬러신문 부록에 기사를 쓰기로 했거든요." 그리고 이렇게 덧붙였다. "코시섬에 빅토리아 시대 극장을 복원했다는 소식과 그 역사에 관해 쓰려고요."
그리고 곧바로 괜한 사족을 붙였다고 자책했다. 아무리 죽어가는 사람이라지만 아마추어 극단의 공연을 비평할 만큼 추락하지

60

는 않았다고 웅변한 셈이 아닌가.

"그것참 잘됐군요. 정말 좋습니다." 제임스 경은 안식일의 신에게 했어도 과하게 들릴 만큼 과장된 찬사를 보냈다.

인상적인 모습으로 눈길을 끄는 출입문이 등 뒤에서 닫히자마자 아이보는 아마 다른 환자를 태우고 온 듯 이제 막 멈춘 택시를 잡아타고 갈까 하는 유혹에 사로잡혔다. 그러나 러셀 스퀘어에 있는 아파트까지 2킬로미터가 좀 안 되는 거리는 걸어가기로 했다. 게다가 메릴번 하이스트리트에 젊은 부부가 운영하는 커피집이 새로 생겼는데, 주문을 받을 때마다 즉석에서 원두를 갈고, 케이크도 직접 만들며, 파라솔 아래 의자를 몇 개 내놓아 영국의 여름철 야외에서 음식을 먹어도 좋다는 환상을 심어주었다. 도중에 그 커피집에서 10분 정도 쉬어가도 좋을 것이다. 이런 사소한 사치가 얼마나 중요해졌는지 생각하면 이상할 정도였다. 그는 불치병의 무기력에 몸을 맡기게 되면서 노년 특유의 몇 가지 결점을 보이기 시작했다. 소소한 사치를 좋아하게 된 점, 일상을 지켜가는 데 안달복달하게 된 점, 그리고 아무리 오랜 친지라도 굳이 누군가를 직접 만나는 일은 꺼리게 된 점, 옷을 입고 목욕을 하는 것조차 부담스러워할 만큼 게을러진 점, 신체 기능에 집착하게 된 점 등이 그랬다. 그는 자신이 반쪽 사람이 된 사실을 경멸했지만, 이러한 자기혐오조차 노인성 치매가 보이는 짜증 섞인 분노를 일부 지니고 있었다. 그러나 제임스 경이 옳았다. 이렇게 위신이 떨어진 생명을 잃는다고 해서 회한을 느끼기란 어려웠다. 이 병이 그를 끝장낼 때쯤이면 죽음이란 단지 육신의 마지막 분해 작업에 불과할 것이다. 그때면 이미 영혼은 육신의 고통과 피로, 불쾌감에 짓눌려 스르르 빠져나간 다음이겠지. 육체의 나약함보다 영혼의 나약함이 더 깊어져 마음은 끝내 싸울 의지를 모으지 못하고 허술하게 무장한 배신자가 되고 말 것이다.

그윽한 가을 햇볕을 뚫고 웜폴 거리를 지나는 동안 그는 지금껏 관람하고 논평해온 훌륭한 공연들을 떠올리며 출석을 부르듯 마음속으로 그 이름들을 불러보았다. 올리비에의 리처드 3세, 월피트가 연기한 말볼리오, 길거드의 햄릿, 리처드슨의 폴스타프, 페기 아시크로프트의 포셔어···. 배우뿐만 아니라 극장과 연출가, 심지어 비평 중 가장 반응이 좋았던 문구까지 생생하게 떠올랐다. 30년의 연극 관람 생활 후 그에게 가장 오래 남은 공연이 고전극이라는 사실은 꽤 흥미로웠다. 그러나 그가 오늘 밤, 공연 첫날에는 늘 그렇듯이 정장을 차려입고 무대 앞 일등석 세 번째 줄이라는 익숙한 자리에 앉아 이 세상 어떤 소리도 따라오지 못할 기대에 찬 술렁임에 귀를 기울인다 해도, 막이 오른 뒤 펼쳐지는 그 어떤 것도 가볍고 초연한 관심을 뛰어넘어 그를 감동하게 하거나 흥분시키지 못할 것을 잘 알았다. 이제 영광과 경이는 그의 삶을 떠난 지 오래였다. 다시는 어깨뼈 사이에 느껴지는 얼얼함을, 젊은 시절 내내 훌륭한 연기를 볼 때마다 느꼈던 피가 몰려오는 감각을 느낄 수 없을 것이다. 모든 열정을 소진한 뒤 일생의 마지막 연극이 될 공연이 아마추어 극단의 것이라는 사실은 참으로 얄궂었다. 그러나 어쨌든 그는 코시섬에서 해야 할 일에 필요한 힘은 찾아낼 것이다.

섬은 아름답기로 명성이 자자했고 빅토리아 시대풍 성은 위풍당당함의 흥미로운 본보기였기에 그곳을 둘러보는 것만으로 이번 여정은 시도해볼 만한 가치가 있을 것이다. 이번 여행은 지금의 그가 할 수 있는 한도에서 가장 열정에 가까운 일이었다. 그러나 거기서 만나게 될 사람들에 관해서는 아직 확신이 서지 않았다. 우선 클라리사의 사촌인 로마 라일이 친구를 한 명 데려온다고 했다. 아이보는 로마를 직접 만나본 적은 없지만, 꽤 오랜 세월 클라리사와 둘만의 시간을 즐기기 위해 로마에 대한 클라리사의 신랄한 험담을 들어줘야 했다. 한편 그 친구라는 사람의 이름을 신중하게 밝히지 않는다는 배려가 반드시 지켜지리라고 안심할 수는 없었다. 그리고 그 남자애도 분명히 올 것이다. 클라리사는 익사한 전 남편 마틴 레싱의 아들을 책임지기로 했는데, 그것 역시 그녀 특유의 극적으로 충동적인 행위 중 하나였다. 그 결정을 더 후회하는 사람은 은혜를 베푼 쪽일까, 은혜를 입은 쪽일까. 아이보는 지금껏 사이먼을 세 번 만났는데, 두 번은 극장에서였고 한 번은 베이스워터에 있는 클라리사의 아파트에서 열린 파티에서였다. 그는 소년의 서툰 행동과 몹시 비천한 성격으로 보이는 외모에 깜짝 놀랐다. 청소년기 특유의 모습이라기보다는 클라리사와 더 관계가 있는 것 같았다. 소년의 비굴함은 개와 같은 면이 있었다. 클라리사가 자기에게 무엇을 원하는지는 조금도 생각하지 않고 그저 그녀의 승인만을 구하는 필사적인 모습이 꼭 그랬다. 아이보는 소년의 아버지에게서도 똑같은 눈빛을 목격한 적이 있었다. 가책을 느끼게 하는 그 기억이 편치는 않았다. 사이먼은 아마 유망한 피아니스트가 될 것이다. 어쩌면 클라리사는 로열 페스티벌 홀의 특별관람석에 화려하게 한쪽 팔을 괴고 앉아 자신의 신동이 흠모의 눈빛을 위로 들고 환호하는 청중을 향해 고개 숙여 인사하는 모습을 바라보는 상상을 했을 것이다. 그러나 그런 모습이 아니라 청소년기 특유의 우울과 신체적으로 볼품없는 모습을 마주해야 했으니 그녀로선 틀림없이 당혹스러웠을 것이다.

아이보는 두 사람이 어떻게 지내는지 보고 싶은 약간의 관심에 자신이 사로잡혀 있음을 깨달았다. 그보다 조금 작은 다른 만족감도 있을 것이다. 클라리사 라일이 자신의 노이로제에 어떻게 대처하는지 지켜보는 것도 적잖이 즐겁겠지. 이번이 그의 생에 보는 마지막 공연이고 그게 마침 클라리사의 공연이라면 그것 역시 조금 만족스러울 것이다. 클라리사는 아이보가 죽어간다는 사실을 곧 알게 될 것이다. 눈썰미 하나는 대단한 여자이니까. 그러나 그의 육신이 분해되는 과정을 지켜보며 그녀가 어떤 즐거움을 느낀다고 해서 원한을 품지는 않을 것이다. 그보다 더 미묘한 즐거움이 있었다. 바로 그들 사이에서 정신이 분해되는 과정을 지켜보는 것이다. 심지어 결국엔 증오마저도 약간 죽어버렸음을 깨달았다. 그러나 증오는 욕망보다도 심지어 사랑보다도 더 오래간다. 햇볕 아래를 천천히 걸으며 다가오는 주말을 생각하자 그는 요즘 자신의 내면에 가장 생생하게 살아 있는 것이 장난기라는 사실을 깨닫고 웃었다.

5

토트넘 코트 거리 북쪽 끝자락의 샛길에 자리한 작은 가게 지하실에서 로마 라일은 무릎을 꿇고 앉아 중고 책 상자를 풀어 분류했다. 원래 부엌이었던 곳이라 아직도 낡은 도기 개수대와 벽걸이형 찬장과 가스관 연결을 끊은 가스레인지 등이 남아 있었지만, 전부 너무 무거워서 콜린과 힘을 합친다 해도 다른 곳으로 옮길 수가 없었다. 바닥에 타일이 깔렸지만, 숨이 막힐 만큼 더웠다. 바깥에 차곡차곡 고인 여름 더위가 철책 밑의 지하실로 몰려오는 것만 같았다. 그나마 하나뿐인 작은 창문을 땀 냄새에 전 담요처럼 철책이 가로막고 있어서 빛뿐만 아니라 공기도 잘 통하지 않았다. 로마 위쪽에 아래로 늘어진 하나뿐인 전등이 빛보다 그림자를 더 짙게 드리웠다. 이런 날씨에 비싼 전기를 써야 한다니 어이가 없었다. 이런 어두운 구덩이를 애서가들이 기뻐할 만한 친근하고 매력적이고 아늑한 중고서점으로 변신시킬 수 있다고 생각하다니, 과거의 그녀는 틀림없이 미쳤던 게다. 지금 보니 책도 별로 많지 않았다. 어느 시골집에서 내놓은 것을 입찰해 싸게 샀는데, 지금 다시 새삼스레 살펴보니 그렇게 싼값도 아니었다. 가장 좋은 책들만 맨 위에 있었다. 나머지는 빅토리아 시대 설교서, 퇴역 군인의 회고록, 죽어서나 살았을 때나 그리 변변치 않았던 정치인들의 전기 등 이런 책을 누가 출판할 생각을 했을까 궁금해지는 것을 제외하면 어떤 관심도 불러일으키지 않는 소설들이 마구잡이로 잡다하게 섞여 있었다.

타일 바닥에 닿은 무릎이 저렸고 먼지 냄새와 서서히 썩어가는 판지와 종이 냄새에 코가 막혔다. 그녀가 상상했던 그림은 전혀 달랐다. 상상 속에서는 콜린이 옆에 무릎을 꿇고 앉아 행복하게 책을 넘겨보며, 보물을 발견할 때마다 기쁨의 탄성을 지르고, 웃고, 장차 계획을 세우고, 농담을 주고받았다. 로마는 포터게이트 종합중학교를 그만두었던 마지막 날을 떠올렸다. 값싼 셰리주와 피할 길 없는 감자튀김과 치즈 안주로 작별파티를 벌였고, 콜린과 그녀가 함께 학교를 그만두고 사업을 시작하면서 시간표와 시험지 채점과 시험과 40명 학생에게 지시를 내리는 매일의 지긋지긋한 싸움을 향해 작별을 고하게 되었다고 동료 교사들은 부러움을 감추지 못했다. 도심의 종합학교에서는 정작 학생들을 교육하는 일보다 겉보기 규율을 유지하기 위한 싸움이 더 우선이었다.

그게 불과 9개월 전의 일이었다! 그 9개월 동안 그들이 사들인 모든 것, 앞으로 필요한 모든 것의 가격이 올라갔고, 가게는 파산해 널빤지로 폐쇄해버린 것처럼 침체되었다. 그녀는 항의 삼아 비명이라도 지르고 싶은 심정이었다. 그 생각과 고통이 실제로 마음속에서 밖으로 밀려 나오기라도 하는 듯 그녀는 강력한 힘으로 상자를 밀쳐버렸다. 잠시 후 계단을 내려오는 발소리가 들렸다. 그녀는 미소를 지으며 콜린을 향해 얼굴을 돌렸다. 점심을 먹는 동안 그는 거의 말을 하지 않았다. 그래도 벌써 3시간 전의 일이었고, 그의 울적한 기분은 곧잘 바뀌었다. 그러나 그의 입에서 나온 첫 마디가 그녀의 희망을 무너뜨렸다.

"맙소사, 여긴 냄새가 왜 이렇게 고약해?"

"청소를 끝내면 괜찮을 거야."

"도대체 청소는 언제 끝나? 청소부와 장식전문가를 한 부대 정도는 데려와야겠어. 그래도 여전히 달라질 게 없겠지. 그래 봤자 여긴 지하 빈민굴이라고."

콜린은 아직 열지 않은 책 상자 위에 쿵 하고 내려앉더니 그녀가 풀어놓은 책 더미 쪽으로 몸을 돌려 희미하게 경멸의 표정을 띠고 책을 마구잡이로 쌓기 시작했다. 어두침침한 조명 아래서 그의 잘생기고 심통 난 얼굴에 피로가 지나가는 게 보였다. 어째서? 그녀는 궁금했다. 여태껏 일을 한 사람은 그녀가 아니었던가. 그녀가 손을 내밀자 그는 곧바로 그 손을 기운 없이 붙잡았다.

그녀는 속으로 생각했다. '오, 당신을 사랑해! 우린 서로를 사랑해. 내게서 이 사랑을 빼앗아 가지 말아줘.'

그는 은밀하게 그녀의 손에서 제 손을 빼더니 책 한 권에 흥미를 느끼는 척했다. 그가 책을 펴자 빛이 바랜 두툼한 종이 한 장이 펄럭거리며 떨어졌다.

그녀가 말했다. "그게 뭐야?"

"언뜻 보기엔 낡은 목판화 같아. 별 가치는 없어 보여."

"코시섬에 가면 앰브로즈 고린지에게 물어보자. 그 사람은 자기 전문 시대 물건이 아니더라도 이런 걸 보는 눈이 있을 거야."

두 사람은 함께 종이를 들여다보았다. 확실히 오래되었고 고루한 철자로 미뤄보아 17세기 초반 물건이 아닐까 생각했다. 하지만 상태는 꽤 좋았다. 종이 위쪽에는 오른손에 화살을, 왼손에 모래시계를 든 해골의 조악한 목판화가 찍혀 있었다. 그 아래 '죽음을 피할 수 없는 자의 사신'이라는 제목 아래 다음과 같은 시구가 적혀 있었다. 로마는 처음 네 줄을 소리 내어 읽어보았다.

아름다운 여인이여, 그 비싼 옷을 벗어두어라.
그대의 자존심은 이미 영광의 때를 벗어났으니
육신의 헛된 기쁨에서 벗어나라.
오늘 밤 내가 그대를 아득히 먼 곳으로 데려갈지니.

날짜는 없고 인쇄한 사람의 이름만 '런던 롱 레인, 존 에반스'라고 되어 있었다.

로마가 말했다. "이걸 보니 클라리사가 떠오르네."

"클라리사가? 왜?"

"몰라. 왜인지는 나도 모르겠어."

그는 짜증스러울 만큼 집요하게 그녀를 추궁했다. 이 일이 엄청나게 중대한 일이고 그녀가 어떤 일을 의도했다는 듯 끈질겼다.

"그냥 무심코 한 말이야. 불쑥 떠올랐을 뿐이라고. 별 뜻은 없었어. 그 종이는 개수대 옆 식기 건조대 위에 올려놔. 나중에 앰브로즈 고린지에게 보여줄 거야."

콜린은 그대로 하고 다시 침울한 모습으로 책 더미로 돌아왔다. 그가 말했다. "이런 쓰레기를 사들이다니, 실수였어. 힘들어도 어떻게든 새 상품을 파는 가게를 열었어야 했어. 런던엔 벌써 서점이 넘쳐난다고. 어쩌다 내가 위층의 저 좌익 간행물을 전부 사라는 당신 말에 넘어갔을까. 그런 건 이제 아무도 사지 않아. 좌익 사람들은 이미 이 동네에 편안하게 드나드는 단골가게가 있고 저 물건들은 다른 손님들만 쫓아낼 뿐이라고. 팸플릿마다 먼지만 쌓이고 있어. 아무래도 내가 미쳤었나 봐."

로마는 콜린이 단지 좌익 간행물만 말하는 게 아니라는 것을 알았다. 그 부당함에 분노가 솟구쳤다. 그러나 분노를 표출해봐야 어리석은 일만 될 것이다. 그는 달래주고 웃겨주고 위로해주어야 했다. 그가 점점 자주 일으키는 말싸움은 오직 그 자신을 더 부루퉁하고 분개하게 했고, 그녀는 지칠 뿐이었다. 그러나 그녀라고 언제까지 참고만 있을 수는 없었다.

"이봐, 당신은 나 때문에 억지로 이 가게를 연 게 아니잖아. 당신도 포터게이트 학교를 떠나고 싶어 어쩔 줄을 몰랐다고. 가르치는 일에 염증이 났잖아. 안 그래? 나도 교직에 진저리가 났던 건 인정하지만, 당신이 먼저 행동을 개시하지 않았다면 나도 학교를 관두지는 않았을 거야."

"그러니까 전부 내 탓이라 이 말이지?"

"전부라고? 무슨 전부? 누구의 잘못도 아니야. 우리 둘은 원하는 대로 했을 뿐이야."

"그런데 왜 불평하는 거야?"

"나는 그저 내가 평범한 부인보다 못한 짐 덩어리가 된 기분을 느끼고 화가 나는 게 지긋지긋할 뿐이야. 당신은 순전히 나 때문에 가게를 하는 것처럼 말하잖아."

"내가 계속 가게를 하는 건, 아니 우리가 계속 가게를 하는 건, 달리 대안이 없기 때문이야. 우리가 다시 지원한다고 해서 포터게이트 학교가 우릴 받아줄 리가 없잖아."

아니, 포터게이트 말고 다른 학교에도 지원할 수 없었다. 그에게 굳이 교직계의 실업과 임금 삭감, 최고로 재능 있는 사람들까지 필사적으로 구직 활동에 매달리는 현실을 설명할 필요는 없었다.

그런 식으로 언쟁을 벌여봐야 백해무익하고, 오히려 그의 짜증에 기름을 퍼붓는 결과만 낳을 것을 알면서 그녀는 이렇게 말해버렸다. "당신이 여길 그만두면 스텔라가 엄청나게 좋아할 거야. 그여자가 바라던 바니까. 그녀는 이렇게 말할걸. '내가 그럴 줄 알았지!' 그리고 당신을 친애하는 그녀의 아버지와 가족 사업에 희생양으로 넘기겠지. 팔다리를 꽁꽁 묶은 채로 말이야. 맙소사, 그여자는 틀림없이 우리가 파산하길 빌고 있을 거야! 저 밖에 몰래 숨어서 손님 숫자를 세고 있지 않은 게 오히려 이상할 정도라고."

그의 항의는 독기가 서렸기보다 그저 부루퉁했다. 어차피 전에도 여러 번 치렀던 말싸움이었다.

"스텔라도 내 고민을 알아. 그녀도 고민하고 있고. 그 사람이야 그럴 권리가 있잖아. 여기에 투자한 돈의 절반은 스텔라 것이니까."

그는 스텔라가 자기 아버지에게서 받는 후한 용돈 가운데 얼마나 많은 현금이 이 가게에 선뜻 건네졌는지 마치 로마가 모른다는 듯이 굳이 말을 덧붙였다. 확실히 스텔라는 관대했다. 관대하거나 어리석거나 아니면 교활했다. 어쩌면 셋 다일 수도 있고. 스텔라는 콜린이 애인과 동업하는 것을 알았을 것이다. 그 정도로 아무것도 모르는 바보는 아니었다. 아니, 스텔라는 모든 것을 알았다! 콜린이 로마에게서 어떤 매력을 발견했는지 스텔라는 이해할 수 없었다(그 점에서는 그녀 역시 마찬가지였다). 그러나 스텔라는 현실을 꿰고 있었다. 그러고 보면 이 모든 게 스텔라의 복수가 아닐까? 두 사람의 경험 부족과 적은 자본, 자기기만으로 미루어 보면 동업은 결국 실패로 돌아갈 것이고, 그 실패 이후 적당히 혼쭐이 나고 교훈을 얻은 그는 원래 속했던 곳으로 되돌아갈지도 모른다. 어쩌면 그는 그곳을 실제로 떠난 적이 없는 게 아닐까? 이후 그에게 남는 것은 스텔라 아버지의 사업체일 뿐이다. 그곳은 속아 넘어가는 줄도 모를 만큼 무지하거나 가난하지만 자존심은 세서 길거리 시장을 샅샅이 뒤져서 튼튼하고 좋은 참나무 가구 중고품을 찾아내기는 싫은 손님들에게 값싼 합판 가구를 파는 킬번의 한 가게였다. 그 가게가 손님을 현혹하는 물건은 대금 지급이 끝나기도 전에 망가져버리거나 발로 한 번만 걷어차도 산산조각이 날 것 같은 칵테일 캐비닛이나 칸막이, 현란하게 꾸민 응접실 세트 등이었다. 그게 콜린이 평생 하고 싶은 일일까? 그러려고 교직을 떠났나? 그리고 이 모든 계획이 스텔라 한 사람의 머리에서 나온 것일까? 아니면 그녀의 아버지가 개입했을까? 스텔라가 그들에게 빌려준 돈은 창업하기에는 충분했지만, 성공하기에는 모자라는 액수로 신중하게 계산된 금액이 아니었을까? 스텔라는 충분히 예리했다. 매니큐어를 칠한 뾰족한 손톱과 어린애 같은 새하얀 치아에 어울리는 약삭빠른 마음을 지녔다. 게다가 그녀에겐 또 다른 무기, 저스틴과 조애나가 있었다. 소유욕과 독점욕은 모성애라는 이름으로 신성화되었다. 그녀에겐 쌍둥이가 있었다. 그리고 맙소사! 그녀는 아이들을 이용하는 방법도 알았다! 아이가 전염병에 걸릴 때마다, 학교 방문일이 올 때마다, 치과 검진일 때마다, 그리고 가족끼리 보내는 모든 휴일과 크리스마스마다 그녀는 콜린을 집으로 오게 했다. 그녀는 이렇게 말하는 것과 같았다. '그 남자는 당신과 잠을 잘지도 모르겠어요. 당신과 소꿉놀이 삼아 가게를 운영할지도 모르죠. 또 당신을 사랑하고 신뢰한다고 생각할지도 몰라요. 하지만 그 사람은 당신과는 절대로 아이를 낳지 않을걸요. 그리고 당신과 결혼하려고 나와 이혼하는 일도 없을 거예요.'

그 생각에, 그들에게 일어나는 일에 소름이 끼쳐 로마는 버럭 소리쳤다. "자기야, 우리 싸움은 그만하자. 우린 지쳤어. 날씨도 덥고 짜증스럽잖아. 금요일이면 우린 가게 문을 닫고 코시섬으로 떠날 거야. 사흘 동안 평화와 햇볕과 훌륭한 포도주와 1등급 요리와 바다를 즐길 거라고. 클라리사 말로는 섬의 크기가 4, 5킬로미터밖에 안 된다니, 산책하기에 얼마나 좋겠어? 다른 손님들과 떨어져서 우리 둘만 있을 수 있어. 클라리사는 연극 때문에 바쁠 거야. 앰브로즈 고린지는 우리가 뭘 하든 신경 쓰지 않을 거고. 거긴 빚쟁이도 없고 사람들도 없고, 오직 평화뿐이야. 아아, 내겐 그 평화가 몹시 필요해."

그녀는 이렇게 덧붙이고 싶었다. '그리고 내겐 당신이 필요해. 점점 더 필요해. 매일매일 필요해.'

그러나 순간 고개를 들었다가 그의 얼굴을 보고 말았다.

처음 보는 표정은 아니었다. 수치심과 짜증과 당혹감이 섞인 그 표정은 전에도 본 적이 있었다. 그 세 가지 감정은 두 사람의 생활에 반복해서 나타나는 양식이었다. 무척이나 확신에 차서 행복하게 계획을 세워놓고 마지막 순간에 취소해버리곤 했던. 그러나 전에는 이런 문제가 지금처럼 절박하게 느껴진 적이 없었다. 그녀의 눈에서 뜨거운 눈물이 차올랐다. 그녀는 침착해야 한다고, 여기서 무너지면 안 된다고 자신을 타일렀지만, 겨우 말을 하게 되었을 때는 자기도 모르게 화가 난 책망의 말투가 뚜렷하게 튀어나왔고 수치심이 담겨 있었던 그의 표정이 반항으로 굳어가는 게 보였다.

"당신이 나한테 어떻게 이래? 이러면 안 돼! 약속했잖아! 그리고 난 이미 클라리사에게 파트너를 데려가겠다고 말했단 말이야! 벌써 준비가 다 끝났다고."

"알아. 미안해. 하지만 오늘 아침 스텔라 아버지가 전화를 걸어서 주말에 오겠다는 거야. 그러면 나도 그 집에 가 있어야 해. 장인이 어떤 사람인지 내가 말했잖아. 내가 학교를 때려치웠다고 무척 화가 나 있어. 하긴 장인과 사이가 좋았던 적이 없지. 내가 당신 딸에게 고마워할 줄 모른다고 생각하거든. 그 사람이 외동딸을 얼마나 끔찍이 아끼는지 당신도 알지? 내가 주말 동안 스텔라에게 아이들을 맡겨놓고 멀리 여행을 갔다는 걸 알면 좋아하지 않을 거야. 책을 팔러 갔다고 해도 믿지 않을걸. 스텔라도 내 말을 믿지 않을 거고."

그랬군. 그 아버지라는 사람이 오는군. 쌍둥이의 학비를 내주고, 자동차를 사주고, 매년 휴가를 보내주고, 지금은 필수품이 되어버린 사치품을 사주는 그 아버지가 오는군. 사위의 장래를 제멋대로 정해둔 그 아버지가.

그녀는 거의 울부짖는 소리로 말했다. "클라리사가 뭐라고 생각하겠어?"

"글쎄, 내가 가지 않는 편이 낫지 않을까? 클라리사는 내가 유부남인 걸 알잖아. 차라리 그 이야기를 하지 말았어야 했어. 지금은 우리 두 사람이 함께 가는 게 오히려 이상해 보이지 않을까? 게다가 우리 두 사람이 한방을 쓸 수 있을 것 같지도 않아."

"그런 일 때문에 우리가 함께 잘 수 없다는 뜻이야? 안 될 게 뭐가 있어? 클라리사가 청순의 본보기도 아니고, 앰브로즈 고린지도 밤마다 손님들이 배정된 방에 들어가 자는지 일일이 확인하며 복도를 살금살금 돌아다니지는 않을 거야."

그가 중얼거렸다. "그게 아니라고 말했잖아. 문제는 스텔라 아버지라고."

"하지만 이번 주말은 그 장인이라는 사람과 스텔라에게서 자유롭게 풀려날 수 있어. 클라리사에게 우리 이야기를 할까 생각 중이야. 가게에 관해 설명하고 도움을 구할까 해. 그래서 이번에 꼭 우리를 초대해달라고 졸라댔던 거야. 클라리사가 자식도 없이 죽으면 재산의 3분의 1은 어차피 내 차지가 될 거야. 전부 큰아버지의 유언장에 들어 있는 내용이야. 그러니 돈이 가장 절실하게 필요할 때 미리 도움을 좀 받는다고 해서 클라리사에게 손해가 되지는 않을 거라고. 대출을 부탁하는 것과 같아."

그녀는 콜린의 얼굴에 희망이 되살아나는 모습을 보지 않으려고 애썼다. 그러나 그 얼굴은 다시 어두워졌다. 그가 부루퉁하게 말했다. "여자에게 돈을 빌릴 수는 없어."

"당신은 안 해도 돼. 내가 부탁할 거야. 당신은 클라리사를 만나서 호감을 사는 게 좋겠어. 가장 상황이 좋을 때 당신을 만나게 하려는 거야. 그러면 적당한 때를 골라서 내가 얘기를 꺼낼게. 자기야, 한번 해볼 만한 일이야. 단 2만 파운드라도 분명 큰 도움이 될 거라고."

"그 여자가 죽으면 당신은 얼마를 받게 되지?"

"확실히는 몰라. 한 8만 정도? 더 될 수도 있고."

그가 고개를 돌렸다. "내가 스텔라와 이혼하려면 딱 그만큼의 돈이 필요해. 하지만 클라리사는 우리 편의를 위해 죽어주지는 않겠지. 2만 파운드만 있어도 가게를 어찌어찌 살릴 수는 있겠군. 하지만 그게 전부야. 게다가 클라리사가 왜 우리에게 돈을 주겠어? 경제관념이 조금이라도 있는 사람이라면 그 돈을 하수구에 쏟아붓는 것과 같다는 걸 알 텐데. 시도해봐야 소용없을 거야. 나는 이번 주말에 코시섬에 갈 수 없어."

두 사람의 머리 위에서 마룻바닥이 삐걱거리는 소리가 들렸다. 누가 가게에 들어온 모양이었다. 그는 마치 그 사람이 고마운 듯 재빨리 말했다. "손님이 왔나 봐. 나는 별일 없으면 5시에 가게 문을 닫고 여기 내려와 당신을 거들게. 어쨌든 이 지하실은 둘이 함께 정리해야 하니까."

그가 가버리자 그녀는 창가로 다가가 바깥을 내다보았다. 몸을 꼿꼿하게 세우고 손등이 하얗게 질릴 때까지 개수대 가장자리를 꼭 붙잡았다. 그녀는 초점 없는 흐릿한 눈으로 철책 너머를 응시했다. 부슬부슬 무너져 내리는 지하실 회벽 너머 맞은편 도로 과일을 파는 노점 위에 빨간색과 초록색, 노란색 과일이 하나로 섞여 빛났다. 이따금 발걸음이 오갔고 말소리가 들렸고 조용했던 좁은 도로에 일시적으로 활기가 찾아왔다. 그러나 창가에 조용히 선 사람은 여전히 움직이지 않았다. 이윽고 그녀가 나직하게 한숨을 내쉬었다. 굳었던 어깨가 풀리고 꽉 움켜잡았던 손도 풀어졌다. 그녀는 식기 건조대에서 목판화를 집어 들고 처음 보는 사람처럼 자세히 살펴보았다. 그리고 숄더백을 열고 종이를 조심스럽게 접어 넣었다.

6

사이먼 레싱은 멜허스트 학교 자습실의 열린 창가에 서서 너른 잔디밭을 내다보았다. 마로니에 나무와 라임 나무 사이로 개울이 천천히 흘러갔다. 사이먼의 손에는 아직 열어보지 않은 클라리사의 편지가 들려 있었다. 아침 우편으로 배달되었지만, 지금까지 뜯어보지 않은 데에는 그럴싸한 핑계가 있었다. 오전에 연습시간이 있었고 그 후에는 6학년 세미나가 있었다. 그는 쉬는 시간까지 기다렸다가 편지를 읽어야겠다고 자신에게 말했다. 그러나 오전도 다 가고 지금은 점심시간이었다. 5분도 안 되어 종이 울릴 것이다. 언제까지 미룰 수는 없었다. 끔찍하게 망친 성적표를 들고 겁에 질린 1학년처럼 버티고 선 자신이 어이없고 부끄러웠다. 아무리 시간을 끌고 머리를 굴려봐야 결국 진실의 순간은 오고 만다는 것을 잘 알지 않는가.

그는 정말로 종이 울릴 때까지 기다렸다가 종이 울리면 점심 생각이나 하면서 건성으로 편지를 읽어버리자, 마음먹었다. 그러면 적어도 평화로운 분위기 속에서 편지를 읽을 수 있을 것이다. 멜허스트 학교에는 중학생부터는 전부 전용 자습실이 있었다. 17세기 이 학교를 설립했던 독실한 설립자는 매일 침묵과 사생활을 보장받는 시간을 강조했고, 덕분에 이 교육 방침은 3백 년 내내 수도원과 다름없는 건축양식과 함께 전통으로 이어져왔다. 그 점은 사이먼이 멜허스트 학교에 대해 가장 높이 평가하는 면 중 하나였고 클라리사의 후원과 그녀의 돈이 그에게 베푼 특권 중 하나였다. 클라리사도 그녀의 남편 조지 경도 다른 학교를 선택할 생각은 아예 하지 않았고, 멜허스트 학교도 가장 저명한 졸업생의 양아들에게 입학을 허가하는 데 어떠한 어려움도 없었다. 이 학교의 모토는 흔히 쓰는 라틴어가 아닌 그리스어였는데, 설립 이후 3백 년 동안 절제의 가치를 극찬한 테오그니스의 잠언에 충실하게 적당히 유명하고 적당히 비싸고 적당히 성공적이었다. 사이먼에게 이보다 더 어울리는 학교는 아마 없을 것이다. 그는 지나치게 개성을 표출하지 않게 하면서 동시에 공통의 정체성을 촉진하기 위해 고안된 학교의 전통과 가끔 기이한 의식을 인정하고 그것들을 재빨리 습득하고 지켜나갔다. 그는 적응을 잘했지만 혼자 있을 수 있었고, 그 이상은 바라지 않았다. 그의 재능조차 학교의 기풍과 딱 들어맞았다. 어쩌면 19세기 당시 교장은 럭비 스쿨[10]의 아놀드 박사에게 품은 개인적인 반감이 강해서 근육을 강조하는 기독교 정신과 집단 협동 정신의 천명을 모두 피하고 영국 고교회와 괴짜를 전통적으로 신봉하는 교풍을 지켰는지도

10 잉글랜드 워릭셔주 럭비에 있는, 영국에서 가장 오래된 자립형 사립학교로 럭비의 탄생지로 유명하다.

몰랐다. 그러나 이 학교는 음악을 잘 가르쳤고, 교내 오케스트라 두 곳은 전국적으로 유명했다. 또 사이먼이 잘하는 유일한 운동인 수영도 이 학교가 인정하는 체육 과목 중 하나였다. 노먼 팩워스 종합중학교에 비하면 멜허스트 학교는 사이먼에게 문명의 질서를 갖춘 안식처와 같았다. 팩워스 종합중학교 시절에는 언어도 관습도 그것들이 태어난 땅만큼 조악하고 거칠어서, 아무것도 이해할 수 없는 무법천지 무정부의 나라에 실용회화 책 한 권 없이 뚝 떨어진 외국인이 된 기분이었다. 멜허스트 학교를 떠나 예전 학교로 돌아가야 할지도 모른다는 생각은 클라리사와의 사이가 나빠졌다고 느끼기 시작한 이후 그에게 최악의 공포가 되어버렸다.

두려움과 감사의 마음이 이토록 뒤섞여 있다니, 기이한 일이었다. 감사의 마음은 진심이었다. 다만 그 마음을 당연히 경험해야 하는 곳에서 경험할 수 있기를 바랄 뿐이었다. 평생 짐처럼 끌고 다니는 의무감과 죄책감에서 벗어나 하나의 은혜이자 상호 축복으로 겪을 수 있기를 바랐다. 가장 견디기 힘든 것은 죄책감이었다. 죄책감의 무게가 심해지면 이성적인 생각으로 몰아내려고 했다. 죄책감을 느끼는 것, 심지어 의무감을 지나치게 무겁게 느끼는 것은 우스꽝스럽고 불필요한 일이라고. 결국 클라리사도 그에게 빚지지 않았던가. 부모님의 결혼생활을 파괴하고 그의 아버지를 유혹하고 어머니가 비탄에 빠져 죽게 한 사람, 그를 고아로 만들어 삼촌 집의 숨 막힐 듯 지루하고 불편하고 속된 공간으로 몰아넣은 사람은 바로 클라리사였다. 죄책감을 느껴야 하는 사람은 사이먼이 아니라 클라리사였다. 그러나 이런 배반의 생각을 마음속에 스며들게 해봐도 결국 의무감의 무게만 커졌다. 그는 그녀에게 너무 큰 돈을 빚졌다. 그 빚이 어느 정도인지 모든 사람이 안다는 게 괴로웠다. 학교에 거의 오지 않는 조지 경도 어쩌다 찾아오면 사이먼에게는 아득히 멀게만 느껴지는 단단한 근육형 인간의 화신이 되어 말없이 그를 비난했다. 때로 클라리사의 남편에게서 뚜렷하지 않은 선의를 감지했고, 용기를 낼 수만 있다면 그 문제를 한번 시험해 보고 싶었다. 그러나 대개 그는 조지 경이 클라리사가 사이먼을 떠맡기로 한 것을 진심으로 승인한 적은 없고 부부끼리 은밀하게 대화를 나눌 때면 이런 말이 꼭 오갈 거라고 상상했다. "내가 뭐라고 했어? 진작 경고했잖아."

미스 톨가스도 다 알았다. 상대방을 판단하는 그녀의 눈빛에서 그를 향한 혐오와 원한, 경멸을 발견할까 두려워서 그는 감히 톨리 톨가스와 눈도 마주치지 못했다. 그리고 클라리사도 아마 사이먼에게 돈이 얼마나 들어가는지 마지막 푼돈까지 세세히 알 것이다. 그는 클라리사가 지금쯤 자신에게 너그러움을 베푼 일을 후회하고 있다고 느끼기에 이르렀다. 처음 아량을 베풀었을 때만 해도 그 기괴한 행동에는 참신성과 훌륭한 태도, 뛰어난 연극성까지 온갖 매력이 담겨 있었지만, 지금 보니 또래와 잘 어울리지 못하고 제 생각도 제대로 표현할 줄 모르는 여드름투성이 뚱한 청소년을 떠맡는 바람에 학비청구서와 방학계획과 치과 예약 등 어머니 노릇에 딸려 오는 소소한 짜증만 가득하고 핵심적인 보상은 전혀 없는 현실에 치여 살고 있지 않은가. 그는 클라리사가 자신에게 뭔가를 요구하고 있다고 감지했다. 그게 뭔지 정확히 파악할 수는 없고 줄 수도 없지만, 구체적이지 않아도 실체는 분명히 있는 어떤 보상을 언젠가는 세금 징수인처럼 야만적이고 집요하게 요구할지도 모른다.

요즘 클라리사는 그에게 편지를 자주 쓰지는 않았지만, 그 길쭉하고 구불구불한 글씨체로 쓴(그녀는 타자기로 사적인 편지를 쓰기 싫어했다) 그녀의 편지를 아늑하고 작은 그의 방에서 보게 되면 마음을 단단히 먹어야만 봉투를 열어볼 수 있었다. 그러나 지금처럼 불안감이 높았던 적은 일찍이 없었다. 편지는 그의 손에 철썩 들러붙어 점점 위협의 무게를 키워가는 것만 같았다. 이윽고 오후 1시를 알리는 종이 울렸다. 그는 갑작스럽게 봉투 한 귀퉁이를 쫙 찢었다. 클라리사가 늘 쓰는 삼베 실이 든 연푸른색 종이는 질겼다. 그는 엄지손가락을 비틀어 봉투와 편지지 사이를 들쭉날쭉한 모양으로 찢었다. 자신 앞에 놓인 운명을 빨리 알고 싶어 견딜 수 없는 연인처럼 거친 동작이었다. 편지 내용이 짧은 걸 보고 곧바로 안도의 한숨이 나왔다. 만약 그녀가 그를 내쫓을 생각이었다면, 지금이 멜허스트 학교에서 보내는 마지막 학기가 될 예정이었다면, 그래서 왕립음악학교에 진학할 기회가 영영 사라지는 것이었다면, 앞으로 용돈이 끊기는 거라면, 그것에 대한 설명과 변명은 적어도 편지지 한 장은 넘었을 것이다. 게다가 첫 번째 문장이 최악의 두려움을 몰아냈다.

다가올 주말 계획을 알리고자 한다. 금요일 아침 식사 전에 조지가 톨리와 나를 스페이머스까지 태워다줄 예정이지만, 너는 다른 손님들과 함께 점심시간에 맞춰 도착하면 좋겠다. 워털루에서 출발하는 9시 33분 기차를 타면 소형선을 탈 수 있을 거야. 11시 40분에 스페이머스 선착장에 도착하면 된다. 아이보 휘팅엄과 내 사촌 로마 라일도 같은 기차로 올 것이고, 코넬리아 그레이라는 여자도 만나게 될 거야. 이번 주말에 추가로 도움이 필요해서 임시비서 삼아 그 여자를 채용했단다. 그러니 너도 섬에 가면 대화를 연습할 젊은 사람이 생기는 셈이다. 또 지루하지 않게 수영도 할 수 있어. 연회용 정장을 챙겨오렴. 앰브로즈 고런지는 옷을 제대로 차려입고 만찬을 즐기는 것을 좋아하거든. 앰브로즈는 음악에 대해서도 상당히 조예가 깊으니까, 네가 좋아하는 곡 몇 개를 골라 와. 너무 분위기가 무겁지 않은 곡으로. 며칠간의 외출에 대해서는 교장 선생님께 따로 편지를 보냈다. 지난달 내가 보낸 여드름용 로션을 기숙사 사감 선생님이 전해주었는지 모르겠구나. 로션을 제대로 사용했기를 바란다.

사랑을 담아
클라리사

안도감이 얼마나 빨리 다른 새로운 불안으로, 이어서 원한으로 바뀌는지, 생각하면 기이할 정도였다. 편지를 다시 한 번 더 읽으며 왜 그가 섬에 초대되었는지 의아했다. 물론 클라리사의 뜻이었을 것이다. 앰브로즈 고런지는 사이먼을 몰랐고, 알았더라도 그를 초대 손님 명단에 넣지는 않았을 것이다. 코시섬에 대해서라면 희미하게 들은 기억이 있었다. 빅토리아 시대 극장을 복원했고 존 웹스터의 비극을 상연할 예정이라는데, 사이먼은 그 공연이 아마추어 극단의 것이라고 해도 클라리사에게는 중요한 의미가 있다는 것을 감지했다. 그런데 왜 그가 거기에 가야 한단 말인가? 그는 어떤 일이 있어도 클라리사에게 방해가 되어서는 안 되고 폐를 끼치면 안 된다는 경고를 들을 것이다. 자명한 일이었다. 혼자 바다나 수영장에 나가 놀 수 있을 것이다. 그곳 수영장에서 흰빛과 금빛을 하고 햇볕 아래 누운 클라리사의 모습을 그려보았다. 그 옆에는 그의 대화 연습 상대가 되어줄 코넬리아 그레이라는 처음 보는 여자가 있을 것이다. 클라리사는 사이먼이 그 밖에 또 무엇을 연습하기를 바랄까? 사근사근해지는 법? 칭찬하는 법? 여자들이 어떤 농담을 좋아하고 언제 농담을 해야 하는지 아는 법? 추파를 던지는 법? 센스 있는 이성애자 남성으로 보이는 법? 그런 생각을 하자 두려움으로 입이 바짝 말랐다. 여자 생각이 싫은 게 아니었다. 그는 벌써 코시섬에서 함께 보내고 싶은 여자의 모습을 마음속에 그려두었다. 아니, 어떤 섬에서라도 함께 보내고 싶은 여자의 이미지가 있었다. 아름답고 영리하고 친절하면서도 여전히 그를 원하는 여자, 그가 두려울 만큼 흥분되고 부끄럽지만 서로 사랑하기에 조금도 부끄럽지 않은 일을 해주기를 원하는 여자. 그 행위를 통해 그는 마침내, 평소 백일몽 시간에 수없이 생각했던 낭만주의와 욕망 사이의 이분법을 극복하고 원활하게 반응하는 달콤한 육체와 영원히 화해할 것이다. 그러나 코시섬에서든 어디에서든 그런 여자를 만날 거라고는 기대하지 않았다. 지금껏 뭐라도 관계가 있었던 여자는 사촌인 수지뿐이었다. 그는 수지를 미워했다. 노골적으로 경멸하는 눈초리와 끊임없이 뭔가를 씹어대는 입과 울부짖거나 소리를 지를 뿐인 목소리와 염색한 머리카락과 반지를 낀 지저분한 손이 몹시 싫었다.

그러나 이번에 만나게 될 이 여자는 수지와 다르고 또 그의 마음에 들지라도, 클라리사가 끊임없이 지켜보면서 그의 말투와 매력과 재치를 점수로 매기고 그의 사교활동을 점검하는 동안, 게다가 앰브로즈 고린지라는 사람이 그의 음악적 재능까지 살피는 사이에 그가 어떻게 그 여자를 제대로 알 수 있겠는가? 그의 음악적 재능에 대한 언급 때문에 두 뺨이 불처럼 달아올랐다. 교외 주택의 티파티에서 이웃에게 자신의 솜씨를 뽐내는 어린아이처럼 '네가 좋아하는 곡 몇 개'라는 짐짓 순진한 척하는 표현을 써서 깎

아내리지 않으면 안 될 정도로 그의 음악적 재능은 불안했다. 그러나 그녀의 지시는 명백했다. 그는 눈길을 끄는 화려한 곡이나 대중적인 곡, 혹은 둘 다를 가지고 가지 않으면 안 된다. 충분히 연습해서 보란 듯이 연주할 수 있는 그런 곡, 행여 불안해하다가 실수라도 저질러 클라리사의 체면을 구기지 않을 곡, 그리하여 그녀도 앰브로즈 고린지도 이 정도 실력이면 지금 학교의 졸업반까지 다니게 해도 괜찮겠다, 왕립음악학교나 음악아카데미에 지원해도 되겠다, 마음먹게 할 곡을 가져가야 했다.

그런데 만약 그에게 불리한 결정이 내려진다면 어쩌지? 다시 모닝턴 애비뉴의 숙부와 숙모 집으로 돌아갈 수는 없다. 클라리사도 그렇게까지는 못 할 것이다. 결국, 석방 지시서를 들고 온 사람은 클라리사였으니까. 그녀는 여름방학의 어느 따뜻한 날 오후에 예고도 없이 나타났다. 그는 평소처럼 혼자 집을 지키며 거실 탁자에서 책을 읽고 있었다. 그녀가 자신을 뭐라고 소개했는지, 함께 온 말없이 자세가 꼿꼿한 남자를 새 남편이라고 소개했는지 어떤지도 기억나지 않는다. 그러나 금빛으로 찬란한, 서늘하면서도 달콤한 냄새를 풍기는 기적적인 그 모습이 곧바로 물에 빠져 허우적거리는 아이를 건져내 햇볕 드는 따뜻한 바위 위에 단단히 세워준 구원자가 되어 그의 마음과 인생을 장악해버렸던 순간은 뚜렷하게 기억났다. 물론 그 모습은 너무 훌륭해 오래가지는 않았다. 그러나 오래전에 죽어버린 그 여름의 오후는 그의 기억 속에서 경이롭게 빛났다.

"넌 여기 사는 게 행복하니?"

"아니요."

"하긴 어떻게 행복해질 수 있겠니? 이 방은 정말 음침하구나.

저런 복제 그림이 수백만 장씩 팔려나간다는 말은 어디선가 읽은 적이 있지만, 저런 걸 정말로 벽에 걸어두는 사람이 있는 줄은 몰랐네. 네 아버지가 네겐 음악적 재능이 있다고 했는데, 지금도 연습하니?"

"아니요. 여긴 피아노가 없어요. 학교에서는 타악기만 가르치고요. 서인도제도 전통 북을 연주하는 밴드가 있어요. 이 학교는 누구나 참가할 수 있는 음악에만 관심이 있어요."

"누구나 참가할 수 있는 건 대개 가치가 없어. 이 방에 서로 다른 두 가지 벽지를 발라서는 안 되는 거였는데. 차라리 서너 가지를 함께 붙이면 기이한 효과가 나서 재미있을지도 모르겠다. 두 가지는 그저 속된 분위기만 낳을 뿐이야. 넌 몇 살이니? 열네 살이라고 했지? 너, 우리랑 같이 살래?"

"영원히요?"

"영원한 건 없어. 하지만 아마 그렇게 될 거야. 네가 어른이 될 때까지는 내내 같이 살겠지."

그녀는 그의 대답을 기다리지 않고, 첫 반응이 어떤지 살펴보려고 그의 얼굴을 들여다보지도 않고, 옆에 선 말 없는 남자부터 돌아보았다. "마틴의 아들이라면 여기보다는 나은 곳에서 살게 해줘야 한다고 생각해."

"당신 생각이 그렇다면 그래야지. 서둘러 결정할 필요는 없어. 아이를 충동구매할 수는 없잖아."

"여보, 내가 충동구매하지 않았더라면 당신은 지금 어디에 있을 것 같아? 그리고 이 아이는 내가 당신에게 줄 수 있는 유일한 아들이야."

사이먼의 눈빛이 클라리사의 얼굴에서 다른 얼굴로 옮겨 갔다.

그는 당시 조지 경의 표정을 기억했다. 마치 근육이 고통과 상스러움을 견디기 위해 저절로 뭉치는 것처럼 굳어가던 그 얼굴을. 그러나 사이먼은 조지 경이 말없이 몸을 돌리기 전에 그 고통을 생생하고 확실하게 보고 말았다.

그녀가 사이먼에게 돌아섰다. "너의 숙부와 숙모가 싫어할까?"

불행과 불만이 한꺼번에 터져 나왔다. 그는 그녀의 치맛자락을 와락 움켜잡고 싶은 충동을 가까스로 억눌렀다.

"싫어하지 않아요! 오히려 기뻐할걸요! 저는 돈도 한 푼 없으면서 방 하나를 차지하고 있잖아요. 숙부 내외는 언제나 저를 키우느라 얼마나 돈이 많이 드는지 이야기해요. 그리고 절 좋아하지도 않아요. 솔직히 제가 없어져도 신경도 쓰지 않을 거예요."

그리고 이어서 그는 충동적으로 꽤 적당한 행동을 했다. 클라리사 앞에서 적절한 행동을 한 것은 그때가 유일했다. 창틀 위에 분홍색 제라늄 화분이 놓여 있었다. 삼촌은 식물을 가꾸는 솜씨가 뛰어나서 부엌 옆에 붙여 지은 온실에서 꺾꽂이로 식물을 키웠다. 장미처럼 섬세하고 작은 제라늄 꽃송이가 눈에 들어왔다. 그는 그 꽃을 꺾어 클라리사에게 건넸다. 고개를 들고 그녀의 얼굴을 바라보면서 말이다. 그녀는 큰 소리로 웃음을 터뜨리더니 꽃을 받아들고 드레스 허리띠에 꽂았다. 그러곤 남편을 쳐다보고 한 번 더 웃었다. 행복하고 의기양양한 웃음이었다.

"그럼 이것으로 자연스럽게 결정이 났구나. 숙부 내외가 집에 올 때까지 기다리는 게 좋겠다. 나도 빨리 이 벽지의 주인을 보고 싶구나. 그런 다음 널 데려가서 옷을 좀 사야겠다."

그렇게 놀라운 기쁨과 들뜬 분위기 속에서 갑작스럽게 이 모든 약속이 시작되었다. 그 꿈이 언제부터 희미해졌는지, 어디서부터 일이 어긋나기 시작했는지 되짚어보았다. 그러나 처음 만남을 제외하곤 일이 제대로 진행되었을 때가 도대체 있기는 했을까? 그는 자신이 클라리사에게 한 차례의 실패보다 더 나쁜 실패, 연속된 실패 가운데 최후의 실패작이며, 이전의 실망감들이 현재의 불만을 더욱 키웠다고 느꼈다. 그는 클라리사나 조지 경을 만나는 일이 거의 없음에도 휴일을 두려워하기 시작했다. 두 사람은 공식적으로는 하이드파크가 내려다보이는 런던의 아파트에 함께 살았다. 그러나 실제로 두 사람은 거의 함께 지내지 않았다. 클라리사는 브라이턴의 리젠시 스퀘어에 아파트를 한 채 가지고 있었고, 조지 경은 동쪽 해안 늪지대의 외딴곳에 단단한 부싯돌로 지은 오두막에서 살았다. 두 사람은 각자의 집에서 진짜 자신의 삶을 살았다. 그녀는 자기 아파트에서 연극계 친구들과 어울렸고, 그는 오두막에서 새를 관찰하며, 소문이 사실이라면 우익계의 정치 음모에 관여했다. 사이먼은 양쪽 어디에도 초대를 받은 적이 없지만, 가끔 각자 은밀한 세계에서 무엇을 하는지 상상해보곤 했다. 클라리사는 화려한 사교계의 소용돌이 한가운데에 있고, 조지 경은 굳은 얼굴의 이름도 모르는 수수께끼의 공모자들과 함께 무언가를 협의하고 있다. 왠지는 모르지만 사람들과 어울리지 않는 휴일 한때 그의 마음을 사로잡았던 이런 상상은 오래된 영화처럼 보였다. 클라리사와 친구들은 1920년대 유행했던 허리선이 없는 시프트 드레스와 짧은 단발을 하고 긴 담뱃대를 들고 미친 듯이 다리를 움직이며 찰스턴 춤을 추고 있다. 한편 조지 경의 친구들은 트렌치코트 차림에 비밀스러운 눈 위로 중절모를 푹 눌러 쓰고 클래식 자동차를 타고 회합 장소에 나타난다…. 양쪽 세계에서 배제된 사이먼은 베이스워터의 아파트에서 혼자 휴일을 보냈다. 거의 말이 없는 톨리 톨가스가 가끔 와서 보살펴주기도 했고, 혼자 알아서 지내며 매일 저녁 동네 식당에서 예약된 저녁 식사를 했다. 최근 들어 음식이 점점 형편없어졌고 그가 고른 요리를 다른 사람한테는 팔면서 자기에게는 품절이라고 했으며, 가장 나쁜 자리로 안내를 받고 계속 기다려야 했다. 어떤 웨이터는 드러내놓고 불쾌하게 굴었다. 클라리사가 더 이상 돈을 주지 않기 때문이라는 것을 알았지만 감히 불평할 수는 없었다. 이렇게 돈을 많이 들여 그를 키우는데 어떻게 돈 이야기를 할 수 있겠는가?

이제 원한다면 점심을 먹으러 가야 할 시간이었다. 그는 손 안에서 편지를 구기고 주머니에 집어넣었다. 잔디밭과 나무와 반짝이는 강물의 찬란함을 향해 눈을 감으며 자기도 모르게 기도하고 있음을, 이제 더 이상 믿지 않게 된 신을 향해 필사적으로 다급하게, 어린아이처럼 꾸밈없이 끈질기게 탄원하고 있음을 깨달았다.

'제발 이번 주말을 무사히 지낼 수 있게 해주세요. 바보 같은 짓을 저지르지 않게 해주세요. 그 여자가 나를 무시하지 않게 해주세요. 클라리사의 기분이 좋게 해주세요. 클라리사가 나를 쫓아내지 않게 해주세요. 오, 하느님, 제발 코시섬에서 무서운 일이 절대로 일어나지 않게 해주세요.'

7

목요일 밤 10시, 시내 템스 거리의 아파트 꼭대기 층에서 코델리아는 다가올 주말 준비를 마무리 짓고 있었다. 커튼을 치지 않은 길쭉한 창문에는 나무판으로 만든 블라인드가 있었지만, 아직 내리지 않아서 그녀가 커다란 거실에서 침실로 움직이는 동안 눈 아래 펼쳐진 반짝이는 거리와 어두운 골목길, 런던 시내의 탑과 뾰족지붕이 잘 보였다. 그 너머로 템스 강변과 매끄럽게 불빛을 되쏘며 굽이쳐 흐르는 강이 보였다. 밝은 낮이나 어두운 밤이나 그녀에게 그 풍경은 끊임없이 경이로웠고 아파트 자체가 놀라운 기쁨의 원천이었다.

얼마 안 되는 아버지의 재산이 마침내 존재를 드러낸 것은 버니가 죽고 그녀가 처음 맡은 가슴 아픈 사건이 끝난 직후였다. 아버지가 빚만 남긴 줄 알았는데, 놀랍게도 파리에 작은 집을 소유하고 있었다. 아버지 자신이나 동지들을 위한 안전가옥이자 이따금 은신처로 쓰려고 비교적 여유가 있을 때 사둔 집이리라. 혁명 정신이 그렇게 투철했다면 아무리 황폐하고 불결한 집이라도 부동산을 구매하는 일은 경멸했어야 했던 게 아닐까. 그러나 그 일대가 개발지역으로 지정되어 집은 놀랄 만큼 비싼 값에 팔렸다. 빚을 갚고도 탐정사무소 유지비 6개월분과 런던에 값싼 아파트를 살 정도의 돈이 남았다. 엘리베이터도 없고 편의시설도 거의 없는 빅토리아 시대 창고 건물 6층 꼭대기의 아파트와 불안정하고 기묘한 수입원 말고는 가진 게 없는 입주 신청자에게 관심을 주는 주택금융조합은 없었다. 그러나 은행 담당자는 그녀만큼이나 놀랐는지 동정심을 발휘해 5년짜리 대출을 허가해주었다.

그녀는 샤워시설을 설치하고 선박 조리실만큼 작은 주방을 설치하는 데 돈을 썼다. 나머지 일은 직접 했고 가구는 중고품 가게와 교외 경매장에서 구매했다. 널찍한 거실은 온통 흰색으로 칠했고, 한쪽 벽은 벽돌로 기둥을 쌓고 그 위에 페인트칠한 널빤지를 얹어 만든 책장으로 채웠다. 식사용이자 작업용으로 쓰는 탁자는 흠집이 잔뜩 난 참나무 재질이었고 난방은 제련철 장식이 화려한 벽난로로 했다. 침실만은 사치스러워서 거실의 스파르타식 간소함과 흥미로운 대조를 이루었다. 크기가 2.5미터와 1.5미터밖에 안 되는 작은 방이라 사치스럽게 꾸며도 괜찮을 것 같아서 값비싸고 이국적인 핸드프린트 벽지를 골라 벽뿐만 아니라 천장과 수납장 문까지 도배했다. 밤이면 한쪽 벽을 거의 차지하다시피 한 창문을 하늘을 향해 활짝 열고 기괴한 사치 속에 아늑하게 누워 빛나는 캡슐에 들어가 별들 바로 아래를 둥둥 떠다니는 기분을 느꼈다.

코델리아는 사생활을 굳게 지켰다. 친구도 탐정사무소 사람들도 절대로 아파트에는 들이지 않았다. 만약 그녀와 이 좁은 침대를 함께 쓸 남자가 생긴다면 그것은 사랑의 서약을 의미할 것이다. 거기 누워 있는 모습을 그려본 유일한 남자는 런던경시청의 총경이었다. 그 역시 런던 시내에 산다는 걸 그녀도 알았다. 두 사람 모두 같은 강을 바라보며 살았다. 그러나 짧은 열정은 끝났고, 자신은 끔찍할 정도로 불안정한 스트레스의 시기에 그에게서 잃어버린 아버지의 모습을 찾고 있었을 뿐이라고 스스로를 타일렀다. 수박 겉핥기식 심리분석이라고 말할 수도 있을 것이다. 덕분에 자칫 당혹스러워질 수 있는 기억들을 떨쳐낼 수 있었다. 창마다 난간이 달린 좁은 턱이 밖을 향해 붙어 있었는데, 거기에 허브와 제라늄 화분을 늘어놓고 여름에 일인용 접의자 하나 정도는 내놓을 수 있었다. 아래층에는 창고와 사무실이 입주했는데, 전부 낡은 명판을 두 줄로 붙여놓은 모습이 명확한 정체를 드러내기보다 어딘가 상징일 뿐인 수상쩍은 회사들이었다. 낮이면 건물 전체가 수런수런 말이 많고 가끔은 시끌벅적해지기도 한 세계가 되었다. 그러다가 저녁 5시가 되면 사람들이 서서히 빠져나가고 밤이 오면 거의 깨질 일이 없는 광대한 침묵이 드리웠다. 입주 회사 중 한 곳이 향신료 수입사라서 일과 후 아파트를 향해 올라가는 길에 코델리아의 코끝에 끼쳐 오는 계단 전체에 스민 그 자극적이고 이국적인 향이야말로 안전과 안락과 그녀가 처음으로 가져본 최초의 진짜 집을 상징했다.

이번에 맡게 된 새로운 사건을 준비하면서 가장 부담스러웠던 부분은 어떤 옷을 싸 가지고 갈지 결정하는 일이었다. 좀 더 금욕적이었던 때 코델리아는 외모에 지나치게 시간과 돈을 쓰는 여자들을 경멸했다. 그렇게 겉모습에 집착하는 자체가 개성의 핵심에 뚫린 결핍을 보상받고 싶은 욕구라고 생각했다. 그러나 얼마 지나지 않아 그녀도 옷이나 화장에 돌발적이나마 관심을 가지게 되었고, 지속되는 동안에는 그 관심이 매우 강렬했으며, 자신이 어떻게 보일지 조금도 신경 쓰지 않는 상태란 한 번도 존재하지 않았음을 깨달았다. 모든 문제와 마찬가지로 이 문제도 그녀는 홀가분하게 다니는 편을 선호했기에 그녀가 가진 옷가지는 모두 침실 벽에 짜 넣은 수납장 하나와 서랍 세 칸에 넉넉하게 들어갔다. 그녀는 지금 옷장을 열고 주말에 어떤 옷이 필요할지 생각해보았다. 탐정 일과 별도로 배를 타고 절벽에 오르고 아마추어 극단의 공연을 보려면 어떤 옷을 가져가야 할까. 해로즈 백화점 7월 할인 행사 때 산 연한 황갈색 모직 주름치마와 거기에 어울리는 캐시미어 앙상블이면 웬만한 행사에 무난하게 맞을 것이다. 운이 좋으면 캐시미어의 점잖은 화려함 덕분에 탐정사무소가 번창한다는 인상을 심어줄지도 모른다. 따뜻한 날씨가 계속되면 갈색 코듀로이 니커 바지가 탐정 일이나 산책을 하기엔 너무 더울 것 같았지만 대신 튼튼했고, 그녀가 좋아하는 조끼와 재킷 둘 다 그 바지와 잘 어울렸다. 진과 면으로 된 상의 두 벌도 건지 스웨터[11]와 마찬가지로 당연히 가져가야 할 품목이었다. 저녁에 입을 옷이 더 어려웠다. 요즘은 만찬에 성장하는 사람이 거의 없다지만 여긴 성이었고 앰브로즈 고린지도 당연히 괴짜일 것만 같으니 무슨 일이 벌어질지 알 수가 없었다. 뭔가 멋지고 적당히 격식을 차린 옷이 필요했다. 결국, 유일한 롱드레스를 가방에 넣었다. 분홍색과 빨간색과 갈색이 미묘하게 배색을 이룬 인도산 면으로 만든 옷이었다. 그리고 면 주름치마와 거기 어울리는 상의도 한 벌 챙겼다.

11 특수 방수 처리한 털실로 짠 건지섬에서 생산한 스웨터로 원래 뱃사람이 입었다.

이제 한시름 놓고 범죄현장 감식도구를 확인하는 더욱 본격적인 작업에 들어갔다. 처음 이 장비를 고안한 사람은 버니였다. 버니는 런던경시청 살인사건 수사반의 장비를 기초로 자기 장비를 고안했다고 했다. 버니가 만든 장비가 훨씬 간소했지만 필요한 것은 전부 갖추었다. 증거 채취를 위한 봉투와 집게, 지문채취를 위한 분말, 폴라로이드 카메라, 손전등, 얇은 고무장갑, 확대경, 가위, 튼튼한 펜 나이프, 열쇠를 본뜨기 위한 점토 한 통, 혈액 표본을 수집하기 위한 마개 달린 시험관 등. 버니는 이상적이려면 여기에 보존제와 응고방지제가 있어야 한다고 지적했었다. 그러나 지금껏 어떤 물건도 필요했던 적이 없었다. 잃어버린 고양이를 구조하고 바람피우는 남편을 미행하고 가출 청소년을 찾아다니려면 끈기와 튼튼한 발과 편안한 신발, 그리고 무한한 전술이 필요하지, 버니가 자신의 직업상 실패를 보상하려고 프라이드 사립탐정사무소를 통해 오래전 런던경시청 범죄수사국의 위계질서와 매력적인 세계를 재현하기 위해 기나긴 그 여름날 에핑 숲에서 그토록 기꺼운 마음으로 그녀에게 가르쳐주었던 미행술, 추격술, 격투기, 심지어 권총술까지 포함한 심오한 기술이 필요하지는 않았다.

버니가 죽은 후 장비를 아주 조금 바꿨을 뿐이다. 원래 케이스를 버리고 육군 중고 장비를 파는 가게에서 산 안주머니가 많은 캔버스 천 숄더백으로 바꾸었다. 또 혼자 맡은 첫 사건 이후 한 가지 물건을 추가했다. 버클이 달린 긴 가죽 허리띠였는데, 첫 사건의 희생자가 목을 매달았던 바로 그 물건이었다. 너무도 많은 것을 기약했지만 너무도 비극적으로 끝나버린 사건이었다. 그녀에게 죄책감이라는 유산을 남기고 가버린 그 사건을 곱씹으며 살고 싶지는 않았다. 그러나 그 허리띠는 그녀의 생명을 한 차례 구해주었고 그 후 그것을 향해 거의 미신과도 같은 애착을 느꼈다. 이 정도 길이의 튼튼한 가죽 허리띠라면 언제든지 쓸모가 있을 거라는 생각으로 그 물건을 감식도구에 넣는 행위를 정당화했다.

마지막으로 마닐라 봉투에서 서류를 꺼내 표지에 대문자로 깔끔하고 가지런하게 '클라리사 라일'이라는 이름을 썼다. 새로운 사건을 맡을 때마다 이 대목이 가장 흡족했다. 기대에 찬 흥분이 가미된 희망의 순간, 흠 하나 없이 깨끗한 폴더와 야무진 글씨체가 산뜻한 출발을 상징했다. 그녀는 폴더에 넣기 전 공책을 훌훌 넘겨보았다. 조지 경과 스치듯이 잠깐 본 그의 부인을 제외하면 그 섬에서 만날 사람들은 아직 이름만 알 뿐, 용의자로 추정되는 이들의 출석부와 같았다. 사이먼 레싱, 로마 라일, 톨리 톨가스, 앰브로즈 고린지, 아이보 휘팅엄. 그저 종이 위에 기록된 소리에 불과했지만, 각자 개성의 발견과 도전, 매혹적인 다양성을 예견했다. 그 모두가, 즉 클라리사 라일의 양아들과 그녀의 사촌과 그녀의 의상담당자와 성의 주인과 친구가 한가운데 금빛으로 빛나는 인물을 둘러싸고 행성처럼 회전했다.

코델리아는 폴더에 넣기 전 자세히 살펴보려고 스물세 통의 협박편지를 클라리사가 받은 순서대로 늘어놓았다. 그리고 책장에서 인용문 책 두 권을 꺼냈다. 《펭귄 인용문사전》 페이퍼백과 《옥스퍼드 사전 제2판》이었다. 예상대로 협박편지의 모든 인용문이 두 책 중 한 곳에 실려 있었다. 세 개를 제외하면 전부 페이퍼백 《펭귄 인용문사전》에 있었다. 범인은 틀림없이 이 사전을 활용했을 것이다. 어느 서점에 가도 쉽게 구할 수 있고 크기도 작아 감추기 쉬우며 들고 다니기에도 가벼웠다. 인용문을 고르는 일 역시 그다지 어렵거나 시간이 걸리지는 않았을 것이다. '죽음 혹은 죽어가는 일' 아래 목록을 보거나, 셰익스피어의 희곡을 다룬 마흔다섯 장과 말로와 웹스터에 할애한 두 장을 재빨리 훑어보면 된다. 클라리사가 출연한 연극을 찾는 일도 별로 어렵지 않을 것이다. 그녀는 3년 동안 말번 극단 소속이었고 이 극단은 특히 셰익스피어와 제임스 1세 시대 연극에 정통했다. 그녀의 이력을 게재한 팸플릿마다 그녀가 맡은 주요 출연작을 열거해놨을 것이다. 그러나 중간 규모의 극단이 셰익스피어를 상연할 때 요구받는 자원의 압박을 생각해보면, 그녀는 모든 연극에 지나가는 행인 역할로라도 참가했다고 보는 게 좋을 것이다.

인용문 가운데 겨우 두 개만이 셰익스피어가 아니라 웹스터의 것으로 짐작했던 것인데, 《펭귄 인용문사전》에는 실려 있지 않았다. 그러나 이것들도 원본을 찾아보면 나올 것이다. 모든 인용문이 낯익었다. 코델리아 자신이 연극을 잘 안다고 말할 수는 없지만, 대부분의 인용문을 그리 어렵지 않게 알아볼 수 있었다. 그러나 문구를 외워 정확하게 타자하는 것은 별개의 문제였다. 어느 문구나 줄이 정확하게 배치되었고 구두점 하나 틀리지 않았다. 인용문을 타자한 사람은 《펭귄 인용문사전》을 가까이 두고 있었던 게 틀림없다고 결론 내릴 수 있는 또 하나의 이유였다.

다음으로 그녀는 확대경을 들어 협박편지를 자세히 살펴보았다. 런던경시청은 어느 정도까지 과학적인 감정을 했을까 궁금했다. 그녀가 판단할 수 있는 한 같은 타자기로 타자한 편지는 단 세 통이었다. 활자의 질도 크기도 다양했다. 어떤 것은 활자가 고르지 않았고 어떤 것은 희미하거나 부분적으로 끊긴 글자도 있었다. 특기할 만한 것은 전문타자수의 솜씨가 아니라는 점이었다. 개인적으로 서신을 보낼 만큼 타자기에 익숙하기는 하지만 전문타자수는 아닌 사람이 작업한 것이다. 또 전동타자기를 쓴 것은 한 통도 없어 보였다. 그리고 스무 대나 되는 타자기를 구할 수 있는 사람이 누가 있을까? 분명히 중고타자기를 취급하는 사람이거나 비서학교를 운영하거나 혹은 거기서 일하는 사람일 것이다. 비서소개소는 아닐 것이다. 타자기 질이 그렇게 좋지는 않았다. 게다가 반드시 비서학교일 필요도 없었다. 매우 현대적인 종합학교라면 속기와 타자를 가르칠 것이다. 그곳의 직원이라면 목적이 무엇이든 방과 후에 학교에 남아 개인적으로 타자기를 사용한다고 해서 방해를 받지는 않을 게 아닌가?

협박편지를 만들어냈을지도 모르는 또 다른 방법이 한 가지 있었는데, 코델리아는 이쪽이 더 가능성이 크다고 생각했다. 탐정사무소에서 쓸 값싼 중고타자기를 산 적이 있었다. 그때 타자기가 나란히 진열된 가게와 전시장을 일일이 찾아다니며 타자기를 직접 시험해보았는데, 이 기계 저 기계를 오가며 하나하나 찍어봐도 아무도 못 하게 막거나 주목하지 않았다. 어떤 사람이 편지지 뭉치와 인용문사전을 들고 그런 가게를 찾아다닌다면 협박편지를 계속 쓸 만한 충분한 타자기를 공급받을 수 있을 것이다. 지역마다 있는 다양한 가게를 잠깐씩 연달아 방문한다 해도 누구의 눈에도 띄지 않을 것이다. 게다가 업종별 전화번호부를 참고하면 중고타자기 가게는 쉽게 찾을 수 있었다.

폴더에 편지를 넣기 전에 조지 경이 자기 타자기로 작성했다고 말한 그 편지를 자세히 살펴보았다. 다른 편지들과 다르게 해골과 엇갈린 뼈 그림이 조금 더 세밀하고 덜 활달하게 그려졌다는 건 그녀의 상상에 불과할까? 확실히 엇갈린 두 뼈의 윗부분이 다른 편지들과는 다르게 생겼고 크기도 조금 컸으며 두개골도 더 넓었다. 차이는 미미했지만, 의미는 크다고 생각했다. 다른 두개골과 관 그림은 확실히 한 사람의 솜씨였다. 게다가 인용문 자체도 글자 간격이 일정하지 않았고 경고하는 내용도 그리 독하지 않았다.

죽음의 고통이 닥치거든 누구도 내게 죽음을 말하지 말라.
죽음, 그것은 한없이 두려운 말이니.

코델리아가 모르는 인용문이었고 《펭귄 인용문사전》에도 보이지 않았다. 셰익스피어보다는 웹스터 쪽일 거라고 생각했다. 어쩌면 《하얀 악마》나 《악마의 법정》일지도 모른다. 구두점은 정확해 보였지만, 첫 줄의 "죽음의 고통이 닥치거든" 다음에 쉼표가 있어야 할 것 같았다. 이 인용문은 보고 타자한 게 아니라 외워서 타자한 것이리라. 확실히 다른 편지들과 달리 서투른 사람의 타자였다. 코델리아는 그게 누구인지 알 것만 같았다.

나머지 인용문은 위협 정도가 다양했다. 우선 크리스토퍼 말로의 암울한 절망의 시가 있었다.

지옥에는 경계가 없고 어디까지인지 한계선도 없어서
어느 한 곳이라 말할 수 없네, 우리가 있는 이곳이 지옥이므로.
그러므로 지옥이 있는 곳, 우리는 반드시 그곳에 있다네.

불안한 독자라면 이 시가 내포한 현대의 삭막한 허무주의가 달갑지 않겠지만, 과연 이 정도를 죽음의 협박으로 볼 수 있을지는 의문이었다. 말로의 인용문은 이것 말고 하나가 더 있었는데, 이것보다 6주 먼저 배달되었다.

이제 그대는 살날이 1시간도 채 남지 않았으니,

이윽고 그대는 영원히 지옥의 나락으로 떨어질 것이다!

이것은 충분히 직접적이었지만 죽음의 협박이 근거 없음을 입
증하기도 했다. 클라리사는 1시간은커녕 그 후로도 계속 살아 있
으니까. 그러나 코델리아가 보기에 처음 몇 통의 협박편지 이후
로 인용문 내용이 점점 험악해졌고, 관 그림 밑에 타자된 다음과
같은 불길한 협박이 쌓이고 쌓여 절정에 이르도록 계획되었다.

뱀과 실컷 재미를 보십시오.[12]

여기서《헨리 6세》의 잔혹할 만큼 노골적인 대사로 이어졌다.

지옥으로 떨어지고 또 떨어져라.

그리고 바로 내가 그대를 그리 보냈다고 말해라.

전부 늘어놓고 함께 보면 죽음과 증오가 낭랑하게 반복되며 숨
통을 조여오고, 어린애 같은 조악한 그림이 험악하게 그려져 있
었다. 코델리아는 이토록 세심하게 조작된 위협의 계획이 예민하
고 취약한 여성에게 어떤 영향을 미쳤을지 처음으로 이해하기 시
작했다. 어떤 여성이라도 마찬가지였을 것이다. 매일 아침이 암
담해질 것이고, 우편물이 도착하고 현관 우편물 쟁반에 편지가 놓
이고 쪽지가 문 밑으로 밀어 넣어지는 일상이 전부 끔찍해질 것
이다. 그따위 악의적인 편지는 말 그대로 쓰레기와 같으니 신경
쓰지 말고 변기에 버리라고 피해자에게 충고하기는 쉽다. 그러나

12 셰익스피어《안토니우스와 클레오파트라》에서 자살을 위해 뱀을 구하러 온 클레
오파트라에게 어릿광대가 뱀을 건네며 하는 말

어떤 사회에나 사악한 일을 도모하고, 타인의 실패나 어쩌면 죽음까지도 기꺼이 계획하는, 정체를 알 수 없는 적의 사악한 힘을 두려워하는 본능적인 공포가 있다. 이 경우에는 무섭고 다소 위협적인 지성이 작용하고 있었고, 문제의 인물이 코시섬에서 함께 지내게 될 소규모 무리 중 한 사람일 수도 있으며, 만찬 테이블 너머로 시선을 주고받는 사람들 가운데 그런 사악함을 숨긴 자가 있을지도 모른다는 생각은 그리 유쾌하지 않았다. 처음으로 코델리아는 클라리사 라일의 생각이 옳을지도 모른다고 생각했다. 그녀의 목숨을 노리는 위협이 정말로 있을지도 모른다고. 이제 그녀는 그 생각을 옆으로 밀쳐두고 혹시 이 협박편지들이 자신에게까지 심술궂은 장난을 치기 시작한 건 아닌지 스스로를 타일렀다. 살인자는 몇 달에 걸쳐 자신의 의도를 대놓고 광고하지는 않는다. 그러나 이 말 또한 반드시 사실일까? 증오에 사로잡힌 마음에 살인행위 자체는 너무도 신속하고 너무도 순간적이라 오히려 만족할 수 없는 게 아닐까? 혹시 클라리사 라일에게 그녀를 죽이는 행위로 옮겨 가기 전 그녀가 공포와 실패로 서서히 파괴되어 가는 모습을 지켜봐야 할 만큼 깊은 원한을 품은 적수가 있는 걸까?

코델리아는 흠칫 몸을 떨었다. 낮의 더위는 이미 물러갔고 활짝 열어놓은 창문으로 넘어 들어오는 밤공기는 도심의 높은 방에서조차 가을의 맛과 기운을 풍겼다. 그녀는 마지막 편지를 집어넣고 폴더를 덮었다. 이제 무엇을 해야 할지 분명했다. 토요일 《말피 공작부인》 상연 전 클라리사 라일을 어떠한 걱정이나 괴로움으로부터 안전하게 지킬 것, 그리고 가능하면 그녀에게 협박편지를 보낸 사람을 찾아낼 것. 그리고 자신의 능력을 최대한 끌어내 그 일을 할 것.

제 2 부

드레스 리허설

8

    빅토리아 시대 스페이머스는 폭발 사고나 다른 재해 없이 가로등을 전부 가스등으로 교체해 시민들을 놀라게 한 일이 있었으므로, 철로 신설을 반대할 이유가 전혀 없었다. 피할 수 없는 현실이기도 했고, 일례로 케임브리지처럼 철로 신설을 반대해 도심에서 멀리 떨어진 불편한 곳으로 전락할 이유도 없었다. 매력적이고 작은 기차역은 해안도로 한가운데 있는 빅토리아 여왕 조각상에서 불과 4백 미터 떨어져 있었다. 코넬리아는 한쪽 손에 짐 가방을, 다른 손에 휴대용 타자기를 들고 햇볕 아래로 나갔다. 화사한 색으로 칠한 집들 너머로 돌로 에워싼 수영장만큼 작은 선착장과 그 너머 왜소한 잔교와 반짝이는 바다가 한눈에 들어왔다. 역을 떠나야 하는 게 유감스러울 정도였다. 반짝이는 흰색 페인트칠, 레이스처럼 섬세한 제련철 곡선 지붕을 보니 어린 시절 주간만화신문 여름호가 떠올랐다. 만화 속 바다는 언제나 푸른빛이었고 모래는 밝은 노란색, 태양은 황금의 구였으며, 철로는 선명한 색깔의 장난감 마을이 선사하는 상상의 기쁨으로 향하는 반가운 길이었다. 코델리아의 위탁모 중 가장 가난했던 윌크스 부인은 만화책을 사주던 유일한 사람이었다. 코델리아가 애정을 품고 떠올리는 유일한 사람이기도 했다. 지금 윌크스 부인이 떠오른 것은 어쩌면 좋은 조짐일지도 모른다.

벌써 택시를 기다리는 사람들이 작게 줄을 이루고 있었지만 거기 끼어 설 이유는 없었다. 도로는 내리막길이었고 선착장도 눈앞에 뚜렷하게 보였다. 그녀는 짐의 무게도 거의 느끼지 못하고 오늘의 즐거움에 푹 빠져 걷기 시작했다. 작은 마을은 햇빛에 잠겨 있었고 조지 왕조풍의 테라스 딸린 집들이 줄지어 서 있었다. 집들은 정면이 우아하고 제련철로 만든 발코니는 소박하고 가식 없이 품위가 있어서 전체적인 분위기가 마치 연극무대처럼 밝게 빛나며 예술적인 매력을 풍겼다. 후미에 작은 회색 군함 한 척이 어린아이가 오려낸 종이 장난감처럼 미동도 없이 정박해 있었다. 손을 뻗으면 군함을 물 밖으로 끌어당길 수 있을 것만 같았다. 가파른 자갈포장도로를 내려가는 동안 황갈색과 분홍색, 파란색 집들의 테라스가 멀리 보이는 언덕을 향해 굽이쳐 올라가고, 그 아래 위엄 있게 차려입은 빅토리아 여왕의 동상이 밝은 빛깔 왕홀[13]로 공중화장실 쪽을 오만하게 가리키는 모습이 보였다.

곳곳에 사람들이 있었다. 도로에서 이리저리 떠밀리는 사람들, 해안도로에서 모래밭으로 쏟아져나오는 사람들, 모래밭에 가지런히 누워 일광욕을 즐기는 사람들, 뒤로 한껏 젖힌 접의자에 드러누운 사람들, 아이스크림 판매대 앞에 줄을 선 사람들, 주차 공

13 유럽의 군주가 손에 쥐는 장식이 화려한 상징적 지휘봉

간을 찾아 차창 너머로 고개를 내민 사람들 등등. 여름 휴가철도 다 끝나고 아이들도 전부 학교로 돌아간 9월 중순 평일에 이 사람들은 대체 어디에서 왔을까. 직장이든 학교든 무단결석하고 뜻밖에 여름이 부활한 것 같은 이 가을날에 이른 동면에서 깨어난 사람들일까? 9월의 추위에 대비해 감싼 새하얀 목 위로 햇볕에 탄 얼룩덜룩한 붉은 얼굴을 내밀고 반짝이는 가슴과 팔을 통해 더욱 혹독해진 태양이 가한 불친절함의 증거를 다시 드러내고 있는 걸까? 낮의 대기가 한여름 해초와 뜨거운 육체와 햇볕에 그을린 페인트 냄새를 풍겼다.

작은 선착장은 흔들리는 소형보트와 돛을 접은 배들로 정신없이 붐볐지만, '시어워터호'라고 뱃머리에 페인트로 씌어 있는 소형선은 금방 찾을 수 있었다. 9미터 정도 길이에 한가운데 지붕이 낮은 선실이 있고 선미에는 널빤지로 만든 좌석이 있었다. 주름이 자글자글한 선원이 책임자로 보였다. 그는 긴 방수 장화를 신고 가슴에 '코시섬'이라는 선명한 글자가 새겨진 파란색 점퍼를 입고 가느다란 다리를 꼭 붙인 채 밧줄을 붙들어 매는 말뚝 위에 앉아 있었다. 그 모습이 너무나 뽀빠이를 닮아서, 그가 다가오는 코델리아를 보자마자 이가 없는 게 분명한 입에서 천천히 담배 파이프를 뺐을 때, 코델리아는 기호 때문이 아니라 뽀빠이처럼 보이려고 파이프를 물고 있는 게 아닐까 생각했다. 코델리아가 인사하자 그는 모자에 손을 대고 빙긋 웃었지만 말을 하지는 않았다. 그는 코델리아의 타자기와 가방을 받아 선실에 넣고 코델리아가 배에 오르는 걸 도와주려고 다시 돌아왔다. 그러나 코델리아는 벌써 배에 올라타고 선미 좌석에 앉았다. 그는 말뚝 위 자리로 돌아갔고 두 사람은 함께 기다렸다.

3분 후 택시 한 대가 선착장 입구에 멈추더니 소년과 여자가 내렸다. 여자가 요금을 내고(약간의 실랑이가 있는 것 같았다) 소년은 초조하게 옆에 서 있다가 이윽고 선착장 가장자리로 걸어가 바다를 내려다보았다. 여자가 소년에게 다가갔고 두 사람은 함께 소형선 쪽으로 걸어왔다. 소년은 가기 싫어 꾸물대는 아이처럼 여자 조금 뒤에 떨어져서 따라왔다. 로마 라일과 사이먼 레싱일 거라고 코델리아는 생각했다. 두 사람 모두 어쩔 수 없이 함께 택시를 타고 온 것이 불만이라는 뜻을 분명하게 드러냈다. 코델리아는 도움을 받아가며 배에 오르는 로마의 모습을 지켜보았다. 겉모습만 보면 아랫입술 모양을 제외하고 사촌인 클라리사와 전혀 닮은 데가 없었다. 그녀 역시 금발이었지만 전형적인 앵글로색슨족 금발이었고 햇빛이 강렬해 벌써 희끗희끗한 자국이 보였다. 머리카락은 짧았는데, 비싼 돈을 주고 머리 모양에 맞춰 다듬은 것 같았다. 사촌 클라리사보다 키가 컸고 동작에 자신감이 배어 있었다. 그러나 이마와 코, 입가에 주름이 새겨진 얼굴에는 음울한 불만의 표정이 드러났고 눈에도 편안한 빛이 없었다. 신경 써서 맞춰 입은 게 분명한 옷깃에 파란색 장식 술을 단 황갈색 바지정장과, 황갈색과 연한 파란색 줄무늬가 있는 목이 높은 스웨터를 입었다. 코델리아가 보기에는 주말의 휴가에 잘 어울리는 것 같으면서도 어딘가 부적절한 면이 있었는데 아마도 하이힐을 신고 있기 때문인 것 같았다. 하이힐 때문에 배에 올라탈 때 동작이 덜 우아해 보였다. 옷 색깔 역시 그녀의 피부색과 어울리지 않았다. 누가 봐도 이 여자는 자기 성격이나 상황에 맞춰 신경 써서 옷을 고르는 사람은 아니었다. 소년에 대해서는 옷을 입는 취향이든 다른 면이든 판단을 내리기가 어려웠다. 그는 선미에 앉은 코델리아를 흘낏 보더니 곧바로 얼굴이 새빨개져서 얼른 선실로 들어가버렸다. 그 모습을 보니 소년은 이번 주말의 즐거움에 조금도 도움이 되지 않을 것 같았다. 로마 라일은 뱃머리 쪽에 앉았고 선원은 다시 말뚝 위로 돌아갔다. 다들 말없이 기다리는 동안 소형선은 선착장 돌벽에 붙여놓은 충격방지용 폐타이어에 부딪히며 조금씩 흔들렸고, 먼 바다로 나가는 다른 배들이 조용히 스쳐 지나갔다.

잠시 후 로마가 큰 소리로 외쳤다. "이제 그만 출발해야 하지 않아요? 점심시간에 맞춰 가야 해요."

"한 분 더 올 예정입니다. 아이보 휘팅엄 씨요."

"그분은 9시 33분 기차를 타지 않은 모양이에요. 지금껏 나타나지 않은 걸 보면요. 기차역에서도 못 봤어요. 혹시 차를 몰고 오느라 늦어지는 게 아닐까요?"

"앰브로즈 씨가 그분도 기차로 온다고 말씀하셨습니다. 기다렸다가 모시고 오라고요."

로마 라일은 얼굴을 찡그리며 먼바다를 노려보았다. 2분이 더 흘렀다.

그때 선원이 큰 소리로 말했다. "저기 오시네요. 이제 와요. 틀림없이 휘팅엄 씨예요." 그는 확인하느라 세 번이나 자리에서 일어났고 이어서 출항 준비를 시작했다. 코넬리아는 고개를 들어 시야를 일그러뜨리는 눈부신 햇살 너머로 죽마 위에 죽은 사람의 머리를 얹은 것처럼 생긴 형체가 해골 같은 손가락으로 캔버스 천으로 만든 대형 여행 가방을 들고 선착장을 가로질러 이쪽으로 오는 모습을 보았다. 눈을 한 번 깜박이자 그 형체는 비로소 초점을 제대로 맞추고 인간의 형상이 되었다. 두개골 위에 살을 뒤집어쓰고 섬세한 골격 위에 회색 살갗이 덮여 있었는데, 어쨌든 인간의 살이기는 했다. 눈구멍에는 날카롭고 무엇인가를 살짝 재미있어 하는 눈이 축축하게 박혀 있었다. 그녀가 지금껏 목격한 제 발로 걷는 사람 중에서도 가장 비쩍 마르고 가장 절박하게 아픈 사람이었지만, 목소리만은 단호하고 말투도 편안하고 안정적이었다.

"기다리게 해서 미안합니다. 나는 아이보 휘팅엄입니다. 선착장이 가까워 보여서 걷기 시작했는데, 실수를 깨달았을 때는 택시를 잡을 수가 없었어요."

그는 선원이 내민 손을 별로 초조한 기색 없이 밀어내고 뱃머리 쪽 좌석에 앉더니 다리 사이에 가방을 내려놓았다. 아무도 말하지 않았다. 말뚝에서 풀려난 밧줄의 끝 부분이 갑판 위에 돌돌 말려 있었다. 엔진이 부르릉 소리를 내며 살아났다. 배는 미처 깨닫지 못한 사이에 슬그머니 선착장을 떠나 항만 입구로 향했다.

10분 후 게처럼 옆으로 느릿느릿 다가가는 섬은 조금도 가까워지지 않는 것처럼 보였지만, 뒤쪽의 해안은 눈에 띄게 멀어지고 있었다. 잔교 언저리의 어부들은 요정의 지팡이를 든 성냥개비 크기의 사람처럼 작게 보였고 거리의 부산스러움도 엔진 소음에 묻혀 마침내 들리지 않게 되었다. 빅토리아 여왕의 동상은 희미한 빛깔의 얼룩이 되었다. 연보랏빛 수평선 위로 낮게 뜬 구름층이 번져가고 이따금 크림처럼 새하얀 구름 덩어리가 떨어져 나와 맑은 하늘에 섬처럼 고요하게 떠 있었다. 잔물결이 밝은 대기의 빛을 흡수해 빛과 함께 튀어 올랐다가 다시 좀 더 연한 하늘빛으로 되쏘았다. 코델리아는 바다와 저 멀리 보이는 해변이 모네의 그림 같다고 생각했다. 밝은 색채 위에 밝은 색채가 겹겹이 포개지고 빛 자체도 생생해졌다. 그녀는 뱃전 너머로 손을 내밀어 뛰노는 물살에 손을 담갔다. 순간 차가움에 헉 소리가 나왔지만 팔을 그대로 물속에 담그고 손가락을 쫙 펴서 작은 물살을 햇빛 속으로 튕겨냈다. 손등의 솜털에 반짝이는 물방울이 맺혔다. 그러나 갑자기 여자의 목소리가 들려오면서 모처럼의 분위기가 깨졌다. 로마 라일이 어느새 선실을 돌아 그녀 옆에 와 있었다. 로마가 말했다. "올드필드만 보내 손님들끼리 서로 자기소개를 하게 하는 게 앰브로즈 고린지의 버릇이에요. 나는 로마 라일, 클라리사의 사촌이에요."

두 사람은 악수했다. 로마의 손은 단단했고 기분 좋게 서늘했다.

코넬리아도 자기 이름을 말했다. "하지만 저는 초대 손님이 아니에요. 섬에는 일하러 가요."

로마가 타자기 쪽을 흘낏 보았다. "어머, 앰브로즈가 또다시 대작을 집필하는 모양이죠?"

"제가 알기엔 그렇지 않아요. 저는 클라리사 라일에게 고용되었습니다." 조지 경에게 고용되었다는 게 더 정확한 표현이겠지만, 사실대로 말하면 일만 복잡해질 것이다. 그러나 조만간 자신의 존재를 정확하게 설명해야 할 것이다. 어쩌면 그때란 지금일지도 모른다. 그녀는 피할 수 없는 질문에 대비했다.

"클라리사가요! 대체 무슨 일로요?"

"편지를 처리하고 전화를 받고 또 그분이 연극에 집중하는 동안 이런저런 편의를 봐드리는 일이에요."

"이런저런 편의라면 톨리가 있잖아요. 톨리가 이 일을 어떻게 생각할지 모르겠네요."

"저는 전혀 모르겠군요. 아직 그분을 만나보지도 못했어요."

"별로 좋아할 것 같지는 않아요." 로마는 의심과 당혹감이 뒤섞인 표정으로 코넬리아를 보았다. "배우가 되고 싶은 괴짜들 이야기는 읽은 적이 있어요. 아무런 재능도 없으면서 우상 뒤를 졸졸 따라다니면서 요리, 쇼핑, 심부름을 해주고 애완견 노릇까지 해가며 그 세계에 발을 들이려고 애쓰는 사람들이오. 대개는 과로로 죽거나 신경쇠약으로 끝난다죠. 설마 당신은 그렇게 애처로운 부류는 아니겠죠? 아니겠네요. 아닌 걸 알겠어요. 하지만 당신이 하기로 했다는 그 일이라는 게 조금… 이상하지 않아요?"

"당신은 무슨 일을 하죠? 당신이 하는 일은 덜 이상한가요?"

"아, 미안해요. 불쾌하게 해드렸네요. 나는 실패한 학교 선생이라고 털어놔야겠군요. 지금은 서점에서 일해요. 그럭저럭 평범한 삶처럼 들리겠지만, 사실 사연이 아주 많아요. 클라리사의 양아들, 사이먼 레싱을 소개할게요. 그 아이는 무지몽매한 이번 주말을 함께 보낼 사람들 가운데 당신과 나잇대가 가장 비슷하겠네요."

자기 이름을 듣고 소년이 선실에서 나와 햇빛에 눈을 깜박였다. 어쩌면 로마 라일의 손에 끌려 나오기보다는 자발적으로 나타나는 쪽을 선택한 거라고 코델리아는 생각했다. 소년이 내민 손을 잡고 악수하며 코델리아는 그의 악력이 무척 단단한 걸 느끼고 놀랐다. 두 사람은 상투적인 인사말을 주고받았다. 사이먼은 처음 얼핏 보았을 때보다 더 좋아 보였다. 예민해 보이는 긴 얼굴, 눈 사이가 넓은 회색 눈동자. 그러나 피부는 오래된 여드름 흉터로 구멍이 패었고 이마에는 새로 여드름이 돋아 있었으며 입매가 약해 보였다. 코델리아는 자신의 넓은 눈썹과 높은 광대뼈, 고양이상 얼굴 때문에 나이보다 어려 보인다는 것을 알았지만, 수줍어하는 이 소년보다 더 어리게 느껴질 때가 있으리라고는 도저히 상상할 수 없었다.

이윽고 새로운 목소리가 들렸다. 마지막 손님이 선미로 와서 합세했다. "1890년대 황태자가 증기선을 타고 후미를 가로질러 코시섬에 갈 때마다 선대의 고린지는 선착장에 개인 악단을 대기시켰다가 황태자의 상륙에 맞춰 열렬한 환영 연주를 시켰다죠. 왜 그랬는지 기록은 남아 있지 않지만, 악단은 티롤풍 의상을 입었다고 해요. 여러분은 과거와 사랑에 빠진 앰브로즈 고린지가 우리에게도 비슷한 환영의식을 제공할 거라고 생각하십니까?"

그러나 누가 대답하기도 전에 배가 섬의 동쪽 가장자리를 돌았고, 곧바로 성이 불쑥 눈에 들어왔다.

9

미처 깨닫지는 못했지만, 코넬리아는 코시성의 건축양식에 대해 의식 속에서 저절로 형성된 어떤 그림을 그리고 있었다. 회색 돌로 지은 거대한 성에는 모조 총안이 있고, 빅토리아 시대의 원형에 지나치게 장식을 가미하는 바람에 거주용에 맞는 편의성과 웅장한 외관 사이에서 불만스럽게 타협하고 만 어정쩡한 모습의 건축물일 거라고 막연히 상상했다. 그러나 아침 햇살 아래 불쑥 모습을 드러낸 성의 실물을 보고 코넬리아는 그 경이로움에 놀란 숨을 들이켜야 했다. 성은 파도에서 불쑥 솟구치기라도 한 듯 바다 가장자리에 우뚝 서 있었다. 외관도 석재가 아니라 장밋빛 벽돌로 지었다. 벽돌 외에 석재를 쓴 부분은 하얗게 도드라져 보이는 배수 설비 부분과 지금은 햇빛을 받아 생기 있게 반짝이는 높고 둥근 창문뿐이었다. 서쪽에는 돔형 지붕을 머리에 얹은 날렵한 둥근 탑이 높이 솟아 있었다. 탑은 천상의 것처럼 아름다우면서도 견고해 보였다. 표면을 무광으로 처리한 외벽 곳곳과 무늬를 넣은 부벽과 흉벽 모두 독특하면서도 복잡하지 않고 자신감에 넘쳤다. 전체적으로 거대하지만 간결했고, 높고 경사진 지붕과 날렵한 둥근 탑은 빅토리아 시대 건축양식에서 볼 수 있으리라고는 생각하지 못했던 가볍고도 편안한 인상을 풍겼다. 남쪽의 건물 전면부는 넓은 테라스를 내려다보고 있었는데(아마 겨울에는 테라스까지 파도가 들이칠 것이다), 테라스에서 두 개의 계단이 내려와 모래와 자갈이 깔린 좁은 해변으로 이어졌다. 성의 전반적인 비율은 이 장소에 딱 들어맞는 것처럼 보였다. 이보다 더 컸다면 허세로 보였을 것이고 더 작았다면 매력이 떨어졌을 것이다. 건물 자체는 성과 개인 주거공간 사이에서 타협한 결과물이겠지만, 그 타협은 눈부시게 성공적으로 보였다. 그녀는 만족감에 하마터면 소리를 내어 웃을 뻔했다.

어느새 아이보 휘팅엄이 옆에 다가와 있다는 것을 그가 말을 걸어서야 깨달았다. "여긴 처음 방문인 모양이군요? 저 성이 어때 보입니까?"

"훌륭해요. 뜻밖이고요."

"빅토리아 시대 건축에 관심이 있습니까?"

"관심은 있지만, 지식이 충분하지는 않아요."

"앰브로즈에게는 그렇게 말하지 말아요. 그 사람, 자기 열정과 편견에 푹 빠져서 주말 내내 당신을 가르치려 들 겁니다. 나는 미리 숙제를 해왔기 때문에 앰브로즈를 미리 방지하기 위해서라도 지금 당신에게 가르쳐줄 수 있어요. 저 성을 지은 이는 건축가 E. W. 고드윈으로, 휘슬러나 오스카 와일드를 위해서도 일했고 탐미주의에 속했던 예술가죠. 그는 고형의 것과 공간 사이의 균형을 세심하게 조정하는 게 목표라고 직접 말한 바 있습니다. 노샘프턴 시청같이 완벽하게 실패한 건물도 만들었지요. 물론 앰브로즈는 그게 실패작이라고 인정하지 않았지만요. 하지만 이 성이 굉장한 성공작이라는 점에 대해서는 앰브로즈와 저의 의견이 일치한다고 생각합니다. 혹시 이번 연극에 출연하시나요?"

"아니요. 저는 일하러 왔어요. 클라리사 라일의 비서예요. 임시 비서죠."

그가 금세 놀란 표정을 지었다가 이어서 빙그레 미소를 지었다. "아, 그랬군요. 클라리사의 인간관계는 늘 임시적인 경향이 있죠."

코델리아가 재빨리 말했다. "연극에 대해 아는 게 있으세요? 제 말은, 어떤 극단이 공연하나요?"

"클라리사가 말하지 않았나요? 코트링엄 극단이에요. 영국에서 가장 오래된 아마추어 극단이라고들 하죠. 1834년 당시 찰스 코트링엄 경이 창단한 후 그 가문이 어찌어찌 명맥을 이어가고 있어요. 코트링엄 가문은 3대에 걸쳐 연극에 미쳐 있죠. 재능은 한결같이 열정과 반비례하지만요. 현재 찰스 코트링엄 경이 안토니오 역을 맡아요. 그의 증조부 역시 이 성에서 여흥을 벌였을 때 안토니오 역을 맡았었는데, 너무 경솔한 바람에 그만 황태자의 애인이었던 릴리 랭트리의 도발적인 눈빛을 받게 되었지요. 황태자의 미움을 사게 된 후로 코트링엄 가 사람들은 이 성에서는 하룻밤도 묵을 수 없게 되었어요. 앰브로즈로선 편리한 전통이 되었죠. 주연 여배우와 그밖에 얼마 안 되는 개인 손님만 접대하면 되니까요. 연출가와 나머지 배우들은 주디스 코트링엄 부인이 주최하는 하우스 파티에 갑니다. 그 사람들은 전부 내일 배를 타고 들어와요."

"그 극단은 앰브로즈 고린지 씨가 이 성을 내주기 전에는 어디서 공연을 했나요?"

"내 생각에는 앰브로즈가 아니라 클라리사가 성을 내주었다고 봐요. 그전에는 스페이머스의 오래된 회관에서 매년 공연을 했어요. 문화공연이라기보다는 사교 행사에 더 가까웠죠. 하지만 내일 공연은 그렇게 낙담할 수준은 아닐 겁니다. 스페이머스의 한 푸주한이 보솔라 역을 맡았는데, 썩 잘한다고 소문이 났거든요. 거 참 적당한 배역이 아닙니까?[14] 페르디난드는 코트링엄 경의 대리인이 맡기로 했고요. 길거드만큼은 못하겠지만 클라리사 말로는 대사를 칠 줄은 안다더군요."[15]

엔진 소리가 낮은 진동으로 바뀌더니 소형선이 천천히 잔교 쪽으로 다가갔다. 테라스 양쪽 끝에서 출발하는 계단으로 이어진 돌로 된 선착장은 작은 항구의 축소판이었다. 해초로 뒤엉킨 가파른 계단이 간간이 물에 잠겨 있었다. 동쪽 가장자리의 더 긴 쪽 계단에 제련철로 섬세하게 시공한 둥근 연주대가 보였다. 연주대는 흰색과 연한 파란색으로 칠해졌고 가느다란 기둥이 둥근 차양을 떠받쳤다. 그 아래 마중을 나온 사람들이 서 있었다. 남자 둘, 여자 둘로 이루어진 환영단은 세심하게 배치된 채 그림 속 인물처럼 꿈쩍도 하지 않았다. 클라리사 라일이 조금 앞에 나와 있고 그 왼쪽에 성의 주인이 보였다. 그 뒤로는 하인 특유의, 상황

14 《말피 공작부인》의 보솔라는 공작부인의 오빠인 추기경의 하인으로 페르디난드가 공작부인의 집에 스파이로 보내는 악의 화신인데, 결국 추기경을 비롯한 수많은 이들이 보솔라의 손에 죽는다.
15 존 길거드는 저명한 셰익스피어 연극배우로 70년 동안 영국 무대의 메이저스타였다.

에 휘말리지 않으려는 조심스러운 태도와 무표정한 얼굴을 한 검은 옷차림의 남녀가 서 있었다. 전체 네 사람 가운데 그 남자의 키가 유난히 컸다.

그러나 압도적으로 눈에 띄는 인물은 클라리사 라일이었다. 우연인지 연출한 것인지, 첫인상은 시종을 거느린 신화 속의 여신처럼 보였다. 배가 선착장에 다가갈수록 클라리사의 옷차림이 더 자세히 보였다. 그녀는 반바지와 주름이 자잘하게 잡힌 소매 없는 모슬린 블라우스를 입고 그 위에 같은 재질로 만든 소매가 넓고 허리에 끈을 감은 헐렁한 시프트 원피스를 입었다. 거짓말처럼 간소하고 서늘함이 흘러넘치는 클라리사의 우아한 모습 옆에서 바지 정장을 입은 로마 라일의 모습은 눈이 휘둥그레질 만큼 불편하고 답답해 보였다. 환영단은 사전지시를 받은 것처럼 배가 조용히 상륙용 계단에 닿을 때까지 움직이지 않았다. 이윽고 클라리사가 작게 환영의 인사말을 건넸고 박쥐 날개처럼 하늘거리는 모슬린 소매를 펄럭이며 앞으로 나왔다. 배치가 깨졌다.

정식 소개가 끝나고 잠시 수다가 이어지는 동안, 코델리아는 선미의 사물함에서 일용품 상자를 꺼내고 손님들의 짐을 내리는 과정을 감독하는 앰브로즈 고린지를 관찰했다. 앰브로즈는 중간 정도 키에 부드러운 흑발이었으며 손과 발이 작고 섬세했다. 살이 쪘지만 민첩한 인상을 주었는데 몸집보다 팔과 얼굴선이 여성처럼 부드럽고 둥글기 때문이었다. 피부는 분홍색과 흰색으로 빛났고 양쪽 광대에 둥글고 발그스레한 부분은 인위적으로 보일 정도였다. 가장 눈에 띄는 부분은 눈이었다. 큼직한 눈동자가 바닷가의 검정 조약돌처럼 밝게 반짝였고 둘레의 흰자위도 맑고 투명했다. 그 위로 뽑아내 다듬은 것처럼 말끔한 눈썹이 활처럼 굽어 있었다. 입매는 위로 굽어 올라가 늘 웃는 것처럼 보였고 얼굴 전체가 늘 내심 농담을 즐기는 만화영화 속 활달한 사람 같았다. 갈색 면바지와 검은색 반소매 셔츠를 입고 있었는데, 둘 다 오늘 날씨와 상황에 들어맞는 차림새였지만, 코델리아의 눈에는 어울려 보이지 않았다. 그녀 생각에는 복잡하면서도 어쩌면 만만찮을 그의 성격이 지닌 잠재적인 힘을 분명하게 드러내면서 동시에 억누르려면 좀 더 격식을 차린 옷차림이 필요했다.

그의 곁에서 소형 모터가 달린 트럭에 일용품 상자를 싣는 일을 감독하고 있는 남자 하인도 역시 눈에 띄었다. 코델리아가 보기에 남자는 키가 185센티미터가 훌쩍 넘었고 검은 정장에 침울하고 어두운 하얀 얼굴은 빅토리아 시대 장의사처럼 겉보기만 울적한 인상을 풍겼다. 다소 뾰족하고 길쭉한 얼굴은 높고 빛나는 이마로 이어졌고 맨 위에는 조악한 검은 가발이 얹혀 있었다. 진짜처럼 보이려는 가식이 전혀 없는 가발이었다. 한가운데 가르마를 타서 넘긴 머리는 다듬었다기보다 서툰 손으로 마구 자른 듯한 모양이었다. 저토록 기이한 외모는 우연히 만들어지는 게 아닐 텐데, 대체 어떤 괴팍한 심술이나 은밀한 충동이 저 남자의 세계에 저토록 극단적으로 별난 가면을 쓰게 했을까 궁금했다. 그가 하는 일이 요구하는 단조로움, 복종, 존중을 향한 격한 반발심 때문일까? 그럴 것 같지는 않았다. 요즘은 하는 일이 불만스럽거나 적성에 맞지 않는다고 생각하는 하인에게 간단한 해결책이 있다. 언제든지 그만두면 되었다.

남자의 외모에 관심이 쏠리는 바람에 남자의 부인은 거의 눈에 들어오지도 않았다. 여자는 키가 작고 얼굴이 둥글고 배가 상륙하는 동안 계속 남편 옆에 서서 한마디도 하지 않았다.

클라리사 라일도 배가 도착한 이래 코델리아에게 눈길 한 번을 주지 않았는데, 앰브로즈 고린지가 앞으로 나서서 웃는 얼굴로 말했다. "코델리아 그레이 씨로군요. 코시섬에 오신 걸 환영합니다. 문터 부인이 편의를 봐줄 겁니다. 당신 자리는 클라리사의 옆자리로 마련해두었습니다."

코델리아는 문터 부부가 소형선에서 짐을 다 내릴 때까지 기다렸다. 세 사람이 일행 뒤를 쫓아 함께 걸어갈 때 문터가 아내에게 작은 캔버스 천 가방을 건네며 말했다. "오늘 아침에는 우편물이 별로 없어. 런던도서관에서 보낸 소포가 아직 오지 않았거든. 그 말은 앰브로즈 씨가 월요일까지 책을 받을 수 없다는 뜻이지."

여자가 처음으로 입을 열었다. "앰브로즈 씨는 이번 주말에 새 책이 없어도 할 일이 많아."

그때 앰브로즈가 고개를 돌려 문터를 불렀다. 문터는 빨리 걷던 걸음을 원래 걸음걸이일지도 모르는 서두르지 않는 위엄 있는 걸음으로 바꾸며 앞으로 움직였다. 문터가 말소리가 들리지 않는 곳으로 멀어지자 코델리아가 문터 부인에게 말했다. "클라리사 라일 씨에게 우편물이 오면 가장 먼저 저에게 알려주세요. 저는 그분의 새 비서예요. 그분에게 걸려오는 전화도 제가 받을 거예요. 우선 그 우편물부터 보는 게 좋겠어요. 아무래도 편지가 한 통 왔을 것 같은데요."

문터 부인은 놀랐지만 별다른 말 없이 우편물 가방을 건넸다. 안에는 고작 여덟 통의 편지가 고무줄로 묶여 있었다. 클라리사 앞으로 온 편지는 두 통이었다. 한 통은 봉투가 두툼한 걸 보니 틀림없이 패션쇼 초대장이었다. 봉투 날개 위에 주소는 없고 유명한 디자이너의 이름만 돋을새김으로 찍혀 있었다. 두 번째 편지는 평범한 흰색 편지봉투로 수신인 주소가 타자되어 있었다.

도싯주 스페이머스, 코시섬,
클라리사 라일 방
말피 공작부인 앞

코델리아는 몇 걸음 앞서 걸었다. 혼자 방에 남을 때까지 기다리는 편이 현명하겠지만, 도저히 참을 수가 없었다. 그녀는 흥분과 호기심을 억누르며 편지봉투 날개 밑으로 손가락을 밀어 넣었다. 풀칠이 약해서 봉투는 쉽게 열렸다. 예상대로 편지 내용은 짧았다. 안에는 봉투와 같은 재질의 작은 편지지가 들었다. 깔끔한 선으로 그린 두개골과 엇갈린 뼈 그림, 그 아래 단 두 줄로 타자한 글귀를 보고 그녀는 본능적으로 연극 대사를 인용했다고 직감했다.

큰 소리로 부인을 불러
빨리 수의를 차려입게 하라!

코델리아는 편지지를 봉투 안에 넣고 재빨리 재킷 주머니에 집어넣은 다음 문턱 부인이 쫓아올 때까지 어슬렁어슬렁 걸음을 늦추었다.

성의 주요 방들은 전부 테라스 쪽을 향하고 있어서 해협이 시원하게 내려다보였다. 그러나 성 입구는 바다에서 멀리 떨어진 동쪽에 숨어 있었다. 일행은 돌 아치문을 지나, 담장으로 둘러싼 정원을 통과해, 잔디밭 사이로 난 넓은 길을 걸어, 마지막으로 높은 아치형 포치를 지나 넓은 홀에 도착했다. 코델리아는 문간에 잠깐 멈춰 서서 19세기에 여기 초대받아 왔을 손님들의 모습을 그려보왔다. 크리놀린 드레스를 입은 숙녀들이 접은 양산을 든 채 하녀들과 위로 둥글게 솟은 가죽 트렁크와 모자 상자와 권총 케이스를 줄줄이 거느리고 가고, 독일계 황태자가 거만한 배를 불룩 내밀고 고린지 씨가 특별히 마련한 출입문을 지나가면 멀리서 환영 악단의 연주 소리가 울려 퍼졌을 것이다. 그러나 당시 이 커다란 홀은 지금보다 한껏 호화로운 가구로 꾸며져 있었겠지. 소파와 의자, 행사에 맞춘 테이블과 풍성한 카펫과 거대한 야자나무 화분이 풍성하게 늘어서 있었을 것이다. 하루가 끝나갈 무렵 여기서 하우스 파티가 열리고 이어서 신분에 따라 엄격하게 순서가 정해진 행렬이 천천히 이중 문을 통과해 식당으로 향했을 것이다. 지금 홀에 있는 가구라고는 길쭉한 식당용 테이블과 석재벽난로 양쪽에 하나씩 놓인 의자가 전부였다. 맞은편 벽에 2미터 너비의 태피스트리가 걸렸는데, 그녀가 보기엔 틀림없이 윌리엄 모리스의 제품이었다. 장미 화관을 쓴 꽃의 여신이 아가씨들에게 에워싸였고 여신의 발치에 백합과 접시꽃이 빛났다. 폭넓은 계단이 좌우로 갈라져 홀의 삼면을 차지하는 회랑으로 이어졌다. 동쪽 벽은 율리시스의 여정을 그린 스테인드글라스 창이 차지했다. 색색의 빛 조각이 공중에서 춤을 추며 커다란 홀에 예배당 같은 고요와 엄숙함을 드리웠다. 코델리아는 문터 부인의 뒤를 따라 계단을 올라갔다.

손님용 침실은 전부 회랑 맞은편에 있었다. 코델리아가 안내받은 방은 뜻밖에 밝고 섬세한 매력을 뿜어냈다. 위쪽이 굽은 높은 창 두 개에 백합 무늬 날염 커튼이 달렸고, 침대 커버와 등받이가 등나무로 된 마호가니 침대 옆 의자에 달린 쿠션에도 같은 천을 사용했다. 단순한 모양의 석재벽난로에는 너비 15센티미터 타일로 띠 모양 장식이 붙었고, 쇠살대를 둘러싼 더 큰 타일에도 같은 꽃과 나뭇잎 그림이 그려져 있었다. 침대 위에는 아이리스와 산딸기, 튤립과 백합을 그린 섬세한 수채화가 나란히 걸려 있었다. 이 방이 모즐리 여사가 말한 드 모건의 방이 분명해 보였다. 만족스럽게 방 안을 둘러봤더니 관심을 눈치챈 문터 부인이 안내인 역을 자처했다. 그러나 모든 사실을 암기해둔 사람처럼 열정 없이 정보를 줄줄 나열할 뿐이었다.

"이 방의 가구는 성의 역사만큼 오래되지는 않았습니다, 선생님. 침대와 의자는 1883년 A. H. 맥머도[16]가 디자인했습니다. 이 방과 욕실의 타일은 윌리엄 드 모건[17] 제품입니다. 성안의 타일 대부분이 그분 작품이지요. 1860년대 성을 재건한 초대 허버트 고린지 씨가 드 모건의 타일을 사용한 집을 켄싱턴에서 보고 성의 원래 타일을 전부 벗겨내고 드 모건의 타일로 바꿨습니다. 이 마호가니와 소나무 캐비닛은 윌리엄 모리스[18], 수채화는 존 러스킨[19]의 작품입니다. 아침 차는 몇 시에 가져다드릴까요?"

"7시 30분에 부탁합니다."

문터 부인이 가고 난 후 코델리아는 욕실로 들어갔다. 욕실 역시 서쪽을 향하고 있어서 섬의 조망이 바로 오른쪽에 불쑥 솟은 탑으로 막혀 있었다. 남근을 상징하는 벽돌 문양 탑이 파란 하늘을 찌를 듯이 솟아 있었다. 그 매끄러운 곡선을 올려다보고 있으려니 머리가 아찔해지면서 탑 자체가 햇볕 속에서 어질어질 흔들리는 것처럼 보였다. 왼쪽으로 남쪽 테라스 끝자락이 얼핏 보였

16 영국의 건축가 겸 장식 미술가
17 영국의 도예가로 '페르시아풍 도기'로 유명하다.
18 영국의 공예가로 벽지, 직물, 스테인드글라스 등을 디자인했다.
19 영국의 미술, 건축 평론가로 북이탈리아 미술과 건축에 영감을 받았으며 윌리엄 모리스 등에 큰 영향을 주고 후기 빅토리아 시대 고딕 유행의 원동력이 되었다.

고 그 너머로 바다가 활짝 펼쳐졌다. 욕실 창문 아래에 제련철로 만든 화재 대피용 사다리가 바위로 이어졌는데 아마도 거기서 테라스로 갈 수 있는 것 같았다. 그렇다고 해도 비상용 사다리는 위태롭게 보였다. 태풍이라도 심하게 불어오면 불과 바다 사이에 갇힌 느낌을 줄 것이다.

짐을 풀기 시작했을 때 이 방에서 옆방으로 곧장 통하는 사잇문이 열리면서 클라리사가 나타났다.

"여기 있었군요. 옆방으로 건너올래요? 짐 정리는 톨리가 해 줄 거예요."

"감사합니다만, 제 짐은 제가 푸는 게 좋겠어요."

가져온 옷가지가 얼마 되지 않아 몇 분이면 전부 꺼내 걸 수 있기도 했고, 범죄현장 감식도구를 다른 사람에게 보이고 싶지 않아서 짐은 혼자서 풀고 싶었다. 캐비닛 맨 아래 서랍에 자물쇠가 달린 걸 벌써 확인하고 안심하고 있던 터였다.

코델리아는 클라리사를 따라 그녀의 방으로 갔다. 코델리아의 방보다 두 배는 더 컸고 스타일도 아주 달랐다. 이곳에는 밝음과 간소함 대신 화려함과 사치스러움이 있었다. 방 한가운데를 침대가 압도적으로 차지했는데, 차양이 달린 마호가니 침대로 커버와 양옆 커튼이 진홍색 다마스크 직물로 되어 있었다. 침대 머리와 발판에 천사와 꽃다발이 섬세하게 조각되었고 윗부분은 공작부인의 화관 모양을 하고 있었다. 빅토리아 시대 신분질서의 맨 위를 차지했던 초대 성주가 특별히 귀한 손님을 위해 이 침대를 주문 제작했을까. 침대 양옆에는 앞면이 불룩 나온 작은 궤짝이 놓여 있고 침대 발치에는 등이 굽고 단추를 박아 넣은 길쭉한 안락의자가 있었다. 두 개의 높다란 창문 사이에 화장대가 놓였고, 천

고리로 묶어놓은 커튼 사이로 탁 트인 푸른 바다가 펼쳐진 게 보였다. 맞은편 벽에는 거대한 옷장 두 개가 벽 전체를 차지했다. 벌써 작은 장작 더미를 가져다놓은 대리석 벽난로 앞에는 낮은 의자 몇 개와 베를린 모직 천으로 만든 칸막이가 있었다. 앰브로즈 고린지의 주빈은 진짜 불을 피울 수 있는 사치를 누렸다. 어느 하녀가 이른 아침 살그머니 방 안으로 들어와 난로에 불을 지피는 걸까. 오래전 죽은 공작부인이 이 화려한 침대에서 아직 몸을 뒤척일 때 빅토리아 시대의 하녀도 그랬겠지.

방 안은 몹시 어질러져 있었다. 옷과 보온용 덮개와 화장지와 비닐봉지 등이 안락의자와 침대 위에 널렸고 화장대 위에도 온갖 화장품 병과 통이 엉망으로 뒤섞여 있었다. 한 여자가 조용히, 뭔가를 검열하는 기색도 없이 방 안을 돌아다니며 옷가지를 주워 팔에 걸쳤다.

클라리사가 말했다. "이쪽은 내 의상담당자 톨리 톨가스예요. 톨리, 여긴 코델리아 그레이 씨. 연락 일을 거들어주려고 왔어. 잠깐 시험 삼아서 불렀어. 방해되지는 않을 거야. 이분이 원하는 일이 있으면 도와드려, 알겠지?"

별로 조짐이 좋은 소개는 아니라고 생각했다. 여자는 웃지도 않고 말도 하지 않았지만, 자신을 물끄러미 바라보는 그 시선에 원망이 담겼다고 느껴지지도 않았다. 심지어 호기심도 깃들어 있지 않았다. 가슴이 크고 다소 다부진 체격의 여자는 몸보다 얼굴이 더 나이 들어 보였고 다리는 눈에 띄게 우아했다. 근사한 스타킹과 굽이 높은 고트 슈즈[20]를 신어서 다리가 훨씬 더 아름다워 보였는데, 그게 어울리지 않게 허영을 부린 듯한 인상을 주는 바

20 발등이 많이 덮이지 않은 단순한 디자인의 여성용 정장 구두

람에 오히려 장식이라곤 금 십자가 목걸이뿐인 검정 드레스의 수수함을 강조해버렸다. 한가운데 가르마를 타서 목덜미 쪽에 틀어 올려 묶은 검은 머리는 벌써 잿빛 머리칼이 희끗희끗 섞였고, 이마와 길쭉한 입 언저리에 깊은 주름이 잡혀 있었다. 기꺼이 복종하는 여자의 얼굴은 아니라고, 은밀하게 강한 얼굴이라고 코델리아는 생각했다.

톨리가 욕실로 들어가자 클라리사가 말했다. "우리끼리 나눌 이야기가 있지만, 지금은 안 되겠어요. 문터가 식당에 점심을 차려놨다고 하지 뭐예요. 이런 날씨에 어처구니가 없죠? 햇빛 아래로 나가서 먹어야죠. 문터에게 테라스에서 점심을 먹어야 한다고 했더니, 그러려면 1시 30분이나 되어야 준비가 끝난다고 해서 그 전에 성을 잠깐 둘러보는 게 좋겠어요. 방은 마음에 들어요?"

"아주 좋아요. 감사합니다."

"쓸데없이 의심을 사지 않으려면 당신에게 편지 타자를 부탁하는 게 좋겠어요. 안 그래도 답장을 해야 할 편지가 한두 통 있거든요. 여기 머무는 동안 해주면 돼요. 타자는 할 줄 알죠?"

"예, 압니다. 하지만 저는 그런 일을 하러 여기 오지는 않았습니다."

"당신이 여기 왜 왔는지는 알아요. 당신을 데려오라고 한 사람은 바로 나니까요. 그리고 나는 여전히 당신이 필요해요. 하지만 그 문제는 오늘 밤에 의논하기로 해요. 그때까지는 기회가 없을 거예요. 찰스 코트링엄 경과 다른 배우들이 점심 후에 와서 한두 장면을 연습할 예정인데, 차를 마실 때까지는 돌아가지 않을 거예요. 내 양아들인 사이먼 레싱은 만났나요?"

"예, 배에서 소개받았습니다."

"그 아이를 찾아서 점심 전에 수영할 시간이 있다고 전해주겠어요? 그 애는 우리와 함께 성을 둘러볼 필요가 없거든요. 아마 자기 방에 숨어 있을 거예요. 당신 방에서 두 방 건너에 있어요."

이런 연락이라면 클라리사가 직접 하는 게 더 낫지 않을까, 생각했다. 그러나 어쨌든 자신은 여기 비서 겸 수행인으로 와 있었기 때문에 그 일에는 이러한 심부름도 포함되는가 보다 생각했다. 그녀는 사이먼의 방문을 두드렸다. 대답은 들리지 않았지만 한참이 흐른 뒤 천천히 문이 열리고 불안한 사이먼의 얼굴이 나타났다. 문밖에 서 있는 사람이 누구인지 확인하자마자 그의 얼굴이 빨갛게 달아올랐다. 코델리아가 클라리사의 전언을 적당히 바꾸어 전달하자 그는 가까스로 웃으며 속삭이듯 "고맙습니다." 라고 말하고 얼른 문을 닫았다. 코델리아는 마음이 조금 언짢았다. 클라리사 같은 사람을 양어머니로 둔다는 건 결코 쉬운 일은 아닐 것이다. 의뢰인으로서의 클라리사 쪽이 더 수월할 거라는 확신도 들지 않았다. 처음으로 행복했던 마음이 조금 빠져나가는 게 느껴졌다. 성과 섬은 예상보다 훨씬 더 아름다웠다. 날씨는 찬란했고 훈훈한 여름의 부활을 위협할 만한 변화는 아무것도 없었다. 안락하고 심지어 호화로운 주말을 보낼 전망이었다. 무엇보다 주머니 속에 든 편지 한 통이 지금 이 일은 현실이고, 결국 그녀는 한낱 인간에 불과한 적수에 맞서 두뇌와 기지를 겨룰 예정임을 확인시켜주고 있었다. 그런데 왜 그녀의 임무가 결국 재앙으로 끝나고 말 거라는 갑작스럽고 압도적인 확신에 맞서 싸워야 한단 말인가?

10

"자, 지금부터." 클라리사가 앞장서서 계단을 내려가 커다란 홀을 가로지르며 말했다. "우리는 앰브로즈의 사실(私室)인 '공포의 방'을 견학할 거예요."

성 견학은 건성건성 서둘러 치러졌다. 코델리아는 햇볕에 적당히 따뜻해진 테라스가 손짓해 부른다고 느꼈다. 일행의 생각도 앰브로즈가 수집한 보물보다는 점심 전 셰리주에 가 있는 것 같았다. 그러나 보물이 있는 건 사실이었고 그녀는 만약 기회가 있다면 나중에 느긋하게 빅토리아 여왕의 오랜 통치 기간 예술적 성취와 정신이 깃든, 소규모지만 포괄적인 박물관을 즐기자고 다짐했다. 이번 견학은 너무 급하게 해치우는 느낌이었다. 마음속에 온갖 형태와 색깔이 뒤죽박죽 섞여버렸다. 도자기와 그림, 유리제품, 은제품이 경쟁하듯 들어찼다. 1851년 런던 세계박람회에 출품되었던 도자기, 옥, 그리스 도자기, 테라코타, 마졸리카 도자기, 마크 루이 솔롱[21]이 민턴사에서 제작한 섬세한 파트 쉬르 파트[22] 도자기와 채색한 웨지우드 접시를 보관한 캐비닛, 러시아 황제를 위해 빅토리아 여왕이 주최한 콜포트 만찬에서 사용한 러시아 황실 왕관과 독수리 그림 둘레에 영국과 러시아 훈장을 빙 둘러 장식한 정찬용 식기류 일부 등.

클라리사는 두 팔을 휘저으며 정확한지 의심스러운 정보를 줄줄 나열하며 앞장서 걸었다. 아이보는 허락을 받았을 때만 걸음을 멈추었지만, 말은 거의 하지 않았다. 로마 라일은 신중하게 무관심한 표정을 하고 뒤를 따라다녔는데 "부와 특권에 바친 빛나는 기념물들은 가난한 자의 비참함과 착취를 드러내는 거"라고 이따금 신랄한 말을 내뱉곤 했다. 코델리아는 로마의 생각에 조금 동감했다. 수녀원에서 19세기 역사를 가르쳤던 막달레나 수녀는 세속의 쾌락을 금지하면 슬픔도 막을 수 있다는 일부 수녀들의 견해와 반대로 제자들에게 사회적인 감각을 주입하고자 노력했다. 코델리아는 검소한 차림에 불만스러워 보이는 아이들에게 둘러싸인 푸딩처럼 동그란 얼굴의 막달레나 수녀를 떠올릴 때마다 어김없이 하루 18시간 노동에 시달리는 창백한 얼굴에 쓰린 눈을 깜박이는 재봉사들과 직조기계 위에서 반쯤 조는 어린 노동자들, 쿠션 위로 허리를 접다시피 하고 일하는 보빈 레이스 직공들, 그리고 이스트 엔드의 연기를 내뿜는 빈민주택가를 함께 떠올렸다.

코델리아는 앰브로즈가 수집한 그림들을 보고 감탄보다 오히려 흥미를 느꼈다. 빅토리아 시대 예술작품 가운데 그녀가 가장

---

21 프랑스 세브르 도자기의 최고 예술장인이었으나 보불전쟁을 피해 영국 민턴사로 적을 옮긴다.
22 pâte-sur-pâte, 점토 위에 덧붙인 점토라는 뜻으로 불에 굽지 않고 유약도 바르지 않은 몸체에 백색 점토액을 겹겹이 입혀 돋을새김 느낌을 표현한 기법

싫어하는 모든 요소가 거기 모여 있었다. 억눌린 에로티시즘, 자연과 아무런 상관이 없는 세밀한 자연주의, 김빠진 전설화, 타락한 종교성. 그러나 시커트[23]와 휘슬러[24]의 그림이 한 점씩 있었다.

회랑을 따라 걸을 때 로마 라일이 말을 걸었다. "내 방에 윌리엄 다이스의 〈조개껍데기를 줍는 사람들〉 그림이 있어요. 아주 나쁘지는 않더라고요. 아니, 확실히 잘 그린 그림이라고 말할 수 있어요. 크리놀린 드레스를 입은 숙녀들이 켄트의 어느 해변에서 직접 주운 조개껍데기를 살펴보는 그림이에요. 하지만 이 그림에서 현실은 뭐죠? 너무 잘 먹고 잘 입는 바람에 따분해 죽겠고 성적으로 불만을 품은 상류층 여자들이 할 일이 없어서 필요하지도 않은 조개껍데기 상자를 만들겠다고 조개껍데기를 줍고, 재미없는 수채화를 그리고, 저녁 만찬 후에는 피아노 연주석에서 신사들을 즐겁게 해주고, 한 남자가 자신에게 사회적 지위와 삶의 목적을 안겨주길 기다리는 거죠."

코넬리아와 로마가 윌리엄 홀먼 헌트[25]의 그림 앞에서 둘 다 할 말을 찾지 못하고 있을 때 앰브로즈가 다가왔다.

"화가의 최고 작품이라고는 말할 수 없겠지요. 빅토리아 시대 사람들은 악마의 맷돌이라는 자본주의 시장 질서로 돈을 벌었지만, 아름다움을 향한 갈망은 매우 뜨거웠습니다. 우리와 달리 아름다움을 성취해낼 재능이 없음을 스스로 잘 알고 있었던 게 그들의 비극이라고 할까요?"

23 월터 리처드 시커트. 영국 인상주의 화가로 영국 아방가르드 회화의 중추적인 인물이다.
24 미국의 화가. 파리에서 유학하여 쿠르베와 마네의 영향을 받았으며 런던으로 건너간 후 라파엘 전파, 특히 로제티의 영향을 받았다.
25 영국 화가. 라파엘 전파의 창립자로 종교적이고 경건한 소재에 주력했다.

성 견학이 거의 끝났다. 클라리사는 일행을 이끌고 타일이 깔린 통로를 지나 앰브로즈의 집무실로 안내했다. 이곳이 그 유명한 '공포의 방'이 분명했다.

성안 대부분 방보다 크기가 작았고 동쪽 입구 앞의 잔디밭이 내다보였다. 한쪽 벽에는 빅토리아 시대 유명한 교수형 문헌, 악명 높은 공판이나 사형집행 후 군중에게 판매된 조악한 인쇄의 삽화 신문이 액자가 되어 걸려 있었다. 로마는 그것들에 특히 관심을 보였다. 눈에 띄게 마르고 우아해 보이는 살인자들이 무릎길이 바지를 입고 독방의 높은 쇠창살 창문 아래 앉아 마지막 참회록을 쓰고 있었다. 또 자기가 들어갈 관을 앞에 놓고 뉴게이트 감옥 안 예배당에서 마지막 설교를 듣는 죄수도 보였다. 기도서를 손에 든 사제복 차림의 사제 앞에서 목에 밧줄을 감고 축 늘어진 사람도 있었다. 코델리아는 교수형 그림이 싫어서 그 자리를 떠나 앰브로즈와 아이보가 벽 선반에 올려놓은 스태퍼드셔의 도자기 인형들을 살펴보고 있는 쪽으로 옮겨갔다. 앰브로즈가 자신이 좋아하는 그림을 가리키며 말했다.

"제가 좋아하는 악명 높은 남녀 살인자를 소개하겠습니다. 저 한 쌍은 그 유명한 마리 매닝과 프레데릭 매닝 부부입니다. 1849년 11월 호스몬거스 레인 교도소 앞에서 성난 군중 5만 명이 보는 앞에서 교수형에 처해졌지요. 찰스 디킨스가 이 교수형을 보고 군중들의 행동은 도저히 글로 옮길 수 없는 정도였고 마치 악마의 도시에 사는 것 같았다고 나중에 쓰기도 했습니다. 마리 매닝은 이 흥겨운 구경거리에서 자기가 맡은 역할에 맞게 검은색 새틴 드레스를 입었습니다. 물론 이는 차후 유행 가능성을 염두에 둔 선택이 전혀 아니었습니다. 여기 적절하게 사격용 재킷을 입은 신사는 가엾은 마리아 마튼에게 권총을 겨누는 윌리엄 코더입니다. 뒤쪽의 붉은색 헛간에 주목해주세요. 마리아의 어머니가 저 헛간에 딸의 시체가 묻혀 있는 꿈을 반복해서 꾸지 않았더라면, 그는 아마 달아날 수 있었을지도 모릅니다. 남자는 1828년 베리 세인트 에드먼즈에서 교수형을 당했습니다. 역시 엄청난 군중들이 보는 앞에서요. 그 옆에 보닛을 쓰고 검은 가방을 든 숙녀는 케이트 웹스터입니다. 가방 안에는 여주인의 목이 들어 있죠. 그녀는 사체를 토막 내어 부엌의 보일러에 넣고 삶았습니다. 동네 가게를 돌아다니며 고기즙을 싼값에 팔았다지요. 여자는 1879년 7월에 처형되었다고 전해집니다."

집무실을 나오던 일행은 출입문 양옆에 놓인 한 쌍의 우아한 장미목 진열장 앞에서 잠시 걸음을 멈추었다. 왼쪽 진열장에는 전부 깔끔하게 이름표를 붙인 작은 소품들이 잡다하게 모여 있었다. 인형과 작은 색 구슬이 박힌 솔리테어 게임판은 여왕의 어린 시절 물건이었고, 부채, 초기 크리스마스 카드, 크리스털과 은도금과 에나멜 등으로 만든 향수병, 작은 은세공 제품들, 허리띠의 버클, 여성용 허리띠 장식 사슬, 기도서, 꽃다발 홀더 등이 있었다. 그러나 일행의 눈을 사로잡은 것은 오른쪽 진열장이었다. 그곳의 기념품은 그리 유쾌하다고 말할 수 없는 게, 앰브로즈의 범죄 박물관의 연장이었다.

앰브로즈가 설명했다. "저 밧줄 자투리는 1892년 11월 램베스 독살 사건의 범인 토머스 닐 크림을 목매단 밧줄의 일부입니다. 저 얼룩진 자수 프릴이 달린 리넨 잠옷은 콘스탄스 켄트가 입었던 것이고요. 그녀가 어린 의붓동생의 목을 베었을 때 입었던 바로 그 잠옷은 아니지만, 그래도 여전히 흥미롭죠? 저 열쇠 달린 수갑은 1840년 남편 윌리엄 러셀 경을 살해한 젊은 쿠르부아지에의 손목에 채웠던 겁니다. 저 안경은 크리펜 박사[26]의 것이었고요. 박사는 1910년 11월에 교수형을 당했으니까, 제가 태어난 시대와 불과 9년밖에 떨어지지 않았지만 저로선 거부할 수 없는 물건이었습니다."

아이보가 물었다. "저 대리석으로 만든 갓난아기 손목은요?"

"제가 아는 한 저 물건은 범죄와는 상관이 없습니다. 반대편 진열장에 넣거나 메멘토 모리 방에 가져다 두어야겠지만, 정리할 시간이 없었어요. 하지만 저 손목이 살인 도구 사이에 놓여 있어도 그렇게 튀어 보이지는 않지요? 저 물건을 판 남자도 인정할 겁니다. 그자는 지금도 저 손목이 계속 피를 흘리는 것만 같아서 견딜 수 없다고 했거든요."

클라리사는 아무 말도 하지 않았다. 코델리아는 클라리사가 다른 전시물을 봤을 때는 보이지 않았던 공포와 혐오가 뒤섞인 눈빛으로 대리석 손목을 뚫어지라 노려보는 것을 보았다. 그 손, 하얀 대리석으로 만든 통통한 어린애 손목은 끈으로 자주색 쿠션 위에 묶여 있었다. 코델리아가 보기에도 불쾌한 물건이라고 생각했다. 감상적이고 병적이며 쓸모도 없고 장식 효과도 없었다. 당시 비주류 예술품으로 봐도 전형적이지 않았다.

클라리사가 말했다. "하지만 저건 정말 혐오스러워요! 역겹다고요! 세상에, 대체 저런 걸 어디서 찾아냈죠, 앰브로즈?"

"런던에서요. 아는 사람 가게에서 샀지요. 오즈번 하우스에 머물던 당시 빅토리아 여왕을 위해 만든 왕자와 공주의 손발 모형 가운데 유일하게 남은 복제품일 겁니다. 메리 소니크로프트[27]의 작

---

26 아내를 죽이고 미국으로 달아나고자 했으나 여객선 선장에게 들켜 역사상 최초로 무선전신을 이용해 체포되었다.
27 영국의 조각가로 남편 토머스, 아들 윌리엄 소니크로프트도 모두 이름 있는 조각가다.

품이라고 전해지죠. 이 손목은 가엾은 푸시[28], 제1왕녀의 손목 같아요. 뭐, 다른 사람의 유품일 수도 있고요. 클라리사, 이 물건이 싫다면 오즈번 하우스 컬렉션을 한번 봐요. 마치 대학살의 흔적을 보는 것 같을걸요. 여왕의 부군이 왕실의 어린이 놀이방에 난입해 큰 칼을 휘두른 것 같을 거예요. 물론 그 양반은 실제로 그렇게 하고 싶은 유혹에 시달렸을지도 모르지요. 딱한 사람."[29]

클라리사가 말했다. "정말 역겨워요! 어쩌자고 저런 것에 사로잡혀 있어요, 앰브로즈? 당장 치워요."

"안 될 말이죠. 이건 독특한 물건이에요. 이건 저의 작은 빅토리아 왕국에 추가할 흥미로운 물건입니다."

로마가 말했다. "저도 오즈번 하우스 컬렉션을 본 적이 있어요. 역겹다는 생각이 들더군요. 하지만 빅토리아 시대의 흥미로운 면을, 특히 여왕의 어떤 면을 보여주긴 하더라고요."

"그리고 앰브로즈의 흥미로운 면을 보여주기도 하고요." 아이보가 조용히 말했다. "대리석 조각치고는 잘 만들었군요. 이게 불쾌하게 보이는 것은 아마도 연상 작용 때문일 겁니다. 어린아이의 죽음이나 손발의 절단은 언제나 괴로운 법이니까요. 그렇지 않나요, 클라리사?"

그러나 클라리사는 아이보의 말을 못 들은 척했다. 그녀는 고개를 돌리며 말했다. "제발 이 물건을 두고 이러쿵저러쿵 쓸데없이 말하지 말아요. 그냥 치워버리라고요, 앰브로즈. 이제 뭘 좀 마셔야겠어요. 점심도 먹고요."

---

28 빅토리아 여왕의 첫째 딸 빅토리아 공주는 어린 시절 비키 혹은 푸시라고 불렸다.
29 빅토리아 여왕은 남편 앨버트 공작과의 사이에 4남 5녀를 두었다.

11

해안에서 8백 미터 떨어진 곳에서 사이먼 레싱은 느리고 규칙적인 자유형 헤엄을 멈추고 뒤로 누운 자세로 물에 떠서 수평선을 바라보았다. 바다는 텅 비어 있었다. 몸서리가 쳐질 만큼 어마어마한 양의 물을 만나면 그의 뒤에도 텅 빈 공허가 있다고, 섬과 성은 조용히 어떠한 동요도 없이 파도 아래로 가만히 가라앉고, 자기 혼자 끝없이 푸른 바다에 떠 있다고 상상할 수 있었다. 스스로 끌어들인 이 고립감은 흥분이 되기는 했지만 두렵지는 않았다. 바다에 관해서라면 그 어떤 것도 그를 겁주지 못했다. 바다에는 그가 가장 평화롭게 여기는 요소가 있었다. 죄책감도 불안도 낭패감도 끊임없이 이어지는 이 구원의 세례 속에서 씻겨 내려갔다.

클라리사가 그를 성 견학에 끌어들이지 않아서 기뻤다. 그 역시 보고 싶고 관심이 가는 방들이 있었지만, 혼자서 탐험할 시간이 충분할 것이다. 그리고 그 견학은 클라리사에게서 벗어날 또 다른 구실이 되어줄 것이다. 수영 시간은 하루 두 번을 넘지 못한다. 그 이상 하면 이상해 보이고 일부러 사람들을 피하는 것처럼 보이겠지만, 혼자 성을 둘러보고 싶다고 하면 자연스러워 보일 것이다. 어쩌면 이번 주말은 그렇게 두려워할 필요가 없을지도 모른다.

바다 밑 해류의 차가움을 맛보고 싶으면 똑바로 서서 헤엄치면 된다. 그러나 지금은 그냥 물에 뜬 채로 햇볕 아래 팔다리를 활짝 펴고 욕조의 더운물처럼 가슴과 팔 위로 넘실거리는 바다를 느꼈다. 이따금 얼굴을 물속에 담그고 초록의 얇은 막을 향해 눈을 뜨고 물이 눈 위를 가볍게 스쳐 가도록 놔두었다. 그리고 그의 마음 깊은 곳에는 두렵지 않고, 오히려 위안이 되는 하나의 생각이 있었다. 바다의 힘과 부드러움에 몸을 맡기고 그저 가만히 있으면 영원히 죄책감이나 불안감, 낭패감을 느끼지 않아도 된다는 생각. 그러나 그 생각을 실천으로 옮기지 않을 것도 알았다. 그 생각은 지극히 소량으로 안전하게 실험해볼 수 있는 마약처럼 소소한 자기 방종에 불과했다. 그리고 그는 그 생각을 통제할 수 있었다. 몇 분 후면 몸을 돌려 해변 쪽으로 헤엄을 치면서 점심과 클라리사를 생각하고, 당황스러운 일도 재앙도 없이 남은 이틀을 무사히 보낼 생각을 할 때가 올 것이다. 그러나 지금 여기에는 이 평화가, 이 공허가, 이 온전함이 있다.

그가 고통 없이 아버지를 떠올릴 수 있는 때도 바로 이런 순간뿐이었다. 아버지도 이렇게 죽었을 것이다. 그 여름날 아침, 에게 해에서 혼자 수영하다가 물살이 너무 세다는 걸 깨달았지만, 마침내 저항도 두려움도 포기하고 사랑하는 바다에 자신을 맡기자고, 바다의 위엄과 평화를 끌어안자고 마음먹었을 것이다. 혼자 수영할 때 하도 자주 아버지의 죽음을 상상했더니 오히려 오래전 악몽이 물러났다. 이제는 아버지의 죽음을 알게 된 이후 몇 달처럼 이른 새벽 어스름에 깨어나 공포로 식은땀을 흘리며 자꾸만 자신의 몸을 끌어당기는 담요 자락을 쥐어뜯지 않아도 되었다. 죽음을 눈앞에 둔 마지막 끔찍한 순간들을, 그 쓰라린 눈을, 파도 너머로 점점 멀어지는 손에 닿지 않는 해변을 바라볼 때의 고통을 낱낱이 경험하지 않는다. 그러나 아버지의 마지막 모습은 그렇지 않았을 것이다. 그런 모습이었을 리가 없다. 아버지는 저항하지 않고 평화롭게, 크나큰 사랑 속에서 편안하게 죽었다.

이제 돌아갈 시간이었다. 물 밑에서 몸을 돌려 다시 꾸준히 힘찬 자유형 헤엄을 치기 시작했다. 이윽고 발이 자갈에 닿고 해변에 도착했다. 예상보다 춥고 피곤했다. 고개를 들어보니 놀랍게도 누가 그를 기다리고 있었다. 검은색 옷차림의 어떤 사람이 그가 벗어 놓은 옷가지 옆에 수호자처럼 움직이지도 않고 서 있었다. 그는 눈에서 물기를 털어내고 다시 보았다. 톨리였다.

그는 톨리에게 다가갔다. 그녀는 처음에 아무 말도 하지 않고 허리를 숙여 수건을 주워 그에게 건넸다. 그는 숨을 몰아쉬고 몸을 떨며 수건으로 팔과 목을 닦기 시작했다. 그녀가 물끄러미 쳐다보는 게 당혹스러웠고 여기 왜 와 있는지도 궁금했다.

잠시 후 그녀가 말했다. "왜 떠나지 않아?"

무슨 말인지 이해하지 못한 그의 표정을 본 모양이었다. 그녀가 다시 말했다. "왜 떠나지 않아? 왜 이곳을, 클라리사 곁을 떠나지 않아?" 톨리의 목소리는 평소처럼 낮았지만, 혹독하고 높낮이가 거의 없었다.

그는 물을 뚝뚝 떨어뜨리는 머리카락 밑으로 거친 눈빛을 하고 그녀를 빤히 보았다. "클라리사 곁을 떠나라고요? 왜 그래야 하죠? 그게 무슨 뜻이에요?"

"클라리사는 너를 원하지 않아. 아직도 그걸 모르겠어? 게다가 넌 행복하지도 않잖아. 왜 계속 행복한 척하는 거지?"

그는 소리를 지르며 항의했다. "전 행복해요! 그리고 떠나라니, 어디로 가라는 거죠? 숙모는 제가 돌아가는 걸 원치 않아요. 게다가 제겐 돈이 한 푼도 없고요."

그녀가 말했다. "내 아파트에 빈방이 하나 있어. 처음엔 거기 있어도 돼. 대단히 좋은 방은 아니야. 그냥 아이 방이지. 하지만 더 좋은 곳을 찾을 때까지 거기 머무르면 돼."

아이 방이라. 톨리에게 한때 아이가 있었다는 말을 들은 기억이 났다. 어린 딸이 죽었다고. 지금은 누구도 그 아이 이야기를 입에 올리지 않았다. 그도 그 아이라면 생각하고 싶지 않았다. 죽음이나 죽어가는 것에 대해 그동안 너무 많이 생각했다. 사이먼이 말했다.

"하지만 다른 곳을 어떻게 찾아요? 뭘 해서 먹고살고요?"

"넌 열일곱 살이야. 어린애가 아니라고. 중학교 졸업시험도 5등급으로 통과했잖아. 그 정도면 할 일을 찾을 수 있어. 나는 열다섯 살부터 일했어. 이 세상 대부분의 아이들은 훨씬 더 어린 나이에 일을 시작해."

"하지만 무슨 일을 하라는 거예요? 저는 피아니스트가 될 거예요. 클라리사의 돈이 필요해요."

"아, 그렇군." 그녀가 말했다. "넌 클라리사의 돈이 필요한 거로군."

'그래, 하지만 그건 당신도 마찬가지잖아.' 사이먼은 생각했다.

문제는 바로 그것이었다. 그는 자신감이 몰려오고 어른의 교활함이 흘러넘치는 것을 느꼈다. 그는 그렇게 쉽게 속아 넘어갈 어린아이가 아니었다. 톨리가 언제나 자신을 싫어한다는 것은 이미 느끼고 있지 않았던가? 그녀와 단둘이 아파트에 있을 때면, 그녀는 아침 식사를 차려주면서 경멸의 눈초리로 그를 보았다. 그의 빨랫감을 걷어 갈 때나 방을 청소할 때 말없이 불만의 표정을 짓던 것도 익히 보아왔다. 그가 거기에 가 있지 않으면 그녀 역시 일주일에 두 번만 점검을 오면 되었을 것이다. 그녀로선 당연히 그가 떠나길 바랄 것이다. 어쩌면 클라리사의 유언장에 의해 뭔가를 물려받기를 기대하고 있을지도 모른다. 겉으로는 그렇게 보이지 않아도 그녀는 클라리사보다 틀림없이 열 살은 더 젊을 것이다. 그리고 결국 그녀는 클라리사의 유일한 하인이었다. 도대체 그녀는 무슨 권리가 있다고 그를 불쾌하게 만들고 클라리사를 비난하고 호의를 베푸는 양 지저분한 작은 방을 하나 내주면서 그의 후견인 행세를 하려는 걸까? 그곳이 어디든 숙부의 집만큼이나 형편없을 것이다. 아니, 더 나쁠지도 모른다. 그의 마음 뒤쪽에서 작은 악마가 유혹적으로 속삭였다. 때때로 어려운 일들을 만날지라도 미치지 않은 이상 부유한 클라리사의 후견을 포기하고 왜 가난한 톨리에게 휘둘리는 짓을 하겠느냐고.

이런 생각이 톨리에게도 전달된 모양이었다. 그녀는 거의 비굴할 정도로, 그러나 애걸복걸하는 기색은 없이 말했다. "너에게 무슨 의무를 지우려는 게 아니야. 그냥 방 하나를 내주겠다는 거지."

그녀가 그만 가주었으면 싶었다. 그러나 그가 먼저 자리를 뜰 수는 없었다. 검은 형체가 압도적으로 버티고 서서 마치 해변 전체를 가로막는 것처럼 느껴져서 옷을 입을 수도 없었다. 그는 몸을 덜덜 떨며 몸이 허락하는 한 최대한 딱딱하게 말했다. "고마워요. 하지만 저는 지금 완벽하게 행복해요."

"그 여자는 네 아버지에게 그랬던 것처럼 너한테도 싫증을 낼지 몰라."

그는 깜짝 놀라 수건을 꽉 움켜쥐고 입을 벌리고 그녀를 바라보았다. 머리 위에서 갈매기 한 마리가 날카롭게 울어댔다. 고문당하는 어린아이처럼 새된 소리였다. 그가 속삭이듯 말했다. "그게 무슨 소리예요? 그녀는 아버지를 사랑했어요! 두 사람은 서로 사랑했다고요! 아버지가 우리를, 어머니와 저를 떠나기 전에 그렇게 말했어요. 그녀는 아버지에게 일어난 일 가운데 가장 큰 기적이라고요. 아버지에겐 달리 선택의 여지가 없었다고요."

"언제나 선택의 여지는 있어."

"하지만 두 사람은 서로를 사랑했어요! 아버지는 무척 행복했어요."

"그런데 왜 물에 스스로 몸을 던졌지?"

그는 외쳤다. "그건 사실이 아니에요! 전 당신 말을 믿지 않아요!"

"믿기 싫으면 믿지 않아도 돼. 그냥 네 차례가 오면 기억하도록 해."

"그런데 왜 아버지가 그랬어야 했단 말이죠? 대체 왜?"

"그래야 클라리사가 미안해할 테니까. 사람들이 자살하는 이유는 대체로 그렇지 않아? 하지만 네 아버지는 알았어야 했어. 클라리사라는 사람은 죄책감이 뭔지 전혀 모른다는 사실을 말이야."

"사인을 규명하는 심리가 있었다고 들었어요. 사고사로 결론

이 났고요. 게다가 아버지는 유서도 남기지 않았어요."

"남겼다고 해도 사람들이 보지 못했을걸. 해변에서 네 아버지 옷을 처음 발견한 사람은 클라리사였으니까."

사이먼의 시선이 바위 아래 아무렇게나 떨어져 있는 바지와 재킷 쪽으로 떨어졌다. 그의 마음에 하나의 광경이 떠올랐다. 너무도 선명해 실제로 본 기억일지도 모른다. 숯덩이처럼 뜨겁게 달아오른 모래, 수평선 너머 보라색과 푸른색으로 층층이 겹쳐 펼쳐진 이국의 바다, 바람에 소맷자락을 펄럭이며 서 있는 클라리사, 그리고 그녀의 손에 들린 쪽지. 이윽고 쪽지는 갈기갈기 찢겨 하얀 꽃잎처럼 순식간에 바다에 떨어졌다가, 수면을 떠다니다가, 파도에 잠겨 사라진다. 아버지의 시체가, 아니 시체 일부가 떠오른 것은 그로부터 3주일 후였다. 물고기 밥이 되었을지라도 뼈와 살은 종잇조각보다는 오래갔다. 이 모든 것이 사실일 리가 없다. 조금도 사실이 아니다. 톨리의 말처럼 언제나 선택의 여지는 있다. 그는 믿지 않는 쪽을 선택할 것이다.

어떤 말보다 훨씬 설득력 있는, 상대방을 붙들어 매어놓는 그녀의 시선을 피하기 위해 눈을 내리깔았다. 종아리에 길쭉한 해초 줄기가 엉켜 있었다. 피가 말라붙은 상처처럼 갈색이었다. 그는 허리를 숙여 해초 줄기를 잡아뗐다. 그것은 끈적끈적한 끈처럼 종아리를 더 세게 옥죄었다. 그녀가 그런 자신을 내려다보는 걸 알 수 있었다.

이윽고 그녀가 말했다. "클라리사가 죽는다면 어떨까? 그러면 넌 어떻게 할 생각이야?"

"클라리사가 왜 죽어요? 아프지도 않은데? 어디가 아프다는 소리는 한 번도 한 적이 없어요. 혹시 무슨 문제라도 있나요?"

"아니, 아무 문제도 없어."

"그런데 왜 죽는다는 이야기를 해요?"

"클라리사는 늘 자기가 죽을 거라고 생각하거든. 죽을 거라는 생각을 강하게 하는 사람들은 때로 정말로 죽어."

그의 마음에 안도감이 몰려왔다. 하지만 정말 어처구니없는 이 야기가 아닌가! 톨리는 그를 겁주려고 한다. 이제 모든 게 분명해 졌다. 그녀는 그의 아버지에게 질투를 느꼈던 것처럼 사이먼에게 도 질투를 느끼는 것이다. 그는 재킷을 집어 들고 이를 딱딱 부딪 치는 와중에도 위엄 있게 말하려고 애썼다.

"클라리사가 정말로 죽더라도 당신을 잊는 일은 없을 거예요. 제가 당신이라면 걱정하지 않을걸요. 그러니 이제 그만 옷을 입 게 해줘요. 추워요. 점심 먹을 때도 다 됐고요."

그 말을 내뱉자마자 부끄러웠다. 그녀는 별말 없이 돌아섰다. 그러다 갑자기 뒤를 돌아보았고 순간 두 사람의 시선이 맞부딪쳤 다. 그녀는 그의 눈빛에서 수치심과 공포를 보았을 것이다. 그는 그녀의 눈빛에서 분노와 원망이 되돌아올 거라고 예상했다. 그러 나 뜻밖의 것이 돌아왔다. 그것은 연민이었다.

12

벽돌로 지었지만, 기둥과 아치는 석재로 무늬를 넣은 긴 아케이드가 성의 서쪽에서 시작해 장미정원과 반듯한 모양의 수영장을 지나 극장으로 이어졌다. 마지막 리허설을 일부 보려고 혼자서 약간 뒤처진 채 걷던 아이보는 그 옛날 빅토리아 시대 손님들이 만찬 후 행렬을 이루어 저 아치 밑으로 느릿느릿 지나갔을 모습을 상상해보았다. 새틴과 벨벳으로 지은 화려한 옷 위로 솟은 새하얀 팔과 목, 가슴 위쪽과 정교한 모양으로 틀어 올린 머리카락에서 반짝이는 보석, 달빛에 반짝였을 남자들의 새하얀 셔츠 앞섶을. 극장 자체도 놀라웠는데, 예상했던 완벽한 비율 때문이라기보다는 성의 다른 부분과 대조적인 모습 때문이었다. 혹시 성을 지은 이가 아닌 다른 건축가의 작품일까? 나중에 앰브로즈에게 물어봐야겠다. 그러나 만약 이 극장 역시 고드윈이 설계했다면, 호화로움과 겉치레를 고집했을 건축 의뢰인이 산뜻함과 절제를 중시하는 고드윈을 이긴 게 분명했다. 지금도 극장 안의 조명을 절반밖에 켜지 않았는데 주위가 화려하게 빛났다. 커튼과 좌석에 사용한 진홍색 벨벳은 빛이 바래기는 했지만 놀랄 만큼 잘 보존되어 있었다. 그 옛날 촛불을 썼던 조명은 현재는 전기로 바뀌었지만 (앰브로즈는 이 개조공사 때문에 금전적 출혈이 꽤 컸을 것이다), 섬세한 나팔꽃 모양의 전등갓은 아직도 사용 중이었고, 원래 달렸던 크리스털 샹들리에도 여전히 돔형 천장에 매달려 반짝이고 있었다. 그리고 곳곳에 장식물이 있었다. 사치스럽고 화려하고 간혹 매력적인 장식물은 어쨌든 전부 굉장히 근사한 장인의 작품이었다. 금박을 입힌 박스 좌석 앞면에는 엉덩이가 통통하고 포동포동한 아기천사들이 꽃다발을 들거나 입을 부루퉁하게 내밀며 트럼펫을 불고 있고, 황태자 전용 깃털 모양으로 화려하게 조각한 귀빈석 박스에는 진짜 왕좌처럼 위엄 있게 생긴 좌석이 두 개 설치되어 있었는데, 무릇 왕위계승자는 어떠해야 하는가에 관한 가장 열렬한 군주제 지지자의 견해마저도 만족시키고 남았을 모습이었다. 아이보는 1시간 넘게 머무를 생각은 없어서 관객석의 넷째 줄 끝에 앉았다. 그가 이 섬에 온 주요 목적이 연극 비평일지 모른다는 출연진의 오해를 바로잡고 싶었다. 마지막 리허설을 지켜보려고 이렇게 불쑥 나타난 것도 그가 웹스터의 비극 상연보다 극장 자체가 품은 영광과 추문과 전설 쪽에 더 관심이 있다는 것을 출연진에게 알리고 싶어서였다. 빅토리아 시대 사람들의 널찍한 엉덩이에 맞춰 설계된 좌석이 호사스러울 만큼 편안해서 반가웠다. 오후는 언제나 그에게 최악의 시간이었다. 아무리 간소하게 먹어도 비틀린 그의 위장에는 무겁게 얹혔고 괴물 같은 비장은 두 손으로 열심히 떠받쳐도 점점 크고 딱딱해지는 것만 같았다. 그는 벨벳 플러시 천을 씌운 좌석에서 느긋하게 몸을 뒤척이다가 같은 줄 끝에 코델리아가 말없이 꼿꼿하게 앉은 것을 깨닫고 무대에 집중하려고 애썼다.

출연진은 고전극보다 근대극에 더 정통한 연출가 드 빌에게서 감각에 집중하고 대사는 자연스럽게 나오게 놔두라는 지시를 받은 모양이었다. 이런 방식은 셰익스피어 연극을 할 때는 재앙이 되겠지만, 운율이 더 거칠고 대범한 웹스터의 연극에는 나름대로 성공을 거두고 있었다. 적어도 속도감을 낳는 데는 도움이 되었다. 아이보는 언제나 웹스터 연극을 연출하는 방법은 한 가지뿐이라고 믿었다. 즉, 고도로 세련된 양식극으로 만들어 등장인물들이 욕망과 퇴폐와 성적 갈망을 단순히 의례적으로 의인화하고, 피할 수 없는 광기와 죽음의 난잡한 승리를 향해 위엄 있게 파반[30]을 추며 움직이게 하는 것이다. 그러나 자신이 연출하는 연기자가 아마추어라는 사실을 깨닫고 침울한 혐오감에 반쯤 빠진 드 빌은 일종의 리얼리즘 비슷한 것을 목표로 삼고 있었다. 그가 별로 필요도 없는 공포를 어떻게 다루는지를 흥미롭게 지켜볼 것이다. 절단된 손을 내미는 장면과 시끌벅적한 광인 무리가 등장하는 장면에서 관객들이 참다못해 웃음을 터뜨리는 일 없이 넘어간다면 운이 좋다고 말할 수 있을 것이다.[31] 사실 복수 비극이라는 것은 경험이 없는 사람에게는 딱히 와 닿는 장르가 아니었다. 그렇다면 대체 고전이란 무엇이란 말인가? 확실히 시체안치소를 사랑했

30 16세기에 유행한 짝수 박자의 우아한 궁정 무용
31 《말피 공작부인》에서 공작부인의 오빠 페르디난드는 죽은 사람의 절단된 손에 결혼반지를 끼우고 공작부인에게 보여줌으로써 그녀가 비밀리에 결혼한 안토니오의 손인 척 꾸미고, 공작부인의 정신 상태를 더욱 황폐하게 만들기 위해 일부러 떠들썩한 광인 무리를 보낸다.

던 시인 웹스터는 식욕이 가실 때까지 공포 위에 공포를 쌓아가다가 막판에 갑자기 모든 것을 만회하는 아름다운 대사로 관객들의 마음을 사로잡는데, 이에 성공하려면 가진 게 열정뿐인 아마추어 배우들보다 훨씬 더 수준 높은 배우들이 필요했다. 그러나 드빌은 이 사람들을 데리고 딱 한 번만 공연하면 된다. 원작이 요구하는 효과를 거두려면 하룻밤 상연으로는 불가능했고, 일주일에 두 차례의 낮 공연도 포함해 매일 밤, 3개월 이상 공연을 계속할 수 있을 때 비로소 가능했는데, 그것이야말로 아마추어와 프로를 가르는 기준이었다. 아이보는 이번 공연이 빅토리아 시대 의상을 갖춰 입고 진행된다는 사실을 알고 있었다. 그에겐 괴이하고 약간 터무니없는 장치가 아닐까 싶었다. 그러나 지금 보니 나름대로 효과를 거두고 있는 것도 같았다. 무대와 작은 관객석이 폐소공포증을 일으키는 하나의 사악한 밀실로 화했다. 목이 높은 드레스와 한껏 부풀린 허리받이가 빅토리아 시대의 고상함에 가려지고 덮여 한층 음탕한 성적 암시를 풍겼다. 그리고 보솔라 역에 스코틀랜드 고지대의 킬트[32] 의상을 입히기로 결정한 것도 약간의 재치가 엿보였다. 물론 이 허무주의와 좌절된 귀족주의가 뒤섞인 복잡한 인물을 빅토리아 여왕의 충직한 하인 존 브라운으로 상상하기는 어렵겠지만 말이다.[33]

네 명의 주연배우가 55분 가까이 연습을 계속하고 있었다. 드빌은 배우들끼리 알아서 하도록 내버려두고 있었다. 개구리를 닮은 어두운 그의 얼굴은 평소의 우울함 말고는 어떤 표정도 짓고

32 세로 주름이 있는 짧은 치마
33 보솔라는 추기경의 하인으로 페르디난드가 공작부인의 집에 보내는 스파이이자 악의 화신인데, 빅토리아 여왕과 깊은 우정을 나누었던 왕실 사냥터지기 존 브라운을 연상시키려고 그의 상징이었던 스코틀랜드 킬트를 입혔다는 뜻이다.

있지 않았다. 아마 지금쯤 점심 후에 낮잠을 자다가 끌려 나와 최종 리허설의 비교적 중요한 장면을 봐달라고 졸라댔을 클라리사의 소망을 들어주려고 배를 타고 여기까지 온 것을 후회하고 있으리라. 아이보는 손목시계를 흘낏 보았다. 예상대로 따분해지기 시작했지만, 자리에서 일어나는 일 자체가 너무 힘겹게 느껴졌다. 그는 줄 끝으로 시선을 돌려 무대를 향해 치켜든, 단호하지만 섬세한 코델리아의 턱과 목의 부드러운 곡선을 쳐다보았다. 2년 전이었다면 주말이 다 가기 전에 어떻게든 그녀의 침대에 들어갈 계획을 세우고 실패 가능성에 조바심을 치며 괴로워했을 것이다. 그는 과거의 전적을 떠올려보았다. 지루함을 이겨보려는 쩨쩨한 편법에 그토록 많은 시간과 생각과 에너지를 소비했다니, 역겨움보다 남 일을 생각하듯 다소 초연한 놀라움이 느껴졌다. 그 수고로움은 만족도와 비교하면 너무 컸고 욕망은 자신에게 여전히 욕망이 남아 있음을 증명할 필요에 비교하면 보잘것없었다. 결국, 그녀와 한 침대에 든다는 것은 자아를 향한 미미한 활력소에 불과했고 이번 주말 성공 목록의 하나로 보자면 음식과 포도주의 질, 식사 후 대화의 재치 같은 것보다 아주 조금 상위에 올라갈 뿐이었다. 그는 언제나 연애를 교양 있고, 얽매이지 않는 쾌락의 상호교환이라는 수준에서 치르는 게 목표였다. 그러나 항상 심각한 의견 대립과 비난에 대한 맞대응, 역겹고도 추잡한 싸움으로 끝났다. 클라리사와의 연애도 다르지 않았다. 다만 그녀와의 싸움은 평소보다 더 심했고 역겨움은 오래갔다. 그러나 당시 그는 클라리사에게 스스로 얽매이는 실수를 저질렀다. 당시 클라리사의 남편이었던, 사이먼 레싱의 아버지를 속이고 클라리사와 불륜을 저질렀던 처음 6개월 동안 그는 사랑의 고통과 희열과 덧없음을 다시 한 번 맛보았다.

　이제 그는 다시 무대에 집중했다. 3막 2장을 연습하고 있었다. 클라리사가 레이스 달린 폭넓은 실내복 가운을 입고 시녀 카리올라에게 머리빗을 들게 하고 화장대 거울 앞에 앉아 있었다. 화장대와 그 밖의 소품은 모두 코시성에서 빌려온 진품 같았다. 이곳에서 1890년대 연극을 무대에 올리는 것은 이점이 적지 않았다. 이번 장은 화장대 위에 놓인 오르골에서 스코틀랜드 민요 메들리가 배경음악으로 흘러나왔다. 오르골 역시 앰브로즈가 수집한 빅토리아 시대 물건이겠지만, 이것을 연극에 활용하자는 것은 클라리사의 생각이 아닐까 싶었다. 2장이 매끄럽게 시작되었다. 그는 클라리사가 빛을 뿜어내는 것처럼 아름다울 수 있다는 사실을, 저 높고 약간 갈라지는 듯한 목소리가 지닌 힘과 두 팔과 몸을 쓸 때의 우아함을 그새 잊고 있었다. 그녀는 재닛 수즈먼[34]도 헬렌 미렌[35]도 아니었지만, 사랑에 빠진 여자의 몹시 에로틱한 흥분과 취약성, 맹렬함을 그럭저럭 표현해냈다. 놀라운 일은 아니었다. 그런 역할은 그녀의 실생활에서 질리도록 맡아봤을 테니까. 그러나 안토니오 역을 자기 신분을 뛰어넘어 불륜을 저지르는 영국의 시골 신사로 재해석한 게 분명한 주연 남자 배우를 상대로 저만큼 설득력 있는 연기를 펼치는 것은 역시 클라리사의 성취였다. 그러나 하녀 카리올라 역을 맡은 배우는 끔찍할 정도였다. 프랑스 익살극의 말괄량이 시녀처럼 주름 잡힌 모자를 쓰고 신경질적이고 경박하게 무대를 누볐다. 그녀가 세 번째로 대사를 더듬자 연출가 드 빌은 결국 참지 못하고 소리를 질렀다. "겨우 세 줄짜리 대

34　남아프리카공화국 출신의 영국 배우
35　영국 배우로 아카데미 여우주연상과 올리비에상, 토니상을 모두 수상했다.

사 정도는 외워야 하는 거 아냐? 그리고 그 수줍음인지 내숭인지는 집어치워. 지금 《노 노 나네트》³⁶를 공연하는 게 아니잖아. 자, 이번 장 처음부터 다시 가보자고."

클라리사가 항의했다. "지금은 속도감과 경쾌함이 필요해요. 다시 뒤로 돌아가면 맥이 빠지고 말아요."

드 빌은 되풀이했다. "처음부터 다시 갑니다."

클라리사는 망설이다가 어깨를 한 번 으쓱하고 말없이 자리에 앉았다. 배우들이 은밀히 서로 눈짓을 주고받으며 기다렸다. 아이보의 흥미가 갑자기 되살아났다. 그는 생각했다. '이제 곧 클라리사가 성질을 부리겠군. 지금이 이성을 잃고 흥분하는 출발점이지.'

클라리사가 갑자기 오르골을 붙잡더니 쿵 소리가 나게 뚜껑을 덮어버렸다. 그 소리가 총성처럼 날카롭게 울렸다. 딩동댕동하던 낮은 음악 소리가 멈추었다. 곧이어 출연진 전체가 숨을 죽인 듯 절대적인 침묵이 찾아왔다. 잠시 후 클라리사가 각광 쪽으로 걸어 나왔다.

"이 빌어먹을 오르골이 신경을 건드려요. 이 장면에 굳이 배경 음악이 필요하다면 앰브로즈에게 저 지겨운 스코틀랜드 민요 말고 좀 더 적당한 걸 찾아오라고 해요. 저 소리 때문에 미칠 것 같다고요. 관객들이 저 소리를 듣고 좋아할 것 같아요?"

앰브로즈가 관객석 뒤쪽에서 나직하게 말했다. 아이보는 그의 목소리를 듣고 깜짝 놀랐다. 그는 대체 언제부터 거기 조용히 앉아 있었던 걸까?

"오르골은 당신이 먼저 생각한 게 아니었던가요?"

36 1920년대 크게 인기를 끈 브로드웨이 뮤지컬 코미디

"난 오르골이 있으면 좋겠다고 했지, 저 형편없는 스코틀랜드 민요가 좋다고 하지는 않았어요. 그리고 우리에겐 관객이 있잖아요? 코델리아! 당신도 뭔가 쓸모 있는 일을 할 수는 없어요? 돈은 충분히 줬잖아요! 톨리를 거들어서 의상 다림질이라도 하는 게 어때요? 오후 내내 거기 엉덩이를 붙이고 앉아 있을 셈인가요?"

코델리아가 자리에서 일어났다. 어스름한 조명 아래서도 아이보는 그녀의 목덜미가 붉게 달아오르고 뭔가를 항의할 듯 입술을 반쯤 열었다가 다시 굳게 닫는 모습을 알아보았다. 저토록 솔직하고 분별력 있는 눈빛, 당혹스러울 정도로 정직하고 자제력 있는 인상에도 불구하고 그녀의 마음속에는 아직도 예민한 어린아이가 깃들어 있었던 모양이다. 아이보 역시 분노가 치밀어 올랐는데, 그 분노는 만족스러울 만큼 강력하고 직선적이었다. 그는 스스로 분노를 느낀다는 사실이 기꺼웠다. 그는 어렵사리 자리에서 일어났다. 모두의 시선이 그를 향해 쏟아지는 게 느껴졌다. 그는 침착하게 말했다. "그레이 씨와 나는 산책하러 가겠습니다. 지금까지 지켜본 바로는 오늘 연기에는 나를 붙잡아둘 만한 게 전혀 없었어요. 바깥 공기가 훨씬 더 신선하겠어요."

전 출연진이 말없이 지켜보는 가운데 두 사람은 극장 밖으로 나왔다. 코델리아가 말했다. "고맙습니다, 나이틀리 씨."[37]

아이보는 웃었다. 갑자기 이상할 정도로 몸이 좋아지는 게 느껴졌다. 신기할 정도로 온몸이 가뿐했다. "내가 지금 상태로는 춤 실력이 형편없을 테고, 당신에게《엠마》의 어떤 역이라도 맡겨야 한다면 절대로 가엾은 해리엇 역은 맡기지 않을 겁니다. 클라리사

---

37 나이틀리는 제인 오스틴의 소설《엠마》의 등장인물로 훌륭한 가문의 존경할 만한 인품과 예의범절을 갖춘 사람이다.

를 용서해요. 그녀는 초조해지면 무례하게 구는 버릇이 있어요."

"그게 그분의 불행이겠지만, 특별히 용납되지는 않는군요."

아이보는 고개를 끄덕였다. "공개적으로 무례한 행동을 당하면 어린아이처럼 유치하게 되갚아주고 싶은 마음이 솟구치지요. 물론 응수하고 나서 1초만 지나도 후회하겠지만요. 클라리사가 나중에 당신과 단둘이 있게 되면 아주 귀엽게 사과할 거예요."

"예, 저도 그렇게 생각해요." 코델리아가 갑자기 아이보를 돌아보며 웃었다. "사실 선생님이 아주 힘들지 않으시다면 정말로 산책을 하고 싶어요."

그녀는 이 섬에서 아이보에게 짜증이나 당혹감을 불러일으키지 않고 그런 말을 할 수 있는 유일한 사람이라고 아이보는 생각했다. 그가 말했다. "해변 쪽은 어떨까요?"

"좋아요."

"내 걸음이 무척 느려서 걱정입니다."

"괜찮아요."

'저이는 부드럽고 온전한 위엄을 갖춘 참으로 다정한 사람이구나.' 그는 생각하고, 웃으며 그녀에게 손을 내밀었다. "'그러한 희생에 대해서는 말이다, 코델리아. 신들이 스스로 향을 피워 기려 줄 거란다.' 이제 갈까요?"[38]

---

38 셰익스피어 《리어왕》 가운데 리어왕이 막내딸 코델리아에게 하는 대사

13

    두 사람은 파도가 밀려오는 바로 그 가장자리, 모래가 더 단단
해서 걷기 수월한 자리를 따라 나란히 천천히 걸었다. 해변은 무
너져가는 방파제가 막고 있고, 낮은 돌담으로 경계를 지어놓아
폭이 좁았다. 돌담 너머에는 나무로 뒤덮인, 무너지기 쉽게 생긴
절벽이 솟아 있었다. 오래전에는 둑 위에도 나무가 많이 심겨 있
었을 것이다. 너도밤나무와 떡갈나무 사이에 월계수와 오래된 장
미 덤불이 잎이 무성한 철쭉 덤불과 바람을 맞아 휜 제라늄 나무
와 가을을 맞아 청동색, 라임색, 보라색으로 물든 수국 사이에 뒤
얽혀 있었다. 수국의 가을빛이 한여름에 피는 화려한 꽃송이 색
깔보다 더 미묘하고 흥미롭다고 코델리아는 생각했다. 동행이 있
어 마음이 평온했고 잠시라도 남을 속여야 하는 자기 직업의 중
압감 없이 그에게 솔직하게 다 털어놓을 수 있으면 얼마나 좋을
까 싶었다.

두 사람은 한 10분 정도 느긋한 침묵 속에서 걸었다. 이윽고 그가 입을 열었다. "바보 같은 질문일지도 모르지만, 그레이라는 게 그리 드문 성은 아니지요. 하지만 혹시 레드버스 그레이 씨와 친척인가요?"

"제 아버지예요."

"어쩐지, 눈이 닮았어요. 딱 한 번 만났지만, 그분 얼굴을 잊을 수 없었죠. 그분은 케임브리지 시절 우리 세대에 지대한 영향을 미쳤습니다. 화려한 수사로 진실을 전달하는 화술의 소유자였죠. 지금은 화려한 수사랄지 꿈 같은 게 별로 인정받지 못하고, 안타깝게도 유행에 뒤처진 것이 되고 말았지만요. 그게 치명적이죠. 그분은 거의 잊혔어요. 하지만 한때나마 그분을 알았던 게 기쁩니다."

코델리아가 말했다. "저도 그래요."

그가 그녀를 흘낏 내려다보았다. "그러니까 이런 말인가요? 추상적으로는 인류에 헌신한 혁명적 이상주의자였지만 제 자식은 별로 신경 쓰지 못했던 사람. 아, 비난하려는 건 아닙니다. 나 역시 내 자식에게는 그리 잘하지 못했으니까요. 아이들은 어릴 적엔 부모와 대화를 나누고, 함께 놀고, 부모의 시간을 차지하고 싶어 하죠. 하지만 청소년이 되면 부모 자식 간에 서로 별로 좋아하지 않는다는 사실을 알게 되어도 그리 놀라지 않을 거예요. 아, 내 경우에는 애들이 다 컸을 때 애들 어머니하고도 별로 사이가 좋지 않았습니다."

코델리아가 말했다. "시간이 있었다면 저는 아버지를 좋아할 수 있었을 거예요. 독일과 이탈리아에서 아버지와 아버지 동지들과 함께 6개월을 살았어요. 하지만 그 후 아버지는 돌아가시고 말았죠."

"당신은 죽음을 마치 배신행위처럼 말하는군요. 아, 물론 그렇죠."

코넬리아는 그 6개월을 생각했다. 동지들을 위해 요리를 하고, 동지들을 위해 장을 보고, 때로 위험을 무릅쓰고 메시지를 전달하고, 방을 구하고, 집주인과 상점 주인을 달래고, 동지들을 위해 바느질도 했던 그 반년이라는 시간을. 동지들과 아버지는 머리로는 남녀평등을 믿었지만, 자신들이 직접 기본적인 가사노동 기술을 습득하는 수고를 기울이지 않는다면 그 평등은 실현되지 않는다는 사실은 굳이 생각하지 않았다. 그리고 아버지가 딸을 수녀원에서 데려와 케임브리지 진학을 불가능하게 한 것도 불안정한 떠돌이 생활 때문이었다. 지금은 특별히 아버지를 원망하지 않는다. 그녀의 인생 중 그 시기는 지나갔고 끝이 났다. 그리고 그녀는 아버지와 자신이 비록 신뢰뿐일지라도 서로 뭔가를 주고받았기를 바랐다. 레드버스라는 이름은 거추장스러운 짐에 불과하다고 생각하고 일찌감치 자기 이름에서 빼버렸다. 당시 그녀는 브라우닝[39]을 읽고 있었다. 지금 생각하면 아주 사소한 앙갚음일지라도 중요한 의미를 지닌 거절이 아니었을까 싶다. 생각이 거기까지 흐르는 게 달갑지 않아 애써 떨쳐냈다.

그때 아이보가 말하는 소리가 들렸다. "그럼 교육은 어떻게 받았습니까? 사람들은 항상 그분이 경찰에게 끌려가는 사진을 접하곤 했죠. 젊었을 때는 그런 게 아주 존경할 만한 일이었어요. 중년이 되고 보니 그런 일도 당혹스럽고 우스꽝스럽게 보이기 시작하더군요. 그분에게 딸이나 아내가 있었다는 말은 한 번도 들은

---

39 영국 시인이자 극작가로 사랑과 죽음, 이별 등의 주제를 극적 독백 형식으로 썼다.

기억이 없어요."

"어머니는 저를 낳을 때 돌아가셨어요."

"그럼 누가 당신을 키웠나요?"

"대개는 위탁 부모들과 함께 살았어요. 그러다가 열한 살이 되었을 때 수녀원에서 주는 특별 우등생 장학금을 받게 되었죠. 근데 실수가 있었어요. 장학금이 아니라 학교 선택에서요. 로마 가톨릭 신자였던 C. 그레이라는 다른 학생이 있었는데 제가 그 학생인 줄 알고 혼란이 있었어요. 아버지가 알았다면 별로 좋아하지 않았겠지만, 그 무렵 아버지는 제 생활이 안정되었고 수녀원에서도 저를 다른 곳으로 보내고 싶지 않은데 어떻게 하면 좋겠냐고 묻는 장학관의 편지에 답장하지 않았어요. 덕분에 저도 계속 수녀원에 머물기로 했죠."

아이보가 웃음을 터뜨렸다. "레드버스 그레이의 딸이 수녀원에서 교육을 받았다니! 그런데 수녀원은 당신을 개종시키는 데 성공하지 못했군요? 철저한 무신론자였던 당신 아버지에게는 큰 교훈을 주었겠어요. 편지에 답장은 재깍재깍 할 것."

"예, 수녀원은 저를 개종시키지 못했어요. 하지만 개종의 노력도 기울이지 않았어요. 제겐 믿음이 없었지만, 천하무적 같은 무지 속에서 행복했으니까요. 부러움을 받을 만했죠. 게다가 저는 수녀원이 참 좋았어요. 살면서 처음으로 안정감을 느꼈죠. 다시는 엉망진창인 생활을 하지 않아도 되었어요."

수녀원 생활에 대해 이토록 자유롭게 말해본 적이 없었다. 그녀는 원래 타인에게 쉽게 속내를 털어놓는 사람이 아니었다. 평소와 달리 이렇게 솔직히 이야기하는 것은 상대방이 죽어가는 사람임을 알아서일까? 그런 생각이 비열해 보여서 코델리아는 애써 떨쳐내려고 했다.

아이보가 말했다. "예이츠의 말에 동감할 겁니다. '관습과 예법이 없다면 순수와 아름다움이 어찌 태어날 수 있겠는가.' 인간의 원죄마저도 용서할 수 있는 가벼운 죄와 절대 용서할 수 없는 죽을죄로 깔끔하게 분류되는 면이 아마 마음을 편안하게 해주었을 겁니다. 죽을죄. 저는 독단주의는 거부하지만, 이 표현은 좋아합니다. 화려한 최후의 장엄한 분위기가 있어요. 나쁜 짓에 일종의 위엄을 부여하고 거의 형식과 실체까지 안겨주죠. 이렇게 말하는 사람의 모습을 상상할 수 있을 거예요. '내 죽을죄는 어떻게 된 거지? 어디에 빠뜨리고 왔나?' 깔끔하게 포장해서 들고 다닐 수 있을지도 몰라요."

그가 갑자기 비틀거렸다. 코델리아가 손을 내밀어 그를 붙들었다. 그녀의 손바닥에 닿은 그의 손은 차가웠고, 건조한 피부가 뼈 위를 얇게 덮고 있었다. 그는 몹시 피곤해 보였다. 역시 자갈 위를 걷기란 쉽지 않았던 모양이다.

코델리아가 말했다. "잠깐 쉬었다 가요."

눈앞에 벼랑 중간에 뚫린 작은 동굴이 있었다. 지금은 여기저기 금이 가고 잡초가 우거진 모자이크 테라스와 대리석으로 만든 곡선형 의자도 하나 있었다. 그녀는 그를 부축해 그의 발이 적당한 풀 뭉치나 반쯤 가려진 돌계단을 찾아 디디는 걸 지켜보면서 경사로를 올라갔다. 의자 등받이는 햇볕을 받아 따뜻하게 달구어져 있었지만 얇은 셔츠를 뚫고 쌀쌀한 기운이 느껴졌다. 두 사람은 서로 몸이 닿지 않게 나란히 앉아 해를 향해 고개를 들었다. 머리 위로 너도밤나무 한 그루가 늘어져 있었다. 나무줄기와 나뭇가지가 소녀의 팔처럼 부드럽게 빛났고 이제 막 가을의 금빛으로 물들기 시작한 나뭇잎은 햇빛을 반사하며 경이로운 잎맥을 드러 내 보였다. 대기는 고요히 가라앉았고 이따금 날카롭게 울부짖는 갈매기 소리만 적막을 가르고 지나갈 뿐, 눈 아래 바다는 쉬지 않 고 몰려왔다 몰려가는 움직임을 반복하고 있었다.

잠시 후 그가 여전히 눈을 감은 채로 말했다. "죽을죄라고 하 면 우리 대부분의 일상을 이루는 방편들이나 하찮은 일들, 시시 한 비행보다는 뭔가 특별하고 훨씬 독창적이고 중대한 것이어야 한다고 생각하지 않습니까?"

코델리아가 말했다. "죽을죄란 신의 법칙을 어긴 통탄할 만한 반역을 말해요. 인간의 영혼을 영원한 지옥으로 보낼 위험에 처 하게 하죠. 스스로 자기 행위의 사악성을 완전히 인식하고 그 행 위에 동의해야만 죽을죄가 성립돼요. 모든 게 정해져 있죠. 로마 가톨릭 교인이라면 누구나 그렇게 설명할 거예요."

아이보가 말했다. "그 말이 당신에게 어떤 의미를 갖는다면, 그러니까 당신이 악의 존재를 믿는다면, 그건 어쨌든 악한 일을 말하겠군요."

코델리아는 수녀원의 예배당을 떠올렸다. 제단 위 촛불이 간 간이 흔들렸던 일이며, 기도문을 중얼거리는 신도들 사이에서 머 리에 레이스 미사포를 쓰고 고개를 숙인 자신의 머리 같은 것을. '우리를 다만 악에서 구하시옵소서.' 6년 동안 이 기도문을 하루 에 두 번은 외웠을 것이다. 그러다가 문득 도대체 무엇으로부터 구원받기를 열망하는지 자문하게 되었다. 그 답을 가르쳐준 것은 버니가 죽은 뒤 처음 맡은 사건이었다. 지금도 자다가 가위에 눌 리면 실제로 본 적도 없는 공포의 장면이 떠올랐다. 길게 늘어진 하얀 목, 올가미에 매달려 축 늘어진 한 청년의 흉하게 망가진 얼굴, 바닥을 향해 뒤틀린 두 발을. 마침내 청년을 살해한 자의 얼굴을 마주했을 때 그녀는 악의 존재를 알게 되었다.

그녀가 말했다. "예, 저는 악의 존재를 믿어요."

"그렇다면 클라리사도 한때 당신이 악이라고 부를 만한 짓을 저질렀죠. 선한 수녀들은 죽을죄라고 부를지도 모르겠군요. 그러나 클라리사는 자기 행위를 인식했고 동의하기도 했어요. 클라리사에게 그 일은 죽을죄를 의미했다고 저는 느꼈습니다."

그녀는 아무 말도 하지 않았다. 그의 마음을 편하게 해주겠다고 맞장구를 치지는 않을 것이다. 그러나 침묵한다고 해서 호기심까지 가라앉지는 않았다. 그녀는 그가 계속 말할 것을 알고 있었다.

"1980년 7월 《맥베스》를 상연 중일 때 일입니다. 톨리 톨가스가 그보다 4년 전에 사생아 딸을 낳은 적이 있습니다. 그 일 자체는 딱히 비밀이 아니었습니다. 클라리사의 분장실에 드나드는 사람들은 대부분 비키의 존재를 알았으니까요. 아주 귀여운 아이였죠. 진지한 얼굴에 말이 별로 없고 영리했어요. 나이를 따져보면 말이에요. 톨리는 가끔, 물론 아주 드물게 아이를 극장에 데려왔지만, 대부분은 사생활과 직장생활을 구분했어요. 일하는 동안에는 사람을 구해 아이를 돌보게 했는데 톨리가 주로 저녁에 일했기 때문에 그러는 게 마음이 놓였을 겁니다. 아이 아버지에게는 한 푼도 받으려고 하지 않았어요. 내 생각에는 비키에 대한 독점욕이 너무 강해서 아이 식비조차 분담하고 싶지 않았던 모양입니다. 그러다가 클라리사가 《맥베스》를 시작하기 이틀 전에 그 일이 일어났어요. 클라리사는 최종 리허설 때문에 극장에 있었고 아이는 돌봐주는 사람과 함께 집에 있었죠. 그런데 아이가 몰래 거리로 나가서 주차한 화물트럭 뒤 배수로에서 놀고 있었나 봐요. 흔한 비극이죠. 운전사가 아이를 미처 못 보고 후진을 했습니다. 아이는 중상을 입었어요. 병원에 실려 가 수술을 받았는데 그때까지는 무척 잘 버텼어요. 우린 아이가 살아날 거라고 생각했죠. 그런데 공연 첫날밤 9시 45분에 병원에서 전화를 걸어왔어요. 아이 상태가 악화했으니 톨리더러 빨리 병원에 오라는 전화였죠. 그런데 그 전화를 클라리사가 받았어요. 3막이 시작되기 전 의상을 갈아입으러 잠시 무대를 내려왔을 때였죠. 그녀는 그 순간 의상담당자가 없으면 안 된다고 펄쩍 뛰었어요. 그녀는 전갈을 듣고 수화기를 내려놓았습니다. 그리고 톨리에게 병원에서 찾는 전화가 왔지만 서두를 필요는 없고 공연이 끝난 다음 가도 된다고 말했습니다. 톨리가 직접 병원에 전화를 걸어보겠다고 했을 때 클라리사는 허락하지 않았어요. 그리고 공연이 끝난 직후 병원에서 다시 전화가 왔습니다. 아이가 죽었다고요."

"그런데 당신은 어떻게 이 일을 알지요?"

"내가 병원에 연락해서 처음 전갈을 받은 사람이 누구인지 확인했으니까요. 그리고 그 전화가 걸려왔을 때 나도 클라리사의 분장실에 있었습니다. 나 역시 당시 일에 책임을 질 입장이라고 말할 수 있겠지요. 클라리사가 톨리에게 병원에 가서는 안 된다고 했을 때는 옆에 없었습니다. 있었다면 말렸겠죠. 적어도 그랬기를 바랍니다. 하지만 나는 처음 전화가 왔을 때만 분장실에 있었고 곧 내 좌석으로 돌아갔습니다. 연극이 끝나고 클라리사를 저녁 식사 자리에 데려가려고 분장실에 갔을 때 톨리가 거기 있더군요. 그리고 15분 후에 병원에서 아이의 죽음을 알리는 전화가 왔습니다."

"그렇다면 진상을 알게 된 다음에는 책임을 질 입장이라는 생각을 그만두었다는 말인가요?"

"그렇다고 말할 수 있겠군요. 사실은 상황이 그렇게 좋지 않았어요. 클라리사가 내 애인이 되었던 이유는 두 가지입니다. 첫째는 내가 어느 정도 명성이 있었고 클라리사는 언제나 권력이 성욕을 일으킨다고 생각했기 때문입니다. 둘째는 일주일에 한 번 나랑 같이 자면 내가 자기에게 호의적인 비평을 쓴다고 믿었기 때문입니다. 그게 실수였음을 깨달았을 때(대개의 남자들처럼 저도 배신할 능력이 충분했지만, 흔히 생각하는 그런 배신은 아니었습니다) 그 책임도 끝났습니다. 선불이 그리 현명한 태도가 아니라는 사고방식에도 어느 정도 이점이 있더군요."

"이 이야기를 저한테 하시는 이유가 뭐죠?"

"당신을 좋아하니까요. 이번 주말에 내가 존경하는 사람이 또 클라리사의 매력에 넘어가는 모습을 지켜보고 싶지 않아서요. 그녀에겐 확실히 매력이 있어요. 물론 지금까진 당신에게 그 매력을 실행해보려고 하지 않았겠지만요. 당신이 다른 사람처럼 행동하는 모습을 보고 싶지 않습니다. 당신은 성적이든 아니든 자기중심적인 아첨에 휘둘리지 않는 천부적인 상식을 지닌 사람이라고 생각해요. 물론 누가 그렇게 확신할 수 있겠습니까만. 그래서 나는 당신이 유혹에 넘어가지 않도록 하려고 또 한 번 사소한 배신행위를 실행 중입니다."

"아이 아버지는 누구였죠?"

"톨리 말고는 아무도 몰라요. 그리고 그녀는 절대로 말하지 않을 겁니다. 문제는 클라리사가 아이 아버지를 누구라고 생각하느냐, 그것이죠."

코델리아가 그를 흘낏 쳐다보았다. "혹시 그녀의 남편이 아니었을까요?"

"아, 그 가엾은 레싱 말입니까? 불가능한 일은 아니지만, 그럴 것 같지는 않군요. 당시는 레싱과 클라리사가 결혼한 지 1년밖에 안 되었을 때예요. 물론 이미 그녀는 레싱에게 지옥의 맛을 안겨 주고 있었지만, 그가 그런 식으로 앙갚음을 했으리라고는 생각하지 않아요. 내 추측에 아이 아버지는 드 빌이에요. 드 빌의 유일한 요구는 여자는 얼굴이 반반하고 적극적이고 여배우가 아니어야 한다는 거죠. 배우조합에 속한 사람과 함께 있으면 성적 불능 상태가 된다는 소문이 있지만, 그저 공과 사를 구분하려는 방책에 불과할지도 모르고요."

"이번에 웹스터를 연출하는 그 사람 말인가요? 지금 여기 와 있는 그 사람? 클라리사가 그 사람을 사랑했다고 생각해요?"

"클라리사가 사랑이라는 말을 어떤 의미로 생각하는지는 모릅니다. 그녀는 그 남자를 손에 넣을 수 있다는 것을 증명할 수만 있다면 그를 원했을 겁니다. 한 가지는 확실해요. 만약 그가 넘어가지 않았다면 클라리사는 그가 자기 의상담당자와 정사를 벌였다는 사실을 깨끗이 잊지는 않았을 겁니다."

"그가 왜 여기 와 있다고 생각해요? 그는 아마추어 극단의 공연에 관여할 필요가 없는 유명한 연출가인데요. 특히 런던을 벗어나 이 먼 곳까지 왜 왔을까요?"

"그럼 우린 왜 여기 와 있죠? 드 빌은 이 섬을 장차 연극계의 글라인드본[40]이자 세계적으로 유명한 실험극의 중심지로 생각하

---

40 영국 글라인드본의 오페라하우스에서 해마다 세계적으로 유명한 오페라축제가 열린다.

고 있을지도 모르죠. 그렇다면 쉽게 발을 들였겠죠. 어차피 지금은 그리 잘 팔리는 연출가도 아니니까요. 전성기에는 꽤 찬사를 받았지만, 지금은 똑똑한 젊은이들이 대거 몰려오고 있잖아요? 앰브로즈도 돈을 쓸 준비만 되어 있다면 코시섬 페스티벌 같은 걸 개최할 수 있을 겁니다. 물론 상업적인 행사는 아니고요. 좌석이 백 석 정도밖에 안 되는 작은 극장에서는 거의 불가능하죠. 특히 첫날밤 공연에 폭풍우가 몰려올지도 모르는 섬에서요. 하지만 앰브로즈는 클라리사를 제거할 수만 있다면 상당히 재미있어 할 겁니다."

"앰브로즈가 클라리사를 제거하고 싶어 한다고요?"

"예, 그럼요." 아이보는 선뜻 말했다. "눈치 못 챘나요? 클라리사는 앰브로즈와 그의 섬과 극장을 차지하려고 해요. 앰브로즈는 자신만의 왕국을 사랑하죠. 클라리사는 참 끈질긴 침입자예요."

코델리아는 그 아이를 생각했다. 커튼이 쳐진 높은 무균 침대에 홀로 누워 있었을 작은 아이를. 아이에게 의식이 있었을까? 자신이 죽어간다는 사실을 알았을까? 엄마를 찾으며 울었을까? 마지막으로 잘 자라는 인사를 들어야 할 밤에 홀로 겁에 질려 있었을까? 그녀가 말했다. "그런 기억을 안고 클라리사가 어떻게 멀쩡히 살아갈 수 있는지 모르겠군요."

"멀쩡하게 살아갈 수 있을 거라고 생각하지는 않습니다. 사람이 죽을지도 모른다는 생각에 겁을 먹고 있을 때는 마음 한쪽에서 자신이 마땅히 죽어야 한다고 느끼기 때문일지도 모르니까요."

"클라리사가 죽음을 겁내고 있는지 어떻게 아시죠?"

"클라리사처럼 노련한 배우도 완전히 숨길 수 없는 어떤 감정을 내비치기 마련입니다."

그는 그녀를 돌아보며 그 표정을 읽고 다시 고개를 들어 초록 빛과 금빛으로 흔들리는 눈앞의 광채를 쳐다보며 조용히 말했다. "어쩌면 클라리사를 위해 여러 가지 핑계를 댈 수도 있을 겁니다. 핑계가 아니라면 해명이라고 하죠. 클라리사는 중요한 의상을 갈아입어야 했습니다. 혼자서는 할 수 없었고 다른 의상담당자도 없었고요."

"다른 사람을 구해볼 생각도 하지 않았나요?"

"그랬을 겁니다. 그녀의 관점에서 보면 자신은 병원과 아픈 아이가 있는 세계에 속해 있지 않았어요. 그녀는 맥베스 부인이었습니다. 던시넌성에 있었죠. 만약 자기 아이가 죽어가고 있었더라도 그녀는 극장을 떠나지 않았을 겁니다. 그런 순간에는 말이죠. 다른 사람은 병원으로 가고 싶어 할지도 모른다는 생각을 아예 떠올리지 못했어요."

코델리아가 소리쳤다. "하지만 그런 건 핑계가 될 수 없어요! 해명도 될 수 없고요. 그 어떤 연극이나 연기도 죽어가는 아이보다 더 중요하다는 말을 당신 역시 실제로는 믿지 않잖아요."

"아이가 죽어간다는 말을 클라리사는 한순간도 진실이라고 믿지 않았을 겁니다. 그녀가 그 문제를 어떻게 생각했는지를 통해서 짐작해보면 그래요."

"하지만 당신은요? 공연이, 그 어떤 공연이 아이보다 중요할 수 있다고 믿나요?"

그는 웃었다. "이제 우리는 오래된 철학의 지뢰밭으로 다가가고 있군요. 자, 건물에 불이 났는데 매독에 걸린 늙은 부랑자와 벨라스케스의 그림 중 하나만 구할 수 있다면, 당신은 어느 쪽을 불구덩이에 놔두겠습니까?"

"아뇨. 이건 그런 문제가 아니에요. 우리는 지금 엄마를 찾으며 죽어가는 아이와 맥베스 공연 중 어느 쪽이 더 중요한가를 말하고 있어요. 게다가 저는 그 케케묵은 건물 화재 비유가 아주 지겨워요. 저라면 벨라스케스의 그림을 창밖으로 내던지고 부랑자를 끌고 안전한 곳으로 가겠어요. 진짜 도덕적인 선택은 부랑자가 너무 무거울 때 생깁니다. 당신이라면 혼자 탈출하겠어요, 아니면 계속 그 사람을 끌고 가려고 애쓰다가 함께 불에 타 죽을 위험을 감수하겠어요?"

"오, 그야 아주 쉽죠. 당연히 혼자서 도망치고 그 결정을 끝까지 너무 양심적으로 생각하지 않을 겁니다. 그러나 아이에 대해서라면, 아니요, 나도 어떤 공연도 아이보다 더 중요하다고 생각하지 않습니다. 클라리사가 할 수 있는 정도의 공연이라면 특히 절대로 아니죠. 이 대답은 만족스러우신가요?"

"톨리가 어떻게 계속 클라리사 밑에서 일하는지 이해할 수가 없군요. 도저히 알 수가 없어요."

"하지만 곧 알게 될 겁니다. 사실 고백하자면 나는 당신이 여기서 정확히 어떤 역할을 맡았는지가 아주 궁금해요. 하지만 그렇다고 이 일에서 손을 떼지는 않겠죠?"

"그건 별개의 문제예요. 적어도 별개의 문제라고 스스로를 납득시킬 겁니다. 저는 임시로 고용된 사람에 불과해요. 하지만 톨리는 클라리사가 병원에 급하게 가지 않아도 된다고 한 말을 믿었어요. 톨리는 클라리사를 신뢰했던 거죠. 그런데 그 신뢰가 다 무너진 지금, 어떻게 계속 그 옆에 머무를 수가 있죠?"

"두 사람은 거의 평생을 함께 살았어요. 톨리 어머니가 클라리사의 유모였죠. 작은 가족이 큰 가족을 3대째 섬겼어요. 어쩌면 복종이 습관이 되어버려 아이가 하나나 둘쯤 죽어도 별 차이가 없을지도 모르죠."

"말도 안 돼요! 터무니없고 비열해요! 지금이 빅토리아 시대인가요!"

"못 믿겠어요? 숭배의 본능은 대단히 끈질깁니다. 종교적 신앙심이 그게 아니라면 뭐겠습니까? 톨리는 자기 하느님이 자기가 닦은 구두를 신고, 자기가 개킨 옷을 입고, 자기가 빗긴 머리카락을 늘어뜨리고, 지상을 걸어 다니니까 운이 좋은 편이에요."

"하지만 톨리는 계속 섬기고 싶지 않을 거예요. 클라리사를 좋아할 수가 없으니까요."

"좋아하는 것과 숭배가 무슨 상관이랍니까? 그분이 내 목을 치더라도 그분을 믿는 게 숭배예요. 완벽하게 일반적인 현상이란 말입니다. 하지만 톨리가 자신의 솔직한 감정에 직면하면 어떻게 될지 가끔 궁금하기는 해요. 누구라도 그럴 겁니다. 날이 점점 추워지는 것 같지 않아요? 이제 그만 돌아가는 게 좋겠어요."

14

두 사람은 성으로 돌아가는 길에 거의 말을 하지 않았다. 코델리
아의 눈에 하루가 이미 빛을 잃은 뒤였다. 바다와 해변의 아름다움
도 황량해진 마음에 아무런 인상도 남기지 못하고 지나갔다. 테라
스에 도착했을 때 아이보는 눈에 띄게 지쳐 있어서 차를 마시지 않
고 방에서 쉬겠다고 말했다. 코델리아는 두 사람 모두 내키지 않더
라도 클라리사 가까이에 머무는 게 자기 일이라고 스스로를 다독
였다. 그러나 극장으로 돌아가기까지 온몸의 의지를 쥐어짜야 했
고 아직 리허설이 끝나지 않았다는 것을 알았을 때는 안도의 한숨
이 나올 정도였다. 그녀는 잠시 관객석 뒤쪽에 서 있다가 자기 방
으로 돌아갔다. 두 방을 연결하는 사잇문이 열려 있어서 톨리가 욕
실에서 침실로 왔다 갔다 하는 모습이 보였다. 그러나 톨리와 이야
기를 나눠야 한다는 생각을 억누를 수가 없어서 방을 빠져나왔다.
　거의 충동적으로 옆방 문을 열었다. 탑으로 올라가는 문이었다.

제련철로 정교하게 장식한 둥근 나선형 계단이 벽돌 한 장 너비도 안 되는 가느다란 창을 통해 이따금 빛이 스며드는 어스름한 공간을 향해 위로 뻗어 있었다. 전등 스위치를 발견했지만, 그냥 어둠을 더듬어가며 꾸준히 위로 올라가보기로 했다. 마침내 계단 맨 위에 오르니 높은 창문이 여섯 개 있는, 빛으로 가득 찬 작고 둥근 방에 당도했다. 방 안에는 등받이가 굽은 등나무 팔걸이의자 하나 말고는 달리 가구랄 게 없었다. 앰브로즈가 어디에 놔둘지 아직 자리를 찾지 못한 물건이나 이전 주인에게 물려받은 것들, 주로 빅토리아 시대 어린이 장난감을 모아두는 곳으로 사용하는 모양이었다. 바퀴 달린 목마와 나무 조각 동물들이 있는 노아의 방주, 밋밋한 얼굴과 봉제 손발이 달린 도자기 인형 세 개, 원숭이와 오르간 연주자가 함께 있는 기계 장난감 탁자, 회전 무대 위의 고양이 악단 세트 등이 있었다. 고양이들은 새틴으로 만든 옷을 번지르르하게 차려입고 각자 악기를 들고 있었다. 또 북을 든 장난감 병정과 나무로 만든 오르골 상자도 있었다.

방 안의 전망은 훌륭했다. 비행기에서 내려다보는 것처럼 섬의 전경이 물결치는 바다 한가운데 정확하게 내려놓은 깔끔하게 색칠한 지도로 보였다. 동쪽에 얼룩처럼 보이는 게 화이트섬이 분명했다. 북쪽의 도싯 해안은 놀라울 만큼 가까워 보였다. 왜소한 부두와 색색의 테라스까지 알아볼 수 있었다. 이번에는 시선을 아래로 옮겨 섬을 보았다. 북쪽 습지 가장자리에 갈매기 떼가 줄지어 앉아 있고, 중앙의 구릉 지대, 들판, 가을빛으로 물든 숲 군데군데 조그맣게 보이는 초록색 땅덩어리, 해변을 향해 미끄러진 갈색 벼랑, 너도밤나무 숲 한가운데 솟은 예배당 첨탑, 장난감처럼 보이는 극장으로 이어지는 아케이드 지붕이 보였다. 아주 작아진 올드필드가 마구간 구역의 제집 오두막에서 양손에 양동이를 들고 걸어 나오는 모습이 보였다. 로마 라일이 너도밤나무 잡목 숲에서 나와 주머니에 양손을 찔러 넣고 성 쪽으로 걸어가는 모습도 보였다. 풀밭에 공작 한 마리가 꽁지를 땅에 끌며 걸었다.

하늘과 땅 사이, 벽돌로 에워싼 높은 건물 안에 있으니 바다에서 들려오는 소리가 바람의 탄식 소리와 거의 구분이 되지 않는 낮은 신음으로 들렸다. 코델리아는 문득 지독한 외로움을 느꼈다. 많은 것을 기약했던 이 직업이 갑자기 부끄럽기만 한 시간과 노력의 낭비로 느껴졌다. 이제 더는 협박편지를 보낸 사람이 누구인지, 왜 보냈는지 중요하지 않았다. 클라리사가 살든 죽든 아무래도 상관없다는 생각도 들었다. 그것보다는 킹리 거리의 탐정사무소는 어떤지, 모즐리 여사가 어떻게 하고 있는지, 모건 씨가 휘어진 명판을 고치러 왔는지, 이런 것들이 궁금했다. 그러자 연달아 조지 경이 떠올랐다. 조지 경은 이 일을 의뢰하고 선금으로 비용을 지급했다. 그녀는 클라리사를 지키러 여기에 왔지 그 사람을 판단하러 오지 않았다. 그리고 이틀만 더 지내면 일은 끝난다. 일요일이면 모든 일이 끝나고 런던으로 돌아갈 것이다. 다시는 클라리사라는 이름을 들을 일도 없다. 코델리아의 성격이 지나치게 깐깐하다고 나무라던 버니의 말이 떠올랐다. "이 직업은 의뢰인을 도덕적으로 판단하면 안 돼, 파트너. 그러다간 일찌감치 가게 문을 닫아야 한다고."

코델리아는 창가에서 몸을 돌려 충동적으로 오르골 상자 뚜껑을 열었다. 원통이 천천히 돌아가며 섬세한 금속 필라멘트가 '그린슬리브스[41]'를 연주했다. 이윽고 그녀는 다른 기계 장난감도 하나

---

41 잉글랜드 민요로 16세기 엘리자베스 왕조 때부터 불렸고 셰익스피어도 자신의 희극에서 이 노래를 사용했다.

씩 작동시키기 시작했다. 장난감 병정이 북을 치고, 고양이들이 입을 벌려 웃으며 새틴 옷을 입은 팔을 움직이며 돌기 시작했고, 심벌즈가 쨍강쨍강 부딪쳤다. 평범한 곡조의 '그린 슬리브스'가 불협화음 소음에 묻혀버렸다. 어린아이 소리 같은 부드러운 불협화음이 그녀의 마음속에서 홀로 죽어갔던 어린아이의 모습을 완전히 몰아내주지는 못했지만, 긴장을 조금 풀어주는 데는 도움이 되었다. 코델리아는 다시 앰브로즈가 구축한 빛깔도 선명한 왕국을 내려다보았다.

15

아이보의 말은 틀렸다. 클라리사는 리허설 때의 행동에 대해
코델리아에게 사과하지 않았다. 그러나 차를 마시는 동안 코델리
아에게 특별히 살갑게 굴려고 애썼다. 샌드위치와 지나치게 호사
스러운 케이크가 나온 떠들썩하고 기나긴 연회였고, 저녁 6시가
지나자 드 빌과 다른 출연진을 태운 소형선이 선착장을 출발해 마
침내 스페이머스로 돌아갔다. 클라리사는 만찬에 맞춰 옷을 갈아
입기 전, 서재에서 앰브로즈와 함께 스크래블⁴²을 하며 시간을 보
냈다. 그녀는 게임을 요란하게 했고 실력도 별로여서 자꾸만 코델
리아를 불러 사전에서 문제의 단어를 찾아보게 하거나, 그녀가 속
임수를 쓴다는 앰브로즈의 주장에 맞서 자기편을 들어달라고 요
구하기도 했다. 코델리아는 셜록 홈즈 원본이 실린 오래된 〈일러
스트레이티드 런던 뉴스〉와 〈스트랜드 매거진〉을 발견하고 반가

42 철자가 적힌 플라스틱 조각으로 단어를 만드는 보드게임

운 마음에 몰두해서 읽고 있었는데, 클라리사가 제발 자기를 가만히 내버려두었으면 하고 바랐다. 사이먼은 만찬 후 피아노를 연주해야 하는 모양인지, 거실에서 그가 연습 중인 쇼팽의 선율이 희미하게 흘러나와 코델리아는 학창시절을 떠올리며 즐거움과 아늑함을 느꼈다. 아이보는 여전히 자기 방에 있었고 로마는 조용히 주간지와 〈프라이빗 아이〉[43]를 들고 앉아 있었다.

술통 모양으로 불룩한 천장과 네 개의 높다란 창문 사이에 황동 장식을 댄 책장으로 꾸민 서재는 성에서 가장 비율이 아름다운 방이었다. 남쪽 벽은 둥근 채색 유리로 장식한 거대한 창이 차지했다. 낮에는 그 창 너머로 오직 바다와 하늘만 보였다. 그러나 지금 서재는 책상 램프에서 흘러나오는 세 개의 빛 웅덩이를 제외하곤 어둠에 잠겨 있어서 비에 씻긴 대리석 판처럼 짙푸른 색으로 우뚝 솟은 커다란 창문은 밤하늘의 별 몇 개만을 얼룩처럼 담고 있었다. 이런 공간에서조차 클라리사가 스스로 평온한 침묵을 허락하지 못하는 건 참 딱한 일이라고 코델리아는 생각했다.

옷을 갈아입을 시간이 되자 다들 함께 위층으로 올라갔고 코델리아는 클라리사가 오기 전에 양쪽 방의 자물쇠를 열고 그녀의 방을 점검했다. 아무 이상이 없었다. 그러곤 얼른 옷을 갈아입고 전등을 끄고 창가에 조용히 앉아 밤하늘을 배경으로 검게 보이는 나무들과 희미하게 가물거리는 바다를 바라보았다. 갑자기 남쪽에서 빛 하나가 깜박이는 게 보였다. 그녀는 유심히 그쪽을 지켜보았다. 3초 후 다시 빛이 번뜩였고 세 번째이자 마지막으로 한 번 더 번뜩였다. 틀림없는 신호였다. 섬에서 보낸 신호를 향해 보낸 답신일지도 모른다. 하지만 대체 왜? 그리고 누가 보내는 신호

43 '사설탐정'이라는 뜻으로 영국에서 한 달에 두 번 발행하는 시사풍자잡지

란 말인가? 이윽고 그녀는 이런 생각이 멜로드라마 같고 유치하다고 느껴졌다. 어쩌면 스페이머스 항구로 돌아가는 배가 선착장 저쪽에서 평소처럼 빛을 번쩍였을지도 모른다. 그러나 세 번이나 간격을 두고 번뜩였다는 사실에는 뭔가 불길하고 꺼림칙한 면이 있었다. 마치 누군가가 여기 출연진이 모였고 주연배우는 성 지붕 아래 호화롭게 자리를 잡았으니 도개교를 올리고 연극의 막을 올리라고 보내는 신호 같았다. 그러나 이 성에 도개교는 없었고 바다를 해자처럼 두르고 있었다. 섬에 도착한 후 처음으로 코델리아는 폐소공포증 같은 불안감을 느꼈다. 이곳에서 구명용 밧줄은 전화와 소형선뿐이었고 둘 다 쉽게 끊길 수 있었다. 그녀는 섬의 수수께끼와 고독에 휘말렸고 지금은 아득히 먼 육지와 도시와 들판과 언덕의 단단한 안정감이 그리웠다. 그때 클라리사의 방문이 닫히고 톨리의 발소리가 멀어지는 소리가 들렸다. 클라리사의 만찬 준비가 끝난 게 분명했다. 코델리아는 사잇문을 통해 클라리사의 방으로 들어갔고 두 사람은 함께 만찬장으로 출발했다.

만찬은 훌륭했다. 아티초크가 먼저 나오고 이어서 영계와 시금치 그라탱이 나왔다. 남향의 방이라 낮의 온기를 여전히 간직하고 있어서, 장작불은 난방 때문이라기보다는 나무가 타는 향기로운 냄새와 마음을 달래주는 불빛 때문에 피워놓았다. 키가 큰 양초 세 개가 색유리와 파로스산 백색 도자기로 만든 식탁 중앙의 장식 접시, 풍성한 금빛과 초록색, 장밋빛으로 이루어진 대번포트 만찬 식기 세트, 가문의 문장을 새겨 넣은 테이블 상판 유리에 꾸준히 빛을 드리웠다. 벽난로 위에 허버트 고린지의 두 딸을 그린 유화가 걸려 있었다. 그림 속 인물들의 자세가 어딘가 어색하고 딱딱했지만, 고린지 가문 특유의 진한 눈썹 아래 약간 튀어나

온 눈이 밝게 빛났고 살짝 벌린 촉촉한 입술은 빨갛고 뜨겁게 달아올라 보였으며 진홍색과 감청색 이브닝드레스는 이제 막 그린 듯 밝게 반들거렸다. 코델리아는 그림에서 눈을 뗄 수가 없었다. 그림은 마음을 달래주거나 가정적인 분위기와 너무나 거리가 멀었고 그녀의 눈에는 격렬한 성적 에너지로 들끓는 것처럼 보였다. 그녀가 그림을 계속 쳐다보는 모습을 보고 앰브로즈가 말했다. "밀레가 그린 겁니다. 그가 그린 얼마 안 되는 사교계 초상화 중 하나죠. 우리가 사용 중인 이 만찬 식기 세트는 큰딸의 결혼선물로 황태자 부부가 보내준 겁니다. 클라리사가 오늘 밤 반드시 이 식기 세트를 써야 한다고 고집하는 바람에 내왔죠."

코델리아가 보기에 클라리사는 코시성에서 상당히 많은 것을 고집했다. 혹시 설거지까지 감독하겠다고 나서는 건 아닌지 궁금할 정도였다.

식단은 연회용이었지만 음식과 포도주의 훌륭함에 비해 만족감은 어딘가 부족했다. 표면은 밝게 빛나고 사교적인 대화는 얼핏 편안해 보였지만, 그 아래 불편한 기류가 흘렀고 이따금 적의가 솟구치기도 했다. 젊어서 식욕이 왕성한 사이먼과 코델리아를 제외하곤 누구도 음식을 양껏 먹지 않았는데, 그나마 사이먼도 난생처음 만찬 참석을 허락받았지만 언제 어린이 방으로 쫓겨날지 몰라 불안한 아이처럼 곁눈질로 클라리사를 흘끔거렸다. 청록색 시폰으로 만든 하이넥 드레스를 우아하게 차려입은 클라리사는 이번 주말 당연히 같이 왔어야 할 파트너가 오지 않았다고 사촌인 로마를 놀리기 시작했다. 로마로선 반갑지 않은 화제가 분명해 보였다.

"하지만 그 사람 정말 이상하지 않니? 우리 때문에 겁을 먹은 거야? 넌 그 사람을 자랑하고 싶어 했잖아. 그래서 초대해달라고 한 거 아냐? 넌 누가 부끄러운 거니? 우리야? 아니면 그 남자야?"

로마의 얼굴이 눈에 거슬릴 정도로 야한 파란색 호박단 드레스에 어울리지 않게 분홍색으로 달아올랐다.

"토요일에 가게에 미국에서 손님이 오기로 했어. 게다가 콜린은 장부 정리도 밀려 있어. 월요일이 오기 전에 정리를 끝내야 하거든."

"주말에 일을 한단 말이니? 어머, 부지런하기도 하지! 하지만 네게 정리할 장부가 있다니, 안심이 되는구나. 축하해."

코델리아는 대화를 두려워하는 것처럼 보이는 사이먼과의 사이에는 진전이 없을 것 같아 다른 손님들을 향한 관심을 끄고 식사에 집중했다. 다시 사람들에게 주목했을 때는 로마의 도전적인 말소리를 듣고서였다. 로마는 포크를 무기처럼 꽉 움켜쥐고 테이블 건너편에 있는 앰브로즈에게 일장연설을 하고 있었다.

"하지만 자국에서 벌어지는 일에 책임이 전혀 없다고 생각할 수는 없어요! 나는 이런 일에 신경 쓰지 않는다, 심지어 관심이 없다, 이런 말을 하면 안 된다고요!"

"아니, 나는 할 수 있습니다. 나는 통화절하라든지 시골 지역이 파괴되고 있다든지, 도시의 훼손, 문법학교의 붕괴, 심지어 교회 예배의식의 변화 같은 문제에 참여하지 않았어요. 내가 왜 그런 문제에 개인적인 책임감을 느껴야 하죠?"

"나는 우리가 더 중요하게 바라봐야 할 문제들을 말하는 거예요. 파시즘의 대두랄지 우리 사회가 19세기보다 더 폭력적이고 덜 온정적이며 더 불평등해지고 있는 현상 같은 거요. 게다가 국민전선[44]도 있죠. 그런 당을 무시할 수는 없어요!"

44 인종 문제와 관련해 과격한 견해를 지닌 영국의 극우 정당

"아뇨, 무시할 수 있습니다. 노동당의 트로츠키파도 어중이떠 중이 하층민도 다 무시할 수 있어요. 무시할 수 있는 것을 무시하는 제 능력이 얼마나 뛰어난지 알면 아마 놀라실걸요."

"하지만 누구라도 지금이 아닌 다른 시대에 살겠다고 결심할 수는 없어요!"

"아니요, 할 수 있습니다. 나는 내가 원하는 세기에 살 수 있어요. 낡은 시대든 새로운 시대든 굳이 암흑시대를 선택해 살 필요는 없죠."

아이보가 조용히 말했다. "앰브로즈 당신이 현대의 편의시설이나 과학기술까지 거부하지 않아 고맙군요. 만약 내가 이번 주말 죽음으로 가는 마지막 과정에 들어서서 그 고통을 완화할 약간의 의료 조치가 필요해진다면, 당신이 전화기 사용을 반대하지 않을 거라고 알고 있겠습니다."

앰브로즈가 일동을 향해 술잔을 들어 올리고 웃었다. "혹시 이번 주말 죽기로 결심한 분이 있다면 그 고통을 완화하기 위해 필요한 모든 조치를 제공하겠습니다."

잠시 당혹스러운 침묵이 흘렀다. 코델리아는 클라리사 쪽을 흘낏 보았지만, 배우의 시선은 자기 접시를 향해 있었다. 길쭉한 손가락이 잠시 떨리더니 이내 멈추었다.

로마가 말했다. "아담이 이브도 없이 혼자 살다가 마침내 흙으로 돌아가면 이 에덴동산은 어떻게 되나요?"

"여길 물려받을 아들이 있다면 즐겁겠지요. 결혼하고 아이를 기를 가치가 있을 겁니다. 그러나 아들들이란 정숙하게 키우고 또 그렇게 되기까지 생리적으로 거짓말처럼 간단하고 감정적으로나 실제로나 복잡할 일이 없다고 해도, 악명이 높을 정도로 신뢰할 수 없는 존재라지요. 아이보, 여기서 아이를 경험한 사람은 당신이 유일하군요."

아이보가 말했다. "아들들에게 불멸의 대리자 역할을 기대하기란 확실히 어리석은 일이죠."

"그밖에 다른 것도 기대하기란 어리석다는 말이겠죠? 아들은 이 성을 순식간에 카지노로 바꿔버릴지도 모르고, 9홀 골프장을 만들거나 모터보트나 수상스키를 들여와 공기를 엉망으로 오염시키고, 지역민을 위해 한껏 허세를 부린 주말 여행지를 개장할지도 모르죠. 1인당 8파운드 50펜스에 3코스 만찬 포함, 이브닝드레스 지참 요, 추가 비용 없음."

클라리사가 아이보 쪽을 건너다보며 말했다. "아이 이야기가 나와서 말인데, 당신의 두 아이는 어떻게 지내죠? 매튜는 아직도 그 켄싱턴 아파트에 사나요?"

코델리아는 아이보의 닭고기 요리가 거의 손도 대지 않은 채 그의 접시 옆쪽으로 밀려나 있고, 그가 포크로 시금치를 갈기갈기 찢고는 있지만 입으로 가져가는 건 거의 없다는 것을 알아보았다. 그러나 그는 꾸준히 술을 마시고 있었다. 보르도산 포도주를 담아놓은 디캔터가 그의 오른쪽에 있었는데, 그는 다시 디캔터에 손을 뻗어 아직 4분의 3이나 술이 남은 술잔에 포도주를 부었다. 클라리사를 쳐다보는 그의 눈이 촛불 빛을 받아 밝게 반짝였다.

"매튜요? 그 애는 여전히 '태양의 어린이'라고 부르는 곳에 있는 모양입니다. 연락을 주고받는 사이가 아니라서 나로선 무슨 말을 할 입장이 못 되죠. 반면 안젤라는 매달 지루할 만큼 기나긴 효도의 편지를 보내오죠. 그 애 말이 내겐 벌써 손녀가 둘 있다고 합니다. 안젤라와 그 애 남편은 시골에 와서 흑인과 같은 식탁에서 저녁을 먹게 될까 봐 싫어하고, 나는 또 사위와 한 식탁에 앉는 게 싫어서 우린 서로 만나지 않아요. 전처는 뭐, 궁금할까 봐 말하는 건데, 애들하고 요하네스버그에 살아요. 그녀는 요버그라고 부르지만요. 그 나라가 마음에 든다더군요. 기후도 좋고 사람들도 좋고 또 콩팥처럼 생긴 수영장도 마음에 쏙 든다고요."

클라리사가 웃었다. 작게 울리는 승리의 종소리 같았다. "이봐요, 내가 당신 가문의 역사를 물어본 건 아니잖아요."

"아니었나요?" 그가 편안하게 말했다. "아, 난 또 그런 줄 알았지."

일동은 다시 침묵에 들어갔고 코델리아로선 다행히 그 침묵이 거의 깨지지 않은 채로 식사가 끝이 났다. 문터가 문을 열어주자 여자들은 클라리사를 따라 거실로 들어갔다.

16

아이보는 커피도 술도 마다하고 포도주가 든 디캔터와 자기 술
잔을 들고 거실로 와 벽난로와 활짝 열어놓은 프랑스식 창문 사
이의 팔걸이의자에 자리를 잡고 앉았다. 그는 남은 저녁 시간에
는 특별히 사교에 참여해야 한다는 책임감을 느끼지 않았다. 만
찬은 충분히 암울했고 혼자 조용히 술이나 실컷 마시고 싶을 뿐
이었다. 그동안 의사의 말을 너무 열심히 지켜왔다. 그따위 처방
은 개나 물어 가라지. 이제 상관없다. 그에게 필요한 건 더 많이
마시는 것이지 덜 마시는 것은 분명히 아니었다. 게다가 이만큼
질이 좋은 포도주를 앰브로즈가 한턱내는 거라면 많이 마실수록
좋다. 클라리사에게 휘말려 분노에 찬 폭로를 해버렸다는 자기혐
오는 포도주의 술기운 때문에 점점 희미해지고 있었다. 그 자리
에 부드러운 행복감이 들어찼고 그의 마음은 이상할 정도로 맑
아졌다. 그사이 일행의 얼굴과 말은 다른 차원으로 넘어가버렸고

그는 무대 위 배우들을 볼 때처럼 냉소적인 밝은 눈빛으로 그들의 익살극을 구경했다.

사이먼은 피아노 연주를 준비하면서 떨리는 손으로 보면대에 악보를 정리하고 있었다. 오, 제발, 쇼팽 다음 라흐마니노프는 아니길, 아이보는 생각했다. 게다가 왜 클라리사는 아이 옆에 바짝 붙어 앉아 악보를 넘겨줄 준비를 하는 거지? 악보를 읽을 줄도 모르면서. 만약 이 일 역시 그녀가 다정함과 잔인함을 번갈아 가하는 전형적인 수법이라면 저 소년 역시 제 아버지가 그랬던 것처럼 제정신을 잃고 말 것이다. 열여덟 살 '순진한 아가씨' 역할이 입어도 너무 젊게 보일 호박단 드레스를 입은 로마 라일은 학예회에 참석한 부모처럼 의자 끝에 엉덩이를 걸치고 꼿꼿하게 앉아 있었다. 아니, 저 여자는 왜 소년의 연주 실력에 신경을 쓰는 거지? 여기 모인 사람 중에 그걸 신경 써야 하는 사람이 누가 있단 말인가? 이미 소년의 긴장과 불안은 고스란히 청중들에게 전달되었다. 그러나 소년은 아이보의 예상보다 훨씬 연주를 잘했고 이따금 실수한 곳을 덮으려고 박자를 지나치게 빨리하거나 페달을 너무 자주 사용할 때가 있을 뿐이었다. 그래도 맘 놓고 즐기기엔 너무 형식적인 연주회처럼 되어버렸고 곡 역시 기교를 과시하기 위해 선택한 것들이라 연주 자체가 사람들의 기대보다 훨씬 더 중요한 분위기가 되고 말았다. 게다가 너무 길었다.

결국, 앰브로즈가 말했다. "고맙구나, 사이먼. 요즘 친구들 사이에서 부르는 부적절한 노래가 뭐가 있지? 우리 왕년의 노래나 불러볼까?"

디캔터는 이제 4분의 1도 차 있지 않았다. 아이보는 의자에 더 깊숙이 몸을 묻고 사람들의 목소리를 멀리 밀쳐냈다. 이제 일행은 모두 피아노 둘레에 모여 서서 빅토리아 시대의 감상적인 거실용 발라드를 부르고 있었다. 로마의 콘트랄토 소리가 들렸다. 하나같이 박자는 느리고 음정도 살짝 틀렸다. 수녀원에서 교육받은 코델리아의 맑은 소프라노가 들렸다. 약간 불안정했지만 맑고 고왔다. 건반을 향해 몸을 숙이고 극도로 집중하면서 긴장한 사이먼의 얼굴이 붉게 달아오른 것도 보였다. 소년은 혼자 연주할 때보다 반주할 때 더 자신감에 넘치고 예민했다. 지금이야말로 소년답게 즐거워하는 모습이 엿보였다.

한 30분 후, 로마가 피아노 곁을 떠나 프리스[45]의 유화 두 점을 보러 갔다. 일등칸과 삼등칸을 타고 더비로 향하는 열차 안 승객들의 모습을 빽빽하게 그린 캔버스 유화였다. 로마는 한쪽 그림에서 다음 그림으로 걸음을 옮기며 꼼꼼하게 살펴보았다. 마치 화가가 두 종류의 사회계급이나 의상의 대조적 모습을 자세히 묘사하는 데 게으르지는 않았나, 점검하는 사람 같았다. 이때 클라리사가 갑자기 사이먼의 어깨에서 손을 떼더니 시폰 드레스 자락을 아이보의 무릎 앞쪽에 스칠 듯이 펄럭이며 그 앞을 지나 테라스로 나갔다. 코델리아와 앰브로즈만 남아서 계속 노래를 불렀다. 피아노 앞의 세 사람은 즐거움으로 하나가 되어 청중을 전혀 의식하지 못하는 것처럼 위치를 바꾸고, 의논해가며 곡을 선택하고, 비교해보고, 또 그 곡이 그들의 능력이나 음역을 벗어나면 배를 잡고 웃어댔다. 아이보가 알아들을 수 있는 곡은 몇 곡 되지 않았다. 피터 월록의 엘리자베스시대 혼성곡, 그리고 본 윌리엄스의 '밝게 울리는 목소리는' 등이었다. 병을 진단받은 후 가장

---

45 윌리엄 포웰 프리스는 빅토리아 시대 사회풍경 화가로 패딩턴 역의 자세한 모습을 그린 〈기차역〉으로 큰 명성을 얻었다.

행복에 가까운 상태로 노래를 들었다. 니체의 말은 틀렸다. 인간을 실존과 묶는 것은 행동이 아니라 쾌락이다. 그리고 그는 쾌락을 두려워했다. 위축된 감각에 쾌락의 가능성을 인정하는 것만으로 고통과 후회를 향해 마음을 열어놓는 일이 되었다. 그러나 지금 더 달콤한 목소리가 앰브로즈의 바리톤 목소리에 섞여 그의 곁을 떠돌다 바다로 향하는 것을 들으며 그는 고통도 씁쓸함도 없는 꿈결 같은 만족감 속에서 가볍게 몸을 뉘었다. 그의 감각이 점점 들쑤시며 살아나기 시작했다. 창에서 불어오는 차가운 공기가 얼굴에 닿는 게 느껴졌다. 통풍구에서 불어오는 불쾌한 바람이 아니라 손가락으로 쓰다듬는 것처럼 희미하게 느껴지는 감각이었다. 유리병 안에서 반짝이는 포도주의 선홍빛도, 혀에 닿는 부드러움도, 아득히 멀어져버린 소년 시절의 가을날을 떠올리는 장작 타는 냄새도.

이윽고 그의 기분이 깨져버렸다. 클라리사가 테라스에서 거실로 거칠게 들이닥쳤다. 사이먼도 그 소리를 듣고 도중에 연주를 멈추었다. 두 사람의 목소리도 조금 더 노래하다가 뚝 그쳤다.

클라리사가 말했다. "당신들 세 사람이 보태주지 않아도 나는 이번 주말 내내 아마추어들에게 지긋지긋하게 시달리고 있어요. 나는 이만 잘 거예요. 사이먼, 그만 잘 시간이다. 함께 가자꾸나. 방까지 데려다주마. 코델리아, 톨리에게 연락해서 내가 곧 올라간다고 말해요. 그리고 15분 후에 내 방으로 건너와요. 내일 일정을 상의하고 싶어요. 아이보, 당신은 이미 취했어요."

그녀는 앰브로즈가 문을 열어줄 때까지 초조하게 몸을 떨며 기다리다가 앰브로즈가 그녀의 뺨에 입을 맞출 수 있도록 잠시 기다린 후 별안간 후다닥 나가버렸다. 앰브로즈는 몸을 앞으로 숙였지만, 때를 놓치는 바람에 꾹 다문 입술이 터무니없이 공중에 입을 맞춘 꼴이 되고 말았다. 사이먼은 떨리는 손으로 악보를 주워 들고 도움을 요청하는 듯이 잠시 주위를 둘러보다가 얼른 클라리사 뒤를 따라갔다. 코넬리아는 벽난로 옆 자수를 놓은 밧줄이 늘어진 곳으로 가 줄을 잡아당겼다.

로마가 말했다. "온통 감점 요인뿐이었어요. 우린 여기 클라리사의 재능에 찬사를 보내러 왔지, 우리 재능을 뽐내려고 온 게 아니라는 걸 알았어야죠. 코넬리아, 비서 겸 수행인으로 맡은 바 임무를 다할 생각이라면 눈치를 좀 더 키워야겠어요."

아이보는 앰브로즈가 자기 앞에 몸을 숙이고 서 있는 걸 알아보았다. 붉게 달아오른 얼굴과 짙은 반달 눈썹 아래 적의로 빛나는 검은 눈이 보였다.

"아이보, 취했습니까? 눈에 띄게 조용하군요."

"취한 줄 알았는데 지금 보니 아니군요. 맨정신이 이겼어요. 하지만 당신이 포도주를 한 병 더 딴다면 다시 기분 좋게 시작할 수 있을 것도 같고요. 좋은 포도주는 좋은 친구와 같죠. 잘 사용하기만 한다면요."

"내일 일에 대비해 맑은 정신을 지켜야 하지 않을까요?"

아이보가 빈 디캔터를 내밀었다. 그는 자신의 손이 조금도 떨리지 않는 것을 보고 놀랐다. 그가 말했다. "걱정하지 말아요. 내일 해야 할 일을 할 만큼은 정신을 지킬 테니까요."

17

코델리아는 정확히 15분을 기다렸다가 앰브로즈가 권하는 술한 잔을 거절하고 위층으로 올라갔다. 그녀의 방에서 클라리사의 방으로 통하는 사잇문이 조금 열려 있어서 노크하지 않고 그냥 들어갔다. 클라리사는 크림색 새틴 드레스 가운을 입고 화장대 앞에 앉아 있었다. 머리를 뒤로 단단히 빗어 넘기고 목덜미 쪽에서 리본으로 묶었다. 주름 천 머리띠로 윗머리를 뒤로 넘겼다. 그녀는 거울에 비친 자기 얼굴을 꼼꼼히 살펴볼 뿐, 코델리아 쪽으로 고개를 돌리지 않았다.

방 안에는 화장대 위의 밝은 조명과 조금 더 부드러운 침대 옆 조명만 켜져 있었다. 가느다란 장작이 벽난로 쇠살대 안에서 탁탁 소리를 내면서 타오르며 다마스크 직물과 마호가니로 만든 호화로운 침대 위에 일렁이는 그림자를 드리웠다. 방 안에 나무 타는 냄새와 향수 냄새가 퍼졌다. 이 어둡고도 신비로운 방은 낮에

보았던 환한 방보다 더 작고 더 화려해 보였다. 그러나 침대는 여전히 압도적으로 방을 차지하고 진홍색 차양 아래 시신 안치대처럼 불길하게 반짝였다. 코델리아는 톨리가 왔다 갔음을 알 수 있었다. 침대 시트는 반듯하게 개켜져 있고 허리 부분을 접은 클라리사의 잠옷도 놓여 있었다. 잠옷이 마치 수의처럼 보였다. 그림자가 일렁이는 어스름한 방에 서 있으니 웹스터 연극 속에 들어와 있는 듯한 기분이 들었다. 밝은 금발의 불운한 공작부인이 화장대 앞에 앉아 있고 코델리아는 공포와 타락이 그늘 속에 도사리고 열린 창 너머로 고요한 지중해가 달빛 아래 펼쳐진 아말피[46]의 어느 침실에 서 있었다.

클라리사의 목소리가 이런 감상을 깨뜨렸다. "아, 당신 왔군요. 우리끼리 이야기를 하려고 톨리를 내보냈어요. 거기 그렇게 서 있지 말고 의자를 찾아서 앉아요."

벽난로 양쪽에 등받이가 둥글게 파이고 팔걸이와 다리에 조각을 새긴 의자가 하나씩 놓여 있었다. 코델리아는 의자 바퀴를 앞쪽으로 밀어 화장대 왼편으로 옮긴 다음 거기 앉았다. 클라리사는 거울 속의 자기 얼굴을 흘낏 보고 나서 클렌징 패드가 든 용기 뚜껑을 열고 아이섀도와 마스카라를 닦기 시작했다. 검은색으로 얼룩진 얇은 화장 솜이 잘 닦아놓은 마호가니 화장대 위에 쌓여갔다. 화장을 먼저 지워낸 왼쪽 눈이 작아지고 생기를 잃어 보여서 별안간 클라리사가 한쪽으로 기운 어릿광대 가면을 쓴 것처럼 보였다. 클라리사는 화장을 완전히 벗겨낸 눈꺼풀을 흘낏 보고 얼굴을 찡그리더니 말했다. "오늘 밤 아주 신나 보이더군요. 탐정 노

---

46 이탈리아 남부 캄파니아주의 도시로 풍광이 아름다운 휴양지로 유명하고《말피 공작부인》의 배경지이기도 하다.

릇을 하라고 당신을 고용했지, 만찬 후 오락 담당을 맡기려고 고용한 게 아니라는 사실을 굳이 일깨워줘야 할까요?"

하루가 너무 길어서 이제 코델리아는 화를 낼 힘도 없었다. "당신이 먼저 사람들에게 제가 여기 온 이유를 솔직하게 말했다면 아마 사람들도 저를 똑같은 손님으로 대하지는 않았을 겁니다. 사립탐정에게 노래를 부르라고 시킬 생각은 하지 못했겠죠. 적어도 저는 그렇게 생각합니다. 어쩌면 저랑 같이 식사를 하고 싶어 하지도 않았을 거예요. 사립탐정과 맘 편히 식사할 만한 사람이 누가 있겠어요?"

"하지만 당신이 사람들과 어울리지 못하면 어떻게 그들을 감시할 수 있어요? 게다가 남자들은 당신을 좋아해요. 아이보와 사이먼이 당신을 바라보는 눈빛을 내가 봤어요. 모르는 척하지는 말아요. 난 그런 식의 내숭은 딱 질색이니까."

"저는 그 어떤 일도 모르는 척하지 않습니다."

클라리사는 이제 큼직한 클렌징크림 통을 앞에 놓고 분주했다. 크림 한 덩어리를 얼굴과 목에 바르고 화장 솜으로 힘껏 위쪽으로 닦아냈다. 기름기로 더러워진 솜덩이가 화장대 위에 더미로 쌓여갔다. 코델리아는 자기도 모르게 클라리사보다 더 열심히 그녀의 얼굴을 살폈다. 양쪽 눈 사이가 너무 멀리 떨어져 있었다. 피부는 두껍고 윤기가 없었지만, 주름살이 거의 없었다. 뺨은 납작하고 넓었다. 입술은 아랫입술이 비어져 나왔고 아름답다고 하기엔 너무 작았다. 그러나 주인의 의지에 따라 사랑스럽게 만들 수 있는 얼굴이었고, 지금처럼 머리띠를 한 채 꾸미지도 않고 휴식하고 있을 때조차도 확실히 잠재적으로 기괴한 아름다움이 서려 있었다.

클라리사가 불쑥 물었다. "사이먼의 연주를 어떻게 생각해요?"

"저야 판단할 자격이 없지만, 재능이 있는 건 분명해요." 독주보다는 반주 쪽으로 나가는 게 더 성공적일 거라고 덧붙이고 싶었지만, 생각을 고쳐먹었다. 그녀로선 정말로 판단할 능력이 없었다. 그리고 아무리 그녀가 이 분야에 무지하더라도 그녀의 대답에 따라 결정이 달라질 수도 있었다.

"오, 재능이라고요? 그건 아주 일반적이에요. 단순히 재능만 보고 1년에 6천 파운드를 투자할 수는 없어요. 문제는 사이먼에게 성공할 배짱이 있느냐는 거예요. 조지는 그렇게 생각하지 않지만 기회는 주는 게 좋겠다고 하더군요."

"저보다는 조지 경이 사이먼을 더 잘 알겠죠."

클라리사가 날카롭게 말했다. "하지만 그건 조지의 돈이 아니잖아요? 앰브로즈와도 상의해보겠지만 연극이 끝나고 나서나 가능하겠죠. 그때까진 다른 일로 걱정할 틈이 없어요. 앰브로즈는 가엾은 아이에게 혹평을 가하겠죠. 앰브로즈는 완벽주의자니까. 하지만 그는 음악에 조예가 있어요. 조지보다는 판단을 잘하겠죠. 사이먼이 현악기를 했더라면 오케스트라에 지원할 수도 있을 텐데. 하지만 피아노라니! 그래도 반주자 일은 언제든지 할 수 있을 거라 생각해요."

코델리아는 전문적인 반주자는 쉽게 선택할 수 있는 일이 절대로 아니고, 기술적인 능력과 음악성을 단단히 갖추어야 한다고 지적할까 잠시 망설였다가, 자신은 사이먼의 재능을 조언하려고 고용되지 않았다고 스스로를 타일렀다. 게다가 지금은 사이먼 이야기로 시간을 낭비할 때가 아니었다. 코델리아가 말했다. "협박편지와 주말 계획을 논의해야 하지 않을까요? 특히 내일 일정에 대해서요. 조금 더 일찍 이야기를 나눌 걸 그랬어요."

"알아요. 하지만 리허설도 있었고 앰브로즈가 성을 구경시켜
준다고 해서 시간이 없었어요. 어쨌든 당신이 여기 온 이유는 알
고 있잖아요. 협박편지가 또 온다고 해도 나는 받고 싶지 않아요.
나한테 보여주지도 말아요. 편지 이야기를 입에 올리지도 말아요.
내일을 무사히 보내는 게 중요해요. 배우로서 자신감을 회복할 수
있다면 나는 어떤 일도 감당할 수 있어요."

"누가 이런 짓을 하는지 알고 나서도 말인가요?"

"물론이에요."

코델리아가 물었다. "여기 와 있는 사람 중 협박편지의 존재를
아는 사람이 몇이나 되죠?"

클라리사는 얼굴 화장을 다 지우고 이제 손톱의 매니큐어를
지우기 시작했다. 아세톤 냄새가 향수와 화장품 냄새를 덮었다.

"톨리가 알아요. 나는 톨리에겐 어떤 것도 숨기지 않아요. 또
도어맨들이 협박편지를 전달했을 때 톨리도 분장실에 같이 있었
으니까요. 몇 통은 극장에 우편으로 배달되었거든요. 아이보도
아마 알 거예요. 웨스트엔드[47]에서 벌어지는 일 중 아이보가 모르
는 일은 없어요. 또 앰브로즈도 알아요. 클래런스 공작 극장에서
공연할 때 협박편지 한 통이 분장실 문 밑으로 밀려 들어온 적이
있는데, 그때 앰브로즈도 같이 있었거든요. 그가 편지를 집어서
전해주었고 내가 뜯어봤을 때 이미 편지를 밀어 넣은 사람은 가
고 없었어요. 복도에 아무도 없었죠. 하지만 누구든 들어올 수는
있었어요. 클래런스 공작 극장 분장실은 무슨 토끼 굴처럼 바글
거렸고 경비원이었던 앨버트 베츠는 밤낮없이 술만 마시고 제대

---

47 런던에서 가장 번화한 상업지구이며 영화관과 극장이 모여 있는 오락지구

로 문을 지키지 않았거든요. 지금은 해고당했지만, 그 협박편지를 받았을 당시는 일하고 있었어요. 그리고 당연히 남편도 알고 있죠. 사이먼은 몰라요. 톨리가 말하지 않았다면 모를 거예요. 그리고 톨리는 그런 말을 했을 리가 없어요."

"당신 사촌은요?"

"로마는 몰라요. 안다고 해도 그 애는 신경 쓰지 않을 거예요."

"로마 라일에 대해 말해주세요."

"별로 할 이야기가 없어요. 있다 해도 지루한 이야기뿐이죠. 직계 사촌이지만 그런 건 조지에게 다 들었겠죠? 뭐, 흔하디흔한 이야기예요. 내 아버지는 분별 있는 결혼을 했지만, 아버지의 남동생은 술집 여자와 눈이 맞아 군대를 떠나고 그 후 술이나 마시며 인생을 엉망으로 살다가, 아버지에게 도움을 요청했어요. 아버지는 로마에 관해서만 도움을 주었어요. 삼촌이 죽은 후로 로마는 우리와 함께 살았죠. 불쌍한 꼬마 고아 소녀였어요. 침울하고 옷도 형편없고 늘 비참했죠. 심지어 아버지도 그 애를 오래 견디지 못했어요. 아버지는 대단히 훌륭한 분이고 나는 그런 아버지를 존경해요. 하지만 로마는 정말이지 참기 어려울 만큼 지겨운 아이였고 어렸을 때는 지금보다 훨씬 더 형편없었어요. 아버지는 추한 사람을, 특히 추한 여자를 정말로 참지 못했어요. 유쾌하고 재치 넘치고 아름다운 사람을 사랑했죠. 심지어 아버지는 당신의 모습이 볼품없는 것도 견디지 못했어요."

코델리아는 자기만족에 푹 빠진 사기꾼처럼 들리는 그 '아버지'라는 인물이 틀림없이 추함에 대한 자신만의 기준에 따라 인생의 대부분을 눈을 감고 살아갔으리라 생각했다. 클라리사가 덧붙였다. "게다가 그 애는 조금도 고마워하지 않았어요."

"고마워했어야 하나요?"

클라리사는 그 질문을 진지하게 생각해볼 만하다고 여긴 모양이었다. 아니면 손톱을 다듬는 분주한 손길을 잠시 멈출 수 있다고 생각했거나. "음, 나는 그렇게 생각해요. 아버지가 그 애를 떠맡을 이유는 없었으니까요. 게다가 그 애는 아버지가 자기를 나와 똑같이 친자식처럼 대할 거라 기대하지도 못했을 테고요."

"아버님은 그러려고 노력할 수 있었을 텐데요."

"하지만 그게 당연한 일은 아니잖아요. 그렇게 행동하지 않아도 되는데 왜 그러길 기대하겠어요? 당신은 그 건방진 태도를 조심해야겠군요. 남자들은 건방진 여자를 좋아하지 않아요."

코델리아가 말했다. "저도 제가 건방진 걸 별로 좋아하지는 않습니다. 언젠가 누가 제게 무신론자 아버지를 두고 수녀원에서 교육을 받고 국교도 신자가 아니라서 그렇다고 하더군요."

둘 사이에 침묵이 흘렀다. 견딜 수 없을 정도로 서로 말이 통하지 않는 그런 침묵은 아니었다. 이윽고 코델리아가 불쑥 말했다. "그 협박편지 말이에요. 혹시 톨리와 관계가 있을 가능성은 없나요?"

"톨리요? 말도 안 돼요! 어떻게 그런 생각을 할 수 있죠? 톨리는 나한테 헌신적이에요. 그 애의 태도만 보고 짐작하지 말아요. 그 애는 원래 그래요. 우린 어렸을 때부터 함께 지냈어요. 톨리는 날 존경해요. 그걸 간파하지 못했다면 당신은 탐정으로서의 능력이 형편없는 거예요. 게다가 그 애는 타자도 못 해요. 당신이 못 알아봤을까 봐 말하는데, 그 협박편지는 전부 타자한 거예요."

코델리아가 진지하게 말했다. "톨리의 아이에 대해서 말씀해 주셨어야죠. 제가 도움이 되려면 관계있는 일은 뭐든 제게 알려주셔야 합니다."

그녀는 불안한 마음으로 클라리사의 반응을 기다렸다. 그러나 손톱을 가꾸느라 분주한 손은 조금도 흔들리지 않았다.

"하지만 그건 상관없는 일인걸요. 그저 실수였어요. 톨리도 알아요. 다들 알아요. 아이보가 말했죠? 그 사람, 원래 그렇게 심술궂고 배신을 잘하죠. 그 사람이 병들었다는 사실은 알죠? 죽을 날이 얼마 남지 않았어요! 게다가 질투에 사로잡혀 있죠. 언제나 그랬어요. 질투와 악의로 똘똘 뭉쳤죠."

코델리아는 질문을 좀 더 요령 있게 해야 했나, 아니 애초에 물어본 일 자체가 현명한 처사였나, 생각에 잠겼다. 아이보가 자신과의 대화를 비밀로 해달라고 부탁하지는 않았지만, 아마도 그는 코델리아가 이 문제에 관해 신중하길 바랐을 것이다. 이제 두 사람이 서로 목을 치지 않게 하려면 이번 주말은 꽤 어려운 시간이 될 것이다. 코델리아는 언제나 직접적인 거짓말을 잘하지 못했다. 그녀는 조심스럽게 말했다. "배신한 사람은 없었습니다. 그저 제가 여기 오기 전 사전 조사를 했을 뿐이에요. 아이 이야기는 다들 말하더군요. 연극계에 친구가 하나 있거든요." 가엾은 베비스는 극장 안쪽보다 바깥쪽에 있을 때가 훨씬 많았지만, 어쨌든 사실은 사실이었다. 그러나 클라리사는 연극계에 있다고 추정되는 코델리아의 친구에 대해서는 전혀 관심이 없었다.

"아이보에게 날 비판할 권리가 있는지 궁금하군요. 그자가 얼마나 많은 배우의 경력을 잔인하게 짓밟았는지 알기나 해요? 정말이지 잔혹했죠! 그의 비평을 읽고 눈물을 흘리는 배우들을 여럿 봤어요. 남자 배우들 말이에요. 그는 똑똑한 체하는 충동만 억눌렀어도 영국에서 가장 위대한 비평가 중 한 사람이 되었을걸요? 제2의 어게이트[48]나 타이넌[49]이 될 수도 있었다고요. 그런데 지금은 어떻게 됐죠? 죽어가고 있잖아요! 그런 몰골을 하고 여긴 왜 왔는지 몰라! 테이블에 사신의 머리가 달랑 있는 것 같단 말이에요. 정말 꼴사나워."

코델리아는 '함부로 입에 담을 수 없는 일'의 자리에 성(性) 대신 죽음이 차지했다는 사실이 흥미로웠다. 죽음이 찾아온다는 사실은 일단 부정되고, 일단 찾아오면 커튼이 드리워진 병원 침대에서 은밀하게 견뎌야 하며, 마지막으로 신중하면서도 당혹스럽고 위안도 되지 않는 애도로 끝이 난다. 홀리 차일드 수녀원의 수녀들은 죽음에 관한 견해를 확고하고 굳건하게 믿었으며 완전하게 안심을 시키지는 못했지만, 그곳에선 적어도 죽음을 천박한 취향으로 여기지는 않았다.

코델리아가 말했다. "최초의 협박편지 말이에요. 맥베스 부인 역을 맡았을 당시 받았다는 그 편지들이오. 전부 버렸다고 했죠? 그 편지들도 나중에 받은 것처럼 흰색 편지지에 타자한 것들이었나요?"

"아마 그랬을 거예요. 아주 오래전 일이지만요."

"하지만 잊지는 않았고요?"

"틀림없이 똑같았을 거예요. 그런데 그게 뭐가 중요하죠? 지금은 그런 얘기 하고 싶지 않아요."

"지금 아니면 그 이야기를 나눌 기회가 없어요. 오늘도 온종일 단둘이 있을 기회가 없었고 내일이라고 더 쉽지는 않을 거예요."

48 제임스 어게이트. 1차 세계대전과 2차 세계대전 사이에 활동했던 영국의 가장 영향력 있는 연극비평가
49 케네스 타이넌. 영국의 연극비평가이자 작가로 50, 60년대 영국 연극계의 새로운 흐름을 주도했다.

클라리사는 자리에서 일어나 화장대와 침대 사이를 서성였다. "내 잘못이 아니에요. 나는 아이를 죽이지 않았어요. 그 애는 제대로 보살핌을 받지 못했던 거예요. 제대로 보살핌을 받았더라면 사고를 당하지도 않았겠죠. 아무리 악당 같은 아이라도 제대로 돌보지 않는다면 아이를 키우는 게 무슨 의미가 있죠?"

"하지만 톨리는 그때 당신을 보살피고 있었잖아요."

"병원에서 그렇게 사람을 놀라게 하는 전화를 걸 권리는 없어요. 전화를 받는 상대가 극장이라는 걸 알았어야죠. 웨스트엔드에서는 8시면 막이 올라가요. 우리는 그 시간에 한창 공연 중이었다고요. 톨리를 보냈더라도 할 수 있는 일은 없었어요. 아이는 이미 의식이 없었고 제 엄마를 알아보지도 못했을 거예요. 침대 옆에 앉아 사람이 죽기를 기다린다니, 감상적이고 병적이에요. 그게 다 무슨 소용이 있어요? 게다가 나는 3막에서 의상을 세 번이나 갈아입어야 했어요. 칼렌스키가 직접 디자인한 연회의상을 입었다고요. 야만인처럼 보석을 주렁주렁 달고 핏빛으로 붉은 보석이 크게 덩어리진 왕관을 쓰고, 치마는 또 얼마나 뻣뻣한지 제대로 움직일 수도 없었어요. 연출가는 거추장스럽게 차려입고 옷 무게에 짓눌린 어린애처럼 뻣뻣하게 걸으라고 했어요. '자기는 17세기 공주라고 생각해.' 연출가가 그랬어요. '어울리지 않는 왕위에 한껏 짓눌린 공주 말이야.' 그가 정말로 그렇게 말했다고요. 이토록 화려한 옷차림을 한 걸 스스로 믿지 못하는 사람처럼 치마 양옆으로 팔을 축 늘어뜨리고 어색하게 걸으라고 했어요. 그리고 당연히 그 화려한 의상 장면은 몽유병에 걸려 소박한 크림색 속옷 차림으로 걷는 장면과 대조를 이루었죠. 잠옷이 아니었어요. 당시에는 정말로 발가벗고 잤으니까요. 나는 그 속옷에 손을 닦

앗어요. 칼렌스키가 그러더군요. '손이야, 손. 자기야, 손이라고. 이 대목에선 손이 가장 중요해.' 물론 새로운 해석이었죠. 나는 당시 판에 박은 맥베스 부인을 연기하지 않았어요. 키가 크고 오만하고 가차 없는 맥베스 부인 말이에요. 나는 섹시하지만 발톱을 감춘 새끼고양이처럼 맥베스 부인을 연기했죠."

기발한 해석이라고 코델리아는 생각했다. 그러나 원작과는 전혀 일치하지 않았다. 그러나 칼렌스키도, 당장 이름을 떠올릴 수 있는 다른 셰익스피어 극 연출가들도 그런 것은 개의치 않았을 것이다. 코델리아가 물었다. "그것은 원작에 충실한 해석이었나요?"

"어머, 코델리아. 누가 원작 따위를 신경 써요? 정확히 그런 의미는 아니지만, 셰익스피어는 성경과도 같아서 어떤 식으로도 해석할 수 있어요. 그래서 연출가들이 셰익스피어를 좋아하는 거예요."

"그 아이 이야기를 해주세요."

"맥더프 아들 말인가요?[50] 데스먼드 윌로비가 그 역을 맡았죠. 정말 봐줄 수가 없더군요. 그 저속한 코크니 억양하며! 요즘은 영어를 제대로 할 줄 아는 아역 배우를 찾기가 어려워요. 그 애는 나이도 맥더프 아들 역을 맡기엔 너무 많았죠. 다행히 그 아이와 같이 나오는 장면이 하나도 없었어요."

코델리아의 마음에 성서의 한 구절이 떠올랐다. 잔혹할 정도로 솔직한 의미를 드러내는 구절이었지만 굳이 입 밖에 내지는 않았다.

---

50 맥더프의 아들과 부인은 맥베스의 손에 죽는다.

누구든지 나를 믿는 이 어린 사람 중 하나를 해치면 연자 맷돌을 목에 달아 깊은 바다에 빠뜨리고 말지니.

클라리사가 고개를 돌려 코델리아를 보았다. 코델리아의 얼굴에 떠오른 어떤 표정이 클라리사의 자아 깊숙한 곳을 건드린 모양이었다. 그녀가 소리쳤다. "나를 심판하라고 당신을 고용한 줄 알아요? 왜 그런 얼굴을 하는 거죠?"

"저는 당신을 심판하지 않습니다. 다만 도움이 되고 싶을 뿐이죠. 그러려면 저에게 솔직하셔야 합니다."

"나는 최대한 솔직하게 말하고 있어요. 포테스큐 부인의 집에서 당신을 처음 보았을 때 이미 당신은 내가 믿고 이야기할 수 있는 사람이라고 생각했어요. 두려움에 떨며 사는 건 정말 모멸감을 줘요. 조지는 전혀 이해 못 해요. 하긴 그 사람이 어떻게 이해하겠어요? 평생 그 어떤 것도 두려워해본 적이 없는 사람인걸요. 그 사람은 내가 지나치게 신경쇠약이라고 생각해요. 그 사람이 당신을 만나러 간 건 순전히 내가 시켰기 때문이죠."

"왜 직접 오시지 않았죠?"

"조지가 부탁하면 흔쾌히 받아줄 것 같았어요. 게다가 나는 사람들에게 부탁하는 걸 별로 좋아하지 않아요. 또 의상을 맞추러 가야 했고요."

"이건 부탁의 문제가 아니에요. 저도 일이 필요했어요. 불법이 아니고 역겨운 일만 아니라면 어떤 일도 받아들였을 겁니다."

"그래요. 조지 말로는 당신 사무실이 아주 지저분하다더군요. 뭐, 지저분하다기보다는 딱해 보이더라고 했죠. 하지만 당신은 그렇지 않아요. 지저분하지도 딱하지도 않아요. 당신이 흔한 여자 사립탐정이었다면 나도 견디지 못했을 거예요."

코델리아가 부드럽게 말했다. "당신이 정말로 두려워하는 게 뭐죠?"

클라리사가 코델리아를 돌아보았다. 화장을 깨끗하게 지우고 부드럽게 빛나는 그 얼굴이 처음으로 나이와 슬픔을 고스란히 드러내고 서글픈, 아니 어쩌면 회한의 미소를 지었다. 이윽고 그녀는 절망을 웅변하는 사람처럼 양손을 쳐들며 말했다.

"어머, 몰랐어요? 조지가 말한 줄 알았는데요. 죽음이오. 내가 가장 두려워하는 것은 죽음이에요. 그저 죽음뿐이죠. 어리석죠? 언제부터인지는 모르겠지만 삶의 진실을 알기도 전에 죽음의 진실부터 알았어요. 사람의 피부밑에 두개골이 있다는 사실을 생각하지 않은 적이 없어요. 무슨 상처가 될 만한 일이 있어서 시작된 건 아니에요. 유모가 죽어서 관에 누웠을 때 일부러 와서 보라고 강요한 사람은 없었어요. 그런 일은 없었어요. 학창시절 어머니가 죽었을 때도 아무렇지 않았어요. 다른 사람의 죽음이 두려운 게 아니에요. 죽음의 진실이 두려운 것도 아니에요. 내가 두려워하는 건 오직 나의 죽음이에요. 늘 그런 건 아니에요. 매 순간 그러지도 않아요. 그런 생각을 전혀 하지 않고 몇 주일이 지나기도 해요. 하지만 또 어느새 그 생각이 찾아오죠. 주로 밤에 찾아와요. 공포와 두려움이, 그리고 공포가 현실이라는 자각이 찾아오죠. 내 말은 '괜찮아. 그런 일은 절대로 일어나지 않으니 걱정하지 마.'라고 말할 수는 없다는 거예요. '전부 상상 속에서 일어나는 일이야. 현실로 존재하지 않아.'라고도 말할 수 없어요. 그 공포가 어떤지, 얼마나 끔찍한지 제대로 설명할 수가 없군요. 파도가 덮쳐왔다가 이어서 또 덮쳐오듯이 공포가 리듬이 되어 몰려와요. 일종의 통증이죠. 아이를 낳을 때의 진통과 비슷할 거예요. 물론 나는 가랑이 사이로 삶을 낳는 게 아니라 죽음을 낳고 있죠. 가끔 이렇게 손을 들고 물끄러미 쳐다보며 생각해요. 여기 나의 일부가 있구나. 나는 다른 손으로 이 손을 만져볼 수 있고, 움직일 수도 있고, 따뜻하게 할 수도, 냄새를 맡을 수도, 손톱을 칠할수도 있어요. 그런데 어느 날 갑자기 이 손이 하얗고 차갑고 아무런 감각이 없고 쓸모도 없이 매달려 있게 되면, 모든 게 똑같아져요. 그리고 이 손이 썩기 시작할 테죠. 나도 썩을 테고요. 술을 마셔도 그 생각을 떨쳐낼 수가 없어요. 다른 사람들은 잘도 하던데. 그 사람들은 그런 식으로 살아가죠. 하지만 나는 술을 마시면 아파요. 이런 공포를 느끼면서 술도 마실 수 없다니, 너무 불공평해요! 이제 당신에게 다 털어놨으니, 당신은 나를 어리석고 병적인 겁쟁이라고 부를 수 있어요. 나를 경멸해도 좋아요."

코넬리아가 말했다. "저는 당신을 경멸하지 않아요."

"신을 믿어야 한다는 말도 소용없어요. 할 수는 있어도 도움이 되지는 않을 거예요. 톨리는 비키가 죽은 후로 개종했으니까 아마 신을 믿을 거예요. 하지만 누가 톨리에게 내일 당장 죽을 거라고 말한다고 해서 기꺼이 죽으러 가지는 않을걸요. 하느님을 믿는 자들을 나도 많이 봤어요. 그들도 우리처럼 두려워해요. 그저할 수 있을 만큼 삶에 매달릴 뿐이죠. 그들은 천국이 기다린다고 믿지만, 천국에 가겠다고 서두르지 않잖아요. 어쩌면 그 사람들이 더 딱할지도 몰라요. 심판과 지옥과 천벌이 있으니까요. 나는 적어도 죽음만 두려워하면 되잖아요. 다들 그렇지 않나요? 당신은 어때요?"

정말 그럴까? 코넬리아는 생각했다. 어쩌면 때로는 정말로 그릴 것이다. 그러나 죽음에 대한 두려움은 세속적인 괴로움에 비하면 덜 거슬렸다. 킹리 거리의 탐정사무소 임대계약이 끝나면 어떻게 될까? 미니 자동차가 교통국의 자동차안전검사를 통과할 수 있을까? 탐정사무소에 더 이상 일이 들어오지 않으면 모즐리 여사에게 뭐라고 말해야 하나? 같은 일들. 어쩌면 부유하고 성공한 사람들만이 죽음에 대한 병적인 공포에 빠질 수 있을지도 모른다. 세상 사람들 대부분은 죽음이 아니라 삶에 대처하기 위해 에너지가 필요했다.

그녀는 위안이 되지 못할 것을 알면서도 조심스럽게 말했다. "피할 수 없는 일, 보편적인 일, 어쨌든 미리 경험해볼 수 없는 일을 두려워하는 건 합리적이지 못해요."

"아, 말뿐인 말들! 그건 당신이 젊고 건강하고 죽음을 생각할 필요가 없어서 하는 소리예요. 싸늘한 무덤 속에 누워 썩어가는 것 말이에요. 협박편지 한 통에 그렇게 씌어 있었어요."

"알아요."

"그 협박편지 모음에 보탤 게 또 한 통 있어요. 당신에게 보여주려고 가지고 있었어요. 어제 아침 런던 아파트로 배달되었죠. 내 보석함 밑바닥에 있어요. 침대 왼쪽 탁자요."

방향까지 알려줄 필요는 없었다. 불빛은 어스름했고 침대 옆 탁자 위도 흐트러져 있었지만 부드럽게 빛나는 그 작은 상자는 사람의 눈길을 사로잡았다. 코델리아는 두 손으로 보석함을 들었다. 사방 20센티미터와 13센티미터 정도 크기에 정교하게 제련된 발톱 모양 다리를 달고, 뚜껑과 옆면에는 〈파리스의 심판〉 그림이 돋을새김되어 있었다. 열쇠를 돌려 상자를 열자 안쪽에 크림색 실크 퀼트로 안감이 덧대어져 있었다.

클라리사가 말했다. "오늘 아침 성에 도착했을 때 앰브로즈가 선물로 줬어요. 내일 공연의 성공을 비는 행운의 선물이라더군요. 6개월 전 처음 봤을 때부터 이 보석함이 마음에 들었는데, 앰브로즈가 내 마음을 알아채기까지 시간이 걸린 셈이죠. 그는 빅토리아 시대 잡동사니 보물을 너무 많이 소장하고 있어서 뭐가 뭔지 구별하지도 못할걸요. 연극의 3막에서 사용하는 오르골 상자도 앰브로즈 것이고 사실 대부분의 소품이 그의 것이죠. 하지만 이 상자가 더 예뻐요. 더 값어치가 나가기도 하고요. 물론 그 안에 든 보석보다 가치가 나가지는 않지만요. 비밀 서랍에 편지가 들었어요. 사실 그렇게 비밀은 아니죠. 나뭇잎 한가운데를 누르면 돼요. 잘 살펴보면 선이 보일 거예요. 이리 가져와봐요. 내가 보여줄게요."

놀랍게도 상자는 꽤 묵직했다. 클라리사는 값싼 의상용 보석이라도 되는 듯 목걸이와 팔찌를 한 무더기 꺼냈다. 어쩌면 일부는 가짜 모조품일지도 모른다고 생각했다. 밝은 색깔 돌 구슬과 유리가 진짜 다이아몬드와 사파이어의 광채와 우윳빛 진주가 내뿜는 부드러운 빛과 한데 섞여 있었다. 클라리사가 상자 옆면을 장식한 나뭇잎 하나의 가운데를 꾹 누르자 맨 아래 서랍이 천천히 열렸다. 안쪽에 신문기사를 오려내 접은 게 가장 먼저 보였다. 클라리사가 그걸 꺼냈다.

"스페이머스 극장에서 래티건[51]의《깊고 푸른 바다》를 공연할 때 헤스터 역을 맡았어요. 1977년 여왕 즉위 25주년이었죠. 그해 앰브로즈는 과세를 피하려고 해외에 나가 있었고요. 안타깝게도 지금 극장은 문을 닫았죠. 하지만 난 그 공연에서 호평을 받았어요. 사실 지금껏 받은 가장 중요한 평가였을 거예요."

51 테렌스 래티건, 영국의 극작가

코델리아는 신문기사를 펴고 제목을 흘낏 보았다. '클라리사 라일, 래티건 재연에서 대성공을 거두다.' 클라리사가 왜 이런 작은 시골 마을에서의 공연 비평에 이토록 중요한 의미를 두는 걸까 헤아리느라 코델리아의 마음은 잠시 분주했지만, 신문기사를 오려낸 모양이 약간 이상하고 비평기사치고는 지면도 크다는 사실을 거의 무의식적으로 알아챘다. 그러나 코델리아의 관심은 새로 도착한 협박편지에 쏠아졌다. 편지봉투는 오전에 문터 부인이 우편물 묶음에서 건네준 것과 같은 것이었지만, 주소는 확실히 더 낡은 다른 타자기로 타자했다. 소인은 런던이었고 날짜는 이틀 전, 그리고 다른 편지처럼 수신인은 말피 공작부인으로 되어 있었지만 주소는 베이스워터에 있는 클라리사의 아파트로 되어 있었다. 봉투 안에는 예의 그 하얀 편지지가 들었고 깔끔하게 검은 선으로 그린 관 그림과 '편히 쉬소서'라는 글자가 씌어 있었다. 그 아래 연극 대사 인용문이 타자되어 있었다.

누가 나를 급히 해치우려 하는가?
내게 이 세상은 따분하기 짝이 없는 극장
그 안에서 나는 맡기 싫은 역할을 맡아야 하므로.

코델리아가 말했다. "그리 적절한 인용문은 아니군요. 적당한 문구가 바닥날 때가 온 걸까요?"

클라리사가 머리띠를 벗겼다. 거울 속에 비친 그 얼굴이 두 사람을 뚫어지게 응시했다. 유령의 얼굴이었다. 흐트러진 창백한 머리카락, 무거운 눈꺼풀 아래 큼직한 눈이 고통을 담고 있었다.

"어쩌면 더 이상 인용문이 많이 필요하지 않다는 걸 아는지도 모르죠. 내일 하루뿐이니까요. 그자도 알겠죠. 아니, 그 사람보다

더 잘 아는 사람이 누가 있겠어요? 내일이면 모든 게 끝난다는
사실을."

제 3 부

피는 분수처럼 솟구쳐

18

코델리아는 생각보다 오래, 그리고 깊이 잠들었다. 누군가 조용히 문을 두드리는 소리에 잠에서 깼다. 곧바로 정신을 차리고 어깨에 가운을 걸치고 문을 열어주러 갔다. 문터 부인이 아침 차를 들고 왔다. 문터 부인이 오기 전에 일어나 있을 생각이었는데, 코시성을 호텔로 착각한 사람처럼 문을 잠가놓고 늦게까지 자버렸다는 사실을 들켜서 민망했다. 그러나 문터 부인은 이 '기괴한 행동'에 놀랐는지 몰라도 놀란 기색은 전혀 보이지 않았다. 그저 조용히 "안녕하세요, 선생님"이라고만 말하고 침대 옆 테이블에 차 쟁반을 내려놓고 들어왔을 때처럼 조용히 나갔다.

7시 30분이었다. 방 안에 이른 아침의 어슴푸레한 빛이 가득 번져 있었다. 창가로 가서 보니 동쪽 하늘에 밝은 줄무늬가 번지고, 잔디밭에는 낮은 안개가 피어오르며 나무 우듬지 사이를 연기처럼 휘감고 지나갔다. 오늘 날씨도 맑을 모양이었다. 모닥불의 흔적은 어디에도 보이지 않았지만, 공기에 가을 장작 타는 냄새가 섞였고, 잿빛과 은빛의 거대한 바다는 스스로 신비한 빛을 내뿜는 것처럼 일렁였다.

그녀는 옆방으로 통하는 사잇문으로 다가가 아주 조용히 문을 열었다. 문은 묵직했지만 삐걱 소리 한 번을 내지 않고 열렸다. 창문에 커튼이 드리워져 있었지만, 코델리아의 방에서 건너온 빛 덕분에 클라리사의 모습이 충분히 보였다. 그녀는 베개 위로 하얀 팔을 올리고 자고 있었다. 코델리아는 발소리를 죽이고 침대까지 걸어가 가만히 서서 나직한 숨소리에 귀를 기울였다. 왜인지 정확한 이유는 알 수 없었지만 안도감을 느꼈다. 그녀는 클라리사의 목숨이 정말로 위협받고 있다고 믿은 적이 없었다. 그리고 혹시 모르는 위해를 향해 경계도 철저했다. 복도로 향한 두 방문은 잠겨 있었고 열쇠도 안쪽 열쇠 구멍에 그대로 꽂아두었다. 누군가 열쇠를 복제했다고 해도 그걸 이용해 문을 열고 들어올 수 없다는 뜻이었다. 그러나 왠지 클라리사의 숨소리에 별일은 없는지 확인해봐야 했다.

그때 코델리아의 눈에 종이가 보였다. 종이는 카펫 위에서 직사각형 모양으로 희끄무레하게 빛나고 있었다. 문 밑으로 또 다른 협박편지가 도착해 있었다. 누구든 이 섬에 와 있는 사람이 범인이라는 뜻이었다. 심장이 덜컥 내려앉았다. 이윽고 그녀는 마음을 단단히 먹기로 했다. 문 밑으로 또 협박편지가 들어올 수 있다는 가능성을 미리 생각하지 못했던 자신에게 화가 났고 겁을 먹은 사실에 울분이 터졌다. 그녀는 편지를 주워 들고 자기 방으로 돌아가 등 뒤에서 사잇문을 닫았다.

역시《말피 공작부인》의 인용문이었다. 맨 위에 두개골 그림이 있고 그 아래 짧은 문구가 있었다.

그리하여 내 의지는 행동으로 타오르니,
그대를 죽이러 여기에 왔노라.

형식은 예전과 같았으나 종이는 달랐다. 이번 메시지는 〈죽음을 피할 수 없는 자의 사신〉이라는 제목의 오래된 목판화 뒷면에 타자되어 있었다. 목판화 제목 아래에 모래시계와 화살을 든 조악한 사신의 그림이 있고 그 밑으로 네 연으로 이루어진 시가 적혀 있었다.

그녀는 단숨에 차를 들이켜고 셔츠와 바지를 입고 앰브로즈를 찾아갔다. 이렇게 이른 시간에 찾기가 쉽지 않겠다고 생각했지만, 그는 벌써 식당에 내려와 커피잔을 들고 잔디밭을 내다보고 있었다. 이 식당은 금요일에 급하게 성을 견학할 때 둘러본 방 중 하나로 가구와 내부 시설 모두 고드윈이 직접 설계한 곳이었다. 단순한 모양의 길쭉한 식탁에 등받이가 나무 세공으로 된 의자가 세트로 놓여 있었다. 한쪽 벽은 온전히 찬장과 개방형 선반이 차지했는데, 환한 색깔 목재에 매력적인 조각을 새겼고 벽 위쪽은 타일을 띠 모양으로 붙여놓았다. 타일 장식은 밝은 청색 항아리에 심은 오렌지 나무 그림과 아서왕과 원탁의 기사 전설을 담은 낭만적인 그림이 번갈아 배치되어 있었다. 어제 성을 견학할 때는 이 타일 그림이 건축가 고드윈이 무신론자다운 간결성으로 옮겨가는 흥미로운 예시라고 생각했지만, 지금 다시 보니 자의식 가득한 매력이 어느새 사라진 상태였다.

앰브로즈가 식당에 들어서는 그녀를 돌아보며 미소를 지었다. "잘 잤어요? 다행히 오늘 날씨가 참 좋군요. 손님들이 햇볕을 받으며 섬에 왔다 가도 갑작스레 저녁도 못 먹고 헤어지면 안 되잖아요. 악천후 속에서 바다를 건너기란 상당히 위험하니까요. 우리 주인공께서는 일어났나요?"

"아직이오."

코넬리아는 갑자기 결심했다. 앰브로즈에게 말해도 별로 해가 되지는 않을 것이다. 어쨌든 목판화는 이 집 물건임이 틀림없었다. 클라리사도 앰브로즈가 협박편지의 존재를 알고 있다고 말하지 않았던가. 무엇보다 그녀는 그 목판화 종이에 대한 앰브로즈의 반응이 궁금했다. "오늘 아침 누가 클라리사의 방문 밑으로 이 편지를 밀어 넣고 갔어요. 혹시 당신 건가요? 그렇다면 누군가가 당신의 문서를 훼손했다는 뜻입니다. 뒷면을 봐주세요."

앰브로즈는 잠깐 종이를 살펴보고 뒤집어서 뒤쪽도 보았다. 그러곤 잠시 아무 말도 하지 않았다. 이윽고 그가 말했다. "아직도 협박편지가 오고 있었다니. 궁금하기는 했어요. 그녀도 이걸 봤나요?"

그가 누구를 말하는지는 물어볼 필요도 없었다. "아니요. 그리고 보여주지 않을 겁니다."

"아주 현명한 처사입니다. 이런 성가신 일을 처리하는 것도 비서이자 수행인으로서 당신이 맡은 일인가요?"

"예. 그런데 이 목판화 종이는 원래 당신 건가요?"

"아니요. 흥미롭기는 하지만 내가 좋아하는 시대의 물건이 아닙니다."

"하지만 여긴 당신 집이에요. 클라리사는 당신 손님이고요."

그는 빙긋 웃으며 찬장 쪽으로 걸어갔다. "커피를 들겠어요?"

코넬리아는 앰브로즈가 전기레인지 쪽으로 가 그녀 몫의 잔에 커피를 따르고 자신의 잔도 마저 채우는 모습을 지켜보았다. 이 윽고 그가 말했다. "당신 말에 숨은 비판을 이해합니다. 내 집 지 붕 아래 머무는 동안 내가 초대한 손님은 절대로 공격이나 협박을 당하지 않을 권리가 있지요. 하지만 내가 할 수 있는 일이 뭐가 있 을까요? 나는 경찰이 아닙니다. 손님들을 신문할 수도 없어요. 성 공 가능성도 없지만, 그런 일을 하게 되면 한 사람이 아니라 여섯 손님 모두의 권리를 침해하는 꼴이 될 테니까요. 그 일로 클라리 사가 딱히 내게 고마워할 것 같지도 않고요. 그런데 말입니다. 실 례지만 당신은 이 일을 너무 심각하게 받아들이는 게 아닐까요? 나라면 취향도 형편없는 장난질에 불과하다고 생각하겠어요. 그 저 장난일 뿐이잖아요? 그리고 이런 식으로 어이없는 일은 위엄 있게 침묵하는 게 최고의 대응책입니다. 심지어 경멸과 비웃음까 지 확실하게 표현하는 게 좋아요. 클라리사는 배우예요. 한두 가 지 반응을 연기할 수 있어야죠. 만약 이 섬에 정말로 그녀의 연기 를 망치고 싶은 인물이 있다면, 그자는 클라리사가 완전히 무관 심한 반응을 보여줄 때 가장 빨리 포기할 겁니다."

"클라리사도 그렇게 할 겁니다. 적어도 연극이 끝날 때까지 는 말이에요. 이 편지는 보여주지 않겠어요. 당신도 말하지 않 을 테죠?"

"물론입니다. 나는 클라리사가 이번 공연에서 성공을 거두길 진심으로 바랍니다. 혹시 이 편지를 거기 놔둔 사람이 당신은 아 니겠지요?"

"아닙니다."

"알고 있어요. 질문을 용서하십시오. 하지만 내 어려움도 헤아 려주세요. 당신이 아니라면 클라리사의 남편이든, 양아들이든,

사촌이든, 믿음직한 의상담당자든 아니면 오랜 친구가 그랬을 수도 있어요. 자, 그러면 그 가족과 오래된 인간관계 중 누구부터 탐색을 시작해야 할까요? 아, 그건 그렇고, 그 목판화는 로마 라일의 것입니다."

"로마의 것이라고요? 그걸 어떻게 알죠?"

"학교 선생님처럼 아주 엄하게 따져 묻는군요. 로마가 한때 교사였다는 건 알고 있죠? 클라리사 말로는 지리와 체육을 가르쳤다더군요. 참 이상한 조합이죠? 로마가 호루라기를 불면서 하키장을 뛰어다니며 여학생들에게 더 열심히 하라고 다그치고, 수영장 깊은 쪽으로 뛰어드는 모습은 왠지 상상하기 힘들어요. 하지만 거짓말은 아닐 겁니다. 공격적으로 보일 만큼 탄탄한 근육질 어깨를 보면 말이죠."

코델리아가 물었다. "그 목판화는 어떻게 된 거죠?"

"중고서점에서 발견했는데 내게 보여주면 관심을 보일 거라고 생각해서 가져왔다더군요. 어제 리허설 직전에 보여주기에 집무실 책상 압지 위에 올려놨습니다."

"아무나 보고 가져갈 수 있는 곳에요?"

"꼭 탐정처럼 말하는군요. 예, 당신 말대로 아무나 보고 가져갈 수 있는 곳에 놔두었습니다. 아, 그런데 이 문구는 내 타자기를 써서 타자한 것으로 보이는군요. 타자기도 집무실에 있습니다."

타자기 식자는 확인하기 어렵지 않으므로, 지금 당장 확인해보는 게 좋을 것이다. 그러나 코델리아가 말을 꺼내기도 전에 앰브로즈가 먼저 말했다. "또 다른 문제가 있어요. 개인적으로는 클라리사의 협박편지보다 더 속상한 일이라고 해도 이해해주시길 바랍니다. 누가 집무실 바깥의 진열장 자물쇠를 부수고 대리석 손목을 가져갔습니다. 비서 겸 수행인으로서 당신 임무를 수행하는 과정에서 누구 짓인지 알아낸다면, 여자인지 남자인지 모를 그 사람에게 물건을 제자리에 되돌려 놓으라고 전해주면 고맙겠어요. 그 대리석 손목은 썩 인기가 있는 물건은 아니지만, 나는 꽤 좋아하고 있거든요."

코델리아가 물었다. "그 공주의 손목 말인가요? 물건이 없어진 건 언제 알았죠?"

"간밤 문터가 진열장을 잠글 때만 해도 제자리에 있었다고 합니다. 자정에서 10분 정도 지난 때였어요. 문터가 오늘 아침 6시 직후 자물쇠를 열었을 때는 진열장 쪽을 쳐다보지 않았다고 해요. 하지만 만약 손목이 없어졌다면 바로 알아챘을 거라고 하더군요. 그래도 확신할 수는 없어요. 내가 자물쇠가 파손되고 대리석 손목이 사라진 걸 발견한 때는 7시 직전, 차를 끓이려고 주방에 갈 때였습니다."

코델리아가 말했다. "클라리사는 확실히 아니에요. 오늘 아침 제가 일어났을 때 클라리사는 자고 있었어요. 게다가 그녀에게 자물쇠를 부술 만큼 힘이 있는지도 의문이고요."

"그렇게 큰 힘이 필요하지는 않아요. 튼튼한 종이칼이면 충분히 열 수 있어요. 게다가 마침 집무실 책상 위에는 튼튼한 종이칼이 하나 있었고요."

코델리아가 물었다. "이제 어쩔 작정이죠?"

"아직 별다른 생각은 없어요. 적어도 연극이 끝날 때까지는 말입니다. 이 일이 클라리사에게 어떤 영향을 미칠지 모르겠어요. 물건을 잃은 사람은 나지 그녀가 아니니까요. 하지만 당신은 이 일도 클라리사에게 알리지 않는 편이 좋겠다고 생각하는 거지요?"

"반드시 비밀로 해야 한다고 생각해요. 아주 사소한 일도 그녀의 신경을 건드리니까요. 대리석 손목이 없어졌다는 사실은 당분간 다른 분들도 알아채지 못했으면 좋겠어요."

그가 말했다. "누가 대리석 손목이 없어졌다고 하면 클라리사가 너무 싫어해서 다른 곳에 치워두었다고 말하면 됩니다. 쓸데없이 거짓말을 해야 하는 건 싫지만, 이 일을 클라리사에게 알리지 않는 게 중요하니까."

"그래요. 아주 중요해요. 연극이 끝날 때까지는 아무 말도, 아무 조치도 하지 않으면 고맙겠습니다."

그때 발소리가 들렸다. 단호하고 빠른 발소리가 타일 바닥을 울리며 다가왔다. 두 사람은 동시에 문 쪽을 돌아보았다. 조지 경이 트위드 코트를 입고 큼직한 여행 가방을 들고 문간에 나타났다. 그가 말했다. "어젯밤 늦게까지 회의가 있었어요. 밤새 차를 몰다가 긴급대피구역에 잠깐 세우고 눈을 붙였습니다. 클라리사가 가능하면 내가 참석하는 걸 바라고 있으리라 생각해서요."

앰브로즈가 말했다. "그런데 섬까지는 어떻게 오셨습니까? 소형선이 오는 소리는 못 들었습니다만."

"일찍 나온 어부 두 명을 발견했어요. 후미에 내려주더군요. 발이 조금 젖었지만 괜찮습니다. 섬에 온 지는 2시간 정도 되었지만, 여러분을 깨우고 싶지 않았어요. 그건 커피인가요?"

코델리아의 마음에 온갖 생각이 스쳐갔다. 나는 여전히 이곳에서 필요한 사람일까? 앰브로즈가 있는 곳에서 대놓고 조지 경에게 물어볼 수는 없었다. 그녀는 클라리사의 비서 역할로 이 섬에 왔고, 조지 경이 불쑥 나타났다고 해서 그 일에 변화가 일어나지는 않을 것이다. 그런데 이제 방 배정은 어떻게 되는 걸까? 조지 경은 아내의 옆방에 묵고 싶을 것이다. 코델리아는 자기가 별로 유쾌하지 못한 표정으로 조지 경을 보고 있는 게 분명하고, 앰브로즈는 그런 그녀의 당혹스러운 마음을 알아채고 일이 점점 재미있어진다는 냉소적이고 심술궂은 얼굴로 그녀를 흘끔거리고 있음을 불편하게 의식했다. 그녀는 대충 핑계를 둘러대고 그 자리를 빠져나왔다.

클라리사는 몸을 뒤척이고는 있었지만, 톨리가 아직 아침 차를 날라 오지 않은 상태였다. 코델리아는 커튼을 걷고 문의 자물쇠를 열었다. 그리고 클라리사가 눈을 뜰 때까지 침대 옆에 서 있다가 눈을 뜨자마자 말했다. "조지 경이 방금 도착했습니다. 회의가 예상보다 빨리 끝난 모양이에요."

클라리사가 베개 위에서 급하게 몸을 일으켰다. "세상에, 조지가 왔다고요? 말도 안 돼! 아무리 빨라도 오늘 밤까지는 못 온다고 했어요."

"그런데 여기 와 계세요."

코델리아는 자신이 클라리사에게 나쁜 일을 경고한 것처럼 생각되었다. 조지 경도 자기의 도착 소식을 클라리사가 어떻게 받아들였는지 제대로 알면 아마 그리 흡족해하지는 못할 것이다. 클라리사는 몸을 일으키고 앉아 표정 없는 얼굴로 앞을 똑바로 응시했다. 이윽고 그녀가 말했다. "벨 밧줄을 당겨주겠어요? 벽난로 옆에 있는 거요. 톨리가 차를 가지고 올 시간이에요."

코델리아가 말했다. "아직도 제가 필요하신지 궁금합니다."

클라리사가 겁에 질린 사람처럼 날카로운 소리로 외쳤다. "당연히 필요하죠! 뭐가 달라졌죠? 당신은 여기 왜 왔는지 알잖아요. 누가 나를 죽이러 왔다면, 조지가 여기 도착했다고 해서 막을 수는 없을 거예요."

"원하신다면 옆방을 비우고 다른 방으로 옮기겠습니다."

클라리사는 침대에서 내려와 욕실 쪽으로 걸어갔다. "오, 그렇게 순진하게 굴지 말아요, 코델리아! 있던 방에 그대로 있어요. 아, 그리고 조지에게 나를 만나고 싶으면 일어났다고 전해요."

그녀는 욕실로 사라졌다. 코델리아는 톨리가 차를 가져올 때까지 침실에서 기다리기로 했다. 지금 기회를 놓치면 공연 시작 전에 클라리사와 단둘이 있을 시간이 없을 것이다. 클라리사가 욕실에서 나와 다시 침대로 돌아갔다.

코델리아가 말했다. "톨리가 오기 전에 오늘 일정을 말씀해주세요."

"어머, 몰랐어요? 난 다 설명한 줄 알았는데? 개막은 3시 30분이에요. 정오 무렵 앰브로즈가 이른 점심을 차려줄 거고요. 나는 1시에서 2시 45분까지 여기로 돌아와 혼자 쉴 거예요. 공연 전에 분장실에 너무 오래 머무는 건 싫어요. 당신은 2시 45분에 와요. 혹시 공연 중에 당신이 도와줄 일이 있을지 같이 상의해봐요. 스페이머스에서 소형선이 코트링엄 경 일행을 태우고 올 거예요. 2시 30분이나 그 직후에 도착할 겁니다. 관객용으로는 더 큰 배를 빌렸는데, 그 배는 3시에 도착해요. 4시 30분 막간 시간에 차를 마실 건데, 날이 따뜻하면 아케이드에 나와서 마실 거예요. 7시 30분에 큰 홀에서 만찬이 있고요. 소형선은 9시에 출발할 예정이에요."

코델리아가 물었다. "오늘 오전 시간에는요? 아침 식사와 점심 사이에 3시간이 있는데, 무슨 계획이라도 있나요? 가능하면 저와 함께 있는 게 좋겠어요."

"내내 함께 있을 거예요. 앰브로즈는 시어워터호를 타고 섬을 한 바퀴 도는 게 어떻겠냐고 했지만, 나는 하루 5파운드짜리 여름철 관광객이 아니라고 했죠. 내게 더 좋은 계획이 있어요. 코시섬에는 앰브로즈가 아직 보여주지 않은 곳이 몇 군데 있어요. 지루하지 않을 테니 안심해요. 우린 코시성의 두개골부터 만나 볼 거예요."

"코시성의 두개골이라고요? 여기 성에 진짜 두개골이 있다는 말인가요?"

클라리사가 웃음을 터뜨렸다. "그럼요. 예배당 지하 납골당에 있어요. 앰브로즈가 유명한 전설을 들려줄 거예요. 그야말로 말피의 공포 분위기에 푹 빠질 수 있을걸요."

차 쟁반을 든 톨리와 조지 경이 동시에 도착했다. 클라리사는 매우 어여쁜 태도로 남편을 맞이했다. 그녀는 한쪽 팔을 나른하게 내밀었고, 그는 아내의 손을 들어 자기 입술에 가져가 대더니 뻣뻣하고 그리 우아하지는 못한 동작으로 무릎을 굽히고 재빨리 제 얼굴을 그녀의 얼굴에 댔다.

클라리사가 거슬리는 높은 소리로 외쳤다. "당신 정말 멋져! 섬까지 데려다줄 사람도 구하고, 영리하기도 해라!"

조지 경은 코델리아 쪽은 보지도 않고 무뚝뚝하게 말했다. "당신, 괜찮소?"

"물론 괜찮아. 내가 안 괜찮을 줄 알았어? 아, 감동이야. 하지만 보시다시피 나는 여기 잘 있어. 말피 공작부인은 아직 끄떡없다고."

코델리아는 두 사람 곁을 떠났다. 조지 경이 그녀와 따로 이야기를 나눌 기회를 마련할 것인지, 그렇다면 그때 문 밑으로 당도

한 그 목판화 편지에 대해 말해야 할지 생각했다. 결국, 코델리아
를 고용한 사람은 조지 경이었으니까. 하지만 코델리아를 데려오
라고 부탁한 사람은 클라리사였다. 클라리사는 그녀의 의뢰인이
었고 그녀가 비용을 받은 만큼 보호해야 할 사람이었다. 어떤 본
능이 적어도 연극이 끝날 때까지는 그 이야기를 덮어두는 게 좋
겠다고 일렀다. 순간 사라진 대리석 손목이 떠올랐다. 조지 경이
불쑥 등장한 바람에 놀라서 그만 잊고 있었다. 그러나 지금 그녀
의 상상 속에서 대리석 손목의 창백한 이미지가 불길하고 꺼림칙
한 징조로 빛났다. 대리석 손목이 없어졌다는 사실을 적어도 조
지 경에게는 알리고 경고해야 할까? 하지만 무엇을 조심하라고
경고한단 말인가? 그건 그저 어린 아기의 손목, 오래전 죽은 공주
의 손목을 본떠서 만든 조각 작품에 불과하지 않은가? 고작 그것
이 누구에게 해를 끼칠 수 있단 말인가? 그 통통한 손가락이 무슨
불길한 힘을 지니고 있다는 말인가? 그 물건이 사라졌다는 사실
을 클라리사에게 비밀로 하는 게 왜 이렇게 중요한 일인지 스스
로도 설명할 수가 없었다. 클라리사가 그 대리석 손목을 몹시 혐
오하고 입에 올리기만 해도 엄청나게 불쾌해한다는 사실을 제외
하면 대체 무엇이 있다는 건가? 연극이 끝날 때까지라도 아무 말
도 하지 말아달라고 앰브로즈에게 당부한 건 확실히 잘한 일이었
다. 그렇다면 조지 경에게는 왜 알려야 하지? 심지어 조지 경은
그 대리석 손목을 구경조차 하지 못했다. 연극이 끝나고 앰브로
즈가 그 물건을 찾기 시작할 때 모두에게 사실을 알려도 충분하
다. 그리고 그 시간은 바로 오늘 저녁이 될 것이다. 낮 시간만 무
사히 넘기면 된다.

그녀는 이곳에 온 후 자신의 사고력이 그리 명징하지 못하다는

생각이 들었다. 특히 한 가지 생각이 자꾸 자신을 위협하고 불안하게 했다. 클라리사의 남편이 코시섬에 왔으니 코델리아의 일은 더 수월해져야 하는 게 아닌가? 그와 책임을 나눌 수 있으니 오히려 안도감을 느껴야 하는 게 아닌가? 그런데 왜 이 뜻밖의 출현이 환영할 수 없는, 오히려 새롭게 복잡한 일로 느껴지는 거지? 코델리아는 처음으로 눈을 가린 채 비틀거리며 걷는 와중에, 보이지 않는 손들이 그녀를 이리저리 밀고 잡아당기며 빙글빙글 돌리는 수수께끼 놀이에 빠진 기분이 들었다. 어딘가 미지의 인물이 이 놀이를 지켜보며 모든 것을 연출하고 있는 것은 아닐까?

19

아침 식사는 지나칠 만큼 질질 끌었다. 하우스 파티의 손님들이 한 명씩 따로 와서 느긋하게 먹고 좀처럼 식사를 끝내지 않았다. 음식은 빅토리아 시대를 살았던 허버트 고린지가 하루의 시작으로 적절하다고 생각할 만했다. 은 접시 뚜껑이 열리자 달걀과 베이컨, 소시지, 콩팥, 대구 냄새가 마구 뒤섞여 오히려 입맛을 떨어뜨렸다. 오늘도 따뜻한 날씨가 될 거라고 일찌감치 전망했지만, 코델리아는 일행이 모두 불안해하고 있으며, 언제 밤이 되나 마음속으로 시간을 헤아리는 사람이 자신만은 아니라는 사실을 감지했다. 다들 클라리사의 심기를 건드려서는 안 된다는 데 암묵적으로 동의한 듯 그녀가 예배당과 지하 납골당을 둘러보기로 했다고 계획을 발표하자 의심스러울 만큼 만장일치로 찬성했다. 다른 사람이 섬을 일주하자거나 혹은 혼자 산책을 다녀오겠다고 했다면 아무도 인정해주지 않을 분위기였다. 다들 공연 전 클라리사의 상태가 얼마나 위태로운지 잘 알았고, 만약 그 상태가 깨졌을 경우 누구도 책임을 지고 싶지 않을 것이다. 일행은 무리를 지어 아케이드를 따라 극장을 지나고 예배당으로 가는 나무 그늘을 지나갔다. 그 모습이 클라리사가 병자이거나(그리 유쾌한 생각은 아니지만) 곧 희생 제물로 바쳐질 예정이라 극진한 배려를 한몸에 받는 것처럼 보였다.

조지 경은 누구보다 맘 편한 사람이었다. 일행이 예배당에 들어섰을 때 나머지는 뭔가 긍정적인 말을 해야 한다고 마음먹은 표정으로 주위를 둘러보았는데, 그는 곧바로 단호하게 반응했다. 그는 예배당에 종교적인 열정과 중세의 낭만주의가 19세기식으로 뒤섞여 있음을 발견하고 냉담한 표정을 지었으며, 후광을 두른 그리스도 모자이크와 색색의 타일과 화려한 아치로 꾸민 현란한 장축[52]을 못마땅한 시선으로 쳐다보았다.

"여긴 빅토리아 시대 런던의 클럽 같군요. 아니면 터키 목욕탕이랄까. 교회라기보다는 말입니다. 미안합니다. 앰브로즈. 하지만 내 눈에 그렇게 보이는 걸 어쩔 수가 없군요. 건축가가 누구라고 했죠?"

"조지 프레데릭 보들리[53]입니다. 증조부께서 예배당을 재건하려고 했을 때 고드윈과 한판 싸움을 벌였지요. 증조부는 늘 건축가들과 갈등을 빚었어요. 여기가 마음에 안 든다니 유감이군요. 제단 뒤쪽의 장식벽 그림은 레이턴 경[54]이 그렸고, 유리는 모두 윌리엄 모리스 제품입니다. 저렇게 밝은 색조의 유리를 아주 잘

---

52 교회 건물의 평면에서 입구 맞은편 벽면에 설치한 반원형이나 다각형의 돌출부
53 영국의 고딕 복고 건축가로 워싱턴 내셔널 대성당, 리버풀 대성당 등을 설계했다.
54 프레데릭 레이턴, 영국의 역사 화가이자 조각가

만들었죠. 보들리는 윌리엄 모리스 제품을 사용한 최초의 건축
가 중 한 사람이었습니다. 동쪽 창은 좀 더 근사하지 않습니까?"

"누가 이런 곳에서 실제로 기도할 수 있을지 모르겠군요. 아,
저것은 전몰장병을 위한 위령비인가요?"

"예. 제가 이 섬을 물려받았을 때 숙부가 세워두셨더군요. 숙부
가 섬에 추가한 건축물은 이것뿐입니다."

위령비는 제단 남쪽 벽에 박힌 밋밋하고 소박한 돌 판으로 이
런 글귀가 새겨져 있었다.

> 두 차례에 걸친 세계대전의 전장에서 쓰러져
> 그 뼈는 이국의 흙에 묻히고만
> 코시섬의 남자들을 기립니다.
> 1914~1918
> 1939~1945

적어도 위령비는 조지 경의 마음에 든 모양이었다.

"저건 마음에 드는군요. 간결하면서도 위엄이 있습니다. 그런
데 저 화환은 누가 바쳤는지 궁금하군요. 화환 상태를 보니 꽤 오
래전에 가져다둔 모양인데요?"

앰브로즈가 뒤쪽으로 다가와 말했다. "11월 11일 종전기념일
이 되면 새 화환으로 바뀔 겁니다. 문터가 매년 정원에서 월계수
를 꺾어다 화환을 만들어 저기 걸어둡니다. 문터의 아버지도 전
사자죠. 해군이었다고 들었습니다. 익사했다고 해요. 문터가 그
정도만 말해줬지만요."

로마가 물었다. "그럼 당신도 추모행사를 거드나요?"

"아니요. 문터가 요청한 적이 없습니다. 순전히 문터의 개인적

인 의식입니다. 내가 알고 있다는 것도 확실히 모를걸요."

로마가 돌아서며 말했다. "문터의 새로운 면모를 보여주는군요. 그 사람에게 일말의 낭만이 있다고 누가 짐작이나 했겠어요? 그렇지만 나는 이 위령비가 딱히 적당하다고 생각하지 않아요. 문터의 아버지는 이 섬에 살지도 않았고 여기서 일하지도 않았잖아요."

"나는 모르는 일입니다."

"게다가 익사했다면 그 뼈는 이국이든 어디든 흙에 묻히지 않았겠죠. 뭐랄까, 초점이 어긋나 있어요. 하지만 생각해보면 종전 기념일 자체가 초점이 어긋났죠. 이제는 그런 날이 왜 필요한지 아는 사람이 없는 것 같으니까요."

조지 경이 말했다. "세상을 떠난 전우를 기리는 날입니다. 1년에 한 번, 단 2분간이죠. 그 정도가 지나친 요구라고 생각하는 건 아니겠죠? 어째서 그것을 감상적인 대중의 히피 집회 수준으로 끌어내리는 겁니까? 지난해 우리 퍼레이드에서는 신부님이 3차 세계대전과 세계교회협의회에 대해 설교했어요. 우리 부대 참전 용사들이 불안해하는 게 눈에 보이더군요."

로마가 말했다. "그 신부는 자기 설교가 세계 평화에 도움이 되리라고 생각했겠죠."

"종전기념일은 평화와 상관이 없습니다. 전쟁과 상관이 있고 전사자를 추모하는 날이에요. 전사자를 추모하지 않는 국가는 목숨을 바쳐 지킬 가치가 없어질 겁니다. 게다가 3차 세계대전이 평화로울 일이 뭐가 있겠습니까?"

조지 경이 재빨리 고개를 돌렸는데 코델리아는 그 순간 그의 눈에 물기가 내비쳤다고 생각했다. 그러나 곧이어 그저 빛의 속

임수에 불과했음을 깨달았고 자신의 순진무구한 감상에 당황했다. 그는 선량한 전우들을 떠올리고, 그들을 죽음으로 몰고 갔으나 어느새 가치가 떨어지고 잊혀버린 대의명분을 생각했을 것이다. 그러나 그는 눈물을 글썽이지는 않았다. 그는 지금껏 수많은 죽음을 목격했을 테고 시체도 수없이 봤을 것이다. 지금 그에게 죽음이란 그저 하나의 통계에 불과하지 않을까?

예배당 제의실의 문 하나가 지하로 이어졌다. 앰브로즈의 손전등 불빛에 의지해 다 같이 좁은 돌계단을 내려갔다. 전혀 다른 세계, 다른 시간으로 들어가는 것 같았다. 이곳에는 원래의 노르만 건축양식의 흔적이 남아 있었다. 지붕이 너무 낮아서 일행 가운데 가장 키가 큰 아이보는 몸을 숙이고 걸어야 했다. 육중한 기둥이 9백 년간 세월의 무게를 머리에 이고 있는 것처럼 버티고 서 있었다. 앰브로즈가 손을 뻗어 벽의 스위치를 올리자 폐소공포증을 일으키던 공간이 느닷없이 날카로운 빛으로 가득 찼다. 곧바로 두개골들이 눈에 들어왔다. 한쪽 벽이 온통 두개골로 가득 차 있었다. 죽음이 씩 웃으며 행진하는 것 같았다. 떡갈나무로 거칠게 짠 선반 위에 두개골이 지나치게 빽빽하게 들어차 있어서 거칠게 떼어내지 않는 한 하나씩 분리하는 게 불가능해 보였다. 신경 써서 정돈해놓은 모습이 아니었다. 어떤 곳은 시멘트가 떨어져 내려 두개골의 입과 입을 키스의 패러디처럼 붙여놓았다. 또 어떤 곳은 세월의 모래가 사이사이 스며들어 뭉치는 바람에 콧구멍을 막거나 눈구멍에 고였거나 혹은 수의를 입은 것처럼 고색창연한 먼지가 매끄러운 둥근 머리 위에 쌓여 있었다.

앰브로즈가 말했다. "늘 그렇듯이 여기에도 전설이 하나 있습니다. 17세기 이 섬은 드 코시 가문이 차지했지요. 사실 그들은

1400년대부터 여기 살았습니다. 당시 주인인 드 코시는 일족 가운데서도 특히 불쾌한 인물이었습니다. 그자는 어디선가 티베리우스 황제가 카프리섬에서 저지른 사소한 행위를 주워들었던 모양입니다. 그런 자가 직접 읽었을 리가 없으니까요. 어쨌든 드 코시는 이 섬에서 열심히 티베리우스 황제를 흉내 냈습니다. 어떤 일들이 벌어졌는지 충분히 짐작들 하시겠죠? 육지의 아가씨들을 납치해 오고, 고분고분한 소작인조차 부당하다고 여길 만큼 영주의 초야권[55]이 횡행했으며, 토막 난 시체들이 파도에 실려 해안까지 밀려 올라와 지역주민들이 반감을 품기도 했죠. 당시 스페이머스는 작은 어촌 마을이었습니다. 섭정 시대에 이르러서야 겨우 발전했으니까요. 서부의 브라이턴이랄까요? 그런데 그 작은 마을에 소문이 돌았습니다. 물론 특정 인물이 뭔가를 했다는 말은 아닙니다. 이야기는 이렇습니다. 섬으로 납치당한 어느 아가씨의 아버지가 3주 후 고문을 당해 상처투성이가 된 딸의 시체를 해안에서 발견하고 지역 판사에게 드 코시를 고발했습니다. 드 코시는 재판에 넘겨졌지만, 무죄판결을 받았지요. 관례가 그랬다고 말할 수 있겠죠. 부패한 판사와 위증하는 증인과 매수당한 배심원 등등 굴종과 공포가 뒤섞인 결과라고 할까요. 물론 직접적인 증거도 없었습니다. 재판이 끝나갈 무렵 아가씨의 아버지가 법정 한가운데서 벌떡 일어나(전설에 따르면 그는 엄청난 거구의 사내였다고 합니다) 드 코시와 그 일족을 향해 극단적인 말로 저주를 퍼부었습니다. 너희 가문은 앞으로 어느 세대나 첫 아이는 반드시 죽을 것이고 질병이 창궐할 것이며 성은 무너지고 혈통이 끊길 거라는 무시무시한 저주였죠. 다들 이 대목을 흥미롭게 여겼을 겁니다. 그

55 중세의 영주가 부하의 신부와 첫날밤을 보내던 권리

리고 1665년 정말로 페스트가 발발했습니다."

앰브로즈가 여기서 잠깐 쉰 것은 극적인 효과를 노리기 위해서
였는지는 몰라도 쓸데없는 짓이라고 코델리아는 생각했다. 앰브
로즈를 에워싼 소규모의 일행은 처음으로 돈값을 한다고 생각해
넋을 놓고 가이드를 바라보는 외국인 관광객처럼 그를 쳐다보았
다. 앰브로즈는 말을 이었다.

"당시 페스트는 특히 이 연안에서 극성을 부렸습니다. 치프사
이드[56]에서 한 가족이 페스트를 피해 이 마을의 친척 집에 왔는데,
그들이 병을 옮겨 왔다고 전해집니다. 마을 사람들이 하나씩 하나
씩 쓰러졌습니다. 교구 목사와 그 가족도 일찍 죽었기 때문에 죽
은 자를 위해 마지막 기도를 해줄 사람도 없었죠. 어느새 죽은 자
를 땅에 묻어줄 사람도 노인 한 명만 남았습니다. 무정부 상태가
되었죠. 섬은 안전하다고 여겼기에 드 코시는 섬에 상륙을 시도
하는 자는 무조건 죽이겠다고 위협했습니다. 이야기는 한 남자가
보트 한 척에 여자들과 아이들을 싣고 섬에 상륙을 시도하는 대
목에서 다시 시작합니다. 그들은 드 코시의 온정에 호소했지만,
결과는 낙담뿐이었습니다. 물론 드 코시는 이때도 완벽하게 이성
적으로 행동했습니다. 페스트에서 벗어나는 유일한 방법은 격리
뿐이었으니까요. 물론 보트를 강제로 돌려보내기 전 배 밑바닥에
구멍을 뚫어 해안에 도착하기도 전에 전부 침몰시켰던 것은 그리
이성적인 행동이라 말할 수 없겠지만요. 그러나 이 이야기는 사
족에 불과합니다. 17세기 배를 타고 피난을 시도한 사람들 이야기
에서 드 코시를 무조건 나쁘게만 볼 수는 없을 테니까요. 자, 이제
이야기는 절정을 향해 치닫습니다."

56 런던 시를 동서로 가로지르는 큰 거리로 중세에 유명한 시장이었다.

아이보가 중얼거렸다. "여기에 모틀리 디자인 그룹[57]의 의상과 메노티[58]의 배경음악만 있으면 완벽하겠어."

그러나 코델리아는 아이보가 누구보다 열심히 듣고 있다는 것을 알았다.

"혹시 선페스트와 그 증상을 아는지 모르겠군요. 이 병에 걸린 사람은 가장 먼저 썩은 사과 냄새를 느낀다고 합니다. 그다음으로 이마에 끔찍한 분홍색 발진이 돋아나죠. 살해당한 아가씨의 아버지는 어느 날 썩은 사과 냄새를 맡았고 거울에 비친 자기 모습에서 죽음의 징조를 보았습니다. 여름밤이었지만 바다는 제멋대로 날뛰고 있었습니다. 그는 살날이 얼마 남지 않았음을, 전염병이 곧 자신을 죽이고 말 것을 알았습니다. 그는 배를 띄우고 섬으로 출발했습니다.

드 코시와 식솔들이 저녁 식사를 하는데 큰 홀의 문이 벌컥 열리고 사내가 나타났습니다. 바닷물에 흠뻑 젖은 거구의 사내가 이글거리는 눈빛으로 비틀거리며 천천히 원수를 향해 다가갔지요. 다들 너무 놀라 꼼짝도 하지 못했습니다. 드 코시에게 다가간 사내는 순식간에 큼직한 팔로 드 코시를 끌어안고 그 입에 격렬한 키스를 퍼부었습니다."

아무도 말하지 않았다. 코델리아는 일행이 예의상 박수갈채라도 보내줄 것인지 궁금했다. 줄거리는 그럴싸했고 이야기는 간결함과 공포와 거의 상징적인 선악의 대립과 힘찬 박력까지 갖추었다.

아이보가 말했다. "이 이야기는 오페라로 만들어도 좋겠어요. 시나리오는 벌써 다 쓴 셈입니다. 이제 베르디나 제2의 벤자민 브

57 영국의 무대와 의상 디자인 회사
58 잔 카를로 메노티, 이탈리아계 미국인 오페라 작곡가

리튼[59]만 데려오면 되겠어요."

로마 라일이 불쾌한 기색으로 홀린 듯이 두개골을 바라보다가 물었다. "그래서 저주는 실현되었나요?"

"물론이죠. 드 코시 일족은 모두 전염병에 걸려 절멸했습니다. 혈통이 완전히 끊겼지요. 그로부터 4년 후 누군가가 섬에 들어와 그들을 묻어주었습니다. 그러나 그 무렵에는 미신과도 같은 두려움이 섬 전체를 감쌌습니다. 육지 사람들은 섬 쪽을 쳐다보지도 않았어요. 어부들도 오래전 신앙을 떠올리고, 섬의 그늘을 지나갈 때마다 성호를 그었습니다. 성은 무너졌습니다. 계속 폐허로 남아 있다가 1864년 저의 증조부가 이 섬을 사들여 근대 양식으로 성을 재건하고 토지를 복구하고 덤불을 개간했습니다. 오래전 예배당만이 폐허로 남아 있었죠. 드 코시 일족은 교회 묘지에 묻히지 못했습니다. 지역민들은 그들이 기독교식으로 매장될 자격이 없다고 여겼지요. 그렇다 보니 허버트 고린지는 정원을 아름답게 가꾸려고 땅을 파헤칠 때마다 해골을 발견할 수밖에 없었어요. 부하들은 두개골만 모아 여기 늘어놓았습니다. 기독교식으로 매장할 것인가, 모닥불에 던져버릴 것인가 사이에서 근사하게 타협을 본 셈이죠."

로마가 말했다. "맨 위쪽 선반에 뭐라고 조각이 되어 있어요. 글자와 숫자가요. 조악한 조각이지만, 성서의 한 구절 같아요."

"빅토리아 시대 일꾼이 개인적으로 한 일이겠지요. 그 사람은 여기에 요릭[60]무리를 일렬로 늘어놓으면서 어떤 도덕적 교훈을

---

59 영국 작곡가로 예술가의 정치적, 사회적 책임을 강조했다.
60 셰익스피어의 《햄릿》에서 살해당한 부왕의 어릿광대이자 어린 햄릿을 돌봐주었던 인물로 극에서는 해골의 모습으로 등장한다.

발견하고 후세에 일화로 전달할 기회라고 생각했는지도 모르겠습니다. 뭐라고 새겨져 있는지는 말씀드리지 않겠습니다. 여러분이 직접 찾아보시죠."

코델리아는 굳이 찾아볼 필요가 없었다. 수녀원 출신답게 구약성서를 잘 알았고 마침 운도 좋아서 그 구절을 정확히 맞힐 수 있었다. "심판은 내가 하리라고 주께서 말씀하셨다. 내가 원수를 갚으리라고." 코델리아 생각에 이야기 속의 복수와는 맞지 않는 성경 구절이었다. 앰브로즈가 들려준 이야기가 사실이라면 이 복수는 너무도 기묘했고 지극히 인간적이었다.

지하 납골당은 몹시 추웠다. 대화가 완전히 끊겼다. 일행은 둥그렇게 모여 서서 두개골의 대열을 바라보았다. 매끄럽고 둥근 머리뼈와 깔쭉깔쭉한 콧구멍과 휑하게 뚫린 눈구멍이 죽음의 비밀을 속삭이기라도 하는 듯이. 코델리아는 그 모습이 조금도 무섭지 않았다. 이 오래된 죽음의 상징은 아이들을 겁주려고 축제 마당에 죽 늘어놓은 웃는 얼굴의 악마 가면처럼 인간의 가식을 모두 벗어버리고 벌거숭이 익명으로만 남아, 우스꽝스럽게도 인간에게 가장 늦게까지 남는 것은 치아라는 사실만을 증명하고 있었다.

앰브로즈가 옛날이야기를 들려주는 동안 코델리아는 이따금 클라리사 쪽을 흘끔거렸다. 이 공포의 낭독회가 그녀에게 어떤 영향을 끼치는지 궁금했다. 그토록 조악한 솜씨로 그린 협박편지의 두개골 그림에는 엄청난 공포를 느꼈던 클라리사가 진짜 두개골을 보고는 그저 불쾌해하며 과장되게 떨기만 한다는 게 이상했다. 그러나 클라리사의 세련된 감수성은 시간이 흐르면서 공포가 누그러들고 자신에게 직접적인 위협이 되지만 않는다면 어느 정도의 폭력성은 견딜 수 있는 능력을 갖춘 게 분명했다. 심지어 날카롭게 쏟아지는 지하 납골당의 무자비한 조명 아래서 봐도 클라리사의 얼굴은 홍조를 띠었고 커다란 눈이 한층 더 밝게 빛났다. 클라리사가 혼자 여길 찾아왔다면 그리 즐겁지 않겠지만, 지금 이 순간만은 사람들에게 둘러싸인 주인공이 되어 대리 공포의 전율을 즐기고 있었다. 마치 공포영화를 보는 어린아이처럼 화면에 보이는 무서운 장면은 절대로 현실이 아니며 극장 밖으로 나가면 익숙한 거리와 익숙한 얼굴과 아늑한 집이 기다린다는 사실을 아는 것이다. 클라리사가 무엇을 두려워하든, 그리고 그 공포가 조작된 가짜라고 여기지는 않아도, 그녀는 오래전 괴롭게 죽어간 영혼들에게는 어떠한 연민도 느끼지 않았고, 아주 잠깐 초자연적인 공간을 찾아왔다고 해서 무서워할 일은 없다고 생각했다. 그녀는 자신에게도 운명의 순간이 찾아온다면, 그것이 어떤 형태를 띠고 찾아오든, 여전히 인간의 얼굴을 하고 있기를 기대했다.

그러나 지금 클라리사는 흥분으로 들떠 있었다. 그녀가 앰브로즈에게 말했다. "당신 섬의 공포 보관소는 겉으로 보면 매력적이고 그 아래는 전율이 가득하군요. 하지만 조금 더 가까운 시대에 일어난 일은 없나요? 실제로 벌어진 살인사건 말이에요. 그 '악마의 주전자' 이야기를 해줘요."

앰브로즈는 클라리사의 시선을 피했다. 두개골 하나가 다른 것들 사이에서 조금 비어져 나와 있었다. 앰브로즈가 양손으로 하얀 두개골을 붙잡고 제자리로 돌려놓으려고 했지만, 두개골은 꿈쩍도 하지 않고 그만 그의 손 안에서 턱뼈만 쑥 빠지고 말았다. 그는 다시 턱뼈를 밀어 넣고 손수건을 꺼내 손을 닦았다. "별 볼 일 없는 이야기예요. 게다가 잔인하기도 하고요. 남의 고통을 곱씹으며 음미하기를 좋아하는 사람이나 흥미를 느낄 법한 이야기입니다."

그러나 앰브로즈의 경고와 그 안에 깃든 은근한 비난도 클라리사에게는 통하지 않았다. 그녀가 소리쳤다. "아, 그렇게 딱딱하게 굴지 말아요! 40년이나 지난 일이고 어쨌든 나는 그 이야기를 알아요. 조지에게 들었다고요. 하지만 그 사건이 어디에서 일어났는지 현장을 보고 싶을 뿐이에요. 또 개인적인 관심도 있고요. 사건 당시 조지도 이 섬에 있었거든요. 조지가 여기 있었다는 사실을 앰브로즈 당신은 알고 있었나요?"

앰브로즈가 짤막하게 대답했다. "예, 압니다."

로마가 끼어들었다. "무슨 일인지는 몰라도 이쯤 되면 우리에게도 말해줘야겠네요. 그 이야기를 시작할 때까지 클라리사는 물러서지 않을 테고, 이제 우리도 궁금해졌으니 호기심을 충족시킬 권리가 있으니까요. 설마 여기보다 더 무섭겠어요?"

아무도 말하지 않았다. 클라리사와 사촌 로마는 설득을 할 때도 동맹을 맺을 것 같지는 않았기에, 코델리아는 로마가 진심으로 그 이야기에 관심이 있는 것인지 아니면 그 이야기를 핑계로 어서 빨리 이 납골당을 떠나고 싶은 것인지 궁금했다.

클라리사가 뭔가를 끈덕지게 졸라대는 어린아이처럼 투정이 묻어나는 말투로 말했다. "제발요, 앰브로즈. 언젠가는 보여주겠다고 약속했잖아요. 그게 지금이면 안 돼요? 어차피 여기 전부 모였잖아요."

앰브로즈가 조지 경을 보았다. 동의를 구하는 듯한, 적어도 어떤 말이라도 해달라는 표정이었다. 그러나 그게 클라리사를 말려달라는 신호였다면 그의 기대는 실망으로 끝났다. 조지 경은 무표정했고, 항시 가만히 있지 못하고 실룩거리는 그 얼굴이 처음으로 멈춰 있었다.

앰브로즈가 말했다. "좋습니다, 정 원하신다면."

그는 일행을 납골당 서쪽 끝에 있는 나지막한 문으로 이끌었다. 문은 떡갈나무로 만들었고 세월의 때가 타서 거무스름했으며, 튼튼한 쇠 테두리 장식과 이중 빗장이 달렸다. 문 옆 못에 열쇠가 걸려 있었다. 앰브로즈는 빗장을 벗기고 자물쇠에 열쇠를 꽂았다. 자물쇠는 쉽게 풀렸지만 문은 온 힘을 다해 밀어야 겨우 열렸다. 그는 문 안쪽으로 손을 뻗어 전등 스위치를 켰다. 일행 앞에 겨우 두 사람이 나란히 걸을 수 있는 좁은 아치형 통로가 펼쳐졌다. 앰브로즈가 자기 어깨에 클라리사의 손을 얹게 하고 먼저 출발했다. 로마는 혼자 걸었고 그 뒤에 코델리아와 사이먼이, 맨 뒤에 조지 경과 아이보가 따라왔다.

스무 걸음도 못 가서 통로가 끝나고 왼쪽으로 꺾어 들어가니 가파른 돌계단이 나왔다. 계단을 다 내려가니 공간은 넓어졌지만, 천장은 여전히 낮아서 아이보는 허리를 숙인 채 걸어야 했다. 통로의 조명은 갓은 없이 유리로 보호한 전구가 머리 위 전선에 매달린 것이었고, 공기는 퀴퀴했지만 호흡하는 데 불편함은 없었다. 사위가 너무 적막해서 일행의 발소리가 돌바닥에 울렸다. 코델리아 짐작으로 200미터 정도 걸어서 통로 모퉁이를 돌자 두 번째 돌계단이 나왔다. 이번 계단은 처음 것보다 더 가파르고 더 울퉁불퉁한 게 바위를 깎아 만든 것 같았다. 순간 조명이 탁 꺼졌다.

터널 안의 밝은 인공조명에 의지해 길을 가다가 너무도 갑작스레 암전이 찾아오자 다들 충격을 받아 숨을 죽였고, 한 여자가(코델리아 생각에는 클라리사였다) 비명을 지르기 시작했다. 코델리아는 순간적인 공포와 싸우며 격하게 고동치는 심장을 의지력으로 진정시키려고 안간힘을 썼다. 그녀는 본능적으로 어둠을 향해 손을 뻗었고 곧장 얇은 면 아래 단단하고도 따뜻한 팔을 만났다. 사이먼이었다. 코넬리아가 팔을 놓자마자 곧바로 사이먼의 손이 그녀의 손을 단단히 붙잡았다. 이윽고 앰브로즈의 목소리가 들렸다.

"죄송합니다, 여러분. 조명이 타임스위치 방식인 걸 깜박 잊었습니다. 곧 스위치를 찾아 다시 켜겠습니다."

그러나 다시 조명이 들어오기까지 15초 정도가 걸렸다. 갑자기 불이 켜지자 일행은 눈을 깜박이며 서로를 보았고 조금 멋쩍게 웃기도 했다. 사이먼은 뜨거운 것에 덴 사람처럼 얼른 손을 거두었고, 차마 코넬리아를 보지 못하고 고개를 돌렸다.

클라리사가 못마땅하게 말했다. "어리석은 장난을 치려면 미리 경고라도 해주었어야죠."

앰브로즈는 어딘가 재미있다는 표정이었다. "맹세코 장난은 아니었습니다. 그리고 다시는 이런 일이 없을 겁니다. 악마의 주전자 위쪽 방 조명은 평범한 방식이니까요. 이제 40미터만 더 가면 됩니다. 그리고 이 소풍을 고집한 사람은 바로 클라리사 당신이었음을 잊지 말아요."

일행은 바위에 박힌 둥근 고리에 꿰어놓은 밧줄을 잡고 돌계단을 내려갔다. 30미터 정도 더 내려가자 통로가 넓어지면서 천장이 낮은 동굴이 나왔다.

아이보가 물었다. 그의 목소리가 부자연스러울 만큼 크게 울렸다. "틀림없이 지하로 10미터 넘게 내려왔어요. 여기 환기는 어떻게 합니까?"

"수직 통로를 뚫어 환기를 합니다. 그중 한 곳은 전쟁 중에 섬의 남쪽 해안을 방어하기 위해 지은 콘크리트 벙커를 지나가죠. 여기엔 그런 곳이 아주 많아요. 최초의 수직 통로는 드 코시가 설치했다는 말도 있어요. 악마의 주전자는 드 코시에게도 퍽 쓸모가 있었을 겁니다."

바닥 한가운데에 튼튼한 빗장을 두 개나 질러놓은 떡갈나무 뚜껑 문이 있었다. 앰브로즈가 빗장을 풀고 뚜껑 문을 위로 들어 올렸다. 일행은 뚜껑 문 주위로 몰려들어 고개를 숙이고 아래쪽을 들여다보았다. 쇠사다리가 아래 동굴로 뻗어 있고 그 밑에는 바닷물이 일렁였다. 조류의 방향을 식별하기는 어려웠지만, 저 멀리 반달 모양 틈으로 빛이 스며들었고, 곧이어 희미하게 파도가 살랑대는 소리가 들려왔으며, 짭조름한 해초 냄새가 코끝을 톡 쏘았다. 파도가 밀려올 때마다 물살이 조용히 동굴을 휩쓸고 들어와 사다리 가로장 둘레에서 회오리쳤다. 코넬리아는 흠칫 몸을 떨었다. 이 고요하고 규칙적인 물살의 움직임에는 뭔가 무자비하고 으스스한 면이 도사리고 있었다.

클라리사가 말했다. "자, 이제 이야기를 들려줘요!"

앰브로즈는 잠시 침묵했다가 이윽고 입을 열었다. "1940년에 일어난 일입니다. 코시섬과 성은 정부가 점령해 영국에 포로로 잡혀 있는 추축국[61] 외국인을 수용하고 신문하는 장소로 사용했습니다. 그 가운데에는 영국민도 다수 포함되어 있었는데, 최악의 경우 적의 스파이 노릇을 했거나 최상의 경우라도 나치 동조자로 지목된 사람들이었습니다. 당시 제 숙부는 하인 한 사람과 성에 살았는데, 지금 올드필드가 살고 있는 마구간 구역의 오두막으로 거처를 옮겨야 했죠. 성안에서 일어나는 일은 당연히 일급기밀이었습니다. 억류된 사람들은 비교적 짧은 기간 수용되었고 제게는 여기 머무는 동안 특별히 불편한 일을 겪었다고 추측할 근거는 없

61 2차 세계대전 당시 연합군과 싸웠던 독일, 이탈리아, 일본 등의 국제 동맹

습니다. 신문을 받고 나서 결백이 증명된 사람들은 석방되었고 일부는 맨섬 수용소로 보내졌으며, 결국 별로 유쾌하지 못한 최후를 맞은 사람들도 있었겠죠. 그 일에 관해서라면 저보다 조지 경이 더 잘 알 겁니다. 클라리사 말대로 조지 경은 1940년 청년 장교 신분으로 여기 몇 달 동안 주둔했으니까요."

그는 잠시 말을 멈추었지만, 어떤 반응을 보이는 사람은 아무도 없었다. 그는 마치 조지 경이 옆에 없는 듯이 말했다. 코델리아는 로마가 깜짝 놀라며 조금은 경계하는 눈빛으로 조지 경을 힐끗 보는 것을 보았다. 로마는 무슨 말을 할 듯 입을 열었다가 이내 생각을 바꾼 것 같았다. 그러나 그녀는 마치 조지 경을 처음 보는 사람처럼 다소 끈질기게 집중적으로 그를 계속 바라보았다.

앰브로즈가 말을 이었다. "자세한 내막은 저도 잘 모릅니다. 누군가는 알고 있겠지요. 어쩌면 진실의 상당 부분이 밖으로 새어나갔을지도 모르고요. 공식적으로 사건 기록이 발표된 적은 없지만, 분명히 존재할 겁니다. 제가 아는 거라곤 어쩌다 섬에 들렀을 때 숙부에게 들은 이야기가 전부이고, 그나마 대부분은 소문이었습니다."

클라리사는 적당한 때에 맞춰 불안하고 초조한 기색을 드러내기로 작정한 모양이었다. 두개골이 진열된 선반을 처음 보았을 때 드러냈던 혐오감의 표현과 비슷하게 인위적으로 계산한 불만의 표정이라고 코델리아는 생각했다. 클라리사가 불안하고 초조해할 이유는 없었다. 클라리사는 다음에 펼쳐질 이야기를 정확히 알고 있었으니까.

앰브로즈는 통통한 손을 쫙 펴고 하고 싶지 않은 독주회를 어쩔 수 없이 하기로 한 사람처럼 어깨를 한 번 으쓱해 보였다. 그러나 정말로 피하고 싶었다면 피할 수도 있었다고 코넬리아는 생각했다. 그리고 처음으로 이 대화, 아니 지하 납골당의 방문 자체가 전부 공모한 결과가 아니었을까 하는 의심이 들었다.

앰브로즈가 말했다. "1940년 3월 코시섬에는 약 쉰 명의 억류자가 있었고 그 가운데에는 나치에 열광한 핵심 분자도 있었는데, 대부분은 전쟁 발발 당시 영국에 살다가 체포된 독일인이었습니다. 그들은 동지 가운데 한 명을 의심하고 있었습니다. 스물두 살 청년이었는데 신문을 받다가 영국 당국에 비밀을 누설했다는 의심을 받았어요. 어쩌면 청년은 정말로 배신행위를 저질렀을지도 모르지요. 아니면 처음부터 영국의 첩보원으로 나치 그룹에 잠입 중이었던 걸지도 모르고요. 제가 아는 거라곤 전부 소문, 그것도 다른 사람에게 전해 들은 소문에 불과합니다. 논란의 여지가 없는 한 가지 확실한 사실은 당시 나치 그룹이 예배당 지하실에서 비밀 재판을 열었고 배신자 청년에게 유죄판결을 내리고 사형을 선고했다는 점입니다. 그들은 청년의 입에 재갈을 물리고 두 팔을 묶은 다음 아까 그 통로를 지나 여기, 다시 말해 악마의 주전자로 끌고 왔습니다. 여러분도 보셨다시피 저기에는 동쪽 후미로 통하는 좁은 구멍이 있지만, 만조 시에 동굴 안은 물로 가득 찹니다. 그들은 청년을 쇠사다리에 묶어놓고 익사하도록 버려뒀습니다. 청년은 키가 몹시 컸다고 해요. 그는 암흑 속에서 천천히 몹시 고통스럽게 죽어갔습니다. 나중에 나치 그룹의 한 사람이 돌아와 청년을 풀어주고 시체를 바다에 떠내려 보냈습니다. 불과 이틀 후에 시체가 해안까지 떠밀려 왔는데, 양쪽 손목뼈가 거의 드러날 정도로 잘려져 있었다고 해요. 동료 억류자 한 사람은 청년이 우울증이 심각해져 헤엄을 칠 수 없게 스스로 손목을 묶은 다음 바다에 뛰어들었다고 말했습니다. 당시 비밀 재판과 처형에 참여한 사람들은 전부 입을 다물었습니다."

로마가 물었다. "그런데 이 이야기가 도대체 어떻게 세상에 알려졌지요?"

"전쟁이 끝난 뒤에 누군가가 결국 말하지 않았을까요? 올드필드는 당시 스페이머스에 살았는데 육군 측에 고용되어 여기 일하러 왔었답니다. 그도 소문을 들었을지 모르죠. 지금 올드필드는 당시 일을 아는 척하지 않지만, 그때 섬에 있던 누군가가 틀림없이 사건의 진상에 의문을 품었을 겁니다. 또 어떤 사람은 사건을 불문에 부치고 보고도 못 본 척 눈을 감았겠죠. 어쨌든 당시 이곳은 육군의 책임이었으니까요. 그런데 나치 일당은 열쇠를 손에 넣고 지하 납골당까지 갔고 비밀 통로도 지나갔으며 들키지 않고 돌아왔습니다. 그 말은 누군가가 자기 임무에 어느 정도는 일부러 부주의했다는 뜻이 아닐까요?"

클라리사가 남편을 돌아보며 물었다. "여보, 그 죽은 청년의 이름이 뭐라고 했지?"

"칼 블라이드."

클라리사가 일행을 돌아보며 말했다. 그 목소리가 신경질적으로 들릴 만큼 불규칙하게 갈라졌다. "가장 이상한 점은 그 청년이 영국인이었다는 사실이에요. 어머니는 독일인이었지만 아버지는 영국인이었다고 하죠. 조지는 그 청년과 같은 학교에 다녔어요. 그렇지, 여보? 두 사람 모두 멜허스트 학교에 다녔죠. 청년이 조지보다 세 살 많았는데, 아주 못된 학생, 아니 더 솔직하게 말하면 몹시 잔혹한 성격이었다고 해요. 다른 소년들을 괴롭히고 학교생활을 고통스럽게 만드는 그런 애 말이에요. 그러니까 조지

229

와 그 청년은 정확히 말해 친구 사이는 아니었어요. 오히려 조지는 그를 싫어했다죠. 그런데 나이가 들어 이 섬에서 그를 다시 만났고 그의 생사여탈권을 쥐게 되었던 거죠. 참 기묘한 이야기죠?"

아이보가 느긋하게 말했다. "특별히 기묘하다고 볼 수는 없죠. 영국의 공립학교에도 나치 동조자들이 있었고, 1940년 이곳에는 그런 사람들만 죄다 모여 있었으니까요."

코델리아는 쇠사다리를 내려다보았다. 통로에 켜놓은 번쩍이는 조명은 공포를 누그러뜨리는 데 조금도 도움이 되지 않았고 오히려 공포를 키웠다. 오래전 남자들 사이의 잔혹성은 어둠 속에서 적당히 가려졌을 것이다. 공기도 잘 통하지 않고 불빛도 없는 지하 감옥에서, 좁은 창틈으로 겨우 새어드는 빛 속에서 이성을 가까스로 지킬 수 있었을 것이다. 그러나 현대의 신문실과 고문실은 찬란한 빛으로 눈이 부셨다. 고문 기술자들은 자신이 무슨 짓을 하는지 똑똑히 봐야 했다. 문득 이 장소가 참을 수 없게 느껴졌다. 통로 안의 냉기가 점점 심해졌다. 코델리아는 눈에 띄게 떨지 않으려고 주먹을 꼭 쥐고 팔에 팽팽히 힘을 주었다. 그녀의 상상 속에서 일행 뒤쪽으로 펼쳐진 터널이 무한히 뻗어 나갔고, 모두 겁에 질린 쥐 떼처럼 점점 가늘어지는 빛을 향해 내달려야 할 것만 같았다. 이마에 땀방울이 흘러 눈으로 들어오는 게 느껴졌고, 이 땀은 냉기와는 아무런 상관이 없다는 것도 알았다. 그녀는 목소리가 떨리지 않기를 바라며 입을 열었다.

"그만 여기서 나가면 안 될까요? 어쩐지 관음증 환자처럼 느껴져요."

아이보가 말했다. "나도 춥군요."

코델리아의 말뜻을 감지한 클라리사가 몸을 떨었다. 이윽고 조지 경이 처음으로 입을 열었다. 그 목소리가 평소와 너무도 다르게 들린 것은 천장이 낮아서 울리는 메아리 때문일까, 아니면 코델리아 스스로 감각의 혼란을 일으켜서일까?

"아내가 호기심을 만족시켰다면 이제 그만 가는 게 좋겠습니다." 그러곤 갑자기 옆으로 몸을 움직였다. 일행이 무슨 일이 일어나는지 짐작하기도 전에 조지 경이 뚜껑 문 뒤쪽에 발을 집어넣고 힘껏 밀었다. 문이 쾅 소리를 내며 닫혔다. 벽이 쩍 갈라지는 것만 같았고 발밑에서 통로가 흔들리는 게 느껴졌다. 다들 비명을 질렀는지 일행의 목소리가 가느다란 비명이 되어 우르르 메아리쳤다. 드디어 그 소리가 물러갔을 때는 아무도 말하지 않았다. 조지 경은 벌써 발길을 돌려 입구로 향하고 있었다.

코델리아는 다른 사람들보다 조금 앞서서 걸었다. 공포와 그보다 더 강력하고 치명적인 비참함에 폐소공포증까지 더해 자기도 모르게 걸음이 빨라졌다. 심지어 두개골이 겹겹이 포개진 지하 납골당이 이 끔찍한 장소보다 훨씬 나았다. 그녀는 몸을 숙이고 반듯하게 접힌 직사각형 종이쪽지를 별다른 호기심도 없이, 거의 본능적으로 주워들었다. 심지어 수신인이 누구인지 확인하려고 굳이 종이를 뒤집어볼 생각도 하지 않았다. 전등갓 없는 전구에서 쏟아지는 혹독한 불빛 아래 깔끔하게 그려진 두개골 그림과 타자된 인용문이 선명하게 보였다. 처음부터 어느 대사에서 인용한 것인지 너무도 잘 알았다.

　너의 죽음은 계획되었다. 이것은 살인의 인과응보이니.
　우리는 어떠한 공적도 기독교인의 자비도 개의치 않는다.
　어둠의 행위는 마땅히 죽음으로 되갚아야 하느니.

완전히 정확한 인용문은 아니었다. 첫 번째 단어인 '너의'는 원래 '나의'였다.[62] 그녀는 종이쪽지를 셔츠 주머니에 집어넣고 다른 사람들이 오기를 기다렸다. 아까 조명이 꺼졌을 때 일행이 어느 위치에 서 있었는지 기억해보았다. 확실히 터널이 꺾어지는 이 근처였다. 어둠 속에 쪽지를 던지는 데는 불과 몇 초면 충분할 것이다. 누군가가 미리 메시지를 준비해두었다. 그 사람은 클라리사가 이 작은 무리 안에 자신의 적이 있다는 사실을 알게 되더라도 상관이 없었다. 아니, 오히려 기뻐할지도 몰랐다. 코델리아 말고 다른 사람이 이 쪽지를 발견했더라도, 혹은 일행이 모두 함께 발견했더라도 어차피 클라리사의 손에 들어갈 것을 알고 있었다. 주소는 역시 같은 타자기를 사용해 찍혀 있었다. 그렇다면 앰브로즈가 범인일 가능성이 가장 컸다. 아주 편리한 순간에 때를 맞춰 조명이 꺼졌으니까. 그러나 다른 사람의 소행일 가능성도 있었다. 사이먼은 빼고. 그때 코델리아는 자신의 손을 잡는 사이먼의 단단한 손을 느꼈으니까.

곧 일행이 보이기 시작했다. 그녀는 조명 아래 서서 그들의 얼굴을 살펴보았다. 그러나 불안해 보이는 사람도 놀라는 표정을 짓는 사람도, 심지어 땅바닥을 내려다보는 사람도 없었다. 일행에 합류하면서 코델리아는 처음으로 클라리사가 왜 그렇게 협박편지를 두려워하는지 완전히 이해할 수 있었다. 지금까지 협박편지는 그저 유치한 장난질로만 보였고 영리한 여성이라면 잠깐 걱정하다 말 거라고 생각했었다. 그러나 이제 그 메시지는 뚜렷한 증오의 표현으로 보였고 인간의 증오는 어떤 경우에도 결코 하찮을

---

62 《말피 공작부인》에서 추기경이 자신을 배신하고 죽이려 한다는 것을 알게 된 보솔라가 혼자서 하는 대사다.

수가 없다. 유치했지만 유치함 뒤에 어른의 정교한 악의가 존재했고, 그 악의가 위협해오는 위험은 확실히 실재적이고 금방이라도 닥쳐올 듯 생생했다. 코델리아는 방금 발견한 협박편지를 포함해 클라리사가 건네준 편지들을 자기가 갖고 있어도 괜찮을까, 사실대로 말하고 클라리사의 호위를 강화하는 게 더 안전하지 않을까 생각했다. 그러나 그녀가 지시받은 사항은 명확했다. 공연 전까지 클라리사를 어떠한 불안과 번거로움으로부터 보호할 것. 앞으로 어떻게 할지 생각하고 결정할 시간은 공연이 끝난 다음 시작해도 충분할 것이다. 그리고 이제 개막까지 4시간도 남지 않았다.

다 같이 두개골 대열 앞을 지나가는 동안 아무도 옆을 흘끔거리지 않았다. 코델리아는 어느새 아이보와 나란히 걷고 있었다. 필요에서인지 고의인지 그의 발걸음이 다른 사람들보다 뒤처졌고 그녀는 그의 속도에 맞춰 걸었다. 아이보가 말했다. "참 교훈적인 이야기라고 생각하지 않나요? 가엾은 조지 경! 부부간에 허물없이 대화를 나눈 덕분에 그 모든 이야기와 그에 따른 도덕적 양심의 가책까지 우리에게 전해진 셈이지요. 현명한 코델리아는 그 이야기를 어떻게 생각합니까?"

"무서웠어요." 그녀의 이러한 생각이 단지 가엾은 변절자 청년의 마지막 고통, 그 외롭고 끔찍했을 죽음만을 말하는 게 아니라는 것을 두 사람 모두 알고 있었다.

로마가 두 사람 곁으로 다가왔다. 코델리아는 처음으로 로마가 활기에 차 있고 그녀의 눈이 악의로 반짝이는 것을 보았다. 로마가 말했다. "볼썽사나운 공연이었어요. 우리처럼 다행히 결혼하지 않은 사람이 보기에 신성한 결혼이란 꽤 신성하지 않은 상태로 보이니까요. 아주 오싹할 정도예요."

아이보가 말했다. "결혼은 무서운 일이에요. 적어도 나는 그것을 깨달았죠."

로마는 자기 이야기를 물고 늘어졌다. "클라리사는 공연 전에 언제나 잔혹한 사건을 보면서 마음의 준비를 하나요?"

"확실히 클라리사는 불안해하고 있어요. 사람마다 대처 방법이 다르니까요."

"하지만 고작 아마추어 극단의 공연이에요! 관객도 여든 명 정도밖에 수용하지 못하고요. 게다가 클라리사는 전문가잖아요. 아까 조지 경의 기분이 어땠겠어요?"

로마의 말투에는 분명히 흡족함이 묻어 있었다. 코델리아는 조지 경의 기분이 어땠는지는 그의 얼굴을 한 번 보기만 해도 알 수 있었을 거라고 대답하고 싶었다. 그러나 아무 말도 하지 않았다.

아이보가 말했다. "대부분 직업군인이 그렇듯이 조지 경도 감상적입니다. 그 사람은 대단한 절대성, 명예, 정의, 충성을 지키고 그것들을 자기 심장에 강철 고리로 단단히 묶어두었지요. 내가 보기엔 그게 더 매력적입니다. 하지만 뭐랄까, 약간 융통성이 부족하기는 하지요."

로마가 어깨를 으쓱했다. "그가 비정상적으로 자신을 통제하고 있다는 뜻이라면 저도 그 말에 동의해요. 그 자제력이 끊어졌을 때 무슨 일이 벌어질지 지켜볼 수만 있다면 꽤 흥미롭겠죠."

클라리사가 고개를 돌리고 그들을 불렀다. 그녀의 목소리는 행복하고 오만했다. "거기, 세 사람! 앰브로즈가 납골당 문을 잠그려고 해요. 그리고 난 빨리 점심을 먹고 싶다고요."

20

다시금 리넨 천을 덮은 가대식 탁자에 점심이 차려진, 햇볕으로 따사로운 테라스와 어둡고 역겨운 냄새를 풍기는 악마의 주전자라는 이름의 구덩이 사이의 대조가 너무 커서 코델리아는 한동안 혼란스러웠다. 과거의 지옥으로 잠시 낙하하는 일은 사실 다른 시간, 다른 장소에서도 흔히 일어날 수 있는 일이었다. 토요일을 맞아 요트를 즐기러 나온 사람들의 캔버스 천 돛이 산들바람을 붙잡으려고 한껏 부풀어 오르고 무수한 빛 조각이 내려앉아 반짝이는 바다를 바라보노라면, 전염병의 습격을 받은 드 코시 일족도 오랜 시간에 걸쳐 서서히 죽어가는 공포에 맞서 몸부림쳤을 칼 블라이드의 고통도 전부 한낱 악몽의 찌꺼기일 뿐, 공포만화 속 그림 이상의 현실성이 조금도 담겨 있지 않았으며 실제로 일어난 일이 전혀 아니라고 상상할 수 있었다.

물냉이와 아보카도 샐러드, 연어 수플레로 차린 가벼운 점심은 아마도 신경성 소화불량을 방지하기 위한 선택이리라. 그런데도 식욕을 내보이며 혹은 눈에 띄게 즐거워하며 먹는 사람은 아무도 없었다. 코델리아는 리슬링[63] 한 잔을 마시며 연어를 억지로 삼켰다. 음식 자체는 꽤 맛이 좋다는 걸 알면서도 그랬다. 클라리사의 아슬아슬했던 즐거움은 어느새 조용하고 골똘한 침묵으로 바뀌었고, 아무도 그것을 방해하려고 들지 않았다. 로마는 테라스 끝 계단에 웅크리고 앉아 무릎 위에 올려놓은 접시는 신경도 쓰지 않고 울적하게 바다를 바라보고 있었다. 조지 경과 아이보는 함께 서 있었지만 둘 다 말을 하지는 않았다. 그러나 클라리사와 코델리아를 제외하면 다들 꾸준히 술을 마시고 있었다. 앰브로즈도 말은 거의 하지 않았지만, 사람들 사이를 오가며 계속 잔을 채워주었다. 일행이 스트레스를 받아 예상대로 행동하는 어린애 같다는 듯 그의 눈이 재미와 너그러움으로 일렁였다.

뜻밖에도 일행 중 가장 밝은 사람은 사이먼이었다. 그는 클라리사의 눈을 피해가며 술을 꽤 많이 마시고 있었다. 와인을 맥주처럼 마셔댔고 손을 약간 떨고 눈을 반짝였다. 1시 10분 전이 되자 사이먼이 갑자기 큰 소리로 수영하러 가겠다고 선언하더니 누구라도 관심을 가져주길 기대하는 듯 주위를 둘러보았다. 아무도 관심을 보이지 않았지만, 클라리사가 말했다. "식사 직후에 수영은 안 돼. 우선 산책부터 좀 하렴."

이 다정한 말투가 너무 뜻밖이라 다들 고개를 들었다. 소년은 얼굴을 붉혔고 약간 뻣뻣하게 고개를 숙여 인사를 건네고 테라스를 떠났다. 곧이어 클라리사도 접시를 내려놓고 손목시계를 들여

63 프랑스와 독일 등에서 가장 오래된 품종의 포도로 만드는 최고급 포도주로 알려졌다.

다본 후 말했다.

"휴식 시간이에요. 커피는 됐어요, 앰브로즈. 난 공연 전에는 커피를 마시지 않아요. 당신도 알죠? 톨리에게 내 방으로 즉시 차를 가져오라고 전해줄래요? 중국 차로요. 톨리는 내가 좋아하는 차를 알아요. 조지, 당신은 5분 후에 와줄래? 코델리아, 당신은 그다음에 만나요. 1시 10분에 봅시다."

그녀는 무대에서 퇴장할 때처럼 일부러 꾸민 우아한 동작으로 테라스를 천천히 가로질러 나갔다. 코델리아의 눈에 그 모습은 처음으로 외롭고 혼자 두려움에 몰두한 사람답게 취약하고 거의 애처롭게 보였다. 곧장 따라가고 싶은 충동을 느꼈지만 그랬다간 클라리사의 노여움만 살 것이다. 그리고 이제 클라리사가 방문 밑에서 협박편지를 또 발견할 거라는 두려움도 없었다. 점심을 먹으러 내려오기 직전 그 방을 확인했다. 협박편지를 보낸 사람은 악마의 주전자를 방문한 작은 무리 안의 한 명이 틀림없었고 코델리아는 식사 시간 내내 그 사람 모두를 지켜보고 있었다. 오직 사이먼만이 일찍 자리를 떴지만, 그녀는 단 한 순간도 사이먼이 범인이라고는 생각하지 않았다.

갑자기 로마가 비틀거리며 일어나더니 자기 사촌 뒤를 따라 거의 뛰다시피 테라스를 떠났다. 앰브로즈와 아이보의 시선이 마주쳤지만 둘 다 아무 말도 하지 않았다. 아마도 조지 경이 옆에 있어서 그랬을 것이다. 조지 경은 커피잔을 들고 일행에게 등을 돌린 채 테라스 가장자리로 걸어갔다. 시간을 재고 있는 모양이었다. 이윽고 그가 손목시계를 흘낏 보더니 커피잔을 테이블에 내려놓고 프랑스식 창문으로 갔다. 그는 계단에 발을 올려놓고 주위를 둘러보며 물었다. "앰브로즈, 개막은 몇 시인가요?"

"3시 30분입니다."

"그럼 그 전에 옷을 갈아입어야겠군요?"

"클라리사가 그러기를 바랍니다. 어차피 그 후에는 시간이 없으니까요. 만찬은 7시 30분입니다."

조지 경이 고개를 끄덕이고는 가버렸다.

아이보가 말했다. "클라리사는 군대 사령관처럼 잔혹할 만큼 꼼꼼하게 자기 노예들을 부리죠. 당신도 출두까지 10분 남았군요, 코넬리아. 커피를 한 잔 더 마시기에 딱 좋은 시간입니다."

코넬리아가 자물쇠를 열고 자기 방으로 들어가 사잇문을 열고 클라리사의 방으로 건너갔을 때 조지 경은 아내와 함께 창가에 서서 바다를 보고 있었다. 찻잔과 잔 받침, 그리고 우아한 찻주전자가 놓인 둥근 은쟁반이 손도 대지 않은 상태로 침대 옆 궤짝 위에 놓여 있었다. 여전히 버뮤다 반바지와 셔츠 차림의 클라리사는 붉게 달아오른 얼굴로 왔다 갔다 했다.

"그 애가 나더러 2만5천 파운드를 달라고 했어. 용돈을 올려달라고 떼를 쓰는 어린애처럼 얼굴이 벌겋게 달아올라 가지고선 그렇게 말했다고. 그것도 하필 지금! 공연이 끝날 때까지 기다릴 수도 있었잖아? 무신경할 정도로 어리석은 소리나 하고. 일부러 내 속을 뒤집어놓으려고 그러는 게 아니겠어?"

조지 경은 돌아보지도 않고 말했다. "그 사람한테는 중요한 일이었겠지. 기다리는 동안 초조함을 견딜 수가 없었던 거야. 결과가 어떨지 확실히 알아야 마음이 놓였을 거야. 당신과 단둘이 있는 시간을 내기가 쉽지 않을 테니까."

"그 애는 도통 타이밍이 뭔지를 몰라. 어렸을 때부터 그랬어. 뭐든 가장 나쁜 때를 고르고 싶으면 로마에게 물어보면 될 정도라고. 그 애 특유의 무신경이라니까. 오, 세상에. 지금도 그 애는 가장 나쁜 때를 골랐어!"

창가의 목소리가 조용히 말했다. "적절한 때가 있었을까?"

클라리사는 그 소리를 듣지 못한 것 같았다. "그 애에게 말했어. 직접 와서 부탁할 배짱도 없고 예의도 모르는 애인을 도와줄 돈 같은 건 없다고. 충고도 조금 해주었지. 돈으로 사야 하는 남자는 가질 가치도 없다고 말이야. 돈을 주고 사지 않으면 섹스를 못할 형편이라면 더 싼 것으로 사라고. 그 애는 그 남자에게 완전히 미쳐 있어. 두 사람이 중고서점을 하는 것도 전부 그 남자를 부인에게서 떼어내려는 수작이야. 로마는 사랑에 빠진 거야! 그 남자가 그 정도로 바보가 아니라면 난 오히려 그자가 불쌍할 정도야. 마흔다섯 살까지 처녀로 지낸 애가 처음으로 사랑에 빠지고 섹스의 맛을 알게 되었다니, 그 남자 가엾기도 하지!"

"여보, 그게 우리와 상관이 있는 얘기요?"

그녀가 날카롭게 말했다. "돈은 나랑 상관이 있는 얘기지. 무엇보다 그 사람들, 그 가게를 성공시킬 가망도 없어. 돈도 없지, 경험도 없지, 감각도 없지. 내가 왜 쓸데없는 일에 내 돈을 쏟아부어야 하냐고?" 그녀는 코델리아를 돌아보며 말했다. "당신은 가서 옷부터 갈아입어요. 그런 다음 당신 방문을 잠그고 이쪽으로 건너와요. 나는 쉬는 동안 당신이 옆방에서 바스락거리는 걸 원치 않아요. 당신은 또 그 인도 면으로 지은 옷을 입을 테죠? 그런 옷이라면 입는 데 오래 걸리지는 않겠군요."

코델리아가 말했다. "제 옷은 입는 데 오래 걸리는 게 없어요."

"그렇다면 벗는 데도 오래 걸리지 않겠네."

조지 경이 휙 돌아서며 낮은 목소리로 말했다. "클라리사!"

클라리사는 흡족하게 웃으며 조지 경에게 다가가 남편의 뺨을 부드럽게 토닥였다. "귀여운 조지, 늘 신사답지." 그녀는 마치 강아지를 쓰다듬듯이 했다.

코넬리아가 말했다. "쉬는 동안 제가 옆방에 있어도 될까요? 사잇문은 열어놔도 되고 잠가두어도 됩니다. 저는 아무 소리도 내지 않아요."

"내 말 못 들었어요? 나는 당신이 옆방에 있는 것도, 내 옆에 있는 것도 싫어요. 대사 연습을 하려는데 누가 듣고 있다고 생각하면 제대로 할 수 없단 말이에요. 문 세 개를 전부 잠그고 방에 전화기까지 치우면 혼자 편안하게 할 수 있을 거예요." 클라리사가 갑자기 소리쳤다. "톨리!"

그러자 톨리가 욕실에서 나왔다. 늘 그렇듯이 검은 옷차림에 무표정한 얼굴이었다. 코넬리아는 톨리가 어디까지 들었을까 궁금했다. 그녀는 별다른 요구사항을 듣지도 않고 옷장으로 가 클라리사의 새틴 드레스 가운을 꺼내더니 자기 팔에 걸쳤다. 그리고 주인 옆으로 가서 조용히 서서 기다렸다. 클라리사는 셔츠 단추를 풀고 바닥에 벗어 놓았다. 톨리는 그 옷을 집어 들지 않고 클라리사의 브래지어 뒤쪽 후크를 풀었다. 속옷이 아래로 흘러내리자 클라리사가 잡아채 바닥에 떨어뜨렸다. 마지막으로 클라리사는 반바지 앞 단추를 풀어 팬티와 함께 무릎을 지나 바닥으로 벗어 내렸다. 그녀는 잠시 움직이지 않고 그 자리에 서 있었다. 그녀의 하얀 몸이 햇살을 받아 얼룩덜룩 빛났다. 무거워 보일 정도로 풍만한 가슴과 가는 허리, 볼록하게 솟은 엉덩이, 옥수수 빛깔로 번져가는 금발. 톨리는 별로 서두르는 기색도 없이 드레스 가운을 펴서 기다리고 있는 클라리사의 팔에 입혔다. 그리고 무릎을 굽히고 바닥에 떨어진 옷가지를 주워 들고는 욕실로 돌아갔다. 코델리아는 예상했던 것처럼 속되지 않고 거의 순수에 가까운 관능미를 드러낸 한순간의 의식이었다고 생각했다. 선정적이라기보다는 자기도취에 가까운 모습이었다. 뭔가 비이성적인 생각이지만 이 모습이야말로 코델리아가 평생 기억하게 될 클라리사라는 사람의 이미지일 거라는 확신이 들었다. 그리고 애초의 동기가 무엇이든 클라리사는 자신의 아름다움에 솔직하게 도취되었던 순간을 지나가며 마음이 꽤 안정된 모양이었다. 그녀가 말했다. "공연 전까지는 다들 나를 모른 척해줘요. 무대에 오르기 직전에 내 상태가 어떤지 다들 알잖아요." 그녀는 코델리아에게 말했다. "필요한 물건을 전부 챙기고 열쇠 두 개는 내게 주고 가요. 자명종을 2시 45분에 맞춰놓을 테니까 당신은 그때쯤 와줘요. 공연 도중에 부탁할 일이 있으면 그때 말할게요. 그리고 관객석에 앉아서 공연을 볼 거라는 기대는 접어요. 당신은 무대 뒤에 있어주면 좋겠어요."

코델리아는 부부를 그 방에 남겨두고 사잇문을 지나 자기 방으로 돌아왔다. 로마는 왜 그런 이상한 부탁을 했을까? 왜 공연이 끝날 때까지 기다렸다가 사촌이 성공의 기쁨에 겨워 있을 때를 포착해 부탁할 생각을 하지 못했을까? 그러나 로마에게는 지금이 가장 유리한 때이자 어쩌면 유일한 때였을지도 모른다. 만약 공연이 실패로 돌아간다면 클라리사에게 다가갈 기회조차 없을 테니까. 클라리사는 축하파티도 기다리지 않고 당장 섬을 떠나버릴지도 모른다. 그러나 로마는 어떤 시간을 선택하든 어차피 가망이 없는 구실에 불과하다는 걸 알만큼 자기 사촌을 잘 아는 게 틀림없다. 그렇다면 로마가 진정으로 바라는 바는 무엇이었을까?

클라리사가 사이먼에게 해주었던 것처럼 대단히 너그러운 관용을 다시 한 번 보여주길, 그래서 후원자 혹은 구원자라는 은밀한 자기만족적 역할을 거부할 수 없기를 바랐던 걸까? 코넬리아 생각에 두 가지는 확실했다. 첫째, 로마는 지금 돈이 절실하게 필요하다. 둘째, 로마는 클라리사의 이번 공연이 성공하리라고 생각하지 않는다.

코넬리아는 힘차게 머리를 빗고 마지막으로 별 열정 없이 거울 속 얼굴을 확인하고 침실 문을 잠그고 열쇠를 자물쇠에 그대로 꽂아두었다. 그리고 사잇문을 두드린 다음 옆방으로 건너갔다. 조지 경과 톨리는 없었고 클라리사 혼자 화장대 앞에 앉아 오래도록 힘들여 머리를 빗고 있었다. 그녀는 돌아보지도 않고 말했다. "열쇠는 어떻게 했죠?"

"방문을 잠근 다음 자물쇠에 그대로 꽂아두었어요. 사잇문도 그렇게 잠글까요?"

"아니에요. 그건 내가 할게요. 바깥쪽 문을 확실히 잠갔는지 확인하고 싶었어요."

코넬리아가 말했다. "부르면 바로 달려올 수 있는 거리에 있을게요. 복도 끝에 있을 테니 필요하면 불러주세요. 제 방에서 의자를 가져다가 거기 앉아서 책을 읽으면 좋을 거예요."

클라리사의 노여움이 다시 화르르 타올랐다. "우리 말 못 알아들어요? 대체 뭘 하려는 거예요? 날 염탐이라도 하려고요? 내가 말했잖아요! 나는 당신이 옆방에 있는 것도 싫고 복도를 어슬렁거리는 것도 싫어요! 당신, 아니 그 누구라도 근처에 있는 게 싫어요. 내가 지금 원하는 건 당신이 나를 가만히 놔두는 거라고요!"

히스테리가 시작될 기미가 보였다. 코넬리아가 말했다. "그렇다면 수건을 돌돌 말아 문틈을 막아두는 게 어떨까요? 저는 어떤 쪽지도 배달되지 않도록 막고 싶어요."

클라리사의 목소리는 날카로웠다. "무슨 뜻이에요? 내가 여기 도착한 후로 아무 일도 일어나지 않았어요. 아무 일도요!"

코델리아는 달래듯이 말했다. "그냥 확실히 방지하고 싶어서요. 혹시라도 범인이 코시섬에 와 있다면 마지막으로 협박편지를 전달하려고 시도할 겁니다. 물론 그런 일이 벌어질 거라고 생각하지는 않아요. 오지 않을 거예요. 협박편지는 영원히 오지 않을 겁니다. 그러나 어떤 위험도 미리 막을 수 있게 빈틈없이 하고 싶을 뿐입니다."

클라리사가 마지못해 대답했다. "좋아요. 그리 나쁜 생각은 아니군요. 문틈은 내가 막을게요."

더 이상 할 말이 없어 보였다. 코델리아가 나가자 클라리사가 따라와 직접 문을 단단히 닫고 자물쇠를 잠갔다. 금속끼리 긁히는 소리, 찰칵하는 소리는 작았지만 코델리아의 예민한 귀에는 뚜렷하게 들려왔다. 클라리사는 이제 밀실에 갇혔다. 2시 45분까지 코델리아가 할 수 있는 일은 없었다. 그녀는 손목시계를 들여다보았다. 이제 겨우 1시 20분이었다.

21

앞으로 1시간 반 정도만 보내면 되지만, 코델리아는 왠지 불안하고 초조해져 시간이 한없이 늘어지는 기분을 느꼈다. 골치 아프게도 자기 방에 출입할 수 없게 되었고 문을 잠그기 전 책을 챙겨 온다는 것을 깜박 잊고 말았다. 옛날 〈스트랜드 매거진〉 잡지나 보면서 시간을 보낼 생각으로 서재에 갔다. 거기 로마가 있었다. 그녀는 책을 읽지는 않고 전화기 옆에 꼿꼿한 자세로 앉아 있었다. 코델리아를 쳐다보는 표정이 매우 달갑지 않은 걸 보면 전화를 기다리고 있었거나 그 전화를 몰래 받기를 원하는 게 분명했다. 서재 문을 닫고 나가며 코델리아는 사이먼이 부러웠다. 지금쯤 혼자만의 수영을 즐기고 있을 것이다. 그리고 조지 경은 망원경을 준비하고 새를 관찰하러 나갔을 것이다. 조지 경을 따라가고 싶었지만, 치맛자락이 길어서 걷기에 적합하지 않았고 어떤 경우라도 성을 떠날 수는 없었다.

코델리아는 극장으로 갔다. 벌써 건물 안의 조명이 밝혀져 있었고 진홍색과 금색으로 꾸민 관객석은 불길하게 향수를 자아내는 적막 속에서 텅 빈 채 숨을 죽이고 기다리는 것처럼 보였다. 무대 뒤쪽에서 톨리가 주연 여배우 분장실을 점검하며 화장지와 손닦을 수건 등을 준비하고 있었다. 코델리아가 혹시 도움이 필요하냐고 물었지만, 예의 바르면서도 단호한 거절의 대답이 돌아왔다. 그러나 그녀가 할 수 있는 일 한 가지가 기억났다. 조지 경이 처음 킹리 거리의 탐정사무소를 찾아왔을 때 무대장치를 점검해달라고 부탁했었다. 어떤 일을 염두에 두고 그런 말을 했는지는 확실히 알 수 없었다. 만약 범인이 무대장치나 소품 사이에 협박편지를 몰래 감추어두었더라도 클라리사가 공연 도중에 그것을 열어보고 읽을 수는 없을 것이다. 그러나 조지 경의 생각은 옳았다. 무대장치와 소품을 점검하는 일은 합당한 경계였고 무엇보다 지금 분명하게 할 일이 있다는 사실이 기뻤다.

그러나 별일은 없었다. 1장 무대장치는 어느 성 밖의 빅토리아 시대 정원으로, 단순했다. 파란색 배경 막과 돌 항아리에 심은 월계수와 제라늄, 몹시 감상적인 느낌을 풍기는 류트 든 여인의 조각상, 쿠션과 발판이 있는 화려한 장식의 등나무 의자 두 개로 꾸며져 있었다. 무대 옆에 소품을 올려놓은 탁자가 있었다. 실내 장면에 쓰려고 가져온 앰브로즈의 빅토리아 시대 수집품들, 꽃병, 그림, 부채, 유리잔, 심지어 어린아이용 흔들목마까지 샅샅이 살폈다. 감옥 장면에 쓰려고 안에 솜을 채워놓은 스웨이드 장갑이 한 짝 있었는데, 정말로 절단된 손목처럼 불쾌해 보였다. 그리고 그 오르골이 있었다. 2막에서 쓸 은세공 보석함도 있었다. 코델리아는 보석함도 열어봤지만, 장미목으로 만든 바닥에 협박편지가 숨겨져 있지는 않았다.

이제 그녀가 할 일은 없었다. 클라리사를 깨우러 가기까지 아직도 1시간이나 남았다. 잠시 장미정원을 산책했지만 성의 서쪽이라 햇볕이 덜 따사로웠고 결국 테라스로 돌아가 해변으로 내려가는 계단 맨 아래 구석에 앉았다. 작지만 햇볕이 잘 드는 자리라서 돌계단에서 허벅지로 온기가 전해져왔다. 그녀는 눈을 감은 채해를 향해 고개를 들고 눈꺼풀에 닿아오는 부드러운 바람과 소나무와 해초 냄새를 즐겼다. 자갈을 씻고 내려가는 부드러운 파도소리가 마음을 다독였다.

깜박 졸았던 모양이었다. 소형선이 도착한 소리에 잠에서 깨어났다. 앰브로즈와 문터 부부가 배우들을 마중 나와 있었다. 앰브로즈는 그새 옷을 갈아입었는지 만찬용 재킷 위에 아주 커다란실크 망토를 걸쳐서 마치 빅토리아 시대 뮤직홀의 마술사처럼 보였다. 출연자들 사이에서 흥분에 겨운 수다 소리가 한참 들려왔고 일부 남자들은 벌써 빅토리아 시대 의상을 입은 채로 해변으로 뛰어내려 동쪽 잔디밭에서 성의 주요 입구로 이어지는 아케이드로 사라졌다. 코델리아는 시계를 들여다보았다. 2시 20분이었다. 소형선이 예정보다 일찍 도착했다. 그녀는 다시 자리에 앉았지만 눈을 감는 위험한 짓은 저지르지 않았다. 20분이 더 지나자 자리에서 일어나 클라리사를 깨우러 프랑스식 창문을 통해 성으로 들어갔다.

코델리아는 클라리사의 방문 앞에서 잠시 걸음을 멈추고 시계를 들여다보았다. 2시 42분이었다. 클라리사가 와달라고 한 시간은 2시 45분이었지만 몇 분 차이는 크게 문제가 되지 않을 것이다. 그녀는 방문을 두드렸다. 처음에는 살짝, 그리고 조금 더 세게 두드렸다. 대답이 없었다. 어쩌면 클라리사는 벌써 일어나 화장실에 갔을지도 모른다. 혹시나 해서 문을 열어보았는데 놀랍게도 문이 열렸다. 아래쪽을 보니 열쇠는 자물쇠에 그대로 꽂혀 있었다. 문은 수건으로 틀어막은 장애물도 없이 쉽게 열렸다. 그렇다면 클라리사는 벌써 일어난 게 분명했다.

나중에 이 순간을 생각해봤을 때에도 전혀 이해할 수 없었는데, 어쩐 일인지 그녀는 어떠한 예감도 불안감도 느끼지 못했다. 그녀는 가만히 클라리사를 부르며 어스름한 방 안으로 들어섰다.

"클라리사. 클라리사. 2시 45분이 다 되었어요."

묵직한 양단 주름 커튼이 드리워져 있었지만, 커튼 사이 종잇장만 한 틈새로 빛이 새어들어 두꺼운 커튼으로도 분홍빛으로 부드럽게 퍼지는 오후의 햇빛을 완전히 막지는 못했다. 클라리사는 진홍색 침대 위에 양팔을 옆으로 부드럽게 굽히고 손바닥은 위로 향한 채 베개 위로 밝은 빛깔 머리카락을 활짝 펼치고 유령처럼 누워 있었다. 침대보는 아래쪽에 반듯하게 개켜져 있고 그녀는 아무것도 덮지 않은 채 반듯하게 누워 있었다. 하얀색 새틴 드레스 가운이 거의 무릎까지 말려 올라가 있었다. 커튼을 걷으려고 손을 뻗으면서 코델리아는 방 안에 고인 오후의 빛이 이상한 착시현상을 일으킨다고 생각했다. 그늘에 가린 클라리사의 얼굴이 침대의 차양 빛깔처럼 진한 붉은색으로 보였던 것이다. 그녀의 살갗이 화사한 진홍색을 빨아들이고 있는 것만 같았다.

커튼 두 장을 모두 걷고 방이 빛으로 환해졌을 때 코델리아는 돌아서서 침대에 있는 것을 처음으로 똑똑히 보았다. 보고도 믿을 수 없었던 그 시간, 그녀의 생각은 제멋대로 미친 듯이 회오리쳤고, 눈앞의 이미지는 환각처럼 빙글빙글 돌았다. 클라리사는 얼굴에 팩을 덮고 있는 모양이라고, 진하고 끈적끈적한 물질이 눈을 덮은 두 장의 패드에 스며들었던 모양이라고, 아니면 침대 차양이 무너지면서 그 진홍색 천이 클라리사의 얼굴을 진한 붉은색으로 덮어버린 모양이라고, 생각이 멋대로 치달았다. 그러다 잠시 후 말도 안 되는 착각이 사라지고 코넬리아의 이성은 제 눈으로 본 현실을 똑똑하게 인정했다. 클라리사에게는 더 이상 얼굴이 없었다. 미용용 팩이 아니었다. 저 곤죽 같은 것은 클라리사의 살과 클라리사의 피가 박살이 난 뼈의 날카로운 파편에 찔리고 흘러내려 엉겨 붙어버린 검붉은 혈장 덩어리였다.

그녀는 몸을 덜덜 떨며 침대 옆에 서 있었다. 방 안은 소음으로 가득했다. 그녀의 귓속을 가득 채우고 갈비뼈에 와서 마구 부딪치는 그 소음은 규칙적으로 뛰는 자신의 심장 고동 소리였다. 그녀는 생각했다. 누구라도 데려와야 한다. 도움을 구해야 한다. 그러나 뭘 도와준단 말인가? 클라리사는 이미 죽어버렸다. 팔다리가 그 자리에 뿌리를 내린 듯 굳어버려 오직 눈만 움직일 수 있었다. 그러나 그 눈이 똑똑히, 너무나 똑똑히 현실을 보았다. 그녀는 침대 위의 공포에서 천천히 눈을 돌려 침대 옆 궤짝을 보았다. 뭔가 사라졌다. 은제 보석함이 없어졌다. 그러나 둥근 차 쟁반은 그대로 있었다. 장미꽃이 섬세하게 그려진 야트막한 찻잔과 찻잎 두 장이 떠 있는 연한 차 침전물, 그리고 찻잔 테두리에 립스틱 자국이 보였다. 쟁반 옆에 못 보던 물건이 있었다. 대리석으로 만든 어린아이 손목이었다. 손목은 끈적끈적한 피를 묻힌 채 흰색 종이를 한 장 깔고 있었다. 피로 물든 손가락이 종이를 매끄러운 목재 위에 단단히 고정하고 있는 것처럼 보였다. 종이에 피가 스며들어 익숙한 두개골과 엇갈린 뼈 그림을 거의 덮다시피

248

했지만 타자한 인용문은 음험한 핏자국을 벗어나 메시지를 똑바로 읽을 수 있었다.

> 다른 죄악은 오직 말만 할 뿐이지만, 살인은 소리 높여 외친다.
> 물이라는 요소는 대지를 축일 뿐이지만,
> 피는 분수처럼 솟구쳐 하늘까지 적신다.[64]

순간 그 일이 벌어졌다. 침대 반대편 서랍장에 올려두었던 자명종이 큰 소리로 울었다. 코델리아는 너무 놀라 펄쩍 뛰어올랐다. 덕분에 팔다리에 전기가 통한 듯 겨우 움직일 수 있었다. 침대를 돌아가 자명종을 꺼보려고 했지만, 손이 너무 떨려 매끄러운 목재 위에서 시계가 덜컹덜컹 흔들렸다. 아, 어떡하지? 아아, 어떻게 하면 저 소리를 멈출 수 있지? 이윽고 그녀의 손이 자명종 단추를 찾아냈다. 방은 다시 조용해졌고 끔찍한 자명종 소리의 여운이 머릿속에 메아리치는 와중에 다시 심장 고동 소리가 들려왔다. 혹시 그 소리 때문에 클라리사가 마리오네트처럼 뻣뻣한 몸을 홱 일으켜 얼굴 없는 무서운 모습으로 자신 앞에 우뚝 서지나 않을까, 겁을 먹고 침대 위에 누운 그 모습을 바라보았다.

이제 조금 마음이 가라앉았다. 코델리아가 반드시 해야 할 일이 있었다. 우선 앰브로즈에게 알려야 한다. 앰브로즈가 경찰에 전화할 것이다. 그리고 경찰이 올 때까지 어떤 것도 손을 대면 안 된다. 그녀는 자신도 모르게 대단한 집중력을 쥐어짜 방 안의 세세한 모습을 살펴보았다. 화장대 위에는 화장이 묻은 솜덩이 몇 개가 뭉쳐져 있었고 아직 뚜껑을 닫지 않은 아이로션 병이 있었다. 난로 앞 러그 위에는 클라리사의 자수 슬리퍼가 반듯하게 놓여 있었

---

64 《말피 공작부인》에서 공작부인의 죽음을 확인하는 페르디난드에게 보솔라가 하는 말

다. 난로 옆 의자 위에는 그녀의 분장도구 상자가 뚜껑이 열린 채로 놓여 있었다. 그리고 침대 옆에 그녀의 대본이 떨어져 있었다.

문 쪽을 돌아보자 문이 열려 있고 앰브로즈가 보였다. 앰브로즈 뒤에는 조지 경이 목에 망원경을 두른 채 서 있었다. 그들은 서로를 뚫어지게 바라보았다. 아무도 말하지 않았다. 이윽고 조지 경이 앰브로즈를 밀치고 침대 쪽으로 다가갔다. 그는 여전히 입을 다물고 등을 꼿꼿하게 세운 자세로 아내를 내려다보았다. 그리고 돌아섰다. 그의 얼굴이 팽팽하게 긴장했다. 실룩거리던 경련은 잦아들고 피부는 거의 녹색으로 보일 만큼 질려 있었다. 이윽고 그가 침을 꿀걱 삼키더니 구역질이 나올 듯이 한 손으로 제목을 눌렀다. 코델리아는 본능적으로 그에게 다가가며 외쳤다. "죄송합니다! 정말로 죄송합니다!"

그 말이 얼마나 덧없고 진부한지, 말을 내뱉자마자 스스로 몸서리가 쳐졌다. 그리고 그녀는 조지 경의 얼굴에 떠오른 아연실색한 공포의 표정을 보았다. 코델리아는 생각했다. 이런, 세상에. 그는 내가 범죄를 고백한다고 생각해. 내가 클라리사를 죽였다고 생각하고 있어.

코델리아는 외쳤다. "선생님은 부인을 지키라고 저를 고용했습니다. 저는 부인의 안전을 지키러 여기에 왔고요. 한시라도 부인을 혼자 놔두는 게 아니었어요."

조지 경의 얼굴에서 공포가 빠져나가는 게 보였다. 그는 침착하게, 거의 무뚝뚝하게 들리게 말했다. "당신도 몰랐겠죠. 아내가 진짜 위험에 처했다고는 나도 믿지 않았어요. 누구도 믿지 않았어요. 게다가 아내가 당신이든 누구든 곁에 머물게 허락하지 않았을 겁니다. 그러니 자책은 그만해요."

"하지만 저는 대리석 손목이 사라진 사실을 알았어요. 그 사실을 부인에게 경고했어야 했어요."

"뭘 경고한단 말입니까? 이럴 줄 예상하지도 못했을 텐데요."

그는 다시 명령을 내리듯이 날카롭게 말했다. "자책은 그만해요, 코델리아."

조지 경이 그녀를 이름으로 부른 것은 이번이 처음이었다.

앰브로즈는 여전히 문간에 서 있었다. 그가 물었다. "죽었습니까?"

"직접 봐요."

그는 침대로 다가와 시체를 내려다보았다. 그의 얼굴이 새빨갛게 변했다. 그 모습은 충격보다는 당혹스러움이라고 코델리아는 생각했다. 이윽고 그가 몸을 돌리고 말했다. "믿을 수가 없어요!" 그리고 낮게 속삭였다. "무섭군! 무서워!"

앰브로즈가 갑자기 사잇문 쪽으로 달려가 문손잡이를 잡았다. 문에 자물쇠가 풀려 있었다. 코델리아와 조지 경은 앰브로즈의 뒤를 따라 코델리아의 방으로 갔고 이어서 욕실로 향했다. 화재 대피용 사다리로 이어지는 창문이 코델리아가 열어놓은 대로 열려 있었다. 조지 경이 말했다.

"범인은 여기를 통해 비상용 사다리로 내려간 모양입니다. 섬을 수색하는 게 좋겠어요. 물론 성 안쪽도 살펴보고요. 공연 관계자를 포함해 우리가 동원할 수 있는 사람이 몇이나 됩니까?"

앰브로즈가 재빨리 헤아려보았다. "배우가 약 스물다섯 명에 우리 쪽 인원은 올드필드까지 여섯 명입니다. 아이보 휘팅엄은 별 도움이 될 것 같지 않군요."

"그 정도면 수색대를 네 조로 나누기에 충분합니다. 한 조는 성안을, 나머지 세 조는 섬 전체를 뒤지게 합시다. 체계적으로 해야 합니다. 앰브로즈, 당신은 즉시 경찰에 신고하는 게 좋겠어요. 나는 사람들을 조직하겠어요."

서른 명이 넘는 사람들이 성과 섬을 마구 돌아다니며 소란을 일으킬 모습이 그려졌다. 코델리아가 말했다. "어떤 것도 손대면 안 돼요. 여기 두 방은 잠가둬야 해요. 앰브로즈 당신이 벌써 문 손잡이에 손을 댄 것은 안타까운 일이지만요. 그리고 관객들이 섬에 상륙하지 않게 막아야 해요. 수색대 문제도 경찰이 올 때까지 기다리는 게 좋지 않을까요?"

앰브로즈는 어쩌면 좋을지 모르겠다는 얼굴이었다. 조지 경이 말했다. "나는 기다리고만 있을 수 없어요! 그건 불가능합니다. 불가능해요, 앰브로즈!"

조지 경의 목소리는 사나웠고 눈빛은 거의 야수와도 같았다. 앰브로즈가 달래듯이 말했다. "그럼요. 당연히 그렇겠죠."

조지 경이 물었다. "올드필드는 어디에 있습니까?"

"오두막에 있을 겁니다. 마구간 구역이에요."

"올드필드에게 소형선을 내주고 섬과 스페이머스 사이 해협을 순찰하게 합시다. 그러면 범인은 바다로 탈출할 수 없을 거요. 그리고 나는 극장으로 가겠어요. 당신이 먼저 극장에 가서 전부 협력해달라고 미리 말해줘요."

조지 경이 나가자 앰브로즈가 말했다. "아무래도 조지 경은 분주하게 할 일이 있는 편이 좋아요. 그렇다고 누구에게 해를 끼치는 건 아니니까요."

코델리아는 올드필드가 섬을 떠나는 보트를 붙잡는다고 해서 뭘 어떻게 할 수 있을지 궁금했다. 그 보트에 올라타서 단독으로 살인자와 맞붙어 싸우기라도 할 수 있을까? 그리고 앰브로즈든 조지 경이든 코시섬에 외부 침입자가 있어서 찾아낼 수 있으리라고 진심으로 믿는 걸까? 피로 물든 저 대리석 손목의 의미를 두 사람도 모르지는 않을 텐데.

두 사람은 함께 코델리아의 방에서 복도로 나가는 문을 살펴보았다. 문은 안에서 잠겨 있고 열쇠도 그대로 꽂혀 있었다. 그렇다면 살인자는 이 문으로는 나가지 않았다는 뜻이었다. 두 사람은 사잇문을 닫고 자물쇠를 잠갔다. 마지막으로 클라리사의 방문을 잠그고 열쇠를 앰브로즈의 주머니에 넣었다.

코델리아가 물었다. "혹시 복제해둔 열쇠가 있나요?"

"아니요. 없습니다. 각 방의 여벌 열쇠는 내가 섬을 상속받았을 때 전부 잃어버렸고 굳이 열쇠를 복제해둘 생각도 없었습니다. 어쨌든 복제가 쉽지도 않았을 거고요. 이곳의 자물쇠는 전부 복잡한 모양이고 여기 있는 열쇠는 모두 원래 것입니다."

두 사람이 문에서 돌아서는 순간 발소리가 들리더니 톨리가 회랑 모퉁이를 막 돌아서 이쪽으로 걸어왔다. 그녀는 두 사람에게 고개를 한 번 까닥이는 것으로 인사를 대신하고 곧장 클라리사의 방문으로 가 문을 두드렸다. 코델리아의 심장이 마구 뛰기 시작했다. 앰브로즈 쪽을 돌아보았지만, 그 역시 할 말을 잃은 것 같았다. 톨리가 다시 한 번 문을 두드렸다. 이번에는 좀 더 큰 소리로 두드렸다. 그리고 코델리아에게 돌아서서 말했다.

"당신이 2시 45분에 클라리사를 깨우기로 했다면서요. 차라리 나한테 맡기지 그랬어요?"

코델리아는 바짝 마르고 부어올라 금방이라도 갈라질 것 같은 입술 사이로 겨우 말했다. "들어갈 수 없어요. 그녀는 죽었어요.

살해당했어요."

톨리가 돌아서서 다시 문을 두드렸다.

"이러다 지각하겠어요. 난 들어가야 해요. 공연 전에는 언제나 내가 필요해요."

앰브로즈가 한 발 앞으로 나섰다. 코델리아는 그가 톨리의 어깨에 손을 올려놓으려나 생각했다. 그러나 그는 팔을 아래로 늘어뜨리고 부자연스러울 만큼 거친 소리로 말했다. "공연은 없습니다. 클라리사는 죽었어요. 살해당했어요. 곧 경찰에 연락할 참이었어요. 경찰이 올 때까지 누구도 저 방에 들어갈 수 없어요."

이번에는 톨리도 알아들은 모양이었다. 그녀는 돌아서서 앰브로즈를 똑바로 바라보았다. 어떤 표정도 짓고 있지 않았지만, 얼굴이 새하얗게 질려 있어서 코델리아는 톨리가 기절이라도 할까 봐 손을 내밀어 그녀의 팔을 붙들었다. 톨리가 몸서리를 치는 게 느껴졌는데, 그것은 거의 혐오에 가까운 거부의 몸짓이었다. 코델리아는 얼굴을 한 대 얻어맞은 것 같은 충격을 느끼고 재빨리 손을 거두었다.

톨리가 말했다. "그 애. 그 애는 아나요?"

"사이먼 말인가요? 아직 몰라요. 조지 경을 제외하곤 아무도 모릅니다. 우리도 이제 막 시체를 발견했어요."

앰브로즈의 말투는 과로에 시달리는 하인처럼 괴로움과 초조함이 묻어 있었다. 코델리아는 그가 곧바로 이 모든 일을 도맡아 할 수는 없다고 항의하는 게 아닐까 조마조마했다.

톨리는 여전히 앰브로즈를 똑바로 바라보며 말했다. "조심해서 알려주세요. 그 애한테는 충격일 테니까요."

앰브로즈가 딱 잘라 말했다. "우리 모두에게 충격입니다."

"우리 중 한 사람은 아니에요."

그녀는 돌아서서 아무 말도 없이 가버렸다.

앰브로즈가 말했다. "정말 이상한 여자야! 도통 속을 알 수가 없어. 클라리사도 몰랐을걸. 게다가 왜 갑자기 사이먼을 걱정하는 거야? 그 애한테 특별히 관심을 보이지도 않았으면서. 아, 우린 빨리 경찰에게 전화하러 가는 게 좋겠군요."

두 사람은 계단을 내려가 큰 홀을 지나갔다. 홀에는 벌써 뷔페식으로 만찬 준비가 이루어지고 있었다. 길쭉한 탁자에 천을 덮고 한쪽 끝에는 포도주잔을 늘어놓았다. 식당으로 가는 문이 열려 있어서 코델리아는 문터가 식탁 의자를 끌어당겨 일렬로 맞추는 모습을 볼 수 있었다. 아마 식당 의자를 홀까지 운반할 모양이었다.

앰브로즈가 말했다. "여기서 잠깐만 기다려주시겠어요?"

잠시 후 그가 돌아왔다. "문터에게 소식을 알렸습니다. 문터가 선착장으로 내려가 소형선이 상륙하는 걸 막을 겁니다."

두 사람은 함께 집무실로 갔다. 앰브로즈가 말했다. "여기 코트링엄 경이 있었다면 자기가 직접 주 경찰서장에게 알리겠다고 고집했을 겁니다. 하지만 나는 스페이머스 경찰서에 먼저 알려야 한다고 생각합니다. 아니면, 런던경시청 범죄수사국에 알려야 할까요?"

"저라면 일단 스페이머스 경찰서에 알리고 나머지는 그쪽이 알아서 하게 하겠어요. 자세한 절차는 경찰이 더 잘 알겠죠."

그녀는 전화번호를 찾아주고 그가 전화하는 동안 기다렸다. 그는 감정 표현 없이 간단명료하게 사실을 알리고 클라리사의 보석함이 사라졌다고 덧붙였다. 코델리아는 앰브로즈가 보석함이 사라진 걸 알아챘다는 사실이 흥미로웠다. 그 방에 있는 동안 보석함이야기는 하지 않았다. 수화기 너머에서 잠시 침묵이 이어지더니 이윽고 말소리가 들렸다. 앰브로즈가 대꾸했다. "예, 그건 벌써 했습니다." 그리고 잠시 후. "그건 전화를 끊자마자 하려고 했습니다." 앰브로즈가 수화기를 내려놓고 코델리아에게 말했다. "당신 예상대로예요. 문을 잠가라. 어떤 것도 손대지 마라. 사람들을 한곳에 모아라. 다른 사람은 상륙하지 못하게 해라. 경찰이 그로건 경감을 보낸답니다."

극장 안 조명은 벌써 켜져 있었다. 객석 왼쪽 문 하나가 무대 뒤로 이어졌다. 주요 분장실 문 두 개가 열려 있고 거기서 웃음소리와 떠들썩한 말소리가 새어 나왔다. 출연자 대부분이 벌써 옷을 갈아입고 동료로부터 이런저런 조언을 받으며 깔깔 웃어가며 분장 중이었다. 학기 말 떠들썩한 학교 분위기가 떠올랐다. 앰브로즈가 주연배우용으로 남겨둔 두 개의 방문을 두드리고 잠시 후 큰 소리로 말했다. "다들 무대 위로 나와주세요! 지금 당장요."

배우들은 제멋대로 무리를 이루어 밖으로 나왔다. 옷을 입으며 나오는 사람도 있었다. 그러나 앰브로즈의 얼굴을 본 순간 전부 입을 다물고 얌전히, 대체 무슨 일일까 궁금한 얼굴로 무대 위에 모였다. 의상을 입다 만 사람, 화장을 반절만 한 얼굴, 번쩍이는 입술을 제외하곤 하얀 얼굴들을 보니 빅토리아 시대 경찰의 신문에 끌려 나온 사창가 손님과 주민 같다고 코델리아는 생각했다.

앰브로즈가 말했다. "안타깝게도 매우 충격적인 소식을 전해드려야 할 것 같습니다. 클라리사 라일이 죽었습니다. 살해당했을 가능성이 매우 큽니다. 경찰에 알렸으니 곧 올 겁니다. 그동안 여러분은 모두 여기 극장에 머물러 있으라는 경찰의 요청이 있었습니다. 문터와 문터 부인이 차와 커피 등 필요한 것들을 가져다줄 겁니다. 코트링엄 경, 이곳 책임을 맡아주면 고맙겠습니다. 저는 다른 사람들에게 소식을 전해야 하니까요."

프릴 앞치마와 긴 리본이 달린 주름 모자를 쓴 하녀 복장의 금발 여자가 건방진 얼굴로 물었다. "그럼 연극은 어떻게 되는 거죠?"

충격을 받은 나머지 엉겁결에 나온 질문이겠지만 코델리아는 아마도 저 여자가 평생 그 질문을 부끄럽게 여길 거라고 생각했다. 누군가가 놀란 숨을 들이켜자 여자는 얼굴을 붉혔다.

앰브로즈가 딱 잘라 말했다. "공연은 취소되었습니다."

그리고 몸을 휙 돌려 극장을 떠났다.

코델리아는 그 뒤를 따라갔다. "수색대는 어떻게 하죠?"

"수색대 편성은 조지 경과 코트링엄 경에게 맡길 겁니다. 우선 모든 출연진이 다 함께 극장에 머물러 있으라고는 말해두었으니까요. 저는 부인을 잃고 비탄에 잠긴 남편이 자기 능력을 증명해 보이겠다는 결심에 대해 경찰의 지시를 강요하지는 않을 겁니다. 남은 사람들은 어디에 있을까요?" 그의 말투는 거의 안달복달하는 사람처럼 들렸다.

코델리아가 말했다. "사이먼은 수영하러 갔을 거예요. 로마는 아까 서재에 있었지만, 지금쯤은 옷을 갈아입으러 갔을 것 같고요. 아이보는 자기 방에서 쉬고 있지 않을까요?"

"그럼 당신은 두 사람을 찾아서 소식을 전해주세요. 나는 사이먼을 찾아볼게요. 그런 다음 경찰이 도착할 때까지 전부 함께 있는 게 좋겠어요. 극장 손님들과 함께 있는 게 예의겠지만, 지금은 흥분한 부인들의 질문 공세를 감당할 자신이 없군요."

코델리아가 말했다. "경찰이 올 때까지는 사실관계를 덜 말할수록 좋아요."

그가 날카롭게 빛나는 눈으로 코델리아를 바라보았다. "그렇군요. 그러니까 실제 사인에 대해서는 침묵을 지키는 게 좋다는 말인가요?"

"실제 사인은 아직 모릅니다. 하지만 맞아요, 누구에게든 가능한 한 말을 적게 할수록 좋습니다."

"하지만 사인은 분명해요. 클라리사의 얼굴은 두들겨 맞은 모습이었어요."

"그건 죽은 다음의 일일 겁니다. 예상보다 피가 많이 나오지 않았거든요."

"내 눈에는 피가 충분히 많아 보였는데요. 당신은 비서 겸 수행인이라기에는 아는 게 참 많군요."

"저는 비서 겸 수행인이 아닙니다. 사립탐정이에요. 더 이상 숨길 필요가 없겠군요. 어차피 당신도 지금쯤은 눈치를 챘을 거고요. 그리고 제가 별 도움이 안 되었다고 말한다면, 예, 저도 잘 압니다."

"오, 코델리아. 당신이 달리 뭘 할 수 있었겠어요? 누구도 살인은 예상하지 못했을 겁니다. 자책은 그만둬요. 우린 신문을 끝낼 때까지 모두 여기 함께 발이 묶여 있을 텐데, 그렇게 침울한 자책에 빠져 있지 않아도 경찰의 엄중한 신문은 충분히 지루할 겁니다. 그런 모습은 당신에게 어울리지 않아요."

두 사람은 성으로 들어가는 아케이드 문에 이르렀다. 주위를 둘러보니 저 멀리서 사이먼이 어깨에 수건을 두르고 장미정원에서 너도밤나무 가로수 길을 따라 섬 정상으로 이어지는 길쭉한 모양의 잔디밭 경사로를 내려오는 게 보였다. 앰브로즈가 아무말 없이 사이먼을 맞이하러 갔다. 코델리아는 문간 그늘에 서서 지켜보았다. 앰브로즈는 서두르지 않았다. 마치 느긋하게 산책이라도 하는 듯한 발걸음이었다. 두 사람이 만나 햇볕 아래 머리를 숙이고 섰다. 둘의 그림자가 밝은색 풀밭에 얼룩을 그렸다. 둘의 몸이 서로 닿지는 않았다. 잠시 후 두 사람은 여전히 뚝 떨어진 채로 천천히 성 쪽으로 걸어오기 시작했다. 코델리아는 큰 홀로 들어갔다. 아이보와 로마가 나란히 계단을 내려오고 있었다. 아이보는 만찬용 재킷으로 갈아입었지만, 로마는 여전히 바지 정장 차림이었다.

로마가 코델리아를 불러 세웠다. "다들 어디 갔어요? 성이 시체안치소만큼 조용하군요. 방금 아이보에게 나는 옷을 갈아입지 않겠다고 얘기하던 참이에요. 연극을 보러 가지 않을 거예요. 두 분은 하고 싶은 대로 하면 되지만, 나는 아마추어 무리의 우스꽝스러운 짓을 보고 클라리사의 과대망상에 맞장구를 치겠다고 이 더운 날 이브닝드레스를 입지는 않을 겁니다. 당신네는 클라리사가 그렇게 무서우면 말도 안 되는 그 응석을 받아주든가요. 하지만 누군가는 클라리사를 말려야 할걸요."

코델리아가 말했다. "누군가가 그렇게 했습니다."

두 사람은 계단을 내려오는 도중에 얼어붙은 듯 걸음을 멈추고 코델리아를 내려다보았다.

코델리아가 말했다. "클라리사는 죽었습니다. 살해당했어요."

순간 코델리아의 자제력이 깨져버렸다. 헉하고 숨을 몰아쉬다가 뜨거운 눈물이 왈칵 얼굴에 쏟아졌다. 아이보가 뛰어 내려왔다. 그녀는 강철 막대처럼 가늘지만 억센 아이보의 팔이 자신을 끌어당기는 것을 느꼈다. 클라리사의 시체를 발견한 후 처음 접하는 인간의 접촉, 처음 만나는 연민의 몸짓이었다. 이대로 무너져 그의 어깨에 얼굴을 묻고 어린아이처럼 엉엉 울고 싶은 유혹을 거부하기 어려웠다. 그러나 그녀는 아이보가 아무 말 없이 자신을 다정하게 끌어안고 있는 동안 눈물을 삼키고 자제력을 찾으려고 무진 애를 썼다. 그의 어깨에서 고개를 들었을 때 눈물 어린 눈을 통해 바로 위쪽에 선 로마의 얼굴이 보였다. 그 모습은 흰색과 분홍색으로 마구 얼룩져 보였다. 코델리아는 눈을 깜박여 초점을 제대로 맞추었다. 클라리사와 똑 닮은 입이 벌어져 있고 눈은 크게 뜬 채로 앞을 멍하니 응시하고 있었다. 얼굴 전체가 공포라고 볼 수도, 승리라고 볼 수도 있는 감정으로 활활 타올랐다.

그렇게 아이보의 품에 안겨, 로마가 두 사람을 내려다보는 상태로 얼마나 오래 있었는지 알 수가 없었다. 이윽고 뒤쪽에서 발소리가 들렸다. 코델리아는 몇 번이나 반복해서 중얼거리며 아이보의 품에서 떨어졌다. "죄송해요. 죄송합니다. 죄송해요."

앰브로즈의 목소리가 들렸다. "사이먼은 자기 방으로 갔습니다. 충격이 너무 커서 한동안 혼자 있고 싶다는군요. 준비되면 내려오겠답니다."

아이보가 물었다. "대체 무슨 일입니까? 클라리사는 어떻게 죽었습니까?"

앰브로즈가 망설이자 로마가 큰 소리로 외쳤다. "어서 말해줘요! 우리에게 말해달란 말이에요!"

앰브로즈는 코델리아 쪽을 보더니 체념 어린 사과의 뜻으로 어깨를 으쓱했다. "미안합니다만, 나는 경찰처럼 일할 준비가 안 되어 있군요. 이분들도 알 권리가 있어요." 그는 로마를 올려다보았다. "클라리사는 맞아서 죽었습니다. 얼굴이 으깨져 곤죽이 되어 있었어요. 흉기는 죽은 공주의 대리석 손목이었던 걸로 보입니다.

사이먼에게는 그녀가 어떻게 죽었는지 알리지 않았습니다. 그 아이는 모르는 편이 낫겠어요."

로마가 계단 위에서 무너져 내리며 난간을 움켜잡았다. 그녀가 말했다. "당신의 그 대리석 손목 말인가요? 살인자가 그걸 가져갔어요? 하지만 어떻게? 게다가 그 물건이 거기 있는 걸 범인은 어떻게 알았죠?"

앰브로즈가 말했다. "남자인지 여자인지 모를 범인은 오늘 아침 7시가 되기 전에 그 물건을 진열장에서 훔쳐 갔습니다. 경찰역시 범인이 그 물건이 거기 있다는 사실을 안 것은 어제 점심 전에 내가 직접 범인에게 그 물건을 보여주었기 때문이라고 생각할까 봐 걱정입니다."

22

10분 후 로마와 아이보, 코넬리아는 응접실 창가에 서서 테라스 너머로 선착장을 내려다보았다. 세 사람 모두 겉으로 보기엔 침착해졌다. 처음의 충격은 이제 불안감, 아니 거의 병적이고 외설적인 흥분으로 바뀌었고, 세 사람 모두 자신에게서나 상대방에게서 그 흥분을 알아볼 수 있어서 뜻밖이면서 동시에 부끄러웠다. 그들은 모두 술을 마시고 싶은 유혹을 가까스로 참고 있었다. 술냄새를 풍기며 경찰과 대면하는 건 현명하지 못한 처사라는 것을 다 알기 때문이리라. 그러나 문터가 응접실에 진한 커피를 내왔고, 그것 역시 비슷하게 효과적이었다.

승객을 가득 태운 두 대의 소형선이 선착장에서 위태롭게 흔들리고 있었다. 야회복 차림으로 배 한쪽에 몰려 있는 손님들은 어느 공화국의 대학살을 피해 도망쳐온 귀족 난민 무리같이 번지르르해 보였다. 앰브로즈가 그들에게 뭐라 뭐라 설명을 했고 그 옆에 문터가 제2 방어선처럼 서 있었다. 상당히 큰 몸짓이 오갔다. 멀리서 지켜봐도 앰브로즈의 자세나 약간 숙인 머리, 활짝 편 손은 유감의 뜻과 고충과 약간의 당혹감을 전달했다. 그러나 그는 확고하게 서 있었다. 요란한 말소리가 멀리서 지저귀는 찌르레기 소리처럼 높고 희미하게 들려왔다. 코델리아가 아이보에게 말했다. "저 사람들, 불안해 보여요. 배에서 내려 잠시 다리라도 펴고 싶을 거예요."

"내가 보기엔 화장실에 가고 싶은 모양입니다. 딱하기도 해라."

"뱃전 위에 올라서서 사진을 찍는 사람도 있어요. 저러다 떨어질까 무섭네요."

"마커스 플레밍이군요. 내 기사에 사진을 넣을 생각인가 봐요. 아, 해안에 닿기 전에 흥분으로 저 배가 뒤집히지만 않는다면, 저 자는 런던에 전화를 걸어 특종을 전달할 수 있을 겁니다."

"저 뚱뚱한 여자는 아주 단호해 보여요. 저기 담자색 옷을 입은 사람이오."

"코트링엄 경의 어머니입니다. 죽은 남편에게서 작위를 물려받은 아주 무시무시한 부인이죠. 앰브로즈도 저 부인은 조심하는 게 좋을 겁니다. 저 부인이 선착장에 한발이라도 내려놓는 날엔 그녀를 막을 도리가 없어요. 여기까지 달려와 가엾은 클라리사의 시체를 한번 훑어보기만 하면 우리 모두에게 모진 고문을 가해 경찰이 도착하기도 전에 사건을 해결하고 말걸요. 아, 앰브로즈가 결국 이겼군요! 소형선이 다시 떠나고 있어요."

로마가 조용히 말했다. "그리고 경찰이 왔어요."

네 줄기의 선명한 물보라가 섬의 모퉁이를 돌아 모습을 드러냈다. 매끈하게 생긴 감색 소형선 두 척이 다가오고 있었다. 길쭉한 항적이 연푸른 바다를 하얗게 갈랐다.

로마가 말했다. "이렇게 불안하다니, 이상해요. 바보가 된 기분이랄까. 다시 학생으로 돌아간 것 같아요. 전혀 죄를 짓지 않은 사람은 오히려 항상 죄를 지은 것처럼 느껴지고, 또 그렇게 보이기도 하잖아요."

아이보가 말했다. "전혀 죄를 짓지 않았다고요? 그것참 부럽군요. 나는 그런 적이 한 번도 없어서요. 하지만 나는 걱정하지 않아도 돼요. 경찰은 이런 사건에 대해 나름의 공식이 있으니까요. 용의자들을 우선순위에 따라 엄격하게 순서를 매길 겁니다. 가장 먼저 남편, 그다음은 유산상속자, 그리고 가족. 다음으로 친한 친구와 친지죠."

로마가 차갑게 말했다. "나는 유산상속인이기도 하고 친척이기도 하니까 안심할 수 없겠군요."

그들은 화려한 손님을 태운 두 척의 소형선이 뒤뚱거리며 섬을 떠나가고, 매끈한 감색의 소형선 두 척이 빠르게 다가오는 모양을 말없이 지켜보았다.

제 4 부

전문가들

23

로버트 버클리 경사는 젊고 잘생겼고 영리했으며, 이런 장점을 스스로 잘 알았다. 흔치 않게는 그 한계까지도 잘 알았다. 그는 A 레벨[65] 2년 과정 끝에 세 과목에서 대단히 높은 점수를 받았는데, 이는 비슷한 성적의 친구들과 함께 대학에 진학하기에 충분한 성취였다. 그러나 그는 대학을 선택하지 않았다. 자신의 지성이 날카롭기는 하지만 표면적이라서 진정한 학자들과 경쟁할 수 없다고 생각했고, 또다시 3년을 적당히 지루하고 고된 학업에 시달리다가 지나치게 학력만 높은 백수 무리에 낄 생각은 전혀 없었다. 그는 자격이 모자라는 분야보다는 자격이 약간 남아도는 분야, 자신보다 교육을 더 많이 받은 사람들보다 덜 받은 사람들과 경쟁하는 직업을 구하는 게 가장 빨리 성공할 수 있는 길이라고 판단했다. 또 자기 안에 가학적인 기질이 있음을 인정했다. 적극적으로

65 영국의 후기 중등과정 중 대학준비 교육에 해당하는 2년

타인에게 고통을 가할 필요 없이 타인의 고통을 보고 경미한 만족감을 느꼈다. 그는 나이가 많은 부모의 늦둥이 외동으로 태어났는데, 부모님은 처음에는 그를 맹목적으로 사랑했다가 곧 존경으로 옮겨 갔으며 마지막에는 그를 약간 두려워하게 되었다. 그 사실 역시 마음에 들었다. 직업 선택은 쉽고 자연스러웠다. 최후의 결정은 퍼벡[66]의 산간지대를 느긋하게 산책하며 토지가 황토색과 초록색의 줄무늬로 변해가는 모습을 바라보다 내렸다. 군대 아니면 경찰, 두 가지 가능성밖에 없었고 첫 번째 선택은 재빨리 버렸다. 그는 사회적인 불안정을 깨달았다. 군대에는 전통과 관습과 공립학교 같은 분위기가 있었는데, 그는 그런 것들을 신뢰하지 않았고 경계했다. 군대는 그가 완전히 적응하기 전에 그의 약점을 폭로하고 심지어 배척할 낯선 세계였다. 반면 경찰은 그가 줘야 하는 것들을 주기만 하면 자신을 기꺼이 환영할 것 같았다. 그리고 실제로 그가 능력을 충분히 발휘하자 그들은 몹시 만족했다.

소형선 뱃머리에 앉아 있는 지금도 그는 이 세계와 자신에게 만족감을 느꼈다. 그는 자신의 열정을 감추는 연습을 해왔다. 상상도 마찬가지였다. 두 가지 모두 매력적이지만 변덕스러운 친구와 같아서 배신의 가능성이 있었기 때문에 거의 어울리지 않았고, 어울린다고 해도 경계심을 품어야 했다. 그러나 눈부시게 빛나는 바다 너머로 점점 형체와 빛깔을 갖춰가는 코시섬을 보고 있으려니 환희와 두려움이 마구잡이로 뒤섞인 어떤 감정이 느껴졌다. 경사 계급장을 단 후 계속 꿈꿔왔던 살인사건이 드디어 여기서 벌어졌다는 사실에 환희를 느꼈다. 그러나 선착장에 도착하자마자 언제나 들어왔던 그 말을 듣고 기대가 무너질지 모른다는 두려움도

66 영국 도싯주의 작은 반도

있었다. "범인은 위층에서 기다리고 있습니다. 사람을 붙여서 감시 중입니다. 제정신이 아닙니다. 자기가 왜 그런 짓을 저질렀는지 도통 모르겠다고 말합니다."

그들은 늘 왜 그런 짓을 저질렀는지 모른다고 했다. 스스로 범행을 자백한 살인자들이 살인 능력 따위는 아예 없었고 애처로운 모습으로 낙담해 있고는 했다. 살인이라는 그 독특하고 궁극적인 범죄는 과학수사의 측면에서 흥미로운 적이 거의 없었고 해결하기에 몹시 어려웠던 적도 별로 없었다. 그러나 정말로 좋은 살인사건을 만나면 이만한 흥분이 없었다. 수수께끼를 풀듯 풀어가는 범인 사냥, 피가 풍기는 금속성 냄새만큼 강력하게 퍼진 불안의 냄새, 흥분을 일으키는 행복감, 자신감과 인격과 사기가 오염된 충격을 받아 미묘하게 변화하고 악화해가는 매혹적인 모습 등이 자극적으로 섞여 있다. 좋은 살인사건은 마땅히 경찰 소관이었다. 그리고 이번 사건은 좋은 살인사건이라는 예감이 들었다.

버클리 경사는 자신의 상사인 그로건 경감이 붉은 머리를 햇볕에 반짝이며 앉은 쪽을 흘깃 쳐다보았다. 그로건 경감은 사건 전에 늘 그러듯이 조용히 뒤로 물러나 있었다. 눈은 감았지만, 경계심을 잃지는 않았고, 잘 지은 트위드 재킷 아래 근육이 팽팽하게 긴장해 있었으며, 포식자처럼 행동에 나설 것에 대비해 억센 전신에 에너지를 모으고 있었다. 3년 전 처음 그로건을 소개받았을 때 버클리는 곧바로 어린 시절 만화에서 보았던 용맹한 아메리카 원주민 전사를 떠올렸고, 머릿속으로 조각 같은 붉은 머리 위에 장식용 깃털 관을 씌워보았다. 그러나 그런 식의 비교는 엄밀하게 따져보면 전혀 정확하지 않았다. 그로건은 엄청난 거구의 사내였고 몹시도 영국적이었으며 너무나 복잡한 인간이라 단순하고 명확한 한 가지 이미지에 끼워 맞출 수가 없었다. 버클리는 딱 한 번 스페이머스 외곽에 돌로 지어놓은 그로건의 오두막에 초대받은 적이 있었다. 그로건은 아내와 헤어지고 혼자 살았다. 아들이 하나 있지만 아이에게 문제가 있다는 소문이 돌았다. 그러나 그 문제가 뭔지 정확하게 아는 사람은 아무도 없는 것 같았다. 오두막은 겉모습만으로는 아무것도 말해주지 않았다. 그림도 없었고 예전에 맡은 사건의 기념물도 없었으며 가족이나 동료의 사진도 없었고《유명 판례 모음집》같은 전집을 제외하면 책도 거의 없었다. 노출된 돌벽과 값비싼 스테레오 장비가 전부였다. 30분이면 가방에 짐을 싸서 아무런 흔적도 남기지 않고 집을 떠날 수 있을 정도였다. 버클리는 2년이나 그로건 밑에서 일했지만, 아직도 그를 이해할 수 없었다. 그가 무엇을 기대하는지는 알았다. 그것은 과묵함과 자발성을 번갈아 내비치는 것으로 그로건은 부하를 공명판으로 사용하곤 했다. 가끔은 냉소와 무자비함, 성급함도 기대했다. 버클리는 그의 부하로서 비서 겸 속기사이자 생도 겸 청중이 혼합된 역할로 이용되는 사실에 극히 일부분만 분개했다. 그로건 스스로 맡아 하는 일이 무척 많았던 것이다. 그러나 그에게서 배울 게 많았다. 일단 그는 일을 하면 꼭 결실을 보았다. 실패하더라도 무너지지 않고 공정했다. 게다가 이제 곧 퇴직을 눈앞에 두고 있었다. 2년만 있으면 된다. 버클리는 그로건에게서 원하는 것을 얻으며 자기 시간을 기다렸다.

선착장에는 세 명이 조각상처럼 미동도 없이 서서 그들을 기다리고 있었다. 소형선이 통통거리며 완전히 멈추기 전에 버클리는 그중 두 사람을 알아보았다. 조지 랄스턴 경은 구식 사냥용 재킷을 입고 거의 차렷 자세로 서 있었고, 앰브로즈 고린지는 조금 더 느긋했지만 만찬용 재킷을 차려입은 모습이 분위기에 맞지 않게 딱딱해 보였다. 두 사람 모두 휴전 협상가들을 기다리며 배반의 낌새를 놓치지 않으려고 경계심을 잔뜩 품고 지켜보는 포위된 성의 사령관처럼 꼿꼿한 자세로 경찰의 상륙을 지켜보고 있었다. 세 번째 남자는 검은 옷차림에 두 사람보다 키가 훌쩍 컸는데, 분명히 하인일 것이다. 그는 조금 뒤에 물러서서 무심한 표정으로 바다를 바라보고 있었다. 그의 태도는 코시섬에도 환영받는 손님이 있지만 적어도 경찰은 거기 포함되지 않는다는 뜻을 내비치고 있었다.

그로건과 앰브로즈가 서로 자기소개를 했다. 버클리는 자기 상사가 아내를 잃은 사람에게 어떠한 동정심도 보이지 않고 형식적이나마 애도의 말을 건네지 않았다는 사실을 깨달았다. 그러나 그는 원래 그런 일을 한 적이 없었다. 언젠가 스스로 그 이유를 설명한 적도 있었다. "진정성 없는 애도의 말은 무례하고, 상대방도 그걸 알고 있어. 그런 일까지 보태지 않아도 경찰 업무에는 원래 표리부동한 일이 많지. 어떤 거짓말은 모욕이기도 해." 조지 경과 앰브로즈도 겉치레가 생략되었음을 눈치챘지만, 두 사람 모두 어떤 표정도 드러내지 않았다.

앰브로즈가 계속 말하는 역할을 맡았다. 일행이 넓은 잔디밭 사이를 지나 성 입구로 가는 동안 그가 설명했다. "조지 경이 성과 섬을 탐색할 수색대를 조직했습니다. 성안 수색은 마쳤지만 섬을 살피러 나간 세 개 조는 아직 돌아오지 않았습니다."

"이제 제 부하들이 그 일을 맡을 겁니다."

"그러시겠죠. 나머지 출연자들은 극장에 있습니다. 찰스 코트링엄 경이 경감님을 기다리고 있습니다."

"용건이 뭐라고 말하던가요?"

"아니요. 다만 본인이 여기 와 있다는 사실을 경감님이 알고 있길 바라는 것 같습니다."

"이제 알았으니 됐습니다. 나는 시체를 보러 가겠습니다. 그리고 오늘 하루, 어쩌면 월요일까지 제가 사용할 작고 조용한 방이 하나 있으면 합니다만."

"제 집무실이 가장 적당하겠군요. 클라리사 라일의 방에서 전화를 주시면 제가 집무실로 안내하겠습니다. 필요한 건 뭐든 문터가 준비해드릴 겁니다. 제 손님들과 저는 서재에 있을 테니 필요하면 언제든지 부르십시오."

그들은 큰 홀을 통과해 계단을 올라갔다. 버클리는 주변의 어떤 것도 눈여겨보지 않았다. 그저 그로건 경감과 앰브로즈 고린지 바로 뒤에서 조지 경과 나란히 걸으면서 앰브로즈가 경감에게 클라리사의 죽음에 이르기까지 일어난 온갖 사건을 간단명료하지만 놀라울 만큼 이해하기 쉽게 설명하는 말에 귀를 기울였다. 클라리사가 어떻게 섬에 오게 되었는지, 하우스 파티의 다른 손님들은 어떤 특징이 있는지 간략하게 설명하고, 협박편지와 그것 때문에 클라리사가 개인적으로 코넬리아 그레이라는 사립탐정을 고용해 데려와야 했다는 점, 대리석 손목이 사라졌던 일, 시체를 발견한 지점까지 사전연습이라도 했나 싶을 정도로 신중하게, 개인적인 생각과는 상관없이 객관적인 사실만을 요약한 한편의 인상적인 공연을 보는 기분이었다. 그러나 어쩌면 정말로 사전연습을 했을지도 모른다고 버클리는 생각했다.

일행은 문밖에서 멈춰 섰다. 앰브로즈가 열쇠 세 개를 건네며 말했다. "시체를 발견한 뒤 문 세 개를 전부 잠갔습니다. 열쇠는 이것뿐입니다. 우리는 안에 들어가지 않기를 바라시겠지요?"

이때 조지 경이 처음으로 입을 열었다. "경감, 나는 아내의 양아들과 함께 그 애 방에 있을 테니 혹시 내가 필요하거든 그쪽으로 연락하십시오. 아이가 많이 놀랐습니다. 이런 상황에서 당연한 일이겠지요. 제가 있는 곳은 문터가 압니다." 그리고 돌연 몸을 돌려 가버렸다.

그로건이 앰브로즈의 말에 대답했다. "큰 도움이 되었습니다. 하지만 지금부터는 우리끼리 해나갈 수 있습니다."

클라리사는 죽어서도 여전히 배우였다. 침실 광경 자체가 기이할 정도로 극적이었다. 무대배경마저 멜로드라마에 어울릴 법하게 장엄했다. 소품은 현란하고 화려했고 지배적인 색깔은 진홍색이었다. 그녀는 진홍색 침대 차양 아래 팔다리를 벌리고 누워 있었다. 한쪽 다리를 절묘한 각도로 들어 올려 허벅지가 넓게 드러났고 얼굴은 인공의 피로 덮여 있었으며 연출가와 카메라맨이 그 주위를 돌며 예술적이면서 선정적인 자세에 손을 대거나 방해하지 않을 최고의 각도를 가늠했다. 그로건은 침대 오른쪽에 서서 얼굴을 찡그리며 시체를 내려다보았다. 마치 캐스팅 담당자가 역할에 맞는 배우를 제대로 골랐는지 곰곰이 생각하는 사람 같았다. 그러고는 허리를 숙여 클라리사 팔의 살 냄새를 맡아보았다. 참으로 기묘한 순간이었다. 버클리는 생각했다. '당신의 개 같은 하인이 무엇이기에 이런 일까지 해야 한단 말이오?'[67] 버클리는 순간 클라리사가 분노로 몸을 떨며 벌떡 일어나 얼굴의 더러움을 닦아낼 수건을 달라며 손을 내밀지는 않을까 생각했다.

방 안은 사람으로 가득했지만 죽음의 전문가라고 할 법한 수사

[67] 구약성서 〈열왕기〉 하권 8장 13절

관, 지문감식관, 사진사, 범죄현장감식반은 서로 방해되는 일 없이 각자의 일을 하는 데 익숙했다. 버클리가 알기로 그로건은 절대로 민간 범죄현장감식반을 사용하는 데 타협하지 않았다. 그로건이 민간인을 고용하고 훈련시키는 데 전력을 기울여온 런던경시청 출신인 걸 생각하면 이상한 일이었다. 그러나 이번에 동행한 두 사람은 전문가였다. 그들은 고양이 두 마리가 익숙한 서식지를 살금살금 돌아다니는 것처럼 섬세하고도 자신감 있게 움직였다. 버클리는 이 두 사람과 전부터 함께 일했지만, 거리나 술집에서 마주치면 얼굴을 알아볼 수 있을지는 자신할 수 없었다. 그는 뒤쪽에 물러서서 두 사람 중 연장자 쪽을 바라보았다. 그는 언제나 그들의 손을 지켜보았다. 꼭 들어맞아서 제2의 피부처럼 보이는 광택 나는 장갑을 낀 손을. 지금 그 손이 채집용 플라스크에 차 잔여물을 붓고 마개를 닫고 봉인을 하고 라벨을 붙이고 있다. 찻잔과 잔 받침을 조심스레 비닐봉지에 넣고 대리석 손목에서 혈액 표본을 긁어내 특별히 준비해 온 시험관에 넣는다. 손목 자체도 손가락 끝만 살짝 잡아서 멸균 상자에 담는다. 집게로 종이쪽지를 조심스럽게 집어 편지봉투에 살살 넣는다. 그의 동료는 침대 쪽에서 확대경과 핀셋을 들고 분주하게 움직인다. 베개에서 머리카락을 수집하는 모습이 으깨진 얼굴은 아예 잊은 사람 같다. 내무성 소속 병리학자가 검사를 마치자 침대보도 비닐봉지에 넣고 봉인해 다른 증거물에 추가한다.

그로건 경감이 말했다. "엘리스 존스 박사가 마침 웨어햄의 장모님 댁을 방문 중입니다. 여기서 가까우니 우리로선 잘된 일이지요. 사람을 보냈으니 30분 안에 도착할 겁니다. 우리가 미처 보지 못한 것 중 박사가 볼 수 있는 게 그리 많지는 않겠지만요. 어차피 사망 추정 시간은 최대한 좁은 범위로 한정될 겁니다. 이런 날씨에 체온이 사망 직후 첫 6시간 이내에 1시간에 약 1.5도씩 내려간다고 보면, 박사 역시 우리가 아는 것 이상으로 추정 시간을 더 단축하지는 않을 겁니다. 그러므로 사망 시간은 그 젊은 여자가 살아 있는 클라리사를 마지막으로 보고 떠났다는 1시 20분부터 역시 동일 인물이 시체를 발견했다는 2시 43분 사이겠죠. 앰브로즈 고린지가 말한 대로입니다. 피해자를 마지막으로 목격했으면서 동시에 시체를 처음 발견했다니, 코델리아 그레이 씨는 조심성이 없거나 운이 나쁘거나 둘 중 하나겠지요. 그거야 직접 만나보면 알 수 있을 테고."

버클리가 말했다. "혈액 상태로 보면 피해자는 목격된 시간보다는 일찍 죽은 것으로 보입니다."

"그래. 내 생각에도 피해자 혼자 남겨지고 30분 이내에 일어난 일이야. 저 대리석 손목 밑에 있던 인용문을 알아보겠나, 경사?"

"아니요."

"다행이군. 앰브로즈 고린지 말로는 《말피 공작부인》에서 인용한 대사라더군. 클라리사 라일이 주연을 맡기로 한 연극이라지? '피는 분수처럼 솟구쳐 하늘까지 적신다.' 출처는 몰랐지만, 이 감상에는 박수를 보내고 싶네. 하지만 이 경우에는 딱히 들어맞지 않아. 피가 분수처럼 솟구치지도 않았고 많은 양이 흘러나오지도 않았으니까. 얼굴을 집중적으로 망가뜨린 건 사후의 일이야. 그리고 우리는 그 이유도 몇 가지 알 수 있지."

마치 구두시험과 같다고 버클리는 생각했다. 그러나 이번 문제는 쉬웠다.

"정체를 감추려고. 진짜 사인을 모호하게 하려고. 살해를 확실히 하려고. 분노나 증오, 공포가 폭발한 경우."

"그렇게 폭풍처럼 폭력을 행사한 다음 문학을 사랑하는 우리 살인자께서는 피해자의 눈 위에 패드를 얌전히 올려놓았지. 유머 감각이 느껴지지 않나, 경사?"

두 사람은 함께 욕실로 이동했다. 이곳은 화려한 과거와 현대의 기능주의가 절충을 보았다. 커다란 욕조는 대리석으로 만들었고 둘레는 마호가니로 감싸놓았다. 변기 좌석도 마호가니였고 수세설비가 훌륭했다. 벽은 타일이었는데 타일마다 다른 야생화 꽃다발이 파란빛으로 그려져 있었다. 또 전신거울이 하나 있었는데 테두리에 천사 그림이 장식되었다. 수건걸이에도 난방이 들어왔고 비데가 있었고 욕조 위에 샤워기가 달렸으며 세면대 위 선반에는 온갖 목욕용 향료와 파우더, 값비싼 포장 비누가 갖춰져 있었다.

수건걸이에 네 장의 흰색 타월이 아무렇게나 걸려 있었다. 그로건은 한 장 한 장 코를 대고 타월 냄새를 맡아보고 큼직한 손으로 구겨보기도 했다. 그가 말했다. "수건걸이에 난방이 들어오는 바람에 수건이 완전히 말라버렸어. 게다가 욕조와 세면대도 말랐어. 이래서야 피해자가 죽기 전에 목욕을 했는지 어쨌는지 알 수가 없잖아. 엘리스 존스 박사가 시신 피부에서 목욕용 향료 흔적을 발견하면 모를까. 그렇다고 해도 확실히 결론을 내릴 수는 없어. 하지만 수건 상태를 보니 최근 사용한 것 같아. 희미하게 향내도 풍기고. 시신에서도 같은 냄새가 났지. 내 추측으로 그녀는 목욕을 할 시간이 있었어. 차를 마시고 화장을 지우고 목욕을 했지. 코넬리아 그레이가 1시 20분에 방을 나갔다면 그 뒤로 1시 40분 정도 되었겠네."

범죄현장감식반원 중 연장자가 문 앞에서 기다리고 있었다. 그로건이 옆으로 비켜서서 감식반원을 욕실로 들여보내고 그는 다시 침실로 돌아와 창가에 서서 자주색 빛 한 줄기가 저물어가는 바다와 하늘을 가르는 바깥 풍경을 내다보았다. 그가 말했다.

"자네, 버드허스트 라이즈 독살 사건을 들어봤나?"

"크로이던에서 일어난 사건이었죠? 비소를 썼죠."

"1928년 4월부터 1929년 3월 사이에 한 중산층 가정의 세 사람이 비소로 살해당했지. 은퇴한 식민지 공무원 에드먼드 더프와 그의 처제, 그리고 그녀의 홀어머니가. 사건마다 독은 음식이나 약에 섞여 있었네. 그렇다면 범인은 가족 중 한 사람일 수밖에 없었지만, 경찰은 범인을 체포하지 못했지. 용의자의 범위가 줄어들면 사건이 쉽게 해결될 거라고 흔히들 생각하지만, 잘못된 생각이야. 그렇지 않아. 오히려 실패를 면할 도리가 없을 뿐이지."

실패라는 단어가 그로건의 입에서 나오는 걸 한 번도 들어본 적이 없었다. 버클리의 행복감에 작은 근심의 무게가 얹혔다. 그는 지금쯤 극장에서 쉬고 있을 찰스 코트링엄 경을 떠올렸다. 경찰서장과 월요일 자 신문도 생각했다. '준남작의 부인, 섬 안의 성에서 구타로 사망. 유명 여배우 타살당하다.' 야심 찬 미래를 생각하는 경찰관이라면 절대 놓쳐서는 안 되는 사건이었다. 버클리는 이 방과 이 피해자와 이 무기와 코시섬 자체가 풍기는 조심스럽고 음울한 분위기는 과연 뭘까 생각했다.

잠시 아무도 말하지 않았다. 이윽고 부르릉 소리가 들리더니 모터보트 한 대가 섬의 동쪽 언저리를 돌아 큰 원을 그리며 선착장을 향해 다가오는 게 보였다.

그로건이 말했다. "엘리스 존스 박사가 평소처럼 극적으로 등장하셨군. 일단 우리가 알아낸 것들, 즉 피해자는 여성이고 사망했다는 사실을 박사가 알려주고, 우리끼리도 할 수 있었던 일, 즉 사고나 자살이 아니며 오후 1시 20분부터 2시 43분 사이에 발생한 살인사건임을 박사가 설명하고 나면, 이제 용의자들이 대체 뭐라고 해명들을 하는지 들어볼 수 있겠군. 준남작부터 시작해볼까?"

24

앰브로즈와 아이보, 로마, 코델리아가 함께 선착장에 서서 시 어워터호가 출연진을 태우고 섬의 동쪽 끝을 돌아 사라지는 모습을 배웅한 것은 4시 반이 거의 다 되어서였다.

앰브로즈가 말했다. "뭐, 저 사람들은 각광을 받는 순간은 빼앗겼는지 몰라도, 오늘 하루가 따분했다고 불평할 수는 없겠군요. 저녁 무렵이면 클라리사의 살해 소식이 전국에 퍼져나가겠죠. 내일 새벽이면 섬에 언론의 질문 공세가 쏟아진다는 뜻입니다."

아이보가 말했다. "어떻게 할 작정입니까?"

"누구도 상륙을 허락하지 않을 겁니다. 페스트가 돌던 시대에 드 코시가 했던 것처럼 야만적인 효과를 기대할 수는 없겠지만요. 하지만 이 섬은 사유지입니다. 그리고 모든 전화 문의는 스페이머스 경찰서에 알아보라고 문터가 응대할 겁니다. 경찰서에도 공보실이 있을 테니까요. 그쪽에서 대응하게 할 겁니다."

아직도 면 드레스 차림인 코델리아가 몸을 떨었다. 화창했던 하루가 저물기 시작했다. 곧 석양이 가장 화사한 마지막 빛을 뿜어내며 대기 자체가 푸른빛으로 물들어 보이게 풀과 나무의 색깔을 한층 짙게 만드는 덧없고 아름다운 시간이 찾아올 것이다. 테라스 위로 그림자가 길고 묵직하게 드리웠다. 토요일 요트를 즐기던 사람들도 집으로 돌아가고 바다는 텅 빈 채로 적막했다. 경찰 소형선 두 척만이 선착장에 묶여 가만히 흔들렸고 성벽과 작은 탑의 매끄러운 벽돌은 한순간 좀 더 진한 빨간색으로 반짝이더니 지금은 거무스름하고 무겁고 험악한 모습으로 그들 위에 우뚝 서 있었다.

일행이 큰 홀을 지나가자 성은 기이할 만큼 고요히 그들을 맞이했다. 위층 어딘가에서 경찰은 살인사건을 다루는 그들만의 은밀한 전문성을 발휘하며 분주할 것이다. 조지 경은 신문을 받고 있거나 사이먼의 방에 함께 있을 것이다. 그러나 실제로 어떤지는 아무도 알지 못했고, 질문할 마음도 없었다. 네 사람은 암묵적인 동의 아래 서재로 들어가 공식 신문을 기다리기로 했다. 서재는 응접실보다는 덜 편안했지만, 적어도 책을 읽는 척하기로 한 사람에게는 읽을거리가 무척 많았다. 아이보는 유일한 안락의자를 차지하고 뒤로 드러누워 시선을 천장으로 향한 채 다리를 쭉 폈다. 코델리아는 해도대 앞에 앉아 〈일러스트레이티드 런던 뉴스〉 1876년분 보관철을 천천히 넘겨 보았다. 앰브로즈는 모두에게 등을 돌리고 창가에 서서 잔디밭을 내다보았다. 로마가 가장 불안해 보였는데, 강제로 운동 중인 죄수처럼 책장 사이를 반복해서 오갔다. 문터와 문터 부인이 차를 가져다주어서 다행이었다. 묵직한 은제 찻주전자와 알코올램프 위에 얹은 놋쇠 주전자와 민턴 사의 찻잔이었다. 문터가 높다란 창에 커튼을 치고 성냥을 그었다. 화르르 소리와 함께 성냥에 불이 붙었다. 역설적이게도 서재는 밀폐된 고요 속에 싸여 곧장 아늑해졌지만 동시에 더 답답해졌다. 다들 목이 말랐다. 아무도 식욕이 없었지만, 시신을 발견한 후로 다들 진한 차나 커피의 자극과 안식을 갈망하고 있었고, 찻잔과 찻잔 받침을 손에 들고 있으면 적어도 뭔가 할 일이 생기는 셈이었다.

앰브로즈가 코델리아 옆에 앉았다. 차를 저으며 그가 말했다. "아이보, 당신은 런던에 떠도는 소문을 전부 알지요? 그로건 경감에 대해 말해봐요. 솔직히 말하자면, 처음 보자마자 어쩐지 그 사람이 별로 마음에 들지 않더군요."

"런던 소문을 전부 아는 사람은 없습니다. 당신도 잘 알겠지만, 런던은 사회적으로나 직업적으로나 지리적으로나 온갖 마을의 집합소이니까요. 그러나 연극계 소문과 경찰 쪽 소문이 가끔 겹칠 때도 있지요. 형사와 배우 사이는 의사와 배우 사이만큼은 연관성이 있으니까요."

"논문은 그만 쓰시고요. 그로건에 대해 아는 게 있습니까? 아까 어떤 사람과 그 이야기를 하고 있던데."

"전화 통화를 한 건 인정합니다. 사실 이 방에서 전화를 걸었죠. 당신이 그로건 경감과 그 부하들을 상대하느라 바쁜 동안에요. 그로건 경감은 런던경시청 범죄수사국의 부패에 넌더리가 나서 그곳을 그만두었다는 말이 있더군요. 물론 최근의 숙청작업이 일어나기 전의 일입니다. 아무리 봐도 그는 윌리엄 모리스 유형의 인간이에요. '이제 더 이상 나의 기사도 하느님의 기사도 아닌 그대, 훨씬 더 결백하고 순수하며 선량하고 진실하다.' 로마, 당신에게는 안심할 만한 소식 아닌가요?"[68]

"경찰 따위에 안심할 수는 없어요."

그러자 앰브로즈가 말했다. "그자에게 술을 권할 때는 조심해야겠군요. 뇌물이나 부정부패의 시도로 해석할 수도 있잖아요. 그사람을 여기로 보낸 사람이 경찰서장인지 누군지는 몰라도 아마실패를 예측한 겁니다."

로마가 날카롭게 말했다. "누가 어째서 그런 짓을 한단 말이죠?"

"그로건은 자기가 키운 부하가 아니라 밖에서 굴러들어온 사람이니까요. 게다가 그로건의 실패는 불을 보듯 뻔합니다. 이번 사건은 소설에나 나올 법한 살인사건 아닙니까? 용의자들이 서로 아주 가깝고, 편리하게도 육지에서 뚝 떨어진 고립된 범죄현장에, 출발점과 도달점이 잘 알려졌어요. 일주일 안에 매듭을 지어야 하는 사건이죠. 매듭을 짓는다는 말은 이쪽 분야에서 흔히 쓰는 말이죠? 다들 조속히 해결할 수 있는 사건이라고 기대한단 말입니다. 그러나 살인자의 두뇌가 명석하고 입을 꾹 다물고 있다면 여자인지 남자인지 모를 그 범인은 사실상 별 위험에 처해 있다고 생각하지 않습니다. 여기 숙녀분들이 계시니 예의 차원에서 범인을 남자라고 가정하겠습니다. 그 남자가 반드시 해야 할 일이라곤 절대 변명하지 않고, 말을 꾸며내지도 않고, 해명도 하지 않는 것입니다. 경찰이 무엇을 아는가, 혹은 의심하는가는 중요하지 않습니다. 입증할 수 있는지 없는지, 그것이 중요하죠."

로마가 말했다. "당신 말은 이번 사건이 해결되지 않기를 바라

---

68 윌리엄 모리스는 영국의 공예가이자 시인, 사상가로 산업혁명으로 인한 예술의 기계화에 반대해 수작업의 중요성을 강조하고 진정한 노동의 즐거움을 예찬했다. 위 대사의 인용문은 그의 시 〈하늘의 심판(The Judgment of God)〉의 일부이다.

는 것처럼 들리네요."

"이번 일에 관해 확고한 생각이 따로 있지 않다면, 당연히 해결되는 쪽을 원해야죠. 남은 평생을 살인사건 용의자로 산다면 지겨울 테니까요."

"여름철 관광객을 끌어들이지 않을까요? 사람들은 피와 공포를 좋아하니까요. 범죄현장을 구경시킬 수도 있어요. 물론 추가 요금 20펜스를 받고요."

앰브로즈가 선뜻 대답했다. "저는 선정주의를 이용하지 않습니다. 그래서 여름철 관광객에게 지하 납골당도 보여주지 않죠. 게다가 이번 살인사건은 취향도 형편없어요."

"원래 살인사건이라는 게 전부 취향이 형편없는 게 아닌가요?"

"꼭 그런 건 아니죠. 고전적인 살인사건을 취향의 형편없음 정도에 따라 분류해본다면, 훌륭한 실내 놀이가 될 겁니다. 하지만 이번 살인사건은 특별히 기괴하고 현란하며 연극적이라는 점이 충격이죠."

로마가 마지막 남은 차를 마저 마시고 두 번째 잔을 채웠다. "아주 그럴싸하네요." 그리고 덧붙였다. "그런데 우리만 여기 남아 있는 게 좀 이상하지 않아요? 난 사복형사가 여기 같이 앉아서 우리끼리 나누는 온갖 경솔한 이야기들을 전부 기록할 줄 알았어요."

"경찰도 자기 영역과 권력의 한계를 잘 압니다. 나는 내 집무실을 내줬고, 그들은 손님용 침실 두 곳을 폐쇄했습니다. 그래도 여기는 여전히 내 집이고 내 서재고, 그들은 내가 초대한 덕분에 여기 와 있어요. 누구든 용의자를 특정해 기소할 때까지 우리는 무죄로 취급받을 권리가 있습니다. 심지어 조지 경마저도요. 피해자의 남편인 만큼 그는 용의자 중에서도 으뜸 순위에 올라야 하거든요. 가엾은 조지 경! 아내를 진정 사랑했다면 이 상황은 그에게 틀림없이 지옥이겠죠."

그러자 로마가 말했다. "내 생각에 그 사람은 결혼하고 6개월 만에 아내를 사랑하는 일을 관두었어요. 그 무렵 클라리사가 정절을 지킬 능력이 없다는 사실을 알았을 거예요."

앰브로즈가 물었다. "하지만 조지 경은 그런 낌새를 조금도 내비치지 않았죠?"

"나한테는 그랬어요. 하지만 그 무렵 나는 부부를 만난 적이 거의 없어요. 그리고 그 남다른 불복종에 맞서서 조지 경이 뭘 어떻게 할 수 있었겠어요? 부정한 아내를 말 안 듣는 부관 대하듯이 할 수는 없잖아요. 그렇다고 그가 그 사실을 좋아했다고는 생각하지 않아요. 정말로 조지 경이 아내를 죽이지 않았다면, 물론 나는 단 한 순간도 그의 소행이라고 믿지 않지만요, 그 사람은 아마 살인자에게 고마운 마음이 전혀 없다고는 말할 수 없을걸요? 그가 운영하는 그 파시스트 조직에 보조금을 댈 수 있는 돈이 들어오잖아요. 영국애국자협회, 약자로 UBP라죠. 이름만 봐도 파시스트 조직 같지 않아요?"

앰브로즈가 빙긋이 웃으며 대답했다. "확실히 트로츠키파와 국제사회주의자들이 대거 몰려들 만한 이름은 아니군요. 그렇다고 해로운 단체는 아니에요. 〈보이즈 오운 페이퍼〉[69] 정신으로 무장한 늙은이 군대죠."

로마는 탁 소리 나게 찻잔을 내려놓고 다시 초조하게 방 안을

---

[69] 어린이와 청소년에게 기독교 정신을 주입하고 독서를 권장하기 위해 발행되었던 이야기 신문

오락가락하기 시작했다. "오오, 당신은 정말이지 자신을 속이는 솜씨가 대단하군요. 그 단체는 악의로 똘똘 뭉쳐 당혹스러운 짓을 저지르며, 무엇보다 절대 용서할 수 없는 사람들이에요. 관계자들은 자기 일을 무척 진지한 것으로 여기고 있어요. 위험한 헛소리를 진심으로 믿고 있다고요. 그러니 그들을 진심으로 상대하지 말고 비웃어야 해요. 그러면 그자들은 사라지고 말 테니까. 정말로 상황이 불리해지면 그 늙은이 군대가 누구를 지켜줄 것 같나요? 가엾은 프롤레타리아트를? 절대 아닐걸요!"

"나는 그들이 나를 지켜주길 바랍니다."

"물론 그렇겠죠, 앰브로즈. 그들은 당신을 지켜줄 거예요. 당신과 다국적기업과 기득권세력과 언론계의 거물들을 지켜주겠죠. 부자를 성안에 들이고 가난한 자는 문 앞에 서 있게 하는 일에 클라리사의 돈이 도움되겠네요."

앰브로즈가 짓궂게 말했다. "그런데 당신도 돈을 조금 받게 되지 않던가요? 게다가 그 돈은 당신에게 꽤 요긴하게 쓰이겠죠?"

"물론이죠. 돈이란 늘 요긴하게 쓰이는 법이니까. 하지만 그런 건 중요하지 않아요. 돈이 정말로 들어오면 반갑기야 하겠지만 꼭 필요하지는 않아요. 그것 때문에 사람을 죽일 만큼 절실하진 않다고요. 말이 나와서 말인데, 대체 살해 동기가 뭔지 나로선 도통 알 수가 없어요."

"오, 로마, 제발. 순진한 소리 좀 그만해요! 매일 신문을 대충 훑어보기만 해도 사람들이 가장 중시하는 살해 동기가 뭔지 알 수 있잖아요! 위험하고 파괴적인 감정만 있으면 돼요. 예를 들면, 사랑이오."

문터가 문간에 나타났다. 헛기침하는 문터가 연극에 등장하는 상투적인 집사 같다고 코델리아는 생각했다. 문터가 말했다. "법의학자인 엘리스 존스 박사가 도착했습니다."

앰브로즈는 순간 새로 온 손님을 정식으로 맞이해야 할지 어쩔지 망설이는 것 같았다. 이윽고 그가 말했다. "아무래도 내가 나가 보는 게 좋겠군. 경찰도 박사가 도착한 걸 알고 있나?"

"아직 모릅니다. 우선 주인께 알려드려야 할 것 같아서요."

"법의학자는 어디 있지?"

"큰 홀에 있습니다."

"박사를 기다리게 해서는 안 되지. 그냥 자네가 그로건 경감에게 모셔다드리는 게 좋겠어. 경감에게 필요한 것들이 있을지도 모르잖아. 일테면 뜨거운 물이랄지." 앰브로즈는 공중에 더운물 항아리와 대야가 나타나길 기대하는 듯이 애매하게 주위를 둘러보았다. 문터는 가고 없었다.

아이보가 중얼거렸다. "무슨 출산을 기다리는 사람처럼 말하는군요."

로마가 몸을 휙 돌렸다. 그녀의 말투에 노여움과 혐오감이 뒤섞였다. "설마 여기서 부검을 하려는 건 아니겠죠?"

일행은 일제히 코델리아를 바라보았다. 앰브로즈는 확실히 이런 일의 법적 절차를 알고 있겠지만, 그 역시 온화하고 거의 즐거움에 가까운 의문의 표정을 짓고 코델리아를 응시했다.

코델리아가 말했다. "아니에요. 법의학자는 범죄현장을 예비로 검사합니다. 시체의 체온을 재고 사망 시간을 추정할 거예요. 그리고 시신을 가져갈 겁니다. 법의학자가 와서 사망 사실을 확인할 때까지는 절대로 시신을 옮길 수가 없습니다."

로마 라일이 말했다. "자칭 비서 겸 수행인치고는 이상한 정보를 꽤 많이 아는군요. 하지만 깜박 잊고 있었네요. 당신은 사립 탐정이라고 앰브로즈가 알려줬어요. 그러니 우리 모두 왜 지문을 채취당했는지 당신은 설명할 수 있겠네요. 나는 지문을 채취당할 때 정말 불쾌했거든요. 남의 손을 가져다가 종이에 대고 꾹 누르다니. 직접 하게 했다면 그렇게까지 불쾌하지는 않았을 거예요."

코넬리아가 말했다. "경찰이 지문채취 이유를 설명하지 않던가요? 클라리사의 방에서 어떤 지문이 발견되면 그건 우리 것이 아니라는 사실을 확인하기 위해서예요."

"아니면 우리 중 누구 것인지 확인할 수 있게요? 그런데 그 사람들 조지를 닦달하는 일 외에 또 뭘 하고 있죠? 왜 그렇게 떼로 몰려왔는지 모르겠어요."

"일부는 아마 과학수사반에서 온 감식반원일 거예요. 흔히 범죄현장 감식반원이라고 하죠. 혈액과 체액 표본 같은 과학적 증거를 수집해요. 침대보와 찻잔과 찻잔 받침도 가져갈 거예요. 또 클라리사가 독극물을 먹었는지 알아내려고 남은 차도 가져가 분석할 겁니다. 살해당하기 전에 약을 먹었을지도 모르니까요. 아주 편안하게 반듯이 누워 있었거든요."

로마가 말했다. "클라리사는 수면제가 없어도 편안하고 반듯하게 잘도 누웠어요." 그때 로마는 사람들의 표정을 깨달았다. 그녀의 얼굴도 새빨갛게 달아올랐다. "미안해요! 괜한 말을 했어요. 그냥 도저히 믿기지 않아서 그래요. 맞아 죽은 상태로 누워 있는 클라리사의 모습이 그려지지 않아요. 도무지 이미지가 떠오르지 않아요. 얼마 전까지 그녀는 살아 있었어요. 그런데 지금은 죽었어요. 나는 그녀를 좋아하지 않았고 그녀도 나를 좋아하지 않았어요. 죽음조차 우리 두 사람에 관한 그 사실을 바꾸지는 못해요."

로마는 휘청거리며 문 쪽으로 걸어갔다. "산책하러 다녀올게요. 여길 좀 벗어나야겠어요. 혹시 그로건 경감이 찾거든 멀리 가지는 않았을 거라고 전해줘요."

앰브로즈가 찻주전자에 물을 붓고 자기 찻잔에 차를 따랐다. 그리고 코넬리아 옆에 느긋하게 앉았다.

"나는 아까 그 정치적인 견해를 듣고 깜짝 놀랐지 뭡니까? 어린 시절 함께 자란 사촌이 엉망으로 죽임을 당하고 곧 시신이 실려 나가 내무성 소속 법의학자의 손으로 부검을 당할 판국에 말입니다. 로마는 분명히 큰 충격을 받았습니다. 하지만 마치 클라리사가 경미한 관절염으로 불편을 겪고 있다는 말을 들은 정도로 거의 신경을 쓰지 않았어요. 그래놓고 가엾은 조지 경의 영국애국자 협회 이야기가 나오니 신경질적으로 화를 내며 펄쩍 뛰었지요."

아이보가 말했다. "겁을 먹은 겁니다."

"그야 당연하죠. 그런데 대체 무엇에 겁을 먹었을까요? 그 애처로운 아마추어 군단 때문은 아니겠지요?"

"그 사람들을 보면 나도 가끔 겁이 나던걸요? 돈에 관한 로마의 말은 옳다고 생각해요. 조지 경은 클라리사의 돈을 대부분 가져갈 겁니다. 재산이 얼마나 되지요?"

"이봐요, 아이보! 그걸 내가 어떻게 압니까? 클라리사가 개인적인 재정 상태를 시시콜콜히 들려주지는 않았으니까요. 우리가 그 정도로 가까운 사이는 아니었습니다."

"나는 그 정도로 가까운 사이라고 생각했습니다만."

"그랬더라도 그녀가 돈 이야기를 하지는 않았을 겁니다. 그게 클라리사의 대단한 점이죠. 믿기 어렵겠지만 사실입니다. 그녀는 가십을 좋아했지만 원할 때는 철저히 비밀을 지킬 줄도 알았어요. 클라리사는 뭐든 수집하는 걸 좋아했는데, 그중에는 유용한 정보 조각도 포함되었죠."

아이보가 가볍게 말했다. "그것참 뜻밖이로군요. 게다가 아주 위험하기도 하고요."

코넬리아는 두 사람을 바라보았다. 악의로 반짝이는 앰브로즈의 눈빛과 살가죽을 덮어놓은 앙상한 해골처럼 어색하게 의자에 앉은 아이보를, 너무 가늘어 금방이라도 부러질 듯한 손목과 거기서 늘어져 있는 뼈만 앙상한 손을, 회칠한 천장을 향해 들어 올린 광대뼈가 툭 튀어나오고 누렇게 뜬 얼굴을 보았다. 코넬리아는 감정의 혼란에 사로잡혔다. 분노와 무엇을 향하는지 잘 모를 깊은 슬픔과 혹시 부러움이 아닐까 싶은 낯선 감정이 마구 뒤섞여 떠올랐다. 두 사람은 냉소적이고 얼마쯤은 유머를 간직한 제삼자의 초연함으로 안정적인 위치에 있었다. 자기가 고통당할 가능성을 제외하면 이들의 가슴이나 신경을 정말로 건드릴 수 있는 일이라는 게 존재할까? 육체적인 고통마저도 보편적으로 평등하다면 이들은 비틀린 혐오나 조롱 섞인 경멸로 대할 것이다. 아이보야말로 바로 그런 태도로 자기 죽음과 맞서고 있지 않은가. 왜 특별히 좋아하지 않았던 여자가 얼굴이 뭉개진 채로 위층에 죽어 있다고 해서 이 두 사람이 슬퍼하길 기대한단 말인가? 그리고 이 죽음으로 인해 뭔가 생겼다는 것, 서로의 관계와 성(城) 자체와 숨 쉬는 공기가 뭔가 미묘한 영향을 받아 변했다는 것을 인정하려고 굳이 시인 존 던의 진부한 격언을 끌어들일 필요는 없었다.[70]

---

70 존 던의 시 〈누구를 위하여 종은 울리나〉 중 "누구도 스스로 온전한 섬은 아니다. 모든 인간은 대륙의 한 조각, 전체의 일부분이다. (중략) 누구의 죽음이라도 나를 줄어들게 한다. 나도 온 인류에 속해 있으므로."를 말한다.

코델리아는 갑자기 몹시 외롭고 자신이 너무 젊다는 생각이 들었다. 그리고 앰브로즈가 이쪽을 보고 있는 것을 깨달았다. 그는 그녀의 마음을 읽기라도 한 듯 말했다. "살인이 두려운 이유 중에는 죽은 자의 권리를 앗아가버린다는 점도 있죠. 이 방 안에 있는 사람 가운데 개인적으로 클라리사의 죽음을 비참하게 생각하는 사람은 없을 겁니다. 그러나 그녀가 자연사했다면 적어도 우리는 그녀를 애도했을 것입니다. 가장 최근 죽은 자를 향해 느껴지는 정상적인 감정인 안타까움과 감상과 동정심이 뒤섞인 마음으로 그녀를 생각했을 거라는 의미에서 말입니다. 정말이지 우리는 언제나 자신만을 생각하며 살지요. 그렇지 않나요? 그렇게 생각하지 않아요?"

아이보가 말했다. "코델리아는 그렇지 않을 겁니다."

서재는 또다시 침묵으로 가라앉았다. 그러나 그들의 귀는 삐걱거리는 모든 소리에 비정상적으로 예민해져 있어서, 홀을 지나가는 숨죽인 발소리와 멀리서 들려와 희미하지만 틀림없이 문을 닫는 소리에 세 사람의 고개가 일제히 위로 향했다.

아이보가 조용히 말했다. "시신을 내가고 있군요."

아이보가 조용히 커튼 뒤로 움직였고 코델리아도 뒤를 따라갔다. 달빛이 서리처럼 하얗게 내려앉은 넓은 잔디밭 사이에 유령처럼 검고 길쭉한 네 사람의 형체가 그림자도 없이 몸을 숙이고 작업에 열중하고 있었다. 그들 뒤에서 조지 경이 허리를 꼿꼿하게 세우고 다리를 쭉 뻗어 의례를 행하는 것처럼 걸었다. 그의 옆구리에서 금방이라도 칼이 절거덕하고 소리를 낼 것만 같았다. 작은 무리는 비밀스러운 종교의 금지된 의식에 따라 죽은 자를 몰래 매장하는 장례행렬 같았다. 충격과 피로로 지친 코델리아는 자기만의 적당한 동정심을 느끼고 싶었다. 그러나 그녀의 마음에는 수세대 전의 공포가 속삭였다. 전염병과 비밀스러운 살인의 이미지, 밤의 어둠을 틈타 희생자들을 처리하는 드 코시의 부하들이 떠올랐다. 아이보가 숨쉬기를 멈춘 것처럼 느껴졌다. 그는 아무 말도 하지 않았지만, 그의 굳은 어깨를 통해 그가 얼마나 강렬하게 창밖을 응시하는지 감지할 수 있었다.

이윽고 커튼이 벌어지며 앰브로즈가 나타났다. 그가 말했다. "아침 해와 함께 도착했는데 달빛을 받으며 떠나는군요. 저기 내가 나갔어야 했는데. 그로건 경감은 시신을 운구할 준비가 되었으면 나한테는 알렸어야죠. 정말 그자의 소행이 점점 괘씸해지는군요."

'클라리사는 평소처럼 약간 투정을 부리는 모습으로 코시섬에서 최후의 여행을 떠나는구나.' 코델리아는 생각했다.

1시간 후에 문이 열리고 조지 경이 들어왔다. 아무도 감히 질문하지 못했지만, 모두의 얼굴에 떠오른 궁금한 표정을 조지 경도 알아봤을 것이다. 그가 말했다. "그로건은 완벽하게 예의를 갖추었지만, 아직 어떤 가설을 세우고 있지는 않은 모양입니다. 자기가 어디까지 관여해야 하는지 잘 아는 사람이더군요. 그 빨간 머리가 주는 이미지에 속으면 안 됩니다. 틀림없이 그로선 영 손해예요."

앰브로즈가 씰룩거리는 입가를 단속하며 진지하게 말했다. "그자는 주로 책상에서 수사하겠죠. 덤불 밑에 뛰어들 사람은 아니라고 생각됩니다."

"현장 수사도 어느 정도는 할 겁니다. 감각이 어디 가지는 않았을 테니까요. 잘 해내리라고 생각합니다."

조지 경은 〈스펙테이터〉를 집어 들고 런던의 클럽에라도 온 사람처럼 편안하게 해도대 앞에 앉았다. 나머지 세 사람은 당혹스러운 침묵 속에 서서 그를 바라보았다. 코넬리아는 생각했다. '우린 지금 구두 면접시험을 보러 온 지원자들 같아. 어떤 질문을 받았는지 알고 싶지만 실제로 물어보면 부정행위로 오해받을까 봐 두려운 거야.'

아이보도 같은 생각을 했는지 이렇게 말했다. "경찰은 지금 '올해의 우수 용의자 선발대회'를 하는 게 아닙니다. 솔직히 말해 그들의 전략과 기법이 어떤지 약간 궁금해요. 보드빌[71]에서 애거서 크리스티를 비평한다면 현실을 제대로 모르는 셈이겠죠. 신문은 어땠습니까, 조지 경?"

조지 경이 잡지에서 고개를 들고 아이보의 질문을 진지하게 생각해보았다. "예상했던 대로였어요. 오늘 오후 정확히 어디에 있었고 무엇을 했는지 묻더군요. 나는 서쪽 벼랑에서 새를 관찰했다고 대답했고요. 또 돌아오는 길에 망원경으로 사이먼이 해변으로 나가는 걸 봤다고도 했습니다. 경찰은 그 말을 중요하게 생각하는 것 같더군요. 클라리사의 돈에 관해서도 물었습니다. 얼마나 되는지, 누가 받게 되는지 등등. 그로건은 코시섬의 새 생태에 대해 묻느라 20분이나 허비했어요. 아마 내 마음을 편안하게 하려는 배려였을 겁니다. 조금 이상하다는 생각이 들기는 했지만요."

아이보가 말했다. "존재하지도 않는 새의 둥지 틀기 습관에 대해 교활한 덫을 던져 당신이 거짓말을 하는지 아닌지 알아보려는 수작은 아니었을까요? 오늘 아침 일에 대해서는 어땠습니까? 아

---

71 노래와 춤, 촌극을 엮은 버라이어티쇼의 일종으로 무용수와 가수, 배우, 곡예사, 마술사들이 각각 별개의 공연을 펼치는 형태로 진행되었다.

침에 일어난 순간부터 뭘 했는지 꼬치꼬치 캐묻지는 않던가요?"
그의 목소리는 일상적으로 들리려고 조심하고 있었지만, 네 사람
모두 그가 무엇을 묻는지, 그리고 그 대답이 왜 중요한지 알았다.

조지 경은 다시 잡지를 집어 들더니 고개를 들지도 않고 말했
다. "필요 이상의 말은 하지 않았습니다. 예배당과 악마의 주전
자에 갔던 일은 말했습니다. 익사 사건에 대해서도 말했지만, 구
체적인 이름은 말하지 않았어요. 옛날이야기를 해서 수사에 혼
선을 빚어 봐야 좋을 게 없으니까요. 애초에 경찰의 관심사도 아
니고요."

아이보가 말했다. "마음이 놓이는군요. 저도 딱 거기까지만 말
할 생각입니다. 기회가 생기면 로마에게도 이야기를 해둘 테니
앰브로즈 당신은 사이먼에게 말해주세요. 조지 경 말대로 즐겁
지도 않은 아득히 먼 옛일과 전쟁 이야기로 혼선을 빚어 봐야 좋
을 게 없으니까요."

아무도 대답하지 않았지만, 조지 경이 불쑥 잡지에서 고개를
들고 말했다. "아, 미안해요. 깜박 잊고 있었어요. 경찰이 다음은
당신을 만나겠답니다, 코델리아."

25

코델리아는 앰브로즈가 왜 자신의 집무실을 경찰에게 내줬는지 이해할 수 있었다. 사무실 집기가 적당하게 갖춰져 있었고 지나치게 크지도 않았고 무엇보다 앰브로즈 자신이 경찰과 떨어져 있을 수 있었다. 그러나 마호가니와 등나무로 만든 의자에 앉아 책상 너머의 그로건 경감을 보고 있으려니 앰브로즈가 사립 살인 박물관 말고 다른 방을 골라주었더라면 좋았겠다는 생각이 저절로 들었다. 그로건의 머리 위 벽 선반에 올려놓은 스태퍼드셔 도자기 인형이 그사이 더 커진 것처럼 보였다. 그것들은 더 이상 예스러운 모양의 골동품이 아니라 진짜 사람 같았다. 온후하게 색칠한 얼굴이 살아 있는 사람처럼 빛났다. 또 조악하게 그린 교수대와 사형수 감방 삽화를 곁들인 빅토리아 시대 대판 신문 액자도 인간이 인간에게 가하는 잔혹 행위를 노골적으로 찬양하는 무시무시한 모습이 영 거슬렸다. 방 자체도 기억보다 더 작게 느껴

294

졌고, 폐소공포증을 일으킬 정도로 가까운 거리에 신문자와 마주한 채 잔뜩 겁을 먹고 그 좁은 공간에 갇힌 기분이었다. 창가에 제복 차림의 여성 경찰관이 거의 움직이지 않고 앉아 마치 보호자처럼 이쪽을 지켜보고 있다는 사실을 반쯤 의식했다. 코델리아가 기절하거나 아니면 그로건에게 폭행을 당했다고 주장할 거라고 생각했나? 그녀는 잠시 이 이름 모를 여성 경찰관이 그녀의 옷가지와 소지품을 드 모건의 방에서 새로 배정받은 침실로 옮기는 일을 도와주었던 그 경찰인지 생각해보았다. 그렇다면 침대에 소지품을 가지런히 정리하기 전에 틀림없이 그녀의 물건들을 철저히 살펴봤을 것이다.

코델리아는 비로소 그로건을 찬찬히 살펴보기 시작했다. 처음 경찰 소형선에서 내리는 걸 봤을 때도 키가 크고 체격이 좋다고 생각했는데, 지금은 그때보다 훨씬 더 커 보였다. 강렬하게 붉은 금발은 경찰관의 머리치고는 길었다. 머리카락 몇 오라기가 이마로 내려와서 그는 이따금 큼직한 손을 들어 머리카락을 쓸어 올렸다. 얼굴은 큼직했지만, 광대뼈가 튀어나오고 눈이 쑥 들어가 수척한 인상을 주었다. 광대뼈 아래로 더부룩한 구레나룻이 돋아나 거친 짐승의 분위기를 더했고 잘 지은 고급 트위드 정장과 기묘한 불균형을 이루고 있었다. 피부도 붉어서 전체적인 인상이 붉었다. 심지어 눈의 흰자위에도 붉게 핏발이 서 있었다. 그가 머리를 움직일 때마다 코델리아는 더러움이 한 점도 묻지 않은 깨끗한 옷깃 아래 햇볕에 그은 얼굴과 하얀 목 사이의 뚜렷한 경계선을 흘깃 볼 수 있었다. 그 선이 너무 뚜렷해서 왠지 목이 잘렸다가 다시 이어 붙인 사람 같았다. 그를 붉은 턱수염을 기른 엘리자베스시대 모험가로 상상해보려고 했지만, 그 이미지는 어딘가 미묘하게 어긋났다. 아무리 힘이 세다고 해도 어쩐지 권력의 밀실에서 은밀하게 계략을 세우는 활동가 이미지와는 맞지 않았다. 혹시 런던탑의 끔찍한 고문실에서 고문 기계를 작동하는 모습은 어울릴까? 그러나 부당한 상상이었다. 그녀는 마음속에서 병적인 이미지를 몰아내고 그의 실제 모습을 머리에 새기려고 노력했다. 경찰 규정에 묶여 있고 재판소의 법규를 따르며, 그리 유쾌하지 않은 일이라도 할 일은 반드시 하고 마는 20세기의 경찰 간부이자 코델리아가 반드시 협력해야 할 사람으로 말이다. 그러나 왜 이렇게 겁이 나는지 알 수가 없었다. 불안감을 느끼리라고는 예상했지만 이렇게 모욕적인 공포를 느낄 줄은 몰랐다. 그녀는 어떻게든 공포를 다스려보려고 했지만 비참하게도 경험이 풍부한 그로건은 그것을 훤히 꿰뚫어 보고 있으며 그에겐 그리 반갑지 않은 모습이라는 사실까지 똑똑히 의식했다.

그로건의 요청에 따라 코델리아는 조지 경이 킹리 거리의 탐정사무소를 찾아왔던 일부터 클라리사의 시신을 발견한 일까지 순서대로 진술했다. 그동안 그로건은 잠자코 듣고 있었다. 그녀가 협박편지 묶음을 건네자 그는 책상 위에 펼쳐두었다. 그녀의 나직한 목소리가 높아졌다가 낮아졌다 하는 동안 그는 무슨 중요한 패턴을 찾기라도 하는 것처럼 협박편지의 위치를 이리저리 바꿔보았다. 그녀는 거짓말 탐지기에 응하지 않아도 된다는 사실이 반가웠다. 딱히 거짓말을 하고 있지는 않았지만 말하지 않겠다고 결심한 사실들, 즉 톨리의 아이가 죽은 일이며 클라리사가 악마의 주전자에서 폭로한 이야기, 로마가 사촌에게 돈을 요구했다가 거절당한 일들을 조심스럽게 빠뜨릴 때마다 거짓말 탐지기의 바늘이 마구 요동칠 게 분명했다. 이런 일들이 경감의 관심 밖의 일일 거라고 일부러 생각함으로써 자신의 이러한 은폐를 정당화할 생각은 없었다. 지금은 너무 피곤해서 자신의 결심이 도덕적으로 옳은지 아닌지 판단할 힘도 없었다. 다만 클라리사의 으깨진 얼굴을 떠올릴 때조차 도저히 말할 수 없는 일들이 있다는 사실을 알 뿐이었다.

경감은 몇 번이고 반복해서 진술하게 했고 특히 침실 문을 잠근 일에 대해 압박 질문을 가했다. 클라리사가 열쇠를 돌리는 소리를 들은 게 정말로 확실한가? 코델리아가 자기 방문을 잠갔다고 했는데, 어떻게 그렇게 확신할 수 있는가? 때로는 경감이 일부러 둔한 척 코델리아의 말을 제대로 알아듣지 못한 체하면서 피고 측의 변호인인 그녀에게 혼란을 주려고 그러는 게 아닐까 하는 생각도 들었다. 점점 피로가 심하게 느껴졌다. 동시에 그로건의 억센 손이 책상 위 전등 빛 아래 놓여 있는 것을, 그의 손등에 돋은 붉은 털이 빛에 반짝이는 것을, 버클리 경사가 수첩을 넘길 때마다 작게 바스락 소리가 나는 것을 한층 더 뚜렷하게 의식했다. 1시간 넘게 진술한 끝에 비로소 기나긴 신문이 끝났고, 두 사람은 침묵했다.

이윽고 그로건이 지루함에서 벗어나려는 듯이 불쑥 물었다. "그럼 당신은 스스로 탐정이라고 부릅니까, 그레이 씨?"

"저는 자신을 무엇으로도 부르지 않습니다. 그저 탐정사무소를 소유하고 운영합니다."

"그것참 대단하군요. 하지만 지금은 그 이야기를 더 나눌 시간이 없군요. 당신 말로는 조지 경이 당신을 사립탐정으로 고용했다고요? 그래서 조지 경의 부인이 죽었을 때 마침 여기에 와 있는 거고요. 그렇다면 이번 사건에 대한 당신의 추리를 들어볼 수 있을까요?"

"저는 조지 경의 부인을 지키라고 고용되었습니다. 그런데 그만 죽게 놔둔 셈이 되었고요."

"그 점을 분명히 합시다. 누군가가 그녀를 죽이는 것을 옆에 서서 지켜보았다는 말입니까?"

"아닙니다."

"그렇다면 당신이 그녀를 죽게 했다는 말입니까?"

"아닙니다."

"그러면 누군가가 그녀를 죽이도록 사주했거나, 도왔거나, 돈을 주었나요?"

"아닙니다."

"그렇다면 자책은 그만두십시오. 아마 당신은 그녀가 진짜 위험에 처했다고는 생각하지 않았을 테지요. 그녀의 남편도 그랬을 테고요. 분명히 런던경시청도 그랬을 겁니다."

코델리아가 말했다. "그쪽에서는 나름대로 의심할 이유가 있었을지도 모릅니다."

그의 눈빛이 갑자기 날카로워졌다. "그런가요?"

"협박편지 중 한 통은 클라리사 라일이 직접 보낸 게 아닐까 의심이 갑니다. 남편의 타자기를 이용한 그 편지 말이에요. 당시 조지 경은 미국에 있었기 때문에 직접 부인 앞으로 그 편지를 부칠 수는 없었을 겁니다."

"그녀는 왜 그런 짓을 했을까요?"

"조지 경의 무죄를 입증하려고요. 그녀는 경찰이 남편을 의심할지도 모른다고 걱정했을 겁니다. 보통 이런 일은 남편부터 의심하지 않습니까? 그래서 남편이 결백하다는 걸 확실히 해두고

298

싫었을 겁니다. 경찰이 남편을 의심하느라 시간을 낭비하는 일이 없도록 말이에요. 그녀는 남편이 무죄라고 진심으로 믿었으니까요. 런던경시청도 그 편지는 클라리사가 직접 보내지 않았나 의심했을 거라고 생각합니다."

그로건이 말했다. "하지만 경찰은 의심만 하고 있지 않았어요. 봉투 날개에 묻은 타액까지 검사했지요. 타액은 클라리사 라일과 같은 혈액형을 가진 사람의 것이었고, 게다가 매우 희귀한 혈액형이었습니다. 또 경찰은 평범한 내용의 문장을 타자해달라고 클라리사에게 부탁하기도 했습니다. 협박편지에 쓴 인용문과 같은 문자, 같은 순서로 된 문장을 말입니다. 그 증거를 통해 경찰은 그 협박편지는 클라리사가 보냈으리라고 짐작할 수 있었습니다. 물론 그녀는 부인했고요. 하지만 그 뒤 경찰이 이 협박 사건을 그다지 진지하게 여기지 않았으리라고 당신도 충분히 짐작할 수 있을 겁니다."

결국, 코델리아의 생각이 옳았다. 그 협박편지 한 통은 클라리사가 보낸 게 맞았다. 그러나 그 이유에 대해서는 코델리아의 생각이 틀렸을지도 모른다. 그토록 허술하게 작성된 협박편지가 과연 조지 경의 무죄를 입증할 수 있었을까? 그러나 이 편지 때문에 경찰은 사건을 관심을 받고 싶어 하고 신경증에 걸린 여자가 시간을 때우기 위해 벌인 장난질로 보았을 뿐, 그 이상의 관심은 보이지 않았다. 그야말로 진범에게는 매우 유리한 상황이었을 것이다. 혹시 그 협박편지 한 통은 클라리사가 직접 보내야 한다고 넌지시 알려준 사람이 있었을까? 또 클라리사가 보낸 협박편지는 그것 한 통뿐이었을까? 전체가 클라리사와 또 다른 사람이 함께 벌인 정교한 공모였을 가능성은 없을까? 그러나 그 추리는 마음에 떠오르자마자 밀쳐냈다. 한 가지는 확실했다. 클라리사는 협박편지의 도착을 두려워했다. 아무리 배우라고 해도 두려움을 연기할 수는 없었다. 그녀는 자신의 죽음을 확신했다. 그리고 정말로 죽어버렸다.

코델리아는 두 남자가 자기를 뚫어지게 바라본다는 것을 깨달았다. 그녀는 무릎에 양손을 얹고 눈을 내리깔고 생각에 잠겨 조용히 앉아 있었다. 이제 그녀는 그들이 침묵을 깨뜨리기를 기다렸다. 마침내 경감이 입을 열었을 때 그 목소리에는 존경이라고 볼 수도 있는 어떤 기미가 느껴졌다.

"이 협박편지들에 관해 또 유추한 게 있습니까?"

"클라리사 라일이 보낸 한 통을 제외하고 나머지는 두 사람이 보낸 것이 아닐까 생각합니다. 처음 받은 여섯 통은 보지 못했습니다. 그 여섯 통은 아마 나중에 받은 것들과는 다를 가능성이 있다고 생각합니다. 제가 본 것들은 대부분, 그러니까 지금 제가 경감님께 건넨 편지들은 대부분 《펭귄 인용문 사전》에서 찾을 수 있는 내용입니다. 협박편지를 만든 사람은 눈앞에 그 책을 놓고 내용을 봐가면서 타자했을 거라고 생각합니다."

"각기 다른 타자기로 말입니까?"

"그렇게 어려운 일은 아닙니다. 새 타자기가 아니고 제조사도 전부 다릅니다. 런던과 런던 외곽에는 중고타자기와 새 타자기를 판매하는 상점이 수없이 많고, 한두 대는 사람들이 시험 삼아 타자해볼 수 있게 밖에 내놓기도 합니다. 이 상점에서 저 상점으로 돌아다니며 각 타자기로 몇 줄씩 타자했다면, 타자기 자체를 추적하는 건 거의 불가능합니다."

"그렇다면 당신은 누구 짓이라고 생각했죠?"

"저로선 알 수가 없습니다."

"처음 발신인은 누구라고 생각하죠? 가장 먼저 이 기발한 생각을 떠올린 그 사람은 누구일까요?"

"그것 역시 모릅니다."

코델리아가 기꺼이 대답할 수 있는 것은 그 정도였다. 충분히 말했고, 어쩌면 너무 많이 말했을지도 모른다. 협박편지를 보낸 동기를 알고 싶다면 이제 경찰이 직접 찾아야 할 것이다. 그리고 협박편지를 보낸 동기 가운데 코델리아가 절대로 누설하지 않은 일이 한 가지 있었다. 아이보가 톨리의 비극에 대해 침묵을 지킨다면 그녀 역시 마찬가지로 말하지 않을 것이다.

이윽고 그로건이 다시 말을 시작했다. 코델리아 쪽으로 몸을 숙이는 바람에 그 다부진 몸과 강하고 거친 목소리가 거의 손으로 만져질 듯 가까이 다가왔다.

"한 가지만 분명히 해둘까요? 클라리사 라일은 맞아 죽었습니다. 어떤 일을 당했는지 당신은 알죠? 시신을 봤으니까요. 그녀는 착하거나 호감을 사는 여자가 아니었을지도 모릅니다. 그러나 그런 사실은 이번 사건과 아무런 상관이 없습니다. 그녀는 당신이나 나나, 여왕 폐하의 은혜 아래 사는 모든 생명체와 마찬가지로, 마지막 순간까지 천수를 누릴 권리가 있었어요."

"물론입니다. 왜 그런 말을 하시는지 모르겠군요."

어째서 코델리아의 목소리가 이토록 작게, 거의 투정을 부리는 사람처럼 들렸을까?

"살인사건을 수사할 때 어떤 말을 해야 하는지 안다면 깜짝 놀라시겠군요. 살인사건 수사의 세계는 이 세상에서 가장 강력한 상호 방어가 필요한 곳입니다. 살아 있는 사람끼리의 협동조합이랄까요? 당신은 누구보다 살아 있는 사람을 생각하고 지켜주고 싶을 겁니다. 그리고 누구보다 당신 자신을 지키고 싶겠지요. 그러나 죽은 사람을 생각하는 게 바로 내가 하는 일입니다."

"그렇다고 죽은 사람을 되살릴 수는 없어요." 그 말이 코델리아의 몸을 찢고 튀어나와 슬프고 진부한 상태로 두 사람 사이에 뚝 떨어졌다.

"그래요. 하지만 나는 누구든 같은 일을 당하지 않도록 막을 수는 있습니다. 성공한 살인자보다 더 위험한 존재는 없어요. 이 한마디를 분명히 해두려고 진부한 말로 당신을 따분하게 만들고 있군요. 당신은 지나치게 머리가 좋아서 오히려 자신에게 별 도움이 되지 않는 것 같습니다, 그레이 씨. 당신은 살인사건을 해결하려고 여기 온 게 아니에요. 그건 내가 할 일입니다. 당신은 살아 있는 사람을 지키려고 여기 오지도 않았습니다. 그건 그들의 변호사가 할 일입니다. 당신은 심지어 죽은 사람을 지키러 오지도 않았어요. 게다가 죽은 자는 이미 당신의 은혜를 벗어난 곳에 있어요. On doit des égards aux vivants; on ne doit aux morts que la vérité. 당신은 배운 여성이니 이게 무슨 의미인지 알겠죠?"

"'우리는 산 자에게 경의를 표해야 하고 죽은 자에게는 진실을 책임져야 한다.' 볼테르가 한 말이죠? 하지만 제가 배운 발음하고는 좀 다르네요."

그 말을 하자마자 부끄러웠다. 그러나 놀랍게도 그로건은 너털웃음으로 반응할 뿐이었다. "그럴 겁니다. 그레이 씨. 그럴 거예요. 저는 초급 프랑스어와 발음 사전으로 독학했을 뿐이니까요. 하지만 어쨌든 이 말을 생각해보세요. 형사에게 이보다 더 좋은 격언은 없습니다. 경찰에게 협조하고 싶지만 여전히 양심과 한몸이 되어 거짓말을 할 수도 있는 여자 사립탐정에게도 마찬가지고요. 그러면 안 됩니다, 그레이 씨. 그래서는 안 돼요."

그녀는 아무 대답도 하지 않았다. 잠시 후 그로건이 말했다. "제가 약간 놀란 것은, 당신이 시체를 발견했을 때 매우 신중하게 시체를 살폈다는 점입니다. 젊은 여성이 아니더라도 보통은 충격을 받기 마련이니까요."

코델리아는 그로건이 진실을 알 권리가 있다고, 아니 그녀가 진실이라고 이해한 것을 알 권리가 있다고 생각했다. "알아요. 저역시 놀랐어요. 아마 너무 강력한 감정을 느끼는 것을 견딜 수 없었던 게 아닐까 싶어요. 너무 무서워서 현실로 느껴지지 않았던 거죠. 감정보다 지성이 앞서서 상황을 일종의 추리 수수께끼로 만들어버렸습니다. 저 자신을 공포와 멀찍이 떨어뜨리고 대신 방안을 살펴보고 찻잔에 묻은 립스틱 자국같이 사소한 것들을 알아채는 데 집중하지 않았다면 견딜 수 없었을 겁니다. 어쩌면 사고 현장에서 의사들도 비슷하게 느끼지 않을까요? 절차와 기술에 집중하지 않으면 눈앞에 누워 있는 게 인간이라는 사실을 깨달아버리니까요."

버클리 경사가 조용히 말했다. "경찰도 사건 현장에서 그렇게 행동하도록 배웁니다. 살인사건도 마찬가지고요."

그로건이 코델리아에게서 시선을 거두지 않은 채 버클리에게 말했다. "그렇다면 자네는 방금 그 말을 신뢰할 수 있겠나, 경사?"

"예, 경감님."

공포는 감각뿐만이 아니라 지각까지도 날카롭게 만든다. 버클리 경사의 잘생기고 다소 굳은 얼굴, 거기 떠오른 억제된 자기 만족적인 미소를 흘깃 보고 코델리아는 그가 살면서 그런 방편이 필

303

요할 만큼 고통을 만난 적이 과연 있었을까 의심스러웠고, 자신의 동정심을 표현하고자 그랬는지 혹은 미리 짜둔 신문 계획에 따라 자기 상사와 결탁하고 그런 건지 궁금했다. 그로건이 말했다.

"그렇다면 당신이 그토록 편리하게 감정을 억누르고 지성으로 유추한 점은 정확히 뭐였죠?"

"가장 명백했던 것은 우선, 제가 떠날 때는 쳐져 있지 않았던 커튼이 쳐져 있었고, 보석함이 없어졌으며, 차를 마셨다는 점입니다. 또 클라리사 라일이 얼굴의 화장을 지웠는데 찻잔에 립스틱 자국이 묻어 있었다는 게 이상했습니다. 그 점이 놀라웠습니다. 그녀는 입술이 예민해서 쉽게 묻어나는 부드러운 립스틱을 사용했습니다. 그러므로 점심을 먹으면서 립스틱이 지워지지 않았을까요? 그렇다면 차를 마시기 전에 립스틱을 다시 발랐다는 뜻입니다. 하지만 정말로 그랬다면 다른 화장은 왜 지웠을까요? 화장을 지울 때 쓴 솜뭉치가 화장대 위에 아무렇게나 놓여 있었어요. 또 머리의 상처에서 예상보다 피가 많이 나오지 않았다는 것을 알아챘습니다. 그래서 다른 방식으로 살해되고 난 후에 얼굴에 상처를 입었을 가능성도 있다고 생각합니다. 또 눈 위에 패드가 얹혀 있는 것도 이상했어요. 죽은 다음에 놓였을 게 분명합니다. 얼굴이 망가지는 동안 패드가 제자리에 반듯하게 놓여 있었을 리가 없으니까요."

말을 마치자 긴 침묵이 이어졌다. 한참 후에 그로건이 담담한 목소리로 말했다. "당신이 책상 이쪽에 앉아 있는 게 낫겠어요, 그레이 씨."

코넬리아는 잠시 기다렸다가, 자신의 말이 나쁘게 받아들여지지 않기를 바라며 이렇게 말했다. "한 가지 말씀드릴 게 있습니다.

저는 조지 경이 아내를 죽였을 리가 없다는 것을 알아요. 어차피 경찰도 조지 경을 의심하지는 않을 거라고 믿습니다만, 한 가지 알려드려야 할 게 있어요. 처음 조지 경이 침실에 도착했을 때 제가 '죄송합니다!'라고 외치자 깜짝 놀란 공포의 표정으로 저를 봤어요. 순간 제가 클라리사를 죽였다고 자백하는 것으로 조지 경이 생각했다는 것을 알 수 있었습니다."

"정말로 자백을 한 것은 아니었고요?"

"살인을 자백한 게 아닙니다. 제가 여기 온 임무를 제대로 수행하지 못했기 때문에 그렇게 말한 겁니다."

그가 다시 질문의 방향을 바꾸었다. "금요일 밤으로 돌아가봅시다. 당신은 클라리사 라일과 함께 그녀의 방에 있었고 그녀가 보석함의 비밀 서랍을 보여줬다지요. 래티건 연극의 비평기사 말입니다. 그 기사 조각이 정말로 거기에 있었다고 확신합니까?"

"물론 확신합니다."

"그 종이가 그냥 문서나 편지는 아니었나요?"

"신문을 오려낸 게 맞습니다. 기사 제목도 읽었어요."

"그리고 당신의 의뢰인은(아, 그녀가 당신의 의뢰인이었다는 사실을 잊지 마세요) 자신을 협박하는 사람이 누구인지 안다거나, 혹 누구라고 의심이 간다거나 하는 말을 한 적은 없습니까?"

"단 한 번도 없습니다."

"그리고 당신이 아는 한 그녀에겐 적도 없었고요?"

"그런 말은 듣지 못했습니다."

"그럼 당신도 누가, 왜 그녀를 죽였는지 전혀 알지 못하겠다는 말인가요?"

"예."

'증언대에 서도 틀림없이 이런 기분이 들겠지.' 코델리아는 생각했다. 신중한 질문과 훨씬 더 신중한 대답이 오가고, 빨리 끝났으면 좋겠다는 간절한 소망까지 비슷할 것이다.

그로건이 말했다. "고맙습니다, 그레이 씨. 많은 도움이 되었습니다. 내가 바란 만큼은 아니었을지 모르지만, 어쨌든 도움이 되었어요. 그래도 아직 초저녁입니다. 나중에 다시 이야기합시다."

26

코델리아가 나가자 그로건은 의자에 몸을 편안하게 기댔다.

"자네는 저 여자를 어떻게 생각하나?"

버클리는 망설였다. 상사가 방금 나간 여자를 신문 대상으로 평가하기를 바라는지, 아니면 용의자로 평가하기를 바라는지 확실히 알 수가 없었다. 그는 조심스럽게 대답했다. "매력적입니다. 고양이를 닮았네요." 이 말에 즉각적인 반응이 없자 그는 이렇게 덧붙였다. "자제력이 강하고 위엄이 있습니다."

그는 자신의 표현이 만족스러웠다. 어떤 의견도 밝히지 않으면서 어느 정도 영리함을 드러냈다고 생각했다. 그로건은 앞에 놓인 빈 종이에 낙서를 끼적이기 시작했다. 삼각형과 사각형, 정교하게 교차하는 원 등 복잡한 기하학적 무늬가 가득 그려진 낙서를 보자 학창시절 기하 문제가 아련히 떠올랐다. 그로건이 그린 이등변 삼각형이나 이분 호에 자꾸만 시선이 갔다. 버클리가 말했다. "그 여자가 했다고 생각하십니까?"

그로건은 그림 속을 채우기 시작했다. "그 여자가 했다면, 참 편리하게도 다른 사람 눈에 보이지도 않고 소리도 들리지 않는 테라스 맨 아래쪽 계단에 앉아 햇볕을 쬐고 있었다고 주장한 그 50분 동안에 했겠지. 그녀에겐 시간도 기회도 있었으니까. 자기 방문을 잠갔다거나 클라리사 라일이 확실히 자기 방문을 안에서 잠갔다는 것은 전부 그 여자의 주장에 불과하니까. 그리고 양쪽 방문과 사잇문이 정말로 잠겨 있었다고 해도 클라리사 라일이 자기 방에 들였을 유일한 사람이 바로 코델리아 그레이야. 또 대리석 손목이 어디에 있는지 알기도 했고. 앰브로즈 고린지가 대리석 손목이 사라진 사실을 처음 발견했을 때, 그 여자는 아침 일찍 일어나 성안을 돌아다니고 있었어. 또 자기 방에 자물쇠가 달린 캐비닛도 있었기 때문에 대리석 손목을 안전하게 숨길 수도 있었지. 게다가 마지막에 도착한 협박편지는 목판화 뒷면에 타자한 것인데, 앰브로즈의 타자기를 사용했어. 코델리아 그레이는 타자할 줄 알고 타자기가 있는 집무실에 출입할 수도 있었어. 또 그 여자는 몹시 영리하고, 내가 일부러 신경을 건드릴 때조차도 여전히 그 지성을 유지했지. 만약 코델리아 그레이가 정말로 이 일에 가담했다면 아마 조지 경의 공모자로 참여했을 거야. 그녀를 왜 여기까지 데려왔는가에 대한 조지 경의 설명이 어딘가 부자연스럽고 억지로 꾸며낸 것처럼 들렸거든. 자네, 코델리아와 조지 경 모두 조지 경이 처음 킹리 거리의 탐정사무소를 찾아왔던 정황을 거의 똑같이 설명했다는 사실을 눈치챘나? 너무도 깔끔한 설명이라 혹시 사전연습을 하지 않았나 생각할 정도였지. 아마 연습을 했을 거야."

그러나 버클리는 이에 대한 반론을 생각해내 말했다. "조지 경은 군인이었습니다. 자신이 관여한 사실들을 제대로 파악하는 게 습관이 되었을 겁니다. 또 코델리아 그레이는 기억력이 뛰어납니다. 특히 중요한 일은 잘 기억하더군요. 게다가 조지 경의 방문은 중요한 일이었습니다. 아마 의뢰비용을 두둑이 지급했을 테고 다른 일을 소개받을 기회가 될 수도 있었을 테죠. 그들이 거의 똑같이 설명한다는 사실, 세세한 점들을 똑같이 기억한다는 사실은 유죄의 증거만큼이나 강력한 무죄의 증거가 될 수 있습니다."

"두 사람은 그때 처음 만났다고 했어. 만약 공범이라면 그 전에 만난 적이 있을 거야. 두 사람 사이에 무슨 일이 있었든지 그걸 알아내기가 그리 어렵지는 않겠지."

"별로 한 쌍의 공모자 같아 보이지는 않습니다. 제 말은 두 사람의 공통점이 잘 보이지 않는다는 뜻입니다."

"내 생각으로는 침대 쪽보다는 정치 쪽이야. 섹스에 관해서라면 확연하게 눈에 띄는 점이 안 보여. 경찰 일을 하다 보면 다른 건 몰라도 그것만은 알 수 있지. 그 여자, 어쩌면 조지 경의 부인이 될 꿈을 품었을지도 모르지. 탐정사무소를 운영하는 것보다야 돈을 더 쉽게 벌 수 있을 테니까. 게다가 조지 경에겐 곧 돈이 들어오잖아. 구체적으로는 아내의 돈이지. 마침 그에겐 돈이 필요한 곳이 있었고. 그 조직에 쓰겠지. 그 UBP인가 뭔가 하는 조직 말이야. 좀 수상한 단체지. 비상시 시민의 권력을 지원하기 위해 훈련을 받으며 대기 중인 아마추어 군대라고 하면 지지할 수 있다고 생각할지 모르지만, 그런 건 이미 워커 장군[72]이 수중에 넣

---

72 월터 워커, 영국 육군 장군으로 북유럽 연합군 사령관을 역임했고 퇴역 후 공산주의자들의 준동에 대비해야 한다는 명목으로 민병대 모집을 추진했다.

고 있잖아? 그러니 조지 경과 그 늙은 동지들이 대체 뭘 노리는지 알 수가 없단 말이지."

버클리로선 대답을 알 수 없었고, 솔직히 영국애국자협회라는 단체에 대해 들어본 적도 별로 없어서 영리하게 침묵을 지키기로 했다. 잠시 후 그가 말했다. "경감님은 조지 경이 코델리아가 자백하고 있다고 잠시 착각하는 것처럼 보였다는, 그 말을 믿습니까?"

"코델리아 그레이가 조지 경의 얼굴에서 무엇을 보았다고 생각하든, 그런 건 증거가 못 돼. 게다가 조지 경으로선 자신이 저지른 살인을 그 여자가 했다고 자백하는 소리를 들었다면 당연히 놀란 표정을 짓지 않겠나?"

버클리는 방금 방을 나간 그 여자에 대해 생각했다. 살짝 위로 쳐든 다정한 얼굴, 커다란 눈망울에 서린 단호한 눈빛, 어린애처럼 무릎 위에 포개 놓은 섬세한 두 손이 다시 본 듯 떠올랐다. 그녀는 물론 뭔가를 숨기고 있었다. 하지만 다른 사람들도 마찬가지가 아니던가? 그게 그녀를 살인자로 여길 이유는 못되었다. 그녀와 조지 경이 한 쌍이라는 생각은 터무니없고 역겨웠다. 경감은 아직 중년과 노년이 스스로를 속이는 그 애처롭고 케케묵은 거짓말, 젊은 사람도 그들에게 육체적인 매력을 느낀다는 그 거짓말을 믿기 시작할 나이는 아니지 않나? 그 늙은 염소들이 할 수 있는 일이라곤 그저 돈과 권력과 명성으로 젊음과 섹스를 사는 것이라고 그는 속으로 뇌까렸다. 그러나 조지 경이 그런 판에 기웃거리거나 코델리아 그레이가 돈을 주고 살 수 있는 사람이라고는 믿지 않았다. 그는 무신경하게 말했다. "저는 코델리아 그레이가 살인자로 보이지 않습니다."

"뭐, 그러려면 상상이라는 노력이 필요하다는 점은 인정하지.

하지만 블랜디 씨도 블랜디 양을 그렇게 생각했을지 몰라.[73] 랑젤리에도 매들린 스미스 양을 그렇게 생각했을지 모르고.[74] 그녀가 지하실 난간을 통해 비소가 든 코코아를 건네기 전에는 말이야."

"그 사건은 증거불충분이라는 평결이 내려지지 않았던가요?"

"글래스고의 배심원단이 소심해서 제대로 사건을 파헤치지 못했던 거지. 뭐, 제대로 파헤쳐서 그랬을 수도 있고. 어쨌든 우린 언제나 사실을 제대로 알기 전에 가설부터 세우지 않나? 우리도 부검 결과가 필요하고, 또 그 마시다 남긴 차에 무슨 성분이 있는지도 알아내야 해. 내일쯤 엘리스 존스 박사가 시신을 해부대에 올리겠지. 내일이 일요일이니까 일요일은 일을 안 할 수도 있겠군. 어쨌든 박사는 일단 시신에 손을 댔다 하면 도살은 꽤 신속하게 하거든. 박사에겐 그런 표현이 어울려."

"또 연구소 결과도 필요합니다. 거긴 얼마나 걸릴까요?"

"글쎄, 거기서 뭘 발견하게 될지 우리가 전혀 모르는 건 아니잖아? 짧은 시간 안에 신체에 뚜렷한 흔적도 남기지 않고 사람을 기절시키거나 심지어 죽일 수 있는 약물이란 게 무제한으로 존재하지는 않아. 하지만 이번 사건이 연구소에서 맡은 유일한 살인사건이라면 앞으로 며칠은 적당히 바쁘게 지낼 수 있을 거야. 부검 결과가 나오면 어떤 실마리를 얻을 수 있겠지. 또 런던 쪽도 파봐야 하고. 저 사람들이 이번 주말 코시섬에 오기 전에 서로 얼마나 가깝게 지냈는지, 코델리아 그레이와 그 탐정사무소에 관해 런던 경시청이 뭐라도 알고 있는지, 또 사이먼 레싱은 자신의 은인인

73 메리 블랜디는 18세기 영국의 살인자로 자신의 아버지 프랜시스 블랜디를 비소로 독살했다.
74 매들린 스미스는 전 애인이었던 랑젤리에가 그동안 주고받은 편지를 공개하고 둘 사이를 폭로하겠다고 협박하자 비소로 랑젤리에를 독살했다.

클라리사에게 어떤 감정을 느끼는지, 그 애 아버지는 정확히 어떻게 죽었는지, 미스 톨가스는 정말로 헌신적인 의상담당자이자 클라리사 가족의 하인이었는지, 조지 경은 어떤 돈으로 자기 장난감 병정을 유지하는지, 로마 라일은 유언장에 따라 정확히 얼마만큼의 유산을 받게 되며, 또 그 돈이 얼마나 절실하게 필요한지 등등. 게다가 지금은 정말이지 시작 단계에 불과하단 말이지."

그러나 그중 어떤 것도 사람들이 행복하게 웃으며 알려줄 만한 정보는 아니라고 버클리는 생각했다. 그 말은 용의자들의 거래은행 담당자나 변호사, 친구, 친지, 직장동료 등을 만나 이야기를 들어봐야 한다는 뜻이었다. 그리고 그 사람들은 대부분 어느 정도까지 말해도 좋은지 정확히 알 것이다. 이론상으로는 누구나 범인이 잡히기를 바란다. 이론상으로는 지역사회에 정신병원이 생겨도 괜찮지만 자기 집 마당 바로 앞에 세워지면 안 된다고 생각하는 것과 마찬가지다. 편리하게도 풋내기 강도들이 겁을 먹고 섬 어딘가에 숨은 것을 경찰이 발견한다면 한결 수월할 것이고 하우스 파티 손님들도 훨씬 더 마음을 놓을 것이다. 그러나 버클리는 그런 강도가 존재한다고 믿지 않았고 다른 사람들 역시 믿지 않을 거라 생각했다. 정말로 그런 강도가 존재한다면 오히려 이번 사건의 결말은 맥 빠지고 실망스러울 것이다. 충동적으로 사람을 죽였다가 재판이 끝날 때까지 입을 다물고 있을 상식도 없는 겁쟁이 동네 악당 두어 명을 붙잡는다고 해서 무슨 영광이 있겠는가? 이 지역엔 지성을 갖춘 수사관이 존재한다. 이 사건은 버클리가 기꺼이 맞이할 도전적인 게임이며 평소 경찰에게 좀처럼 찾아오지 않는 기회였다.

"여기엔 사실이 있어. 추측도 있고, 신념도 있지. 그것들을 구별하는 법을 배워야 해, 경사. 인간은 누구나 죽는다, 이건 사실이지. 죽음이 끝은 아닐지도 모른다, 이건 추측이고. 죽으면 천국이 기다린다, 이건 신념이라네. 클라리사 라일은 살해당했다, 이건 사실이야. 그녀는 익명의 협박편지를 받았다, 이것도 사실이지. 협박편지가 도착했을 때 다른 사람들도 그 현장에 있었다. 그 편지가 그녀의 목숨을 위협했다. 이건 추측이야. 배우로서 성공을 방해하려는 잔혹한 음모였다. 그녀는 겁을 냈다. 이것도 추측이고. 이건 그녀의 남편이 우리에게 들려준 이야기이자 클라리사가 코넬리아 그레이에게 한 말이야. 하지만 그녀가 배우라는 사실을 잊지 말게. 배우는 연기를 할 수 있지. 만약 클라리사와 그녀의 남편이 모든 계획을 짰다면 어떨까? 그 협박편지와 누가 봐도 뚜렷한 공포와 비탄, 연극이 한창 진행될 때 신경쇠약을 일으키고 사립탐정을 부르고 하는 모든 일이 부부가 꾸며낸 이야기라면?"

"왜 그래야 하는지 이해가 안 됩니다, 경감님."

"나도 아직은 이해가 안 돼. 어떤 배우가 무대 위에서 스스로 굴욕을 당할까? 정말 알 수가 없어. 내게 배우란 외계인 같은 종족이니까."

"혹시 클라리사가 배우로서 생명이 끝났다는 것을 알고 있었다면 남편과 함께 실패의 구실을 세상에 알리기 위해 그 협박편지를 꾸며낼 수 있었을까요?"

"지나치게 기발하고 또 불필요한 일이지. 그냥 건강이 안 좋아진 척하면 되잖아? 게다가 그녀는 협박편지를 공개하지도 않았어. 오히려 그 사실이 밖으로 새어 나가지 않게 조심했던 것 같아. 어떤 배우가 자신을 이토록 증오하는 사람이 있다는 걸 공개적으로 알리고 싶어 하겠나? 배우들이야말로 온 세상으로부터 사랑받

고 싶어 하는 사람들이잖아? 아니, 그것보다 내가 생각하는 음모
는 더 정교해. 조지 경이 아내를 설득해 목숨의 위협을 받는 척하
게 해놓고 진짜로 아내를 죽였다면? 말하자면 아내를 그럴듯하게
속여서 자신의 살해에 공모하게 만든 거지. 오, 그러면 참 깔끔하
군. 너무 깔끔해서 문제지."

"그렇다면 조지 경은 왜 코델리아 그레이를 부르는 위험을 감
수했을까요?"

"뭐가 위험하지? 주말이라는 짧은 시간 동안 코델리아는 그 협
박편지들이 가짜라는 사실을 절대 알아내지 못했을 거야. 클라리
사에 관해서는 정말로 짧은 주말이었지. 그렇다면 코델리아를 고
용한 것은 전체 계획에 마지막으로 예술적인 손질을 가한 거라고
봐야지."

"그래도 조지 경에게는 여전히 위험이 있다고 생각합니다."

"그건 우리가 그 여자를 직접 만나봤기 때문이야. 그녀는 영
리하고 자기 일을 잘해. 그러나 조지 경은 그럴 줄 몰랐겠지. 결
국, 그 여자는 어떤 사람이야? 겉으로 보기엔 여자 혼자 탐정사
무소를 근근이 꾸려가는 처지잖아? 클라리사가 처음 친구 집에서
(포테스큐 부인이라고 했던가?) 코델리아를 보고 조지 경에게 그 여
자를 고용하자고 말했겠지. 그래서 클라리사는 코델리아를 직접
만나볼 필요가 없었던 거야. 전체 계획이 음모인데 굳이 만날 필
요가 뭐가 있었겠어?"

"기발한 생각입니다만, 저는 왜 클라리사가 이 계획에 공모해
야 했는가, 하는 의문이 남습니다. 제 말은 조지 경이 어떤 이유를
대가며 클라리사가 목숨의 위협을 받는 척하라고 설득했을까요?"

"무슨 말을 하는 거야, 경사? 코델리아 그레이처럼 나도 머리

가 너무 좋아 오히려 손해를 보는 것 같군. 그래도 한 가지는 확실해. 살인자는 낮 시간에 이 성안에 있었어. 그리고 나는 용의자 명단을 작성했네. 우선 준남작이자 전쟁영웅이고 노인들의 권리 어쩌고를 사랑하는 조지 랄스턴 경. 그리고 뛰어난 연극평론가가 있는데, 나 같은 사람조차 이름을 들어본 적이 있을 정도로 유명한 사람이지. 척 보기만 해도 심각한 병에 걸렸다는 걸 알 수 있는데, 그 말은 아무리 부드럽게 신문을 해도 내 앞에서 당장 죽을지도 모른다는 뜻이야. 신문이라니, 다들 이 단어를 무척이나 싫어한다는 게 이상해. 어쩌면 게슈타포나 KGB의 영향이 너무 큰 탓이지. 다음은 베스트셀러 소설가이자 이 섬의 소유주이고 코트링엄 가문과도 친분이 있는 사람이야. 코트링엄 경은 주지사와 경찰서장, 런던경시청 등 이 근처 주요 인사라면 누구하고나 연결이 되어 있다지. 또 번듯한 서점 주인이자 전직 교사이며 시민운동이나 여성해방 운동단체의 회원일지도 모르고, 내가 목소리라도 높이면 당장 런던경시청에 경찰의 횡포를 항의할 여자가 하나 있어. 그리고 학생이 하나 있는데, 좀 민감한 문제야. 그 친구가 미성년자가 아니면 참 좋을 것 같아."

"그리고 집사가 있습니다."

"아, 알려줘서 고맙네. 집사를 잊어서는 안 되지. 나는 집사를 운명이 자행한 까닭 없는 모욕이라고 생각하지. 그러니 서재에 계시는 높은 분들은 잠시 쉬게 하고, 이제 문터가 뭐라고 하는지 들어볼까?"

27

그로건의 권유에 따라 문터가 의자에 엉덩이 끝만 살짝 걸치고 앉는 행동을 보고 버클리는 두 가지를 은연중에 알아채고 짜증이 치밀어 올랐다. 첫째, 문터에겐 집무실 의자에 앉는 행동이 어울리지 않는 일이라는 것, 둘째, 그에게 그런 행동을 권한 그로건은 사회적으로 결례를 저질렀다는 것. 버클리는 문터라는 남자를 혹시 스페이머스에서 본 적이 있던가, 생각해봤지만 기억이 나지는 않았다. 그러나 그는 한 번 보면 잊기 어려운 외모를 하고 있었다. 현재 상황을 생각하면 마땅히 드러내야 할 불안하고 초조한 표정이 전혀 보이지 않는 문터의 단단하고 침울한 얼굴을 곁눈질하면서, 버클리는 자기도 모르게 문터에게 듣게 될 모든 것을 믿지 않겠다고 다짐했다. 자연이 의도하고 빚어낸 모습보다 스스로 더욱 기괴하게 보이고 싶은 남자라면 당연히 의심스럽게 생각되었고, 혹여 대놓고 세상을 경멸하는 게 문터의 방식이라고 해도 경찰 앞에서는 그러지 않는 게 좋지 않나 하는 생각도 들었다. 근본적으로 고분고분하면서 야심을 품은 버클리는 자기보다 더 부유한 사람을 원망해본 적이 없었다. 결국, 그들 사이에 들어가고야 말겠다는 생각을 늘 해왔으니까. 그러나 부자에게 빌붙어 생계를 유지하는 길을 선택한 사람들은 경멸했고 신뢰하지 않았다. 그로건에게도 그런 편견이 있을까 궁금했다. 그는 두 사람을 경계와 비판의 시선으로 지켜보았고, 이번 신문에서는 자신이 조금 더 적극적인 역할을 맡을 수 있었으면 하고 바랐다. 의견을 말해달라는 요청이 따로 없으면 조용히 앉아 조심스럽게 지켜보며 신문에 방해가 되지 않게 속기나 하고 있으라는 상사의 지시가 지금처럼 제한적이고 모욕적으로 느껴진 적이 없었다. 자신을 낮추는 태도에 병적으로 민감한 버클리는 문터가 무심코 던진 시선에 '집 안 깊숙한 곳까지 들어올 수 있게 허락을 받았다니' 하는 약간의 놀라움이 담겨 있다고 느꼈다.

책상 앞에 앉은 그로건은 의자 등받이가 삐걱 소리를 낼 만큼 한껏 뒤로 몸을 기댄 채 의자를 돌려 문터와 마주하더니, 마치 내 집에 있는 것처럼 마냥 편안할 권리가 있음을 주장하려는 듯 두 다리를 쩍 벌렸다. 이윽고 그로건이 말했다. "우선 당신이 누구이고 어디 출신인지, 여기서 하는 일이 정확히 뭔지부터 말해보시죠."

"제가 맡은 임무에 정확한 규정 같은 것은 없습니다, 형사님. 여긴 정통적인 가정이 아니니까요. 저는 집안일 전체를 책임지고 제 아내와 올드필드 두 사람의 직원도 관리합니다. 올드필드는 정원사 겸 잡역부 겸 선원입니다. 앰브로즈 고린지 씨가 연회를 베풀거나 손님을 초대해서 추가로 일손이 필요하면 육지에서 그때그때 데려옵니다. 저는 은 식기와 포도주를 담당하고 테이블 시중도

317

듭니다. 요리는 대체로 나눠서 합니다. 아내는 과자류를 만들고 앰브로즈 씨도 가끔은 직접 식사를 만듭니다. 특히 식전 식후 요리를 만드는 것을 좋아하십니다."

"거참 맛있겠군요. 그럼 당신은 언제부터 이 정통적이지 않은 가정의 일원이 됐습니까?"

"앰브로즈 씨가 1년간 해외에 체류하다 귀국한 지 3개월 후인 1978년 7월에 아내와 함께 여기 왔습니다. 앰브로즈 씨는 1977년 숙부님으로부터 이 성을 상속받았고요. 원하신다면 제 경력을 짧게 말씀드리겠습니다. 저는 1940년 런던에서 태어나 핌리코 초등학교와 중학교를 다녔습니다. 그 후 호텔서비스학을 배우고 7년 동안 영국과 외국의 호텔에서 일했습니다. 하지만 그런 기업 생활은 제 성향과 맞지 않는다고 생각해 런던에 있는 어느 미국인 기업가의 저택에서 처음으로 개인 서비스 일을 시작했습니다. 그분이 고국으로 돌아간 후에는 여기 도싯으로 와서 보싱턴 하우스의 영주댁에서 일했습니다. 필요하다면 저의 전 주인들께서 신원보증을 해주실 겁니다."

"믿습니다. 내가 만약 남자 하인을 찾는다고 해도 당신이 적임자일 테니까요. 하지만 정말로 객관적인 신원보증이 필요하다면 전 주인이 아니라 범죄기록보관소를 찾아가야겠죠. 혹시 이에 관해 걱정되는 점이라도 있습니까?"

"걱정되는 점은 전혀 없습니다. 다만 불쾌할 뿐입니다."

버클리는 그로건이 언제쯤에나 상대방의 신경을 건드리는 일을 관두고 본격적인 신문에 들어갈까 궁금했다. 점심이 끝나고부터 시체를 발견했을 때까지 무엇을 했는가 하는 그 질문 말이다. 만약 이 서두가 증인을 도발하기 위한 목적이었다면 그는 성공하지 못했다. 그러나 그로건은 이 방면의 전문가였고, 적어도 런던 경시청에서는 그렇게 생각하는 모양이었다. 그는 상당한 명성을 등에 지고 도싯으로 부임해왔다. 그로건은 이제 문터를 뚫어지게 바라보는 일을 그만두었다. 다시 말투가 대화 조로 누그러들었다.

"이번 공연 말입니다. 이 공연을 정기적인 행사로 만들 생각이 었습니까? 해마다 열리는 연극 축제 같은 거로요?"

"저는 아는 바가 없습니다. 앰브로즈 씨가 당신의 계획을 제게 일일이 말씀하시지는 않으니까요."

"한 번이면 충분하지 않던가요? 당신이나 당신 부인이나 평소보다 할 일이 훨씬 많아졌을 테니까요."

문터가 못마땅한 시선으로 찬찬히 집무실을 둘러본 것은 마치 달갑지 않은 변화를 일일이 목록으로 작성하는 것과 같았다. 가구의 배치가 미묘하게 달라진 점이나 버클리의 재킷이 의자 등받이에 아무렇게나 걸쳐져 있는 점, 커피 쟁반에 얼룩 묻은 컵 두 개가 놓여 있는 점, 쟁반 위에 반쯤 먹고 남긴 비스킷이 마구 흩어져 있는 점 등이었다. 문터가 말했다. "클라리사 라일 부인이 살아 있을 때 생긴 가사 일의 애로사항과 그분이 살해당한 후의 불편함을 비교하는 것은 무의미합니다."

그로건은 얼굴 앞쪽으로 펜을 내밀고 시력검사라도 하는 사람처럼 펜을 앞뒤로 움직이며 그 끝을 물끄러미 쳐다보았다.

"클라리사 라일은 호감이 가는 손님이었습니까? 시중들기에 어려움은 없었나요?"

"저 스스로 물어볼 수 있는 질문이 아니었습니다."

"그럼 지금 한번 물어보겠어요?"

"클라리사 라일 부인은 인상이 아주 좋은 숙녀였습니다."

"문제를 일으키거나 하지는 않았습니까? 불쾌하게 굴거나, 당신이 아는 한 소란을 피운 적도 없었고요?"

"없습니다, 형사님. 영국 연극계에 큰 손실입니다." 그가 잠시 말을 멈추었다가 딱딱한 말투로 덧붙였다. "물론 조지 랄스턴 경에게도 큰 손실이고요."

비꼬는 말인지 어쩐지 판단할 수는 없었지만, 버클리는 그로건 역시 뚜렷한 경멸의 기미를 눈치챘을지 궁금했다. 그로건은 의자에 몸을 기대고 다리를 앞으로 쭉 뻗더니 증인을 빤히 바라보았다. 문터는 참을성 있는 체념의 표정으로 앞을 보았지만 잠시 침묵하다가 손목시계를 흘낏 들여다보는 일 정도는 했다.

"그렇군요! 그럼 이제 진도를 빼볼까요? 우리가 무엇을 묻고 싶은지는 알죠? 점심이 끝난 오후 1시부터 코델리아 그레이 씨가 시체를 발견한 2시 43분 사이에 어디에 있었고, 무엇을 했으며, 누구를 보았는지 전부 말해보세요."

문터의 진술에 의하면 그는 그 시간 내내 성 1층의 식당과 식료품실과 극장 사이를 오가며 보냈다. 연극과 만찬 준비로 계속 바빴기 때문에 특정 시간에 어디에서 누구와 있었는지는 말할 수 없다고 했다. 그러나 몇 분 넘도록 혼자 지낸 시간은 없었다. 그는 유감의 기미는 조금도 보이지 않으면서 더 자세히 말하지 못해 몹시 유감이라고, 그러나 당연하게도 이렇게 자세한 설명이 필요해질지는 몰랐다고 말했다. 처음에는 아내를 도와 점심 식탁을 치웠고 다음은 포도주를 점검하러 갔다. 그 후 전화를 세 통 받았는데, 한 통은 아파서 공연 관람을 못 하게 된 손님이 걸었고, 두 번째는 소형선이 스페이머스 선착장을 언제 떠나는지 묻는 전화였으며, 마지막은 코트링엄 부인의 가정부가 혹시 추가 유리잔이 필요한지 묻는 전화였다. 남성용 분장실을 점검하고 있을 때 아내가 무대 뒤로 와서 차를 끓이는 대형 물통[75] 하나가 고장 났다고 와서 봐 달라고 했다. 대형 물통을 빌려야 했던 것부터 안타까운 일이었다. 앰브로즈 고린지는 큰 홀에 대형 물통을 늘어놓으면 무슨 여성단체 친목회처럼 보인다며 몹시 싫어했지만, 여든 명이나 되는 관객과 출연자에게 차를 대접하려면 그걸 사용할 수밖에 없었다.

정확한 시간은 기억할 수 없지만, 어느 순간 앰브로즈가 연극 3막에서 쓸 만한 오르골을 하나 더 찾아오라고 지시했다. 최종 리허설에서 사용한 오르골에 대해 클라리사 라일이 불만을 표현했다고 했다. 문터는 여기 집무실로 와 호두나무로 만든 시포니어 서랍장[76]에서 오르골 하나를 꺼냈다. 이 말을 하면서 문터가 눈으로 가리킨 시포니어 서랍장은 벽장이라고 말하는 편이 더 나았겠다고 버클리는 까다롭게 생각했다. 새디 고모도 저런 걸 하나 갖고 있었는데, 문짝이나 선반 모서리에 멋진 조각이 새겨지지는 않았지만 어쨌든 꽤 비슷했다. 고모는 대대로 물려받은 가문의 물건이라고 주장하며 뒤쪽 응접실에 놔두고 그것을 화장대라고 불렀다. 그리고 자식들이 휴가에서 돌아와 사다 준 자질구레한 것들, 그러니까 코스타 델 솔이나 말타, 요즘은 마이애미 등에서 사 온 기념품을 보관했다. 버클리가 고모에게 저런 걸 시포니어 서랍장이라고 부른다고 말하면 고모는 아마 빌어먹을 아이스크림 이름 같다고 대꾸할 것이다.

버클리는 공책의 페이지를 넘겼다. 체념한 문터의 목소리가 지겹도록 이어졌다. 그는 두 번째 오르골을 가져다가 첫 번째 오르

75 아래쪽에 물 꼭지가 달린 물통
76 거울이 달리고 키가 큰 서양 서랍장

골과 나란히 소품용 탁자에 올려놓았다. 그 직후, 아마도 2시 15분 정도로 기억하는데, 앰브로즈 고린지가 나타났고 둘이 함께 소품을 점검했다. 그리고 스페이머스에서 나머지 출연진을 태우고 오는 소형선을 맞이하러 선착장에 나갈 시간이 되었다. 그래서 앰브로즈와 함께 손님을 맞으러 나갔고 상륙을 거들었다. 앰브로즈와 문터가 신사들을 남성용 분장실로 안내했고 미스 톨가스와 문터 부인이 숙녀들을 안내했다. 한 10분 동안 무대 뒤에 머물렀다가 다시 식료품실로 갔더니 체임버스 부인과 그 손녀가 유리잔을 닦고 있었다. 그는 데비라는 이름의 그 손녀에게 유리잔에 얼룩이 남았다고 뭐라 한 다음 잔을 전부 다시 씻게 하고 그 과정을 지켜보았다. 그 후 식당으로 가서 만찬용 의자를 모았다. 의자들은 전부 큰 홀로 옮길 예정이었다. 그때 앰브로즈가 나타나 클라리사 라일이 살해당했다는 소식을 알려주었다.

그로건은 마치 문터의 간결한 진술을 소화하느라 무거워 절로 고개가 떨어진다는 듯이 커다란 머리를 기울이고 앉아 있었다. 잠시 후 그가 조용히 말했다. "당신은 당연히 앰브로즈 고린지에게 충성을 다하겠죠?"

"물론입니다. 앰브로즈 씨가 그 소식을 전했을 때도 저는 이렇게 말했습니다. 아니, 우리 집 안에서 말입니까?"

"아주 셰익스피어스럽군요. 맥베스의 분위기랄까. 그렇다면 앰브로즈는 이렇게 응수했겠군요. '어디에서건 너무 끔찍한 일이로군.'"[77]

---

77 《맥베스》에서 던컨왕의 살해 소식을 전해 들은 맥베스 부인이 남편의 짓인지 알면서 "아니, 우리 집 안에서 말인가요?"라고 놀란 척하자 뱅쿠오가 "어디에서건 너무 끔찍한 일입니다."라고 응수한다.

"물론 그렇게 말씀하셨을 수도 있을 겁니다. 사실 앰브로즈 씨는 저에게 당장 선착장으로 가서 손님들이 상륙하지 못하게 막으라고 지시했습니다. 당신도 곧 달려와 공연이 취소될 수밖에 없는 안타까운 상황을 설명하겠다고 했고요."

"그때 소형선이 선착장에 도착해 있었습니까?"

"아닙니다. 제 생각에 소형선은 1킬로미터쯤 떨어진 바다에 있었습니다."

"그렇다면 특별히 서둘러서 달려갈 필요는 없었군요?"

"그렇다고 우연에 맡길 문제는 아니었습니다. 앰브로즈 씨는 혼란이나 비탄에 빠진 여든 명이 섬에 상륙해 경찰 수사에 혼선을 빚으면 안 된다고 걱정했으니까요."

그로건이 말했다. "몹시 즐거운 흥분상태에 빠진 여든 명이라고 말하는 게 더 정확할걸요. 살인만큼 스릴이 넘치는 일이 어디 있습니까? 당신은 그걸 모른단 말입니까?"

"모릅니다, 형사님."

"그건 그렇고 당신 주인이라는 사람이 경찰의 편의부터 생각해줬다니 참으로 배려심이 깊군요. 대단히 칭찬할 만한 일입니다. 그래, 당신이 선착장에서 상당한 시간을 낭비하는 사이 주인은 뭘 하고 있었답니까?"

"경찰에 연락하고 손님들과 출연자들에게 클라리사 부인의 죽음을 알렸을 겁니다. 아마 물어보면 주인도 그렇게 대답할 것으로 생각합니다."

"앰브로즈 고린지는 당신에게 정확히 어떻게 클라리사의 죽음을 알리던가요?"

"맞아서 죽었다고 했습니다. 그리고 소형선에 탄 손님들이 도착하면 머리에 타격을 입고 죽었다고 말하라고 이르셨습니다. 불필요하게 사람들을 놀라게 하면 안 되니까요. 하지만 소형선이 도착했을 때는 이미 주인도 옆에 있었기 때문에 제 입으로 손님들에게 무슨 설명을 할 필요는 없었습니다."

"머리에 타격을 입었다? 혹시 시체를 봤습니까?"

"아닙니다. 앰브로즈 씨는 시체를 발견한 뒤 그 방을 잠갔습니다. 다른 직원들도 시체를 직접 볼 기회가 없었습니다."

"하지만 당신은 당연히 머리에 타격을 입었다는 게 어떤 식이었을지 상상은 해봤겠죠? 자연스러운 호기심 때문에 나름대로 직접 추론도 해봤을 테고요. 또 부인과 그 일에 관해 이야기를 나눠봤을지도 모르지요."

"그 타격이라는 게 사라진 대리석 손목과 상관이 있을지도 모르겠다는 생각은 했습니다. 오늘 아침 일찍 누가 진열장 문을 부수고 그 물건을 가져갔다고 아마 앰브로즈 씨가 직접 형사님께 말씀드릴 겁니다."

"그럼 그 물건에 대해 아는 만큼 말해보세요."

"그 물건은 앰브로즈 씨가 목요일 밤 런던에서 돌아오는 길에 성으로 가져와 직접 진열장에 넣었습니다. 그 진열장은 여름철에 예약한 관광객들이 찾아와 성을 둘러보게 된 후로 내내 잠가두었고 앰브로즈 씨의 보험회사도 그 정도의 안전장치는 반드시 해두어야 한다고 고집했습니다. 앰브로즈 씨는 직접 대리석 손목을 놓아둘 위치를 정했고, 저를 불러 그 물건을 보여주면서 출처가 어디일지 함께 대화도 나누었습니다. 그리고 주인이 직접 진열장 자물쇠를 잠갔습니다. 진열장 열쇠는 당연히 집 안의 다른 열쇠들과 함께 열쇠 보관대에 놔두지 않고 형사님이 지금 앉아 계신 책상의 맨 아래 잠가둔 왼쪽 서랍에 보관했습니다. 제가 자정 직후에 보았을 때는 진열장은 망가지지 않았고 대리석 손목도 제자리에 있었습니다. 앰브로즈 씨가 현 상태를 발견한 것은 오전 7시 직전, 주방으로 오는 길이었습니다. 주인은 일찍 일어나 직접 아침 차를 만들고 날씨가 좋으면 차 쟁반을 테라스나 서재로 들고 가서 마시기를 좋아하시거든요. 진열장이 망가진 것은 저와 함께 살펴봤습니다."

"누굴 봤다거나 무슨 소리를 들었거나 하지는 않았습니까?"

"못 들었습니다. 손님들 아침 차를 준비하느라 바빴습니다."

"차를 가지고 갔을 때 전부 자기 방에 있던가요?"

"남자분들은 모두 있었습니다. 제 아내에게 듣기로 여자분들도 전부 침대에 있었다고 합니다. 클라리사 부인의 차는 조금 뒤에 미스 톨가스가 가져갔습니다. 7시 30분쯤 앰브로즈 씨가 와서 뜻밖에 조지 경이 도착했다고 알려주셨습니다. 인근 고기잡이배를 얻어타고 섬 서쪽 끝의 작은 후미에 내렸다더군요. 저는 그때 조지 경을 직접 보지는 못했고 8시 작은 식당에 아침 식사를 차릴 때 봤습니다."

"그런데 당신이 성문을 여는 6시 5분 후에는 누구나 언제라도 집 안으로 들어올 수 있습니까?"

"큰 홀로 이어지는 뒷문은 6시 15분에 제가 자물쇠를 풀었습니다. 그때 잔디밭과 해변 산책로로 이어지는 오솔길을 내다보았지만, 아무도 보이지 않았습니다. 하지만 6시 15분과 7시 사이에는 누구나 들어와서 진열장을 망가뜨릴 수 있었을 겁니다."

그 후 신문은 소득이 없었다. 문터는 너무 많은 말을 했다고 후회했는지 대답이 점점 짧아졌다. 그는 클라리사가 협박편지를 받았다는 사실은 전혀 알지 못했고 그 원인에 대해서도 아는 게 없었다. 협박편지 한 통을 보여주자 까다로운 혐오감을 표현하며 종이를 만져보더니, 그와 아내가 보통 사 오는 편지지이기는 하지만 그것은 순백색이 아니라 크림색이라고 했다. 또 성에서 쓰는 편지지에는 주소가 새겨져 있고 종이 질도 달라서 책상 왼쪽 맨 위 서랍을 열어보면 직접 확인해볼 수 있을 거라고 했다. 앰브로즈가 클라리사에게 빅토리아 시대 보석함을 선물로 준 사실도 몰랐고 그게 사라졌다는 말도 듣지 못했다. 그러나 그런 종류의 보석함은 성안에 단 두 개뿐이었기 때문에 문제의 보석함이 어떤 물건인지는 설명할 수 있었다. 그것은 1850년 헌트 앤 로스켄 사의 은세공사가 제작했고, 1851년 런던 세계박람회에 출품되었던 제품 중 하나로 생각된다고 했다. 연극의 3막 소품으로 사용될 예정이었지만 그것보다 조금 더 크고 값어치는 낮은 보석함이 더 돋보이기 때문에 그쪽을 선택하는 게 나았을 거라고도 했다.

이렇게 아무 쓸데 없는 지식을 줄줄 나열하자 그로건이 짜증으로 얼굴을 찌푸렸다. 그가 말했다. "여기서 살인사건이 일어났어요. 저항할 수 없는 여자가 무참하게 살해당했습니다. 당신이 아는 것, 의심이 가는 것, 이 사건에 관해 나중에라도 떠오르는 게 있으면 언제든지 알려주십시오. 경찰은 한동안 여기 머무를 겁니다. 24시간 붙어 있을 수야 없겠지만 가까이에 있을 거고, 이 섬과 섬에서 일어난 일에 주목할 겁니다. 그 말은 살인자가 재판장에 끌려갈 때까지는 당신 역시 주목의 대상이라는 뜻이에요. 내 말 똑똑히 알아들었습니까?"

문터가 일어났다. 얼굴은 여전히 무표정했다. "잘 알았습니다, 형사님. 코시섬은 살인에 익숙한 곳이라고 말씀드려도 될까요?

그리고 그 살인자들은 보통 재판장에 끌려가지 않았습니다. 이번에는 형사님과 동료들에게 행운이 더 따를지 모르겠습니다만."

문터가 나가고 긴 침묵이 이어졌지만, 버클리는 굳이 침묵을 깨뜨리지 않는 게 좋겠다고 생각했다. 이윽고 그로건이 말했다. "저자는 피해자의 남편 짓이라고 생각해. 아니면 우리가 그 남편 짓이라고 생각하길 바라거나. 별로 독창적인 흔적은 없어. 어쨌든 우리도 생각해봐야 할 문제이기는 해. 자네, 혹시 월리스 사건을 아나?"

"모릅니다, 경감님." 버클리는 앞으로 그로건과 계속 일하려면 《살인자 백과》 같은 책이 한 권 있어야겠다고 생각했다.

"1931년 1월 리버풀. 윌리엄 허버트 월리스. 무해한 작은 보험 회사 직원으로 이 집 저 집 돌아다니며 매주 자신의 장례식 비용도 제대로 대지 못할까 두려워하는 가난한 서민들에게 일정하지 않은 돈을 걷으러 다녔지. 취미는 체스와 바이올린. 몇 살 연상의 여자와 결혼했어. 그와 아내 줄리아는 가난하지만 고상하게 살았어. 자네는 모르겠지만 이건 가난 중에서도 최악의 가난이야. 게다가 부부는 사람들과 어울리지도 않았어. 그러던 1월 19일, 그가 실재하는지 어쩐지 모를 어떤 고객의 주소를 찾아 돌아다니는 사이 줄리아가 집 앞쪽 거실에서 머리에 심한 타격을 받고 죽었어. 월리스는 살인죄로 기소되었고 깐깐한 리버풀의 배심원단은 완전히 한쪽으로 기울지는 않았어도 어쨌든 그에게 유죄 평결을 내렸어. 나중에 형사 재판소는 증거에만 의존하는 것은 안전하지 못하다는 근거로 그 평결을 파기했고, 영국 재판 역사에 첫 기록을 남기게 되었지. 결국, 그는 석방되었고 2년 후에 신장병으로 죽었어. 교수대에서 끔찍한 장면을 연출하는 것보다는 더 느리고 더 고통스럽게 최후를 맞이한 셈이지. 꽤 매력적인 사건이야. 어떻게 보느냐에 따라 모든 증거를 양쪽으로 해석할 수 있어. 나는 그 사건을 생각하며 밤을 꼬박 새우기도 하지. 모든 형사가 반드시 공부해야 할 사건이자, '범인은 언제나 남편'이라는 고정관념을 품었을 때 사건이 얼마나 왜곡될 수 있는지를 경고하는 예시랄까?"

꽤 그럴듯한 말이라고 버클리는 생각했지만 이런 사건에서 범죄 통계학을 믿는다면 대개 범인은 남편이었다. 그로건은 아직 마음을 열어놓으려고 하겠지만, 용의자 명단 맨 위에 누구 이름을 올렸는지는 명백했다. 버클리가 말했다. "문터 부부는 이 섬에 꽤 편안하게 자리를 잡은 모양입니다."

"그렇지? 앰브로즈가 전채요리를 만드는 동안 옆에서 안달복달하거나, 골동품 은그릇을 닦거나, 부부가 번갈아가며 시중을 들거나, 하는 일 말고는 바쁠 일도 없겠지. 하지만 저자는 적어도 한 가지는 거짓말을 하고 있어. 체임버스 부인을 신문했을 때 내용을 다시 들여다보라고."

버클리는 공책을 뒤로 넘겼다. 체임버스 부인과 손녀는 남편의 저녁 식사 준비 시간에 맞춰 육지로 돌아가야 한다고 우겨서 가장 먼저 신문을 받았다. 부인은 입심이 좋았고 불만도 많았으며 말투가 시비조였다. 그녀는 이번 비극 역시 이 집안에 불편을 일으키려고 생긴 운명의 장난이라고 여겼다. 그녀의 주된 관심사는 음식의 낭비였다. 백 명이 넘는 사람을 위해 마련한 요리를 누가 먹느냐고 따져 물었다. 30분 후 버클리는 손녀와 뚜껑 덮은 바구니 두 개씩을 들고 소형선을 향해 터벅터벅 걸어가는 부인의 모습을 바라보며 흥미롭다고 생각했다. 적어도 그 요리 중 일부는 체임버스 가족의 식도를 지나 위장으로 내려가게 된 것이다. 부인과 손녀(걸핏하면 웃음을 터뜨리는 발랄한 열일곱 살)는 사건과 관련한 중대한 시간 동안 문터 부인과 함께 있거나 혹은 단둘이서 바쁘게 일했다. 버클리는 그로건이 두 사람을 상대로 너무 많은 시간을 허비했다고 생각했고, 사건과 아무 관계 없는 부인의 수다를 속기로 받아 적어야 한다는 사실에 짜증이 치밀어 올랐었다. 그는 가까스로 그 부분을 찾아 읽기 시작했다. 혹시 이 늙은 경감이 속기를 얼마나 정확하게 했는지 검사하려고 일부러 그러는 게 아닐까 의심하면서.

"'정말 역겨워요! 어쩜 그렇게 끔찍한 일이 일어날 수 있어요? 저는 집에서 멀리 떨어진 곳에서 낯선 사람 손에 죽는 게 세상에서 가장 겁나는 일이라고 늘 말해왔답니다. 내가 어렸을 적에는 이런 일이 없었어요. 틀림없이 오토바이를 몰고 다니는 폭주족 짓이에요. 지난 토요일에도 스페이머스에 시끄럽고 냄새나는 오토바이를 타고 잔뜩 몰려왔다니까요. 경찰은 왜 그런 놈들을 가만히 놔두는지 모르겠어요. 왜 오토바이를 당장 압수해 바다에 처박아버리지 않느냐고요. 기왕이면 그 바지도 함께 벗겨서 버렸으면 좋겠어요. 그럼 그따위 짓거릴랑 당장 그만둘 텐데요. 법을 잘 지키는 점잖은 여자들을 신문하겠다고 시간 낭비하지 마시고 그 오토바이 폭주족들이나 잡으러 다니란 말이에요.'"

버클리는 여기서 잠시 읽기를 중단했다. "여기서 경감님이 아무리 폭주족이라도 오토바이를 타고 코시섬까지 올 수는 없다고 지적하자, 부인이 그들은 교활한 놈들이라 다 방법을 안다고 부루퉁하게 대꾸했죠."

그로건이 대답했다. "아니, 그 부분 말고. 조금 더 앞에 부인이 여기 집안일에 대해 마구 지껄이는 대목 말이야."

버클리는 공책을 두어 장 앞으로 넘겼다. "'나는 문터 씨의 말이라면 언제나 기꺼이 따른답니다. 어떤 날이든 우리 손녀 데비를 데리고 여기 섬에 오는 걸 싫어하지 않아요. 괜찮아요. 그리고 유리잔에 얼룩이 남았던 것도 우리 손녀 잘못이 아니었어요. 그런 식으로 처음부터 다시 씻으라고 할 권리는 없다고요. 게다가 문터 씨도 우리 데비에게 꾸지람을 할 이유가 없어요. 그 클라리사가 오면 꼭 그런다니까요. 그 여자가 오면 실수를 하지 않으려고 문터 씨가 엄청나게 신경을 곤두세워요. 화요일 리허설 때도 여기 왔었는데, 아유, 난리도 아니었답니다. 이래라저래라, 그 여자 마음에 드는 게 하나도 없었단 말이죠. 게다가 우린 마흔 명이나 되는 출연자들 점심과 차를 준비해야 했어요. 앰브로즈 씨가 여기 없을 때도 모든 게 빈틈없이 돌아가야 했단 말이에요. 문터 씨 말로는 앰브로즈 씨가 런던에 갔다던데, 나야 모르죠. 누가 봐도 그 여자가 이 성의 안주인인 줄 알았을걸요? 내가 문터 씨에게 그랬어요. 이번에는 도와주겠지만 내년에도 괜한 법석을 떨면 다시는 여기 오지 않겠다고, 내가 그렇게 말했어요. 나는 빼달라고요. 그러자 문터 씨가 걱정하지 말라고 했어요. 이번이 클라리사 라일이 코시섬에서 벌이는 마지막 공연이 될 것 같다고요.'"

버클리는 읽기를 멈추고 그로건을 쳐다보았다. '이 대목을 기억하고 있었어야 하는 건데.' 속으로 생각했다. 아마 지루한 푸념이라고 생각해서 한 귀로 흘려들었던 모양이었다. 감점 요인이었다. 상사가 조용히 말했다. "그래, 바로 거기. 내가 원했던 대목이야. 때가 되면 문터에게 그 발언을 해명해달라고 요구하겠지만, 지금은 아니지. 상대를 깜짝 놀라게 할 충격을 몇 개 손에 쥐고 있는 것도 괜찮아. 문터 부인도 똑같이 신중하게 말을 아끼면서 남편의 진술을 그대로 확인하겠지. 그러나 그 부인은 좀 기다리게 하자고. 지금은 클라리사 라일을 초대한 주인이 뭐라고 말하는지 들어볼 차례거든. 경사, 자네는 이 고장 출신이지? 앰브로즈 고린지에 대해 아는 게 있나?"

"별로 없습니다, 경감님. 여름철이면 관광객들을 상대로 성을 개방하지만, 그건 아마 유지비를 위해 세금을 아껴보자는 계책일 겁니다. 그는 혼자 있는 걸 좋아하고 사람들 입에 오르내리는 걸 싫어합니다."

"지금도 그럴까? 사건이 마무리되기 전까지는 지겹도록 사람들 입에 오르내릴 텐데? 문밖으로 얼굴을 내밀고 로저스에게 성 주인을 데려오라고 말해. 물론 평소와 똑같이 격식을 갖춰서 말이야."

28

버클리는 앰브로즈 고린지만큼 느긋하게 살인사건 용의자로 신문에 응하는 사람을 본 적이 없었다. 그는 티 하나 없이 깔끔한 만찬용 재킷을 입고 그로건 맞은편 의자에 앉아 흥미를 담은 반짝이는 눈으로 책상 너머를 응시했다. 버클리는 이따금 공책에서 시선을 들어 앰브로즈를 보았는데, 그의 눈에서 거의 즐거움에 가까운 경멸의 빛을 발견했다. 확실히 앰브로즈는 자기 홈그라운드에 있었고 실제로 자기 의자에 앉아 있었다. 경감이 이 많은 사람을 전부 싸잡아 스페이머스 경찰서로 데려가 지금 같은 심리적 이점을 박탈할 수 없는 게 조금 딱하다고 버클리는 생각했다. 그러나 앰브로즈는 자신의 이익이 걸린 문제인 것에 비하면 너무 심하게 침착했다. 만약 클라리사를 죽인 범인이 그 남편이 아니라면 다음 순위는 그의 돈을 노리고 섬에 온 사람이 아니겠나?

처음으로 본격적인 신문을 받으면서 앰브로즈는 경찰이 섬에 도착했을 때 간략하게 말해준 사실들을 앞뒤 어긋나지 않게 되풀이했다. 그는 어렸을 때부터 클라리사 라일과 아는 사이였다. 두 사람의 아버지는 모두 외교관이었고 한번은 같은 대사관에서 근무한 적도 있었다. 그러나 최근 몇 년간은 연락이 끊겼고 서로 거의 만나지 않다가 1977년 그가 숙부로부터 이 섬을 물려받게 되면서 다시 연락이 닿았다. 그다음 해 두 사람은 어느 극장의 초연 날에 재회했고 그가 그녀를 섬에 초대했다. 지금은 초대 제안을 그가 먼저 했는지 그녀가 먼저 했는지 기억이 나지 않는다. 어쨌든 그때 클라리사가 섬을 방문하고 빅토리아풍 극장을 보고 좋아하면서 여기서 공연을 하기로 결정하는 데까지 발전했다. 협박편지 한 통이 배달되었을 때 마침 그녀와 함께 있었기 때문에 협박편지의 존재는 알았지만, 지금까지 계속 배달되고 있는 줄은 알지 못했고 코델리아 그레이가 사립탐정이라는 사실도 듣지 못했다. 물론 코델리아가 클라리사의 방문 밑으로 전달된 목판화를 그에게 보여주었을 때 혹시 사립탐정이 아닐까 의심하기는 했다. 그 편지가 도착한 사실이나 대리석 손목이 도난당한 사실을 클라리사에게 말하지 않기로 한 것은 그와 코델리아가 합의한 의견이었다. 1시 20분부터 시체가 발견되기까지 결정적인 90여 분간 자신에게 알리바이가 없다는 사실을 별로 불안해하는 기색도 없이 인정했다. 그는 아이보 휘팅엄과 커피를 마시며 쉬다가 1시 30분 무렵 아이보를 테라스에 남겨두고 자기 방으로 가 약 15분간 휴식을 취했고, 그 후 옷을 갈아입고 2시가 조금 넘은 시각 방에서 나와 극장으로 갔다. 무대 뒤에 문터가 있기에 함께 소품을 점검했으며 공연 후 만찬에 관해 한두 가지 문제를 논의했다. 약 2시 20분경 문터와 함께 스페이머스에서 출발한 출연자들을 맞으러 선착장으로 갔고, 그 후 2시 45분까지 남성용 분장실에 있었다.

그로건이 물었다. "그러면 그 대리석 손목은요? 그 물건을 마지막으로 본 게 언제였죠?"

"제가 말씀드리지 않았던가요? 지난밤 조수 시간표를 확인하러 갔을 때니까, 약 11시 30분경이었습니다. 토요일 오후에 오는 소형선이 그날 밤 스페이머스로 돌아가는 데 시간이 얼마나 걸릴지 미리 알아두려고요. 여기와 육지 사이 물의 흐름이 무척 강력해질 때가 있거든요. 문터는 자정이 막 지난 시간에 그 물건이 제자리에 있는 걸 봤다고 했습니다. 저는 오늘 아침 6시 55분에 주방으로 가다가 진열장 자물쇠가 강제로 열리고 그 물건이 사라진 걸 발견했고요."

"그렇다면 오늘 댁에 초대된 손님들은 전부 그 물건을 봤고 어디에 보관되었는지도 알았겠군요."

"사이먼 레싱을 제외하곤 전부 봤습니다. 그 아이는 다른 손님들이 성안을 구경할 때 수영하러 갔었거든요. 제가 알기로 그 아이는 제 집무실 근처에 온 적이 없습니다."

그로건이 물었다. "그런데 그 아이는 지금 여기서 뭘 하는 거죠? 학교에 있을 시간이 아닌가요? 클라리사 라일이 그 아이에게 꽤 비싼 교육을 시켜주어서 평범한 동네 종합학교 학생이 아니라고는 알고 있습니다만." 그 질문이 무례하고 공격적으로 들릴 수도 있겠다고 버클리는 생각했다. 비록 말투에 신경을 써서 감정을 조심스럽게 억누르고 있었지만.

앰브로즈는 여전히 침착하게 대답했다. "그 아이는 멜허스트 학교에 다닙니다. 클라리사가 특별 주말 휴가를 신청했고요. 웹스터 연극이 아이에게 교육적이라고 생각했던 모양입니다. 안타깝게도 이번 주말은 그녀로서는 예측할 수 없는 방식으로 아이에게 교육적이 되었지만요."

"클라리사는 아이에게 어머니 노릇을 제대로 했습니까?"

"거의 아닐 겁니다. 클라리사에게 모성 본능 같은 건 없었다고 생각합니다. 그러나 그녀는 자신의 능력 범위 안에서는 그 아이를 아꼈습니다. 이번 사건의 피해자에 대해, 그녀가 친절을 베푸는 걸 즐겼다는 사실만은 반드시 이해해주시길 바랍니다. 우리는 대개 돈이 들지 않을 때만 친절을 베풀지 않습니까?"

"그렇다면 사이먼 레싱에게 돈이 얼마나 들어갔습니까?"

"주로 학비였죠. 1년에 약 4천 파운드 정도 들었을 겁니다. 클라리사가 그 정도 능력은 있으니까요. 아마 아이의 부모 사이를 갈라놓고 그 가정을 깨뜨렸다는 사실에 양심의 가책을 느껴서 시작한 일일 겁니다. 하지만 그렇다고 해도 꼭 해야 하는 일은 아니었죠. 아마도 그 남자가 선택한 일이었으니까요."

"사이먼 레싱은 자신이 아니라 생모를 생각해서라도 클라리사 라일이 가정을 깨뜨린 것에 몹시 분개했겠군요. 물론 대신 부자 양어머니가 생긴 건 꽤 괜찮은 거래라고 생각했겠지만."

"6년 전 일이었습니다. 그 애 아버지가 집을 나갔을 때 그 애는 열한 살도 안 됐어요. 그리고 단도직입적으로 말해서 그 애가 자기 양어머니 얼굴을 박살 낼 정도로 분개했다는 말씀을 하는 거라면 그건 너무 오래 기다렸고 유난히 적절치 못한 때를 선택한 게 아닐까 생각합니다. 혹시 조지 경도 여러분이 사이먼을 의심한다는 것을 압니까? 조지 경은 자신 역시 아이의 양아버지라고 생각합니다. 만약 여러분이 다소 어이없는 생각을 품고 있는 걸 조지 경이 안다면 아이의 이익을 안전하게 지키기 위한 절차를 밟을 겁니다."

"그 아이를 의심한다고 말한 적 없습니다. 또 아이의 나이를 생각해서 그 아이를 신문할 때 조지 경이 합석하는 것에도 이미 동의했고요. 하지만 사이먼 레싱은 열일곱 살입니다. 더 이상 법적으로 미성년자가 아니에요. 다 같이 일치단결해 그 아이를 지키려는 모습이 흥미롭군요."

"그 모습이 악의적으로만 보이지 않았으면 좋겠군요. 오늘 제가 소식을 전했을 때 그 아이는 대단히 큰 충격을 받았습니다. 아이는 친부모를 모두 잃었어요. 그리고 평소 클라리사를 진심으로 따랐습니다. 아이의 고통을 최소화하기를 바라는 건 당연한 일입니다. 어차피 여러분은 아동복지 담당자 자격으로 여기 오지는 않았으니까요."

그로건은 이 대화 도중 증언자를 거의 바라보지 않았다. 평소 경찰 보급품보다 선호하는 줄 없는 수첩이 책상 압지 위에 놓여 있었는데, 그는 만년필로 거기에 그림을 그리고 있었다. 반점투성이의 큼직한 손아래 두 개의 문과 두 개의 창문이 있는 세심한 직사각형이 모양을 잡아갔다. 버클리는 그것이 클라리사의 침실을 묘사한 평면도와 그림 사이의 무엇임을 알아보았다. 방의 비율은 꼼꼼하게 계산되어 있었지만 작은 물건들은 어린아이 그림처럼 확대되어 세밀하게 그려졌다. 화장품 병이랄지 화장용 솜뭉치 상자, 차 쟁반, 자명종 같은 것들이 보였다.

그로건이 고개를 들지도 않고 불쑥 물었다. "그런데 무슨 일로 클라리사의 방에 갔지요?"

"코델리아 그레이가 클라리사를 깨우러 간 직후에 말입니까? 그야 단순한 기사도 정신 때문이었습니다. 그녀를 초대한 주인으로서 분장실까지 호위하는 게 적절하다고 생각했거든요. 극장까지 가져갈 물건도 있었고요. 예를 들면 그녀의 분장 도구 상자요. 우리 극장에는 분장실 설비가 충분하지 않았기 때문에 클라리사는 카리올라 역을 맡은 콜링우드 양과 분장실을 함께 쓰기로 되어있었습니다. 물론 콜링우드 양은 주연배우가 분장실을 쓰기 전에 분장을 다 끝내기로 약속했고요. 하지만 클라리사는 누구라도 자기 화장품을 빌리는 것을 허락할 리가 없었기에 제가 직접 분장 도구 상자를 들고 숙녀를 극장까지 호위하려고 갔습니다."

"평소 그런 서비스를 수행하는 남편이 없었기 때문인가요?"

"마침 조지 경이 옷을 갈아입으러 돌아왔습니다. 계단 위에서 만났다고 이미 말씀드렸죠."

"당신은 클라리사를 위해 대단히 수고를 아끼지 않은 것으로 보입니다." 경감은 잠시 말을 멈추었다가 이었다. "이런저런 것들을 생각하면 말입니다."

"침실에서 극장까지 2백 미터 남짓 걸어가는 걸 대단한 수고로 볼 수는 없지요."

"하지만 그녀를 위해 공연을 하고 극장을 복원하고 손님 접대까지 하지 않았습니까? 엄청난 경비가 들었을 테지요."

"다행히도 저는 가난하지 않습니다. 그리고 여러분은 살인사건을 수사하러 여기 왔지, 저의 개인적인 재정 상태를 조사하러 온 게 아니라고 생각합니다만. 또 극장을 복원한 것도 클라리사가 아니라 저 자신의 만족을 위해 벌인 일입니다."

"클라리사는 다음 프로 극단의 공연에 당신이 일부 재정지원을 해주길 바라지는 않았을까요? 그걸 연극계 용어로 뭐라고 하지요? 그녀의 천사가 되어주길 바란다고 하던가요?"

"잘못된 헛소문을 들으셨나 보군요. 저로선 그 천사 역할이라는 것에 한 번도 끌려본 적이 없습니다. 돈을 잃으려면 더 재미있는 방법이 많아요. 하지만 혹시 제가 클라리사에게 어떤 식으로 신세를 졌을지도 모른다는 뜻을 은근히 암시하고 계신다면, 예, 완벽하게 맞습니다. 베스트셀러가 된 제 책《시체 해부》의 아이디어를 준 사람이 바로 클라리사거든요. 혹시 그 책에 대해 들어본 적이 없는 대여섯 명 가운데 한 사람일지도 몰라서 말씀드리는 겁니다."

"혹시 클라리사가 직접 쓴 것은 아니고요?"

"아니요. 그녀가 쓰지 않았습니다. 클라리사의 재능은 무척이나 다양하고 어마어마했지만, 글쓰기까지 뻗어 가지는 못했습니다. 그 책은 썼다기보다 가공된 것입니다. 출판사와 에이전시와 나라는 사람으로 이루어진 불경한 삼두정치에 의해서요. 적당히 포장되고, 홍보되고, 판매되었지요. 클라리사에게 책임을 물을 만한 죄악은 여럿 있지만 적어도《시체 해부》는 아닙니다."

그로건은 손에서 만년필을 떨어뜨리고 의자 뒤로 몸을 기대더니 앰브로즈의 얼굴을 정면으로 응시하고 나직하게 말했다. "클라리사를 어렸을 적부터 알았다죠? 지난 6개월 동안 당신은 이번 공연을 위해 온갖 관심을 기울였어요. 그리고 클라리사는 당신 손님 자격으로 여기에 왔고요. 그런데 그녀는 당신 집 지붕 아래서 살해당했습니다. 그녀가 어떻게 죽었는지는 부검 결과가 나올 때까지는 정확히 알 수 없지만, 어쨌든 살인자는 당신의 대리석 손목을 이용해 그녀의 얼굴을 때려 부순 게 거의 확실해요. 그녀가 어떻게 죽었는지 어떤 견해를 던져줄 만한 일을 전혀 알지 못하고, 의심이 갈 만한 일도 전혀 없으며, 그녀에게 어떤 말도 들은 게 없다고, 확신할 수 있습니까?"

조금 더 노골적으로 말하면 경찰의 공권력을 이용한 협박이 될 수도 있다고 버클리는 생각했다. 그는 앰브로즈가 자기 변호사를 만날 때까지 아무 말도 하지 않겠다고 대꾸할 거라고 은근히 예상했다. 그러나 앰브로즈는 신중한 의견을 요구받고 그 의견을 대답하는 데 어떠한 거부감도 없는 지극히 무심한 사람의 차분한 무관심으로 대답했다.

"여전히 제 추리지만 처음 드는 생각은 어느 무단침입자가 섬 안이 공연 준비로 분주한 걸 알고 어떻게든 섬에 접근했다는 것입니다. 성은 정말로 분주했고 보안도 허술했습니다. 그자는 화재 대피용 사다리로 올라왔을 겁니다. 아마 장난을 치거나 말썽을 부리고 싶은 마음이었겠죠. 아니면 뭘 해야겠다는 뚜렷한 생각도 없이 저지른 일이었을 거고요. 아마도 젊은이였겠지요."

"젊은이들은 보통 떼를 지어 몰려다닙니다."

"그렇다면 젊은이 몇 명이라고 합시다. 아니면 2인조든가요. 그중 한 명이 집 안이 조용해진 사이 안을 둘러보고 싶다고 생각했을 겁니다. 그렇다면 공연이 있다는 것을 아는 이 동네 사내겠지요. 그자가 클라리사의 방에 몰래 들어갑니다. 클라리사는 사잇문을 잠그는 것을 깜박 잊었거나 그럴 필요가 없을 거라 생각했겠죠. 사내는 그녀가 침대에서 자는 것을 봅니다. 보석함을 가지고 갔는지 어쨌는지는 모르지만, 사내가 이제 막 방을 빠져나가려는데 클라리사가 눈을 덮은 패드를 떼어내고 그를 봅니다. 겁을 먹은 사내가 당황한 나머지 그녀를 죽이고 보석함을 들고 들어왔을 때와 같은 통로로 빠져나갑니다."

그로건이 말했다. "당신 증언에 따르면 그 범인은 참 사려 깊게도 대리석 손목을 미리 준비해 갔군요. 그 말은 지난 자정부터 오늘 오전 6시 55분 사이에 그 물건을 진열장에서 훔쳐냈다는 뜻이고요."

"아닙니다. 놈은 단순히 장난을 치려는 마음 말고는 어떤 것도 준비하지 않았을 겁니다. 제 추리로는 놈이 그 흉기인 손목이 제 손 가까이에 있는 걸 우연히 발견했을 뿐입니다. 아, 저의 형편 없는 말장난을 용서하십시오. 어쨌든 흉기는 침대 옆 궤짝 위에 놓여 있었습니다. 물론 연극 대사를 인용한 그 협박편지와 함께 말이죠."

"그렇다면 그 손목을 거기 가져다 둔 사람은 대체 누구라는 말입니까? 그 방으로 들어가는 문은 잠겨 있었다는 사실을 잊지는 않으셨죠?"

"그 점에 관해서는 의문의 여지가 없다고 생각합니다. 클라리사가 가져다 두었습니다."

그로건이 물었다. "스스로 히스테리 상태에 빠지도록 겁을 주려고 그랬다는 말입니까? 아니면 잠재적인 살인자에게 편리한 무기를 제공하려고?"

"공연에 실패했을 경우 핑곗거리로 삼으려고 그랬겠죠. 제가 걱정했던 것처럼 그녀는 실패할 가능성이 매우 컸습니다. 아니면 좀 더 기만적인 이유가 있었을지도 모르고요. 클라리사의 복잡한 성격은 저로선 이해하기 어려운 수수께끼였습니다. 아마 그 남편도 마찬가지였을 겁니다."

"그럼 당신은 그 젊고 충동적이며 사전에 계획하지도 않은 살인자가 사람을 죽여놓고 피해자의 눈 위에 다시 패드를 씌웠다고 말하는 겁니까? 그렇다면 우리는 이해하기 어려운 복잡한 성격을 지닌 사람을 두 명이나 설명해야겠군요."

"범인은 충분히 그럴 수 있습니다. 살인에 관한 전문가는 제가 아니라 경감님입니다. 그러나 꼭 해야 한다면 저는 그 이유도 생각할 수 있습니다. 그자는 자신을 비난하는 듯한 죽은 사람의 눈을 덮어야 했던 거지요. 상상이 좀 지나친 감이 있지만 영 불가능한 일은 아닙니다. 살인자들은 원래 이상한 행동을 곧잘 하지 않습니까? 거트리지 사건을 떠올려보세요, 경감님."

속기를 하던 버클리의 손이 문득 멈추었다. '맙소사, 저 말은 일부러 꺼낸 건가?' 다소 뻔뻔한 그 말은 틀림없이 의도적으로 꺼낸 말이리라. 그러나 앰브로즈가 어떻게 걸핏하면 옛날 사건을 들먹이는 경감의 버릇을 알고 있을까? 그는 고개를 들고 경감이 아니라 앰브로즈 쪽을 쳐다보았지만 별 특징 없는 순진한 표정만 떠올라 있었다. 그때 앰브로즈가 버클리를 향해 말했다.

"아주 오래전 일이라 경사님은 모를 겁니다. 거트리지는 1927년 에섹스의 어느 시골 골목길에서 자동차 도둑에게 총을 맞아 죽은 경찰입니다. 그 사건으로 전과자였던 프레데릭 브라운과 공범 윌리엄 케네디는 교수형에 처해졌고요. 거트리지를 죽인 후 범인 중 한 명이 경찰의 양쪽 눈을 쏴버렸습니다. 아마 미신 때문이었던 것으로 보입니다. 그들은 살해당한 사람의 죽은 눈이 살인자를 똑바로 보고 있으면 그 동공에 범인의 얼굴이 아로새겨진다고 믿었습니다. 실제로 어떤 살인자도 제 손으로 죽인 피해자의 눈을 똑바로 바라보지는 못할 겁니다. 사건 자체는 지루하고 추악했지만, 그 점만은 유일하게 흥미로웠지요."

그로건은 그림 그리기를 마쳤다. 방의 평면도가 완성되었다. 두 사람이 조용히 지켜보는 가운데 그로건은 커다란 침대 위에 성냥갑 모양의 작은 인물이 팔다리를 펴고 베개 위에 머리카락을 펼친 채 누운 모습을 그렸다. 그리고 마지막으로 꼼꼼하게 얼굴에 색칠을 했다. 그는 그림 위에 큼직한 손을 올려놓고 그 페이지를 북 찢어내 손 안에서 구겨버렸다. 뜻밖에 거친 동작이었지만 목소리는 나직하고 거의 부드럽기까지 했다.

"고맙습니다. 큰 도움이 되었습니다. 달리 할 말이 없으면 손님들 곁으로 돌아가도 됩니다."

29

아이보 휘팅엄이 들어오자 버클리는 당황해서 재빨리 고개를 숙이고, 아이보가 자신의 얼굴에 떠오른 공포와 경악의 표정을 알아보지 못했기를 바라며 공책을 뒤로 펄럭펄럭 넘기기 시작했다. 지금껏 이토록 야윈 사람은 딱 한 번 보았는데, 그 한 사람은 암에 걸려 죽기 몇 주 전의 게리 삼촌이었다. 버클리는 삼촌을 퍽 좋아했기 때문에 삼촌이 오래도록 고통스럽게 죽어가는 모습을 보면서 한 가지 결심을 했다. 육체라는 게 인간에게 이렇게까지 가혹하다면 그 역시 거꾸로 그렇게 하겠다고, 앞으로 어떤 죄책감도 느끼지 않고 쾌락을 즐기겠노라고. 성공하겠다는 야망과 그로 인한 경계심이 더 강하지 않았다면 지금 그는 경박한 쾌락주의자가 되었을지도 모른다. 그러나 당시의 쓸쓸함이나 고통을 잊지는 않았다. 그리고 아이보 휘팅엄이 또 다른 방식으로 그때의 기억을 일깨워주었다. 게리 삼촌도 지금 아이보처럼 남은 생명력과 지성을 모두 불태워버릴 것처럼 빛나는 눈으로 그를 봤었다. 그는 고개를 들어 아이보가 해골 같은 손으로 의자 팔걸이를 붙잡고 뻣뻣한 자세로 자리에 앉는 모습을 흘낏 보았다. 그러나 막상 이야기를 시작했을 때 아이보의 목소리는 놀라울 만큼 강하고 느긋했다.

"기숙사 사감에게 불려 갔던 불쾌한 추억이 떠오르는군요. 좋은 일은 거의 없었죠."

그로건 입장에선 별로 권하고 싶지 않을 만한 뜻밖의 시작이었다. "그렇다면 가능한 한 빨리 끝내기로 합시다. 클라리사 라일과는 잘 아는 사이였다지요?"

"아주 친한 사이였다고 생각하셔도 됩니다."

"그 말은 클라리사가 당신 애인이었다는 뜻인가요?"

"매우 돌발적인 불륜 관계를 칭하기엔 적당한 말이 아닙니다. 애인이란 어떤 영속성을 암시하니까요. 심지어 서로 존중한다는 의미도 포함하지요. 친애하는 케플 부인과 그녀의 왕 같은 관계에나 쓸 만한 단어입니다.[78] 우리 같은 경우는 약 6년 동안 기회가 있을 때, 그러니까 그녀의 변덕이 그렇게 하라고 했을 때만 애인 관계였다고 말하는 게 더 정확할 겁니다."

"그녀의 남편도 알고 있었습니까?"

"남편들이라고 말해야겠군요. 우리 관계는 그녀의 결혼생활한 차례보다 더 오래 지속되었으니까요. 하지만 경감님의 관심은 조지 경에 한해서겠지요? 저는 조지 경에게 그 이야기를 한 적이 없습니다. 클라리사가 말했는지 어떤지는 모릅니다. 그리고 행여 조지 경이 복수를 했다고 의심하신다면, 그 생각은 터무니없습니다. 더 큰 힘이랄까 운명이랄까, 아니면 행운이랄까, 아무튼 뭐

---

78 앨리스 케플은 영국 사교계 인물로 에드워드 7세와 오랜 애인 관계였다.

라고 부를지 모르겠지만, 그것들이 곧 나를 영영 제거할 날이 올 때까지 조지 경이 왜 기다려야 한단 말입니까? 조지 경은 바보가 아닙니다. 그리고 행여 나보다 클라리사를 앞서 보낸 사람이 혹시 나였냐고 묻는다면, 그 대답도 역시 '아니요'입니다. 클라리사와 나는 이 세상의 둑과 모래톱 위에서 서로의 인연을 남김없이 다 써버렸습니다. 그러나 나는 그녀를 죽일 수도 있었습니다. 내겐 기회가 있었거든요. 오후 내내 편리하게도 나는 문을 닫은 방에서 혼자 있었습니다. 혹시 사전 조사를 하지 않았을까 봐 말씀드립니다만, 내 방은 클라리사의 방과 같은 층에 있고, 두 방 사이는 불과 15미터밖에 떨어져 있지 않았으며, 둘 다 성의 동쪽 면을 바라봅니다. 또 대리석 손목을 소개받았기 때문에 그 흉기에도 접근할 수 있었습니다. 아마 힘도 쓸 수도 있었을 겁니다. 또 클라리사가 나라면 문을 열어주었을 테고요. 하지만 나는 그녀를 죽이지 않았고 누가 죽였는지도 모릅니다. 내 말을 믿어주셔야 합니다. 나는 반증을 제시할 수 없으니까요."

"클라리사는 어떤 사람이었죠?" 그로건이 이런 질문을 한 건 처음이었다. 그러나 버클리는 이런 질문은 모든 살인사건 수사의 핵심이고, 대답을 찾을 수 있다면 그 밖의 질문은 대부분 불필요해질 수도 있다고 생각했다.

아이보 휘팅엄이 대답했다. "그녀의 얼굴을 보면 알 거라고 말하려고 했는데, 당연히 못 봤겠군요. 참 안타까운 일입니다. 클라리사에 대해 뭔가 알아야 한다면 반드시 그녀의 육체를 알아야 하니까요. 그녀는 그 몸에 강력하게 깃들어 살았습니다. 나머지는 그저 말의 나열뿐이죠. 그녀는 자기중심적이고, 불안정하고, 영리했지만 지적이지는 않았으며, 기분에 따라 친절할 수도 잔인할 수도 있었고, 늘 초조해하고 불행했습니다. 그런데 어떤 기술은 몹시 뛰어났습니다. 어떤 기술인지는 신사의 태도로 언급을 삼가겠지만, 중요하지 않은 기술이라고는 말할 수 없습니다. 그녀는 불행을 일으킨 적보다는 기쁨을 준 적이 더 많았을 겁니다. 우리처럼 평범한 사람들은 들을 수 없는 말이기 때문에, 저는 그녀를 비평할 수가 없습니다. 언젠가 그녀에게 토머스 말로리의 희곡 대사를 써 보낸 적이 있습니다. 기사 랜슬롯이 기네비어 왕비에게 하는 말이죠. '왕비시여, 나는 신 앞에서도 똑똑히 말할 수 있습니다. 그대 안에서 세상의 기쁨을 발견했노라고.' 그녀가 무슨 짓을 저질렀다 해도 나는 그 말을 철회하지는 않을 것입니다."

"그녀가 무슨 짓을 저질렀는데요?"

"말이 그렇다는 겁니다."

"그래서 당신은 지금 그녀를 애도합니까?"

"아니요. 그러나 그녀를 잊지는 못할 겁니다."

잠시 침묵이 흘렀다. 이윽고 그로건이 나직이 물었다. "이 섬에는 왜 오셨습니까?"

"클라리사가 와달라고 했습니다. 하지만 다른 이유가 하나 더 있죠. 어느 일요신문사에서 이 섬과 극장에 관한 기사를 써달라는 청탁이 왔거든요. 그들이 원한 것은 옛 시절의 매력과 향수와 외설적인 전설이었습니다. 지금 생각하면 범죄 전문기자를 파견했어야 했던 거죠."

"그런데 당신처럼 고명한 비평가가 그 청탁에 혹했다는 말인가요?"

"그럼요. 그렇지 않았다면 제가 왜 여기 왔겠습니까?"

그로건이 다른 용의자들과 마찬가지로 그날 일을 설명해보라고 하자 아이보는 처음으로 피곤한 기색을 보였다. 그의 몸이 끈 달린 꼭두각시 인형처럼 의자에 축 늘어졌다.

"별로 말씀드릴 게 없습니다. 느지막이 아침을 먹고 클라리사가 예배당 구경을 가자고 했어요. 오래전 두개골이 수없이 진열된 지하 납골당과 바다로 통하는 비밀 통로가 있거든요. 우리는 두 곳을 탐험했고 앰브로즈가 두개골에 얽힌 옛 전설과 비밀 통로 끝의 동굴에서 전쟁 당시 억류자 한 사람이 갇혀 죽었다는 이야기를 들려주어 즐거운 시간을 보냈습니다. 저는 피곤해서 주의 깊게 듣지는 못했습니다. 그 후 성으로 돌아와 12시에 점심을 먹었습니다. 점심 직후에 클라리사는 쉬겠다며 방으로 들어갔고요. 저는 1시 15분쯤 제 방으로 돌아와 만찬용 옷으로 갈아입을 때까지 책을 읽으며 쉬었습니다. 연극이 시작되기 전에 옷을 갈아입어야 한다고 클라리사가 당부했거든요. 옷을 입고 나오다가 계단 맨 위에서 마침 자기 방에서 내려오는 로마 라일을 만나 같이 가는 도중에 앰브로즈와 코델리아 그레이가 나타나 클라리사가 죽었다는 소식을 알려주었습니다."

"오전에 예배당과 동굴을 둘러보러 갔을 때 클라리사 라일은 어때 보였죠?"

"평소와 다를 바 없었다고 말해야겠군요."

마지막으로 그로건은 폴더에서 협박편지 묶음을 꺼냈다. 그중 하나가 바닥으로 나풀나풀 떨어졌다. 그는 허리를 숙여 편지를 집어 들고 아이보에게 건넸다.

"이것들에 대해 우리에게 해줄 말은 없습니까?"

"클라리사가 이것들을 받고 있다는 사실을 알고 있었다는 것 말고는 딱히 드릴 말씀이 없군요. 직접 들은 건 아니고 연극계의 소문으로 주워들었습니다. 하지만 널리 알려진 사실은 아닐 겁니다. 이것 때문에 저는 다시 자연스럽게 용의자가 되겠군요. 발신인은 클라리사를 잘 알고 셰익스피어도 잘 아는 사람일 테니까요. 하지만 저라면 이런 관이나 두개골 그림을 넣지는 않았을 겁니다. 불필요하고 조악한 필치가 아닌가요?"

"그게 우리에게 해주고 싶은 말의 전부인가요?"

"할 수 있는 말의 전부입니다, 경감님."

30

소년을 만난 시간은 7시가 거의 다 되었을 무렵이었다. 정장
으로 갈아입은 소년은 버클리의 눈에 경찰 신문이 아니라 양어머
니의 장례식에 참석하는 사람으로 보였다. 버클리와의 나이 차이
는 기껏해야 8년을 넘지 않을 것 같았지만 겉보기엔 20년 정도
는 차이가 나는 것처럼 보였다. 사이먼 레싱은 빳빳하게 다림질
을 당한 어린애처럼 잔뜩 긴장해 보였다. 그러나 어쨌든 자제력
을 발휘하고 있었다. 사이먼이 들어섰을 때 버클리는 그의 태도
에 어딘가 애매하게 낯익은 데가 있다고 느꼈다. 조심스럽게 자
리를 잡고 앉는 모습이나 진지하고 기대에 찬 표정으로 그로건의
얼굴을 똑바로 응시하는 모습 같은 것들이. 그리고 마침내 기억
해냈다. 그것은 버클리가 경찰에 자원했을 때 최종면접장에서 보
인 모습이었다. 그때 교장이 이런 조언을 해주었다. '최고로 좋은
정장을 입되 상의 주머니에 만년필이나 화려한 손수건이 밖으로

보이게 해서는 안 돼. 상대방의 눈을 똑바로 보되 당황스러울 정도로 빤히 쳐다보지는 말고. 네가 느끼는 것보다 조금 더 예의 바르게 행동해. 상대는 네게 직장을 줄 사람이야. 대답을 모르겠으면 모른다고 솔직하게 말해야지, 어정쩡하게 말하지는 마라. 긴장해도 너무 걱정하지 말고. 그들은 지나치게 자신만만한 것보다는 살짝 긴장하는 쪽을 더 좋아하니까. 그리고 긴장에 대응할 만한 배짱이 있음을 보여줘. 상대방을 깍듯하게 '선생님'이라고 부르고 떠나기 전에는 짧게 고맙다고 말하려무나. 그리고 무엇보다 등을 똑바로 펴고 반듯하게 앉아.'

신문 대상을 편안하게 할 목적으로 고안되었다고 버클리가 거의 믿다시피 하는 쉬운 질문 몇 가지를 거치는 동안 그는 뭔가 다른 것을 감지했다. 즉, 사이먼도 예전의 버클리와 똑같이 충고대로 따르기만 하면 이 고난도 그리 험하지는 않다고 생각하기 시작한 게 아닐까 싶었다. 오직 사이먼의 손만이 그의 마음과 반대로 행동하는 것 같았다. 그의 손은 넓적하고 불쾌할 정도로 하얀색이었으며 손가락은 뭉툭하고 두꺼웠지만, 손톱만은 좁다랗고 바짝 깎여 여자애 손톱처럼 색이라도 칠한 양 분홍색이었다. 그는 양손을 무릎에 올려놓고 가끔 악력 강화법을 처방받아 규칙적으로 실행하는 사람처럼 손가락을 오므렸다가 쭉 폈다가 했다.

조지 경은 일행에게 등을 돌린 채 창가에 서서 살짝 벌어진 커튼 사이로 바깥을 내다보고 있었다. 버클리는 조지 경의 그런 행동이 말이나 눈짓으로 소년에게 어떠한 영향도 미치지 않겠다는 의도를 표현하는 것일까 생각했다. 그러나 그 모습은 굉장히 고집스러워 보였고 그럴수록 그 고요한 어둠 속에서 버클리가 볼 수 있는 것은 아무것도 없었다. 버클리는 일찍이 이런 침묵을 목격한 적이 없었다. 이 침묵에는 어딘가 긍정적인 요소가 담겨 있었는데, 단지 소음의 부재가 아니라 지각을 날카롭게 하고 모든 말과 행동에 중요성과 위엄을 부여하는 그런 침묵이었다. 버클리는 또다시 경찰서 본청에 있다면 얼마나 좋을까 생각했다. 그곳은 지나가는 사람들의 발소리와 문 닫는 소리, 멀리서 부르는 말소리 등 평범한 삶의 편안한 소음이 존재했다. 이곳에서 심판을 받는 사람은 단지 용의자들만이 아니었다.

이번에 그로건의 낙서는 별로 자극적이지 않았고 심지어 매력적으로 보이기까지 했다. 그는 자기 집 텃밭을 계획하는 사람 같았다. 통통한 양배추가 깔끔하게 줄을 지어 자랐고 강낭콩 줄기가 넝쿨이 되어 지지대를 기어올랐으며, 고사리 같은 잎을 단 당근이 그의 손놀림 아래서 쑥쑥 자랐다. 그로건이 말했다. "어머니가 돌아가신 후 숙부 가족과 함께 살았는데, 1978년 여름 클라리사 라일이 찾아와 입양을 결정했단 말이지?"

"정식 입양은 아니었어요. 숙부는 저의 후견인이었고 클라리사는 그러니까, 일종의 수양어머니가 돼주기로 했어요. 그 후 저를 전적으로 책임져주셨고요."

"그 결정이 반가웠나?"

"아주 반가웠어요. 숙부 숙모와의 삶은 정말이지 조금도 자극을 주지 않았거든요."

자극이라니, 소년이 쓰기엔 다소 이상한 단어라고 버클리는 생각했다. 마치 숙부 내외가 〈더 타임즈〉가 아니라 〈미러〉[79]를 구독했고 저녁 식사 후에 포트와인을 마시지 않았다는 말처럼 들렸다.

"그래서 조지 경과 클라리사와의 삶은 행복했나?" 그로건은 자

79 영국의 타블로이드 신문

신의 말에 묻어나는 약간의 냉소를 거부할 수 없었다. 그는 이렇게 덧붙였다. "그 삶은 자극이 되던가?"

"매우 그랬습니다."

"자네 양어머니, 자네는 그분을 양어머니라고 생각했겠지?"

소년은 얼굴을 붉히며 말 없는 조지 경의 뒷모습을 곁눈질했다. 그는 입술을 축이고 다시 말했다.

"예, 그렇게 생각합니다."

"자네 양어머니는 지난 1년 남짓 별로 유쾌하지 못한 서신을 받아왔어. 그 사실을 알고 있었나?"

"아니요. 아무 말도 듣지 못했습니다." 그리고 덧붙였다. "우리는… 우리는 서로 자주 보지는 못했어요. 저는 학교에 있고 그분은 휴일에는 주로 브라이턴의 아파트에서 지내셨거든요."

그로건이 폴더에서 협박편지 하나를 꺼내 책상 위로 내밀었다. "이런 편지인데, 혹시 알아보겠나?"

"아니요. 이건 인용문 아닌가요? 혹시 셰익스피어인가요?"

"자네가 나한테 가르쳐줘야 하는 거 아닌가? 멜허스트 학교 학생이라며? 하지만 이런 걸 본 적이 없다, 이 말이지?"

"예, 한 번도 없습니다."

"좋아. 그럼 오늘 오후 1시부터 2시 45분까지 정확히 뭘 했는지 말해주겠나?"

사이먼 레싱은 고개를 숙여 제 손을 내려다보고서야 그 신경질적이고 규칙적인 손가락 펴기 운동을 깨달았는지 자기도 모르게 의자에서 튀어 오르지 못하게 막으려는 듯 양손으로 의자 팔걸이를 꼭 움켜잡았다. 그러나 그의 진술은 명료했고 점점 자신감도 붙어갔다. 그는 공연 전에 수영하기로 마음먹고 점심 후에 곧바로 방으로 가 청바지와 셔츠 밑에 수영복을 입었다. 그리고 저지 스웨터와 수건을 가지고 해변으로 통하는 잔디밭을 가로질러 갔다. 1시간 동안은 해변을 산책했다. 클라리사가 식사 직후 수영을 하면 안 된다고 경고했기 때문이다. 그런 다음 테라스 너머에 있는 작은 후미로 돌아가 모래밭에 옷과 수건과 손목시계를 풀어놓고 2시쯤이나 그 직후 물에 들어갔다. 산책할 때나 수영을 할 때나 아무도 그를 보지 못했지만, 조지 경이 새를 관찰하고 성으로 돌아오는 길에 망원경을 통해 해변으로 가는 사이먼을 봤다고 말했다. 이 대목에서 사이먼은 다시 확인을 구하는 사람처럼 양아버지 쪽을 흘깃 보았지만, 역시 아무런 반응도 없었다.

그로건이 말했다. "그건 우리도 조지 경에게 들었네. 그런 다음에는 뭘 했지?"

"뭐, 사실 아무것도 하지 않았습니다. 성으로 돌아오는 길에 앰브로즈 고린지 씨가 저를 보고 마중을 나왔습니다. 그리고 클라리사 소식을 알려주었어요."

마지막 몇 마디는 거의 속삭임에 가까웠다. 그로건이 붉은색 머리를 앞으로 쑥 내밀고 부드럽게 물었다. "정확히 뭐라고 말하던가?"

"그분이 죽었다고요. 살해당했다고요."

"어떤 식으로 살해당했다는 말도 했나?"

다시 속삭임이 들려왔다. "아니요."

"혹시 자네 쪽에서 먼저 묻지는 않았고? 자연스러운 호기심을 억누르지 못하고 말이야."

"무슨 일이 있었는지, 어떻게 죽었는지는 물었습니다. 앰브로즈 씨는 부검을 마칠 때까지는 아무것도 확실히 알 수 없다고 말했고요."

"그 말이 맞지. 클라리사가 죽었고 살인이 틀림없다는 사실 외에 자네가 알아야 할 것은 없으니까. 그런데 사이먼 군. 혹시 죽은 공주의 손목에 대해 우리에게 말할 게 있나?"

버클리는 여기서 조지 경이 항의의 고함을 지를 거라고 생각했지만, 그는 여전히 개입하지 않았다. 소년은 눈앞의 경찰이 미친 게 아닐까 하는 표정으로 이 사람 저 사람의 얼굴을 두리번거렸다. 아무도 말하지 않자 사이먼이 말했다.

"예배당에서 말인가요? 오늘 아침 두개골을 보러 지하 납골당에 갔어요. 하지만 앰브로즈 씨는 죽은 공주에 대해서는 아무 말도 하지 않았어요."

"예배당 이야기가 아니야."

"그럼 미라가 된 손목을 말하는 건가요? 무슨 말씀인지 모르겠어요."

"대리석 손 말이야. 정확하게는 손목이지. 아기 손목. 누가 앰브로즈의 진열장에서 그걸 훔쳐갔어. 이 집무실 문밖에 있는 진열장에서. 누가 언제 그랬는지 우리는 알고 싶네."

"저는 본 적이 없어요. 죄송합니다."

그로건은 텃밭 그림을 완성하고 격자무늬 울타리와 회랑으로 텃밭과 잔디밭을 구분했다. 그는 사이먼을 향해 고개를 들고 말했다. "우리 경찰은 내일 다시 올 거야. 아마 하루나 이틀 정도 이 성에 머물 거야. 혹시 생각나는 게 있다면, 조금이라도 이상하거나 도움이 될 것 같은 일이 떠오르면, 아무리 사소하고 별로 중요하지 않은 것 같아도 우리에게 이야기해주면 고맙겠어. 알았지?"

"예. 감사합니다, 경감님."

그로건이 고개를 끄덕이자 소년은 자리에서 일어나 마지막으로 조지 경의 고요한 뒷모습을 일별하고 밖으로 나갔다. 버클리는 사이먼이 문 앞에서 몸을 돌려 '혹시 저, 면접 합격인가요?' 하고 묻지 않을까 기대할 정도였다.

마침내 조지 경이 돌아섰다.

"저 아이는 월요일 정오까지는 학교에 돌아가야 합니다. 특별 휴가를 내서 여기 왔습니다. 이제 저 아이는 그만 보내도 될 것 같소만."

그로건이 말했다. "소년이 화요일 오전까지만 여기 머물러주면 우리에게 큰 도움이 되겠습니다. 편의의 문제일 뿐입니다. 만약 저 아이에게나 우리에게나 뭔가 떠오르는 일이 있으면 사건을 빨리 해결하는 데 도움이 될 테니까요. 그러나 경이 꼭 그래야 한다고 생각한다면 아이는 월요일 아침 일찍 보내도 됩니다."

조지 경이 머뭇거렸다.

"하루 정도 미룬다고 큰일은 없겠지요. 하지만 아이는 빨리 여길 벗어나 학교로 돌아가는 게 좋아요. 내일이나 월요일에 제가 학교에 연락하겠습니다. 장례식 때 또 휴가를 내야겠지만, 지금은 그런 문제를 생각하기에 너무 이르니까요."

"저도 그렇게 생각합니다, 경."

조지 경이 거의 문 앞에 이르렀을 때 그로건이 그를 부드럽게 불러 세웠다. "한 가지 더 물어볼 게 있습니다. 부인과의 관계에 대한 일입니다. 행복한 결혼생활이었다고 말할 수 있습니까?"

훤칠하게 우뚝 선 조지 경의 모습이 손잡이에 손을 댄 채 잠시 멈추었다. 이윽고 조지 경이 그들을 향해 돌아섰다. 얼굴이 격렬하게 씰룩거렸다. 마치 신경발작에 걸린 사람 같았다. 잠시 후 그는 자신을 억눌렀다.

"불쾌한 질문이라고 생각합니다만."

그로건의 목소리는 여전히 부드러웠다. 위험할 만큼 부드러웠다. "살인사건을 수사하다 보면 때때로 불쾌한 질문도 해야 하는 법이라서요."

"부부 모두에게 묻지 않으면 의미가 없는 질문이오. 그리고 지금은 너무 늦었어요. 아내가 행복할 능력이 있었는지는 확신할 수 없소."

"그럼 경은요?"

그는 아주 간결하게 대답했다. "나는 그녀를 사랑했소."

31

조지 경이 나가자 그로건이 갑자기 격렬하게 말했다. "당장 짐을 싸서 여길 떠나지. 폐소공포증이 올 것 같아. 로퍼와 배젯을 태운 소형선은 몇 시에 오기로 했지?"

버클리가 시계를 들여다보며 대답했다. "15분 안에 올 겁니다."

로퍼와 배젯 형사는 오늘 집무실에서 당번을 서기로 했지만, 단 하룻밤이었다. 두 사람을 배치한 것은 거의 형식적인 일에 불과했다. 성안의 누구도 경찰의 보호를 요청하지 않았고 그로건도 딱히 보호가 필요하다고 생각하지 않았다. 굳이 인력을 낭비하지 않고 지금 있는 부하들로 충분했다. 악마의 주전자로 가는 비밀 통로를 포함해 이미 섬 전체를 수색했다. 누구라도 단순 침입자의 소행이라고 생각한다면, 그 침입자는 지금 코시섬에 없는 게 분명했다. 내일이면 섬에서의 신문이 완료되고 수사는 스페이머스 경찰서 취조실로 옮겨갈 것이다. 로퍼와 배젯에겐 지루하고 편안하지도 않은 불침번이 될 거라고 버클리는 생각했다. 앰브로즈 고린지는 두 형사에게 침실을 하나 내주었고 필요한 게 있으면 문터를 호출하면 된다고 일렀다. 그러나 그로건의 지시는 단호했다.

"물통과 샌드위치를 싸 오게. 그리고 아무도 호출하지 마. 이곳 전등과 난방과 화장실 물을 제외하곤 어떤 것도 앰브로즈 고린지에게 신세를 져서는 안 돼."

그는 초인종 밧줄을 잡아당겼다. 버클리 생각에 조금 시간이 걸려서 문터가 나타났다. 그로건이 말했다.

"우리는 이제 그만 떠난다고 앰브로즈 고린지 씨에게 전해주겠소?"

"예, 경감님. 그런데 아직 경찰 소형선이 오지 않았습니다만."

"알아요. 선착장에 가서 기다리겠습니다."

문터가 나가자 그로건이 초조하게 말했다. "저자는 우리가 뭘 어떻게 할 거라고 생각하는 거야? 물 위를 걸어가기라도 할 것 같나?" 앰브로즈가 격식을 갖춰 경찰을 배웅하려고 몇 분 후에 도착했다. 두 사람은 특별히 환영받거나 호감을 주는 손님은 아닐지라도 만찬 손님이 될 수는 있었을 거라고 버클리는 생각했다. 앰브로즈는 그들을 코시섬까지 부른 사건에 대해서는 한마디도 하지 않았고 수사의 진행에 관해서도 질문하지 않았다. 그에게 클라리사 라일의 살해는 그 일만 없었다면 나름대로 성공적인 하루가 될 수도 있었을, 당혹스러운 작은 사고에 불과할지도 모른다.

다시 바깥 공기를 쐬니 좋았다. 9월 중순치고는 밤공기가 이상할 만큼 훈훈했고 테라스 돌바닥에서 여름날의 마지막 숨결 같은 다정한 온기가 피어올랐다. 두 사람은 손에 서류가방을 들고 나란히 선착장 동쪽 잔교를 따라 걸었다. 몸을 돌려 걸어온 길을 더

듬어 보니 멀리 식당 창문에서 한 줄기 빛이 흘러나왔고 테라스 쪽에 어두운 형체의 사람들이 우아한 파반 춤을 추는 것처럼 왔다 갔다, 서로 만났다 헤어졌다, 잠시 멈추었다 다시 걸어가는 모습이 보였다. 버클리 눈에는 그들이 양손에 접시를 든 것처럼 보였다. 아마 남아서 차갑게 식어버린 만찬 요리일 것이다. 문득 장례식용으로 구운 고기에 대한 적절하지 않은 인용문이 떠올랐다.[80] 그들이 빈 의자를 하나 마주하고 다 함께 테이블에 앉기를 거부했다고 해서 그들을 비난할 생각은 없었다.

버클리와 그로건은 야외 연주대 차양 아래 앉아 소형선 불빛이 보이기를 기다렸다. 밤의 고요가 마음을 사로잡았다. 육지가 보이지 않는 남쪽 해안에 앉아 있으니 두 사람은 지금 망망대해 한가운데 완전히 고립되어 좀처럼 오지 않는 구조선의 돛대가 나타나길 막연하게 기다리는 중이며, 테라스를 활보하는 형체들은 오래전 죽은 정착민의 유령이고, 성 자체도 하나의 껍데기가 되어 홀도 서재도 응접실도 모두 하늘을 향해 뚫려 있고, 거대한 계단이 허공을 향해 올라가고, 깨진 타일 사이로 잡초와 고사리가 무성하게 자라는 모습이 절로 상상되었다. 버클리는 평소 상상을 즐기는 편은 아니었지만, 지금은 피곤해서라도 오른쪽 손목을 가만히 주무르며 일부러 마음에 정교한 환상을 떠올렸다.

몽상 한가운데로 그로건의 목소리가 거칠게 끼어들었다. 밤의 고요도 아름다움도 그로건에게는 닿지 않는 모양이었다. 그의 생각은 여전히 사건을 붙잡고 있었다. 한숨 돌릴 틈 같은 것

---

80 셰익스피어의 《햄릿》중 햄릿이 숙부와 혼인한 어머니를 두고 호레이쇼에게 "절약이야, 절약, 호레이쇼. 장례식 때 구운 고기를 혼례상에 차갑게 내놓았지."라고 말하는 대사를 가리킨다.

은 애초에 없었다고 버클리는 자신을 타일렀다. 어느 형사의 말이 떠올랐다. "빨간 머리 그로건은 살인사건을 무슨 연애처럼 취급한다니까. 용의자들에게 완전히 빠져버려. 그들 삶에 개입하고 사건과 함께 살며 호흡하지. 범인이 체포되는 절정에 이를 때까지 아슬아슬하게 초조해하고 좌절하면서 말이야." 버클리는 혹시 그것 때문에 그로건의 결혼생활이 실패로 돌아갔을까 생각했다. 밤이나 낮이나 마음이 딴 데 가 있는 남자와 함께 살아야 한다면 괴롭겠지.

그로건이 입을 열었을 때 그 목소리는 마치 이제 막 신문이 새로 시작된 것처럼 기운이 넘쳤다.

"피해자의 사촌인 로마 라일 말이야. 마흔다섯 살에 서점 주인, 전직 교사에 미혼. 그 여자에 관해 가장 먼저 어떤 생각이 떠오르나, 경사?"

버클리는 로마 라일을 면담했을 때를 떠올렸다.

"겁을 먹고 있었습니다."

"겁을 먹고, 방어적이고, 당황했고, 설득력도 없었지. 그 여자이야기를 생각해봐. 그 목판화가 자기 것이라고 인정했고, 앰브로즈가 관심을 보이고 목판화의 시대와 가치에 관해 조언해줄 수 있을 것 같아 코시섬에 가져왔다고 했지. 앰브로즈는 17세기 초반 인쇄물의 권위자가 아니니까 그 여자의 희망은 지극히 낙관적이었다고 볼 수 있어. 그러나 우리는 그 점에 관해서라면 지나치게 많은 생각을 할 필요는 없을 거야. 어쨌든 그 여자는 그 물건을 발견했고 흥미가 생겨서 여기 가져왔을 테니까. 이제 오늘 이야기를 해보자고. 그녀는 약 1시 5분경에 사촌의 침실을 떠나 곧장 서재로 갔고 2시 30분까지 거기 머물렀다가 자기 방으로 갔다고 말했어. 그 방은 회랑 바로 위에 있으니까 거기 가려면 클라리사의 방을 굳이 지나갈 필요가 없지. 그녀는 아무도 보지 못했고 아무 소리도 듣지 못했어. 서재에 있는 1시간 20분 동안 완전히 혼자였고, 코델리아 그레이가 잠깐 서재를 들여다보기는 했지만, 서재에 머무르지는 않았지. 로마 라일은 동업자에게 걸려 올 사적인 업무 전화를 기다리며 서재에 있었지만, 사실 전화는 걸려 오지 않았어. 그녀는 편지도 썼다고 말했지. 내가 신빙성을 위해 그 편지를 보여 달라고 했더니(사실 그 일 자체는 그렇게 중요하지 않았지만) 그녀는 얼굴을 붉히며 당황하다가 결국 부치지 않기로 하고 찢어버렸다고 했지. 우리가 서재 휴지통에 종잇조각이 없었다고 부드럽게 지적하자, 그녀는 점점 더 얼굴을 붉히더니 종잇조각을 모아 자기 방으로 가져가서 화장실 변기에 버렸다고 했어. 전부 다 아주 이상해. 하지만 훨씬 더 이상한 점이 있어. 그녀는 사촌이 살아 있는 것을 목격한 마지막 사람 중 하나였어. 정확히 마지막 사람은 아니었지만, 마지막 사람 가운데 한 명이었지. 클라리사의 연극이 성공하길 빌어주기 위해 그녀의 방에 따라 들어갔다고 했지. 뭐, 아주 적절하고 사촌끼리 흔히 할 만한 일이지. 그러나 옷도 갈아입지 않고 다소 늦게까지 방에 머물러 있지 않았냐고 우리가 지적했을 때 그녀는 공연을 보지 않기로 결심했다고 말했어. 이렇게 이상야릇한 행동들이 자꾸 우리의 구미를 당기는데, 자네는 그 여자 이야기를 해명할 만한 추리를 제기할 수 있겠나?"

"로마 라일은 애인의 전화를 기다리고 있었을 겁니다. 반드시 동업자가 아닐 수도 있다는 뜻입니다. 그런데 전화가 오지 않자 편지를 쓰기로 했습니다. 하지만 생각을 고쳐먹고 찢어버렸지요. 휴지통에서 종잇조각을 수거해 갔습니다. 나중에 우리가 종잇조각을 맞춰보고 사적인 편지를 읽게 될까 봐요. 아무리 무해한 편지라도 곤란했겠죠."

"기발하군. 하지만 문제가 하나 남아 있어. 그녀가 종잇조각을 가지고 위층에 올라갔다고 말한 시간은 경찰이 찾아와 개인적인 서신에 관해 꼬치꼬치 캐묻게 될 거라는 사실을 알지 못했을 때야. 또 그때는 자기 사촌이 죽은 줄도 몰랐어."

"그렇다면 로마 라일이 클라리사의 방에 마지막으로 갔을 때는 어떤 분위기였을까요?"

그로건이 말했다. "내 추측으로는 그녀가 주장하는 것처럼 그리 화기애애한 분위기는 아니었을 거야."

"그럼 왜 우리에게 편지 이야기를 했을까요? 굳이 할 필요가 없었을 텐데요. 그냥 서재에서 책이나 읽으며 시간을 보냈다고 하면 되잖아요."

"대체로 진실을 말하는 여성이기 때문이지. 예를 들면 그녀는 자기 사촌을 좋아하는 척 꾸미지도 않았고, 그녀의 죽음을 특별히 슬퍼하는 척하지도 않았어. 만약 경찰에게 거짓말을 해야 한다면 되도록 적게 하고 싶었을 거야. 그래야 기억해두어야 할 거짓말이 적어지고 더 중요하게는 스스로 전혀 거짓말을 하고 있지 않다고 확신할 수 있게 되거든. 아주 건전한 원칙이랄까. 하지만 그 찢어버렸다는 편지에 대해서는 별로 깊게 생각할 필요가 없어. 하인들의 수고를 덜어주려고 그랬을 수도 있고, 하인들이 호기심에 종잇조각을 이어 붙여 편지를 읽어볼까 봐 걱정했을지도 몰라. 게다가 로마 라일의 이야기가 설득력이 떨어진다고 해도 그녀만 그런 게 아니야. 클라리사의 시중을 들었다는 그 아가씨의 이상한 과묵함을 생각해봐. 30년대 통속적인 스릴러물 제1

362

장에 등장하는 사람 같잖아."

버클리는 톨리 톨가스와의 면담을 돌이켜보았다. 그녀가 들어 오기 전 그로건이 말했다. "이 숙녀는 자네가 신문하지, 경사. 경험 자보다는 젊은이를 더 좋아할지도 모르잖아. 대접을 잘해보라고."

버클리가 놀라서 물었다. "이 책상에서 말입니까?"

"그럼 어디겠어? 포식자처럼 숙녀 주위를 빙빙 돌면서 신문할 거야?"

그로건이 직접 그녀를 맞이해 코델리아 그레이나 로마 라일을 대할 때보다 더 격식을 갖춰 그녀에게 의자를 권했다. 신문하는 경 찰이 더 젊은 쪽이라는 사실을 깨닫고 놀랐을지 몰라도 겉으로 드 러내 보이지는 않았다. 그녀는 그 후로도 어떤 것도 드러내지 않 았다. 눈에 띄게 큼직한 눈에 번진 듯한 검은 눈동자로 뭔가를 들 여다보듯 버클리를 응시했다. 무엇을 들여다보았던 걸까? 그의 영 혼은 아닐 것이다. 그는 자신에게 영혼이 있다고 믿지 않았다. 그 러나 그가 타인에게 보여줄 생각이 없는 마음의 일부를 그녀는 확 실히 들여다보고 있었다. 그녀는 모든 질문에 예의 바르게 대답했 지만 최소한의 단어만 사용했다. 협박편지의 존재를 알고 있었다 고 인정했지만 누가 보냈는지 추측은 거부했다. 그런 일은 경찰 소 관이라는 뜻을 은근히 내비치기도 했다. 클라리사가 평소처럼 공 연 전 휴식을 취하러 갔을 때 클라리사의 차를 만들어 가져온 사 람은 톨가스였다. 일과는 언제나 똑같았다. 클라리사는 차에 설탕 이나 우유를 넣지 않지만, 찻주전자에 두껍게 썬 레몬 두 조각을 넣고 거기에 끓인 물을 붓는 랍상소우총 차[81]를 마셨다. 평소처럼

---

81 중국 푸젠성에서 생산하는 홍차로 19세기 초반까지 가장 환영받는 세계 최고의 차 였다.

문터 씨의 식료품실에서 차를 만들었고 그때 체임버스 부인과 손녀 데비도 함께 있었다. 그녀는 곧장 차 쟁반을 들고 나갔고 찻주전자가 그녀의 시선에서 벗어난 적은 단 한 순간도 없었다. 클라리사의 방에 갔을 때 조지 경이 함께 있었다. 톨가스는 침대 옆 서랍장 위에 차 쟁반을 내려놓고 욕실로 들어갔다. 클라리사가 목욕을 하기 전에 정리해둘 일이 있었다. 클라리사가 옷을 벗는 것을 도우러 침실로 돌아갔을 때 코델리아 그레이가 와 있었다. 코델리아가 자기 방으로 돌아갔을 때 조지 경도 나갔고 그녀도 거의 즉시 방을 나갔다. 오후는 여성용 분장실과 무대 뒤에서 공연 준비를 하거나 문터 부인을 도와 파티 준비를 하며 보냈다. 2시 45분, 코델리아가 클라리사를 깨우는 걸 깜박 잊었을지도 모른다는 생각에 직접 클라리사의 방으로 갔다. 그때 조지 경과 앰브로즈와 코델리아가 침실 밖에 서 있는 것을 보았고 곧 클라리사가 죽은 걸 알게 되었다.

경찰은 톨가스를 클라리사의 방으로 데려가 방 안의 어떤 것에도 손대지 말고 세세하게 둘러본 다음 평소와 달라진 게 있는지, 혹시 이상한 점은 없는지 물어보았다. 그녀는 고개를 저었다. 방을 떠나기 전 그녀는 잠시 장의자와 벗겨진 빈 침대를 물끄러미 바라보았다. 버클리로서는 헤아릴 수 없는 표정이었다. 그것은 슬픔이었을까? 생각에 잠긴 걸까? 체념이었을까? 적당한 말이 떠오르지 않았다. 그는 그녀가 눈을 크게 뜨고 뭔가 말할 듯 입술을 달싹였다고 생각했다. 잠시 기도를 드린 건 아닐까 하는 이상한 생각도 했다.

그는 집무실로 돌아와 이렇게 물었다. "클라리사 라일과 함께 일하면서 행복했나요? 서로 좋아했습니까?" 그것은 두개골을 때려 부술 정도로 주인을 증오했냐고 묻는 전략적인 방법이었다.

그녀는 조용히 대답했다. "우린 서로 익숙했습니다. 제 어머니가 클라리사의 유모였어요. 어머니가 그녀를 돌봐달라고 부탁했어요."

"누가 왜 그녀를 죽이고 싶어 했는지 그 이유가 전혀 생각나지 않습니까? 아주 행복한 대가족이었다는 말이죠?"

그로건 식의 냉소를 시도해봤지만, 먹히지 않았다. 그녀는 그녀 방식의 냉소로 맞섰다.

"인간이 서로를 죽이는 데 거창한 이유 같은 것은 없어요. 아무리 행복한 대가족 안에서도 말이에요."

문터 부인의 신문 역시 별로 성공적이지 못했다. 문터 부인 역시 예의를 갖췄지만 가능한 한 말을 적게 하는 건질 게 없는 증언이었고, 수다나 경솔한 말을 끌어내려고 온갖 아양을 떨었지만, 번번이 실패했다. 앰브로즈 고린지는 만약 비밀이랄 게 있다면, 기교 없는 소박한 추측을 빈발하게 늘어놓음으로써 자신의 비밀을 감추었다. 톨가스와 문터 부인은 지나치게 비협조적이지는 않으면서 침묵과 고집으로 자신들의 비밀을 감추었다. 이 두 증언자 가운데 어느 쪽이 신문하기에 더 어려운 상대냐고 묻는다면 천하의 그로건도 선뜻 고르지 못할 것이다. 두 여자가 분명히 전달하고 싶은 인상은 세상의 대다수 폭력과 마찬가지로 살인은 여자들보다는 남자들의 일이며 자신들은 여기서 제외되는 편이 행복하겠다는 것이었다. 버클리는 자기도 모르게 이따금 그 여자들을 물끄러미 보게 되었는데, 명백한 좌절감 때문이라는 것을 스스로도 불편하게 의식했다. 그러나 인간은 학교에서 배우는 수학 문제가 아니다. 오래도록 골똘히 바라본다고 해서 갑자기 이해되는 게 아니라는 뜻이다.

버클리가 말했다. "미스 톨가스는 조지 경이 나간 후에도 클라리사의 방을 떠나지 않았다고 인정했는데, 그 부분은 조지 경의 증언과도 일치합니다. 코델리아 그레이는 자기 방에 있었기 때문에 톨가스가 나가는 것을 본 사람은 아무도 없습니다. 욕실로 돌아가 목욕 준비를 하느라 바쁜 척하다가 코델리아가 떠난 후 다시 방으로 돌아와 클라리사를 죽였을 수도 있습니다."

"시간대가 아주 빠듯해. 문터 부인이 1시 20분에 아래층 식료품실에서 톨가스를 봤어."

"봤다고 말했죠. 저는 두 사람이 서로 공모한 게 아닐까 하는 느낌을 받았습니다. 두 사람 모두 도움이 되는 정보는 거의 말하지 않았어요. 특히 미스 톨가스가요."

"아주 흥미로운 거짓말 한 가지를 제외하면 말이지. 물론 그 여자가 내가 짐작하는 것보다 관찰력이 예리하지 못하다면 거짓말이라고 할 수 없지만."

"무슨 말입니까?"

"그 여자를 데리고 그 방에 갔을 때 말이야, 경사. 생각해보라고. 자네가 그 여자한테 방 안의 모든 게 그대로냐고 물었지 않나. 그녀는 고개를 끄덕였고. 하지만 거기 화장대를 떠올려보라고. 여자들이 쓰는 온갖 잡동사니 가운데 사라진 게 뭐였지? 우리가 봤던 것 중에서 당연히 그 자리에 있으리라고 기대할 만한 물건 말이야."

그러나 버클리가 이 어려운 수수께끼에 대답을 떠올리기도 전에 로퍼와 배젯을 태운 소형선이 선착장에 도착했다.

32

드디어 끔찍했던 하루가 끝났다. 시계가 10시를 울리자마자 한 사람씩 차례차례 짤막하게 "잘 자요."라는 인사말을 건네고 다들 조용히 침대로 기어들어 갔다. 평범한 밤 인사는 할 수 없었다. "끔 찍하게 피곤하군요. 기나긴 하루였어요. 잘 자요. 모두 내일 봅시 다." 어떤 말이나 빈정거림이나 눈치 없음, 악취미를 무겁게 담고 있었다. 여성 경찰관 두 명이 코델리아의 물건을 드 모건 방에서 새 방으로 옮겨 왔는데, 지금 코델리아가 무엇을 보고 즐거워할 수 있는 상태였다면 그들의 섬세한 손길에 즐거워했을 것이다. 새 침실은 사이먼의 방과 같은 회랑 층에 있었지만 방향은 반대라서 장미정원과 수영장이 내다보였다. 열쇠 구멍에 열쇠를 꽂고 문을 열자마자 텁텁한 실내공기를 들이마시며 코델리아는 평소 자주 쓰는 방이 아니라고 생각했다. 방이 작고 어두컴컴했고 잡동사니 가 늘어서 있는 걸 보면 앰브로즈가 여름철 관광객을 맞이하는 동안에만 가구를 들여 꾸미는 곳 같았다. 앰브로즈가 성의 수많은 공간에서 성취해낸 밝음과 섬세함이 이 방에는 없었다. 벽이 온통 그림과 장식품, 화려한 가구, 마호가니로 테를 두른 종이 반죽 작품 액자로 덮여 있었는데, 그 모습이 어둡고 위협적으로 보였다. 방 안에서 곰팡내가 풍겼지만, 창을 활짝 열자 바닷소리가 밀려 들어왔다. 그 소리가 더 이상 잠을 부르는 편안한 소리로 들리지 않고 사나운 울부짖음으로 들렸다. 코델리아는 침대에서 몸을 일으켜 창문을 반쯤 닫을 힘을 쥐어짤 수 있을까 생각하며 그대로 누워 있었다. 그게 마지막 의식이었다. 그녀는 온몸을 덮쳐오는 피로의 긴 물결에 저항하지 못하고 그대로 잠 속으로 떠내려갔다.

제 5 부

달빛 아래 공포

33

　　오전 9시 15분, 코델리아는 모즐리 여사에게 전화하려고 집무실로 들어가 혹시 경찰이 엿듣지 않을까 걱정하며 수화기를 들었다. 그러나 아무리 살인사건 현장이라도 사적인 통화를 엿듣는 것은 전화 도청으로 간주했고 도청은 엄격히 내무장관의 동의가 필요했다. 버니가 그렇게 열심히 가르쳐주었는데도 여전히 경찰 수사의 실무에 대해 아는 게 얼마나 적은가 생각하면 기분이 이상했다. 탐정소설을 읽고 짐작할 수 있는 것보다 실제 경찰의 사법적 힘이 훨씬 더 광범위한 걸 깨닫고 이미 놀라고 있었다. 한편 경찰의 실질적 존재감은 그녀의 예상보다 훨씬 더 두렵고 압도적이었다. 마치 집 안에 쥐가 돌아다니는 것 같았다. 한동안 소리도 내지 않고 눈에 보이지도 않지만 일단 존재한다는 사실을 알면 그 은밀하게 오염시키는 존재를 무시할 수는 없었다. 심지어 이곳 집무실에도 그로건 경감의 영 호감이 가지 않는 성격의 힘이 여전히 머물러 있었다. 잠깐 머물렀던 흔적을 깨끗이 치웠는데도 말이다. 경찰은 처음 여기 들어왔을 때보다 방 안을 더 말끔하게 정리하고 떠난 것 같았지만, 그게 오히려 더 불길한 느낌을 주었다. 런던의 사무실 전화번호를 돌리면서 이 통화가 기록되지 않을 거라고 믿기는 어려웠다.

모즐리 여사의 값싼 원룸에는 개인 전화가 없어서 불편했다. 단 한 대밖에 없는 공용전화기는 맨크로프트 주택의 홀에서도 가장 어둡고 접근하기 어려운 구석에 있어서 누구라도 끈질기게 울려대는 전화벨 소리에 미칠 것 같아서 밖으로 나와 전화를 받아줄 때까지 몇 분을 기다려야 했다. 그나마 받는 사람이 영어를 알아들을 수 있으면 다행이었고, 4층까지 올라가 모즐리 여사를 불러와준다면 대단히 운 좋은 경우라는 것을 코넬리아는 알고 있었다. 그런데 오늘 아침 전화는 거의 즉시 받았다. 모즐리 여사는 평소처럼 8시 미사를 마치고 돌아오는 길에 일요신문 한 부를 샀고, 성에 전화를 걸어볼까 아니면 코넬리아가 연락할 때까지 기다릴까 망설이면서 층계 맨 아래에 웅크리고 앉아 있었다고 솔직하게 털어놓았다. 그녀는 짤막한 신문기사만으로는 알 수 있는 게 별로 없었다면서, 불안과 걱정 때문에 거의 알아들을 수 없는 말을 마구 늘어놓았다. 클라리사가 그토록 폭력적인 죽음을 당했는데도 자신의 사건이 그날의 머리기사를 차지하지 못한 걸 알면 얼마나 분할까 하는 생각이 들었다. 하필 그날 의회에서 엄청난 추문이 터졌고, 톱스타 한 명이 마약 남용으로 죽었으며, 특별히 야만적인 테러리스트가 북이탈리아에서 테러를 저질렀다는 소식이 서로 신문 1면 기사를 차지하겠다고 경쟁하고 있었다.

모즐리 여사가 띄엄띄엄 말했다. "기사를 보니까, 음… 그녀가… 맞아 죽었다고 했어요. 믿을 수가 없어요. 코델리아 당신에게도 무서운 일이고요. 물론 그녀의 남편도 딱하고요. 가엾은 여자 같으니라고. 하지만 산 사람을 생각해야죠. 제 생각엔 침입자 짓 같아요. 신문기사에서도 그녀의 보석함이 없어졌다고 했거든요. 경찰이 엉뚱한 생각을 하지 않았으면 정말로 좋겠어요."

코델리아가 괜한 의심을 받지 않기를 바란다는 말을 요령 있게 전달한 것이리라.

코델리아는 천천히 지시를 내렸고 모즐리 여사가 마음을 진정시키며 코델리아의 말을 알아들으려고 애쓰는 게 수화기 너머로 전해졌다.

"경찰이 분명히 저와 탐정사무소를 조사할 거예요. 정확한 절차는 몰라요. 도싯의 범죄수사과에서 전화할지 런던경시청에서 연락할지는 모르겠어요. 하지만 걱정하지 말아요. 그냥 경찰이 물어보는 대로 대답하면 돼요."

"예, 알았어요. 그래야겠죠. 하지만 너무 겁나요. 경찰에게 전부 보여줘야 할까요? 장부도 보여달라고 하면 어쩌죠? 금요일 오후에 잔돈까지 전부 결산을 해놓긴 했지만, 계산이 정확하게 맞아떨어지지 않아서 걱정이에요. 모건 씨가 와서 비뚤어진 명판을 다시 달아줬어요. 아주 유쾌한 사람이었어요. 모건 씨가 소장님이 돌아올 때까지 대금 지급을 기다리겠다고 하더라고요. 그래서 베비스를 시켜서 커피와 함께 대접할 비스킷을 사 오라고 했는데, 베비스가 그만 얼마를 썼는지 가격을 잊어버리는 바람에, 게다가 가격표가 붙은 포장지도 버려버렸거든요."

"경찰이 조지 경의 방문에 관해 물어볼 거예요. 경찰이 잔돈까지 관심을 두지는 않을 겁니다. 하지만 요구하면 뭐든 보여주세요. 물론 고객 정보 파일은 안 됩니다. 그건 비밀이니까요. 그리고 모즐리 여사님, 베비스에게 굳이 머리를 쓰려고 하지는 말라고 전해주세요."

모즐리 여사는 한결 차분해진 목소리로 약속했다. 그녀는 월요일 사무실에 어떤 위기가 닥쳐오더라도 책임지고 일을 처리하겠다는 뜻을 코델리아에게 전달하려고 노력하는 게 분명했다. "친애하는 코델리아 그레이 씨는 하늘이 두 쪽이 나더라도 살인을 저지를 사람이 아니다."라는 뜻을 전달할 때 베비스의 연극풍과 모즐리 여사의 열정적인 호소 가운데 어느 쪽이 더 해로울까, 코델리아는 궁금했다. 아마 베비스는 경찰의 실질적 존재감만으로 잔뜩 겁에 질려 과장된 연극 조의 재능을 최악으로 드러내는 일은 피할 것이다. 다만 엎친 데 덮친 격으로 그가 최근 우연히 경찰의 부패와 야만성, 인종차별을 폭로하는 텔레비전 다큐멘터리를 보지만 않았다면 말이다. 만약 그런 걸 보았다면 어떤 일이 벌어질지 아무도 몰랐다. 누가 킹리 거리의 탐정사무소를 방문하든 그 사람이 애덤 달글리시는 아닐 거라고 코델리아는 확신했다. 아득히 멀고도 높은 수수께끼 같은 경찰의 위계질서 안에서 달글리시가 차지하는 현재 위치를 생각해보면 이런 허드렛일에 그가 나설 까닭이 없었다. 혹시 그가 이번 사건에 관한 신문기사를 보았을지, 그녀가 연루되었다는 사실을 알고 있을지 궁금했다.

코델리아는 이 특별한 일요일 오전의 남은 시간을 어떻게 보낼지 전혀 준비되어 있지 않았다. 앰브로즈가 아침 식사로 나온 스크램블드에그를 입으로 가져다가 숟가락을 든 손을 문득 멈추었다.

"앗, 핸콕 신부에게 예배가 취소되었다고 연락하는 걸 깜박 잊었네! 지금은 이미 늦어버렸는데. 올드필드가 벌써 신부를 마중

나갔겠지."

그가 몸을 돌려 일행에게 설명했다. "핸콕 신부는 은퇴 후 스페이머스에 머무는 나이 든 성공회 사제입니다. 보통 성에 손님을 초대하면 그분을 모시고 일요일 아침 예배를 드리곤 하지요. 요즘 사람들은 이런 목회 활동이 필요하다고 느끼는 모양이더군요. 클라리사는 주말에 섬에 오면 신부님을 만나는 걸 참 좋아했어요. 신부님이 그녀를 재미있게 해주었거든요."

"클라리사가요?" 아이보가 깡마른 체구가 흔들릴 정도로 큰 웃음을 터뜨렸다. "그 신부님은 경찰과 같은 시간에 도착하겠군요. 그럼 그로건 경감에게 우리 모두 신성한 예배에 참석해야 하니 1시간 정도 우릴 건드리지 말라고 말합시다. 어서 빨리 그 얼굴을 보고 싶군요. 앰브로즈, 솔직히 일부러 신부님에게 예배 취소 연락을 하지 않았다고 털어놓지그래요?"

"아닙니다. 정말이에요. 까맣게 잊고 있었지 뭡니까?"

로마가 말했다. "신부는 안 올걸요? 지금쯤 살인사건 소식을 들었을 테니까요. 소식이 스페이머스 전역에 퍼졌을 거예요. 그러니 당연히 섬에 오지 않아도 된다고 생각했을 거예요."

"그렇지 않을 겁니다. 이곳에 대량학살이 일어나 단 두 사람만 남아도 올드필드가 마중만 나가면 신부님은 옵니다. 아흔의 나이가 다 되었지만, 그분은 나름의 우선순위가 있어요. 게다가 셰리주와 점심을 무척 좋아하고요. 아, 문터에게 일러두어야겠어요."

그는 은밀하게 흐뭇한 미소를 띠면서 밖으로 나갔다.

코델리아가 말했다. "이 바지를 갈아입어야 할까요?"

아이보는 갑자기 식욕이 도는지 숟가락으로 달걀을 넉넉히 떴다. "그럴 필요는 없을 겁니다. 신부가 장갑과 기도서까지 챙겨

오지는 않았을 테지요. 신경 쓰지 말아요. 소품이 없어도 우리는 여전히 그 유명한 빅토리아풍 예배당으로 입장할 수 있을 겁니다. 문터 부부와 올드필드가 하인용 좌석에 따로 앉을지 궁금하군요. 허허, 세상에. 노인네가 무슨 설교를 할지 참으로 기대가 되는군!"

앰브로즈가 다시 나타났다.

"다행히 잘 처리했습니다. 문터가 잊지 않고 있더군요. 다들 예배에 참석하시겠습니까? 혹시 양심적 예배 거부자가 계신가요?"

로마가 말했다. "나는 예배에 찬성하지는 않지만, 그로건을 짜증 나게 하는 게 목적이라면 참석할 수는 있어요. 설마 찬송가를 불러야 하는 건 아니죠?"

"당연히 부르지요. 테 데움[82]과 답가, 그리고 찬송가를 한 곡 부릅니다. 어느 곡이 좋을지 누가 골라주겠어요?"

아무도 나서지 않았다.

"그렇다면 '주 하나님 크신 능력'으로 정하겠습니다. 소형선은 10시 40분에 도착합니다."

그렇게 놀라운 아침 시간이 지나갔다. 시어워터호는 경찰 소형선보다 5분 먼저 잔교에 도착했고 앰브로즈는 망토와 사각의 사제 모자를 쓴 가냘픈 인물을 맞이했다. 노인은 눈에 띄게 정정한 모습으로 배에서 내리더니 촉촉한 파란 눈으로 일행을 다정하게 바라보았다. 앰브로즈가 소개를 하기도 전에 신부가 먼저 그를 향해 말했다. "부인의 소식을 들었습니다. 참으로 안타깝습니다."

앰브로즈는 진지하게 대답했다. "예, 워낙 갑작스러운 일이었지요. 하지만 우리는 부부 사이가 아니었습니다, 신부님."

82 *Te Deum*, 성부 하느님과 성자 그리스도에 대한 라틴 찬미가

"아니라고요? 이런, 결례를 용서해주시오. 몰랐습니다. 익사라고 들었습니다만, 여기 물살이 참 위험하기는 하지요."

"익사가 아니었습니다. 심각한 뇌진탕이었어요."

"우리 가정부가 익사라고 하던데. 내가 다른 사람과 혼동을 한 모양입니다. 어쩌면 전쟁 때 일과 헷갈렸을지도 모르고요. 오래전 일이죠. 내 기억력이 예전 같지 않아서 걱정입니다."

그때 경찰 소형선이 선착장에 닿았고, 일행은 그로건과 버클리와 다른 두 명의 사복형사가 상륙하는 모습을 지켜보았다. 앰브로즈가 격식을 갖춰 말했다.

"핸콕 신부님을 소개하겠습니다. 영국 국교의 의례에 따라 아침 예배를 집전하러 오셨습니다. 예배는 보통 1시간 15분 정도 걸립니다. 경감님과 부관들도 참석을 원하신다면 당연히 환영합니다."

그로건이 무뚝뚝하게 말했다. "고맙습니다만, 저는 여기 교회 신도가 아니고 부관들도 각자 종교가 다른 데다가, 우리는 비번일 때나 교회에 갑니다. 다시 성 곳곳을 살펴볼 수 있게 해주면 고맙겠습니다만."

"물론입니다. 문터가 안내해드릴 겁니다. 그리고 당연히 오찬 후에는 저 역시 안내해드릴 수 있고요."

예배당은 고풍스러웠고, 다채로운 침묵 속에서 일행을 맞이했다. 사이먼은 오르간 앞에 앉도록 권유받았고, 나머지 일행은 원래 허버트 고린지를 위해 지은 높은 신도석에 예의 바르게 한 줄로 앉았다. 오르간이 낡아서 펌프질이 필요했는데, 올드필드가 벌써 와서 준비하고 있었다. 중백의 차림의 핸콕 신부가 등장하면서 예배가 시작되었다. 앰브로즈는 참석자들 모두 국교도가 아니라는 견해를 명백하게 취하고, 답창을 할 때도 강력한 리드가 필요하다고 생각하는 모양이었다. 아이보는 내내 집중력과 진지함을 유지하며 예배 순서에 익숙함을 드러냈는데, 그 모습을 보면 보통 일요일 오전에 예배에 참석한다는 것을 알 수 있었다. 사이먼은 능숙하게 오르간을 연주했지만 올드필드가 찬미가의 마지막 부분에서 펌프질을 제대로 못 하는 바람에 그만 한 박자 늦은 시끄럽고 불협화음의 "아멘"이 되고 말았다. 로마는 침묵을 지키겠다는 결심을 잊었는지 음정이 살짝 맞지 않으면서도 풍성한 콘트랄토[83]로 노래했다. 핸콕 신부는 삭제도 대체도 없는 1662년 공동기도서를 사용했고 그의 신도 일동은 "우리는 추악한 계책과 욕망을 지나치게 추구한 불쌍한 죄인"이라고 선언하며 살짝 초라하지만 단호한 합창으로 인생을 회개할 것을 다짐했다. 뜻밖에도 신부가 탄원 기도의 마지막 부분에 이르러 죽은 사람의 영혼을 위한 기도를 삽입했을 때 코넬리아는 다들 작게 놀란 숨을 들이켜는 소리를 들었고, 일순간 예배당 공기가 싸늘해졌다. 설교는 15분 동안 이어졌는데, 구원에 관한 성 바울 신학의 박식한 논문과도 같았다.

찬송가를 부르려고 다 같이 일어났을 때 아이보가 코넬리아에게 속삭였다. "설교의 정석이었어요. 이보다 더 적절한 설교는 없을 겁니다."

오찬 전에 문터가 달지 않은 차가운 셰리주를 테라스로 내왔다. 핸콕 신부는 얼굴색 하나 변하지 않고 석 잔을 내리 마셨고 조지 경과는 새 관찰에 관한 이야기를, 아이보와는 예배 순서의 개혁에 관한 이야기를 유쾌하게 나누었다. 아이보는 놀라울 만큼 예배의식을 잘 알았다. 아무도 클라리사 이야기는 하지 않았는데,

83 여성의 가장 낮은 음역

코델리아가 보기에는 살인사건 이후 처음으로 위협적으로 주위를 떠도는 클라리사의 영혼이 조용히 가라앉은 것 같았다. 귀중한 잠깐의 시간 동안 코델리아의 마음에서도 죄책감과 불행의 무게가 사라졌다. 햇볕 아래 순진하게 이야기를 나누고 있으려니 삶이란 조금 전 참석한 위대한 국교도의 절충안 예배처럼 질서정연하고 확고하고 진지하게 단정하며 합리적이라고 믿을 수 있었다. 일행이 구운 소갈비와 루바브 타르트를 먹기 시작했을 때에도 (일요일 점심치고는 다소 무겁고 관습적인 메뉴도 아마 핸콕 신부를 배려한 것이려니 하고 코델리아는 생각했다) 신부와 함께 있어서 다행이었다. 가냘프지만 아름다운 목소리를 지닌 노래지빠귀의 둥지 짓기 습관 같은 무해한 화제가 오가는 소리를 듣고 솔직하게 음식과 술을 즐기는 모습을 지켜보는 게 좋았다. 오직 사이먼만이 얼굴이 빨개져서는 포도주 디캔터를 향해 떨리는 손을 뻗어 보르도산 붉은 포도주를 물 마시듯 꾸준히 들이부었다. 그러나 핸콕 신부는 자기보다 훨씬 젊은 사람들이 인사불성이 되어버린 식후까지도 여전히 기운찼고, 4시간 전 처음 만났을 때 보여주었던 것과 똑같은 정정하고 만족스러운 모습으로 일행에게 작별을 고했다.

시어워터호가 떠나자 로마가 코델리아에게 다소 당혹스러운 기색으로 무뚝뚝하게 말했다. "나는 30분 동안 산책을 할 생각인데, 같이 가줄래요? 당신과 하고 싶은 이야기가 있어요."

"좋아요. 그로건이 우리에게 용건이 있으면 사람을 보내겠죠."

두 사람은 아무 말 없이 함께 장미정원 너머 길쭉한 잔디밭을 걸어 올라가 너도밤나무 그늘을 지나갔다. 밝은 빛깔로 쌓인 낙엽 더미를 밟는 바스락바스락 소리 위로 파도 소리가 점점 더 크게 들렸다. 5분 후 그들은 숲을 빠져나와 벼랑 가장자리에 섰다.

오른편에 1939년 섬의 방어를 위해 지은 콘크리트 벙커가 있었는데, 입구가 나뭇잎에 거의 묻혀 있다시피 했다. 두 사람은 방공호를 돌아 까칠까칠한 외벽에 등을 기대고 서서 초록빛과 금빛으로 빛나는 너도밤나무 잎사귀 사이로 길고 좁은 띠 모양 해변과 바닷물에 씻기는 반짝이는 조약돌을 내려다보았다.

코델리아는 아무 말도 하지 않았다. 이 산책은 로마의 제안으로 시작했으므로 마음에 간직한 말을 털어놓아야 하는 사람은 로마였다. 그러나 로마와 함께 있으니 이상하게 마음이 편안하고 아늑했다. 여자끼리 있다는 사실만으로도 두 사람 사이의 차이는 아무것도 아니게 되었다. 로마가 너도밤나무 가지 하나를 잡아채더니 기계적으로 나뭇잎을 갈기갈기 찢기 시작했다.

로마가 코델리아 쪽을 쳐다보지도 않고 말했다. "당신은 이런 일에 전문가니까 잘 알겠죠? 우린 언제쯤 여기서 벗어날 수 있죠? 서점에도 가 봐야 하고 언제까지 동업자에게 가게를 맡겨둘 수는 없어요. 경찰이라고 해서 우릴 여기에 영영 묶어둘 수는 없겠죠? 수사가 몇 달씩 걸릴까요?"

코델리아가 말했다. "체포하지 않는 한 법적으로는 붙잡아둘 수가 없어요. 몇 사람은 검시평결에 참석해야겠죠. 하지만 원한다면 내일은 섬을 떠날 수 있을 거예요."

"그럼 조지는 어떻게 되죠? 도와줄 사람이 필요할 텐데. 클라리사의 물건들이며 보석이며 옷가지에 화장품 같은 것들을 정리해야 할 텐데, 혹시 내가 도와주길 바랄까요?"

"직접 물어보는 게 좋지 않겠어요?"

"우린 그 방에 들어갈 수도 없는걸요. 경찰이 여전히 폐쇄 중이잖아요. 게다가 클라리사는 서랍장 몇 개는 채울 만큼의 짐을 가져왔어요. 언제나 그랬어요. 주말만 보낼 여행이라도 짐을 잔뜩 챙겨 왔죠. 또 베이스워터 집과 브라이턴의 아파트에도 옷들이 있어요. 정장이며 드레스며 모피들이 있죠. 설마 그것들을 전부 옥스팜[84]에 넘기지는 않겠죠?"

코넬리아가 말했다. "그러면 옥스팜에서도 깜짝 놀라겠죠. 그래도 그쪽에서 좋은 용도를 찾아낼 거라고 생각해요. 선물 가게에 내놓고 판매할 수도 있고요."

사촌이 남긴 옷에 대한 로마의 관심이 사실 더 깊은 걱정을 감추기 위한 말임을 깨닫지 못했다면 클라리사의 옷장을 둘러싼 여자들끼리의 이런 대화가 다소 기괴하다고 생각했을 것이다. 바로 클라리사의 돈에 관한 관심 말이다. 다시 침묵이 이어졌다. 잠시 후 로마가 무뚝뚝하게 말했다.

"클라리사가 죽기 직전, 내가 클라리사에게 돈을 빌려달라고 부탁했다가 거절당했다는 거 알고 있어요?"

"예. 클라리사가 조지 경에게 말할 때 옆에 있었어요."

"그런데 경찰에게 그 이야기를 하지 않았군요?"

"예."

"나는 당신에게 딱히 친절하게 굴지도 않았는데, 그렇게 해주다니 고맙군요."

"그게 무슨 상관이 있죠? 만약 경찰이 그런 종류의 정보가 필요하다면 당사자인 당신에게 직접 들어야겠죠."

"뭐, 아직은 묻지 않았어요. 나, 거짓말을 했어요. 자랑은 아니지만 왜 그랬는지는 아직도 모르겠어요. 아마 당황해서 그랬겠지요. 또 그 사실이 알려지면 조지 경이나 앰브로즈보다는 나한테

84 영국 옥스퍼드에서 설립된 빈민 구제를 위한 국제 자선단체

살인죄를 뒤집어씌울지도 모른다는 생각도 들었고요. 한 사람은 준남작이고 또 한 사람은 엄청난 부자잖아요."

"경찰은 죄를 지은 사람 외에는 누구에게도 살인죄를 뒤집어씌우지는 않을 거예요. 저는 그로건 경감도 버클리 경사도 전부 호감이 가지 않아요. 하지만 둘 다 정직하다고는 생각해요."

로마가 말했다. "이상해요. 나는 한 번도 경찰을 좋아하거나 신뢰한 적이 없는데, 살인사건처럼 심각한 범죄에 맞닥뜨리면 그들에게 철저히 협조하는 게 당연하다고 생각해요. 나는 클라리사를 죽인 범인이 붙잡히기를 바라요. 당연한 일이죠. 그런데 왜 자꾸 방어적인 기분이 드는지 모르겠어요. 왜 그로건과 버클리가 짜고 내게 도전이라도 하는 것처럼 느껴질까요? 누구라도 거짓말을 하면 수치스럽죠. 거짓말을 하고 그것 때문에 겁을 먹고 부끄러움을 느낀다고요."

"알아요. 저도 같은 기분이에요."

"조지 경도 내가 클라리사와 돈 문제로 다툰 사실을 경찰에 알리지 않은 것 같더군요. 톨리도 분명히 말하지 않았을 거고요. 둘이 이야기를 나눌 때 클라리사가 톨리를 내보내기는 했지만, 분명히 짐작했을 거예요. 톨리는 무슨 생각을 하고 있을까요? 혹시 이 일을 빌미로 공갈 협박을 할 생각일까요?"

코델리아가 말했다. "그건 아닐 거예요. 그러나 톨리가 알고 있다고는 생각해요. 제가 그 방에 있을 때 톨리는 욕실에 있었으니까 아마 전부 엿들었을 거예요. 클라리사가 꽤 격렬하게 말했거든요."

"클라리사는 나한테 언제나 격렬했죠. 격하고 공격적이고. 내가 정말로 그녀를 죽일 능력이 있었다면 아마 그때 죽였을 거예요."

그들은 잠시 침묵했다. 이윽고 로마가 말했다. "다들 조심스럽게 누가 클라리사를 죽였을까 하는 논의를 회피하고 있는데, 나로선 도무지 익숙하지가 않아요. 심지어 각자 그로건에게 뭐라고 말했는지도 털어놓지 않아요. 살인사건 이후로 우리는 서로 낯선 사람처럼 행동하고, 서로 아무 말도 하지 않고, 아무것도 묻지 않고 있죠. 너무 이상하지 않아요?"

"별로 이상하지 않아요. 우린 여기 함께 갇혀 있잖아요. 만약 서로 비난하고 맞대응하기 시작하고 파벌로 나뉘기라도 하면 이곳 생활은 정말이지 참을 수 없어질 거예요."

"나도 그렇게 생각해요. 하지만 아무것도 모르면서, 심지어 그 문제에 관해 아무 말도 나누지 않으면서, 속으로는 전부 같은 문제를 생각하면서도 일부러 예의 바른 대화만 골라서 나누고, 서로의 시선을 조심스럽게 피하고, 밤이면 의심을 품고 방문을 잠그죠. 계속 이렇게 살 수는 없어요. 당신도 방문을 잠그나요?"

"예. 왜 그러는지는 모르겠지만요. 한순간도 이 섬에 미친 살인마가 있다고는 생각하지 않아요. 클라리사는 의도된 피해자였어요. 우연히 살해된 게 아니죠. 그래도 왠지 방문을 잠그고 자요."

"누굴 막으려고 그럴까요? 당신은 누구 짓이라고 생각해요?"

코델리아가 말했다. "금요일 밤 성에서 잔 우리 중 한 사람요."

"그건 나도 알아요. 하지만 어떤 한 사람요?"

"몰라요. 당신은 알아요?"

로마의 손에 들린 나뭇가지는 이제 잎이 다 떨어지고 가느다란 지팡이가 되었다. 그녀는 가지를 멀리 던져버리고 또 다른 가지를 찾아 다시 기계적으로 잎을 뜯어내기 시작했다. "범인이 있다면 그게 앰브로즈였으면 좋겠다고 생각하지만, 그래도 믿을 수는 없어요. 살인처럼 독특한 범죄는 강력한 감정에 의해서만 생겨난다고 조지 오웰이 말했던가요? 그런데 앰브로즈는 살면서 강렬한 감정을 품어본 적이 없을걸요. 용기도 무자비함도 없어요. 그는 교수대 올가미 밧줄이라든가 피로 얼룩진 잠옷이나 빅토리아 시대 수갑처럼 범죄와 관련한 장난감을 가지고 노는 걸 좋아하죠. 앰브로즈에겐 공포조차도 중고품이에요. 그리고 사이먼도 아니에요. 그 애는 대리석 손목을 본 적도 없고, 어쨌든 자기가 저지른 일이었다면 지금쯤 벌써 자백했을 거예요. 그 애는 제 아버지처럼 나약한 사람이죠. 상황이 가혹해지면 그로건 앞에서 단 5분도 버틸 수 없을걸요. 그리고 아이보요? 그는 죽어가고 있죠. 거의 사형 직전이라고 봐야죠. 그런 꼴이라면 법망을 피할 수 있을 거라고 생각했을지 모르지만, 범행동기가 뭐가 있겠어요? 조지 경은 주요 용의자라고 생각하기는 하지만, 그것 역시 믿지 않아요. 그는 직업군인이에요. 이렇게 말해도 괜찮다면 직업살인자라고 볼 수 있다고요. 그래도 여자에게 그런 짓을 할 사람은 아니에요. 문터 부부가 범인일 수도 있어요. 혼자 했거나 부부가 같이 했거나. 어쩌면 톨리의 짓일 수도 있지만, 그 역시 이유를 떠올릴 수가 없어요. 그러면 당신과 나만 남는 셈이죠. 하지만 나는 아니에요. 그리고 이렇게 말하는 게 조금이라도 위안이 될지 모르겠지만, 나는 당신도 아니라고 생각해요."

코델리아가 말했다. "클라리사 이야기를 해볼래요? 어린 시절 방학이면 자주 같이 지냈다고 했죠?"

"오, 맙소사! 그 끔찍했던 8월! 메이든헤드의 강가에 집이 한 채 있어서 여름이면 대부분 거기서 보냈어요. 클라리사의 어머니는 클라리사에게 또래 친구가 있어야 한다고 생각했고 내 부모는

384

내가 공짜로 먹고 잘 수 있다고 기뻐했죠. 이상하게도 그때는 우리가 잘 지냈어요. 아마 클라리사 아버지가 너무 무서워서 둘이 뭉쳤던 것 같아요. 그 아버지가 런던에서 메이든헤드로 오면 그녀는 몹시 두려워하며 살았죠."

"그녀 말로는 아버지를 무척 좋아했다던데요. 응석을 다 받아주는 헌신적인 아버지였다고요."

"그렇게 말했어요? 정말 클라리사답군요! 자기 어린 시절조차 솔직하게 말하지 못하다니! 아니요. 그 아버지는 야수였어요. 신체적으로 학대했다는 말은 아니에요. 어쩌면 그쪽이 냉소와 냉정한 어른의 분노와 경멸보다 견디기 쉬웠을지도 모르겠군요. 나는 그때는 그를 이해할 수가 없었어요. 지금은 이해할 수도 있다고 생각해요. 그는 진심으로 여자들을 좋아하지 않았어요. 단지 아들을 얻기 위해 결혼을 했죠. 자신을 대신할 불멸의 존재가 없는 세상은 상상조차 할 수 없을 정도로 자기중심적인 사람이었어요. 그런데 어느 날 정신을 차리고 보니 자기에겐 딸 하나와 다시는 임신할 생각이 없는 병약한 아내와 이혼은 꿈도 꿀 수 없는 직업만이 남았죠. 게다가 클라리사는 어릴 때는 예쁘지도 않았어요. 아버지의 냉정함과 딸의 공포가 혹시라도 자연스럽게 생겨날 애정이나 그녀가 보여주었을지도 모르는 지성을 깡그리 말살시켜 버렸어요. 당연히 그녀는 남은 인생을 강박적으로 사랑을 찾아 헤매며 보냈죠. 하지만 우리 인간은 누구나 그렇지 않나요?"

코델리아가 말했다. "저는 클라리사에 관한 이야기나 그녀가 저지른 일들에 관해 듣고는 그녀가 괴물이라고 생각했어요. 하지만 지금 생각하니 그 사람의 진실을 전부 알지 못한다면 누구도 완전한 괴물이라고 말할 수는 없겠네요."

"그녀는 더할 나위 없는 괴물이었어요. 그러나 큰아버지를 생각하면 그렇게 된 이유를 이해할 수는 있어요. 이제 그만 돌아갈까요? 그로건이 우리 둘이 공모한다고 의심하겠어요. 여기서 해변으로 내려갔다가 바다를 따라 돌아가요."

두 사람은 물결 가장자리를 따라 걸었다. 로마가 재킷 주머니에 양손을 찔러 넣고 앞장서서 걸었다. 밀려왔다 밀려가는 잔물결을 첨벙첨벙 헤치고 가는 모습이, 젖은 바짓가랑이가 발목을 찰싹찰싹 때리는 것도 구두가 흠뻑 젖는 것도 모르는 것 같았다. 돌아가는 길은 잡목 숲을 지나왔던 길보다 더 길고 험했지만, 마침내 작은 후미를 끼고 돌자 성이 불쑥 모습을 드러냈다. 두 사람은 걸음을 멈추고 성을 쳐다보았다. 수영복을 입은 젊은 남자가 나무상자 하나를 들고 코델리아가 처음 묵었던 방의 창문에서 출발하는 화재 대피용 사다리를 내려오고 있었다. 그는 두 팔을 사다리 가로장에 두르고 손은 닿지 않게 조심하면서 내려오고 있었다. 남자는 주위를 둘러보더니 바위 가장자리로 걸어가 갑자기 난폭한 몸짓으로 상자를 바다에 던져버렸다. 그리고 잠시 후 두 팔을 번쩍 들어 올리더니 바다로 뛰어들었다. 테라스 끝에서 약 30미터 정도 떨어진 바다에 경찰 소형선과 다른 보트가 한 척 떠 있었다. 검은 잠수복을 차려입은 매끈한 모습의 잠수부가 뱃전에서 쉬고 있었다. 상자가 바다에 던져지는 것을 보자마자 잠수부의 몸이 뒤로 홱 돌아가더니 거꾸로 바닷물에 뛰어들어 사라졌다. 로마가 말했다.

"경찰은 범인이 저랬을 거라고 생각하나 보죠?"

"예, 저랬을 거라고 생각하나 봐요."

"보석함을 찾고 있어요. 어떻게든 찾아내려나 봐요."

코델리아가 말했다. "섬에 있는 누군가에게는 나쁜 소식이 되겠네요. 보석함 안에 클라리사의 보석들이 그대로 든 채 발견될 테니까요."

하지만 거기 또 뭐가 들어 있을까? 클라리사의 《깊고 푸른 바다》공연 비평기사도 여전히 비밀 서랍 안에 들어 있을까? 경찰은 그 조그만 신문기사 조각에 별 관심을 보이지 않았지만, 코델리아는 갑자기 그 기사가 대단히 중요한 의미를 품고 있는 게 틀림없다는 생각이 들었다. 혹시 클라리사의 죽음과 관련한 뭔가가 있지는 않을까? 얼핏 터무니없는 생각 같았지만, 여전히 마음에 남았다. 그 기사를 직접 보기 전까지는 스스로 만족하지 못하리라. 스페이머스 신문사를 찾아가 자료보관실을 조사하는 게 수수께끼를 푸는 첫걸음일 것이다. 연도는 알고 있었다. 1977년, 여왕 즉위 25주년이었다. 그렇게 어려운 일은 아닐 것이다. 게다가 적어도 적극적으로 매달릴 만한 일감이 생긴 것이다.

로마는 전혀 움직이지 않고 혼자 수영하는 사람을 응시하고 있었다. 그녀의 얼굴에는 어떤 표정도 떠오르지 않았다. 이윽고 그녀가 몸을 떨며 말했다. "안으로 들어가요. 또 한 차례 그로건 경감의 신문을 받아야겠죠. 한 3등급 정도 성적은 나오지 않겠어요? 그자가 대놓고 무례하게 나오거나, 심지어 야만적으로 굴더라도, 은근히 감추어둔 남성적 오만보다는 덜 불쾌할걸요."

그러나 두 사람이 홀을 지나가다 서재에서 들려오는 목소리에 이끌려 안으로 들어가자 앰브로즈가 그로건과 버클리는 벌써 섬을 떠났다고 알려주었다. 두 사람은 스페이머스의 시체안치소에서 엘리스 존스 박사를 만날 거라고 했다. 그렇다면 월요일 오전까지 신문이 없다는 뜻이었다. 그때까지 남은 시간은 각자 하고 싶은 대로 하면서 지내도 되었다.

34

    일요일 오후에 부검이라니, 지옥이 따로 없다고 버클리는 생각했다. 부검에 참관해야 할 때마다 즐겁지는 않았지만, 특히 일요일은 아무리 당번인 날이라도 엘리스 존스 박사가 장갑을 낀 피투성이 손으로 시신을 자르고, 톱질하고, 저미고, 무게를 재며 뭔가를 증명하는 동안 1시간 넘게 두 다리로 서 있기보다는 경찰식당의 편안한 의자에 앉아 식곤증으로 슬슬 졸다가 두서없이 경찰 보고서를 읽다가 하며 보내는 편이 더 좋았다. 비위가 약해서 그러는 건 아니었다. 버클리는 일단 죽으면 자신의 육체에 어떤 무참한 일이 행해지든 조금도 신경 쓰지 않았고, 어렸을 때 찰리 삼촌의 푸줏간 뒤쪽에서 행해지던 흥분되는 피투성이를 지켜보며 느꼈던 것보다 의례적인 시신의 절단 행위를 보고 심리적으로 더 동요해야 할 이유도 없다고 생각했다. 그리고 보면 엘리스 존스 박사와 찰리 삼촌은 공통된 전문기술을 가졌고 상당히 비슷한 방법으로 자기 사업을 하고 있었다. 지역 경찰학교를 갓 졸업한 신임 경찰이 되어 처음 부검에 참석했을 때 이 점이 놀라웠다. 부검이 도축보다 더 과학적이고 덜 야만적이며 훨씬 덜 엉망일 거라고 생각했지만, 사실은 그렇지 않았다. 엘리스 존스 박사와 찰리 삼촌의 주된 차이점은 삼촌은 감염을 덜 걱정하고, 박사보다 더 조악하고 종류도 다양하지 않은 도구를 사용하며, 자기 고기를 더 존중한다는 점이었다. 하긴 삼촌이 그 고기 덕분에 돈을 번다는 것을 생각하면 그리 놀랄 일은 아니었다.

마침내 밖으로 나가 신선한 공기를 마실 수 있게 되어 기뻤다. 해부실에서 악취가 풍기는 것은 아니었다. 설사 악취를 풍긴다고 해도 그에겐 그렇게까지 불쾌하지 않을 것이다. 버클리가 몹시 싫어하는 것은 부패의 냄새를 없애는 게 아니라 오히려 퍼뜨리는 소독약 냄새였다. 뭐라고 꼭 집어 말하기는 어려웠지만 끈질긴 그 냄새가 늘 코끝을 맴돌았다.

시체안치소는 작은 마을의 서쪽 고지대에 있는 현대식 건물이었다. 주차해놓은 로버 자동차 쪽으로 걸어가는데 구불구불한 거리를 따라 조명이 반딧불이처럼 반짝였고, 저 멀리 코시섬의 어둑한 그림자가 반쯤 물에 잠겨 잠든 짐승처럼 엎드린 게 보였다. 섬의 모습은 빛과 시간대에 따라 더 가까워 보이기도 하고 더 멀어져 보이기도 했는데, 그게 참 이상한 일이라고 버클리는 생각했다. 부드럽고 그윽한 가을 햇살 아래서 보면 섬은 푸른 안개 속에 누워 아주 가까워 보였으므로 저 다채로운 빛깔의 고요한 해변까지 헤엄쳐서 갈 수 있을 것만 같았다. 그러나 지금은 해협 저쪽으로 성큼 물러나 황량하고 불길해 보였으며 수수께끼와 공포를 간직한 섬으로 보였다. 성은 남쪽 해안에 있으므로 여기서 보면 불빛 하나 손짓하지 않았다. 그 조그만 용의자 무리는 지금쯤 뭘 하고 있을까? 앞으로 남은 기나긴 밤을 어떻게 보내려는 걸까? 단 한 사람을 제외하곤 모두가 방문을 단단히 잠그고 잠들 거라고 그는 생각했다.

그로건이 다가와 섬을 향해 고개를 까딱하더니 말했다. "이제 저 사람 중 한 사람은 이미 알고 있을 사실을 우리도 알아냈네. 피해자가 어떻게 죽었느냐 하는 것 말이야. 머리에 손상이 가해졌을 때 힘의 역학이니 운동에너지의 국소적 흡수니, 심지어 충격의 무게로 두개골이 산산조각이 났을 때 만들어진 흥미롭고 특징적인 무늬 어쩌고 하는 엘리스 존스 박사의 이론적인 설명을 모두 벗겨내면 뭐가 남겠나? 우리가 예상했던 대로야. 피해자는 우리의 오랜 친구라고 말할 수 있는 둔기로 인한 두개골 앞쪽의 함몰골절로 사망했어. 코델리아 그레이가 발견했을 당시 모습 그대로 반듯하게 누워 있었을 거야. 출혈은 계속되었지만 대부분 내출혈이었고, 두개골 뼈가 보통보다 얇았기 때문에 타격 효과가 한층 더 강화되었을 거야. 타격과 거의 동시에 무의식 상태에 빠졌을 거고 5분에서 15분 이내에 사망했겠지. 그 뒤 얼굴 손상은 사망 후에 이루어진 거야. 안타깝게도 얼마 후의 일인지는 박사도 정확하게 말할 수 없었어. 그렇다면 우리 살인자는 피해자가 죽은 뒤 한동안 앉아서 기다렸다는 뜻이야. 무엇을 기다렸을까? 확실히 죽여야겠다고 결심했을까? 자기는 이 여자를 별로 좋아하지 않으니 그 사실을 분명하게 표현해야겠다고 결심했을까? 같은 타격을 몇 번 더 가해서 사인을 위장하려고 했을까? 설마 10분 정도 기다렸다가 공황상태에 빠지기로 결심했던 건 아니겠지?"

버클리가 말했다. "뭔가를 찾느라 시간을 보냈을 수도 있습니다. 그런데 그걸 찾지 못해서 화가 났을지도 모르고요. 그래서 시체에 분풀이를 했던 걸지도 모르죠."

"그렇다면 뭘 찾고 있었을까? 우리도 그걸 찾지는 못했잖아? 물론 그 물건이 여전히 방 안에 있는데 우리가 미처 그 중요성을 깨닫지 못한 게 아니라면 말이야. 게다가 물건을 찾아 뒤진 흔적도 없었어. 만약 방을 뒤졌다면 아주 조심스럽게 뒤졌겠지. 자기가 뭘 하는지 아는 놈이 저지른 짓이야. 그리고 정말로 뭔가를 찾고 있었다면 그자는 분명히 그 물건을 찾았을 거야."

"아직 감식반에서 보낼 보고서가 남았습니다. 또 그 안에 내장검사 결과도 나올 거고요."

"뭘 찾아낼 거라고는 생각하지 않아. 엘리스 존스 박사도 독극물을 쓴 흔적은 보이지 않는다고 했거든. 피해자가 약을 먹었을지도 모르지만(물론 너무 사실을 앞질러 생각하면 안 되겠지), 내 생각에 그녀는 죽을 당시 깨어 있었고 살인자의 얼굴도 봤을 거야."

해가 지자마자 이렇게 추워지는 게 이상하다고 버클리는 생각했다. 한두 시간 안에 여름이 곧장 겨울로 바뀌는 것 같았다. 그는 몸을 떨며 그로건 경감을 위해 자동차 문을 열어주었다. 두 사람은 천천히 주차장을 빠져나와 시내 쪽으로 향했다. 처음에 그로건은 별로 말이 없었다.

"검시관 사무실에서 연락 온 게 있었나?"

"있습니다. 검시평결이 화요일 2시로 정해졌답니다."

"런던 쪽은? 그쪽 수사는 버로즈가 계속 맡고 있나?"

"내일 아침 첫 보고가 있을 예정입니다. 그리고 잠수부들에게는 이번 주 내내 수고를 해야겠다고 말해두었습니다."

"빌어먹을 기자회견은?"

"내일 오후 4시 30분입니다."

다시 침묵이 이어졌다. 스페이머스로 가는 가파른 내리막길에 들어서자 기어를 바꾸면서 그로건이 불쑥 말했다. "혹시 애덤 달글리시 총경이라는 이름을 들어본 적이 있나, 경사?"

어디 경찰서냐고 물어볼 필요는 없었다. 총경은 오직 런던경시청에만 있었다. 버클리가 말했다. "들어본 적이 있습니다."

"하긴 안 들어본 사람이 어디 있겠나? 달글리시 총경은 푸른 눈의 소년이고 경시청의 총아지. 경시청이나 내무부에서 경찰관에게 포크를 쥐는 법이나 오렌지를 곁들인 오리찜에는 어떤 포도주를 주문해야 하는지, 어떤 장관과도 사무차관 수준으로 대화하려면 어떻게 해야 하는지 가르쳐주고 싶다면 달글리시 총경에게 데려가면 될 정도지. 그가 자리에 없으면 전 경찰력을 동원해서라도 찾아내야 할걸."

이런 농담은 그로건이 직접 만들어낸 것은 아니겠지만, 총경을 싫어하는 마음은 그의 것이었다. 버클리가 말했다. "전부 옛날이야기 아닙니까?"

"순진한 척하지 말라고, 경사. 방금 그 농담 자체는 확실히 한물간 이야기지만, 그렇다고 그들의 생각이나 행동이 바뀌었다는 의미는 아니야. 지금쯤 총경은 자기만의 경찰 병력을 거느리고 있을지도 몰라. '애덤 달글리시 총경 산하 경찰대' 따위 이름을 붙이고 말이야. 뭐, 그가 더 이상 범죄수사국에 매여 있기 싫어졌다면 그랬겠지. 당신네는 남아서 내가 버리고 간 자리를 둘러싸고 진흙탕 싸움이나 벌이시오. 나는 홀로 걸어가는 고양이로소이다. 어느 곳이나 나에게는 마찬가지요. 키플링이 그랬지."[85]

85 《정글북》으로 유명한 영국 작가 러디어드 키플링의 단편 〈혼자 걷는 고양이〉의 한 대목

"예, 그랬죠." 버클리는 잠시 말을 멈추었다가 물었다. "그런데 총경 이야기는 왜?"

"총경이 그 여자를 알더라고. 코델리아 그레이 말이야. 이전 사건에서 얽힌 적이 있다지. 케임브리지에서 일어난 사건일 거야. 나도 자세한 내막은 몰라. 수사 요청이 들어오지는 않았으니까. 하지만 당시 총경이 그 여자와 그 탐정사무소의 능력을 보증해줬어. 그를 좋아하든 안 하든 그가 훌륭한 경찰이고 최고 중 하나라는 사실은 명백하지. 만약 총경이 코델리아 그레이는 절대로 살인자가 아니라고 말한다면, 나는 그 말을 일종의 증거로 받아들일 준비도 되어 있어. 하지만 총경은 그 여자가 거짓말을 할 수 없는 사람이라고는 말하지 않았고, 정말로 그렇게 말했더라도 나는 그 말은 믿지 않을 거야."

그로건은 침울하게 침묵하며 계속 차를 몰았다. 그러나 마음속으로는 어제의 면담을 곰곰이 생각해보는 게 틀림없었다. 두 사람 모두 10분 동안 아무 말도 하지 않다가, 그로건이 입을 열었다. "아주 흥미로운 지점이 하나 있어. 자네도 아마 눈치챘을 거야. 그 사람들 전부 토요일 아침에 예배당과 지하 납골당을 방문했다고 했잖아. 그 익사했다는 억류자 이야기도 했고. 그런데 다들 너무 태연하게 말하지 않던가? 별로 중요하지 않은 사소한 이야기를 한다는 듯이 말이야. 점심 전에 잠시 즐긴 짧은 소풍 이야기를 하는 투였지. 내가 그 익사 사건에 대해 더 자세히 설명해보라고 하자 그들은 마라바 동굴에서 흥미로운 경험을 한 일단의 처녀들처럼 반응했어. 아, 자네한테는 이 비유가 별로 신통치 않겠군."

"예, 그렇습니다.

"걱정하지는 마. 난 걸핏하면 문학 타령이나 하는 형사는 아니니까. 그건 달글리시가 할 일이지. 경찰학교에 다닐 때 우린 전부 《인도로 가는 길》을 읽어야 했어.[86] 나는 그 책이 지나치게 과대 평가되었다고 생각했지. 하지만 경찰 업무를 위해서는 경찰학교에서 배운 어떤 지식도 시간 낭비는 아니야. 심지어 E. M. 포스터를 배웠어도 시간 낭비가 아니지. 용의자 중 누구도 말하려고 하지 않았던 일이 그 악마의 주전자라는 곳에서 일어났어. 난 그게 뭔지 알고 싶고."

"거기서 코델리아 그레이가 협박편지 한 통을 발견했습니다."

"그랬다고 말했지. 하지만 나는 그 일을 말하는 게 아니야. 아마도 오래전 일이겠지만, 1940년 익사 사건에 대해 조금 더 알아봐야겠어. 남부사령부를 출발점으로 삼아야겠지."

버클리의 생각은 아까 보았던 과학적으로 난도질당한 하얀 시체로, 전혀 에로틱하지 않은 나체로 돌아갔다. 그리고 생각은 그 이상으로 번져갔다. 장갑을 낀 해부학자의 손을 바라보며 그는 앞으로 어떤 여자의 육체를 봐도 다시는 흥분하지 못할 거라고 생각했다. 버클리가 말했다. "시신에는 강간의 흔적도, 최근 성관계 흔적도 없었습니다."

"별로 놀랍지는 않군. 그녀의 남편에겐 그런 성향이 보이지 않았고 아이보 휘팅엄은 그럴 힘이 없어 보였지. 그리고 살인자는 다른 생각을 품고 있었어. 자, 오늘은 여기까지 하지, 경사. 내일 아침 일찍 서장이 보자고 하더라고. 찰스 코트링엄 경이 서장에게 한두 마디 했다는 뜻이지. 그 남자, 정말 귀찮게 구는군. 아마

---

86 영국 작가 E. M. 포스터의 소설로 인도의 청년 의사 아지즈에게 마라바 동굴 관광 안내를 받은 영국 처녀 아데라가 동굴 속의 신비한 메아리 때문에 착란을 일으켜, 아지즈에게 능욕당할 뻔했다고 생각해 그를 고소하는 이야기다.

추어 극단이나 신경 쓰고 현실의 드라마는 전문가들에게 맡겨두면 참 좋겠구먼. 그러고 나서 다시 코시섬으로 돌아가 하룻밤 사이 그들의 기억이 새로워졌는지 한번 보자고."

35

지루하게 이어지던 시간도 마침내 저녁 시간이 되었다. 코델리아는 혼자 마지막 산책을 다녀왔다가 빠듯한 시간에 샤워하고 옷을 갈아입었다. 아래층으로 내려가자 식당에 앰브로즈와 조지 경, 아이보가 벌써 와 있었다. 전부 자리에 앉았을 때 사이먼이 나타났다. 그는 검은 정장을 입고 있었다. 그는 일행을 둘러보고 얼굴을 붉히며 말했다. "죄송해요. 옷을 갈아입어야 한다는 생각을 미처 못 했어요. 얼른 가서 갈아입고 올게요." 그는 문 쪽으로 갔다.

그러자 앰브로즈가 약간 초조한 기색으로 말했다. "옷차림이 뭐가 그리 중요해? 너만 편안하다면 수영복을 입고 와도 돼. 네가 무슨 옷을 입든 여기 있는 사람들은 아무도 신경 쓰지 않을 거야."

코델리아가 듣기에 그리 안심이 되는 표현은 아니었다. 말이 되지 못한 말들이 공중에 떠다녔다. 클라리사라면 무슨 옷을 입었는지 신경 썼을 거라고. 그러나 그녀는 이제 여기 없다고. 사이먼이 테이블 상석의 빈 의자 쪽을 바라보았다. 그리고 코델리아 옆 의자에 앉았다.

아이보가 말했다. "로마는 어디 있죠?"

"방에서 먹겠다고 수프와 치킨 샌드위치를 부탁했어요. 머리가 아프다고 하더군요."

코델리아가 보기에 전부 동시에 정말 머리가 아픈 걸까, 의심하면서도 마음속으로는 클라리사의 죽음 뒤 처음인 이 정식 만찬을 그토록 간단하게 회피한 로마를 부러워하는 것 같았다. 테이블 좌석 배치가 달라졌는데 아마도 빈 의자가 안겨주는 트라우마를 최소화하려는 의도로 보였다. 테이블 양 끝에는 의자를 놓지 않았고 코델리아와 사이먼이 나란히 앉아 맞은편의 앰브로즈와 아이보와 조지 경을 마주 보는 형태였는데, 널찍한 마호가니 탁자가 반들거리며 양쪽으로 쭉 뻗어나가는 와중에 서로가 얼굴이 거의 닿을 만큼 가까이 마주하고 있었다. 이런 자리 배치 때문에 코델리아와 사이먼은 특별히 위협적이지 않은 면접관을 마주하고 있는 구두시험장의 수험생 한 쌍 같아 보였다. 이런 인상은 사이먼이 차려입은 정장 때문에 한층 더 강화되었다. 그러나 역설적이게도 사이먼은 프릴이 달린 셔츠와 만찬용 재킷을 차려입은 맞은편의 세 남자보다 훨씬 덜 냉정하고 더 격식을 차려서 입은 사람처럼 보였다.

문터와 문터 부인은 보이지 않았다. 비시수아즈[87] 그릇이 각 자리에 차려졌고 두 번째 코스 요리는 옆 테이블 핫플레이스 위에 뚜껑이 덮인 채 놓여 있었다. 희미하게 생선 냄새가 풍겼는데 일요일 요리로는 어울리지 않는 선택이었다. 부드럽고 무해한 게 회

87 감자와 크림으로 만든 차가운 수프

복기 환자의 저녁 식사로는 적절했지만 대신 입맛도 소화도 별로 자극하지 않았다. 요리 예법의 측면에서 보면 범죄가 일어난 다음 날 살인 용의자들이 다 함께 모여 즐기는 하우스 파티 만찬 메뉴로는 꽤 괜찮은 선택이었다.

아이보도 틀림없이 같은 생각을 했는지 이렇게 말했다. "비턴 부인[88]이 이런 상황에 가장 어울리지 않는 요리는 뭐라고 했을지 궁금하군요. 나라면 보르시[89] 다음에 스테이크 타르타르[90]를 내겠어요. 푸딩은 결정하지 못하겠군요. 너무 조잡하면 안 되겠지만 어쨌든 먹기 어려울 만큼 역겨워야겠죠."

코델리아가 나지막한 소리로 말했다. "조금도 신경이 쓰이지 않나 봐요?"

그녀의 질문이 신중한 생각을 돋우기라도 했는지 그는 대답하기 전 잠시 침묵했다. "나는 클라리사가 단 한 순간이라도 괴로워했거나 공포에 빠졌다고는 생각하고 싶지 않아요. 그러나 그녀가 더 이상 살아 있지 않다는 사실이 신경이 쓰이지 않느냐는 뜻으로 물었다면, 예, 나는 정말로 신경이 쓰이지 않습니다."

앰브로즈는 벌써 그라브 백포도주를 다 따라놓았다. 그가 말했다. "오늘 저녁은 각자 알아서 음식을 가져다 드셔야겠습니다. 문터 부인에게 오늘 저녁은 쉬라고 했거든요. 문터도 점심 이후로 나타나지 않았어요. 경찰이 내일 다시 신문을 시작한다면 문터 부부 두 사람은 운이 나쁠 겁니다. 거의 넉 달에 한 번씩 저러는데 특히 제가 하우스 파티를 열면 꼭 그럽니다. 흥분 탓인지 아

---

88 이사벨라 비턴은 19세기 영국의 저널리스트이자 작가로《비턴 부인의 가정관리서》로 유명하다.
89 빨간 순무로 만든 우크라이나 수프
90 생소고기를 곱게 다지거나 갈아 만든 프랑스 요리

니면 제가 손님 대접에 지나치게 신경을 쓰는 게 못마땅해서인지
는 확실히 모르겠습니다. 보통은 손님들이 돌아갈 때까지 기다려
주는 사려 깊은 사람이라 저로선 뭐라고 불평할 수도 없습니다.
그런 단점을 보충하고도 남을 만큼 자질을 갖춘 사람이니까요."

조지 경이 말했다. "혹시 술에 취했습니까? 내 보기에 문터는
술을 꽤 마시더군요."

"그런 것 같습니다. 보통은 사흘 내내 마시죠. 이번에는 손님 가
운데 한 사람이 비참하게 죽어서 그 습관이 깨지지 않을까 싶었는
데, 아니었어요. 내면의 지루함을 참을 수 없어서 나름의 도피수
단으로 삼은 게 아닐까 싶습니다. 섬 생활은 정말로 그에게 맞지
않아요. 그는 물을 병적으로 싫어합니다. 심지어 수영도 못 해요."

앰브로즈와 아이보, 코델리아는 옆 테이블로 움직였다. 앰브로
즈가 은 뚜껑을 들어 올리자 크림소스에 잠긴 얇은 가자미 살이 나
왔다. 아이보가 물었다.

"그럼 문터는 왜 여기 삽니까?"

"저도 궁금하지만 문터가 같은 질문을 자신에게 던질까 봐 걱
정되어서 감히 물어보지 못했습니다. 돈 때문이 아닐까요? 육지에
서 3킬로미터 떨어진 바다에 사는 편을 좋아하지는 않지만 그래도
그는 고독을 좋아합니다. 게다가 시중들 사람이 저 하나뿐이고요.
전체적으로 수월한 일이죠."

"이제 클라리사도 죽었으니 더 편해졌겠군요. 앞으로 연극 축제
를 계속할 생각은 없겠지요?"

"이런, 아이보. 클라리사를 추모하기 위해서라도 계속할 생각
은 없습니다."

그리고 두 사람은 조지 경이 비록 이야기가 들리지 않을 만큼

멀리 떨어져 앉아 있을지라도 여기서 나누기에 적절한 대화가 아니라는 사실을 깨달은 것 같았다. 두 사람 모두 코델리아를 흘끗 쳐다보았다. 그녀는 앰브로즈에게 약간 화가 났다. 깍지완두콩을 접시에 담으며 그녀는 충동적으로 말했다. "문터가 수입을 늘릴 방법을 찾아내지 않았을까 싶어요. 약간의 밀수를 통해서요. 악마의 주전자는 짐을 내리기에 아주 유용한 곳이 아닐까요? 그가 바닥의 뚜껑 문 빗장에 기름칠을 잘해놓은 걸 보았는데, 여름철 관광객들에게 그곳을 보여주지 않는다면 굳이 그럴 필요가 없잖아요. 게다가 금요일 밤에 바다에서 불빛이 깜박이는 것을 보았어요. 아마 뭔가를 알리는 신호였을 겁니다."

앰브로즈는 자기 접시를 테이블로 가져오며 큰 소리로 웃었지만 입을 열었을 때 약간의 악의까지 감추지는 못했다. "오오, 영리한 코델리아! 당신은 아마추어 탐정으로 남기엔 너무 아까운 사람이로군요. 그로건이 당신을 공식 염탐꾼 지위에 올려주면 참 기쁘겠어요. 문터에겐 개인적인 사정이 있겠지만 나에게 털어놓지는 않았고, 나 역시 꼬치꼬치 캐묻고 싶지 않습니다. 코시섬은 예로부터 밀수업자들의 피난처였고 이 지역 선원들 대부분은 밀수로 약간의 용돈 벌이를 하고 있어요. 대단한 물건은 아니고 그저 브랜디 몇 상자라든가 향수 몇 병 정도예요. 당신이 생각하는 마약같이 특별히 위험한 물건은 없습니다. 사람들은 대개 약간의 탈세나 재미를 위한 모험을 좋아하죠. 그러나 그런 당신의 생각을 그로건에게 얘기하지는 않는 게 좋을걸요. 그로건은 당면한 수사나 계속하게 내둡시다."

아이보가 말했다. "코델리아가 봤다는 그 깜박거리는 불빛은 뭐죠?"

"내 생각에는 문터가 친구들에게 경고 신호를 보낸 게 아닐까 싶군요. 섬에 경찰이 떼로 몰려와 있는데 물건을 내리고 싶지는 않았겠죠."

아이보가 덤덤히 말했다. "코넬리아가 그 신호를 금요일에 봤다는 점을 제외하면 납득이 갑니다. 그런데 문터는 경찰이 다음 날 여기 올 것을 어떻게 알았을까요?"

앰브로즈는 별 걱정하는 기색도 없이 어깨를 으쓱했다. "그렇다면 문터가 두려워한 건 경찰이 아니었겠군요. 어쩌면 우리가 사립탐정과 함께하는 호사를 누리고 있다는 사실을 눈치챘든가 짐작했든가 했겠지요. 문터가 어떻게 알아냈는지는 나에게 묻지 마십시오. 클라리사는 나한테 솔직하게 말하지 않았고, 만약 말했더라도 내가 문터에게 알리지는 않았을 테니까요. 그러나 내 경험상 한 지붕 아래서 무슨 일이 일어나면 훌륭한 하인이 가장 먼저 알아채더군요."

세 사람은 조지 경에게 합세했다. 그는 벌써 가자미 요리를 담아 와 둔감하고 결연하게, 그러나 딱히 즐기는 기색도 없이 음식을 먹고 있었다. 코넬리아는 문터에 대해 생각했다. 문터가 코넬리아의 정체를 알아챘거나 해서 자신의 밀수 계획을 바꿨으리라고는 생각하지 않았다. 그보다는 섬에 손님이 가득해서 노획물을 받기에 불길한 시간이라고 생각했을 가능성이 더 컸다. 주변에 사람이 너무 많고 추가로 할 일도 너무 많아서 사람들 눈에 띄지 않고 몰래 빠져나가기가 어렵다고 판단했을 것이다. 어쩌면 공모자에게 메시지를 전달할 수 없었을지도 모르고 메시지가 도중에 사라져버렸을지도 모른다. 혹시 섬에 뜻밖의 사람이 도착했던 건 아닐까? 그가 특별히 두려워하는 사람이나 악마의 주전자에 대

401

해 아는 사람이, 심지어 그곳을 방문한 적이 있는 사람이? 그렇다면 그 조건에 맞는 사람은 단 한 명뿐이다. 바로 조지 경이었다.

식사는 끝없이 이어지는 것 같았다. 다들 빨리 끝내고 싶어 하지만 아무도 서두르는 인상을 보이고 싶지는 않았고, 가장 먼저 자리를 뜨는 사람이 되고 싶지도 않은 기색이었다. 그래서 일부러 천천히 먹는 체하고 있으리라. 혹시 이 식사 시간을 이토록 불길하게 만드는 것은 시중드는 직원이 없기 때문은 아닐까. 일행은 어느 외딴곳에서 곧 포위당할 주둔군의 생존자가 되어 멀리서 들려오는 야만족의 함성을 들으며 전통적인 의식에 따라 의연하게 최후의 식사를 하는 것 같았다. 그들은 먹고 마셨지만 침묵했다. 나뭇가지 모양 촛대에 꽂은 여섯 개의 촛불은 첫날밤보다 흐리게 빛나는 것 같았고, 그래서 일행의 모습도 반쯤 그늘이 져서 낮의 모습보다 더 뾰족하게 보였다. 햇볕을 제대로 쬐지 못한 하얀 손들이 과일바구니를 향해, 솜털에 싸여 발갛게 물든 복숭아와 곡선형으로 반짝이는 바나나와 촛불에 빛나는 앰브로즈의 피부처럼 인위적으로 번들거리는 사과를 향해 뻗어 갔다.

프랑스식 창문은 가을밤의 쌀쌀함을 막으려고 닫아놓았고 거대한 쇠살대 난로 안에는 가느다란 장작이 탁탁 소리를 내며 타올랐다. 그러나 그 적당한 불꽃은 방 안을 짓누르는 압도적인 열기의 주범이 아닐 것이다. 코델리아가 느끼기에 방 안은 점점 더워지는 것 같았다. 낮의 열기가 갇혀 있다가 점점 무더워져 숨쉬기조차 어려운 정도가 되었고, 음식 냄새를 더 강화하는 바람에 약간의 욕지기까지 느꼈다. 그러자 그녀의 상상 속에서 방의 모습이 변했다. 윌리엄 오펜[91]의 그림들이 무정형의 색채로 퍼지더니

91 영국의 초상화가로 수많은 주요 인사, 정치인, 화가, 문인 등을 그렸다.

벽에 걸린 조악한 태피스트리처럼 보였고, 우아한 회칠 천장은 연기에 그을린 외팔 들보를 무한한 암흑을 향해 쭉 뻗어 별 하나 없는 영원한 밤하늘을 열어젖혔다. 코델리아는 더웠지만 몸을 흠칫 떨며 포도주잔을 향해 손을 뻗었다. 차가운 유리잔이 닿으면 현실을 단단히 붙잡을 수 있을 것만 같았다. 어쩌면 경찰의 신문이 가져온 긴장이 그들의 육체에 큰 타격을 가하면서 이제야 비로소 클라리사의 죽음이 불러온 공포가 온전히 형체를 갖추고 찾아왔을지도 모른다.

촛불 하나가 보이지 않은 숨결에라도 닿은 듯 흔들흔들 깜박이더니 꺼져버렸다. 사이먼이 헉하고 놀란 숨을 들이마시더니 이윽고 겁에 질린 긴 신음을 뱉어냈다. 그는 양손을 입으로 가져가려다가 문득 멈추었다. 일행은 일제히 몸을 돌려 창문을 응시했다. 달빛을 등에 진 거대한 그림자가 검은 두 팔을 마구 휘두르며 창문을 두드리고 있었다. 통곡과 고함의 중간 정도인 그림자의 분노가 희미하게 이쪽으로 전해졌다. 일행은 공포에 사로잡혀 멍하니 그쪽을 보고만 있는데, 그림자가 갑자기 격렬한 동작을 멈추더니 가만히 서서 조용히 일행의 얼굴을 들여다보았다. 찢어진 상처처럼 크게 벌린 입이 창문에 찰싹 들러붙은 것 같았다. 두 개의 거대한 손바닥과 쫙 벌린 손가락이 유리를 짓누르고 있었다. 눌리고 일그러진 얼굴이 창문 바로 바깥에서 서서히 하나의 살덩어리로 녹아 흘러내렸다. 이윽고 그 짐승이 힘을 모아 몸을 일으켰다. 문이 열리고 거친 눈빛의 문터가 방 안으로 쓰러질 듯 들어왔다. 차갑고도 달콤한 밤공기가 일행의 얼굴에 밀려들었고 희미한 한숨처럼 들리던 파도 소리도 요란한 물결 소리로 바뀌었다. 비틀거리며 안으로 쏟아져 들어온 남자가 격렬한 폭풍의 힘을 빌려

바다를 통째로 데려온 것만 같았다.

아무도 말하지 않았다. 앰브로즈가 일어나 앞으로 움직였다. 문터는 앰브로즈를 옆으로 밀쳐내고 조지 경 앞으로 비틀거리며 다가왔다. 그의 얼굴이 조지 경의 얼굴에 거의 닿을 듯 가까웠다. 조지 경은 자리에 그대로 앉아 있었다. 얼굴 근육 하나 움직이지 않았다. 이윽고 문터가 고개를 뒤로 젖히고 짐승처럼 울부짖었다. "살인자! 살인자! 살인자!"

코델리아는 조지 경이 언제 움직일지, 문터의 손이 그의 목에 닿을 때까지 기다릴지 궁금했다. 그러나 앰브로즈가 먼저 다가와 덜덜 떠는 문터의 팔을 붙잡았다. 처음에는 앰브로즈의 접촉이 문터를 진정시킨 것처럼 보였다. 그러나 그는 곧 격렬하게 몸을 비틀기 시작했다. 앰브로즈가 숨을 몰아쉬며 말했다. "누가 좀 도와줘요!"

아이보가 복숭아 껍질을 벗기기 시작했다. 그는 눈앞의 일에 완전히 무관심해 보였다. 그가 말했다. "미안하지만, 이런 응급한 상황에 나는 아무런 도움이 안 되겠군요."

사이먼이 일어나 문터의 다른 팔을 붙잡았다. 그러자 문터의 공격성이 잦아들었다. 그는 무릎을 푹 꺾으며 무너졌고 앰브로즈와 사이먼이 더 바짝 다가가 주저앉는 거구의 사내를 지탱했다. 문터는 사이먼을 보고 눈의 초점을 맞추려고 했다가 목구멍 깊은 곳에서 나오는 알아듣기 어려운, 영어 같지 않은 말을 중얼거렸다. 그러나 마지막 말만은 뚜렷이 알아들을 수 있었다. "불쌍한 새끼. 하지만 그 여자는 그렇고 그런 쌍년이었어."

다른 사람은 아무 말도 하지 않았다. 앰브로즈와 사이먼이 함께 문터를 문 쪽으로 끌고 갔다. 그는 더 이상 저항하지 않고 고분고분한 아이처럼 얌전히 따라갔다.

그들이 나가고 나서 남은 두 남자와 코델리아는 잠시 입을 다물고 앉아 있었다. 잠시 후 조지 경이 일어나 프랑스식 창문을 닫았다. 바다에서 들려오던 시끄러운 소리가 잦아들고 거칠게 일렁이던 촛불도 잠잠해지더니 맑은 불꽃으로 새롭게 타올랐다. 조지 경은 테이블로 돌아와 사과 하나를 골라 들더니 말했다. "정신 나간 놈 같으니! 샌드허스트 육군사관학교에 있을 때 저렇게 술을 많이 마시는 친구가 하나 있었어요. 한 몇 달은 잠잠하다가 갑자기 일주일 내내 인사불성이 되곤 했지요. 1942년 겨울, 지중해에서 어뢰 공격이 있었는데, 날씨가 아주 험했지요. 그 친구, 사흘 후에 뗏목을 타고 표류하다가 구조되었어요. 전 승무원 가운데 그 친구 한 명만 살아남았죠. 그치 말로는 위스키에 취해 있어서 살았다고 하더군요. 혹시 앰브로즈가 문터에게 지하 술 창고 열쇠를 아예 맡겨둔 걸까요?"

"그렇지는 않을 겁니다." 아이보가 재미있다는 표정으로 말했다.

조지 경이 말했다. "열쇠를 내줄 만큼 집사를 신뢰하지 않는다니, 참 이상하군요. 하지만 그 사람, 다른 용도가 있겠지요. 앰브로즈에게 헌신하는 것만은 분명해 보이니까요."

아이보가 물었다. "그 사람은 어떻게 됐습니까? 아까 말씀하신 그 친구분이오."

"자기 집 수영장에 빠져 죽었습니다. 그것도 얕은 쪽에 빠져서요. 그때도 물론 만취 상태였죠."

한참 후에 앰브로즈와 사이먼이 돌아왔다. 코델리아는 소년의 창백한 안색을 보고 깜짝 놀랐다. 술에 취한 남자를 처리하는 일이 그토록 무서운 경험이었던가?

앰브로즈가 말했다. "문터를 재웠습니다. 밤새 거기 잠들어 있기를 바랍시다. 아까 일은 사과드리겠습니다. 문터가 저런 이상한 행동을 하리라고는 저도 미처 생각하지 못했습니다. 누가 과일바구니를 좀 건네주시겠습니까?"

저녁 식사를 마치고 일행은 응접실에 모였다. 문터 부인이 나오지 않아서 옆 테이블에 있던 커피포트에서 각자 커피를 따라 마셨다. 앰브로즈가 프랑스식 창문을 열자 한 사람씩 바다에 이끌린 듯 테라스로 나갔다. 보름달이 환히 떠서 수평선을 향해 넓은 은색 호 모양의 빛을 드리웠고, 몇 안 되는 별이 높이 떠서 검푸른 밤하늘에 반짝였다. 조수가 강하게 몰려왔다. 선착장 돌벽에 파도가 부딪치는 소리, 힘 빠진 파도가 해변의 조약돌을 씻어 내리는 소리가 희미하게 들려왔다. 그 밖에 소리는 일행의 숨죽인 발소리뿐이었다. 이 안온함 속에서 중요한 건 아무것도 없다고, 삶도 죽음도 인간의 폭력도 그 어떤 고통도 중요하지 않다고, 쉽게 믿을 수 있을 것 같았다. 클라리사의 얼굴에서 목격한 맞아으깨진 살과 엉겨 붙은 핏덩어리 이미지가 그녀의 마음속에 영원히 새겨진 줄 알았는데, 그 모습조차 지금은 뭔가 비현실적인 것, 다른 차원의 시간에서 본 상상의 것이 되어버렸다. 그 왜곡이 너무나도 강렬해 그녀는 그 생각과 맞서 싸워야 했다. 자신이 여기 왜 와 있는지, 무슨 일을 해야 하는지, 자꾸 일깨워야 했다. 그녀는 앰브로즈의 목소리를 듣고서야 망연자실한 상태에서 겨우 벗어났다. 앰브로즈는 사이먼에게 말하고 있었다.

"괜찮다면 피아노 연주를 하는 게 어떨까? 30분 동안 음악을 듣는다고 해서 우리 감수성이 불쾌해지지는 않을 테니까. 음악당 메들리와 헨델 〈사울〉의 '장송행진곡' 사이에 적절한 곡이 있겠지."

사이먼은 대답하지 않고 피아노 쪽으로 갔다. 코델리아도 그를 따라 응접실로 들어가 그가 피아노 앞에 앉아 고개를 숙이고 건반을 내려다보며 묵묵히 생각에 잠긴 모습을 지켜보았다. 이윽고 그가 돌연 어깨를 구부리더니 손을 늘어뜨리고 조용한 집중력으로 건반을 두드리기 시작했다. 베토벤 피아노 협주곡 〈황제〉의 느린 부분이었다.

앰브로즈가 테라스에서 큰 소리로 말했다. "진부한 감이 있지만 적당한 곡이야!"

사이먼의 연주는 훌륭했다. 피아노 선율이 고요한 공기 속으로 퍼져나갔다. 코델리아는 클라리사가 살아 있을 때보다 죽은 다음에 그의 연주 솜씨가 훨씬 나아진 점이 흥미로웠다.

사이먼이 연주를 마쳤을 때 코델리아가 물었다. "이제 어떻게 되지요? 아, 당신 음악 공부 말이에요."

"조지 경이 걱정하지 말라고 하셨어요. 멜허스트 학교의 마지막 1년을 계속 다닐 수 있고, 또 입학할 수만 있으면 왕립음악학교나 음악아카데미에 보내주신다고요."

"그런 말을 언제 했죠?"

"클라리사를 발견하고 제 방에 오셨을 때요."

상황을 고려하면 놀라울 만큼 재빠른 결정이었다고 코델리아는 생각했다. 그 순간 조지 경의 마음에는 사이먼의 앞날 말고 다른 게 차지하고 있어야 했던 게 아닐까?

소년도 그녀의 생각을 짐작한 모양이었다. 사이먼이 고개를 들고 재빨리 말했다. "제가 먼저 이제 어떻게 되는 거냐고 물었어요.

그러자 조지 경이 걱정하지 말라고, 변할 건 아무것도 없다고, 저는 학교에 돌아갈 수 있고 이후 왕립음악학교에도 갈 수 있다고 했어요. 제가 너무 겁에 질려 있고 큰 충격을 받아서 조지 경이 저를 안심시키려고 한 말씀이라고 생각해요."

그러나 그 큰 충격이라는 게 자신의 앞날을 가장 먼저 생각할 정도는 되었나 보군. 그러나 코델리아는 이런 식의 비판은 아무런 의미가 없다고 생각하고 마음에서 몰아내려고 애썼다. 결국, 비극에 대한 어린아이의 지극히 자연스러운 반응이었을 것이다. 이제 나는 어떻게 될까? 앞으로 내 인생은 어떻게 흘러갈까? 누구라도 궁금했을 것이다. 그러나 사이먼은 적어도 그 궁금함을 소리 내어 물어볼 만큼 솔직했을 뿐이다.

코델리아가 말했다. "그게 당신이 원하는 바라면 잘됐군요."

"예, 제가 원하는 바예요. 클라리사가 원한 바는 아니라고 생각해요. 그분이 인정하지 않은 일을 해도 되는지 잘 모르겠어요."

"그런 생각으로 살아갈 수는 없어요. 자기 일은 자기가 알아서 결정해야죠. 클라리사가 살아 있었어도 당신을 대신해서 인생을 결정해줄 수는 없어요. 그런데 그녀가 죽은 지금 결정해주길 바란다면 어리석은 일이죠."

"하지만 그분 돈이니까요."

"이제 조지 경의 돈이 되겠죠. 조지 경은 걱정하지 않는데 왜 당신이 고민해야 하는지 모르겠군요."

그녀의 눈을 절박하게 응시하는 열렬한 사이먼의 눈을 보면서 코델리아는 자기가 그를 실망시키고 있는 건 아닐까 생각했다. 그는 혹시 그녀에게 동정을 구하는 게 아닐까? 살면서 원하는 것을 죄책감 없이 구할 수도 있다고 안심시키는 말을 해주길 바라는 게 아닐까? 그러나 그것은 누구나 갈망하는 바가 아니던가? 마음 한쪽은 사이먼의 요구를 들어주고 싶었다. 그러나 또 다른 한쪽은 이렇게 말해주고 싶었다. '당신은 이미 많은 걸 받았어요. 그래놓고 어째서 지금은 망설이는 거죠?'

그녀가 말했다. "전문 피아니스트가 되고 싶은 마음보다 돈에 관한 양심의 가책을 덜고 싶은 마음이 더 크다면 지금 그 길을 포기하는 게 좋을 거예요."

사이먼의 목소리가 갑자기 비굴해졌다. "저는 피아노를 그렇게 잘 치지 못해요. 클라리사도 그 사실을 알았죠. 음악가는 아니지만 그 정도는 알았어요. 실패의 냄새를 잘 맡았거든요."

"당신이 피아노를 잘 치느냐 못 치느냐는 다른 문제예요. 나는 당신 실력이 아주 뛰어나다고 생각하지만, 내가 판단할 일은 아니에요. 클라리사도 마찬가지였을 테고요. 그러나 음악학교 사람들은 할 수 있겠죠. 그들이 당신을 입학시켜도 좋다는 어떤 가치를 발견한다면 적어도 당신이 음악 방면의 경력을 일굴 기회를 포착해도 좋다고 생각할 거예요. 어차피 그쪽 경쟁이 얼마나 치열한지는 그 사람들이 더 잘 아니까요."

사이먼이 재빨리 방 안을 둘러보더니 목소리를 낮추고 말했다. "혹시 이야기를 나눌 수 있을까요? 물어볼 게 세 가지 있어요."

"우린 지금 이야기를 나누고 있어요."

"아니, 여기서 말고요. 다른 곳에서 단둘이오."

"지금도 단둘이에요. 다른 분들이 방 안으로 들어올 것 같지는 않아요. 오래 걸리는 이야기인가요?"

"클라리사를 처음 발견했을 때 어떤 모습이었는지, 그러니까 어떤 일이 벌어졌는지 나에게 말해주면 좋겠어요. 나는 그분을 보지 못했고 누워 있어도 잠들지 못하고 계속 상상을 해요. 만약 어떤 모습이었는지 알게 된다면 그렇게 무섭지는 않을 거예요. 상상 속 모습보다 더 무서운 건 없으니까요."

"경찰이 말해주지 않았나요? 조지 경도요?"

"아무도 말해주지 않았어요. 앰브로즈에게 물어봤지만 알려주지 않았어요."

경찰이 살인사건의 세세한 부분을 말하지 않는 데는 이유가 있을 것이다. 그러나 지금은 사이먼의 신문도 끝났다. 그가 사실을 아는지 모르는지가 더 이상 문제가 되지 않을 것이다. 그리고 밤마다 상상하는 공포가 얼마나 무서울지도 충분히 이해할 수 있었다. 그러나 그 처참한 진실을 뭉툭하게 다듬어 전달할 방법은 없었다. 그녀가 말했다. "얼굴이 으깨져 있었어요."

그는 침묵했다. 어떻게 으깨져 있었는지, 혹은 무엇으로 으깼는지 묻지 않았다. 그녀가 말했다. "아주 편안하게 침대에 누워 있었어요. 거의 잠든 사람처럼 보였죠. 고통은 틀림없이 없었을 거예요. 그녀가 아는 사람, 그것도 믿었던 사람의 소행이라면 아마 두려움을 느낄 시간조차 없었을 거예요."

"얼굴을 알아볼 수는 있었나요?"

"아니요."

"경찰이 진열장에서 뭘 가져갔냐고 물었어요. 대리석 손목요. 경찰은 그 물건을 흉기로 생각하나요?"

"그래요." 잠자코 있었으면 더 좋았을 거라고 생각하기엔 이미 너무 늦어버렸다. "대리석 손목이 침대 옆에서 발견되었어요. 거기에… 그 물건에 사용된 흔적이 있었어요."

그가 "고맙습니다."라고 속삭였지만, 너무 조용히 말해서 잘

들리지 않았다.

잠시 후 코델리아가 말했다. "물어볼 게 세 가지 있다고 했죠?"

그가 침울한 기분을 깨줘서 고맙다는 듯이 열렬히 고개를 들었다. "예. 톨리 이야기예요. 금요일에 여러분이 성을 구경하러 갔을 때 저는 수영하러 갔었잖아요. 그때 톨리가 해변에서 저를 기다리고 있었어요. 저더러 클라리사 곁을 떠나 함께 살자고 했어요. 자기 아파트에 빈방이 하나 있으니 곧장 나와서 제가 직장을 구할 때까지 그 방에서 살아도 좋다고요. 클라리사가 죽을지도 모른다고 했어요."

"어떻게, 아니 왜 죽는지도 말하던가요?"

"아니요. 그냥 클라리사 자신이 곧 죽을 거로 생각한다고 했고, 그런 생각을 하는 사람은 종종 정말로 죽는다고 했어요." 그가 그녀를 똑바로 바라보며 말했다. "그리고 다음 날, 클라리사가 정말로 죽었어요. 톨리와 무슨 일이 있었는지, 그러니까 톨리가 바닷가에서 저를 기다렸던 일이나 제게 한 이야기들을 경찰에게 솔직하게 말해야 할지 어떨지 모르겠어요."

"톨리가 정말로 클라리사를 살해할 계획을 세우고 있었다면, 당신에게 미리 경고했을 리가 없지요. 아마 클라리사에게 너무 의존하지 마라, 그녀의 마음이 언제 바뀔지 모른다, 그녀가 언제까지 당신 곁에 있어줄지 확실히 모른다, 이런 걸 경고해주고 싶었던 게 아닐까요?"

"전 톨리가 미리 알았다고 생각해요. 적어도 추측하고 있었어요. 경감님에게 말하는 게 좋을까요? 그러니까, 제 말이 증거가 될까요? 경찰이 제가 뭔가를 숨기고 있었다는 걸 알게 되면 어떡하죠?"

"이 이야기를 또 누구에게 했죠?"

"당신한테만 말하는 거예요."

"스스로 옳다고 생각하는 대로 행동해요."

"하지만 뭐가 옳은지 모르겠어요! 당신이라면 이럴 때 어떻게 하겠어요?"

"나라면 말하지 않을 거예요. 하지만 내겐 그럴 만한 이유가 있기 때문이죠. 당신은 말하는 게 옳다고 생각하면 말해요. 혹시 안심될지 몰라 하는 말인데, 경찰도 다른 증거를 확보하지 못한 상태에서 그 증거 하나만으로는 톨리를 체포하지 못해요. 적어도 내가 알기로는 그래요."

"하지만 톨리는 제가 말했다는 걸 알겠죠? 그럼 톨리가 절 어떻게 생각할까요? 그 후로는 톨리 얼굴을 제대로 쳐다볼 수 없을 것 같아요."

"그럴 필요는 없을 거예요. 클라리사가 죽었는데 톨리가 계속 남아 있지는 않겠죠."

"당신이 저라면 경찰에 말할 건가요?"

여기서 코델리아의 참을성이 툭 끊어졌다. 기나긴 하루가 문터의 극적인 등장으로 커다란 상처를 남겼고, 이제 몸도 영혼도 완전히 기진맥진한 상태였다. 더 이상 사이먼의 강박적인 자기 관심에 연민을 보내줄 수가 없었다.

"내가 말했죠. 나라면 말하지 않을 거라고. 하지만 나는 당신이 아니에요. 이 일은 당신 책임일 뿐, 다른 사람에게 강요해서는 안 돼요. 스스로 결정할 수 있는 일이 적어도 하나는 있어야 할 것 아니에요!"

모질게 말을 뱉자마자 후회했다. 그녀는 벌겋게 달아오른 사이먼의 얼굴과 고통당하는 강아지 같은 눈빛을 외면하고 말았다. "미안해요. 내가 너무 심했어요. 우리 모두 불안하고 초조해요. 물어보고 싶은 게 세 가지라고 했죠?"

그는 입술을 덜덜 떨며 속삭였다. "아니요. 이제 없어요. 고마워요." 그는 몸을 일으키고 피아노 뚜껑을 닫았다. 그는 위엄을 지키려고 애쓰며 나직하게 말했다. "누가 물어보면 자러 갔다고 말해줘요."

뜻밖에도 코델리아는 울고 싶은 마음이 되었다. 짜증과 안타까움, 자신의 나약함을 향한 경멸 사이에 끼어 그녀도 사이먼처럼 자러 가기로 했다. 하루가 길어도 너무 길었다. 그녀는 잘 자라는 인사를 하려고 테라스로 나갔다. 검은 옷차림의 세 사람이 따로 떨어져 서 있었다. 바다 쪽의 달빛을 등진 세 사람의 그림자가 동상처럼 미동도 없었다. 코델리아가 다가가자 세 사람이 동시에 돌아보았다. 세 쌍의 눈동자가 일제히 자신을 향해 쏠렸다. 누구도 움직이거나 말하지 않았다. 달빛 아래 적막한 순간이 한없이 늘어지고 거의 불길하게 느껴졌다. 잘 자라는 인사를 건네자마자 지난 24시간 동안 애써 눌러온 그 생각이 돌연 엄연하고 무서운 논리가 되어 수면 위로 떠올랐다. '여기 작고 외로운 섬에 우리 열 사람이 함께 있다. 그리고 그중 한 사람이 살인자다.'

36

코델리아는 책을 덮고 침대 옆 전등을 끄자마자 잠이 들었다. 그러나 그만큼 갑작스럽게 잠에서 깨어났다. 한순간 혼란스러워 그대로 누워 있다가 손을 뻗어 전등 스위치를 찾았다. 침대 옆 테이블에 웅크린 손목시계가 이제 막 3시 30분이 지났음을 알려주었다. 너무 이른 시간이었다. 어떤 소리가, 어쩌면 밤새의 날카로운 울음소리가 잠결을 뚫고 그녀의 의식을 흔들었을지도 모른다. 반쯤 쳐놓은 커튼 사이로 달빛이 비쳐 들어와 천장과 벽 위에 기다란 띠 모양의 빛을 드리웠다. 낮의 술렁거림 속에서 들었을 때보다 지금 더 크게 들리는 바다의 구슬픈 고동 소리를 제외하곤 사위가 적막했다. 그녀의 마음은 아직도 잠기운을 말끔히 떨쳐내지 못하고 꿈의 끝자락을 붙들고 있었다. 꿈속에서 그녀는 킹리 거리의 탐정사무소로 돌아갔고 모즐리 여사가 새로 구조한 새끼 고양이를 자랑스럽게 보여주었다. 꿈이란 게 흔히 그렇듯이 새끼

고양이가 진홍색 차양과 커튼을 드리운 클라리사 침대의 미니어처 같은 작은 요람에서 잠들어 있었지만 별로 놀라지 않았다. 또 침대를 들여다보다가 숄을 젖히자 거기 자는 것은 새끼고양이가 아니라 사람의 아이였다. 그녀는 '이 아이는 모즐리 여사의 사생아로군.' 하고 단박에 알아챘지만 아는 척을 하지는 말아야겠다고 다짐했다. 이제 그녀는 꿈을 기억해내고 웃음을 지으며 전등을 끄고 다시 잠을 청했다.

그러나 이번에는 쉽게 잠이 오지 않았다. 한번 깨고 나니 마음이 불안해졌다. 또다시 클라리사의 죽음에 얽힌 수수께끼와 공포가 의식 속으로 밀려 들어왔다. 생각이 꼬리에 꼬리를 물고 떠올랐고 잡힐 듯 잡히지 않으며 끈질기게 맴돌았다. 앞뒤 없이 마구잡이로 떠오르는 생각은 그러나 소름이 끼치도록 뚜렷했다. 새틴 드레스 가운을 입고 진홍색 차양 아래서 하얗게 빛나는 클라리사, 악마의 주전자에서 소용돌이치는 바닷물을 내려다보는 클라리사, 테라스를 왔다 갔다 하는 유령처럼 창백하고 가냘픈 클라리사, 선착장에 서서 박쥐 날개 같은 두 팔을 벌리고 일행을 맞이하는 클라리사, 화장을 지우는 클라리사, 화장을 다 지운 후 변덕스럽고 기괴해 보이는 부조화의 눈으로 코델리아를 물끄러미 바라보는 클라리사⋯ 지금 생각해보면 그 얼굴에는 서글픈 비난의 기미가 묻어 있었다.

그 마지막 이미지가 끝내 희미해지길 거부하는 듯 끈질기게 들러붙었다. 그 모습에는 뭔가 중요한 의미가 있었다. 코델리아가 반드시 알아내거나 기억해내야 하는 뭔가. 마침내 그게 뭔지 깨달았다. 코델리아는 다시 그 화장대를, 그 위를 굴러다니던 화장을 지운 솜뭉치를, 마스카라를 지워서 검어진 작은 패드를 떠올렸다. 클라리사는 눈 화장을 지울 때 특별한 패드를 사용했다. 그러나 시체가 발견되었을 때 화장대 위에는 그 패드가 없었다. 어쩌면 그녀는 굳이 수고롭게 눈 화장을 지우지 않았을지도 모른다. 으깨지고 부어오른 살덩어리 밑에서라도 감식반이 그 여부를 알아낼 수 있을까? 그런데 왜 파우더나 파운데이션은 깨끗이 지웠으면서 굳이 무거운 마스카라와 아이섀도는 그대로 남겨두었을까? 특히 젖은 패드를 얹어 눈의 피로를 풀려고 했으면서? 그러나 여기에는 또 다른 가능성이 있지 않을까? 그녀는 손님이 올 것을 예상하고 화장을 지우지 않았으며, 그녀의 얼굴을 곤죽이 되도록 으깨기 전에 직접 그녀의 얼굴에서 화장을 지운 사람이 바로 그 손님일 가능성. 그렇다면 그 손님은 남자라는 뜻이었다. 그 남자는 분명히 은밀한 손님이었을 것이다. 클라리사는 외모에 무척 집착했기 때문에 여자조차 민낯으로 만나기를 꺼렸다. 하지만 여자였다면 클라리사가 눈 화장을 지울 때는 특별한 패드를 사용한다는 것을 알았을 가능성이 클 것이다. 톨리는 확실히 알 것이다. 하지만 로마는? 로마는 마스카라를 사용하지 않았고, 급할 때나 겁에 질려 있을 때는 화장대 위에 놓인 여러 가지 화장품 병을 일일이 살펴보지는 않을 것이다. 남자라면 그런 실수를 저지를 가능성이 더 커질 것이다. 어쩌면 무대 분장에 대해 잘 아는 아이보는 제외해야 할지도 모른다. 그러나 여기서 가장 이상한 부분은 톨리의 침묵이다. 경찰은 틀림없이 톨리에게 화장품에 관한 질문을 했을 것이고, 화장대 위의 모습이 평소와 달라지지는 않았는지도 물었을 것이다. 그렇다면 톨리는 솔직하게 대답하지 않았다. 왜 그랬을까? 혹은 누구를 위해서 그랬을까?

이제 다시 잠이 드는 것은 아예 불가능했다. 그러나 다음번 정신이 들었을 때 거의 4시가 다 된 걸 보면, 그사이 아주 잠깐이라도 깜박 졸았던 모양이었다. 너무 더웠다. 침대보가 실패의 무게처럼 묵직하게 몸을 짓눌렀고 그녀는 이제 더 이상 잠을 잘 수 없다는 것을 깨달았다. 그새 바닷소리는 더 커져 있었고 공기 자체가 고동치는 것만 같았다. 조수가 거침없이 테라스 위로 올라와 식당 안으로 밀려들어 묵직한 테이블과 조각 등받이 의자를 둥실 떠올려 바다로 보내버리고, 오펜의 그림들을 넘어 회칠한 천장까지 차올랐다가, 계단을 기어올라 마침내 섬 전체를 뒤덮어 오직 길쭉한 탑만이 등대처럼 파도 위로 삐죽이 솟은 장면을 그려보았다. 그녀는 반듯하게 누워 어서 동이 트기만을 기다렸다. 오늘은 월요일, 스페이머스는 근무일이었다. 단 몇 시간이라도 섬을 벗어나 지역 신문사를 찾아가 여왕 즉위 기념 해에 있었던 클라리사의 공연 비평기사를 찾아보면 좋을 것이다. 성공 가능성이나 의미가 아무리 적어 보여도 뭔가 적극적인 행동을 할 필요가 있었다. 일단 반쯤 비밀을 머금은 앰브로즈의 냉소적인 미소와 사이먼의 불행과 아이보의 수척하고 꼿꼿한 모습에서 잠시 벗어날 수만 있다면, 무엇보다 경찰의 눈에서 벗어난다면 좋을 것이다. 경찰은 틀림없이 다시 섬에 올 것이다. 그러나 그녀를 체포하지 않는 한 하루를 육지에서 보내겠다는 그녀의 의지를 꺾을 방도는 없을 것이다.

아침이 영영 올 것 같지 않았다. 그녀는 잠들려는 노력을 아예 접고 침대 밖으로 나왔다. 청바지와 건지 스웨터를 입고 창가로 다가가 커튼을 열어젖혔다. 창문 아래 장미정원에는 너무 활짝 피어버린 마지막 꽃송이들이 가시 달린 가지에 매달려 아래로 축 처진 채 달빛을 받아 하얗게 탈색되어 보였다. 수영장 물은 두드려 편 은쟁반처럼 단단해 보였고 얼룩 같은 수련 잎과 반짝이는 수련 꽃이 뚜렷하게 보였다. 그러나 수면에 뭔가 다른 게 있었다. 검고 털 달린 뭔가가. 마치 거대한 거미가 반쯤 물에 잠겨 무수한 털투성이 다리를 반짝이는 물밑으로 쭉 펼치고 허우적거리는 것 같았다. 그녀는 도저히 믿을 수가 없어 그것을 뚫어지게 바라보았다. 이윽고 그녀는 그게 뭔지 알아차렸다. 온몸의 피가 차갑게 식었다.

어떻게 계단을 뛰어 내려가 통로에서 정원으로 향하는 문을 빠져나갔는지 알 수가 없었다. 달리면서 아무 침실 문이나 마구 두드렸던 게 틀림없었다. 응답을 기다리지는 않았지만 도움이 필요하다는 사실은 의식하고 있었다. 다른 사람들도 깊은 잠에 들지 못했던 모양인지 코델리아가 정원으로 나가는 문에 도착해 맨 위 빗장을 벗기려고 안간힘을 쓸 무렵에는 숨죽인 발소리가 복도를 울렸고 혼란스러워하는 사람들의 수런거리는 소리도 들려왔다. 어느새 그녀는 사이먼, 조지 경, 로마와 나란히 수영장 가장자리에 서서 아까 봤다고 생각했던 것을 비로소 똑똑히 바라보았다. 문터의 가발이었다.

가운을 벗어 던지고 수영장으로 걸어 들어간 사람은 사이먼이었다. 물 높이가 허우적거리는 사이먼의 팔까지 올라왔다. 그는 숨을 한 번 크게 몰아쉬더니 물속으로 들어갔다. 나머지 셋은 지켜보며 기다렸다. 사이먼이 사라지면서 수면을 한바탕 크게 흔들었던 게 잠잠해지자마자 곧장 그의 머리가 물개처럼 매끄럽게 수면 위로 솟아올랐다. 그가 소리쳤다. "문터는 여기 있어요. 수련을 심어놓은 철망에 걸렸어요. 들어오지 마세요. 제가 풀어낼 수 있을 것 같아요."

사이먼은 다시 물속으로 사라졌다. 그리고 거의 곧바로 두 사람의 검은 형체가 수면 위로 떠올랐다. 문터의 대머리와 위로 향한 얼굴이 마치 몇 주일 동안 물속에 잠겨 있었던 것처럼 부풀어 보였다. 사이먼이 시체를 수영장 가장자리까지 밀고 오자 코델리아와 로마는 허리를 숙여 물에 폭 젖은 소매를 잡아당겼다. 손을 잡는 편이 더 수월하겠지만 짐승의 유방처럼 누렇게 부풀어 오른 그 손가락을 잡고 싶지 않았다. 코델리아는 문터의 얼굴 위로 몸을 숙여 그의 어깨를 붙잡았다. 그는 눈을 멍하니 뜨고 있었고 피부는 라텍스 고무처럼 매끄러웠다. 마치 마네킹을 물 밖으로 끌어당기는 것 같았다. 톱밥을 가득 채운 몸에 우스꽝스럽게 정장 코트를 입고 물에 젖어 못 쓰게 되어버린 버려진 마네킹. 턱이 아래로 축 늘어진 어릿광대 가면이 처량한 의문을 품고 그녀를 응시했다. 그의 입 냄새를 맡으면 술 냄새가 풍길 것 같았다. 갑자기 문터 역시 인간이었음을 보여주는 서글픈 흔적을 끝내 거부했던 자신의 혐오감이 부끄러워졌다. 그녀는 순간적인 연민에 사로잡혀 문터의 왼손을 붙잡았다. 팽팽하게 부풀어 오른 물고기의 부레처럼 생기라곤 하나도 없이 차갑기만 했다. 그 손을 만지는 순간 그녀는 문터가 죽었음을 확실히 깨달았다.

그들은 문터를 풀밭으로 끌어냈다. 사이먼도 물 밖으로 나왔다. 그는 문터의 머릿밑에 자신의 가운을 돌돌 말아 받치고 그의 목을 뒤로 젖힌 다음 벌린 입속을 더듬어 틀니를 찾았다. 틀니는 없었다. 사이먼이 두툼한 그 입술 위에 자기 입을 단단히 붙이고 인공호흡을 시작했다. 일행은 조용히 지켜보았다. 앰브로즈와 아이보가 조용히 다가와 그들 사이에 섰을 때도 아무도 말하지 않았다. 사이먼이 몸을 숙이고 인공호흡을 하는 동안 물에 흠뻑 젖은 옷에서 나는 질벅거리는 소리와 그가 규칙적으로 들이마시는 숨소리 말고는 아무 소리도 들리지 않았다. 코넬리아는 그의 침묵이 조금 의아하다고 생각하며 조지 경을 흘낏 보았다. 그는 대단한 집중력으로 퉁퉁 부어올라 뒤로 젖혀진 그 얼굴과 반쯤 감긴 공허한 눈을, 믿을 수 없을 정도로 골똘하게 내려다보고 있었다. 순간 코넬리아의 가슴이 덜컥 내려앉았다. 그녀의 시선이 조지 경의 시선과 부딪쳤을 때, 그녀는 그 눈에 경고의 빛이 번뜩였다고 생각했다. 둘 다 아무 말도 하지 않았지만 그 역시 그녀가 방금 깨달은 사실을 알아냈을까. 이상하게도 지금과 아무런 관계도 없는 예전 일이 불쑥 떠올랐다. 수녀원의 음악실이었다. 힐데가르트 수녀가 눈과 입을 크게 벌리고 기대에 찬 몸짓으로 흰색 지휘봉을 흔들었다. "자, 여러분. 슈만이에요. 즐겁게! 즐겁게! 입을 크게 벌리고! 아인 문터레스 리드(Ein munteres Lied), '경쾌한 가곡'이에요."[92]

그녀는 얼른 마음을 추스르고 현재로 돌아왔다. 지금은 새로 깨달은 사실을 생각하고 그 의미를 탐색할 시간이 아니었다. 그녀는 사이먼이 축축하게 젖은 살덩어리에 입을 대고 절박하게 인공호흡을 하는 모습을 다시 바라보았다. 사이먼이 거의 지쳐 떨어질 무렵 앰브로즈가 허리를 숙여 문터의 손목을 잡고 맥박을 짚어보고 말했다. "소용없어. 죽었어. 얼음처럼 차가워. 아마 몇 시간이나 물속에 잠겨 있었을 거야."

사이먼은 대답하지 않았다. 그는 기계적으로 아무런 기능도 하지 않는 육체에 숨을 불어 넣었다. 마치 불온한 밀교의 의식을 치

92 '경쾌한, 활발한'의 뜻을 지닌 독일어 munter가 소설 속 문터와 발음이 같아서 떠올린 장면이다.

르는 사람 같았다.

로마가 말했다. "그만 단념하지그래? 죽은 지 몇 시간은 된 것 같아."

"맥박도 없고 몸도 차갑다고."

그러나 사이먼은 못 들은 척했다. 거칠게 들이마시는 숨결과 웅크린 몸의 이상야릇한 몸짓이 점점 더 격렬해졌다. 그때 낮지만 날카로운 문터 부인의 목소리가 들려왔다. "그냥 놔둬요! 그 사람은 죽었어요. 보고도 모르겠어요?"

사이먼은 문터 부인의 소리를 들었다. 그는 몸을 일으키더니 격렬하게 떨기 시작했다. 코넬리아는 문터의 머릿밑에 받쳐놓았던 가운을 가져다가 사이먼의 어깨에 걸쳐주었다.

앰브로즈가 문터 부인을 향해 돌아서서 말했다. "매우 유감입니다. 언제 이렇게 됐는지 알고 있습니까?"

"제가 어떻게 알겠어요?" 그녀는 잠시 멈추었다가 이내 '주인'이라고 덧붙였다. "그이가 술을 마신 날은 함께 자지 않아요."

"하지만 밖에 나가는 소리는 들었을 테죠. 아주 조용히, 얌전하게 걷지는 않았을 겁니다."

"3시 30분 직전에 방을 나갔어요."

앰브로즈가 말했다. "나한테 알리지 그랬어요?"

코넬리아가 생각하기에, 앰브로즈는 마치 문터 부인이 미리 상의도 없이 일주일씩이나 휴가를 가겠다고 말한 것처럼 화를 내고 있었다.

"우리 부부는 주인께 골칫거리와 불편이 가지 않도록 지키는 일을 하고 월급을 받는 것으로 알고 있습니다. 남편은 오늘 밤 이미 충분히 일했고요."

더 이상 할 말이 없는 것 같았다. 이윽고 조지 경이 앞으로 나와 사이먼에게 손짓했다. "그만 안으로 들어가는 게 좋겠다."

문터 부인의 목소리에 새로운 기미가 느껴졌다. 그녀는 재빨리 말했다. "시체를 하인 숙소에 들이지 말아주세요."

앰브로즈가 달래듯이 말했다. "당신 기분이 그렇다면 물론 그러지 않겠어요."

"예, 제 기분이 그래요." 그녀는 몸을 돌려 가버렸다.

일행은 그녀의 뒷모습을 바라보았다. 그때 코델리아가 달려가 부인을 따라잡았다.

"저랑 같이 들어가요. 부인 혼자 놔둘 수는 없어요."

놀랍게도 코델리아를 올려다보는 문터 부인의 눈에는 혐오감이 철철 넘쳐흘렀다.

"혼자 있고 싶어요. 당신이 해줄 수 있는 일은 하나도 없어요. 걱정하지 말아요. 나는 자살 따위는 하지 않으니까." 그녀는 앰브로즈 쪽을 턱짓으로 가리키며 말했다. "저분에게도 그렇게 전해줘요."

코델리아는 일행 쪽으로 돌아가 말했다. "문터 부인은 누구와도 함께 있고 싶지 않다고 해요. 그리고 자기는 괜찮다고 전해달래요."

아무도 대답하지 않았다. 그들은 여전히 둥글게 원을 그리고 서서 시체를 내려다보았다. 전부 가운 차림에 슬리퍼를 신고서 기묘한 옷차림의 조문객처럼 시체를 에워싸고 있었다. 조지 경은 낡아서 해진 체크무늬 울 가운을 입었고, 바싹 야윈 어깨가 철제 옷걸이처럼 위로 솟은 아이보는 암녹색의 실크 가운을 입었으며, 앰브로즈는 공단을 덧댄 수수한 청색 가운을, 로마는 꽃무늬 나일론 패딩 가운을, 사이먼은 갈색의 타월 가운을 입었다. 고개를 숙이고 둘러선 일행을 살피면서 코델리아는 이들이 일제히 일어서서 아무런 흔적도 없는 밤하늘을 향해 애도가를 목 놓아 부르지 않을까 생각했다. 이윽고 조지 경이 먼저 몸을 움직이며 사이먼에게 말했다. "언제까지 이러고 있을 수는 없잖아?"

아이보가 수영장 가장자리를 따라 조금 걷더니 과학적인 관심을 가지고 희귀 해양생물을 관찰하는 사람처럼 수련을 찬찬히 살펴보았다. 그가 고개를 들고 말했다. "그런데 시신을 옮겨도 괜찮을까요? 경찰이 올 때까지 건드리면 안 되지 않나요?"

로마가 소리쳤다. "그건 살인사건일 경우에나 그렇죠! 이건 사고예요. 그는 취해서 헛발을 디디는 바람에 물에 빠졌어요. 앰브로즈가 문터는 수영을 못 한다고 했잖아요."

"내가요? 기억나지 않는걸요. 하지만 사실입니다. 문터는 수영을 못 해요."

아이보가 말했다. "저녁 식사 도중에 당신이 그렇게 말했어요. 하지만 그때 로마는 없었어요."

로마가 소리쳤다. "누군가가 그렇게 말했어요. 어쩌면 문터 부인일지도 몰라요. 그게 뭐가 중요해요? 그는 술에 취했고 물에 빠져 죽었어요. 그건 누가 봐도 분명한 일이라고요."

아이보가 다시 수련을 살펴보기 시작했다. "경찰이 보기에 완벽하게 분명한 일은 없을걸요. 하지만 뭐, 일단 당신 말이 옳다고 말씀드리죠. 더 이상의 수수께끼는 필요 없습니다. 시체에 폭행의 흔적이 있습니까?"

코델리아가 말했다. "제가 보기엔 없습니다."

로마가 완고하게 말했다. "그를 여기 그대로 놔둘 수는 없어

요. 실내로 옮겨야 해요." 그녀는 자기를 지지해달라는 듯 코델
리아를 보았다.

코델리아가 말했다. "그를 옮겨도 문제는 없을 거예요. 어차피
이 상태로 발견한 것도 아니니까요."

그들은 모두 지시를 기다리는 듯 앰브로즈를 보았다. 그가 말
했다. "문터를 옮기기 전에 우선 전부 저와 함께 가주시죠. 우리
가 같이 결정할 일이 있습니다."

37

일행은 앰브로즈를 따라 성으로 갔다. 오직 사이먼만이 뒤를 돌아 한때는 문터였으나 지금은 사지를 활짝 벌리고 누워 있는 볼품없는 차가운 살덩어리를 흘낏 보았다. 사이먼의 시선에는 당혹스러운 후회와 그를 저토록 불편한 곳에 그대로 버려두고 가야 한다는 자책의 빛이 담겨 있었다.

앰브로즈가 일행을 집무실로 안내하더니 책상 위 전등을 켰다. 곧장 음모의 현장 같은 분위기가 조성되었다. 그들은 모두 잠옷 차림으로 한밤중 못된 장난질을 꾸미는 어린 학생들 같았다.

앰브로즈가 말했다. "우선 결정할 게 있습니다. 오늘 만찬 자리에서 있었던 일을 그로건 경감에게 말해야 할까요? 경찰에 연락하기 전에 이것부터 합의해야 할 것 같습니다."

아이보가 말했다. "그러니까 문터가 조지 경을 향해 살인자라고 소리친 사실을 경찰에게 말해야 하나, 그 말인가요? 그거라면 그냥 솔직하게 말하는 편이 좋지 않을까요?"

사이먼의 머리카락이 이마 위에 찰싹 들러붙어 눈 위로 물을 뚝뚝 흘리고 있었다. 그의 머리카락이 부자연스러울 만큼 검게 보였다. 그는 가운 아래서 몸을 덜덜 떨며 경악에 찬 얼굴로 이 사람 저 사람을 돌아보았다. "하지만 문터 씨는 조지 경을 꼭 집어 특정 사건의 살인자라고 말하지는 않았어요. 그저 술에 취해 있었을 뿐이에요! 자기가 무슨 말을 하는지도 몰랐어요. 다들 봤잖아요. 술에 취했을 뿐이라고요!" 사이먼의 목소리는 히스테리에 가까울 만큼 점점 위태로워지고 있었다.

앰브로즈가 초조한 기색으로 말했다. "여기 있는 사람 중 누구도 그 일을 중요하게 생각하지 않습니다. 다만 경찰은 중요하게 생각할지도 몰라요. 그리고 문터가 생전 마지막 몇 시간 동안 뭐라고 말했고 어떻게 행동했는지에 대해 경찰은 틀림없이 관심을 가질 겁니다. '말하지 않음으로써 할 수 있는 말이 아주 많다'는 말도 있지 않습니까? 괜히 수사를 복잡하게 만들 필요가 없어요. 하지만 그러려면 우리는 전부 대체로 같은 증언을 해야 합니다. 누구는 말하고 누구는 말하지 않는다면, 침묵을 택한 쪽이 틀림없이 불리한 처지에 놓이게 될 테니까요."

사이먼이 말했다. "문터가 프랑스식 창문을 통해 만찬장으로 들어온 사실을 말하지 말라고요? 그를 아예 보지 못했다고 해야 하나요?"

"물론 아니죠. 그는 취해 있었고 우린 전부 문터의 취한 모습을 봤어요. 경찰에게는 진실을 말해야 합니다. 다만 진실의 어느 정도까지 말할 것인가, 그게 유일한 문제입니다."

코델리아가 조용히 말했다. "그럼 문터가 조지 경에게 비난을 퍼부은 사실만 문제가 되는 게 아니죠. 당신과 사이먼이 취한 문터를 끌고 나갔을 때 조지 경은 강박적으로 술을 마셨던 군대 시절 친구 이야기를 해줬어요."

아이보가 그 말을 마무리해줬다. "마침 문터처럼 익사한 친구 이야기였죠. 경찰은 이 우연의 일치를 매우 흥미로워할 겁니다. 그러므로 만약 조지 경이 앰브로즈 씨와 사이먼 군에게도 똑같은 말을 하지 않았다면(물론 저는 하지 않았으리라고 생각합니다만), 그러면 코델리아와 저는 아까 당신이 말한 그 불리한 처지에 놓이는 셈이지요."

앰브로즈는 조용히 이들의 증언을 들었다. 어딘가 흡족해 보였다. 이윽고 그가 선언하듯 말했다. "그럼 선택안은 이렇게 되겠군요. 저녁에 있었던 일을 전부 사실대로 말할 것인가, 아니면 문터가 조지 경에게 '살인자!'라고 소리치고 조지 경이 불운했던 친구에 대해 말한 부분은 뺄 것인가."

코델리아가 말했다. "전부 솔직하게 말해야 한다고 생각해요. 경찰에게 거짓말을 하는 건 생각처럼 쉬운 일이 아니에요."

로마가 말했다. "꼭 경험에서 우러나온 말처럼 들리는군요."

코델리아는 로마의 말에 묻어난 악의를 무시하고 계속 말했다. "경찰은 매우 엄격하게 질문을 던질 겁니다. 문터가 쳐들어오면서 뭐라고 말했는가? 앰브로즈와 사이먼이 문터를 부축해 방으로 데려갔을 때 나머지 일행은 무슨 이야기를 나누었는가? 당혹스러운 사실을 생략한다고 될 문제가 아니에요. 전부 똑같은 거짓말을 만들어서 입을 맞춰야 합니다. 그건 도덕적인 고려는 일단 배제한 문제고요."

앰브로즈가 선뜻 말했다. "도덕적인 고려까지 해가면서 일을 복잡하게 만들 필요는 없어요. 신학자들이 뭐라고 말했든지 큰 선을 위해 작은 악을 행하는 건 아주 타당한 선택입니다. 게다가 나는 우리 모두 그로건의 신문을 받을 때 각자 조금씩 적절한 편집을 가했다고 생각해요. 적어도 나는 했습니다. 경찰이 내가 왜 클라리사를 위해 공연을 마련했는지 그 이유를 알고 싶어 하기에 그녀가 내《시체 해부》책의 아이디어를 제공했기 때문이라고 말했습니다. 꽤 그럴듯했지만 불필요한 거짓말이었죠. 그러므로 우리가 결정할 일은 아주 단순합니다. 사실대로 전부 말할 것인가, 아니면 이야기를 꾸미고 입을 맞출 것인가. 비밀투표를 제안합니다."

아이보가 나직이 말했다. "여기서 할까요? 아니면 전부 지하 납골당에 가서 할까요?"

앰브로즈는 아이보의 말을 무시했다. 그는 가장 먼저 사이먼 쪽을 보았다. 사이먼은 반쯤 벌린 입으로 이를 딱딱 맞부딪치며 떨었고 열기 오른 눈빛 아래 얼굴이 새하얗게 질려 있었다. 앰브로즈는 생각을 고쳐먹었는지 격식을 차려서 코델리아에게 말했다. "죄송합니다만, 주방에 가서 컵 두 개만 가져다주시겠어요? 가는 길은 아시죠?"

어딘가 앞뒤가 맞지 않는 심부름이었지만, 주방으로 가는 그 짧은 여정이 중대한 의미가 있는 것처럼 느껴졌다. 텅 빈 복도를 지나 주방으로 들어가서는 마치 보이지 않는 관객이 그녀의 일거수일투족을 지켜보기라도 하는 듯이 진지한 동작으로 선반에서 아침 식사용 컵 두 개를 꺼냈다. 집무실로 돌아와 보니 그사이 아무도 움직이지 않은 것 같았다.

앰브로즈는 진지하게 고맙다고 말하고 책상 위에 컵 두 개를 나란히 놓았다. 그리고 진열장이 있는 곳으로 나가서 색 구슬이 놓인 둥근 판을 가지고 왔다. 빅토리아 여왕이 공주 시절 가지고 놀던 솔리테어 게임판이었다. "각자 구슬을 하나씩 가져가십시오. 그리고 눈을 감고 컵 한쪽에 구슬을 떨어뜨리세요. 눈을 뜨고 몰래 엿보면 안 됩니다. 기억하기 쉽게 하겠습니다. 왼쪽 컵이 조금 더 으스스한 쪽이고 오른쪽 컵이 솔직하게 말하는 쪽입니다. 손잡이를 한 방향으로 놓았으니 위치를 혼동했다는 변명은 통하지 않습니다. 구슬 다섯 개가 떨어지는 소리가 모두 들리면 눈을 뜨기로 합시다. 마침 로마는 저녁 식사 자리에 없었으니까 투표권이 없어서 편리합니다. 무승부 결과가 나올 가능성은 없으니까요."

조지 경이 처음으로 말했다. "앰브로즈, 당신은 지금 시간 낭비를 하고 있어요. 빨리 경찰에 연락하는 게 좋아요. 그로건에게는 진실을 말해야 하고요."

앰브로즈가 구슬을 하나 집어 들었다. 그는 이런 사소한 물건의 전문 감정가처럼 구슬의 무늬를 찬찬히 살펴보며 신중하게 하나를 골랐다. 그리고 말했다. "그게 당신이 원하는 바라면 그쪽에 투표하면 됩니다."

아이보가 말했다. "그럼 이번 투표 다음에는 투표했다는 사실을 경찰에게 알릴지 말지 결정하는 두 번째 투표를 하게 되나요?"

그러고는 자기 구슬을 골랐다. 조지 경과 사이먼과 코넬리아도 뒤를 따랐다. 그녀는 눈을 감았다. 잠시 침묵이 이어졌고 이윽고 첫 번째 구슬이 딸그락하고 컵 안에 떨어지는 소리가 들렸다. 거의 곧바로 두 번째 구슬 떨어지는 소리가 들렸고 이어서 세 번째 소리가 들렸다. 그녀는 양손을 앞으로 뻗었다. 아주 잠깐 누군가의 얼음장 같은 손이 스치고 지나갔다. 그녀는 앞을 더듬어 양쪽 컵에 양손을 하나씩 올렸다. 방향을 혼동하지 않게 조심한 후 오른쪽 컵에 구슬을 떨어뜨렸다. 잠시 후 마지막 구슬이 떨어지는 소리가 들렸다. 그 소리는 뜻밖에도 컸다. 높은 곳에서 떨어뜨린 모양이었다. 그녀는 눈을 떴다. 일행은 전부 몇 초가 아니라 몇 시간 동안 어둠 속을 헤맨 사람처럼 눈을 깜박였다. 그들은 다 함께 컵 안을 들여다보았다. 오른쪽 컵에 구슬 세 개가 들어 있었다.

앰브로즈가 말했다. "자, 그럼 문제는 간단해졌습니다. 우리 모두 진실을 이야기합시다. 물론 이 소소한 오락시간은 빼고요. 우리는 다 함께 집무실로 갔고 제가 경찰에 전화하는 동안 여러분은 침울한 마음으로 조용히 앉아 있었습니다. 여기 머물렀던 시간은 몇 분밖에 안 되니까 당혹스럽게 시간의 공백을 해명할 필요는 없을 겁니다."

그는 구슬을 하나하나 조심스럽게 살펴본 다음 제자리에 가져다 놓고 컵 두 개는 코델리아에게 건네주고 수화기를 들었다. 코델리아는 주방에 컵을 가져다 두러 가는 길에 두 가지 생각에 사로잡혔다. 왜 조지 경은 투표를 하기로 결정하기 전에 진실을 말하자고 선언하지 않았을까? 그리고 왼쪽 컵에 구슬을 떨어뜨린 두 사람은 누구일까? 혹시 누가 자기 구슬을 떨어뜨리면서 재빨리 오른쪽 컵의 구슬을 왼쪽 컵으로 옮겼을 가능성은 없었을까 잠시 생각했지만, 그러려면 눈을 뜨고 해도 상당히 능숙한 솜씨가 필요했을 거라고 결론을 내렸다. 또 그녀의 귀는 아주 예민했기 때문에 자기 구슬 말고 다른 구슬이 떨어지는 소리를 정확히 네 번 들었다.

앰브로즈는 분명히 공모의식의 법칙을 구사하고 있었다. 그는 코델리아가 돌아올 때까지 기다렸다가 스페이머스 경찰서에 전화를 걸었다. "코시섬의 앰브로즈 고린지입니다. 그로건 경감님

께 우리 집의 집사 문터가 죽었다고 알려주시겠습니까? 문터는
집 수영장에서 발견되었습니다. 보기에는 익사 같습니다."

코델리아가 보기에 앰브로즈의 말은 눈에 띄게 간결하고 정
확했으며 개인적인 의견은 조심스럽게 삼가고 있었다. 앰브로즈
스스로 문터의 직접적인 사인을 확정하지 않았다. 나머지 대화
는 짤막했다. 마침내 앰브로즈가 수화기를 내려놓고 말했다. "야
간 당직 중인 경사가 받았습니다. 그로건에게 알리겠답니다. 시
체는 옮기지 말라고 하더군요. 경찰이 도착할 때까지 덜 건드릴
수록 좋다고요."

침묵이 이어졌다. 코델리아는 모두 같은 생각을 하고 있다고
생각했다. 일단 추웠고, 아직 오전 6시 30분도 안 되었지만, 다시
침대로 돌아가고 싶다는 소망을 내비치기엔 어딘가 부적절해 보
였고, 다시 잠을 청해봐야 잠이 올 리가 없었으며, 옷을 갈아입고
하루를 시작하기엔 또 너무 일렀다.

앰브로즈가 말했다. "혹시 차나 커피를 드실 분 안 계십니까?
아침 식사가 어떻게 될지는 저도 알 수가 없군요. 제가 직접 요
리하지 않으면 드실 게 아무것도 없겠지만, 걱정하지는 마십시
오. 제 요리 솜씨는 봐줄 만하니까요. 누구 배고픈 분, 계신가요?"

아무도 배가 고프다고 말하지 않았다. 로마는 꽃무늬 나일론
패딩 가운 속으로 몸을 더 깊숙이 웅크리고 덜덜 떨었다. 그녀가
말했다. "차를 마시고 싶어요. 진할수록 좋겠어요. 그러고 나서
저는 침대로 돌아가겠어요."

묵인하는 웅얼거림이 들려왔다. 이윽고 사이먼이 말했다. "아,
깜박 잊은 게 있어요. 저기 물속에 상자 같은 게 있었어요. 아까
시신을 풀어낼 때 제 몸에 닿았어요. 그걸 꺼내야 할까요?"

"보석함이야!" 로마가 다시 생기를 되찾은 듯 말했다. 침대로 돌아가고 싶은 마음도 깨끗이 사라진 것 같았다. "결국, 문터가 가지고 있었군요!"

사이먼이 열렬히 말했다. "보석함은 아닌 것 같아요. 더 크고 더 매끄러운 느낌이었어요. 분명히 물에 빠질 때 떨어뜨렸을 거예요."

앰브로즈가 머뭇거렸다. "내 생각엔 경찰이 올 때까지 기다려야 할 것 같아요. 하지만 그게 뭔지 호기심이 드는군요. 혹시 사이먼이 또다시 물속에 들어가는 게 싫다면 어쩔 수 없지만요."

사이먼은 싫기는커녕 추워서 덜덜 떨고 있으면서도 빨리 수영장으로 돌아가고 싶어 안달이 난 사람 같았다. 코델리아는 사이먼이 그새 두 팔을 쫙 벌리고 누워 있는 시체의 존재를 잊은 건가 궁금했다. 이토록 생기가 도는 사이먼의 모습을 처음 보았다. 거의 제정신으로 보이지 않을 정도였다. 어쩌면 그가 처음으로 행동의 중심이 되었기 때문일지도 모르겠다.

아이보가 말했다. "나는 호기심을 억누를 수 있습니다. 나는 침대로 돌아가겠어요. 나중에라도 차를 만들면 내 방으로 한 잔 가져다주면 참 고맙겠습니다."

그는 혼자 집무실을 떠났다. 로마는 두통과 피로 모두로부터 완연하게 회복되었다. 그들은 수영장으로 돌아갔다. 얇은 종잇장 같은 달이 희미하게 떠 있고 하늘은 어느새 하루의 첫 빛줄기를 긋고 있었다. 바다에서 얇은 안개가 피어올라 축축한 가을 냉기와 함께 일행을 휘감았다. 달빛이 뿜어내는 쓸쓸한 매혹과 그것이 부여하는 비현실적인 감각에 잠시 잊어버리고 있던 시체가 더욱 인간적이고 더욱 기괴한 모습으로 다가왔다. 왼쪽 뺨이 돌바닥에 짓눌려 눈을 위쪽으로 밀어 올렸고, 그것 때문에 문터의 눈이 다 알고 있다는 듯 비웃으며 일행을 노려보는 것처럼 보였다. 입에서 흘러나온 한 줄기 피 섞인 침이 면도 자국 난 턱에 말라붙어 있었다. 흠뻑 젖은 옷은 어느새 줄어든 것처럼 보였고 바짓가랑이에서 가느다란 물줄기가 흘러나와 천천히 수영장으로 떨어졌다. 동틀녘의 희붐한 첫 빛줄기 아래서 보니 그 모습은 지혈도 받지 못하고 남몰래 천천히 피를 흘리는 것처럼 보였다. 코델리아가 말했다. "적어도 시체를 덮어놓기라도 하면 안 될까요?"

"물론 되죠." 앰브로즈가 곧바로 동조했다. "코델리아, 당신이 집 안에서 뭐라도 가져다주면 안 될까요? 테이블보나 침대보나 수건이나 하다못해 코트라도 말입니다. 적당한 걸 찾을 수 있을 겁니다."

그러자 로마가 그를 향해 날카롭게 외쳤다. "왜 자꾸 코델리아를 보내는 거죠? 왜 코델리아에게 온갖 심부름을 시키는 거냐고요? 당신 심부름이나 하라고 고용된 사람이 아니에요. 코델리아는 당신 하인이 아니라고요. 당신 하인은 문터였죠."

앰브로즈는 로마가 처음으로 뭔가 제대로 된 말을 한 모자란 아이라도 되는 것처럼 그녀를 쳐다보았다. 이윽고 그가 침착하게 말했다. "당신 말이 백번 옳습니다. 내가 직접 가겠습니다."

그러나 로마는 화가 잔뜩 나서 이미 달랠 수 없는 지경에 이르렀다. "문터는 당신 하인이었는데도 당신은 그가 죽어서 슬프다는 말조차 하지 않는군요. 조금도 신경이 쓰이지 않나 보죠? 클라리사 일도 신경 쓰지 않더니 문터 일도 마찬가지군요. 당신 혼자 편안하고 심심하지만 않으면 어떤 것도 신경을 쓰지 않네요. 문터의 시신을 발견한 후로 단 한 마디도 애도의 말을 하지 않았어요. 도대체 당신은 어떤 사람이죠? 당신 할아버지는 간장약과 배탈용 물약으로 돈을 벌었어요. 그러니 인간답게 행동하지 않는 것에 신분이 높아서 그런다는 변명도 통하지 않아요."

잠시 앰브로즈의 몸이 딱딱하게 얼어붙고 매끄러운 양쪽 뺨에 붉은 달 같은 빨간 자국이 떠올랐다가 곧 사라지더니 새하얗게 질린 얼굴만 남았다. 그러나 그의 목소리는 조금도 바뀌지 않았다. "내가 어떻게 해야 제대로 행동하는 것인지 유일하게 아는 사람은 바로 나 자신입니다. 그리고 문터를 위해서는 나만의 시간과 장소에서 비로소 슬퍼할 것입니다. 지금은 고별사를 하기에 적당한 시간이 아니니까요. 그러나 애도하지 않은 게 당신을 불쾌하게 만든다면 나는 언제라도 할 왕자[93]를 흉내 낼 수 있다고 말씀드리고 싶군요.

아, 나의 오랜 친구여! 이 커다란 몸집 안에
이 작은 목숨 하나 담을 수가 없었는가? 잘 가라, 가엾은 잭이여.
너보다 나은 인간을 잃었어도 이보다 더 슬프지는 않았을 것을.[94]

그리고 혹시 당신에게 위로가 될까 싶어 드리는 말씀이지만, 나는 어쩌면 칼 문터 한 사람을 잃느니 내 수영장 바닥에 단 한 사람을 제외하고 당신들 전원이 죽어 있는 것을 보는 편이 더 나았다고 생각할지도 모르겠습니다. 그러나 코델리아에 관해서는 당신 말이 옳습니다. 내가 상대방의 유능함과 다정함을 너무 쉽게 이용하고 말았어요."

93 셰익스피어 희곡《헨리 4세 1부》에서 훗날 헨리 5세가 되는 젊은 왕자의 극 중 이름이다.
94 셰익스피어《헨리 4세 1부》에서 할 왕자가 친구 잭의 죽음을 애도하는 대사

앰브로즈가 나간 후에 당혹스러운 침묵이 흘렀다. 노여움으로 얼굴이 붉으락푸르락해진 로마가 이를 꾹 사리물고 약간 떨어진 곳에 서 있었다. 상대방에게 변명의 여지가 없는 말을 해주기는 했지만, 결과적으로 완전히 만족할 수는 없는 어린아이처럼 반항적이고 조금 방어적이었다.

갑자기 그녀가 몸을 홱 돌려 거칠게 말했다. "적어도 나는 이 집 주인에게서 인간적인 반응을 끌어내려고 했어요. 그 결과 우리 입장이 어떤지 분명히 알게 되었고요. 앰브로즈가 수영장 바닥에 죽어 있는 모습을 보고 싶지 않은 단 한 사람, 그 특권을 거머쥔 사람이 나는 코델리아라고 생각해요. 앰브로즈는 예쁘장한 얼굴에 아직 완전히 면역이 안 된 모양이니까요."

조지 경은 수련을 물끄러미 바라보며 말했다. "앰브로즈는 당황했어요. 당연한 일이지요. 지금은 우리끼리 싸울 시간이 아닙니다."

코델리아는 뭐라고 한마디 해야 할 때라고 느꼈지만 적절한 말이 떠오르지 않아 잠자코 있었다. 로마의 분노가 코델리아를 향한 배려나 애정의 결과라고는 느껴지지 않아 당혹스러웠다. 그것은 여성끼리 연대의 몸짓이나 남성의 오만함을 향한 분노일 수는 있었다. 그러나 억눌렀던 공포와 충격이 이제야 비로소 밖으로 터져 나온 결과에 더 가깝다고 생각했다. 원인이 무엇이든 그 결과가 흥미로웠다. 게다가 앰브로즈 역시 셰익스피어《헨리 4세 1부》의 대사에 꽤 소질이 있음을 보여주었다. 그는 원래 셰익스피어 애호가였을까? 아니면 최근 들어 《펭귄 인용문 사전》의 셰익스피어 항목을 자주 들여다보았기 때문일까?

일행은 앰브로즈가 돌바닥을 밟으며 돌아오는 발소리를 들었다. 그는 빨간색 체크무늬 테이블보를 접어서 들고 있었다. 그는 일행이 지켜보는 가운데 테이블보를 펼쳐서 시체 위에 가만히 덮었다. 코넬리아가 보기에 아무리 임시 수의라고 해도 그가 찾아올 수 있는 가장 적절한 덮개는 아니었다. 그는 무릎을 꿇고 앉아 시체를 편안하게 해주겠다는 듯이 몸 밑으로 테이블보를 여며 넣었다. 여전히 아무도 말을 하지 않았다.

이윽고 조지 경이 사이먼에게 돌아서서 명령조로 소리쳤다. "자, 너는 가서 네 일을 하도록!"

사이먼은 이미 수영장 물 깊이를 알고 있었기 때문에 이번에는 곧장 뛰어들었다. 그의 몸이 수련을 헤치고 깔끔한 곡선으로 물을 갈랐다. 물살이 출렁이며 잠시 동요가 일어났다. 이윽고 그의 매끄러운 머리가 수면 위로 떠올랐고 이어서 그가 양팔을 높이 쳐들었다. 그의 손에 가로 20, 세로 30센티미터 크기의 어두운 나무상자가 들려 있었다. 잠시 후 나무상자를 기다리는 앰브로즈의 손에 넘겨주고 수영장 가장자리로 올라왔다. 그는 숨을 몰아쉬었다. "철망에 걸려 있었어요. 그게 뭐죠?"

앰브로즈는 대답 대신 상자 뚜껑을 열었다. 오르골은 물에 젖고 약간 긁힌 자국이 있었지만 망가진 데는 없었다. 원통이 천천히 돌아가며 어딘가 화음이 살짝 어긋나는 달콤한 가락이 흘러나왔다. 마지막 리허설 때 코넬리아도 들은 적이 있는 곡이었다. '스코틀랜드의 초롱꽃'이었다.

일행은 노래가 끝날 때까지 조용히 듣고 있었다. 이윽고 음악이 끝나고 다음 곡이 시작되었다. 금세 '내 사랑 보니, 저 바다에 잠들었네'라는 걸 알 수 있었다.

앰브로즈가 오르골 뚜껑을 닫고 말했다. "이 물건을 마지막으로 본 것은 다른 오르골 상자와 함께 소품 테이블에 놓여 있을 때였습니다. 문터는 이걸 탑 다락방에 되돌려 놓으러 가는 길이었을 겁니다. 여긴 극장에서 탑으로 가는 직행 길이니까요."

"하지만 왜요? 왜 그렇게 서둘렀을까요?" 로마는 오르골의 출현이 기대를 실망시켰다는 듯 얼굴을 찡그리고 오르골을 보았다. 앰브로즈가 말했다.

"서두른 게 아닙니다. 다만 술에 취해 합리적으로 행동하지 못한 것 같습니다. 문터도 나처럼 정리정돈에 강박이 조금 있었고 성안 물건을 연극 소품으로 사용하는 것 역시 몹시 싫어했죠. 술에 취한 김에 생각했을지도 모르죠. 지금이야말로 모든 물건을 제자리에 돌려놓기 딱 좋을 때라고요."

코델리아는 조지 경이 눈에 띄게 입을 다물고 있다고 생각했다. 이제 그가 처음으로 입을 열었다. "그 밖에 문터가 옮긴 물건이 또 뭐가 있습니까? 또 다른 오르골은 어떻게 되었죠?"

"그건 집무실 정리장에 있습니다. 내 기억에 원래 오르골 하나는 거기 있었고, 또 하나는 탑 다락방에 잡동사니와 함께 있었습니다."

조지 경이 사이먼에게 말했다. "넌 가서 옷을 입는 게 좋겠다. 몹시 떠는구나. 여기선 더 할 일이 없다."

그것은 일축이었고 가혹한 명령에 가까웠다. 사이먼은 이제야 춥다는 걸 깨달은 사람처럼 이를 딱딱 부딪치며 떨기 시작했다. 그는 잠시 망설이다 고개를 끄덕이더니 비틀걸음으로 물러났다.

로마가 말했다. "저 애는 내가 생각했던 것보다 훨씬 재능이 있어요. 그건 그렇고, 저 애는 클라리사의 보석함이 어떻게 생겼는지 어떻게 알았을까요? 내가 알기론 클라리사가 금요일 아침 여기 도착했을 때 앰브로즈 당신이 그 보석함을 주었다던데요."

코델리아가 말했다. "제가 알게 된 것과 같은 방법이었을 거라고 생각해요. 클라리사 방에 갔을 때 보여주었거든요."

로마가 그만 자리를 떠나려고 했다. "아, 그랬군요. 당연히 저 애도 클라리사의 방에 간 적이 있겠군요. 하지만 정확히 언제 갔는지가 궁금하네요." 그리고 덧붙였다. "그런데 저 오르골이 문터가 물에 빠졌을 때 같이 빠진 것을 어떻게 알았을까요? 몇 달 동안 저 아래에 가라앉아 있었을 수도 있잖아요."

"시체의 위치와 시체와 상자 둘 다 철망에 걸려 있었다는 점을 생각하면 충분히 그렇게 추측할 수 있죠." 앰브로즈의 목소리는 담담했고 단호하리만큼 호기심을 배제하고 있었다. 코델리아는 그가 지나칠 정도로 뭔가를 억제하고 조심스러워한다고 느꼈다. 그가 덧붙였다. "그 문제는 그로건에게 넘기는 게 어떨까요? 집 안에 아마추어 탐정은 한 명으로 족합니다. 그리고 살인죄의 고발은 경찰이 하는 게 더 어울리지 않겠습니까?"

로마가 가운 속으로 한층 더 깊숙이 몸을 웅크리고 돌아섰다. "나는 그만 침대로 돌아가겠어요. 혹시 차를 끓이게 되면 내 방에도 한 잔 가져다줘요. 그리고 그로건과의 볼일이 끝나면 나는 곧장 여길 떠나겠어요. 코시섬의 저주가 여전히 유효한지 어떤지 모르겠지만, 당신의 천국에 죽음이 역병처럼 번지고 있는 건 사실이니까요."

앰브로즈는 쿵쿵거리며 걸어가 아치 그늘 속으로 사라지는 로마의 뒷모습을 지켜보았다. 그가 말했다. "저 여자는 위험하군요."

조지 경도 로마가 사라진 쪽을 여전히 보고 있었다. "불행할 뿐이죠."

"여자에게 그 두 가지는 같은 겁니다. 게다가 수영선수처럼 우람한 어깨를 가졌다면 패딩 가운은 입지 말았어야지. 저 파란색도 고르지 말았어야 했고요. 파란색은 전혀 어울리지 않아요. 그런데 아무래도 두 번째 오르골이 제자리에 있는지 확인해보는 게 좋겠어요."

앰브로즈는 집무실로 돌아가 무릎을 꿇고 호두나무 정리장 문을 열었다. 안에는 수많은 상자 모양 파일과 꼼꼼하게 포장한 소포 두 개(아직 포장을 풀지 않은 장식품일 가능성이 컸다), 그리고 첫 번째 오르골과 비슷한 크기의 검은 나무로 만든 상자가 있었다. 그는 테이블 위에 오르골을 올려놓고 뚜껑을 열었다. '그린 슬리브스'가 흘러나왔다.

조지 경이 말했다. "그럼 이건 문터가 미리 제자리에 돌려놓았군요. 이상하네요. 물건을 정리하기 시작했다면 도중에 쉬지 않고 내처 했을 텐데."

코델리아가 말했다. "하지만 문터는 두 오르골을 바꿔놓았어요. 이 오르골이 원래 탑 다락방에 있었던 겁니다."

앰브로즈의 목소리가 뜻밖에도 날카로웠다. "당신이 그걸 어떻게 압니까?"

"금요일 오후 클라리사가 리허설 중일 때 제가 봤어요. 탑을 둘러보다가 다락방을 발견했거든요. 착각일 가능성은 없습니다."

"두 오르골이 상당히 비슷해 보입니다만."

"하지만 음악이 달라요. 제가 탑 다락방에서 뚜껑을 열어보았어요. 이 오르골이 맞아요. 그때 '그린 슬리브스'가 흘러나왔거든요. 리허설에서 사용한 오르골은 스코틀랜드 민요 메들리를 연주했고요. 당신도 알 텐데요? 리허설 현장에 있었잖아요."

조지 경이 말했다. "그렇다면 문터는 어제 오후 이 오르골을 집 무실이 아니라 탑 다락방에서 가져온 거로군요." 그는 앰브로즈 를 향해 물었다. "알고 있었습니까, 앰브로즈?"

"당연히 몰랐습니다. 나는 우리 성에 오르골이 두 개 있는데, 하나는 여기에, 또 하나는 탑에 보관 중이라는 것만 알았습니다. 어떤 게 어떤 건지는 몰랐어요. 특별히 애정을 둔 물건은 아니었 으니까요. 문터가 경찰 신문에서 무슨 말을 했는지 내게 보고했 을 때에도, 그는 성의 1층을 떠난 적이 없고 오르골도 집무실에서 가져왔다고만 했는데, 나로선 그 말을 의심할 이유가 없었어요."

코넬리아가 말했다. "클라리사나 연출가가 처음 오르골을 부 탁했을 때 문터는 흔히 예상할 수 있는 대로 행동했어요. 즉, 더 가까운 곳에 있고 덜 귀중한 오르골을 가져갔죠. 집무실에 오르 골이 있는데 굳이 탑 다락방까지 올라갈 필요가 뭐가 있겠어요? 클라리사가 첫 번째 오르골이 싫다고 하지 않았으면 문터도 탑 다 락방까지 가지는 않았을 겁니다."

앰브로즈가 말했다. "탑으로 가는 유일한 입구는 회랑을 통해 서 가야 합니다. 문터는 경찰에게 거짓말을 했어요. 어제 오후 2시 무렵 그는 클라리사의 방문에서 불과 몇 발자국 떨어진 곳에 있 었어요. 누군가가 그 방에 들어가거나 나오는 것을 봤을 수도 있 다는 뜻이고요. 그러면 경찰은 그 방에 직접 들어간 사람이 문터 일지도 모른다고 생각할 수 있겠지요. 문이 잠겨 있었거나 잠겨 있지 않았거나 상관없이요. 그래서 문터는 오르골을 제자리에 되 돌려놓는 일에 그토록 집착한 겁니다. 물론 그렇게 수고할 필요 는 없었습니다. 진실을 아는 사람은 아무도 없었으니까요. 코넬 리아가 탑 다락방에 들어가 두 번째 오르골을 발견한 것은 순전히 우연이었어요. 물론 경찰이 당신 진술을 믿을지 말지는 별개의 문제이지만요."

코델리아가 말했다. "완전히 우연만은 아니에요. 만약 클라리사가 극장에서 나가라고 지시하지 않았다면 저는 리허설을 끝까지 지켜봤을 테니까요. 게다가 경찰이 왜 제 말을 믿지 않을 거라는 것인지 이해가 안 되는군요. 빅토리아 시대 수집품을 몹시 사랑하는 당신이 오르골이 각자 어디에 보관되어 있었는지 정확히 몰랐다는 말보다 제가 호기심 때문에 탑 다락방을 살펴보았다는 말을 믿기가 훨씬 더 쉬울걸요." 코델리아는 말을 내뱉자마자 너무 솔직하게 말해버린 게 과연 현명한 짓이었는지 생각했다. 자신을 초대해준 성 주인에게 이렇게 말해버린 것은 확실히 예의에 어긋났다.

그러나 앰브로즈는 그녀의 말을 별로 불쾌하게 여기지 않는 기색이었다. 그는 선뜻 말했다. "그래요. 당신 말이 옳습니다. 경찰이 우리 두 사람 말을 전부 믿어줄지 의심스럽군요. 문터가 거짓말을 했다는 것도 우리 두 사람의 말뿐이니까요. 게다가 문터가 이미 죽어버린 마당에 우리가 어떤 말을 해도 부인할 수 없을 테니 너무 우리 쪽에 편리한 상황이겠죠. 집사가 범인이다! 소설에 써도 그런 결론은 욕을 얻어먹을걸요?"

조지 경이 고개를 들었다. "경찰 소형선이 도착한 모양입니다."

코델리아는 조지 경이 나이 든 사람치고 꽤 귀가 예민하다고 생각했다. 그녀는 아무 소리도 듣지 못했다. 이윽고 엔진 소리가 들렸다기보다는 느껴졌다. 그들은 서로를 바라보았다. 비로소 코델리아는 다른 두 사람도 그녀의 눈에서 엿보았을 것을 그들의 눈에서 발견했다. 바로 공포의 눈빛이었다.

앰브로즈가 말했다. "제가 선착장에 마중을 나가겠습니다. 두 분은 얼른 시체가 있는 곳으로 가보세요."

조지 경과 코넬리아만 남았다. 혹시 할 말이 있다면 경찰이 신문을 시작하기 전, 지금 해야 했다. 그러나 말을 꺼내기가 쉽지 않았고, 가까스로 입을 열었을 때는 거친 비난조의 말이 튀어나왔다.

"물에 빠진 그 얼굴을 알아봤나요? 문터가 블라이드의 아들일지도 모른다는 생각을 해보셨어요?"

그는 별로 놀라지도 않고 대답했다. "그래요. 나도 그렇게 생각했어요. 전에는 한 번도 생각해본 적이 없었는데."

"전에는 저렇게 익사해서 위를 향해 누운 문터의 얼굴을 본 적이 없었을 테니까요. 그 모습이 당신이 마지막으로 본 그 아버지의 얼굴과 똑같았겠죠."

"당신은 어떻게 알았지요?"

"문터를 내려다보는 당신 얼굴을 보았을 때요. 문터는 매년 종전기념일마다 위령비에 꽃을 가져다둔다고 했어요. 그리고 문터가 술에 취해 당신에게 '살인자! 살인자! 살인자!'라고 외치기도 했고요. 그 말은 클라리사의 살인자라는 뜻이 아니라 자기 아버지의 살인자라는 뜻이었죠. 또 사이먼에게도 술에 취해 독일어로 중얼거린 것 같았어요. 심지어 그의 이름도 독일식이죠. 앰브로즈가 그의 이름이 칼이라고 했죠? 또 그의 키를 봐도 그렇고요. 그의 아버지는 키가 너무 커서 서서히 죽어갔다고 했어요. 그리고 무엇보다 확실한 증거는 그의 성이었어요. 독일어로 문터(munter)는 영어의 블라이드(blithe)와 똑같이 '경쾌하고 쾌활하다'는 뜻이에요. 제가 아는 몇 안 되는 독일어죠."

조지 경의 얼굴에 전에도 본 적이 있는 인내의 표정이 떠올랐

442

다. 그러나 그는 이렇게만 중얼거렸다. "그럴 수도 있겠군. 그럴 수 있어."

그녀가 물었다. "그로건 경감에게 말할 건가요?"

"아니요. 경찰과는 상관없는 일입니다. 아무 관계도 없어요."

"경찰이 당신을 살인죄로 체포한다고 해도 말인가요?"

"그럴 일은 없을 겁니다. 나는 아내를 죽이지 않았으니까요." 그가 불쑥 말했다. 마치 말들이 저절로 입 밖으로 쏟아져 나오기라도 하는 것 같았다. "나는 일부러 그들을 시켜 블라이드를 죽게 하지는 않았다고 믿어요. 어쩌면 그랬을지도 모르고요. 누군가의 동기를 이해하기란 참 어려운 일이에요. 한때는 무척 단순하다고 생각했지만 말입니다."

코델리아가 말했다. "저한테 설명할 필요는 없어요. 저와는 상관없는 일이니까요. 그리고 당시 경은 젊은 장교였어요. 이곳의 사령관은 아니었잖아요."

"그래요. 하지만 그날 저녁 내가 당번이었어요. 음모가 진행 중인 걸 알아차리고, 막았어야 했어요. 하지만 나는 블라이드를 무척이나 미워했기 때문에 그자의 곁에 가면 내가 무슨 짓을 하게 될지 나 자신을 믿을 수가 없었어요. 자신을 방어할 수 없는 무력한 어린 시절에 가혹한 일을 당하면 평생 잊을 수도, 용서할 수도 없거든요. 나는 블라이드에 관한 일이라면 마음도 눈도 닫아버렸어요. 일부러 굳게 닫아버렸어요. 그런 걸 근무 태만이라고 할 수도 있을 겁니다."

"하지만 누구도 근무 태만이라고 하지 않았어요. 당시 군사재판이 열리지도 않았잖아요? 당신을 비난한 사람은 아무도 없었어요."

"내가 나를 비난했어요." 잠시 침묵이 이어졌다. 이윽고 그가 말을 이었다. "블라이드가 결혼한 줄은 몰랐어요. 신문 당시 아내에 관한 말은 없었거든요. 스페이머스에 여자가 있다는 말은 나왔지만, 그 여자는 모습을 드러내지 않았어요. 아이 이야기도 없었고요."

"아마 당시 문터는 태어나지도 않았을 거예요. 어쩌면 사생아였을 수도 있고요. 우리로선 절대로 진실을 알 수 없어요. 그러나 문터의 어머니는 당시 사건에 대해 앙심을 품었겠죠. 문터는 내내 군대가 아버지를 죽였다는 이야기를 믿으며 자랐을지도 몰라요. 그가 왜 이 섬에서 일자리를 구했는지 궁금하군요. 단순한 호기심 때문이었을까요? 아버지를 향한 효심? 복수를 하려고? 그러나 당신이 여기 오게 될 것을 문터가 미리 알았을 리가 없잖아요."

"어쩌면 내가 오길 바라고 있었을지도 모르지요. 그는 1978년 여름부터 이 섬에서 일했어요. 그해 나는 클라리사와 결혼했고, 아내는 평생 앰브로즈와 가까이 알고 지냈고요. 어쩌면 문터가 나를 줄곧 추적해왔을지도 모르지요. 내가 완전한 무명인사는 아니니까요."

코델리아가 말했다. "경찰은 지금껏 계속 실수를 범하고 있어요. 만약 그들이 당신을 체포하기라도 하면 제가 모든 걸 다 털어놓을 겁니다. 반드시 그래야 해요."

그가 조용히 말했다. "아니요, 코델리아. 이건 내 일이고 내 과거, 내 인생입니다."

코델리아가 소리쳤다. "하지만 이번 일이 경찰 눈에 어떻게 보일지 잘 아시잖아요! 경찰이 오르골에 관한 제 증언을 믿어준다면 클라리사가 죽었을 시간에 그 방에서 겨우 몇 발자국 떨어진 회랑에 문터가 있었다는 사실을 알게 될 거예요. 만약 문터가 클라리사를 죽인 범인이 아니라면 그는 진짜 범인을 봤을 수도 있어요. 그러므로 문터가 당신에게 '살인자!'라고 외친 사실을 생각할 때, 문터의 정체를 밝히지 않으면 모든 상황이 당신에게 몹시 불리하게 흘러갈 거예요."

그는 대답하지 않고 보초병처럼 꼿꼿하게 서서 허공을 응시했다.

코델리아가 말했다. "만약 경찰이 엉뚱한 사람을 체포한다면 그 부당함은 두 배가 됩니다. 진짜 범인은 자유롭게 풀려난다는 뜻이니까요. 설마 그걸 바라지는 않겠죠?"

"내가 정말로 엉뚱한 사람일까요? 클라리사가 나랑 결혼하지 않았다면 그녀는 오늘도 살아 있을 거예요."

"그건 알 수 없어요!"

"나는 그렇게 느껴져요. '우리는 모두 신에게 죽음을 빚지고 있다'고 누가 말했죠?"

"기억나지 않아요. 셰익스피어《헨리 4세》중 누군가가 말했을 거예요. 하지만 그게 무슨 상관이죠?"

"아무 상관도 없어요. 그냥 떠올랐을 뿐입니다."

그녀는 아무 말도 할 수 없었다. 조지 경은 아주 성실하고 과묵한 겉면의 성격 아래 혼자만 아는 은밀한 대리인을 숨겨두었다. 그리고 그 성격은 그녀가 생각했던 것보다 훨씬 더 복잡하고 어쩌면 무자비할지도 모른다. 게다가 이 믿을 수 없을 정도로 단순한 군인은 절대로 바보가 아니었다. 그는 자신이 처한 위험의 한도를 정확히 알았다. 그렇다면 혹시 그는 혼자만의 의혹을 품고 있는 게 아닐까? 어떤 일이 있어도 지키고 싶은 사람이 있다는 뜻일까? 그리고 그 사람은 앰브로즈도 아이보도 아닐 것이다.

그녀는 절박한 심정으로 말했다. "당신이 저에게 뭘 원하는지 모르겠어요. 제가 이 사건을 계속 맡아주길 바라시나요?"

"이제 소용없는 일 아닌가요? 지금은 클라리사를 두렵게 하는 건 아무것도 없어요. 그리고 살인사건은 전문가에게 맡기는 게 좋습니다." 그는 거북하게 덧붙였다. "물론 지금까지 들인 시간에 대해서는 비용을 지급하겠습니다. 나는 배은망덕한 사람은 아니에요."

'무슨 일에 대해 배은망덕하다는 말일까.' 코델리아는 궁금했다.

조지 경은 고개를 돌려 문터의 시체를 내려다보았다. "매년 종전기념일마다 전몰장병 위령비에 화환을 가져다놓는 게 쉬운 일은 아니었을 겁니다. 앰브로즈가 계속 그 전통을 이어 나갈까요?"

"그렇게 생각하지 않습니다."

"그래야 해요. 내가 말해두어야겠어요. 올드필드가 해줄 수 있을 겁니다."

두 사람은 장미정원을 가로질러 걷다가 이윽고 걸음을 멈추었다. 연한 살구 빛깔 아침 햇살 속에서 발소리도 들리지 않게 부드러운 풀을 밟으며 잔디밭을 가로질러 이쪽으로 다가오는 사람들이 보였다. 그로건과 그의 부하들이었다. 코델리아는 허를 찔리고 말았다. 아무 소리도 내지 않고 웃음기도 없이 험악한 얼굴로 거침없이 다가오는 경찰을 마주하며 코델리아는 조지 경 쪽을 돌아보고 싶은 유혹을 애써 억눌렀다. 경찰 눈에 지금 두 사람이 죽은 사냥감을 발치에 두고 사냥터 관리인의 출현에 깜짝 놀라 안절부절 못하는 한 쌍의 밀렵꾼으로 보일 거라는, 이 갑작스럽고 부조리한 이미지를 조지 경도 비슷하게 느끼고 있을지 궁금했다.

제 6 부

사건의 종결

38

문터의 시체는 코델리아 생각에 너무하다 싶을 만큼 빠르고 효율적으로 치워졌다. 오전 10시에 길쭉한 손잡이가 양쪽에 달린 금속 궤가 마치 그 안에 개라도 실은 듯이 아무런 의례도 치르지 않고 선착장에서 경찰 소형선 갑판 위로 끌어 올려졌다. 그녀는 생각했다. '그럼 무엇을 기대한 걸까?' 문터는 한때는 사람이었다. 지금은 그저 썩기를 기다리는 묵직한 살덩어리, 파일과 번호가 주어질 하나의 사건, 해결해야 할 하나의 문제일 뿐이었다. 그녀는 그들이(경찰관들? 시체안치소 사람들? 장의사 직원들?) 장례식에 어울리는 엄숙함으로 문터의 시신을 다뤄주길 기대하는 것 자체가 불합리하다고 스스로를 타일렀다. 그들은 아무런 감정 없이, 소란을 일으키지 않고 늘 하던 일을 할 뿐이었다.

그리고 이 두 번째 죽음에 대해서 용의자 일동은 경찰의 활약상을 지켜볼 수 있었다. 일행은 코델리아의 침실 창문을 통해 그로건과 버클리가 파도에 떠밀려온 흠뻑 젖은 생물 표본을 흥미롭게 살펴보는 해양과학자처럼 시체 둘레를 천천히 도는 모습을 몰래 구경했다. 사진기사가 경찰의 존재는 아랑곳하지 않고 경찰에게 말도 걸지 않고 오직 자기 일에 몰두하는 모습도 바라보았다. 이번에는 엘리스 존스 박사가 보이지 않았다. 이번에는 사인이 분명해서 그런지 아니면 박사가 다른 시체를 살펴보느라 바빠서 그런지 궁금했다. 대신 경찰의가 와서 최종 사망 사실을 확인하고 예비검시를 했다. 경찰의는 몸집이 크고 아주 쾌활한 남자로 방수 장화와 팔꿈치에 천을 덧댄 뜨개질 스웨터를 입고 마치 오랜 술친구라도 만난 것처럼 경찰과 인사를 나누었다. 그의 명랑한 목소리가 조용한 아침 공기 속에 또렷하게 울려 퍼졌다. 그가 무릎을 꿇고 체온계를 찾아 가방을 뒤지기 시작했을 때에야 비로소 창가의 구경꾼들은 갑자기 적절치 못한 호기심을 보인 사실을 수치스러워하며 말없이 창가에서 물러나 응접실로 도망쳤다. 그리고 그로부터 10분도 지나지 않아 응접실 창문으로 문터의 시체가 회랑을 지나 선착장에서 소형선으로 옮겨지는 것을 보았다. 운반인 한 사람이 동료에게 뭐라고 말했고 두 사람은 함께 웃음을 터뜨렸다. 아마 시신의 무게에 대해 불평을 했을 것이다.

그리고 이 두 번째 죽음에 대해서는 경찰 신문도 별로 오래 걸리지 않았다. 결국, 누구도 할 수 있는 이야기가 별로 없었고 코델리아는 이렇게 할 말이 적으면 전부 입을 맞춘 듯 의심스럽게 보일 거라고 생각했다. 그녀의 차례가 되어 집무실로 들어갈 때도 그녀가 하는 말을 경찰이 조금도 믿어주지 않을 게 틀림없다는 생각이 들었다. 그로건이 책상 너머로 그녀를 빤히 쳐다보았다. 다정한 구석이 조금도 보이지 않는 연한 빛깔 눈이 벌겋게 충혈된 걸 보면 그 역시 잠을 제대로 못 잔 것 같았다. 책상 위에 두 개의 오르골이 나란히 놓여 있었다.

코델리아가 문터가 프랑스식 창문을 통해 식당에 쳐들어왔던 일과 그의 시체를 발견한 일, 오르골 하나를 찾아낸 일 등에 대해 진술을 마치자 긴 침묵이 이어졌다. 한참 후에 그로건이 입을 열었다. "금요일 오후 탑 다락방에 올라간 이유가 정확히 뭡니까?"

"순전히 호기심 때문이었어요. 클라리사가 제가 리허설 장에 있는 걸 원하지 않아서 저는 아이보와 함께 산책을 갔었죠. 그 산책도 끝나고 아이보는 피곤하다며 쉬러 갔습니다. 저는 할 일이 없어서 어쩔 줄 몰랐고요."

"그래서 탑을 탐색하며 놀았다?"

"예."

"그리고 장난감을 가지고 놀았고요?" 그로건은 마치 코델리아가 너무 심심한 나머지 다른 아이의 장난감 자동차에 손을 댄 어린애라도 되는 것처럼 말했다. 그녀가 유치한 장난감 동물원을 작동시키고 불협화음으로나마 울적했던 마음을 달래고자 했던 충동을 그에게 설명하고 이해시키는 것은 불가능하다는 것을 분노와 무기력감이 뒤섞인 심정으로 깨달았다. 그리고 만에 하나 그때 그녀의 마음이 울적했던 원인이 아이보에게서 들은 톨리 아이의 죽음 때문이었다고 솔직하게 털어놓는다고 해도 상대방은 진실로 믿어주지 않을 것 같았다. 그토록 사소하고 얼핏 불합리해 보이기도 하는 그 충동을, 고통을 지우기 위한 애처로운 수단을 자신도 이해하기 어려운데 어떻게 형사나 판사, 배심원에게 설명할 수 있겠는가? 게다가 남보다 훨씬 더 이런 일에 익숙한 사립탐정인 그녀조차 이런 일이 어렵기만 하다면, 무지하고 교육을 받지 못하고 자기 생각을 분명하게 표현할 수 없는 다른 사람들은 까다롭기 짝이 없고 도통 타협을 모르는 '법'이라는 기계에 직면했을 때, 어떻게 대처할 수 있겠는가?

그녀가 말했다. "예, 장난감을 가지고 놀았습니다."

"그리고 당신이 탑 다락방에서 발견한 그 오르골이 '그린 슬리브스'를 연주한 게 확실합니까?"

그로건은 큼직한 손바닥으로 왼쪽 오르골 뚜껑을 찰싹 때리더니 이내 뚜껑을 열었다. 원통이 돌아가며 길쭉한 빗 모양 장치에 달린 섬세한 톱니가 다시금 향수 어린 구슬픈 그 노래를 연주하기 시작했다.

그녀가 말했다. "예, 절대적으로 확신합니다."

"겉으로 보기엔 두 오르골이 아주 비슷해 보입니다. 크기도 같고, 모양도 같고, 목재도 같고, 뚜껑 문양도 거의 비슷해요."

"알아요. 하지만 연주하는 곡이 다릅니다."

그로건이 짜증과 좌절감을 엄청나게 꾹 눌러 참고 있음을 이해할 수 있었다. 그를 조금만 더 좋아할 수 있었다면 아마 동정심마저 품었을 것이다. 그녀의 말이 사실이라면 문터가 거짓말을 한 셈이 된다. 그 결정적인 1시간 40분 동안 그는 성의 1층을 떠나 있었던 것이다. 탑으로 가는 유일한 입구는 회랑 층에 있었다. 그는 클라리사의 방에서 불과 몇 발자국 떨어진 곳에 있었다. 그리고 문터는 죽었다. 만에 하나 그로건이 문터의 무죄를 믿고, 다른 용의자가 재판에 넘겨진다고 해도 오르골에 대한 그녀의 증언은 피고 측 변호인에게는 꽤 유리한 선물이 될 것이다. 그로건이 말했다. "어제 신문에서는 왜 탑에 갔던 일을 말하지 않았지요?"

"경감님이 물어보지 않았으니까요. 경감님은 제가 토요일에 뭘 했고 뭘 봤는지에 주로 관심을 보이셨죠. 탑에 갔던 일은 중요하지 않다고 생각했습니다."

"그럼 중요하지 않다고 생각했던 또 다른 일은 없습니까?"

"저는 모든 질문에 가능하면 솔직하게 대답했습니다."

그가 말했다. "그럴지도 모르죠. 하지만 그건 같은 일이 아니지 않나요, 그레이 씨?"

순간 그녀의 양심의 목소리가 그로건의 목소리와 하나가 되어 그녀를 고발했다. '정말 솔직했어? 정말 솔직했냐고?'

그로건이 불쑥 책상 앞으로 몸을 숙이더니 그녀의 얼굴에 자기 얼굴을 바짝 들이댔다. 맥주를 마신 사람의 시큼하고 역한 입냄새가 풍기는 것 같았다. 그녀는 그 냄새를 들이마시지 않으려고 애썼다.

"토요일 오전, 악마의 주전자에서 정확히 무슨 일이 있었죠?"

"이미 말씀드렸습니다. 앰브로즈가 익사한 젊은 억류자의 이야기를 들려주었어요. 그리고 저는 연극 대사가 쓰인 협박편지를 발견했고요."

"그게 전부입니까?"

"저는 그 정도면 충분하다고 생각합니다."

그가 물러났고 그녀는 기다렸다. 그는 말하지 않았다.

마침내 그녀가 말했다. "오늘 오후 스페이머스에 가고 싶습니다. 섬을 떠나고 싶어요."

"누가 안 된다고 했습니까?"

"그럼 괜찮은 건가요? 정식 허가를 받지 않아도 되나요? 그러니까 경감님이 저를 체포하지 않는 한, 저는 어디라도 가고 싶은 곳에 갈 수 있다는 말인가요?"

그가 말했다. "당신에게도 사건 의뢰인이 있거든 그 사람에게
조언해주세요. 당신 말이 완전히 옳습니다. 우린 당신을 막을 수
없어요. 하지만 내일 오후 2시 스페이머스에서 열리는 검시평결
에는 반드시 출석해야 합니다. 별로 오래 걸리지는 않을 겁니다.
형식적인 자리니까요. 우리는 평결 연기를 신청할 생각이거든요.
하지만 당신은 시체를 발견한 당사자예요. 살아 있는 클라리사 라
일을 마지막으로 목격한 사람이기도 하고요. 검시관은 당신이 꼭
출두하기를 바랄 겁니다."

'일부러 협박처럼 들리게 말했을까.' 그녀가 말했다. "꼭 출두
하겠습니다."

그가 고개를 들고 어찌나 부드러운 어조로 말하는지, 그녀는
순간 그의 진심이라고 믿을 뻔했다. "스페이머스에서 즐겁게 지
내세요, 코델리아 그레이 씨. 오늘도 좋은 하루 보내시고요."

39

코델리아는 12시 30분이 지나서야 신문에서 풀려났다. 테라스에서 점심 전 셰리주를 마시는 사람들에게 합류했다가 올드필드가 우편물과 일용품을 가지러 벌써 육지로 출발했다는 사실을 알게 되었다. 앰브로즈는 런던도서관에 신청한 책 소포를 기다리고 있었다. 2시에 시어워터호를 타고 육지에 다녀올 수 있겠느냐고 부탁하자 그는 무슨 일인지 궁금해하지도 않고 선뜻 허락했고, 다만 몇 시에 돌아오는 소형선을 스페이머스 선착장에 보내면 되느냐고 물을 뿐이었다. 코델리아는 저녁 6시에 마중을 나와달라고 부탁했다.

그녀는 식욕이 없었고 다른 사람들도 마찬가지로 보였다. 문터부인이 식당에 차가운 음식으로 뷔페를 차려주었는데, 양이 너무 많았고 대부분 파티를 위해 준비해둔 음식을 있던 식욕도 빼앗아갈 만큼 산더미처럼 무분별하게 쌓아두기만 했다. 코델리아는 문터 부인이 정말 아무렇지도 않은 걸까, 그 담담한 모습이 놀라웠다. 남편의 시체를 발견한 후로 누구도 그녀에게 말을 걸지 않았다. 부인도 경찰 신문을 받았지만, 오전 시간 대부분을 자기 거처에서 보내거나 식료품실과 식당 사이를 눈에 띄지 않게 조용히 오갈 뿐이었다. 코넬리아는 앰브로즈가 문터 부인을 깊이 걱정하고 있기는 한지, 그녀를 보살펴줄 다른 사람은 없는지 궁금했다. 스페이머스로 출발하기 전에 문터 부인을 찾아가 괜찮은지 물어보고 혹시 육지에 나가 대신 봐줄 용무가 있는지 물어봐야겠다고 마음먹었다. 이런 행동이 참견으로 보여서 환영을 받을 것 같지는 않았다. 어차피 코넬리아든 누구든 해줄 수 있는 일이 뭐가 있겠는가? 그렇지만 적어도 물어볼 수는 있었다.

그녀는 굳이 자리에 앉지도 않고 차가운 쇠고기를 얇게 잘라 빵 사이에 끼웠다. 그리고 앰브로즈에게 양해를 구하고 사과와 바나나 하나씩을 들고 해변으로 나갔다. 그녀의 마음은 벌써 폐소공포증을 일으키는 이 섬을 떠나 육지로 향했다. 역병이 휩쓸고 지나가 쑥대밭이 되어버린 어느 식민지에서 썩어가는 시체 냄새와 아비규환의 비명과 소동, 해변에 널린 시체들에서 벗어나 안전하고 정상적인 고향으로 그녀를 데려다줄 배를 절박한 눈빛으로 기다리는 난민이 된 것만 같았다. 불과 사흘 전만 해도 큰 희망을 품고 떠나온 육지가 지금은 '약속의 땅'과 같은 광채를 두르고 그녀의 상상 속에서 빛났다. 오후 2시가 영영 오지 않을 것만 같았다.

1시 30분 직전, 타일을 깐 복도를 지나고 집무실 앞을 지나쳐 하인 숙소로 통한다고 알고 있는 베이즈[95] 문으로 걸어갔다. 초인종도 없고 노크하는 고리도 없어서 어떻게 기적을 낼 수 있을까

95 녹색의 모직 천

고민하는 동안 문터 부인이 빨래 바구니를 옆구리에 끼고 그녀의 뒤로 조용히 다가왔다.

부인은 말도 없이 문을 열어주었다. 코델리아는 문을 통과해 더 짧은 통로를 지나 오른쪽의 작은 거실로 들어갔다. 모든 빅토리아 양식 건축가와 마찬가지로 고드윈은 저택의 주인 가족이 실내에서든 실외에서든 놀고 있을 때는 그 모습을 하인 숙소에서 절대로 볼 수 없도록 해놓았다. 즉, 하나뿐인 창문으로 넓은 안뜰과 그 너머로 매력적인 시계탑과 풍향계가 달린 마구간 구역만 보였다. 안뜰 저쪽에 빨랫줄이 걸려 있고 거기 문터의 거대한 잠옷 한 쌍이 널려 있었다. 그 잠옷이 너무 애처롭고 당혹스러워 보여 코델리아는 자신의 외설적인 호기심을 들키기라도 한 듯 얼른 시선을 돌려버렸다.

방 자체는 굉장히 삭막하게 꾸며져 있었는데, 불편할 정도는 아니었지만 아르누보 스타일 가구가 지닌 예술적 간결성에도 불구하고 개성이 거의 느껴지지 않았다. 한쪽 구석에 텔레비전이 있었지만 책이나 그림은 없고 서랍장 위에 사진이나 장식품도 없었다. 추억할 만한 과거도, 축복하고 싶은 현재도 없는 사람이 사는 집 같았다. 그리고 제삼자가 이 방에 와 앉았던 적도 분명히 없어 보였다. 안락의자 두 개만이 우아하게 조각된 쇠살대 벽난로 양쪽에 하나씩 놓였고 식탁에도 등받이가 곧은 의자 두 개가 서로 마주 보고 있었다.

문터 부인은 그녀에게 앉으라고 권하지도 않았다. 코델리아가 말했다. "성가시게 할 생각은 없어요. 다만 괜찮으신지 보고 싶었습니다. 그리고 제가 곧 스페이머스에 가는데 혹시 부탁할 일이라도 있나 해서요."

문터 부인은 탁자 위에 세탁물 바구니를 던지듯 내려놓고 빨래를 개기기 시작했다. "없어요. 나도 마침 같은 배를 타고 가거든요. 나는 여길 떠나요, 아가씨. 이 섬을 떠난다고요."

　"어떤 심정인지 알아요. 혹시 겁이 나거든 오늘 밤 저와 한방을 써도 괜찮아요."

　"난 겁나지 않아요. 내가 왜 겁을 내요? 나는 그저 여길 떠날 뿐이에요. 여기 사는 걸 한 번도 좋아해본 적이 없는데, 이제 그 사람도 죽은 마당에 내가 여기 남아 있을 필요가 없지요."

　"물론 그렇게 느끼신다면 남아 있을 필요가 없겠죠. 하지만 앰브로즈는 부인이 이렇게 서둘러 뭔가를 결정하기를 원하지 않을 것 같아요. 부인과 이야기를 나누고 싶어 할 거예요. 뭐라고 해야 할까, 아마 앰브로즈가 따로 조용히 만나 이야기를 나누자고 할 겁니다."

　"난 할 이야기가 없어요. 그분은 좋은 주인이었지만 그분이 원한 건 문터였으니까요. 나는 문터와 함께 온 사람일 뿐이고요. 그리고 우리는 이제 헤어졌어요."

　마침내 영원히 헤어졌다고 코델리아는 생각했다. 부인의 말에 만족스러운, 아니 거의 의기양양한 기색이 묻어난 것은 틀림이 없었다. 경험이 없어도 너무 없는 코델리아는 그저 조금이라도 위로가 될까 싶어 당혹스러운 연민의 마음만을 품고 여기 숙소까지 찾아왔다. 그러나 부인은 아무것도 필요하지 않고 아무것도 원하지 않는 것처럼 보였다. 그래도 아직 지급되지 않은 급여라든가 도움의 요청이라든가, 장례식 절차 같은 것을 논의해야 하지 않을까? 앰브로즈는 분명히 문터 부인이 원하는 만큼 언제까지 섬에 머물러도 좋다고 보장해줄 것이다. 그리고 경찰이라는 존재도

458

있었다. 그로건과 그의 부하들을 위시해 의혹과 불신에 단련된 죽음의 전문가들이 도처에 있었다. 문터의 죽음이 고의였다면 문터 부인이 했을 가능성도 있었다. 섬에 이미 아직 들키지 않은 살인자가 있는 판국에 원치 않는 남편을 제거하기에 이보다 더 좋은 기회가 어디 있겠는가? 코델리아는 그로건이 남편의 죽음을 조금도 슬퍼하지 않는 이 여자를 용의자 목록의 맨 위에 올려놓았을 거라고 확신했다. 게다가 경찰은 이렇게 갑작스레 섬을 떠나는 행위를 가장 의심스럽게 생각할 것이다.

뭐라고 경고를 해주어야 하나 생각하는데 문터 부인이 먼저 입을 열었다. "경찰에게도 말했어요. 그들은 나를 붙잡아둘 필요는 없다고 결정했고요. 어딜 가야 나를 찾을 수 있을지 경찰도 알거든요. 장례식 절차는 앰브로즈 씨가 봐줄 거고요. 나와는 상관없어요."

"당신은 그의 부인이었잖아요!"

"난 한 번도 그의 부인이었던 적이 없어요. 그는 결혼할 부류의 인간이 아니었어요. 나도 그랬고요. 올드필드가 준비가 되는 대로 출발할 겁니다."

"돈은 괜찮아요? 앰브로즈가 틀림없이…"

"그분 도움은 필요 없어요. 문터에겐 돈이 있었어요. 부업으로 약간 돈을 모았는데, 그 돈이 어디 있는지 내가 알아요. 나는 내 몫으로 삼아도 마땅할 만큼만 가져갈 거예요. 그리고 나는 괜찮아요. 솜씨 좋은 요리사는 굶어 죽지 않거든요."

코델리아는 자신이 완전히 필요 없는 사람이라고 느꼈다. "물론 그렇죠. 하지만 당장 갈 곳은 있어요? 제 말은 오늘 밤 묵을 곳이 있냐고요."

"저이가 나랑 같이 지낼 거예요."

톨리가 조용히 방으로 들어왔다. 어깨에 패드를 넣은 몸에 꼭 맞는 짙은 감색 코트를 입고 기다란 깃털 하나를 꽂은 작은 모자를 썼다. 30년대를 떠올리는 옷차림으로 어딘가 야비하면서 시대에 뒤처진 세련미가 있었다. 그녀는 끈이 달린 불룩한 여행 가방을 들고 있었다. 웃지도 않고 문터 부인의 옆으로(아직은 문터 부인 말고 다른 이름으로 생각하는 게 불가능했다) 움직였다. 그리고 두 여자가 나란히 코델리아를 마주 보고 섰다.

코델리아는 처음으로 문터 부인을 똑바로 바라보았다. 지금까지는 그녀의 존재를 뚜렷이 인식하지 못했다. 그녀에게 받은 가장 강력한 인상은 불필요하게 남의 눈에 띄지 않는 능숙함이었다. 그녀는 언제나 문터의 부속품일 뿐, 그 이상은 아니었다. 심지어 외모도 눈에 두드러지지 않았다. 거친 머리카락은 금발도 흑발도 아닌 색으로 뻣뻣한 물결 모양이었고 몸은 둔감해 보였으며 손은 일하는 사람답게 거칠고 울퉁불퉁했다. 그러나 여태껏 거의 말을 하지 않았던 그 얇은 입술은 지금 이 순간 고집스러운 승리감으로 꽉 다물어져 있었다. 공손하게 아래로 내리깔았던 그 눈은 도전적이고 거의 오만해 보이는 자신감으로 코델리아를 대담하게 응시했다. 그 눈은 이렇게 말하는 것 같았다. '당신, 내 이름조차 모르는군. 앞으로도 영영 알 수 없을 거야.' 그 옆에 톨리가 변함없이 자족적이고 침착한 태도로 서 있었다.

이렇게 두 사람이 함께 가는구나. 이들은 어디에 살게 될까. 아마 톨리는 런던 어딘가에 아이와 함께 살았던 집이나 아파트를 가지고 있을 것이다. 당황스러울 만큼 갑자기 두 사람의 생활 모습이 뚜렷하게 그려졌다. 추억에 둘러싸인 삶이 아니라 지하철과 쇼핑가에 접근이 편리한 깔끔한 교외 주택에 함께 사는 두 사람의 모습이. 돌출된 창에 망사 커튼을 달아 엿보기 좋아하는 눈길을 막아내고 앞쪽에 작은 정원을 꾸며 반갑지 않은 침입자를 차단하겠지. 예속을 벗어던지고 과거와 완전히 단절된 그런 삶을 살 것이다. 하지만 그 예속이라는 것은 그들이 자원한 게 아니던가? 두 사람 모두 성인 여성이었다. 그들의 자유를 가로막은 것은 확실히 일자리를 잃을 거라는 공포는 아니었을 것이다. 만약 그 일이 본인에게 맞지 않았다면 언제든지 그만두고 떠날 수 있었을 것이다. 그런데 왜 그러지 않았을까? 이 사람들을 자신의 성향과 이익과 상식에 어긋나는 일에 속박해버린 불가사의한 연금술은 대체 무엇이었을까? 결국, 죽음이 이들을 갈라놓았다. 한 사람은 클라리사로부터, 또 한 사람은 문터로부터. 경찰은 이를 매우 편의적이라고 생각할 것이다.

코넬리아는 생각했다. 나는 처음부터 이 두 사람을 똑똑히 지켜봤지만, 여전히 이들에 대해 아는 게 전혀 없어. 헨리 제임스[96]의 말이 떠올랐다. '인간의 마음에 관해서는 절대로 마지막 진심을 안다고 말하지 마라.' 그러나 소위 탐정이라는 사람이 마지막 진심은커녕 처음의 진심이라도 알고 있었던가? 다른 사람의 동기와 충동과 매혹적인 모순에 집착하는 것이야말로 인간의 허영심 중에서도 가장 일반적인 게 아니었던가? 어쩌면 우리 모두 탐정 노릇을 즐기고 있을지도 모른다. 심지어 사랑하는 사람에게도 탐정 노릇을 한다. 아니, 주로 사랑하는 사람에게 탐정 노릇을 한다. 그러나 그녀는 이 일을 직업으로 받아들였고 돈벌이를 위해서 하고 있다. 이 직업의 매력을 부정해본 적은 없지만 이제야

96 미국의 소설가로 대표작 《여인의 초상》이 있다.

처음으로 이 일이 지나치게 주제넘은 짓이기도 하다는 생각이 들었다. 전에는 이 일이 이렇게까지 적합하지 않다는 생각을 해본 적이 없었다. 처음으로 자신이 젊고 경험이 부족하며, 인간의 마음이 지닌 광대한 수수께끼에 맞서기에 그동안 쌓아온 지혜가 참 보잘것없다는 사실이 안타까웠다.

코넬리아는 문터 부인에게 말했다. "미스 톨가스와 단둘이 이야기를 나누고 싶어요. 잠시 자리를 비켜주시겠어요?"

문터 부인은 대답하지 않고 톨리를 돌아보았고 톨리는 살짝 고개를 끄덕이는 것으로 대답을 대신했다. 문터 부인은 말없이 두 사람을 놔두고 떠났다.

톨리는 양손을 앞으로 모으고 웃지도 않고 참을성 있게 기다렸다. 코넬리아는 가장 먼저 묻고 싶은 말이 있었지만 그럴 필요가 없었다. 처음 이 사건을 맡았을 때보다 지금은 오만한 마음이 많이 누그러들었다. 자신에겐 그 질문을 던질 권리도, 대답을 들을 권리도 없다는 사실을 스스로 상기했다. 어떠한 인간의 호기심도, 마치 자신의 분주한 손놀림으로 혼란한 인간의 삶에 질서를 부여할 수 있다는 듯 직소 퍼즐의 모든 조각을 깔끔하게 제자리에 맞추고 싶은 열망도, 마음으로 진실이라고 알고 있는 것을 굳이 입 밖에 내어 물어보는 행위를 정당화할 수는 없었다. 예를 들면, 톨리의 아이 아버지가 아이보였냐는 질문을. 모든 정황을 알고 있었고, 애정을 담아 어린 비키에 대한 이야기를 들려준 아이보, 톨리가 아이 아버지에게 어떠한 도움도 받기를 원하지 않았다는 사실을 알고 있었던 아이보, 굳이 병원에 확인 전화를 걸어 처음 전화 통화에 대한 진실을 알아낸 아이보 말이다. 아이보와 톨리를 한데 묶어 생각하면 얼마나 이상한가? 두 사람이 서로에게 원한 것은 무엇이었을까? 아이보는 클라리사에게 상처를 입히려고 그랬을까? 아니면 자신의 더 깊은 상처를 누그러뜨리고 싶었을까? 톨리는 아이를 몹시 원하지만 남편이라는 부담은 싫은 그런 사람이었을까? 임신은 몰라도 비키를 낳기로 결정한 것은 분명 톨리였을 것이다. 그러나 이 모든 일은 코델리아와는 아무런 상관이 없다. 인간을 하나로 묶는 모든 행위 가운데 성행위야말로 가장 다양한 이유를 지니고 있다. 가장 일반적인 이유는 욕망이겠지만 그게 가장 단순한 이유가 될 수는 없다. 코델리아는 비키의 이름을 입에 올릴 수가 없었다. 그러나 반드시 물어야 할 것이 있었다.

"처음 협박편지가 오기 시작했을 때 당신은 클라리사와 함께 있었죠?《맥베스》공연 중이었고요. 어떤 모양이었는지 설명해주실 수 있을까요?"

톨리가 타오르는 듯한 눈빛으로 코델리아를 응시했는데, 원한이나 혐오가 아니라 침울하고 사려 깊은 응시였다.

코델리아가 말을 이었다. "저는요, 협박편지를 보낸 사람이 바로 당신이고 클라리사 역시 짐작하고 있었을 뿐만 아니라 그 이유까지 알고 있었다고 생각합니다. 하지만 클라리사는 당신 없이는 일을 해나갈 수가 없었죠. 차라리 모른 척하는 게 더 편했을 겁니다. 그래서 다른 사람에게 협박편지를 보여주지 않았던 거예요. 자기가 당신에게 어떤 짓을 저질렀는지 알았으니까요. 그런데 그녀가 바라던 일이 정말로 일어났어요. 당신에게 스스로 하는 일이 잘못이라고 느끼게 할 어떤 변화가 찾아온 거죠. 그래서 더 이상 협박편지가 오지 않았습니다. 그러다가 소수의 사람 중 한 명이 그 일을 알게 되면서 다시 협박편지가 오기 시작했어요. 하지만 이번에는 메시지가 달라졌죠. 모양이 달라졌어요. 목적도 달라졌고요. 그리고 결과도 달라졌고 더 끔찍해졌습니다."

여전히 톨리는 아무런 대답도 하지 않았다.

코넬리아가 부드럽게 말했다. "제겐 이런 걸 물어볼 권리가 없다는 것을 잘 압니다. 원치 않으면 대답하지 않아도 돼요. 그냥 첫 번째 협박장이 어떤 모양이었는지 그것만 말해준다면 저로선 짐작할 수 있는 일이 있을 겁니다."

이윽고 톨리가 입을 열었다. "선이 있는 종이에 대문자로 손 글씨를 썼어요. 어린이용 학습장에서 찢어낸 종이에요."

"메시지는요? 인용문이었나요?"

"언제나 같은 메시지였어요. 성경에서 인용한 문장요."

이렇게 자세한 대답을 듣다니 다행이라고 코넬리아는 생각했다. 만약 톨리가 두 사람 사이의 어떤 공감이나 동감을 느끼지 못했다면 이렇게 확실한 이야기는 듣지 못했을 것이다. 그러나 코넬리아로선 모험을 걸 만한 질문이 한 가지 더 남아 있었다.

"그 뒤로 협박편지를 보낸 사람이 누군지 혹시 알고 있나요?"

그러나 코넬리아의 눈을 들여다보는 톨리의 눈빛은 완강했다. 톨리는 말하고자 했던 것을 다 말해버린 것이다.

"아니요. 나는 오직 나 자신의 죄에만 관심이 있어요. 다른 사람의 죄는 다른 사람이 알아서 하게 놔둬요."

코넬리아가 말했다. "당신이 말한 것은 누구에게도 절대로 옮기지 않겠어요."

"그랬을 것 같았다면 처음부터 당신에게 말하지도 않았을 거예요." 톨리는 잠시 말을 멈추었다가 변함없이 낮은 어조로 물었다. "그 아이는 어떻게 되죠?"

"사이먼 말인가요? 조지 경이 멜허스트 학교를 끝까지 보내주고 음악대학에도 보내도록 노력하겠다고 말했어요."

톨리가 말했다. "클라리사가 없으니 이제 그 애는 괜찮을 거예요. 그 여자는 어린아이들에게 별로 좋은 사람이 아니었어요. 저, 친구가 짐을 싸는 걸 돕고 싶은데, 이제 그만 가도 될까요?"

40

더 할 말도 할 일도 없었다. 코델리아는 두 여자를 남겨두고 오후 나들이를 준비하려고 방으로 돌아갔다. 그녀의 목적은 신문 비평기사를 찾는 것이었으므로 범죄현장 감식도구는 전혀 필요하지 않았지만, 휴대용 확대경과 손전등, 공책 한 권을 숄더백에 넣고 돌아오는 배 위가 추울지도 몰라 셔츠 위에 건지 스웨터를 입었다. 마지막으로 가죽 허리띠를 허리에 두 바퀴 감고 버클을 단단히 채웠다. 언제나처럼 그 허리띠는 부적과도 같이 온몸에 결심을 두른 것처럼 느껴졌다. 성 서쪽 입구에서 테라스로 나가자 문터 부인과 톨리가 벌써 소형선을 향해 가는 게 보였다. 두 사람 모두 양손에 짐 하나씩을 들고 있었다. 올드필드는 방금 선착장에 들어온 모양이었다. 포도주와 식료품 상자를 잔교에 내리는 중이었는데, 놀랍게도 사이먼이 거들고 있었다. 아마 뭐라도 하는 편이 좋은 모양이라고 코델리아는 생각했다. 갑자기 식당 창문에서

466

로마가 나오더니 코넬리아를 앞질러서 테라스를 지나갔다. 그녀는 올드필드에게 다가가 뭐라고 말했다. 올드필드의 손수레 맨 위에 캔버스 천 우편물 가방이 걸려 있었는데, 그가 가방의 버클을 풀더니 편지 다발을 꺼냈다. 코넬리아가 가까이 다가가자 로마의 초조함이 느껴졌다. 로마는 불현듯 올드필드의 옹이진 손에서 편지 다발을 낚아챌 기세였다. 그러나 그는 곧 그녀가 원하는 편지를 찾아내 건넸다. 로마는 다시 달려가려다가 걸음을 늦추고, 코넬리아가 다가오는 것도 알아채지 못하고 편지봉투를 찢어서 열더니 편지를 읽기 시작했다. 잠시 그녀는 미동도 없이 서 있었다. 그러더니 흐느껴 울기 시작했다. 울음소리가 통곡처럼 커지더니 비틀걸음으로 테라스를 걸어 코넬리아 곁을 스쳐지나 해변으로 이어지는 계단을 내려가 모습을 감추었다.

코넬리아는 잠시 걸음을 멈추고 로마 뒤를 따라가야 하나 망설였다. 이윽고 그녀는 올드필드에게 오래 걸리지 않을 테니 잠깐만 기다려달라고 소리치고 로마 뒤를 따라 달려갔다. 어떤 소식인지는 몰라도 꽤 큰 충격과 슬픔을 안겨준 모양이었다. 혹시 코넬리아가 도와줄 수 있는 일이 있을지도 모른다. 없다고 해도 로마의 모습을 못 본 척 그대로 소형선에 올라탈 수는 없었다. '왜 하필 이럴 때 이런 일이 벌어진담.' 그녀는 항의하는 마음속 조그만 원망의 목소리를 억눌렀다. 이러다가 영영 이 섬을 떠나지 못하는 건 아닐까? 왜 자꾸 만인을 위한 사회사업가처럼 굴고 있을까? 그러나 이런 슬픔을 모른 체할 수는 없었다.

로마는 양손을 앞으로 내밀고 허공을 더듬으며 해변을 따라 휘청휘청 걷고 있었다. 코넬리아의 귀에 고통스럽게 이어지는 높고 새된 비명이 들려오는 것만 같았다. 그러나 그 소리는 아마 갈매기 울음소리일 것이다. 자신을 피해 달아나는 것만 같은 형체를 겨우 따라잡으려는 찰나 로마가 비틀거리더니 그대로 자갈 위에 쓰러졌다. 온몸이 흐느낌으로 떨렸다. 코넬리아는 그녀에게 다가 갔다. 그토록 자존심이 강하고 속마음을 잘 드러내지 않았던 로마가 이토록 커다란 슬픔에 빠진 모습을 목격하는 일은 실제로 명치를 한 대 얻어맞은 것 같은 충격이었다. 코넬리아에게도 똑같이 무력한 공포와 속수무책의 절망이 몰려오는 것 같았다. 그녀가 할 수 있는 일이라곤 모래밭에 무릎을 꿇고 로마의 어깨를 감싸 안으며 이 인간적인 접촉이 그녀를 조금이라도 진정시키는 데 도움이 되기를 바라는 것뿐이었다. 마치 어린아이나 동물을 부드럽게 어르는 심정이었다. 잠시 후 격렬한 떨림이 멈추었다. 로마가 잠시 너무나도 조용히 쓰러져 있어서 코넬리아는 혹시 호흡이 멎어버린 건 아닐까 두려웠다. 그러나 로마는 잠시 후 어색하게 몸을 일으키더니 코넬리아의 손을 떨쳐냈다. 그러곤 비틀거리며 물가로 걸어가 허리를 숙이고 얼굴을 씻기 시작했다. 잠시 똑바로 서서 바다를 바라보다가 코넬리아를 향해 돌아섰다. 그 얼굴은 참으로 기괴했다. 오래 울어서 퉁퉁 부었고 눈가는 풀을 바른 것처럼 금이 가 있었으며 코는 구근 모양으로 부어 있었다. 마침내 입을 열자 거칠고 쉰 후두음이 부어오른 성대를 뚫고 겨우 흘러나왔다.

"미안해요. 이런 역겨운 꼴을 보여서. 그나마 다른 사람이 아니라 당신이라서 다행이에요."

"도움이 되어드리고 싶어요."

"아니요. 누구도 도와줄 수 없어요. 짐작했겠지만, 아주 흔하디흔하고 추악한 비극의 한 토막이에요. 나, 차였어요. 그 사람이 금요일 밤에 편지를 썼어요. 우린 목요일에 함께 있었는데요. 그때 이미 어떻게 할지 마음을 먹었던 거죠."

로마가 주머니에서 편지를 꺼내 내밀었다.

"자, 읽어봐요! 어서 읽어요! 이렇게 자기 정당화로 가득한 우아한 위선의 글을 쓰려면 대체 얼마나 습작을 해야 하는지 궁금하군요."

코델리아는 편지를 받아들지 않았다. "직접 얼굴을 보고 말할 예의와 용기가 없는 사람이라면, 그런 사람 때문에 눈물을 흘릴 가치도 없어요. 그런 사람은 사랑할 가치가 없어요."

"사랑할 가치가 있는 게 뭐죠? 아아, 그 사람은 왜 기다려주지 못했을까요?"

'무엇을 기다렸다는 말인가.' 코델리아는 생각했다. '클라리사의 돈을? 클라리사의 죽음을?'

코델리아가 말했다. "하지만, 그 사람이 기다려주었다고 해서 당신은 그 후로도 그 사람을 계속 신뢰할 수 있었을까요?"

"그 사람의 동기를 말인가요? 내가 왜 그런 걸 신경 써야 하죠? 내게 그런 식의 자존심은 없어요. 지금은 그런 걸 신경 쓰기에도 너무 늦어버렸고요. 그는 고작 하루도 참지 못하고 편지를 썼어요. 세상에, 왜 기다리지 못했을까요? 분명히 돈이 생길 거라고 말했는데! 분명히 말했는데!"

유난히 커다란 파도가 코델리아의 발치에서 부서지며 여성용 은색 이브닝 샌들 한 짝을 바닷물에 하얗게 씻긴 조약돌 사이로 밀어 올렸다. 그녀는 자기도 모르게 인위적인 집중력을 발휘해 그 신발 한 짝을 골똘히 살펴보았다. 이 신발의 주인은 누구일까? 신발은 어쩌다 바다에 떨어졌을까? 요트에서 흥겨운 파티를 벌이다가 그만 떨어뜨리고 말았을까? 아니면 신발 주인도 저기 어딘가에 반라의 가냘픈 몸을 파도에 이리저리 치이며 떠다니고 있을까? 그런 생각이라도 해야, 아니 무슨 생각이라도 해야, 도로 주워담을 수 없고 둘 다 절대 잊을 수도 없는 숙명적인 섬뜩한 말을 내뱉으려는 거칠게 갈라진 부자연스러운 목소리를 눌러 삼킬 수 있었다.

"어렸을 때 나는 남녀공학 학교에 다녔어요. 전교생이 짝을 지어 다녔죠. 우정이 식으면 소위 절교 편지라는 것을 서로에게 보냈어요. 나는 한 번도 받지 못했죠. 그건 남자친구가 있었던 적이 한 번도 없었다는 뜻이고요. 단 한 학기라도 남자친구가 생긴다면 그런 절교 편지 따위 얼마든지 받을 수 있다고 생각했어요. 지금도 그런 식으로 생각할 수 있으면 좋겠어요. 그 남자는 지금껏 나를 원했던 유일한 남자였어요. 그리고 나는 항상 그 이유를 알고 있었죠. 사람은 어느 정도는 자신을 속일 수 있어요. 그의 아내는 섹스를 별로 즐기지 않았고 나는 공짜였으니까요. 괜찮아요. 그런 표정 짓지 말아요! 당신이 이해해주길 바라지 않아요. 당신은 원한다면 언제든지 사랑을 찾을 수 있을 테니까."

코델리아가 외쳤다. "그렇지 않아요! 저한테도, 어떤 사람이라도 그건 사실이 아니에요!"

"정말 그럴까요? 클라리사에겐 사실이었어요. 그녀는 남자를 한 번 쓱 보기만 해도 충분했으니까요. 한 번만 바라보면 그것으로 끝이었어요. 나는 평생 그녀가 그런 눈빛을 이용하는 모습을 지켜봤어요. 하지만 이제는 더 이상 그럴 수가 없죠. 다시는 그럴 수가 없어요. 절대로! 두 번 다시는!"

로마의 고통은 전염병과도 같아서 강렬하고 열이 오르고 땀 냄새가 풍겼다. 코델리아의 피까지 오염되는 느낌이었다. 로마의 몸에 손을 대며 위안을 주려 해도 달가워하지 않을 것을 알아서 쉽게 다가가지도 못하고, 그렇다고 곁을 떠나지도 못하면서, 올드필드가 초조하게 기다리고 있을 거란 생각에 서글퍼졌다.

이윽고 로마가 무뚝뚝하게 말했다. "배를 놓치기 싫으면 어서 가요."

"당신은요?"

"걱정하지 말아요. 당신은 아주 편리한 양심의 말만 하고 가면 돼요. 어리석은 짓은 절대로 하지 말라고. 그거 완곡어법 아니에요? 사람들은 왜 항상 그렇게 말하죠? 어리석은 짓은 하지 마라. 귀에 못이 박이도록 들어왔어요. 로마, 더 이상 어리석은 짓은 하지 마라! 혹시 관심이 있다면 앞으로 내가 어떻게 할지 말해주죠. 난 클라리사의 돈을 받아서 런던에 아파트를 살 거예요. 가게는 팔고 파트타임으로 일을 구할 거예요. 가끔 여자 친구와 외국으로 여행을 갈 거예요. 서로 함께 있는 게 딱히 즐겁지는 않겠지만, 혼자 가는 것보다는 나을 테니까요. 우리는 스스로 자잘하게 즐길 거리를 찾아다닐 거예요. 극장에도 가고 전시회도 가고 독신 여성을 버림받은 사람처럼 취급하지 않는 레스토랑에 가서 식사할 거예요. 가을이면 저녁강좌에 등록해 도예나 런던의 조지 왕조풍 건축물이나 비교종교학 같은 것에 관심이 있는 척할 거예요. 그리고 매년 나의 안락에 조금씩 더 안달을 내고, 젊은 사람들에게 점점 비판적이 되고, 친구에게 조금씩 더 짜증을 내고, 점점 우익이 되어가고, 점점 더 신랄해지고, 조금 더 외로워지면서, 그렇게 조금씩 죽음에 가까워지겠죠."

코델리아는 이렇게 말하고 싶었다. "하지만 당신은 먹을 게 충분하죠. 머리 위에 자기 지붕이 있으니 적어도 얼어 죽지는 않겠

고요. 당신은 힘도 있고 지성도 있어요. 그건 전 세계의 4분의 3
이 기뻐할 만한 일 아닌가요? 당신은 당신 삶에 목적과 사회적 지
위를 가져다줄 남자를 기다리며 조개껍데기를 줍던 빅토리아 시
대 여자가 아니에요. 사랑이 꼭 있어야 할 필요는 없어요." 그러나
그녀는 그런 말이 언제나 석양이 있지 않냐고 눈먼 사람에게 말하
는 것만큼이나 소용없고 모욕적이라는 것도 잘 알았다.

그녀는 여전히 바다를 바라보는 로마를 남겨두고 몸을 돌렸다.
마치 탈영병이 된 기분이었다. 걸음을 서두르는 것은 어쩐지 예
의가 아닌 것 같아 테라스에 도착할 때까지 기다렸다가 비로소
달리기 시작했다.

41

육지로 가는 길에 아무도 말하지 않았다. 코델리아는 뱃머리에 앉아 차츰 가까워지는 해안에 시선을 고정했다. 문터 부인과 톨리는 발치에 가방을 내려놓고 함께 선미에 앉아 있었다. 마침내 시어워터호가 정박하자 코델리아는 두 사람이 내릴 때까지 기다렸다가 자리에서 일어났다. 두 여자는 나란히, 그러나 여전히 아무런 말도 없이 천천히 언덕길을 걸어올라 역으로 향했다.

마을은 금요일 오전보다 덜 붐비고 혼잡하지 않았지만, 여전히 밝은 햇살이 비치는 고풍스럽고 가정적인 분위기가 감돌았다. 이상하게도 아무도 코델리아에게 눈길을 주지 않았다. 마치 그녀에게 너무도 선명한 살인자의 낙인이 찍혀서 사람들이 그녀를 빤히 쳐다보거나, 등 뒤에서 '코시섬에서 말이야….' 어쩌고 하는 속삭임이 들려올 줄 알았다. 적어도 축복받은 몇 시간 동안 그로건과 부하들이 없는 곳에서 불안에 떠는 이기적인 용의자 중 한 사

473

람이 아니라 평범한 여자가 되어 이른 오후의 쇼핑객이나 마지막 휴가를 즐기는 관광객들, 늦은 점심을 먹고 서둘러 사무실로 돌아가는 직장인 틈에서 익명으로 평범한 거리를 걸을 수 있다니, 이 얼마나 경이로운가. 그녀는 매력적인 리젠시 스타일로 외관을 꾸며놓은 어느 화장품 가게에서 필요하지도 않은 립스틱을 지나칠 정도로 꼼꼼하게 고르며 몇 분을 소비했다. 희망과 자신감을 표현하는 작은 몸짓이자 정상적인 생활을 향한 인사였다. 클라리사의 죽음에 관해 보거나 들은 유일한 정보는 '코시섬에서 여배우 살해되다'라고 쓴 전국 일간지를 광고하는 두 개의 벽보가 전부였다. 그나마 인쇄한 것도 아니고 신문 이름 아래 손 글씨로 쓴 것이었다. 코델리아는 신문판매대에서 한 부를 사서 펼쳤다가 3면에서 짤막한 기사를 발견했다. 경찰은 최소한의 정보만을 제공했고, 앰브로즈가 언론과의 접촉을 거부한 사실이 기자들을 짜증스럽게 한 게 분명하게 드러나 있었다. 코델리아는 그게 과연 현명한 태도였을까 생각했다. 신문판매대 주인에게 물어보니 이곳에는 〈스페이머스 크로니클〉이라는 지방지 하나만 있으며 일주일에 2회, 화요일과 금요일에만 발행된다고 했다. 신문사는 해안도로 북쪽 끝에 있었다. 신문사는 어렵지 않게 찾았다. 커다란 창문이 두 개 있는 흰색 주택을 개조한 건물로 한쪽 창에 '스페이머스 크로니클'이라는 글씨가 페인트로 씌어 있고 다른 창문에는 기사용 사진들이 죽 붙어 있었다. 앞쪽 정원은 주차장으로 포장되어 있었는데 여섯 대의 자동차와 화물차 한 대가 서 있었다. 안으로 들어가니 또래의 금발 여성이 안내대에 앉아 조그만 전화교환대 일도 같이 보고 있었다. 옆 탁자에서 어느 나이 든 남자가 사진을 분류하고 있었다.

그녀의 행운은 계속되었다. 혹시라도 오래전 신문은 다른 곳에 보관되어 있거나 일반인에게 열람을 허락하지 않으면 어쩌나 내심 걱정했다. 그러나 지역의 극장을 취재 중인데 클라리사 라일의《깊고 푸른 바다》공연 비평기사를 보고 싶다고 하자 아무런 질문도 돌아오지 않았고 어떤 어려움도 없었다. 안내 직원이 큰 소리로 동료를 부르더니 잠시 자기 자리를 맡아달라고 부탁하고, 깜박이는 전화교환대 불빛은 무시하고는 코넬리아를 데리고 반회전문을 지나 어둡고 가파른 계단을 내려가 지하실로 갔다. 조그만 앞쪽 방의 잠긴 문을 열자 오래된 신문이 풍기는 퀴퀴한 냄새가 코끝을 톡 쏘았다. 옛 신문들이 보관철에 끼워진 채 연도순으로 철제 선반 위에 정리되어 있었다. 방 한가운데에 길쭉한 가대식 탁자가 있었다. 직원이 전등을 켜자 두 개의 형광등에 날카로운 빛이 들어왔다.

직원이 말했다. "1860년부터 지금까지 신문이 전부 보관되어 있어요. 어떤 것도 외부로 가져가면 안 되고 신문지에 글씨를 써도 안 돼요. 나한테 알리지 않고 신문사를 떠나도 안 됩니다. 볼일을 다 보면 내가 와서 다시 문을 잠가야 하니까요. 알겠어요? 그럼 이따 봐요."

코넬리아는 체계적으로 임무에 착수했다. 스페이머스는 작은 읍이라 상설극단이 있을 것 같지는 않았다. 그렇다면 클라리사는 5월부터 9월 사이 여름철에만 레퍼토리 극단[97]과 공연을 했을 것이다. 그 5개월 동안의 신문을 찾으면 될 것이다. 5월에는 래티건의 공연에 대한 언급이 없었지만 오래된 극장에 적을 둔 여름철 레퍼토리 극단이 월요일마다 새로운 공연으로 개막하는 2주간의

97 일정한 각본을 가지고 특정 극장과 전속계약을 맺은 극단

공연을 했다는 사실을 확인했다. 첫 번째 비평기사가 화요일판 신문의 예술란에 실렸다. 작은 규모의 지역신문치고 대단히 빠르게 반응을 보인 셈이다. 어쩌면 비평가가 극장에서 전화로 원고를 불러주었을지도 모른다. 《깊고 푸른 바다》에 관한 최초의 기사는 6월 초순 광고에서 처음 언급되었는데, 7월 18일 개막하는 2주일간의 공연에 클라리사 라일이 특별출연자로 나온다고 되어 있었다. 그렇다면 문제의 비평기사는 7월 19일 자 화요일판의 예술란에 실려 있을 것이다. 예술란은 보통 9면이었다. 그녀는 7월부터 9월까지의 신문이 묶인 묵직한 보관철을 들고 탁자로 가져와 7월 19일 자 신문을 찾았다. 평소보다 증면을 해서 16면이었던 것이 18면으로 늘어나 있었다. 이유는 1면에 분명히 나와 있었다. 바로 여왕과 에든버러 공이 여왕 즉위 25주년 기념 지방 순시의 일환으로 그 전주 토요일에 스페이머스를 방문했기에, 이 화요일판이 여왕의 방문 소식을 알리는 첫 번째 신문이었던 것이다. 1848년 이후 왕실의 첫 방문이었기에 스페이머스로서는 대단히 중요한 날이었고, 신문사도 이를 대대적으로 보도했다. 1면 기사에 관련 사진은 10면에 많이 실려 있다고 안내되어 있었다. 그러자 기억한 토막이 떠올랐다. 클라리사의 방에서 보았던 그 비평기사 스크랩의 뒷면은 보통 기사가 아니라 사진이었다는 사실이 이제야 거의 확실하게 떠올랐다.

성공이 눈앞에 다가오자 문득 자신감이 떨어졌다. 그녀가 발견하게 될 것은 지금 스페이머스에서는 아무도 기억하지 못할 재연 공연에 관한 지역신문 기자의 비평에 불과할지도 모른다. 클라리사는 그 기사가 자신에게 무척 중요하다고 말했다. 보석함의 비밀 서랍에 보관해둘 만큼 중요하다고. 그렇다면 클라리사에게 그 기사는 어떤 의미였을까? 어쩌면 비평이 마음에 들어서 기사를 쓴 사람을 만났고, 짧지만 만족스러운 정사를 즐겼을지도 모른다. 그러면 그 기사 스크랩은 감상적으로 별로 중요하지 않은 물건일 테고 그것이 그녀의 죽음과 무슨 관련이 있을 가능성은 적었다.

그러다가 찾는 페이지가 없다는 사실을 발견했다. 한 번 더 확인해봤다. 아무리 조심스럽게 넘겨봐도 9면과 10면이 없었다. 보관철의 두꺼운 쐐기를 뒤로 구부려보았다. 11면 가장자리에 칼이나 면도칼로 예리하게 잘라낸 것 같은 얇은 흔적이 느껴졌다. 확대경을 꺼내 보관철 가장자리를 천천히 살펴보았다. 잘라낸 흔적이 똑똑히 보였다. 숨기려 해도 숨길 수 없는 흔적이었다. 몇몇 곳에는 실제로 종이를 잘라낸 자국까지 있어서 9면과 10면이 어디에서 잘려나갔는지 알 수 있었다. 9면 가장자리의 끄트머리가 바인더에 묶여 있는 곳도 발견했다. 누군가가 그녀보다 먼저 다녀간 것이다.

안내 직원은 어떤 손님을 응대하느라 바빴다. 손님은 별로 슬퍼하는 기색도 없이 부고 기사를 내고 추가로 멋진 시구까지 곁들이려면 가격이 얼마나 되는지 묻고 있었다. 그녀는 아동용 연습장을 꺼내 거기 써놓은 둥글고 꼼꼼한 글자들을 가리켰다. 언제나 동료 인간들의 별스러운 점에 호기심을 품고 있는 코델리아는 잠시 자기 일도 잊고 그쪽으로 조금 더 가까이 다가가 글귀를 곁눈질했다.

진주로 된 벽이 빛나고,
성 베드로는 낮게 속삭이네.
황금의 문이 열리고
조가 걸어 들어왔다고.

이 극도로 미심쩍은 신학에 입각한 작품은 무관심한 안내 직원

손으로 넘어갔다. 직원은 전에도 이런 시구를 읽은 적이 있다는 뜻이었다. 직원은 이후 3분간 부고 기사에 테두리를 두르고 윗부분에 화환과 십자가 문양을 넣었을 때 추가 요금을 포함한 대강의 예상가가 얼마인지 설명했고, 이어 두 사람은 그 디자인 견본을 꼼꼼하게 검토하는 긴 숙고와 침묵을 동반한 협상을 계속했다. 10분이 지나자 모든 게 만족스럽게 결정되었고 직원은 이제 코델리아에게 관심을 돌렸다. 코델리아가 말했다. "원하는 날짜의 신문을 찾았지만 제가 보고 싶었던 면이 없어요. 누가 도려냈어요."

"그럴 리가 없어요. 그런 일은 허락되지 않아요. 귀중한 보관 자료인걸요."

"그렇겠죠. 혹시 다른 보관철은 없나요?"

"해스킹 씨에게 알려야겠어요. 보관용 자료를 도려내서는 안 돼요. 해스킹 씨가 알면 야단이 날 텐데."

"물론 그렇겠죠. 하지만 저는 그 페이지를 급하게 봐야 해요. 1977년 7월 19일 자 신문 9면이에요. 지금 당장 찾아볼 수 있는 다른 보관철은 없나요?"

"여기에는 없어요. 어쩌면 사장님이 런던에 보관해두었을지도 모르지만요. 자료를 잘라가다니! 해스킹 씨는 그 낡은 신문을 무척 소중하게 보관해두죠. '이건 역사다.'라고 말하면서요."

코델리아가 물었다. "혹시 최근에 그 신문을 보여 달라고 한 사람을 기억하세요?"

"지난달 런던에서 온 금발의 여성분이 있었어요. 바닷가 잔교에 대해 책을 쓴다고 하더군요. 1939년 독일군의 상륙을 막으려고 여기서 잔교 하나가 폭파되었는데 의회에서 예산이 없다고 재건을 하지 않았거든요. 그래서 지금 있는 잔교가 그렇게 뭉툭해요.

그분은 어렸을 때 잔교 끝에 음악당이 있어서 여름이면 예술가들이 런던에서 여기까지 찾아왔다고 했어요. 잔교에 대해 꽤 많은 걸 알고 있더라고요."

장비를 잘 갖추었거나 좀 더 유능한 사립탐정이라면 이럴 때 피해자와 용의자들의 사진을 가지고 다니면서 혹시 알아보겠냐고 물어봤을 것이다. 잔교에 대해 아주 잘 알고 있었다는 금발 여자가 클라리사와 로마 중 어느 쪽을 더 닮았는지 안다면 도움이 될 것이다. 톨리가 변장을 하지 않았다면 금발이 아니므로, 그리고 변장은 쓸데없이 극적인 계책일 것이므로, 톨리는 명단에서 빼야 할 것이다. 버니라면 이런 만일의 사태에 대비해 하우스 파티 참석자들을 몰래 촬영해두었을까? 그녀는 그 정도로 까다로운 절차는 가능하지 않거나 유용하지 않다고 생각했다. 하지만 섬에 두고 온 범죄현장 감식도구에는 폴라로이드 카메라도 끼어 있었다. 시도해볼 만한 가치는 있을 것이다. 그러면 내일 다시 올까?

"최근 보관철을 보여 달라고 한 사람이 잔교에 대해 취재 중이라는 여자분뿐이었나요?"

"내가 여기 자리를 지키고 있는 동안에는 그래요. 하지만 두 달 동안 이 자리를 지킨 사람은 나뿐이었어요. 그전 일은 샐리가 알려줄 수 있겠지만 그녀는 결혼하고 그만뒀어요. 그리고 나라고 항상 책상을 지키고 앉아 있지는 않고요. 내 말은 내가 사무실에 가 있고 앨버트가 대신 자리를 지켜줄 때 누가 왔을 수도 있다는 뜻이에요."

"그분이 여기 있나요?"

직원은 코델리아의 무지가 대단히 놀랍다는 듯 쳐다보았다. "앨버트요? 당연히 없죠. 월요일에는 출근하지 않아요." 그녀는 갑자기 의심스러운 눈빛으로 코델리아를 보았다. "왜 누가 여기 다녀갔는지를 알고 싶어 하죠? 그저 비평기사를 찾으러 왔다면서요."

"그래요. 하지만 누가 그 페이지를 잘라냈는지 알고 싶어요. 말씀하셨듯이 그건 중요한 기록이잖아요. 게다가 행여 제가 한 짓이라고 의심받고 싶지도 않고요. 이 마을에 다른 판본이 한 부도 없는 게 확실한가요?"

예술적인 효과까지 고려해 새로운 사진들을 진열대에 열심히 배치하고 있던 나이 든 남자가 고개도 들지 않고 말했다. 남자의 모습만 보면 작업이 온종일 걸릴 것 같았다. "1977년 7월 19일이라고 했죠? 여왕 방문일 사흘 후로군요. 그럼 루시 코스텔로를 찾아가요. 그녀는 지난 50년 동안 왕실에 관한 기사라면 전부 스크랩해서 보관하고 있으니까요. 그녀가 이 고장의 왕실 방문 기사를 놓쳤을 리가 없어요."

"하지만 루시 코스텔로는 돌아가셨잖아요, 램버트 씨! 루시를 묘지에 모신 다음 날 그분과 신문스크랩에 관한 기사를 실었다고요. 벌써 3개월 전 일이에요."

램버트 씨가 이쪽을 돌아보고 체념의 표시로 두 팔을 벌리며 말했다. "나도 루시 코스텔로가 죽은 건 알아요! 그녀가 죽은 건 다 안다고요! 그녀가 죽지 않았다고 말한 적은 없어요. 하지만 그 여동생이 있잖아요? 내가 알기로 에믈린 코스텔로는 아직 살아 있어요. 에믈린이 스크랩북을 가지고 있을 거예요. 그걸 내다 버리지는 않았을 겁니다. 루시 코스텔로는 묘지에 묻혔지만, 그 스크랩북까지 묻었다는 말은 듣지 못했어요. 나는 루시 코스텔로를 찾아가라고 했지 루시 코스텔로와 직접 말해보라고 하지는 않았어요."

코넬리아는 어디 가야 에믈린 코스텔로를 만날 수 있는지 물었다. 램버트 씨가 좀 전에 말을 너무 많이 했다고 후회하는 것처럼 다시 사진 쪽으로 시선을 돌리며 무뚝뚝하게 말했다. "베니슨 거리 윈저 주택이오. 하이스트리트를 따라 쭉 올라가다 두 번째 블록에서 왼쪽이에요. 금방 찾을 거요."

"여기서 먼가요? 제 말은 버스를 타야 할까요?"

"운이 좋군요. 12번 버스를 기다리다가 죽을지도 모르니까. 기껏해야 걸어서 10분 거리에 있어요. 젊은 사람이니 그 정도는 거뜬할 거고."

그는 시장 직책 상징 목걸이를 건 풍채 좋은 신사의 사진을 골랐다. 호색적이고 쾌활한 표정으로 곁눈질하는 걸 보면 공식 연회가 기대를 충족시키고도 남았던 모양이다. 램버트 씨는 그 사진을 가슴이 풍만한 수영복 차림의 미인 사진 옆에 배치했다. 신사가 미인의 가슴골을 골똘히 엿보는 모양새가 되었다. 코넬리아가 보기에 램버트 씨는 자기 일을 즐기고 있었다. 그녀는 램버트 씨와 안내 직원에게 감사 인사를 건네고 에믈린 코스텔로를 찾으러 출발했다.

42

램버트 씨의 말이 옳았다. 베니슨 거리까지 다들 인정할 만한 빠른 걸음으로 걸어 거의 정확히 10분이 걸렸다. 시내 위쪽으로 빅토리아 시대풍 집들이 휘감듯 늘어선 좁은 거리에 도착했다. 전부 빅토리아풍이라고 할 만한 집들이었지만, 각 주택의 높이와 건축양식은 매력적으로 조금씩 달랐다. 어떤 집은 활모양으로 불룩하게 나온 내닫이창이 있었고, 또 어떤 집은 나무 창틀을 달아 그 창틀에서부터 다양한 색깔의 담쟁이 넝쿨이나 제라늄, 무늬꽃다지가 풍성하게 뻗어 나와 회칠한 벽에 화사한 무늬를 그리고 있었다. 거리 끝에 마주 보고 서 있는 두 집은 윤기가 흐르는 현관문 양쪽에 페인트칠한 월계수 화분을 내어놓았다. 집마다 제련철 울타리를 두른 좁은 앞뜰이 있었는데, 아마 그 섬세한 장식 때문에 지난 전쟁 때 고철 징발을 면한 것 같았다. 그러고 보니 성한 상태로 남은 제련철 울타리를 본 적이 없었는데, 이렇게 울타리가 보존된 거리를 보니 외관이 아담하고 예쁘장한 게 무척이나 영국적이고 매력적이면서 어딘가 이국적인 색다름이 엿보였다. 작은 정원에는 온갖 색채가 아우성치고 있었고 가을꽃의 따스하면서도 깊은 붉은색이 울타리를 넘어 터져 나올 것만 같았다. 계절에 비하면 늦었지만 대기에 라벤더와 로즈마리 향기가 가득 배어 있었다. 도로 경계석에는 자동차가 한 대도 서 있지 않았고 목을 따끔하게 하는 휘발유 냄새도 풍기지 않았다. 부산스럽고 뜨거운 냄새를 풍기는 하이스트리트를 지나 베니슨 거리로 접어드니 마치 현대가 아니라 전설 시대의 아늑하고 소박한 분위기로 되돌아온 기분이 들었다.

윈저 주택은 왼쪽에서 네 번째 집이었다. 이곳 정원은 다른 집에 비하면 소박한 편으로 흠 하나 없이 깔끔한 사각형 잔디밭 둘레에 장미가 심겨 있었다. 물고기 모양 황동 노커가 비늘 하나하나까지 빛났다. 코델리아는 초인종을 누르고 기다렸다. 안쪽에서 서둘러 나오는 발소리가 들리지 않았다. 다시 한 번 초인종을 눌렀다. 이번에는 조금 더 길게 눌렀다. 그러나 아무 소리도 들리지 않았다. 주인이 외출 중이라는 사실을 확인하자 극심한 실망감이 몰려왔다. 어쩌면 코델리아가 원한다고 해서 에블린 코스텔로가 집에서 기다리고 있을 거라 기대한 것 자체가 지나치게 어리석고 낙관적인 생각이었을지도 모른다. 실망감이 그녀의 영혼을 짓누르고 초조함과 불안감으로 가득 채웠다. 이제 사라진 신문기사가 굉장히 치명적인 의미를 지녔으며, 그 기사를 찾을 기회는 오직 이 깔끔하고 작은 집에만 있다고 확신하기에 이르렀다. 실마리를 제대로 찾아보지도 못하고, 호기심도 충족시키지 못한 채 섬으로 돌아가야 한다니, 소름이 돋았다. 얼마나 오래 기다려야 할지, 코

스텔로가 돌아오기나 할지, 어디 장을 보러 잠깐 나갔는지 아니
면 집을 비우고 먼 곳으로 휴가를 떠났는지, 이런저런 생각을 하
며 울타리 밖을 왔다 갔다 걷기 시작했다. 그러나 위층 창문 두 개
가 열린 것을 보고 기운이 났다. 옆집에서 한 중년 여인이 누구라
도 기다리는지 집 밖에 나와 도로 저쪽을 쳐다보다가 다시 집으로
들어가려고 했다. 코델리아는 얼른 다가가 물었다.

"실례합니다만, 코스텔로 여사님을 만나러 왔어요. 혹시 오늘
오후에 집으로 돌아오실까요?"

여자는 기분 좋게 대답했다. "동전빨래방에 갔을 거예요. 월요
일 오후면 언제나 거기에 빨래를 하러 가거든요. 시내에서 차라
도 한잔하고 오지 않는다면 곧 돌아올 거예요."

코델리아는 고맙다고 인사했다. 문이 닫히고 작은 거리가 다
시 침묵 속에 가라앉았다. 그녀는 울타리에 몸을 기대고 참을성
있게 기다리기로 했다.

그렇게 오래 걸리지 않았다. 10분도 안 지나서 어딘가 평범하
지 않은 인상의 사람이 모퉁이를 돌아 베니슨 거리로 들어섰다.
한눈에 에멀린 코스텔로라는 것을 알아보았다. 나이 지긋한 여성
이 캔버스 천으로 만든 쇼핑 카트에 비닐로 싼 짐을 불룩하게 싣
고 왔다. 걸음은 느렸지만 꼿꼿한 자세로 걸었다. 야윈 몸에 큼직
한 카키색 군용 외투를 입었는데 외투가 너무 길어 끝자락이 거의
도로를 휩쓸다시피 했다. 작은 얼굴은 오래된 사과처럼 쪼글쪼글
잔주름이 잡혔고, 빨간색과 흰색 줄무늬 스카프를 머리에 두르고
턱 밑에서 매듭을 지어서 그 얼굴이 한층 더 작아 보였다. 스카
프 위로 털 방울이 달린 자주색 뜨개질 모자를 뒤집어썼다. 따뜻
한 9월에도 저토록 옷을 단단히 껴입어야 한다면 겨울에는 어느

정도나 입을지 상상이 되지 않았다. 코스텔로가 문 앞에 다가오자 코넬리아는 옆으로 비켜서서 자기를 소개했다. "〈스페이머스 크로니클〉 신문사의 램버트 씨가 여사님을 찾아가면 도움을 주실 거라고 해서 왔어요. 저는 오래전 신문스크랩을 찾고 있습니다. 1977년 7월 19일 자 신문이에요. 언니 되는 분의 스크랩북을 찾아보고 싶은데 혹시 폐가 될까요? 성가시게 해드리고 싶지는 않습니다만, 정말 중요한 일입니다. 신문사의 자료보관실을 찾아갔지만 제가 찾는 그 페이지가 없었어요."

코스텔로 여사는 세상 사람들이 보기엔 위협적으로 느껴질 만큼 진기한 모습을 하고 있었지만, 코넬리아를 쳐다보는 그 눈은 구슬처럼 반짝반짝 빛났다. 판단을 내리는 데 익숙한 눈빛이었다. 드디어 입을 열었을 때 뚜렷하고 교양이 있으며 권위적인 목소리가 흘러나왔는데, 곧장 영국 계급제도의 복잡한 신분질서에서 정확히 어떤 위치를 차지하는지 분명하게 알 수 있었다.

"아가씨는 여든다섯 살이 되거든 언덕 꼭대기에는 살지 말아요. 들어와서 차라도 한잔하고 가요."

지치고 겁에 질려 처음 홀리 차일드 수녀원에 도착했을 때 어린 코넬리아를 맞아준 원장 수녀의 말투와 같았다.

그녀는 코스텔로 여사를 따라 집 안으로 들어갔다. 이 집에선 서두를 일이 전혀 없는 게 분명해 보였기에 부탁하는 처지에 있는 그녀로선 서둘러달라고 요구할 수도 없었다. 집주인은 그녀를 응접실로 안내하고 여러 겹으로 껴입은 외투를 벗고 차를 만들러 갔다. 방은 매력적이었다. 지금보다 식구가 더 많을 때 샀을 법한 골동품 가구는 방의 규모에 맞게 선택되어 있었다. 벽은 작은 가족 초상화와 수채화, 인물 세밀화 등으로 덮이다시피 했는데, 어수선하기보다 오히려 질서 있는 가정의 느낌을 주었다. 흑단으로 무늬를 넣은 마호가니 붙박이 찬장에 엄선한 도자기 몇 점이 놓였고 벽난로 선반 위에는 휴대용 시계 하나가 째깍거리며 돌아갔다. 코스텔로 여사가 손수레를 밀며 다시 나타났을 때 코넬리아는 찻잔은 초록색으로 장식한 우스터 제품이고 찻주전자는 은 제품인 것을 알아보았다. 모즐리 여사에겐 완벽하게 가정적인 분위기로 느껴질 만한 순간이라고 코넬리아는 생각했다.

차는 얼그레이였다. 우아하고 야트막한 찻잔으로 차를 마시며 코넬리아는 갑자기 모든 것을 털어놓고 싶은 격렬한 충동을 느꼈다. 물론 코스텔로 여사에게 자신이 누구인지 혹은 무엇을 찾고 있는지를 말할 수는 없었다. 그러나 방 안의 평온한 분위기가 그녀를 따뜻하고 안전하게 감싸주는 것만 같았고, 클라리사의 죽음이 가져온 공포와 불안감, 심지어 외로움까지 벗겨내는 것 같았다. 코스텔로 여사에게 코시섬에서 왔다고 말하면 그녀가 그동안 얼마나 무서웠느냐고 연민을 담아 말해주길 바랐다. 기억 속 원장 수녀의 목소리로 모든 게 잘될 거라고, 괜찮다고 말해주는 나이 든 사람의 편안한 목소리가 듣고 싶었다.

코넬리아가 말했다. "코시섬에서 살인사건이 일어났습니다. 배우 클라리사 라일이 살해당했어요. 여사님도 이미 알고 계시리라 생각합니다. 그런데 이번에는 앰브로즈 고린지 씨의 집사가 익사했습니다."

"클라리사 라일 소식은 들었어요. 그 섬에는 폭력적인 역사가 있지요. 이번이 마지막 죽음은 아닐 거예요. 하지만 나는 신문기사를 보지는 않았어요. 또 보시다시피 우리 집에는 텔레비전도 없어요. 언니는 늘 말했죠. 세상에는 추악한 일과 증오가 넘쳐나지만, 우리 집 응접실에 그런 것들을 끌어들이지는 말자고요. 게다가 여든다섯 살쯤 되면 불쾌한 걸 거부할 권한이 생긴답니다."

그렇다. 아무리 유혹적이라도 겉으로 보기에 그럴듯한 거짓 평화에는 진정한 안식이 없었다. 순간 나약해져서 안식을 구한 자신이 부끄러웠다. 앰브로즈와 마찬가지로 코스텔로 여사 역시 자신만의 성을 조심스럽게 쌓아왔다. 코시성보다는 덜 아름답고 덜 고립되었고 덜 사치스럽고 덜 자기도취적이었지만 똑같이 자족적이고 신성한 성이었다.

흥분도 초조함도 코넬리아의 식욕을 떨어뜨리지는 않았다. 버터 바른 얇은 빵 두 조각을 대접받았을 뿐이지만 퍽 고마움을 느꼈다. 게다가 식사는 빈약했지만 먹는 시간과는 아무런 상관이 없었다. 코스텔로 여사는 차 두 잔을 마시고 자기 몫의 빵을 조금씩 뜯어 먹는 데 놀랄 만큼 오랜 시간이 걸렸다. 그러나 마침내 식사는 끝이 났다.

코스텔로 여사가 말했다. "죽은 언니의 신문스크랩북은 위층의 언니 방에 있어요. 언니는 열렬한 군주제 지지자였죠." 여기서 코넬리아는 너그러운 경멸의 기미를 감지했다. "지난 50년간 언니의 관심을 피해 간 왕실 동정 기사는 거의 없었어요. 하지만 언니의 주된 관심사는 물론 작센 코부르크 고타 왕가, 즉 에드워드 7세 이후의 왕실이었죠.[98] 괜찮다면 당신이 직접 올라가서 찾아봐요. 나는 별로 도움이 될 것 같지 않군요. 하지만 필요하면 주저하지 말고 나를 불러요."

---

98 하노버왕가였던 빅토리아 여왕 이후 에드워드 7세가 즉위하면서 작센 코부르크 고타 왕가라고 불렸으나 독일계 명칭이었으므로 1차 세계대전 이후 조지 5세 시대인 1917년부터는 윈저 왕가로 개칭해 현재에 이르고 있다.

코델리아가 무엇을 찾는지 코스텔로 여사가 굳이 물어보지 않은 것은 흥미롭기는 했지만, 전혀 놀라운 일은 아니었다. 아마 여사는 그런 질문을 저속한 호기심으로 여겼거나 혹은 자신의 질서정연한 삶에 불쾌한 일이 끼어들까 봐 저어했을지도 모른다.

그녀는 코델리아를 2층 앞쪽 침실로 안내했다. 들어가자마자 루시 코스텔로의 강박이 명백하게 드러났다. 벽은 왕실 사진으로 도배가 되어 있다시피 했고 그중 몇 개의 사진은 마구 휘갈긴 서명으로 반쯤 가려져 있었다. 침대 위의 길쭉한 선반에는 대관식 기념 찻잔이 빼곡하게 진열되어 있었고 유리문이 달린 진열장에도 다른 기념품들이 가득 들어찼다. 왕실 문장이 들어간 화려한 찻주전자와 찻잔, 잔 받침, 조각 유리잔들이 보였다. 창을 마주 보는 벽에는 온통 선반을 짜놓았는데, 거기 스크랩북이 빼곡하게 꽂혀 있었다. 이게 바로 그 유명한 루시 코스텔로의 수집품이었다.

스크랩북 책등마다 연도와 날짜가 표시되어 있어서 어렵지 않게 1977년 7월 자 스크랩북을 찾을 수 있었다. 지역신문의 사진기자들이 스페이머스의 영광의 날에 자기 역량을 충분히 발휘해놓았다. 왕실 방문의 일거수일투족이 전부 기록되어 있었다. 여왕 내외가 도착할 당시의 사진과 시장 직책 상징 목걸이를 목에 건 시장과 예의를 갖춰 인사하는 시장 부인, 유니언잭 깃발을 흔드는 어린아이들, 왕실전용 차량에서 미소를 지으며 특유의 동작으로 손을 흔드는 여왕, 그 옆의 에든버러 공 등등. 그러나 코델리아가 기억하는 그 신문기사의 모양과 크기에 정확하게 일치하는 스크랩은 없었다. 스크랩북을 펼쳐놓은 채 잠시 뒤로 물러났다. 실망감으로 속이 울렁거렸다. 미세한 점으로 이루어진 사진 속의 활짝 웃는 기대에 찬 자족적 얼굴들이 그녀의 실패를 조롱하는 것처럼 보였다. 성공 가능성은 원래 희박했지만, 지금껏 여기에 얼마나 큰 희망을 걸었던가, 생각하니 속이 상했다. 그때 희망이 완전히 사라지지는 않았다는 사실을 발견했다. 맨 아래 선반에 두툼한 마닐라 봉투들이 일렬로 꽂혀 있었는데, 봉투마다 루시 코스텔로가 똑바른 글씨체로 연도를 써놓았다. 맨 위 봉투를 열어보자 역시 신문스크랩이 들어 있었다. 아마 루시 코스텔로의 수집에 도움을 주고 싶어서 친구들이 보내준 스크랩 중 겹치는 것들이나 스크랩북에 넣을 만한 가치는 없지만 버리기는 아까운 것들만 따로 모아둔 것이리라. 1977년도 봉투는 여왕 즉위 기념 해에 맞게 다른 봉투보다 훨씬 더 두툼했다. 코델리아는 오래되어 벌써 색이 바래가는 기사 조각을 꺼내 주위에 늘어놓았다.

그리고 거의 즉시, 기억 속의 기사를 발견했다. '클라리사 라일, 래티건 재연에서 대성공을 거두다'라는 제목을 달고 한가운데서 잘린 세 번째 단의 직사각형 기사였다. 그녀는 그 기사 조각을 뒤집어보았다. 무엇을 기대했는지는 몰라도 처음에는 실망감을 느꼈다. 뒷면 전체가 평범하기 짝이 없는 신문 사진이었다. 해안도로 건너편에서 찍은 것으로 반대편 포장도로에 웃는 얼굴의 군중이 가득했다. 깃발을 든 어린아이들이 연석에 일렬로 쪼그려 앉아 있고, 조금 더 모험심이 강한 어른들은 창틀이나 가로등 기둥에 매달려 있기도 했다. 군중 뒤쪽에는 모자 둘레에 유니언잭을 두른 건장한 여자 둘이 '스페이머스에 오신 것을 환영합니다.'라고 쓴 플래카드를 들고 어느 집 계단에 서 있었다. 아직 여왕 내외는 도착하지 않았지만, 행복에 겨운 기대감이 사진 속에 생생하게 담겨 있었다. 처음에는 왜 루시 코스텔로가 이 사진을 스크랩북에 넣지 않았을까 하는 엉뚱한 생각이 들었다. 그런데 다시 생각해보면 여왕이 찍힌 사진은 충분히 많으니까 굳이 이 사진을 선택할 이유는 없었다. 그렇다면 이 특별히 눈에 띄는 것도 없는 지역의 애국심을 기록한 사진이 왜 클라리사의 관심을 끌었을까? 코넬리아는 사진을 조금 더 자세히 들여다보았다. 별안간 그녀의 심장이 뛰기 시작했다. 사진 오른쪽에 희미하게 번진 남자의 모습이 보였다. 남자는 이제 막 도로에 발을 내디디고 있었다. 분명히 개인적인 용건이 있는 모습으로 주변의 흥분은 안중에 없다는 듯 무언가에 심취한 얼굴이 카메라 너머 저편을 응시하고 있었다. 그 사람이 누구인지는 의심할 여지가 없었다. 남자는 바로 앰브로즈 고린지였다.

앰브로즈는 1977년 7월 스페이머스에 있었다. 그러나 그해 그는 과세회피를 위해 국외에 머물렀다. 과세연도 내내 외국에 있어야 했다. 그사이 영국에 발을 디디기만 해도 비거주 상태가 무효로 돌아간다는 말을 어디선가 읽은 기억이 났다. 하지만 그가 몰래 귀국한 거라면? 그리고 이 사진이 그 사실을 증명하는 것이라면? 그는 납부하지 않은 세금 전액을 내야 하는 게 아닐까? 성을 복원하고, 그림과 도자기를 사들이고, 개인 소유의 섬을 아름답게 꾸미기 위해 쓴 모든 돈을 토해내야 하는 게 아닐까? 관련 법규를 정확히 알려면 전문가를 찾아가야 할 것이다. 스페이머스에도 변호사 사무소가 있을 것이다. 변호사를 직접 만나 세법에 관한 일반적인 질문을 하고 이 문제에 관해 상담을 받을 수 있을 것이다. 구체적으로 물어볼 필요도 없을 것이다. 그러나 어쨌든 조사를 해봐야 하고, 시간이 얼마 남지 않았다. 손목시계를 들여다보았다. 벌써 5시 10분 전이었다. 6시면 소형선이 그녀를 데리러 올 것이다. 섬에 돌아가기 전에 일종의 확증이 필요했다.

코델리아는 필요 없는 스크랩을 모아 다시 봉투에 집어넣고 새롭게 발견한 사실에 마음이 분주해진 상태로 코스텔로 여사를 찾았다. 클라리사가 이 사진의 의미를 발견했다면 왜 다른 사람들은 깨닫지 못했을까? 하지만 다시 생각해보면 그걸 굳이 깨달을 이유는 없었다. 1977년 앰브로즈는 코시섬에 살지 않았다. 아마 어쩌다 한 번씩 방문했을 것이고 아직 이 지역에 그의 얼굴이 알려지지도 않았을 것이다. 그를 잘 아는 사람들은 거의 런던에 살았고 그 사람들은 굳이 〈스페이머스 크로니클〉을 읽을 이유가 없었다. 지역 사람들 가운데 누구라도 이 사진을 알아봤을지라도 사진 속의 남자가 과세회피를 위해 1년간 해외에 머물러야 하는《시체해부》의 작가 A. K. 앰브로즈라는 사실은 몰랐을 것이다. 스스로 과세회피와 관련한 사실을 대놓고 광고할 사람은 없다. 그러므로 클라리사가 하필 그 주에 스페이머스 극장에서 공연을 했고 지역 신문에 실린 공연 비평기사를 읽었다는 사실 자체가 앰브로즈에게는 소름 끼칠 만큼 큰 불운이었을 것이다. 그리고 클라리사는 침묵하는 대가를 요구했다. 아아, 그 일은 무척이나 교묘하게 행해졌을 것이다. 클라리사는 절대로 투박하거나 노골적인 협박은 하지 않았을 것이다. 아주 매력적으로 심지어 쾌활하게 안타까운 기색까지 곁들여 계약조건을 전달했을 것이다. 어쨌든 대가는 요구되었고 지급되었을 것이다. 이제야 모든 게 분명해졌다. 왜 앰브로즈가 극단과 배우들 때문에 자신의 삶이 엉망이 되는 것을 참아냈는지, 왜 클라리사는 성주라도 되는 양 코시성을 맘대로 사용했는지. 코델리아는 방금 깨달은 사실들이 앰브로즈가 살인자라는 분명한 증거가 되지는 않는다고 스스로를 타일렀다. 다만 앰브로즈에게는 살인의 동기가 있었을 뿐이다. 그리고 그녀는 방금 그 증거를 손에 넣었다.

　나중에 이 순간을 돌이켜보았을 때 코델리아는 왜 그 스크랩을 가지고 곧바로 경찰을 찾아가지 않았는지, 그게 참 이상하다고 생각했다. 그녀는 우선 확증을 얻고 나서 앰브로즈와 대면해야 한다고 생각했다. 마치 이번 살인사건 수사는 경찰과 아무런 상관이 없는 것처럼 느껴졌다. 이 일은 코델리아 자신과 자신을 고용한 조지 경, 혹은 코델리아가 지켜주지 못한 여자 사이의 일이었다. 그로건 경감의 오만한 목소리가 귓가에 울렸다. "너무 당신 잇속만 챙기는 거 아닙니까, 코델리아 그레이 씨? 당신은 범죄사건을 해결하려고 여기 온 게 아니에요. 그건 내가 할 일입니다."

　코스텔로 여사는 뒤쪽의 작은 주방에서 다림질을 하기 위해 리넨 천을 개키고 있었다. 코델리아가 스크랩 하나를 가져가고 싶다고 말했을 때도, 굳이 어떤 것인지 확인할 생각도 없이, 베갯잇에서 시선을 들지도 않고 흔쾌히 가져가라고 했다. 혹시 가까운 곳에 변호사 사무소를 추천해줄 수 있느냐고 물었을 때 코스텔로 여사가 곧장 얼굴을 들고 날카로운 시선으로 코델리아를 쳐다보았지만, 여전히 질문은 하지 않았다. 그녀는 손님을 문가로 안내하면서 다만 이렇게만 말했다. "내 변호사는 런던에 있지만, 여기 블레이크&프랜튼&페어브라더 법률사무소가 믿을 만하다고 들었어요. 빅토리아 여왕 동상에서 동쪽으로 50미터쯤 걸어가면 해안도로에 있어요. 서두르는 게 좋을 거예요. 전문직이든 아니든 스페이머스에서 조금이라도 쓸모가 있는 일을 하는 곳은 5시면 문을 닫아요."

43

코스텔로 여사의 말이 맞았다. 코델리아가 가쁜 숨을 들이켜며 도착했을 무렵 블레이크&프랜튼&페어브라더 법률사무소의 매끄러운 조지 왕조풍 문은 더는 손님을 받을 수 없다는 듯 단호하게 닫혀 있었다. 1층의 창은 어두웠지만 2층 한 곳은 불이 켜져 있었는데, 현관문 옆 명판을 보니 2층은 개별 주거공간이었다. 실제로는 급해도 겉보기에 그리 다급하지 않은 문제로 알지도 못하는 변호사의 사적인 주거지에 침입할 수는 없었다. 6시까지 여는 사무소가 있을지도 모르지만, 어디에서 찾는단 말인가? 혹시 우체국이 이런 시골 지역까지 전화번호부를 배포한다면 거기서 찾을 수 있을지도 모른다. 이런 사실을 전혀 모르는 런던 출신이라는 게 갑자기 부끄러웠다. 하지만 만에 하나 지역의 변호사 사무소 전화번호를 어찌어찌 찾는다고 해도 이곳의 지도가 없는 한 찾아가기가 어려울 것이다. 이렇게 장비도 제대로 갖추지 않고 허술하게 나들이를 나왔다니! 이러지도 저러지도 못하고 서 있는데 젊은 남자 하나가 채소 상자를 들고 다가와 위층 주거지의 초인종을 눌렀다. 남자가 물었다. "사무소 문이 닫혔나 봐요?"

"예, 보시다시피. 급히 변호사를 만나야 해요. 조금 급한 일이에요."

"변호사를 만나야 하는 일은 대개 급하기 마련이죠. 베스윅 변호사를 찾아가보세요. 젠틀맨즈 워크에 사무실이 있어요. 이 거리를 따라 한 30미터 정도 내려갔다가 왼쪽으로 돌아가요. 거기서 절반쯤 가면 오른쪽에 있어요."

코델리아는 남자에게 고맙다고 인사하고 달려갔다. 젠틀맨즈 워크는 찾기 쉬웠다. 우아한 18세기 초기 양식의 주택들이 늘어선 좁은 자갈 도로였다. 얼마나 열심히 닦았는지 판독이 거의 불가능한 황동 명판에 '변호사 제임스 베스윅'이라고 씌어 있었다. 코델리아는 반투명 유리창 너머로 아직 불이 밝혀져 있는 것을 확인하고 안도의 한숨을 내쉬었다. 손이 닿자 문이 열렸다.

책상 앞에 뚱뚱하고 다소 단정치 않은 여자가 큼직한 주홍색 테두리 안경을 쓰고 새로 꾸민 소파처럼 보이는 활짝 핀 장미꽃과 넝쿨 줄기 잎의 화사한 무늬가 들어간 사라사 정장 허리에 벨트를 꽉 조여 매고 앉아 있었다. 여자가 말했다. "죄송합니다만, 오늘 업무는 끝났어요. 내일 10시 이후에 오거나 전화를 주세요."

"하지만 문이 열려 있었어요."

"문은 열려 있지만, 사무실이 열려 있는 건 아니에요. 5분 전에 문을 잠갔어야 했지요."

"하지만 이렇게 왔는데… 정말 급한 일이거든요. 몇 분 안 걸릴 거예요. 약속할게요."

위층에서 누군가의 목소리가 들려왔다.

"누구죠, 미스 마그너스?"

"고객이오. 여자분이에요. 아주 급한 일이라네요."

"어여쁜 아가씨인가요?"

마그너스는 코끝으로 안경을 내리고 테두리 너머로 코델리아를 쳐다보더니 이윽고 위층을 향해 소리쳤다. "그게 무슨 상관이죠? 여자분은 깔끔하고 수수하고 무엇보다 다급하다고 하네요. 게다가 여기 와 있고요."

"올려보내요."

발소리가 멀어졌다. 코델리아는 갑자기 의심스러워져서 물었다. "저분 변호사죠? 좋은 변호사인가요?"

"아, 그럼요. 괜찮아요. 지금껏 저분을 좋지 않은 변호사라고 말하는 사람은 없었어요."

마지막 말을 강조하는 게 어쩐지 불길했다. 마그너스는 턱 끝으로 계단을 가리켰다. "소리 들었지요? 2층 왼쪽이에요. 열대어에게 먹이를 주고 있을 거예요."

창가에서 코델리아를 향해 몸을 돌린 남자는 키가 컸고 길쭉한 코에 반테 안경을 낮게 쓰고, 주름과 유머가 가득한 야윈 얼굴을 어색하게 움직였다. 그는 봉지에서 물고기 먹이를 꺼내 거대한 수조에 뿌렸다. 봉지를 거꾸로 들고 털어 넣는 게 아니라 손가락으로 조금씩 집어 수면에 조심스럽게 무늬를 이루며 떨어뜨리고 있었다. 물고기들이 우르르 몰려와 먹이를 잡아채자 붉은색과 밝은 청색이 뒤섞여 아롱졌다. 물고기 한 마리가 수면에 청동 날 같은 광채를 그리며 지나가자 남자가 그 모습을 가리켰다. "이 녀석을 봐요. 참 아름답지 않습니까? 새벽빛 테트라라고 영국령 기

아나에서 온 아주 비싼 녀석이죠. 하지만 당신은 광채 테트라 쪽이 더 마음에 들 것 같군요. 여기 조개껍데기 밑에 숨어 있어요."

"정말 아름다워요. 하지만 저는 수조에 키우는 열대어는 별로 좋아하지 않습니다."

"물고기가? 아니면 수조가? 아니면 두 가지 모두가 싫다는 말인가요? 녀석들은 완벽하게 행복하다고 나는 확신해요. 적어도 한 사람은 그렇게 생각하죠. 녀석들의 작은 세계는 오로지 안락을 위해 인위적이고 과학적으로 정비가 잘되어 있어요. 먹이도 꼬박꼬박 공급받지요. 녀석들은 뿌리지도 않고 거두지도 않아요. 여기에는 아름다움이 있답니다! 이 금빛과 초록빛으로 반짝이는 걸 보세요."

코델리아가 말했다. "급히 알고 싶은 게 있습니다. 구체적인 제 일이 아니라 일반적인 질문이에요. 그런 식의 조언도 해주시나요?"

"보통은 하지 않습니다. 현명한 일인지 확신이 서지 않아서요. 변호사는 의사와 비슷해요. 일반화나 가설에 입각해 일을 처리할 수 없어요. 경우마다 전부 다르니까요. 도움을 주려면 배경을 전부 알아야 해요. 생각해보면 흥미로운 유추예요. 자, 더 나가볼까요? 만약 의사가 당장 해외로 나가라고 한다면 당신은 햇볕이 좋은 잉글랜드 토키[99]로 대신할 수 있어요. 하지만 변호사가 당장 해외로 나가라고 한다면 정말로 당장 히드로 공항에 가는 게 현명한 길입니다. 물론 당신은 그 정도로 위태로운 상황은 아니길 바랍니다."

"그 정도는 아니에요. 하지만 제가 물어보고 싶은 것도 해외로 나가는 것과 관계가 있어요. 과세회피에 대해 알고 싶어요."

"합법적인 과세회피를 말하는 겁니까, 아니면 불법 탈세를 말하는 겁니까?"

99 잉글랜드 남부의 휴양지

"첫 번째요. 만약 과세연도에 제게 엄청난 금액의 돈이 들어온 다고 하면 말이에요. 12개월 동안 해외에 나가 있으면 과세를 피할 수 있나요?"

"그야 그 엄청난 금액의 돈이 들어오는 상황에 따라 다릅니다. 유산 상속, 증여, 축구시합 내기, 부동산이나 주식 처분 같은 걸 말하는 겁니까? 설마 은행을 털 생각은 아니겠죠?"

"직접 번 수입을 말해요. 직접 쓴 희곡이나 소설이 크게 성공을 거두었다거나 그림이나 출연한 영화 등으로 번 돈이오."

"그렇다면 과세연도 안에 그 돈을 전부 받지 않도록 계약서를 정리해두는 게 좋습니다. 그런 일이라면 나보다는 회계사가 더 잘 알겠지만요."

"그렇게 성공을 거둘 거라고 미처 예상하지 못했다면요?"

"그렇다면 다음 과세연도 내내 국내에 거주하지 않으면 세금 납부를 피할 수 있습니다. 당신도 잘 알겠지만 그런 식으로 번 돈 은 과거로 거슬러 올라가 세금을 부과하니까요."

"주말이나 휴일에 잠시 귀국해도 되나요?"

"아니요. 단 하루도 안 됩니다."

"꼭 와야 한다면 어쩌죠? 향수병에 걸렸다든가."

"절대 그러지 말라고 충고하는 바입니다. 과세회피를 하려는 사람은 향수병이라는 사치를 부릴 여유가 없어요."

"하지만 정말로 돌아왔다면요?"

그가 한숨을 내쉬었다. "정말로 권위 있는 답변을 듣고 싶다면 관련법이 있는지 조사해봐야 합니다. 하지만 이미 말씀드렸다시 피 이 문제는 나보다는 회계사가 맡을 일이에요. 도움이 될지는 모르지만, 지금의 내 견해로는, 만약 정말로 귀국했을 경우 전년도 수입 총액에 대해 세금을 납부할 의무가 생깁니다."

"만약 귀국한 사실을 국세청에 비밀로 했다면 어떻게 되죠?"

"사기 미수로 기소될 수도 있습니다. 금액이 그렇게까지 크지 않으면 굳이 기소까지는 되지 않겠지만, 어쨌든 세금은 내야 합니다. 즉, 국세청이 당연히 납부해야 할 세금을 징수하는 일에 착수하겠죠."

"얼마나 될까요?"

"현재 소득세는 최고 비율이 60퍼센트입니다."

"1977년에도 마찬가지였나요?"

"아, 그때는 세금법이 개정되기 전이니까 더 높겠군요. 과세 대상 수입이 2만4천 파운드가 넘으면 80퍼센트 이상을 내야 해요. 아마 그 정도 될 겁니다."

"그렇다면 국세청이 저를 망가뜨리겠군요."

"파산시키겠죠. 제대로 조언을 받지 못하고 과세가 되지 않을 거라 확신한 채로 전년도 수입을 전부 써버렸다면 정말로 파산할 겁니다. 우린 누구나 죽음과 세금은 피할 수 없으니까요."

"감사합니다. 정말 친절하게 가르쳐주셨어요. 지금 비용을 드리면 될까요? 만약 2파운드가 넘으면 수표로 드려야 할 것 같아요. 수표 카드는 가지고 있거든요."

"별로 오래 걸리지도 않았잖아요? 게다가 지금쯤 미스 마그너스도 잔돈 계산까지 모두 마치고 금고를 잠갔을 겁니다. 혹시 이 문제도 내 조언이 필요합니까?"

"아니요. 그렇지는 않아요. 다만 선생님의 시간을 소비한 비용을 내야 할 것 같아서요."

"그렇다면 저 강아지 저금통에 1파운드만 넣어요. 그것으로 계산을 끝냅시다. 베스트셀러를 쓰면 그때 다시 와주세요. 그러면 적절한 조언을 해드리고 더 큰 비용을 청구하도록 하죠."

강아지 저금통은 그의 책상 위에 있었다. 애처로운 얼굴을 한 밝은 색깔 스패니얼 개가 앞발 사이에 유명한 동물자선단체 이름을 적은 자선냄비를 안고 있었다. 코델리아는 조지 경에게는 1파운드만 청구해야겠다고 다짐하면서 1파운드 지폐 두 장을 접어 넣었다.

그리고 문득 깨달았다. 자신은 조지 경에게 비용을 청구할 수 없을 거라고. 어쩌면 출발했을 때보다 더 가난해진 상태로 탐정 사무소로 돌아갈 것이다. 조지 경은 비용을 지급하겠다고 약속했지만, 이토록 무참하게 실패해놓고 비용을 청구할 수는 없었다. 그것은 피 묻은 돈과 같을 것이다. 게다가 청구서에 뭐라고 쓴단 말인가? 사소하고 복잡한 일상다반사가 살인이라는 크나큰 일을 물리친다는 게 이상했다. 코델리아는 생각했다. 죽음의 한가운데에서조차 우리는 살아간다고. 그리고 일상의 사소한 관심사들은 절대로 사라지지 않는다고.

✳

출발 시각을 2분 남기고 항구에 도착했다. 소형선이 기다리고 있지 않아서 놀랐고, 조금 당황했다. 그러나 올드필드가 섬에서 이런저런 일을 처리하느라 바빴으려니 생각하기로 했다. 어쨌든 아직은 약속 시각 전이었으니까. 말뚝 위에 앉아 잠시 쉴 수 있게 되어 기뻤지만, 마음은 하루의 흥분에 자극을 받아 가만히 앉아 있을 수 없었다. 그녀는 일어나 초조하게 항구 방파제 위를 왔다 갔다 걷기 시작했다. 발밑에서 느릿한 바닷물이 푸른 녹이 슨 바위를 핥고 지나갔고, 축 늘어진 해초 다발이 점점 검어지는 수면 아래에서 흠뻑 젖어 뒤틀린 손을 쫙 펼쳤다. 낮의 빛은 점점 희미해지고 온기도 함께 사위어갔다. 언덕 위의 집들이 하나씩 커튼을 친 창문 너머로 길쭉한 불빛을 밝히기 시작했고, 휘어진 거리는 반짝이는 가로등 목걸이를 걸고 축제 분위기를 뿜어냈다. 뒤늦은 쇼핑객과 관광객들도 집으로 돌아가고 그녀의 귀에는 이따금 항구 방파제를 걸어가는 자신의 고독한 발소리만 메아리쳤다. 작은 마을은 계절에 맞지 않은 들뜬 한때를 후회하는 듯 다시 쌀쌀한 가을의 고요 속으로 가라앉았다. 여름 냄새는 잊히고 악취를 품은 물 냄새가 항구에서 피어올랐다.

그녀는 시계를 들여다보았다. 6시 30분이었다. 멀리서 들리는 교회 종소리가 시간을 확인해주었다. 항구 입구로 걸어가 섬 쪽을 바라보았다. 소형선의 흔적은 보이지 않았고 바다에는 돛을 내린 채 정박지로 뒤늦게 돌아오는 보트 두세 척 말고는 아무것도 보이지 않았다.

여전히 왔다 갔다 하며 기다렸다. 7시였다. 7시 15분이었다. 담자색과 보라색으로 겹겹이 물든 저녁 하늘이 컴컴해지고 종잇장처럼 엷은 달이 바다 위에 떨리는 한 줄기 빛을 드리웠다. 멀리서 코시섬이 조금 더 연한 색깔 하늘을 배경으로 짐승처럼 웅크리고 있었다. 밤에 보니 섬이 한층 더 멀어 보였다. 이곳의 가정적인 분위기와 저곳의 시커멓고 불길한 해안 사이 거리가 불과 3킬로미터밖에 떨어져 있지 않다는 사실이 믿기지 않았다. 섬 쪽을 바라보며 그녀는 흠칫 몸을 떨었다. 앰브로즈가 들려주었던 옛이야기가 어린 시절 악몽이 지녔던 원시적인 힘을 가지고 마음에 되살아났다. 왜 이 지역의 수많은 어부가 예전부터 저 섬을 저주받은 곳이라고 여겼는지 이해할 수 있었다. 전염병이 발발하자 맹렬한 바다와 싸우며 무서운 복수를 향해 눈을 부릅뜨고 열심히 노를 저었을 절박한 뱃사람의 모습이 선연히 떠올랐다.

이제 7시 반이 지났다. 사고인지 고의인지는 알 수 없었지만, 올드필드는 오지 않을 것이다. 그러나 적어도 섬에 전화를 걸어보려고 선착장을 떠나도 배를 놓칠지 모른다는 걱정은 할 필요가 없을 것이다. 빅토리아 여왕 동상 근처에서 두 칸짜리 공중전화 부스를 보았던 기억이 났다. 둘 다 비어 있었고, 첫 번째 칸에 들어가 문을 닫았을 때 다행히 전화기는 고장 나지 않았다. 성의 전화번호를 기록해두지 않은 사실이 짜증 났고, 앰브로즈가 사생활 보호에 집착하느라 전화번호부에 번호를 올리지 않았을까 봐 잠시 두려웠다. 그러나 전화번호부에 코시섬의 번호가 있었다. 앰브로즈의 이름은 아니고 코시섬 이름으로 되어 있었다. 다이얼을 돌리자 신호음이 들렸다. 이윽고 상대가 전화를 받았지만 아무런 소리도 들리지 않았다. 숨소리를 들은 것도 같았지만 상상이 분명하다고 스스로를 타일렀다. 그녀는 다시 말했다. "코델리아 그레이예요. 스페이머스에서 전화를 겁니다. 6시에 소형선이 마중을 나오기로 했는데요." 그러나 상대방은 아무 대답도 하지 않았다. 조금 더 큰 소리로 말했지만, 수화기 건너편은 오직 침묵뿐이었다. 누군가가 전화를 받기는 했지만, 수화기를 든 그 사람은 말할 의향이 없는 게 틀림없다는 으스스한 인상이 들었다. 코델리아는 전화를 끊고 다시 다이얼을 돌렸다. 이번에는 통화 중을 알리는 신호음이 들렸다. 누가 수화기를 내려놓은 상태였다.

소형선이 나타날 거라는 희망을 거의 버리고 다시 항구로 돌아왔다. 그때 정박 중인 배 한 척에서 사람의 기척과 불빛이 보였다. 선착장 가장자리에 서서 아래를 내려다보니 허름하지만 튼튼해 보이는 목조 소형선이 있었다. 배 한가운데에 허술한 선실이 있고 갈색 돛이 달렸으며 배 바깥쪽에 모터가 달려 있었다. 좌현과 우현 양쪽에 램프가 켜져 있고 선미에는 그물이 높이 쌓여 있었다. 선원이 야간 조업을 준비 중인 것처럼 보였다. 그리고 선실에는 틀림없이 작은 취사실도 갖춰져 있는 모양이었다. 군침을 돌게 하는 짭조름한 구운 베이컨 냄새가 희미한 타르와 생선 냄새를 누르고 선실 밖으로 새어 나왔다. 턱수염을 기른 땅딸막한 젊은 남자가 선실 문을 밀고 나와 위쪽을 쳐다보았다. 남자는 처음에는 하늘을 보다가 이윽고 코델리아와 눈이 마주쳤다. 팔꿈치에 천 조각을 덧댄 스웨터를 입고 방수 장화를 신고 두툼한 샌드위치를 먹고 있었다. 쾌활한 붉은 얼굴과 덥수룩한 검은 머리 때문에 정감 있는 해적 같아 보였다.

코델리아는 충동적으로 남자에게 외쳤다. "지금 출항할 예정이면 코시섬까지 데려다주지 않을래요? 거기 묵고 있는데 데리러 오기로 한 소형선이 오지 않네요. 오늘 밤 꼭 돌아가야 할 중요한 일이 있어요."

남자는 여전히 기름진 빵 모서리를 와작와작 씹으며 뱃전을 따라 움직이더니, 날카롭지만 불친절하지는 않은 눈빛으로 그녀를 올려다보았다. 그가 말했다. "거기서 누가 살해당했다면서요? 여자라지요?"

"예, 배우 클라리사 라일이오. 사건이 일어났을 때 저도 거기 있었어요. 지금도 거기 있어야 하고요. 6시에 소형선이 데리러 오기로 했었어요. 오늘 밤 꼭 돌아가야 해요."

"살해당한 여자라. 코시섬에서는 새로운 일도 아니죠. 나는 남

동쪽 바다로 고기를 잡으러 떠나요. 정말로 가고 싶다면 데려다
줄게요."

남자의 목소리에도 표정에도 특별히 호기심은 드러나지 않았다.

그녀는 재빨리 말했다. "꼭 가고 싶어요. 휘발윳값은 내겠어요.
당연한 일이니까요."

"필요 없어요. 순풍이 부는걸요. 만을 떠나면 바람이 넉넉히 불
어줄 거예요. 원한다면 배를 조종할 수 있게 해줄게요."

"할 수 있을지 모르겠어요. 하지만 알려주면 밧줄을 제대로 당
겨볼게요."

그는 샌드위치를 왼손으로 옮기고 오른손을 스웨터에 문질러
닦은 다음 손을 내밀어 그녀가 배에 오르는 것을 도왔다.

그녀가 말했다. "얼마나 걸릴까요?"

"물살이 반대 방향이니까 한 40분 정도는 걸릴 겁니다. 어쩌면
더 걸릴지도 모르고요."

남자가 선실로 들어가자 그녀는 뱃머리에 앉아 참을성 있게 기
다렸다. 남자가 곧바로 나와 샌드위치를 하나 내밀었다. 기름지고
냄새가 강한 베이컨 두 장을 두툼하고 딱딱한 빵 사이에 끼운 샌
드위치였다. 그녀는 턱이 빠질 만큼 열심히 샌드위치를 씹으면서
자신이 얼마나 배고팠는지를 비로소 깨달았다. 그녀는 남자에게
고맙다고 인사했다. 남자는 자신이 준비한 음식이 명백히 성공을
거둔 사실에 흡족함을 느낀 듯 소년처럼 웃었다. "일단 배가 물살
을 타면 코코아를 드릴게요."

남자는 선실 외곽을 따라 선미로 걸어갔다. 잠시 후 엔진이 부르
릉거리며 살아났고 작은 배는 가만히 선착장을 떠나기 시작했다.

44

코시성을 처음 본 게 불과 사흘 전이라는 사실이 믿기지 않았다. 그 짧은 시간에 파란만장한 세월을 겪고 딴사람이 되어버린 느낌이었다. 햇살이 부서지는 성벽과 일정하게 뚫린 총안, 높이 솟아 반짝이는 탑을 처음 보고 놀란 숨을 들이켰던 사람은 벅찬 기대감으로 가슴이 두근거렸던 어린아이였다. 그러나 지금, 작은 고기잡이배가 섬의 기슭을 돌았을 때 코델리아는 다시금 숨이 멎는 것만 같았다. 성은 빛으로 번쩍이고 있었다. 모든 창에 불이 밝혀져 있었고, 연필처럼 가느다란 빛줄기가 눈금처럼 새겨진 탑도 높은 창을 통해 바다 위로 등대 경고등 같은 강력한 광선을 내쏘았다. 성은 빛에 휘감긴 채 바위 위로 둥실 떠올라 짙은 청색 하늘 아래서 그 밝은 빛으로 주변의 별빛을 지우며 미동도 없이 고요하게 떠 있는 것 같았다. 오직 달만이 제자리에서 동그란 쌀 종이처럼 파리한 빛으로 떠서 베일 같은 구름 뒤로 움직였다.

코델리아는 배가 멀어질 때까지 선착장에 서 있었다. 잠시 청년에게 배를 멈추고 최소한 소리치면 들릴 만한 거리에 머물러달라고 외치고 싶은 유혹이 들었다. 그러나 곧 어리석고 공상적인 생각에 사로잡히면 안 된다고 자신을 타일렀다. 앰브로즈와 단둘이 있지는 않을 것이다. 아이보는 너무 아파서 별로 도움이 되지 않겠지만 로마와 사이먼과 조지 경이 있을 것이다. 만에 하나 그들이 없다고 해도 코델리아가 왜 두려워해야 한단 말인가? 그녀는 동기가 있는 한 사람을 대면할 뿐이다. 그리고 동기만으로는 사람을 죽이지 않는다. 게다가 그녀는 로마가 한 말에 동감했다. 앰브로즈에게는 한 인간을 극단적인 범죄로 몰아갈 만큼의 증오, 무자비함, 뻔뻔함이 없었다.

테라스 전체에 빛이 은판처럼 드리웠다. 마치 허공을 걷는 것처럼 그 빛을 밟으며 응접실의 열린 프랑스식 창문을 향해 조용히 움직였다. 그때 앰브로즈가 나타났다. 그는 빛을 등지고 선 검은 그림자의 형체가 되어 그녀가 다가오는 모습을 지켜보았다. 만찬용 재킷을 입고 왼손에는 붉은 포도주잔을 들고 있었다. 그림은 선명했고 채색도 뚜렷했다. 코델리아는 자기도 모르게 눈 앞에 펼쳐진 그림에 감탄했다. 세심하게 자리를 잡은 인물의 위치, 인물의 검은 세로 선을 강조하기 위해 교묘하고 능숙하게 배치한 유리잔 안의 붉은 얼룩, 셔츠 앞섶의 흰색, 그림 전체의 구성에 초점과 의미를 부여하는 압도적인 눈동자. 이곳은 그의 왕국, 그의 성이었다. 그가 모든 것을 장악하고 있었다. 그는 자신의 지배를 축하하고 기뻐하는 듯 성 전체를 환하게 밝혀놓았다. 그러나 그녀가 다가가자 그의 목소리는 의외로 밝고 평범했다. 그저 오후에 육지로 쇼핑을 나갔다가 집에 돌아온 사람을 환영하는 말투였다. 하긴 그야말로 그가 생각하는 그녀의 행동이 아니었던가?

"어서 와요, 코델리아. 식사는 했어요? 기다리지 못하고 먼저 저녁을 먹었어요. 내가 직접 수프와 허브 오믈렛을 만들었죠. 조금 들겠어요?"

코델리아는 응접실로 들어갔다. 벽 전등과 테이블 위 램프 하나만 켜놓아서 벽난로 옆에 아늑한 빛의 원이 그려져 있었다. 모퉁이는 어두웠고 길쭉한 그림자가 카펫과 벽 위에서 손가락처럼 움직였다. 벽난로에 불을 지핀 지 꽤 되었는지 큼직한 장작 하나가 꾸준히 타오르고 있었다.

그녀는 숄더백을 내려놓으며 물었다. "다들 어디 갔죠?"

"아이보는 자러 갔습니다. 몸 상태가 별로 좋지 않아서 걱정이에요. 여행을 할 만한 상태가 되면 내일은 집으로 돌아갈 겁니다. 로마는 떠났어요. 빨리 런던으로 돌아가고 싶다더군요. 조지 경은 사우섬튼에서 열리는 그 의문의 회의에 부름을 받고 로마와 같은 배를 타고 돌아갔어요. 두 사람 모두 내일 검시평결 때문에 스페이머스로 돌아오겠지만, 코시섬에는 오지 않을 겁니다. 사이먼은 배가 고프지 않다고 했고요. 아마 그 아이도 잠자리에 들었을 겁니다."

'결국, 두 사람만 남았군. 아픈 아이보와 소년을 제외하고 말이야.' 코델리아는 자신의 낭패감을 들키지 않기를 바라며 물었다. "왜 소형선이 스페이머스에 오지 않았죠? 올드필드가 6시에 마중 나오기로 했었어요."

"올드필드나 내가 착각을 한 모양입니다. 올드필드와 시어워터호는 내일 아침이나 되어야 돌아옵니다. 오늘 밤은 본머스에 사는 딸을 만나러 갔거든요."

"전화를 걸었는데, 받은 사람이 수화기를 내려놓았더군요."

"오늘 하루 내내 제가 그랬습니다. 전화가 너무 많이 왔거든요. 기자들 연락도 너무 잦았고요."

두 사람은 벽난로 앞에 나란히 섰다. 그녀는 가방에서 신문스 크랩 사진을 꺼내 그에게 내밀었다. "이걸 찾으러 스페이머스에 갔었어요."

그는 그것을 만지지도, 심지어 눈길을 주지도 않았다. "그럴 거 라고 생각했어요. 축하합니다. 성공할 줄은 몰랐어요."

"당신이 벌써 신문사 자료보관실에서 도려냈기 때문에요?"

그는 침착하게 말했다. "예. 약 1년 전에 없앴지요. 합당한 예 방책이라고 생각했거든요."

"다른 신문을 찾았어요."

"예, 알아요." 갑자기 그가 부드럽게 말했다. "피곤해 보이는군 요. 코델리아. 앉아서 쉬는 게 어때요? 포도주나 브랜디라도 가 져다줄까요?"

"포도주 한 잔 부탁합니다."

그녀는 정신을 맑게 유지해야 한다고 생각했지만, 포도주 생 각을 떨칠 수가 없었다. 입이 바짝 말라서 말이 잘 나오지 않을 정도였다. 앰브로즈가 주방에서 잔을 하나 가져와 포도주를 따라 주고 자기 잔도 다시 채우고는 디캔터를 손이 닿는 곳에 두고 의 자에 앉았다. 두 사람은 벽난로 양쪽에 앉았다. 코델리아는 이토 록 편안하게 자신을 감싸주는 의자를 본 적이 없었고 이토록 맛 이 좋은 포도주도 마셔본 적이 없었다. 두 사람은 저녁 식사를 마 치고 지극히 평범한 하루 일을 의논하는 사람들처럼 차분하고 담 담하게 대화를 시작했다.

"숙부를 만나러 잠시 귀국했었습니다. 나는 숙부의 상속인이
었고 그분은 나를 보고 싶어 했어요. 내가 과세회피를 위해 1년을
외국에 머물러야 해서 여기 올 수 없다고 하면 아마 숙부는 이해
해주지 않았을 겁니다. 그분은 그런 생각을 아예 할 수 없는 사람
이었으니까요. 인간이 순전히 돈 때문에 하고 싶지 않은 일을 하
고, 살고 싶지 않은 곳에서 1년이나 살 수도 있다는 생각을 한 번
도 하지 못했을 겁니다. 당신도 숙부를 알았더라면 참 좋았을 텐
데요. 두 사람은 서로 좋아했을 겁니다. 사람들 눈에 띄지 않고
여기로 오는 건 그리 어렵지 않았어요. 파리에서 더블린까지 비
행기를 타고 와서 거기서 히드로 공항으로 오는 에어링구스[100]를
탔지요. 공항에서 기차로 스페이머스까지 온 다음 숙부의 하인인
윌리엄 모그에게 날이 어두워진 다음에 소형선으로 마중을 나와
달라고 전화를 걸었어요. 숙부와 윌리엄 모그는 40년 가까이 이
섬에서 함께 살았어요. 모그에게 누구에게라도 나를 본 적이 있
다는 말을 하지 말라고 부탁했지만, 사실 그럴 필요는 없었습니
다. 그는 주인의 일에 관해서라면 절대 발설하지 않았거든요. 숙
부가 죽고 3개월 후에 모그도 벽만 바라보다 숙부 뒤를 따라갔습
니다. 정말이지 위험할 일은 조금도 없었어요. 숙부가 오라고 했
고 저는 왔을 뿐이죠."

"하지만 오지 않았다면 숙부는 유언장을 고쳐 썼겠죠."

"박정하기도 하시지, 코델리아. 믿지 않을지 모르지만, 나는
그런 불쾌한 가능성에 영향을 받지 않습니다. 그럴 가능성이 있
을 거라고 믿지도 않았고요. 나는 숙부를 좋아했습니다. 숙부를
자주 만나지는 않았지만(그분은 상속인의 방문조차 별로 권하지 않

100 아일랜드 더블린에 있는 국영 항공사

았습니다) 1년에 한 번 정도 여길 오면 우리 두 사람 다 인정하는 뭔가가 있었습니다. 사랑은 아니었어요. 숙부는 오직 윌리엄 모그만 사랑했으니까요. 그리고 그 사랑이라는 게 무슨 의미인지 저는 확실히 모릅니다. 어쨌든 나는 그것을 높이 샀습니다. 그리고 숙부도 높이 샀지요. 숙부는 강인함과 고집과 용기를 갖춘 사람이었어요. 자유롭게 살았죠. 그 넓은 침실에 고대의 족장처럼 누워 바다를 바라보며 그 무엇도 두려워하지 않았어요. 그 어떤 것도 말입니다. 그랬던 분이 저에게 좋아하는 것을 구해달라고 부탁했습니다. 블루 스틸턴 치즈를 마지막으로 맛보고 싶다는 거였어요. 30년 동안 맛보지 못했다고요. 숙부와 윌리엄 모그는 버터와 치즈까지 직접 만들어가며 섬에서 자급자족하고 있었어요. 숙부가 왜 그런 생각을 했는지는 모르겠습니다. 모그를 시켜서 구해 오라고 할 수도 있었을 텐데요. 하지만 숙부는 그러지 않았고 내게 부탁했습니다."

"그게 스페이머스에 온 이유였나요?"

"그렇습니다. 효심에서 우러난 그 단순한 행동을 하지 않았더라면 클라리사는 그 신문 사진을 보지 않았을 거고, 내게 《말피 공작부인》 공연을 강요하지도 않았을 것이며, 지금도 살아 있을 겁니다. 참, 기묘하지 않습니까? 선한 사람이 오래 산다는 그 어떤 이론도 말이 안 돼요. 여덟 살 때 어머니가 돌아가셨을 때 나는 그것을 깨달았죠. 어머니는 단 1분 차이로 귀국 비행기를 놓쳐서 다음 비행기를 탔다가 그만 추락했어요. 그건 파리의 신호등이 붉은색이었는지 초록색이었는지의 단순한 문제에 불과했어요. 우리는 우연히 살다가 우연히 죽어요. 클라리사의 경우를 봐도 겨우 블루 스틸턴 치즈 230그램의 문제에 불과했어요. 혹시 다음 두 가지 단어가 당신에게 의미가 있다면, 선에서 악이 태어 났다고 말해두죠."

아이보도 그녀에게 같은 질문을 했었다. 그러나 이번에 앰브로 즈는 그녀에게 대답을 요구하지는 않았다.

앰브로즈는 계속해서 말했다. "사람은 자기 신념에 따라 살아 갈 용기가 있어야 합니다. 우리는 동물이므로 언젠가는 모두 죽 고, 주변의 모든 것을 돌이킬 수 없이 잃을 것이며, 희망 없이 밤을 향해 나가는 존재라고, 나는 절대적으로 믿습니다. 당신도 그걸 인정한다면, 그 믿음이 어떻게 살 것인가에 분명히 영향을 미칠 겁니다."

"수백만 명의 사람들이 이미 그걸 알면서도 여전히 선량하고 친절하고 쓸모 있는 삶을 살아가고 있어요."

"그야 선량함과 친절함, 쓸모 있음이 편리한 방편이니까요. 나 도 그런 면이 있습니다. 적어도 약간은 호감을 사야 편리하니까 요. 어쩌면 미덕을 갖춘 회의주의자들 역시 여전히 인간에겐 사 후세계가 있다거나, 죽어서 보상이나 벌을 받는다거나, 다시 태 어난다거나 하는 일말의 희망이나 두려움을 완전히 떨쳐내지 못 하고 있을 겁니다. 그러나 그런 건 없어요, 코델리아. 암흑 말고 는 아무것도 없어요. 우리는 희망도 없이 암흑을 향해 갑니다."

앰브로즈가 클라리사를 어떻게 암흑으로 보냈는지 떠올리며 코델리아는 그럴듯한 거짓 슬픔을 담고 다정하게 미소 짓는 앰브 로즈의 얼굴을 경악에 차 바라보았다. 이제야 그가 저지른 일의 전말이 하나하나 뚜렷하게 되살아나는 것 같았다.

"당신은 그녀의 얼굴을 으깨버렸어요! 한 번도 아니고 여러 차 례 반복해서! 어떻게 그런 짓을 저지를 수가 있지요?"

"별로 유쾌하지는 않았어요. 그리고 행여 당신에게 위안이 될지 모르지만, 나도 눈을 감고 할 수밖에 없었죠. 아주 오래 걸린 것만 같았어요. 소름 끼치도록 구체적인 감각이 느껴지더군요. 부드러운 감각이 부서지기 쉬운 뼈를 감싸고 완충 작용을 했어요. 그런데 뼈가 어찌나 많은지! 그 뼈가 전부 부서지는 게 느껴졌어요. 어린 시절 토피 사탕 한 통을 전부 부수는 기분이었죠. 우리 집 늙은 요리사가 토피 사탕을 만들어보게 해주었거든요. 토피 사탕이 다 식었을 때 깨뜨리는 시간이 가장 좋았어요. 감았던 눈을 뜨고 똑바로 앞을 보았지만 클라리사는 없었어요. 물론 그전에도 살아 있는 클라리사는 없었죠. 그런데 막상 얼굴을 없애버리자 그녀가 어떻게 생겼었는지 도무지 기억이 나지 않는 거예요. 클라리사는 내가 아는 그 누구보다 얼굴이 곧 자기 존재였는데 말이죠. 그러다가 원래 알고 있었던 사실을 새삼스럽게 깨달았어요. 어쩌면 클라리사에게도 영혼이 있을지 모른다는 어이없는 추측을 보기 좋게 부숴버린 거죠."

코넬리아는 속으로 다짐했다. '절대로 무너지지 않을 것이다. 침착성을 유지할 것이다. 절대로 공황에 빠져서는 안 된다.'

앰브로즈의 목소리가 희미하면서도 매우 뚜렷하게 들려왔다. "열여섯 살 학생 시절 이 섬에 처음 왔을 때 내가 인생에서 원하는 게 뭔지 비로소 알았습니다. 그건 권력도 성공도, 남자와의 섹스도 여자와의 섹스도 아니었어요. 그런 건 내게 언제나 수치심의 낭비이자 정신의 소비에 불과했으니까요. 심지어 내 열정 대상에 쏟아부을 때를 제외하곤 돈도 아니었습니다. 나는 장소를 원했어요. 바로 여기. 나는 집을 원했어요. 바로 이 집이오. 이 경치와 이 바다와 이 섬을 원했습니다. 숙부는 이 섬에서 죽는 게 소원이었어요.

나는 이 섬에서 사는 게 소원이었고요. 내가 깨달았던 유일하게 현실적인 열정이었습니다. 그리고 나는 내 섬을 색광증에 빠진 이류 배우에게 빼앗길 수는 없었습니다."

"그래서 그녀를 죽였나요?"

앰브로즈는 그녀의 잔과 자기 잔에 포도주를 더 채우고 그녀를 바라보았다. 그녀는 그가 뭔가를 계산하고 있다고 생각했다. 그녀가 어떤 반응을 보일지, 자신이 솔직하게 털어놔야 할 이유가 뭔지, 어쩌면 둘 사이에 어느 정도 시간이 남았는지 하는 것들을 재고 있었다. 이윽고 그가 빙그레 웃었다. 금방이라도 웃음이 터져 나올 것 같은, 진심으로 즐거워하는 웃음이었다. "오, 코델리아! 당신은 정말로 살인자와 함께 샤토 마고 포도주를 홀짝이며 여기 앉아 있다고 믿는 겁니까? 당신의 그 초연함에 박수를 보내고 싶군요. 아니요. 나는 그녀를 죽이지 않았어요. 당신도 알 거라고 생각했는데요. 나는 그 정도로 용기나 무자비함이 없어요. 나는 아니에요. 내가 그 얼굴을 때렸을 때 그녀는 이미 죽어 있었어요. 누군가가 나보다 먼저 다녀갔어요. 그녀는 아무것도 느끼지 못했어요. 느끼지 못하는 한 어떤 것도 중요하지 않고 어떤 것도 존재하지 않아요. 내가 때리고 으깨버린 것은 살아 있는 육체가 아니었어요. 그건 클라리사가 아니었어요."

아니, 그것은 클라리사였다. 코델리아는 어쩌다가 이렇게 아무것도 보지 못하게 되었을까? 사실 이 모든 것을 이미 추측했었다. 그 대리석 손목으로 얼굴을 내리쳤을 때 클라리사는 틀림없이 죽어 있었다. 게다가 그 대리석 손목의 주인인 죽은 공주는 1세기쯤 후 런던의 어느 병원에서 엄마 품에 안겨보지도 못하고 죽어버린 어떤 아이와 우연히도 이름이 똑같았다.

앰브로즈가 말했다. "피가 분수처럼 솟구쳐 하늘까지 적시지는 않더군요. 어떻게 그럴 수 있겠어요? 그녀는 이미 죽어 있었는데. 이미 살인이 행해진 다음에 내리치는 것은 그리 어렵지 않았어요. 피도 고통도 죄책감도 없었죠. 내가 한 일은 그저 살인자를 위한 위장에 불과했어요. 물론 내 동기는 사리사욕 때문이었음을 인정합니다. 그 치명적인 신문스크랩을 찾아서 없애야 했거든요. 그 방 안 어딘가에 그게 있다는 건 알았어요. 그녀의 계략 중 하나였으니까요. 그녀는 그 종잇조각을 가까이 두고 가끔 꺼내 공연 비평기사를 읽는 척했어요. 그러나 살인자를 향한 나의 사심 없는 우려는 믿어주셔야 합니다. 범인에게 도망칠 배짱이 있다면 나는 도주로를 마련해주고 싶었어요. 결국, 나는 범인에게 신세를 진 셈이니까요."

"클라리사가 신문 사진의 복사본을 가지고 있을지도 몰라요."

"뭐 그럴 수도 있지만, 가능성은 별로 없어요. 그리고 그렇다 한들 뭐가 중요합니까? 그녀의 집에서 다른 소지품과 함께 발견될 테고 보잘것없었던 그 삶의 다른 부스러기들과 함께 버려지겠죠. 반쯤 쓰다 만 화장품이나 오래된 연애편지나 잔뜩 쌓인 옛날 연극 프로그램 등과 함께 말입니다. 만에 하나 조지 경이 그걸 발견하고 그 의미를 깨닫는다고 해도(그럴 것 같지는 않습니다만), 그는 아무 일도 하지 않을 겁니다. 조지 경은 그걸 들고 국세청에 가야 한다는 생각도 못 할 겁니다. 그저 죽어가는 노인을 위해 딱 하룻낮과 하룻밤을 보내러 잠시 귀국했을 뿐이니까요. 당신이나 당신이 아는 사람 가운데 그 정보를 이용해 나를 신고할 사람이 있나요?"

"아니요."

"그럼 당신은요? 신고할 겁니까?"

"그래야겠지요. 하지만 지금은 상황이 달라졌어요. 국세청이 아니라 경찰에 신고해야겠죠. 아니, 반드시 신고해야 합니다."

"아니, 안 돼요. 그러지 말아요, 코델리아! 하지 말아요! 당신에게 더 이상 선택의 책임이 없다고 자신을 속이지 말아요."

그녀는 대답하지 않았다.

그가 몸을 숙이고 그녀의 잔을 채웠다. "나는 다른 복사본이 있을지도 모른다는 가능성은 걱정하지 않았어요. 하지만 경찰이 그 사진을 그 방에서 발견하게 놔둘 수 없었어요. 만약 경찰이 발견했다면 모든 사실을 알게 되겠죠. 그들은 살인의 동기를 찾고 있으니까요. 방 안의 모든 것을 모아 일목요연하게 정리하고 검사하고 살펴보겠죠. 물론 그 신문기사의 표면적인 가치, 즉 순수하게 감상적인 이유로 보관 중인 오래전 공연 비평기사라고만 생각하고 말 가능성도 있었습니다. 하지만 왜 굳이 시골 극장에서 상연한 별로 중요하지 않은 공연 비평기사를 소중하게 간직했을까 라고 생각한다면? 경찰이 어리석기만을 바라고 있을 수는 없었어요."

코델리아의 마음에 커다란 슬픔이 몰려왔다. "결국, 사이먼이었군요. 가엾은 사이먼! 지금 어디에 있죠?"

"자기 방에 있어요. 완벽하게 안전하니 걱정하지 말아요. 어찌된 일인지 궁금하지 않습니까?"

"하지만 사이먼이 살인을 계획했을 리가 없어요! 사이먼은 아니에요! 그럴 뜻은 없었을 거예요."

"계획이오? 물론 아닙니다. 그럴 뜻이라면? 사이먼이 어떤 뜻을 품었을지 누가 알 수 있겠습니까? 사이먼이 어떤 뜻을 품었든지 클라리사는 죽지 않았습니까? 사이먼 말로는 그녀가 먼저 자기 방으로 불렀다고 하더군요. 수영하러 가는 길이었기 때문에 청바지와 셔츠 속에 수영복을 입은 채로 클라리사가 휴식에 들어간 후 30분이 지날 때까지 기다렸다가 문을 세 번 두드렸다고 했어요. 그녀가 들어오라고 했고요. 할 이야기가 있다고 했답니다. 물론 있었겠죠. 자기 이야기 말입니다. 그밖에 클라리사가 원하는 이야기가 뭐가 있었겠어요? 바보 같은 아이는 그녀가 왕립음악학교에 보내주고 학비를 전부 대주겠다는 이야기를 할 거라고 착각했던 거죠."

"하지만 왜 사이먼을 불렀을까요? 왜 하필 사이먼이었을까요?"

"아, 그건 영원히 알 수 없을지도 몰라요. 하지만 추측은 할 수 있죠. 클라리사는 공연 전에 사랑을 나누는 것을 좋아했어요. 그러면 자신감이 생기고, 긴장이 풀리거나, 아니면 그저 잡다한 생각을 멈추게 해주었을지도 모르죠."

"하지만 사이먼이라니! 그 소년과! 어떻게 그 아이를 원할 수가 있죠!"

"어쩌면 아닐지도 모르죠. 이번에는 정말로 이야기를 나누고 싶어서, 아니면 누가 옆에 있어주길 바라서 그랬을지도 몰라요. 그리고 당신을 믿어서 하는 말이지만, 클라리사는 그런 경우 절대로 여자에게 의존하지 않았어요. 어쩌면 사이먼에게는 한 가지 이상의 방식으로 서비스를 베풀겠다고 생각했을지도 모르죠. 클라리사는 자신을 가질 수 있을 때 가지지 않는 남자는 절대로 있을 수 없다고 생각했어요. 뭐, 정상적인 남자라면 말이죠. 그리고 공정하게 말해서, 나란 사람의 섹스는 그녀의 그런 생각을 바로잡기 위해 할 일이 많지 않았고요. 게다가 사이먼이 영광스러운

515

교육을 시작하기에 그보다 더 좋을 때가 어디 있었겠어요? 자화자찬이지만 그렇게 훌륭한 점심을 마치고 난 따뜻한 오후였으니, 클라리사로선 공연을 앞두고 긴장을 풀기 위한 기분전환이랄까, 새로운 감각이랄까, 그런 게 필요하지 않았겠어요? 게다가 다른 사람이 또 누가 있었습니까? 조지 경이오? 기사도 정신으로 똘똘 뭉친 그 멍청이는 아내의 명예를 지키기 위해 죽어도 진실을 말하지는 않겠지만, 아내가 불륜을 저지른다는 사실을 발견한 후로는 그녀의 몸에 손도 대지 않았을걸요. 나라는 사람은 별 소용이 없고요. 아이보 휘팅엄? 뭐, 아이보에게도 차례가 돌아갔을 때가 있었죠. 만약 그에게 그럴 힘이 남아 있다 해도 그녀가 그를 원했을까요? 죽어서 메마른 피부를 만지고 혀로 죽음의 맛을 느끼고 코로 부패의 냄새를 맡는 것 같지 않았을까요? 결국, 클라리사의 특별한 요구를 생각하면 사이먼 말고 누가 있었겠습니까?"

"하지만 끔찍해요!"

"당신이 아직 젊고 예쁘고 편협하기 때문이에요. 다른 소년과 다른 때에 벌어진 일이었다면 그리 해롭지 않았을 겁니다. 심지어 그 소년은 그녀에게 고마워했을지도 모르죠. 하지만 사이먼 레싱이 기대한 교육은 다른 것이었습니다. 게다가 그 아이는 낭만적이었어요. 클라리사가 소년의 얼굴에서 본 것은 욕망이 아니라 혐오였습니다. 물론 내가 틀렸을 수도 있어요. 그녀는 자기 생각을 노골적으로 드러내지는 않았을지도 몰라요. 클라리사는 원래 그렇게 하지 않는 편이니까요. 어쨌든 사이먼을 불렀습니다. 그리고 나와 숙부의 경우처럼 사이먼 역시 그녀에게 갔고요."

그녀가 말했다. "그래서 어떻게 되었죠? 당신은 그걸 어떻게 알아냈고요?"

"내가 방을 나선 시각에 대해 그로건에게 거짓말을 했습니다. 나는 옷을 빨리 갈아입고 2시 20분 전에 클라리사의 방문 앞을 지나갔어요. 그때 사이먼이 그 방에서 고개를 내밀고 복도를 내다보더군요. 그 만남은 완전한 요행이었어요. 우리는 한동안 서로를 보았습니다. 사이먼의 얼굴은 섬뜩했어요. 재처럼 하얗게 질렸고 눈은 이글거렸죠. 금방이라도 쓰러질 것 같았어요. 나는 그 애를 방 안으로 밀어 넣고 문을 잠갔습니다. 그 애는 수영복만 입었고 셔츠와 청바지는 바닥에 떨어져 있더군요. 그리고 클라리사는 침대에 팔다리를 아무렇게나 벌리고 누워 있었어요. 죽어 있었습니다."

"어떻게 확신할 수 있었죠? 왜 도와달라고 사람을 부르지 않았나요?"

"오, 코델리아! 나는 은신의 삶을 살아왔지만 척 보면 죽었는지 알 수 있어요. 확인도 했어요. 맥박도 짚어봤고요. 전혀 뛰지 않았어요. 손수건 귀퉁이를 그녀의 눈앞에 들고 왔다 갔다 움직여봤어요. 기분 나쁜 절차였지만 반응이 없었어요. 사이먼은 보석함으로 그녀의 머리를 쳐서 두개골을 박살 냈어요. 보석함은 실제로 그녀의 이마 위에 놓여 있었고요. 이상한 일이지만 출혈은 거의 없었어요. 그저 사이먼의 팔에 작은 피 얼룩이 하나 묻어 있었어요. 피가 위로 튀어 올랐던 거죠. 그녀의 왼쪽 콧구멍에서 가느다란 핏줄기가 하나 흘러나왔어요. 내가 봤을 때 이미 그 핏줄기는 말라가고 있었어요. 그녀가 죽은 지 10분 정도밖에 안 되었는데 말입니다. 핏줄기는 비뚤어진 자상처럼 보였어요. 벌린 입 바로 위쪽에 있어서 미관을 해치고 있었죠. 죽은 사람의 얼굴이 우스꽝스러워 보인다는 건 어찌할 도리가 없는 마지막 굴욕이에요.

클라리사가 알면 얼마나 싫었겠어요! 하지만 그 후 일은 당신도 알죠? 당신도 봤으니까요."

코델리아가 말했다. "당신은 잊었군요. 제가 그녀를 본 것은 나중 일이에요. 당신이 일을 마친 다음이었죠. 그녀는 그렇게 우스꽝스러워 보이지 않았어요."

"가엾은 코델리아! 이것 참 미안하게 됐습니다. 할 수만 있었다면 당신은 그 모습을 보지 못하게 했을 텐데. 하지만 내가 그녀를 깨우러 일찍 올라가면 의심을 받을 것 같았어요. 추리소설에서 배웠죠. 절대로 시체를 발견하는 사람이 되지 마라."

"그런데 이유가 뭐죠? 사이먼이 이유를 말하던가요?"

"아주 앞뒤가 맞지는 않았어요. 게다가 나는 그 만남의 심리적인 복잡성을 논의하기보다 그 아이를 빨리 피신시키는 데 더 관심이 있었거든요. 그러나 두 사람 모두 원하는 바를 얻지는 못했던 것 같아요. 그녀는 그의 눈에서 수치스러움과 역겨움을 보았을 거예요. 그리고 그는 그녀의 눈에서 자기 희망이 사라지는 것을 봤을 테고요. 그녀는 그가 성적으로 불능이라는 사실을 비웃었다고 하더군요. 너도 네 아버지처럼 쓸모없다고요. 아마 그녀가 반라 상태로 침대에 누워 그와 그의 아버지를 싸잡아 조롱하며 그의 모든 희망을 파괴했을 때 사이먼은 이성을 잃어버렸을 거예요. 그는 손에 잡히는 유일한 무기였던 보석함을 들어 내리쳤습니다."

"그러고 나서요?"

"짐작이 가지 않습니까? 나는 그에게 어떻게 해야 할지 자세히 알려줬습니다. 경찰에게 어떻게 말하면 좋을지 하나하나 알려줬어요. 실제로 우리에게 말했던 것처럼 점심 후에 수영하러 갔다고 말하라고 했지요. 식후 1시간 남짓 해변을 산책했고 그 후에 물에 들어갔다고요. 그리고 3시 5분 전쯤 공연 관람용 옷을 갈아 입으러 성으로 돌아오기 시작했다고. 나는 그가 진술 내용을 제 대로 암기했는지 확인했습니다. 그리고 클라리사의 욕실로 데려 가 작은 핏자국을 씻어주었어요. 화장지로 세면대를 닦고 변기에 흘려보냈습니다. 그리고 신문기사 오린 것을 찾았어요. 오래 걸 리지는 않았습니다. 그녀의 핸드백이나 보석함 중 한 곳이 확실 했으니까요. 그런 다음 그 애를 옆방으로 데려가 당신 화장실 창 문에서 이어지는 화재 대피용 사다리로 내려가는 법을 가르쳐주 었어요. 난간에 손이 닿지 않게 조심하라고 했지요. 그는 고분고 분한 어린아이처럼 복종했고 이상할 만큼 침착했어요. 그 아이가 내가 시킨 대로 옆구리에 보석함을 낀 채 대피용 사다리를 내려 가 벼랑 끝까지 가서 바다에 보석함을 던져버리는 모습을 지켜봤 습니다. 만약 경찰이 보석함을 끌어 올리는 데 성공하더라도 그 안에서 보석은 발견하지 못할 겁니다. 보석은 따로 꺼내 다른 바 다에 던졌으니까요. 정확히 어느 곳에 버렸는지 말함으로써 당신 을 향한 나의 믿음을 보여주지 못하더라도 용서해주세요. 경찰이 보석함에서 사라진 게 겨우 신문기사 쪼가리라는 사실을 절대로 알면 안 되니까요. 그런 다음 사이먼은 바다에 뛰어들었고 나는 그 애가 서쪽 후미를 향해 힘차게 물을 가르며 나가는 모습을 지 켜보았습니다."

"하지만 다른 사람도 지켜보고 있었어요. 문터가 탑 다락방 창 문으로 보고 있었죠. 화재 대피용 사다리가 보이는 유일한 창문 이거든요."

"알아요. 사이먼과 내가 문터를 부축해 방으로 데려갔을 때 술 에 취해 횡설수설하면서 우리 두 사람에게 그 이야기를 솔직하게 털어놓으려고 하더군요. 하지만 별로 걱정하지는 않았습니다. 문터는 절대적으로 믿을 수 있었어요. 나는 사이먼에게 걱정하지 말라고 했어요. 문터는 나에 관한 일이라면 어떤 비밀도 무덤까지 가져갔을 사람이니까요."

코델리아가 말했다. "참 편리하게도 너무 빨리 무덤까지 가져갔군요. 게다가 술에 취한 사람의 말을 믿을 수 있었다고요?"

"술에 취했거나 맨정신이거나 저는 문터를 믿을 수 있었습니다. 그리고 나는 그를 죽이지 않았습니다. 내가 아는 한 사이먼도 그를 죽이지 않았습니다. 적어도 그 죽음은 사고사였습니다."

"어쨌든, 그러고 나서 뭘 했죠?"

"빨리 행동에 나서야 했어요. 하지만 그 급박함과 위험이 몹시 자극적이더군요. 현실의 미스터리를 계획하는 건 내가 쓴 책《시체 해부》에서처럼 아주 독창적이었습니다. 나는 경찰이 클라리사가 자기 방에 손님을 들였다고 의심하지 않도록 얼굴에서 화장을 지웠습니다. 그리고 클라리사의 정확한 사인을 알려주는 증거를 없애고, 사이먼은 아예 존재를 몰라서 절대로 가져올 수 없었을 흉기로 바꾸는 일에 착수했습니다. 경찰이 이번 살인이 협박편지의 인용문과 관련이 있다고 생각하게 할 만한 흉기였죠. 물론 사이먼에게는 내가 어떻게 하려는지 말하지 않았고 그가 떠날 때까지는 시신에 손도 대지 않았습니다. 사이먼이 아무것도 몰라야 최대한 방어할 수 있으니까요. 그는 으깨진 클라리사의 얼굴을 본 적이 없어요."

"그럼 당신은 망토 주머니에 그 대리석 손목을 내내 가지고 다녔다는 말인가요?"

"대리석 손목과 협박편지 모두 미리 준비해두었죠. 클라리사가 3막 2장에서 열기로 한 상자에 넣어둘 생각이었어요. 그래서 그 두 가지 물건을 망토 안에 숨기고 다니다가 마지막 순간에 날랜 손재주로 잘 넣어야 했지요. 어떻게든 해낼 수 있었을 겁니다. 그리고 그 결과는 실로 대단했을 거라고 확신합니다. 클라리사는 공연을 끝까지 마치지도 못했을 겁니다."

"그래서 무대감독 조수를 자청하고 계속 소품을 챙겼던 거로군요?"

"그렇습니다. 자연스러웠지요. 사람들은 내가 내 물건을 지키느라 그러는 거라고 생각했겠죠."

"그러면 클라리사의 얼굴을 망가뜨린 다음 사이먼의 옷가지를 망토 아래 숨겨서 후미로 가져다주었겠군요."

"정말 표리부동의 의미를 제대로 이해했군요, 코델리아. 옷가지를 더 먼 해안까지 가져가고 싶었지만, 시간이 없었습니다. 테라스 아래의 작은 후미가 내가 갈 수 있는 가장 먼 곳이었지요. 그리고 다시 회랑을 통해 극장으로 가서 문터와 함께 소품을 점검했습니다. 클라리사의 방에 남은 내 지문에 대해서는 지나치게 걱정할 필요가 없었다고 말해야겠군요. 여기는 내 집입니다. 대리석 손목을 포함해 가구도 물건도 제 것입니다. 거기 내 지문이 묻어 있는 것은 지극히 당연한 일이겠죠. 그러나 저 사잇문에 내 손바닥 지문이 남았는지에 대해서는 걱정이 되더군요. 그러면 내가 사잇문을 만진 마지막 사람이라는 뜻이 되니까요. 그래서 우리가 시신을 발견한 뒤에 일부러 그 문을 꽤 신경 써서 열었답니다."

"그러면 당신 역시 협박편지를 보냈나요? 톨리가 그만둔 뒤 당신이 이어서 보낸 건가요?"

"아이코, 톨리 일도 알고 있습니까? 내가 당신 실력을 얕잡아

봤군요. 예, 어렵지는 않았습니다. 가엾은 톨리는 슬픔을 이기기 위한 아편으로 종교를 선택했지만, 나는 그 좋은 작업을 좀 더 예술적인 형태로 계속 이어갔습니다. 그러자 클라리사가 경찰을 부르더군요. 나로선 반가운 전개가 아니었기 때문에 경찰의 관심을 효과적으로 따돌릴 작은 계책을 그녀에게 제안했죠. 클라리사는 사실 이상할 정도로 어리석은 여자였습니다. 본능은 있었지만, 지성은 절대 없었어요. 내 계획의 성공은 이 두 가지에 달려 있었어요. 클라리사의 어리석음과 죽음에 대한 공포 말입니다. 그래서 죽음으로 가는 길을 언급하는 성경 구절에 지나치게 의존했던 톨리의 협박편지가 멈췄을 때 나는 가끔 문터의 도움을 받아가며 나만의 무시무시한 협박편지를 만들어냈습니다. 물론 그 협박편지의 목적은 그녀의 배우 생활을 파멸시키고 나의 사생활과 평화로운 섬을 되찾는 것이었죠. 클라리사가 내게 권력을 행사할 때는 오직 배우로서뿐이었으니까요. 만약 코시 극장이 그녀의 마지막 굴욕의 현장이 되어버린다면 다시는 코시섬에 오지 않을 거라고 생각했어요. 그녀의 자신감과 배우로서의 경력이 보기 좋게 파괴된다면 나는 다시 자유로워질 거라고요. 공평하게 말하자면, 클라리사는 평범하게 협박하지 않았어요. 그럴 필요가 없었죠. 클라리사가 처음 그 신문기사를 본 것은 1977년이었어요. 클라리사는 친구들의 치욕적인 비밀을 이용해 자신의 자존심을 돌보는 걸 좋아했는데, 이 비밀을 이용하기까지 3년이나 품고 있었던 겁니다. 극장의 복구와 그녀의 경력에 위기가 찾아온 시점이 우연히 겹친 것은 내겐 불운이었습니다. 갑자기 그녀가 내게 원하는 게 생겨버린 거죠. 그리고 그녀는 그것을 얻을 수단도 갖고 있었습니다. 협박은 매우 섬세하고 신중하게 행해졌다고 말할 수 있습니다."

갑자기 그가 그녀 쪽으로 몸을 숙이고 말했다. "이봐요, 코델리아. 이제 더 이상 사이먼을 감싸주는 게 불가능해요. 그 애는 술을 마시기 시작했어요. 당신도 봤죠? 또 실수를 저지르기 시작했고요. 예를 들면 로마가 알아챈 실언이오. 보석함을 본 적도 없고 만진 적도 없다고 해놓고 어떻게 생겼는지 안다고 말했어요. 그런 실수가 또 벌어질 겁니다. 나는 그 애를 좋아하고, 그 애는 능력이 없지도 않아요. 그 애를 구하기 위해 할 수 있는 일을 다 했습니다. 클라리사는 그 애 아버지를 망가뜨려놓고 왜 그 아들까지 희생자로 삼았는지 도무지 이유를 모르겠어요. 하지만 그 애에 관해서는 내 생각이 틀렸어요. 그 애는 이런 일을 견뎌낼 배짱이 없어요. 게다가 그로건은 바보가 아닙니다."

"사이먼은 지금 어디에 있죠?"

"말씀드렸잖아요. 내가 아는 한 자기 방에 있을 겁니다."

코델리아는 앰브로즈의 얼굴을 들여다보았다. 벽난로 불빛을 받아 반짝이는 여자처럼 매끄러운 피부와 역청같이 검은 눈, 언제나 반쯤 미소를 짓고 있는 그 입을. 어떤 힘이 몰려와 그녀를 안락의자의 편안함에 묶어버리는 느낌이 들었다. 그러나 곧이어 마치 포도주가 신기하게도 머리를 맑게 깨워준 것처럼 그가 무슨 짓을 벌이고 있는지 똑똑히 깨달았다. 지나치게 자세한 설명, 포도주, 친밀감이 느껴질 정도의 대화, 숄처럼 그녀의 피로를 포근하게 감싸주는 유혹적인 편안함. 이 모든 게 그녀를 옆에 붙들어두고 시간을 허비하게 하려는 계략이 아닐까? 장소마저도 그의 편이었다. 난롯불이 안겨주는 즐거운 가정적 분위기, 길게 일렁이는 그림자가 주는 비현실적인 감각, 머리를 혼란스럽게 하는 밤의 암흑과 끊임없이 몰려와 졸음을 유발하는 바다의 물결 소리, 그 소리를 끌어들이려고 활짝 열어놓은 창문까지.

코넬리아는 숄더백을 낚아채고 방에서 뛰어나갔다. 발소리가 울리는 홀을 지나 넓은 계단을 올라갔다. 사이먼의 방문을 벌컥 열고 전등을 켰다. 침대는 깔끔하게 정돈되어 있고 방은 비어 있었다. 그녀는 야생동물처럼 이 방에서 저 방으로 뛰어다녔다. 오직 한 방에서만 사람의 얼굴이 보였다. 침대 옆에 켜놓은 램프에서 흘러나오는 희미한 불빛 아래 아이보가 반듯하게 누워 천장을 보고 있었다. 그녀가 다가갔을 때 그는 이미 그녀의 절박함을 감지한 모양이었다. 그는 슬픈 미소를 지으며 유감의 뜻으로 고개를 조금 저었다. 여기서 도움을 구할 수는 없었다.

아직 탑과 극장이 남아 있었다. 그러나 어쩌면 사이먼은 이미 성안에 없을지도 모른다. 섬 전체가 그에게 열려 있었다. 벼랑과 언덕과 목초지와 숲이, 수색할 수 없는 검은 섬이 마치 조개껍데기처럼 영원한 바다의 속삭임을 그 어둡고 복잡한 세계 속에 가만히 품고 있었다. 그러나 여전히 집무실과 주방 공간이 남아 있었다. 사이먼이 그리로 피신했을 것 같지는 않았지만. 그녀는 타일 깔린 통로를 내달려 집무실 문을 열었다. 순간 그녀는 꼼짝도 못 하고 그 자리에 얼어붙었다. 두 번째 진열장, 빅토리아 시대 범죄와 공포의 유물이 전시되어 있었던 진열장이 훼손되어 있었다. 유리가 깨져 있었다. 안을 들여다보자마자 무엇이 없어졌는지 곧바로 알 수 있었다. 수갑이었다. 그리고 이제 그녀는 어디에 가야 사이먼을 찾을 수 있는지 깨달았다.

45

    그녀는 앰브로즈의 집무실 책상에 숄더백을 내던지고 손전등
만 꺼내 들었다. 지금 가져가길 바라는 것은 오직 하나, 가죽 허
리띠뿐이었다. 그러나 허리띠는 더 이상 그녀의 허리에 감겨 있
지 않았다. 어디에선가 잃어버리고 말았다. 베니슨 거리로 가는
길에 잠깐 들렀던 어느 가게의 여자 화장실에서 급히 허리띠를 다
시 맨 기억이 났다. 코스텔로 여사를 찾아야 한다는 불안감에 그
만 버클을 허술하게 쥔 모양이었다. 잔디밭을 내달려 어두운 숲
으로 들어가면서 자신만의 은밀한 부적이 허리를 단단히 감싸주
는 믿음직스러운 힘을 느낄 수 있으면 얼마나 좋을까 생각했다.
    그녀 앞에 예배당이 우뚝 서서 달빛 아래 신비롭고 은밀한 분
위기를 내뿜고 있었다. 열린 문에서 불빛이 흘러나오지는 않았지
만, 동쪽 창문으로 들어오는 희미한 달빛 덕분에 손전등을 켜지
않아도 납골당을 찾아갈 수 있었다. 납골당으로 가는 문도 자물

쇠에 열쇠가 꽂힌 채로 열려 있었다. 앰브로즈가 어딜 가야 열쇠를 찾을 수 있는지 알려줬을 것이다. 납골당의 퀴퀴한 먼지 냄새가 훅 끼쳐왔다. 스위치를 찾지도 않고 손전등 불빛에만 의존해 씩 웃고 있는 두개골 대열을 지나 비밀 통로로 이어지는 묵직한 철문 앞에 이르렀다. 이 문도 열려 있었다.

그녀는 뛰지 않았다. 통로는 너무 구불구불했고 바닥도 울퉁불퉁했다. 통로 전등이 타임스위치 방식이었던 걸 떠올리고 지나가면서 만나는 모든 버튼을 눌렀다. 곧 등 뒤에서 조명이 저절로 꺼질 것이고 그녀는 밝은 곳에서 어두운 곳으로 계속 움직였다. 길이 끝이 없어 보였다. 불과 이틀 전에 일행이 이토록 멀리 왔었던가, 믿을 수가 없었다. 순간 공황상태에 빠졌다. 미로 같은 터널 속에서 혹시 길을 잘못 들어 영영 길을 잃어버리는 것은 아닐까 두려웠다. 그러나 잠시 후 두 번째 계단이 나타났고 거기서부터 악마의 주전자 위쪽의 낮은 동굴이 얼핏 보였다. 쇠살대로 보호해놓은 전구가 꾸준히 빛을 발했다. 바닥의 뚜껑 문은 위로 열린 채 동굴 벽에 기대어져 있었다. 무릎을 꿇고 아래를 내려다보자 사이먼의 얼굴이 보였다. 겁먹은 개처럼 흰자위를 드러내고 크게 부릅뜬 눈으로 코델리아를 쳐다보았다. 왼팔이 머리 위로 들렸는데 손목이 사다리 맨 위 가로장에 수갑으로 묶인 채 축 늘어져 있었다. 피아노 건반 위를 움직이던 기억 속의 강한 손이 아니라 어린애처럼 희고 가녀린 손이었다. 물이 꾸준히 차올라 동굴 위에서 비치는 불빛 아래 검은 기름처럼 보이는 물이 아래쪽 동굴 벽에 부딪히며 어느새 그의 어깨높이까지 올라와 있었다.

코델리아는 아래로 내려가 사이먼의 옆으로 갔다. 냉기가 칼처럼 허벅지를 찔렀다. 그녀가 말했다. "수갑 열쇠는 어디 있어요?"

"떨어뜨렸어요."

당연하지. 멀리 던질 필요도 없었을 것이다. 수갑에 묶여 있는 그로선 열쇠가 아무리 가까운 곳에 떨어졌고, 또 아무리 절박한 유혹이 찾아왔어도 도로 주워 올 수는 없었을 것이다. 그녀는 동굴 바닥이 모래가 아니라 바위이기를 기도했다. 열쇠를 찾아와야 했다. 다른 방도는 없었다. 그녀의 마음은 벌써 재빠른 계산에 들어갔다. 성으로 돌아가는 데 5분, 또 돌아오는 데 5분. 게다가 어디서 연장 상자를 찾을 것이며 금속을 자를 만큼 강력한 줄칼을 찾을 수 있단 말인가? 성안에 기꺼이 자신을 도와줄 사람이 있다고 해도 지금은 시간이 없었다. 지금 사이먼의 곁을 떠난다면 익사하게 놔두는 것과 같았다.

사이먼이 속삭였다. "앰브로즈 씨가 저더러 평생 감옥에 갇혀 살 거라고 말했어요. 아니면 브로드무어 정신병원에 갇히거나."

"거짓말이에요."

"그렇게 되면 전 견딜 수 없을 거예요, 코델리아! 전 그런 일은 견딜 수가 없어요!"

"그러지 않아도 돼요. 고살은 모살과 달라요.[101] 당신은 그녀를 죽일 생각은 없었잖아요? 게다가 당신은 미치지도 않았어요."

그러나 앰브로즈의 말이 뚜렷하게 되살아났다. "사이먼이 어떤 뜻을 품었을지 누가 알 수 있겠습니까? 사이먼이 어떤 뜻을 품었든지 클라리사는 죽지 않았습니까?"

추가로 조명이 생겨서 도움이 되었다. 코델리아는 손전등을 켜서 맨 위 가로장 위에 얹었다. 그리고 폐 가득히 공기를 들이마시고 점점 수위가 높아지는 물속으로 조심스럽게 들어갔다. 가능하

---

101 영미법상 처음부터 살인의 의도가 있었는가 여부에 따라 모살과 고살로 나뉜다.

면 물 밑바닥을 헤집지 않는 게 중요했다. 물은 얼음처럼 차가웠고 너무 어두워서 아무것도 보이지 않았다. 그러나 두 손으로 밑바닥을 더듬으며 깔깔한 모래와 날카롭고 딱딱한 바위의 울퉁불퉁한 면을 만져보았다. 해초 다발이 부드러운 손처럼 그녀의 팔을 휘감았다. 그러나 아무리 천천히 더듬어봐도 열쇠라고 할 만한 것은 잡히지 않았다.

그녀는 다시 올라와 숨을 몰아쉬었다. "열쇠를 어디에 떨어뜨렸는지 정확한 위치를 알려줘요."

사이먼이 핏기없는 입술을 덜덜 떨며 속삭였다. "여기쯤요. 오른손을 이렇게 내밀고 아래로 떨어뜨렸어요."

그녀는 자신의 어리석음을 저주했다. 모래를 휘젓기 전에 정확한 장소부터 알아뒀어야 했다. 이제 영영 열쇠를 찾지 못할지도 모른다. 더 천천히, 더 가만가만 움직였어야 했다. 침착하게 시간을 들여 찾았어야 했다. 그러나 이제 시간이 없었다. 물은 벌써 그들의 목까지 차올랐다.

그녀는 다시 물속으로 들어갔다. 그가 가리킨 자리를 체계적으로 찾아보기로 했다. 모래 표면에 손가락을 집게발처럼 펴고 기게 했다. 두 번 더 위로 올라와 공기를 마시고 그때마다 자신을 응시하는 두 눈동자에 공포와 절망이 스치는 모습을 보았다. 그러나 세 번째 시도에 손끝에 금속 조각이 닿았고 결국 열쇠를 집어 올렸다.

너무 추워 손끝에 감각이 사라졌다. 열쇠를 쥘 힘도 없어서 이러다가 열쇠를 다시 떨어뜨리거나 열쇠 구멍에 제대로 꽂지 못할까 봐 덜컥 겁이 났다.

그녀의 떨리는 손을 보고 그가 말했다. "저는 이럴 가치가 없는 사람이에요. 전 문터도 죽게 했어요. 잠이 안 와서 장미정원에 나갔어요. 문터가 물에 빠졌을 때 거기 있었다고요. 구하려면 충분히 구할 수 있었어요. 하지만 못 본 척하고 달아났어요. 문터를 보지 못한 척, 근처에 없었던 척했어요."

"지금은 그런 생각하지 말아요. 우린 여길 빠져나가 다시 몸을 덥혀야 해요."

마침내 열쇠가 구멍에 꽂혔다. 순간 열쇠가 돌아가지 않을까 봐, 맞는 열쇠가 아닐까 봐 두려웠다. 그러나 열쇠는 쉽게 돌아갔고 수갑이 풀렸다. 사이먼은 자유로워졌다.

그때 그 일이 벌어졌다. 뚜껑 문이 두 사람의 두개골을 박살낼 듯 요란한 소리를 내며 닫혀버렸다. 문 닫히는 소리가 천둥처럼 섬을 뒤흔들고 뻣뻣하게 굳은 그들의 손 밑 쇠사다리까지 흔들면서 물이 목까지 차올랐다. 파도가 응축된 분노의 힘으로 동굴 벽에 격렬하게 부딪혔다. 동굴 전체가 쩍 갈라지며 날뛰는 바다를 불러들인 것만 같았다. 사다리 맨 위에 얹어놓은 손전등이 빛의 호를 그리며 코델리아의 겁먹은 눈앞에서 잠깐 반짝이더니 그대로 소용돌이치는 물에 빠져 꺼져버렸다. 절대적인 암흑이 찾아왔다. 이윽고 뚜껑 문이 떨어지는 소리가 우르릉거리며 메아리치다 점점 잦아들기 전에 금속과 금속이 맞부딪히는 소름 끼치는 소리가 한 번, 그리고 또 한 번 들렸다. 그 소리가 뜻하는 바가 너무 두려워서 그녀는 바닷물에 흠뻑 젖은 머리를 뒤로 젖히고 어둠을 향해 울부짖었다.

"아, 안 돼! 제발, 안 돼요!"

누군가가(코델리아는 그게 누구인지 알았다) 머리 위 뚜껑 문을 발로 차서 닫아버린 것이다. 그리고 그 누군가의 손이 두 개의 빗장마저 질러버렸다. 살해의 장소는 봉인되었다. 머리 위로 단단한 나무문이, 주변은 온통 바위가, 그리고 바닷물은 목구멍까지 차올랐다.

그녀는 몸을 일으켜 온 힘을 다해 나무문을 밀었다. 고개를 숙이고 어깨로 밀어보았다. 그러나 문은 꿈쩍도 하지 않았다. 그녀는 문이 움직이지 않을 것을 알고 있었다. 사이먼이 옆에서 손바닥으로 헛되이 뚜껑 문을 두드리는 것도 알았다. 사이먼의 모습은 보이지 않았다. 어둠은 담요처럼 두껍고 묵직해서 손으로 만져질 듯한 무게로 가슴을 짓눌렀다. 오직 겁에 질린 사이먼의 신음 소리, 그들을 기다리는 바다처럼 길게 끌며 떨리는 울음소리, 공포의 악취, 거칠게 들이키는 숨소리, 쿵쾅대는 심장 소리만을 감지할 수 있었다. 높이 뛰는 심장 고동 소리는 그의 것일까, 아니면 그녀의 것일까? 그녀는 그를 향해 양손을 뻗었다. 두 손이 그의 젖은 얼굴 위를 움직이며 위안을 주었다. 따뜻한 온기가 느껴지는 물방울이 바닷물인지 눈물인지 정도는 알 수 있었다. 그녀의 얼굴에도 그의 떨리는 손길이 느껴졌다. 그의 손이 그녀의 눈 위로, 입술 위로 움직였다. 그가 말했다. "이게 죽음인가요?"

"어쩌면요. 그러나 아직 기회는 있어요. 우리는 헤엄을 칠 수 있잖아요."

"그냥 여기 당신 곁에 머물러 있고 싶어요. 혼자 죽고 싶지 않아요."

"죽더라도 노력해보고 죽는 게 좋아요. 그리고 나는 당신 없이 혼자 가지는 않을 거예요."

그가 속삭였다. "해볼게요. 언제요?"

"곧이오. 아직 공기가 충분할 동안 출발해요. 당신이 앞장서요.

내가 따라갈게요."

그편이 사이먼에게도 좋을 것이다. 앞장서서 가는 사람이 물을 차내는 앞사람의 발길질에 방해를 받지 않아서 더 수월하게 헤엄칠 수 있다. 그리고 만약 그가 포기하면 그녀가 그를 밀고 갈 희망도 있다. 잠시 밖으로 빠져나가는 통로가 너무 좁아서 힘이 빠져버린 사이먼의 몸이 두 사람의 탈출로를 막아버리면 어떻게 할지 생각했다. 그러나 그 생각은 얼른 떨쳐버렸다. 지금은 추위와 공포 때문에 그가 그녀보다 약해져 있을 뿐이다. 그가 먼저 가야 한다. 지금은 물이 너무 높이 차올라서 아주 가느다란 리본 같은 한 줄기 빛만이 출구가 어디인지 보여주었다. 그 빛줄기가 검은 수면 위에 우유처럼 하얀빛으로 누워 있었다. 다음 파도가 밀려오면 그 빛줄기마저 사라지고 두 사람은 출구를 가리키는 게 아무것도 없는 완전한 어둠 속에 갇히고 말 것이다. 그녀는 물에 흠뻑 젖은 스웨터를 벗어 던졌다. 두 사람은 사다리를 놓아버리고 서로 손을 잡고 지붕이 가장 높은 동굴 한가운데까지 헤엄쳐 가서 똑바로 누워 폐 가득 공기를 들이마셨다. 천장의 바위가 코델리아의 이마에 닿을 듯했다. 차갑고 달콤한 물이 생애 마지막으로 느끼는 맛인 양 혀끝에 닿았다. 그녀가 "지금이에요!" 하고 속삭이자 그는 주저하지 않고 그녀의 손을 놓고 물속으로 들어갔다. 그녀도 마지막으로 숨을 한 번 들이켜고 몸을 돌려 물속에 들어갔다.

그녀는 목숨을 걸고 헤엄치고 있다는 것을 알았고, 그게 지금 그녀가 아는 거의 모든 것이었다. 지금은 생각이 아니라 행동할 시간이었다. 게다가 암흑과 얼음처럼 차가운 공포와 자꾸 밀려오는 파도의 힘에 아무런 준비가 되어 있지 않았다. 자신의 귓속에서 윙윙대는 심장 고동 소리 말고는 아무 소리도 들리지 않았고,

심장을 짓누르는 고통과 구석에 몰린 야수처럼 싸우고 있는 검은 파도 말고는 아무것도 느끼지 못했다. 바다는 곧 죽음이었고, 그녀는 지금 온 생명력과 젊음과 희망을 쥐어짜서 그 죽음과 맞서 싸웠다. 시간에 현실감이 없었다. 지옥을 뚫고 가는 이 길이 몇 분이 걸렸는지, 심지어 몇 시간이 걸렸는지 알 수 없었고, 어쩌면 몇 초에 불과할 수도 있었다. 앞쪽에서 허우적거리는 육체도 의식하지 못했다. 죽지 않고 살아남으려는 이 싸움에서 사이먼을 잊었고, 앰브로즈를 잊었고, 심지어 죽음의 공포조차 잊었다. 이윽고 고통이 너무 강해지고 폐가 터질 것 같았을 때 위쪽의 물이 가볍고 투명해지더니 피처럼 부드럽고 따뜻해졌다. 그녀는 수면 위로 머리를 내밀었다. 탁 트인 바다와 별들이 보였다.

태어날 때와 같은 기분이었다. 압력과 추진력, 축축한 어둠과 공포, 따뜻하게 솟구치는 피까지. 그리고 마침내 빛이 보였다. 달이 이렇게 따뜻한 빛을 내뿜었던가. 여름의 낮처럼 부드럽고 훈훈한 빛을? 바다도 따뜻했다. 코델리아는 몸을 뒤로 눕히고 팔을 활짝 벌리고 물 위에 떴다. 몸을 물에 맡겼다. 별들이 함께 있어주었다. 별들이 있어서 반가웠다. 기쁨에 차올라 별들을 향해 큰 소리로 웃었다. 저 하늘에 퍼페추아 수녀가 순백의 두건을 쓰고 그녀를 내려다보고 있다고 해도 전혀 놀라지 않을 것 같았다. 코델리아가 말했다. "저 여기 있어요, 수녀님. 저 여기 있어요."

수녀가 부드럽지만 단호하게 고개를 흔드는 모습은 참으로 이상했다. 이윽고 흰색 두건도 사라지고 오직 달과 별들과 넓은 바다만 보였다. 그녀는 이내 자신이 누구이고 여기가 어디인지를 깨달았다. 아직 싸움은 끝나지 않았다. 이 노곤함과 이 압도적인 행복감과 평온함에 맞서 싸울 힘을 찾아야 했다. 힘으로 그녀를 사로잡는 데 실패한 죽음이 다시 그녀를 향해 몰래 다가오고 있었다.

그때 그 작은 어선이 달빛이 드리운 바다를 지나 그녀에게 다가오는 게 보였다. 처음에는 너무 지친 나머지 바다의 유령이나 퍼페추아 수녀의 두건 쓴 얼굴처럼 실재하지 않는 환영을 봤다고 생각했다. 그러나 배의 모습이 점점 구체적인 형체를 띠었고, 그쪽으로 몸을 돌리자 배의 모양과 배 주인의 덥수룩한 머리를 알아보았다. 그녀를 코시섬까지 데려다준 그 어선이었다. 이제 용골 밑에서 갈라지는 물소리와 목재가 희미하게 삐걱대는 소리, 돛에 감기는 바람 소리까지 들려왔다. 다부진 사람의 형체가 두 팔로 돛을 접으려고 일어선 모습이 하늘을 배경으로 검게 보였고 타다 다다 울리는 엔진 소리도 들렸다. 남자는 배를 조종해 이쪽으로 다가왔다. 남자가 그녀를 끌어 올렸다. 배가 휘청거리다가 이윽고 균형을 잡았다. 두 팔이 잡아 당겨질 때 날카로운 통증이 느껴졌다. 어느새 그녀는 갑판 위에 누웠고 남자가 옆에 무릎을 꿇고 앉았다. 남자는 코델리아를 보고도 별로 놀라지 않았다. 어떤 것도 묻지 않고 그저 자기 스웨터를 벗어 덮어주었다.

그녀가 겨우 말을 할 수 있게 되었을 때 헐떡이는 숨소리가 나왔다. "당신이 아직 여기 있어서 정말 다행이에요."

남자가 고갯짓으로 돛대를 가리켰다. 거기 마치 우승기처럼 좁고 길쭉한 가죽 허리띠가 돛대에 버클을 단단히 죄고 걸려 있었다.

"이걸 돌려주려고 오는 길이었어요."

"내 허리띠를 가져왔군요!"

그게 어째서 이렇게 웃긴지, 왜 신경질적인 웃음을 한바탕 터뜨리고 싶은 충동을 억눌러야 하는지 알 수가 없었다.

남자가 선뜻 말했다. "사실은 달빛을 이용해 몰래 섬에 상륙할 생각이었어요. 앰브로즈 고린지는 불법 침입자에게 그렇게 까다롭게 굴지는 않거든요. 선착장에 이 허리띠를 놓고 갈 생각이었죠. 아침이면 당신이 발견할 테니까요."

막 시작되려던 히스테리가 사라졌다. 그녀는 겨우 몸을 일으켜 섬 쪽을 돌아보았다. 모든 불이 꺼지고 바위처럼 까맣게 솟은 난공불락의 성을. 그때 구름 뒤에 숨었던 달이 나타났고 갑자기 달빛을 받은 성이 마법처럼 빛났다. 벽돌 하나하나가 또렷하게, 그러나 마치 환영처럼 보였고, 탑 전체가 은빛 환상 같았다. 그녀는 홀린 듯이 아름다운 성을 바라보았다. 그때 마비되었던 두뇌가 문득 뭔가를 떠올렸다. 혹시 앰브로즈는 저 성채에서 망원경을 들고 수면 위로 그녀의 머리가 떠오르지 않나 감시 중인 건 아닐까? 그 모습이 분명하게 그려졌다. 그녀의 지친 몸이 물결이 들이치는 자갈 해안 위로 끌려온다. 흐릿하게 뜬 그녀의 눈 위로 무자비한 그의 눈이 보인다. 힘이 빠져버린 그녀가 억센 힘의 그와 맞선다. 그 순간 그는 냉혈한이 되어 살인을 저지를 수 있을까? 그로선 무리가 아닐까? 아마 불가능했을 것이다. 바닥의 뚜껑 문을 발로 차서 닫아버리고 빗장까지 지르고 나서 다음 일은 바다가 알아서 하게 놔두는 편이 훨씬 더 쉬웠을 것이다. 로마의 말이 떠올랐다. "앰브로즈에겐 공포조차도 중고품이에요." 하지만 그녀가 한 일을 알고도 어떻게 그녀를 살려둘 수 있을까?

그녀가 말했다. "덕분에 목숨을 구했어요."

"뭘요, 헤엄치는 수고를 조금 덜어주었을 뿐이죠. 당신이 해냈어요. 여기서 해안까지는 헤엄쳐서 갈 수 있을 만큼 가까워요."

그는 왜 이 시간에 거의 벗은 몸으로 헤엄을 쳐야 했는지는 묻지 않았다. 어떤 일도 놀랍거나 당황스럽지 않은 모양이었다. 그리고 그때야 그녀는 사이먼을 생각해냈다. 그녀는 다급하게 말했다. "두 사람이었어요. 남자애가 또 있었어요. 그 애를 찾아야 해요. 여기 어딘가에 있을 거예요. 그 애는 수영을 아주 잘해요."

그러나 바다는 차분하게 가라앉은 채로 달빛 아래 텅 비어 있었다. 그녀는 남자에게 기다려달라고 부탁하고 1시간 정도 찾아보았다. 돛을 내리고 엔진도 낮추고 해안을 따라 천천히 왔다 갔다 했다. 뱃전으로 몸을 내밀고 필사적으로 살펴보았다. 잔잔한 수면의 어떤 움직임도 놓치지 않으려고 애썼다. 그러나 마침내 그녀는 진작 알고 있던 사실을 인정했다. 사이먼은 수영을 아주 잘했다. 그러나 추위와 공포로 힘이 약해졌을 것이고, 어쩌면 그것들보다 더 큰 절망감 때문에 헤엄을 칠 수 없었을 것이다. 코델리아는 너무 지쳐서 슬픔을 느낄 여유도 없었다. 심지어 실망감조차 느껴지지 않았다. 이윽고 배가 천천히 선착장을 향해 움직였다.

그녀는 재빨리 말했다. "코시섬은 아니에요. 스페이머스로 가주세요."

"의사에게 가고 싶어요?"

"아니요. 경찰에게요."

그는 여전히 아무런 질문도 하지 않고 배를 돌렸다. 몇 분 후 팔다리에 온기와 활력이 돌아오는 것을 느끼며 자리에서 일어나 밧줄 잡는 것을 도와주려고 했다. 그러나 막상 해보니 팔에 힘이 들어가지 않았다. 남자가 말했다.

"선실로 들어가 조금 쉬는 게 좋겠어요."

"괜찮다면 여기 갑판 위에 있고 싶어요."

"뭐, 내가 뭐래도 듣지 않겠죠."

그는 선실에서 베개와 묵직한 코트를 가져와 그녀를 돛대 옆에 눕혔다. 무심한 별들이 그리는 밤하늘의 무늬를 쳐다보면서, 돛대가 흔들릴 때마다 움직이는 돛의 펄럭임 소리를 들으며, 선체를 가르며 지나가는 물결 소리에 위안을 받으며, 코넬리아는 이 여행이 영원히 계속되길, 지나간 공포와 다가올 트라우마 사이의 안온하고 아름다운 이 한때가 영원히 끝나지 않기를 기원했다.

이 다정한 침묵 속에서 두 사람은 둘 사이에 밤의 평온함이 흘러가는 것을 느끼며 항구를 향해 갔다. 코넬리아는 그새 깜박 잠이 들었던 모양이었다. 배가 가만히 선착장에 닿고 자신이 해변으로 옮겨지는 것을, 그의 가슴 아래쪽에서 그녀를 받치고 있는 그의 손을, 그의 스웨터에서 풍기는 강한 바다 냄새를, 그녀의 심장에 닿은 그의 심장이 격렬하게 뛰는 것을 희미하게 의식했다.

46

이후 12시간은 코델리아의 기억에 다만 혼란스러운 인상으로만 남았다. 시간의 흐름은 있었지만 뒤죽박죽이었고, 망각의 구렁 속에서 개별적인 장면과 사람들의 모습은 놀랄 만큼 부자연스럽게 뚜렷했으며, 마치 카메라 셔터가 돌발적으로 그 모습을 기록하는 즉시 영원히 변덕스럽고 진부한 장면으로 박제해버린 것 같았다.

목에 꼬리표를 달고 경찰서 책상 끝 벽에 기대서 곁눈질을 하던 커다란 곰 인형, 찻잔 받침으로 흘러넘치던 진하고 달콤한 차, 차에 젖어 뭉개지던 비스킷 두 개. 왜 이런 것들이 그토록 선명한 이미지로 남는 걸까? 소매가 해진 푸른 스웨터를 입은 그로건 경감은 입가에 묻은 달걀을 닦아낸 다음 왜 이렇게 늦은 시간에 식사하고 있느냐는 코델리아의 의문에 자신도 동의한다는 듯 자기 손수건을 내려다보았다. 코델리아는 경찰차 뒷좌석에 웅크리고 앉아 얼굴과 팔에 닿는 담요의 까끌까끌한 촉감을 느끼고 있었다. 작은 호텔 로비에서 가구 광택제의 라벤더 냄새가 풍겼고 책상 위에는 넬슨 제독의 죽음 장면을 담은 끔찍한 그림이 걸려 있었다. 경찰과 아는 사이로 보이는 쾌활한 얼굴의 여자가 나와서 코델리아를 부축하다시피 해서 계단을 올라갔다. 뒤쪽 방에는 틀이 황동으로 된 침대와 램프 갓에 미키마우스가 그려진 램프가 있었다. 아침에 깨어나보니 침대 옆 의자에 그녀의 청바지와 셔츠가 깔끔하게 개킨 채로 놓여 있었다. 혹시 다른 사람의 옷이 아닌가 싶어 손으로 뒤집어보았다. 아마도 전날 밤 경찰이 코시섬으로 돌아간 모양인데, 왜 코델리아는 데려가지 않았을까 생각했다. 아침 식사 식당에는 그녀와 두 명의 여자경찰관 외에는 어느 나이 든 남자만이 조용히 식사 중이었다. 노인은 옷깃에 종이냅킨을 여며 넣었고 선명한 붉은 반점이 얼굴 절반을 덮고 있었다. 경찰 소형선이 그녀를 태우고 상쾌한 바람을 맞으며 후미를 가로질렀다. 버클리 경사와 제복 차림 여경 사이에 끼어 앉아 호송 중인 죄수 같았다. 갈매기 한 마리가 억센 부리를 드러낸 채 머리 위를 크게 선회했다가 마치 뱃머리 장식이라도 되는 듯 뱃머리에 내려앉았다. 그러자 모든 비현실적인 장면들이 초점을 맞추어 하나의 그림을 선명하게 떠올렸고, 이어 전날의 끔찍했던 일을 낱낱이 되살리더니, 마치 조임 쇠처럼 그녀의 심장을 꽉 옥죄었다. 그것은 선착장에서 혼자 그들을 기다리는 앰브로즈의 모습이었다. 아귀가 잘 맞지 않는 이 모든 이미지 가운데 몇 번이고 반복해서 질문을 받았던 기억이 있다. 영원히 끝날 것 같지 않은 질문들, 지켜보는 얼굴들, 자동인형처럼 열렸다 닫혔다 반복했던 입들이. 나중에 코델리아는 그때 주고받은 대화를 하나하나 떠올릴 수 있었다. 장소가 어디였는지는 잊었다. 경찰서였는지 호텔이었는지 소형선이었는지 섬이었는지 모르겠다. 어쩌면 그 모든 장소에서 여러 사람에게 받은 질문이었을지도 모른다. 그녀는 자기가 아닌 다른 사람, 그러나 그녀가 아주 잘 아는 사람에게 벌어진 일을 설명하는 기분이 들었다. 그리고 그 다른 여자의 마음속에서는 모든 게 선명했다. 마치 아주 오래전, 사이먼이 살아 있었던 몇 년 전에 일어난 일을 진술하는 것 같았다.

"처음 거기 도착했을 때 정말로 바닥의 뚜껑 문이 열려 있었습니까?"

"예."

"뚜껑 문이 통로 벽에 기댄 채 세워져 있었습니까?"

"그 문이 열려 있으면 그렇게 될 수밖에 없습니다."

"열려 있으면? 아까 열려 있었다고 말했잖아요. 당신이 직접 열지 않은 게 확실합니까?"

"확실합니다."

"뚜껑 문이 떨어져 요란한 소리를 내며 닫히기 전까지 사이먼 레싱과 동굴 속에 얼마나 오래 있었지요?"

"정확히 기억은 나지 않습니다. 사이먼에게 수갑 열쇠를 어디 떨어뜨렸느냐고 묻고 물속에 들어가 열쇠를 찾고 수갑을 풀어줄 시간 동안 머물렀습니다. 아마 8분 안팎이었을 겁니다."

"뚜껑 문에 빗장이 질러진 게 확실합니까? 위로 들어 올리려고 해봤습니까?"

"처음에는 제가 들어 올려 보았고, 다음에는 사이먼도 합세해 시도해보았습니다. 그러나 소용이 없다는 걸 알았어요. 빗장이 걸리는 소리를 들었으니까요."

"그래서 별로 열심히 노력하지는 않았다? 해봐야 소용이 없다는 걸 알아서?"

"열심히 노력했습니다. 어깨로 힘껏 밀어봤습니다. 그럴 경우 시도해보는 게 자연스러운 반응이라고 생각합니다. 하지만 소용이 없다는 걸 알았어요. 분명히 빗장이 걸리는 소리를 들었습니다."

"파도가 들이닥치는 와중에 그 조그만 소리를 들었다고요?"

"동굴 안은 소음이 그리 크지 않았습니다. 파도는 주전자 속에 물이 차는 것처럼 조용히 들어왔어요. 그래서 무서운 겁니다."

"당신은 겁에 질렸고 또 몹시 추웠어요. 뚜껑 문이 우연히 닫혔더라도 과연 그걸 밀어 올릴 힘이 있었을까요?"

"우연히 닫히지 않았습니다. 어떻게 그런 일이 있을 수 있죠? 그리고 나는 분명히 빗장 걸리는 소리를 들었어요."

"한 번? 두 번?"

"두 번이오. 금속과 금속이 마찰하는 소리였어요. 두 번 들었습니다."

"그게 무슨 의미인지는 압니까? 당신이 하는 말의 중요성을 이해하고 있습니까?"

"물론입니다."

그녀는 그들과 함께 악마의 주전자로 갔다. 그들은 친절하지도 자비롭지도 않았지만, 원래 경찰이 하는 일이 친절하거나 자비롭지 않았다. 뚜껑 문 위로 강렬한 조명이 쏟아졌고 한 남자가 무릎을 꿇고 마치 화가처럼 조심스럽고 섬세한 손질로 지문을 채취하고 있었다. 그런 다음 경찰은 문을 들어 올려 동굴 벽에 기대놓지 않고 그대로 경첩 위로 똑바로 서게 균형을 맞춰놓았다. 뒤로 물러나자 몇 초 지나지 않아 문이 요란한 소리를 내며 닫혔다. 그녀는 그때의 소리를 떠올리며 강아지처럼 몸을 떨었다. 그들은 그녀에게 문을 열어보라고 지시했다. 문은 생각보다 무거웠다. 그리고 그 아래에 죽음으로 이어지는 쇠사다리가, 그리고 초승달 모양의 출구에서 비쳐드는 한낮의 밝은 햇살 한 줄기와 바위에 부딪히는 검고 냄새가 강한 파도가 있었다. 그들은 심지어 그녀에게 밑으로 내려가보라고 하고 머리 위로 가만히 뚜껑 문을 닫았다. 지시를 받고 어깨로 뚜껑 문을 밀어 올리자 큰 힘을 들이지 않고도 쉽게 열렸다. 경찰관 한 명이 아래로 내려온 다음 문을 닫고 가만히 빗장을 질렀다. 그 소리가 어느 정도로 크게 들리는지 시험을 하는 모양이었다. 잠시 후에는 뚜껑 문을 경첩 위로 똑바로 세워보라고 했지만 코델리아는 할 수 없었다. 경찰이 다시 해보라고 했지만, 이번에도 실패하자 아무 말도 하지 않았다. 혹시 그녀가 일부러 못하는 척한다고 의심하지 않았을까? 그 시간 내내 코델리아는 마음속으로 사이먼의 익사체를 보고 있었다. 입을 크게 벌리고 눈을 부릅뜬 채 썰물 때의 물고기처럼 이리 흔들리고 저리 뒤집힐 그 몸을.

그 후 그녀는 말도 없고 웃지도 않는 여자경찰관과 함께 테라스 한쪽 구석에 앉아서 영원히 이 섬을 떠나 육지로 데려다줄 경찰 소형선을 기다렸다. 그녀의 타자기와 손가방이 발치에 있었다. 여전히 바람이 불었지만 해가 나와 있었다. 등에 쏟아지는 그 따사로운 온기가 반가웠다. 어제부터 다시는 온기를 느끼지 못할 줄 알았다.

테라스 돌바닥에 사람의 그림자가 길게 드리웠다. 앰브로즈가 조용히 다가와 그녀 옆에 섰다. 경찰은 두 사람의 대화가 들리지 않는 곳에 있었지만, 그는 마치 경찰이 없고 오직 두 사람만 있는 듯이 말했다.

"어젯밤에는 안 보여서 걱정했어요, 코델리아. 경찰이 당신을 호텔에 보호하고 있다고 연락을 주었어요. 부디 편안한 호텔이었기를 바랍니다."

"아주 편안했어요. 많은 게 기억나지는 않지만요."

"물론 당신은 경찰에게 모든 걸 얘기했겠지요? 뭐, 예상 못 했던 건 아니지만, 어젯밤 뜻밖의 시간에 그들이 찾아왔을 때부터 나를 바라보던 냉정함과 추측과 약간의 당혹감이 섞인 그 눈빛을 보면 분명히 알 수 있죠."

"예, 전부 다 말했어요."

"그들은 아주 신이 나서 어쩔 줄 몰라 하는 기색이더군요. 이해할 수 있습니다. 당신이 거짓말을 했거나 오해를 했거나 미치지 않았다면, 이제 그들에게 아주 좋은 일이 생길 테니까요. 승진의 기회가 성배처럼 빛나겠죠. 보시다시피 나를 체포하지는 않았습니다. 상황이 특수하고 신중한 전략이 필요하니까요. 시간이 걸릴 겁니다. 그때까지는 계속 바닥의 뚜껑 문을 가지고 시험을 하면서, 문이 우연히 닫혔는지 아니면 당신이 정말로 빗장 지르는 소리를 들었는지 알아보겠지요. 지난밤 그들이 내가 보기엔 약간 흥분한 상태로 섬에 들이닥쳤을 때, 바닥의 뚜껑 문이 닫혀 있기는 했지만 빗장은 걸려 있지 않은 걸 목격했거든요. 게다가 빗장에서 식별 가능한 지문도 채취되지 않을 겁니다. 그렇지 않습니까?"

순간 코델리아는 거대하고 압도적인 분노를 느꼈다. 전 세계의 모든 가엾은 희생자들, 아직 제 가치를 제대로 평가받지 못하고 삶을 빼앗겨버린 모든 피해자의 분노가 취약한 한 여성의 몸에 응축되어 담긴 것처럼 우주적으로 강렬한 분노였다. 그녀는 소리쳤다. "당신이 그를 죽였어! 그리고 나까지 죽이려고 했지! 나까지! 정당방위도 아니야. 증오 때문도 아니었어. 내 목숨은 당신의 안락과 당신의 소유물과 당신의 사생활보다 하찮았던 거야! 내 목숨이!"

그는 얼굴색 하나 변하지 않고 침착하게 말했다. "당신이 그렇게 믿고 있다면 원한을 품는 것도 당연하겠지요. 하지만 코델리아, 나는 경찰에게도 말했고 당신에게도 말하지만, 그런 일은 일어나지 않았어요. 사실이 아닙니다. 아무도 당신을 죽이려고 하지 않았어요. 아무도 빗장을 걸지 않았습니다. 당신이 거기 도착했을 때 뚜껑 문은 닫혀 있었어요. 당신은 사이먼을 향해 내려갈 수 있을 만큼만 문을 열었고 뒤로 완전히 받쳐놓지 않았어요. 당신은 내려가면서 그 문을 닫았어요. 아니면 일부만 열어두었는데 우연히 아래로 떨어졌거나요. 당신은 겁에 질려 있었고 몹시 추웠고 완전히 지쳐 있었어요. 그 문을 들어 올릴 힘이 없었습니다."

"도대체 당신의 동기가 뭐였죠? 〈스페이머스 크로니클〉에 실린 그 사진요?"

"무슨 사진을 말씀하시는지? 당신 숄더백을 제 집무실 책상에 두고 가다니, 참 현명하지 못했어요. 당연히 사이먼을 걱정해서 저지른 실수였지만 나로선 참 반가운 일이었지요. 설마 그 물건이 사라진 걸 여태 모르고 있던 건 아니죠?"

"경찰이 내게 그 사진을 준 여성을 확인하고 있어요. 내가 신문기사 스크랩을 가지고 있었다는 걸 경찰도 곧 알게 될 거예요. 그리고 같은 날짜의 신문을 찾기 시작하겠죠."

"아주 운이 좋아야 찾을 수 있을걸요? 게다가 만에 하나 경찰이 그 신문을 찾아내고, 4년이라는 세월이 흘렀는데도 당신이 부주의하게 잃어버리고 만 그 사진만큼 선명하다고 해도, 나로선 변명할 말이 있어요. 분명 영국 어딘가에는 나와 똑 닮은 사람이 있을 겁니다. 그 사람은 어쩌면 외국인 관광객일지도 모르고요. 어쨌든 이 세상 어딘가에는 나랑 똑 닮은 사람이 분명히 있을 겁니다. 그게 그렇게 부자연스러운 일일까요? 1977년에 내가 영국에 있었다는 실질적인 증거를 찾기란 시간이 흐를수록 점점 어려워질 겁니다. 1년 정도 지나면 나는 클라리사 살인사건으로부터도 안전해질 거예요. 게다가 내가 영국에 있었다는 게 증명이 된다고 해도 나를 살인자나 살인 공범으로 만들 수는 없습니다. 사이먼 레싱의 죽음은 자살이고 클라리사를 죽인 것은 내가 아니라 사이먼이니까요. 사이먼은 사라지기 전에 내게 진실을 고백했습니다. 그녀의 두개골을 부수고 증오와 혐오 때문에 얼굴을 마구 때려 곤죽으로 만들어놓고 화장실 창문을 통해 도망쳤다고요. 그리고 지난밤에는 더 이상 자신이 저지른 짓과 그 결과를 감당할 수 없어서 자살을 시도했어요. 그를 구하려는 당신의 영웅적인 시도에도 그는 자살에 성공했고요. 그가 당신을 데려가지 않아서 참 다행입니다. 나는 그 일에 어떤 관여도 하지 않았어요. 코델리아, 이게 나의 진술이고 당신이 무엇을 날조하기로 선택하든지 내 이야기를 반박할 증거는 못 됩니다."

"내가 왜 날조를 한단 말이에요? 내가 왜 거짓말을 해야 하죠?"

"경찰이 내게 물어봤으니까요. 나는 젊은 여자의 상상력이란 너무 생생해서 악명이 높고, 결국 당신은 몹시 소름 끼치는 일을 겪은 사람이라고 대답했습니다. 아, 그리고 죄송하지만 제삼자 입장에서 판단하건대 별로 번창하지 못하는 탐정사무소 운영자라고도 덧붙였습니다. 그래서 이 사건이 재판으로 이어지면 거금을 써야 할 정도에 맞먹는 홍보 효과를 얻을 수 있을 거라고요."

"누가 그런 홍보를 원하겠어요? 사건 해결에 실패했다는 소문을?"

"아, 뭐 그렇게 울적해하지 않아도 돼요. 당신은 감탄스러운 용기와 지력을 발휘했으니까요. 가엾은 조지 랄스턴이라면 직무 범위를 넘어선 활약이라고 표현하겠지요. 조지 경은 돈을 쓸 가치가 있었다고 느낄 겁니다." 그리고 이렇게 덧붙였다. "당신이 계속 이 사건을 물고 늘어지면 나도 언제까지 당신 편에 서주지 못합니다. 사이먼은 죽었어요. 더는 무엇도 그를 건드릴 수 없어요. 우리 두 사람에게도 편안한 일이 못 될 테고요."

그녀라고 그런 생각을 해보지 않았을까? 몇 달을 기다려 여러 차례 심문을 받고, 재판의 트라우마를 견디고, 의혹을 담은 눈길을 받으며, 그녀를 거짓말쟁이나 더 나쁘게는 홍보 효과를 노리는 신경질적인 여자로 몰아갈지도 모르는 평결을 받아야 한다는 사실을 생각해보지 않았을까? 그녀가 말했다. "나도 알아요. 하지만 나는 편안함에 익숙한 사람이 아니라서요."

이제 그는 싸움을 시작할 것이다. 지난밤 그녀가 구조되는 장면을 지켜보고 있을 때부터 그는 틀림없이 자신에게 유리한 거짓말을 계획하고 꾸미고 완벽하게 다듬었을 것이다. 그는 그가 가진 모든 재주와 명성과 지식과 지력을 동원할 것이다. 마지막 숨을 거둘 때까지 이 사적인 왕국을 기를 쓰고 지킬 것이다. 그녀는 그를 힐끗 쳐다보았다. 반쯤 웃는 침착한 그 얼굴에 의기양양함이 가득 담겨 있었다. 그는 벌써 지루함에서 벗어난 기쁨에 취해 있고 성공의 희열에 들떠 있었다. 그는 가장 명성 있는 변호사들을 고용해 최고의 조언을 구할 것이다. 그러나 결국 이것은 그의 싸움이 될 것이고, 지금도 앞으로도 한 발자국도 물러서지 않을 것이다.

만약 성공한다고 해도, 그는 자기가 저지른 일의 기억을 안고 어떻게 살아갈 생각인가? 그에겐 어렵지 않을 것이다. 클라리사가 어린 비키의 죽음이라는 기억을 안고 살아갔던 것처럼, 조지경이 칼 블라이드의 죽음에 얽힌 죄책감을 안고 살아갔던 것처럼, 쉬울 것이다. 인간은 죄의식에 대응할 방편을 찾기 위해 굳이 고백성사에 의지하지 않아도 된다. 클라리사에게는 그녀만의 방편이 있었고, 앰브로즈는 어떻게든 저만의 방편을 찾아낼 것이다. 게다가 지금 그에게 일어난 일이 그렇게 특이한 일인가? 지금 이 순간에도 누군가는 갑작스럽게 압도적인 유혹을 만난다. 앰브로즈는 그 유혹이 나쁜 결과를 낳았다. 그러나 앰브로즈라는 사람의 핵심에 무엇이 있어서 유혹에 저항할 힘을 주었겠는가? 온갖 번잡함으로 가득한 인간의 삶에서, 모든 걱정거리로부터 꽤 오래 벗어나 있으면, 연민이라는 감정을 저버리기도 한결 수월해질 것이다.

그녀가 말했다. "제발 날 내버려둬요. 그만 가주세요."

그러나 그는 움직이지 않았다. 잠시 후 낮고 부드러운 그의 말소리가 들렸다. "미안해요, 코델리아. 미안합니다." 그리고 이제야 비로소 조용히 지켜보는 경찰관이 있다는 사실을 의식한 듯 이렇게 덧붙였다. "코시섬의 첫 방문이 제가 바랐던 것만큼 즐겁지 못했군요. 그러지 않았더라면 참 좋았을 텐데요. 부디 용서해주세요."

그녀는 이 말이 그의 유일한 자백임을 알았다. 그러나 이 말에 법적인 효력은 없었다. 증거로 제출할 수도 없을 것이다. 그러나 그녀는 자기도 모르게 그의 말이 진심임을 믿었다.

그녀는 그가 성 쪽으로 씩씩하게 걸어가는 모습을 지켜보았다. 문간에 그로건 경감이 나타나 앰브로즈를 맞았다. 두 사람은 아무 말도 없이 함께 성안으로 들어갔다.

그리고 여전히 그녀는 앉아서 기다렸다. 한 경찰관이 그녀에게 다가왔다. 고통스러울 만큼 젊고 도나텔로 천사의 얼굴을 닮은 사람이었다. 그가 얼굴을 붉히며 말했다. "전화가 왔습니다, 그레이 씨. 서재에요."

모즐리 여사는 소란을 피우지 않으려고 애쓰고 있었지만, 거의 공황상태에 가까운 목소리였다. "오, 그레이 씨. 이렇게 전화를 걸어도 폐가 아니기를 바랍니다. 전화를 받은 젊은이는 괜찮다고 했지만요. 참 친절한 사람이었어요. 다름이 아니라, 언제 돌아올지 궁금해서요. 새 일거리가 들어왔거든요. 아주 급한 일이에요. 샴고양이 한 마리가 없어졌어요. 크림색에 암갈색 반점이 있는 샴이에요. 백혈병 치료를 받다가 퇴원한 어린아이의 고양이인데, 키운 지 일주일밖에 안 되었다지 뭐예요. 퇴원 기념 선물이었죠. 그 애가 이만저만 낙담한 게 아니랍니다. 베비스는 다른 연극의 오디션을 보러 갔어요. 내가 나가면 사무실을 지킬 사람이 없잖아요. 그리고 서트클리프 부인이 방금 전화를 했어요. 그집 페키니즈 종 난키푸[102]가 또 사라졌대요. 누가 빨리 와주었으면 좋겠다고 해요."

코델리아가 말했다. "내일 오전 9시에 연다고 사무실 문에 알

---

102 아서 설리번의 영국 코믹 오페라 《미카도》에서 일본 왕 미카도의 아들 이름이 난키푸다.

림판을 걸어놓으세요. 그리고 사무실 문을 닫고 고양이를 찾으러 가세요. 서트클리프 부인에게 전화해서 제가 오늘 저녁 난키푸 일로 전화를 드리겠다고 전해주세요. 저는 지금 검시평결에 가는 길이지만, 그로건 경감이 평결 연기신청을 할 예정이에요. 오래 걸리지 않을 거예요. 그러면 오후 기차를 타고 돌아갈 수 있어요."

수화기를 내려놓으면서 그녀는 생각했다. '안 될 게 뭐 있어?' 경찰은 어딜 가면 그녀를 찾을 수 있는지 알 것이다. 그녀는 아직 코시섬으로부터 완전히 자유롭지 않았다. 어쩌면 영원히 자유롭지 못할 수도 있다. 그러나 그녀에겐 기다리는 일이 있었다. 누군가 하지 않으면 안 되는 일이고 그녀는 그 일을 잘했다. 완전히 만족할 수 있는 일은 아니었지만, 그녀는 그 일의 단순함을 무시하지 않았고 오히려 환영했다. 적어도 동물들은 죽음의 공포 때문에 자신을 괴롭히지 않고, 죽어가는 두려움 때문에 다른 사람을 괴롭히지도 않는다. 동물은 심리적인 문제로 타인에게 짐을 지우지 않는다. 소유욕에 사로잡혀 살지도 않고 과거에 얽매여 살지도 않는다. 사랑을 잃었다고 해서 그 고통으로 비명을 지르지 않는다. 내가 자신을 위해 죽기를 기대하지 않는다. 나를 죽이려고 들지도 않는다.

그녀는 응접실을 가로질러 테라스로 나갔다. 그로건과 버클리가 꼼짝도 하지 않고 서서 그녀를 기다렸다. 그로건은 경찰 소형선의 선수에 버클리는 선미에 섰다. 그 고요하고도 집중적인 모습은 마치 무기가 없는 기사처럼 보였다. 전설의 배를 수호하며 아서 왕을 아발론으로 데려가려고 기다리는 기사들. 그녀는 잠시 걸음을 멈추고 두 사람을 바라보았다. 그들은 흔들림 없는 시선으로 그녀에게 집중했다. 순간 세 사람 모두 인식하고 있지만, 누구도 말로 표현하지는 않는 어떤 의미를 감지할 수 있었다. 그들은 그들만의 딜레마와 싸우고 있었다. 그들은 어디까지 그녀의 이성과 정직함과 기억과 신경을 믿을 수 있을까? 상황이 힘들어지면 자신들의 명예를 어느 정도까지 그녀의 근성에 맡길 수 있을까? 그녀가 세상에서 가장 외로운 장소인 왕립재판소의 증인석에 서면 그녀는 얼마만큼 의연하게 처신할 수 있을까? 그러나 그녀는 그들의 마음을 가득 채운 고민거리와는 멀어져 있었다. 그들의 일이나 생각, 계획은 그녀와는 아무런 상관이 없었다. 그들도 그렇고 그녀도 그렇듯이 모든 일은 지나갈 것이다. 시간이 그들의 이야기를 거두어가서 반쯤 잊힌 섬의 다른 전설들과 함께 접어둘 것이다. 칼 블라이드의 고독한 죽음도, 드레스 자락으로 넓쩍한 계단을 휩쓸며 내려온 황태자의 연인 릴리 랭트리도, 코시섬의 납골당을 가득 채운 두개골들도 함께. 갑자기 신성한 느낌이 들었다. 경찰은 자신만의 결정을 내려야 할 것이다. 그녀는 이미 그녀의 결정을 내렸다. 망설임도 괴로움도 없었다. 그녀는 진실을 말할 것이고 보란 듯이 살아남을 것이다. 그 무엇도 그녀를 건드릴 수 없다. 그녀는 어깨 위로 숄더백을 단단히 추어올리고 곧장 소형선을 향해 단호하게 걸어갔다. 잠시 햇살이 눈부시게 쏟아지는 순간, 코시섬과 운명의 주말 동안 그 안에서 일어난 모든 일이 그녀의 인생과 그녀의 미래와 저 무심한 푸른 바다처럼 꾸준히 뛰는 그녀의 심장과는 아무런 상관이 없는 것처럼 느껴졌다.

〈끝〉

옮긴이 **이주혜**

저자와 독자 사이에서, 치우침 없는 공정한 번역을 하고자 노력하고 있다. 서울대학교 영어교육학과를 졸업했으며, 옮긴 책으로 《사람의 아이들》, 《여자에게 어울리지 않는 직업》, 《빨간 구두 꺼져! 나는 로켓 무용단이 되고 싶었다고!》, 《멜랑콜리의 묘약》, 《온 여름을 이 하루에》, 《나의 진짜 아이들》, 《레이븐 블랙》, 《보이 A》, 《초콜릿 레볼루션》, 《사랑에 관한 모든 것》, 《프랑스 아이처럼》, 《양육쇼크》 등이 있다.

피부밑 두개골

초판 1쇄 인쇄　2019년 8월 20일
초판 1쇄 발행　2019년 8월 26일

지은이	P. D. 제임스
옮긴이	이주혜
펴낸이	박은주
기획	김창규, 최세진
디자인	김선예, 류진
마케팅	박동준, 김아린

발행처	아작
등록	2015년 9월 9일(제2017-000034호)
주소	03924 서울시 마포구 월드컵북로54길 25
	상암DMC푸르지오시티 504호
대표전화	02.324.3945　　**팩스**　02.324.3947
이메일	decomma@gmail.com
홈페이지	www.arzak.co.kr
ISBN	979-11-89015-76-3　03840

책 값은 표지 뒤쪽에 있습니다.
잘못 만들어진 책은 구입하신 서점에서 교환해 드립니다.

아작은 디자인콤마의 문학 브랜드입니다.

이 도서의 국립중앙도서관 출판예정도서목록(CIP)은 서지정보유통지원시스템 홈페이지(http://seoji.nl.go.kr)와 국가자료공동목록시스템(http://www.nl.go.kr/kolisnet)에서 이용하실 수 있습니다. (CIP제어번호: CIP2019031754)